以博尔赫斯命名的房间

李西闽 著

人民文学出版社

图书在版编目(CIP)数据

以博尔赫斯命名的房间 / 李西闽著. —北京：人民文学出版社，2023
ISBN 978-7-02-018120-9

Ⅰ. ①以… Ⅱ. ①李… Ⅲ. ①中篇小说-小说集-中国-当代 ②短篇小说-小说集-中国-当代 Ⅳ. ①I247.7

中国国家版本馆 CIP 数据核字(2023)第 128153 号

责任编辑　朱卫净　张玉贞　解学功
装帧设计　汪佳诗

出版发行　人民文学出版社
社　　址　北京市朝内大街 166 号
邮政编码　100705

印　　刷　上海盛通时代印刷有限公司
经　　销　全国新华书店等

字　　数　369 千字
开　　本　890 毫米×1240 毫米　1/32
印　　张　14.75
版　　次　2023 年 9 月北京第 1 版
印　　次　2023 年 9 月第 1 次印刷

书　　号　978-7-02-018120-9
定　　价　79.00 元

如有印装质量问题，请与本社图书销售中心调换。电话：010-65233595

目 录

|1| 以博尔赫斯命名的房间

|51| 影子

|105| 绑架

|147| 鼋鱼

|201| 白狐

|237| 苍蝇

|291| 软弱

|325| 小跳蚤

|373| 雀斑

|423| 怪物

我提着行李箱走出房间，然后又走回去，将那本《小径分岔的花园》放进行李箱，我要带走什么，自己也搞不清楚。也许我根本就没有带走这本书，只是我的臆想。或者真的带走了这本书，回家后会找不到它，它原原本本地回到了这个以博尔赫斯命名的房间，后来的人还可以一进房间就看到它，它被放置在洁白的被子上面，还有一朵玫瑰花。

以博尔赫斯命名的房间

第一天

　　我是个没有安全感的人，喝口凉水也担心被噎死，经常会被各种莫名其妙的恐慌折磨得死去活来。去机场路上，我内心忐忑，担心飞往桂城的航班会不会失联或者坠毁。登机后，我生怕自己继续胡思乱想，吞了片安眠药，开始沉睡。我梦见一条灵动的小蛇，一直追着一个黑影。咣当一声，我被震醒，以为飞机出事，睁开眼发现飞机安全降落，我长长地呼出了一口气，觉得自己又一次死里逃生，内心有喜悦感。

　　我走出机场，暮色苍茫，时令已是晚秋，桂城却还像夏天。我脱掉外套，只穿件衬衫就可以了。朋友们接上我后，都挺开心，彼此挨个拥抱。苏宁瘦了些，李嘉还是那么丰满，帅气的史长林比以前老练了，他们表面上都没什么大变化。

　　史长林开车，他找了一条近路，往市区飞驰。天渐渐黑了，桂城是闻名世界的胜景之地，我只能在夜色中用心灵感受这里绝世的山水风光。如果不是朋友们有说有笑，我会怀疑自己是否真的来到了桂城，很多时候，我分不清梦境和现实，活得比较迷幻。

　　他们在百悦酒店中餐馆订了包房，直接就将我拉到了吃饭的地方。好朋友们见面，总归有酒有肉，喝的是苏宁珍藏的野葡萄酿的酒，这酒甘醇，特别美好。交杯换盏间，纸的时代书店的阳阳来了，她是个娇小的姑娘。过了会儿，韦莎和苏展也来了，他们是报社的记者。韦莎美艳，苏展看上去是个大男孩，腼腆，我第一次见到他。韦莎的到来，是晚餐的高潮部分，她将剩下的酒全喝了，喝得脸红扑扑的。朋友们多时不见，聚在一起，亲人一般。

　　酒足饭饱，他们就送我去目的地。

这次来桂城,是受纸的时代书店的邀请,到他们的旅馆写作,他们有个计划,每个月都要请一两位作家,住在书店旅馆写作。在此之前,我没有听说过书店开旅馆的,可能他们是第一家,旅馆有个有趣的名字,叫"住在书店"。书店在桂城植物园旁边的商业城里,商业城里有条步行街,街中段一座大楼底下,有个小小通道,入口处有块写着"住在书店"的木牌,十分醒目。通道尽头是部电梯,电梯直通旅馆的前台。

电梯在四楼停下来,开门我就看到对面的一面墙都是书架,书架上摆满了书。书是会散发香气的,书香气也会让人迷醉。书店经理桃子早已经等候在那里,用她美丽的笑脸迎接我。办完入住手续,桃子带着我们去房间,她说最好的房间给我住。进入弧形走廊,走廊两边都是房间,让我惊讶的是,每个房间的门,都设计成一本书的封面的样子,而每个房间都以文学大师命名。走廊尽头,是下行的楼梯,桃子说,下楼后有个门,直通书店。我住的房间就在楼梯的右边,走到房间门口,我看到奇特的房间号,416,"4"的字面上是一片郁郁葱葱的绿色植物,"1"字上面有分岔的路径,"6"字由小石子砌成。

奇特的房间号底下有两行字:
时间永远分叉,通向无数的未来。
——博尔赫斯《小径分岔的花园》

这是一个以博尔赫斯命名的房间。我开了门,进入房间,门对面靠墙放着一排书架,书架上摆满了书。房门右边,有扇落地窗,窗下摆着长条形的小桌,桌上摆着茶具。长条桌后面是架可以折叠的屏风。屏风后面是张大床,床上有一本书,书上有一朵玫瑰花。我走近前,看到那本薄薄的书,就是博尔赫斯的名著《小径分岔的花园》。床的后面,是书桌,这是我这段时间写作的地方。书桌后面那堵墙上,有一幅大画,是很写意的山水画,画的是桂城漓江的风光，耐人寻味的是，画中的渔舟是用竹叶做成粘上去的，让这画有了立体感，生动起来。这堵墙后面是盥洗室，旁边有个侧门通进去。

大家对这个房间评头品足，苏宁不停地给我拍照。韦莎说这是她最喜欢的房间。桃子笑盈盈地问我，喜欢这个房间吗？我说，太喜欢了。落地窗外，是个朝西的大阳台，阳台中央有遮阳伞，遮阳伞下面是藤编织的圆桌和沙发。阳台四周种满了植物。因为是夜晚，我看不太清那些植物的样子，但我觉得它们都在生长。苏宁说，这个阳台是看落日的最佳角度。我记住了他的话。他们待了会儿，照顾我旅途劳顿，都走了，让我早点休息。他们走后，房间沉寂下来，孤独感潮水般涌上来，将我淹没。

这夜是写不了东西了，我只要喝一点酒，就毫无灵感。我躺在松软的床上，沉浸在书香里，渐渐入眠。睡前我想，书架里那些文学大师，或者他们笔下的人物，会不会在我睡着后，从书中走出来，围拢在我周围，像解剖一具尸体般分解我？

第二天

每天早晨六点，我都会准时醒来，这天也不例外。醒来发现身体完好无损，我松了口气，那些书安静地陈列在书架上，没有醒来。我来到阳台上，微风拂面，异常清爽，这是个晴天。我看清了阳台上的那些植物，窗边和阳台右边，种着两排竹子，竹叶有些枯黄，半死不活的样子。其他的植物集中在阳台前面和左边，有太阳花、兰花、文竹、月季、薄荷、茑萝等，这些植物种植在奇形怪状的粗陶花盆里。两盆文竹和太阳花长得茂盛，其他植物有的枯萎，有的奄奄一息，特别是那两株茑萝的藤蔓完全枯掉了。我有了个想法，在这段时间里，我要让这些植物都鲜活起来，让这个阳台变成一个小花园。我开始给植物们浇水。清澈的水注入花盆，我听到了植物们喝水的声音，它们在这个清晨里开始呼吸。

我只是一个暂时的园丁，没有忘记来此地的目的。

坐在书桌前，我打开电脑，敲下了第一个字。我要写的是一部题为《白牙》的小说。

白牙（一）

从樟木镇到枫村，骑马走一天山路，从早晨到黄昏，翻过十几座山。屠敏敏没料到会走上如此坎坷的道路，枫村竟然没有通公路，汽车无法到达，她只好雇了个向导，她骑在马上，让向导牵着马，走向荒野。离樟木镇越来越远，直到回头也看不见镇上人家的房屋，屠敏敏觉得自己走向了一条不归路，心悬在半空中，一直落不下来。好在向导是个真实的人，她不至于太孤单。向导是个精瘦的中年汉子，满脸黝黑，眼睛浑浊，他走着走着，会突然喊几声山歌，虽然声音沙哑，却也荡气回肠。他和屠敏敏基本上没有交流，也无法交流，或者他根本就没有准备要和她交流，将她送到枫村，他就完成了使命。屠敏敏问了他几个问题，他都支支吾吾回答不上来，她也就死了和他交流的心。山野风光旖旎，屠敏敏没有心思观赏，哥哥屠铭铭让她牵肠挂肚。

屠铭铭是个没有名气的青年画家，这两年总是到边远山区写生，寻找创作灵感。三个月前，他告诉妹妹屠敏敏，自己到了一个叫作枫村的地方，这里风光好，人也好，他要在这里住一段时间。一个月前，他发了枫村的地址给妹妹，让她寄些画纸过去，东西寄过去了，却再没有他的消息。屠敏敏一直打不通哥哥的手机，一个多月过去了，她担忧哥哥安危，踏上了寻找哥哥之路。后来屠敏敏发现，生命的过程就是寻找的过程，而每条寻找之路，都会出现不同的指向。

　　翻过最后一座山，屠敏敏就看到了枫村。枫村是个小村，二三十户人家，在那狭长的山谷里，一条小河从村外蜿蜒流过，像条银色的长蛇。村口那棵老柳树下，坐着一个十五六岁的少年，他用草根在拨弄一只黑蚂蚁。他偶尔抬头，看见山道上走来个陌生人，扔掉手中的草根，朝村里飞奔而去。他边跑边喊，有人来了，有人来了。在夕阳金色的光芒中，屠敏敏骑着马进入了枫村。向导扶她下马后说，姑娘，枫村到了。屠敏敏付钱给他，他接过钱，胡乱地揣进口袋里，骑上马，飞奔而去。她看着他绝尘而去，心想他会不会在黑夜里碰到什么危险。

　　村里大部分都是泥瓦老屋，村子中央，有栋砖瓦新房，异常醒目。黄昏的枫村，炊烟袅袅，波澜不惊。突然，一阵狗叫，打破了村庄的宁静。一条大黄狗冲到屠敏敏跟前，朝她狂吠。屠敏敏吓坏了，进也不是，退也不是，站在那里惊慌失措。屋门处传来一声男人的怒喝，阿黄，滚开。见走过来一个满脸胡茬的中年汉子，阿黄老实了，朝他摇着尾巴。他身后跟着玩蚂蚁的那个少年，少年的脸长，头和下巴都尖尖的，还长着一双小小的老鼠眼，看上去怪异极了。

　　少年快步走到屠敏敏面前，将那中年汉子介绍给她，这是我们村主任。村主任伸出粗壮的手臂拨拉开他的小身板，露出了笑脸，姑娘，你打哪里来？屠敏敏看看村主任脚边吐着舌头的阿黄，又看了看村主任，满脸惊惶的神色。村主任又笑了笑说，姑娘莫怕，莫怕，阿黄不咬人的，它就喜欢叫，走，到村公所去说吧。屠敏敏跟着村主任走进了村公所，那颗惊慌失措的心渐渐平静下来。那栋砖瓦新房，就是村公所。

　　屠敏敏走进村公所之际，西山的夕阳沉落下去，天一下子暗了下来。村里人三三两两的走出家门，集聚在村公所门口，窃窃私语……

第三天

其实从昨夜就开始落雨,雨水的声音增加了我的寂寞。住在书店旅馆地处商业区,可是我感觉不到一点喧闹,房间里十分寂静,只有我的手指敲击键盘的声音。我的写作进入状态,世间的诸事仿佛都和我无关了,我活在自己的小说里。不过,偶尔我会想起苏宁忧郁的眼神,来不及思索,就一闪而过。写作间隙,我得和他谈谈。有小鸟落在窗外竹枝上,身上被雨水淋湿,凄惶地叫,我朝窗外望了一眼,又回到小说中,屠敏敏也看到了一只小鸟。

白牙(二)

屠敏敏一直在梦中挣扎,黑暗中,她被一根绳索紧紧捆绑,越挣扎自己被捆绑得越紧,几乎窒息……是清脆的鸟鸣声将她从噩梦中唤醒。她拉开窗帘,看到外面的窗台上,一只小鸟在鸣叫,不远处河滩上的柳树林子里,很多鸟儿在鸣叫。太阳还没有升起,天蓝得深邃。屠敏敏记起昨晚吃饭时说过的话,她哥哥也住过这个房间。她在这个房间里找不到哥哥留下来的蛛丝马迹,房间被清理得干干净净。这是村公所的客房,专门留给上面来检查工作的干部住的,村主任说,上头干部从没来住过,倒是让你们兄妹住了。这里几乎没有外面的人来,仿佛世外桃源,被人遗忘。让屠敏敏奇怪的是,这么偏远的山村,也不见得多么贫困,这从他们的穿着和饮食就可以看出来,昨夜的晚餐也十分丰盛,尽管他们住的房子看上去古旧。

屠敏敏问过村主任,关于哥哥的情况,村主任说他一个月前就走了,不知道到去了哪里。说这话时,他的目光有些慌乱,但很快就恢复了常态。屠敏敏认为村主任以及村里人好客,供她住,又让她好吃好喝,还不谈钱,有淳朴古风。哥哥既然没有在枫村出问题,而且是自己走的,他也许到了另外的偏远之地,那里没有手机信号不便与自己联系,有信号了,哥哥自然会联系,她心安了些。昨晚她就提出天亮就离开枫村,村主任随口说了句,我们枫村风景不错,你也可以在这里住两天,四处看看。本来是一句客套话,屠敏敏却满口应承下来,她想,留下来住两天,看看哥哥待过的地方,也蛮不错的。

入秋后,山区早晨还是有点凉,屠敏敏穿上红色冲锋衣,戴上米黄色太阳帽。她走出村公所,村子里的人好像都还在被窝里,那条大黄狗躺在老柳树下睡觉。时辰的确还早,四周的大山也还没有完全苏醒。她朝河边走去。从村公所后面闪出一个人,注视着屠敏敏的背影,若有所思。屠敏敏像团火焰,点燃了枫村的清晨。穿过柳树林子时,她回头看了一眼,发现了那个尖脑袋的少年,昨晚知道他的名字,叫黄杨木。这个村子的男人都姓黄,很纯粹的家族村落。屠敏敏自言自语,他倒起得挺早。她没有理会丑少年黄杨木,继续走向河边。

河面上弥漫着一层淡淡的水雾,河水清澈,缓缓流动,可以看到水中游动的小鱼群,那些小鱼特别自由,没有复杂的思想,极其善良地活在水中。屠敏敏想变成一尾游鱼,加入它们,无拘无束地活着。她用手机拍了几张河流的照片,还自拍了几张。她摆着姿态自拍的时候,黄杨木站在离她十几米的地方,嘴巴里衔着片柳树叶子,目不转睛地看着她。

她微笑地朝他招了招手。

他慢吞吞地走过来,有点腼腆。他站在屠敏敏面前,如果说她是一朵美丽的花,那么黄杨木就是棵歪脖子怪柳。看到他古怪的样子，屠敏敏就想笑。黄杨木说，你是不是觉得我很好笑？屠敏敏直率地点点头，没错，你长得太有特点了。黄杨木乐了，笑着露出一口洁白的牙齿，枫村人很少有如此白的牙。他说，你哥哥也说我很有特点，你们大城市的人都会说话，不说我丑，说我长得有特点，小翠就不这样说，她说我是阎王殿里的小鬼。小翠是谁？屠敏敏好奇。他伸出舌头舔了下有点干裂的嘴唇，是村主任的女儿，现在在城里读高中。

屠敏敏眨了眨眼睛，你怎么不上学？

黄杨木弯腰从地上捡起块小石子，往河里扔去，石子落水掀起片水花。我爹不让我读书，他说读书没有用，还花钱，还不如帮他养马，他怕我读书后考上大学就不回来了，像乌婆婆那样，儿子在城里工作，没人给她养老。黄杨木说完，又捡起块石子，扔进河水里。

这里的人都不让孩子去读书吗？

不是，只有我爹那样。

你想不想读书？

不想，我喜欢骑马，城市里没有马，不好玩。

屠敏敏觉得他也是匹马，土生土长的马，其实这样也没有什么不好，为什么非要读书，非要挤进城市里忧心忡忡地生活。黄杨木又舔了舔嘴唇，笑了笑，你的帽子真好看。屠敏敏摘下帽子，给他戴上，我给你拍张照片吧。黄杨木举起右手，做了个剪刀的手势，咧开嘴巴笑了笑。屠敏敏拍下了他古怪的样子。他将帽子还给了屠敏敏，突然说了一句，昨天晚上，你睡了后，村主任叫上全村人开了个会。

开什么会？屠敏敏有些好奇。

黄杨木捂住嘴巴，跑开了。

屠敏敏觉得村主任召集全村人开会，是不是有不能告诉她的秘密，而黄杨木不慎说漏了嘴？想到失联的哥哥，她起了疑心。太阳升到一丈多高的时候，村落和山野才真正苏醒，炊烟也从每家每户屋顶上的烟窗升起，弥漫开去。

第四天

雨停了，白生生的阳光透过云层，倾泻在湿漉漉的阳台上，植物叶子透着一种惬意的明亮。我端着一杯茶，坐在藤沙发上，边喝边眺望远方的天际。苏宁打了个电话过来，要我晚上到他家吃饭。我这才想起来今天是星期天。我有个习惯，星期天不写作，放松自己。其实我是个惰性很重的人，找到个借口，就要偷懒，周日给自己放天假，就是我长期以来无可辩驳的借口，偷懒偷得心安理得。

这是正午时分，我睡了一上午觉，喝完茶，觉得要干些什么，否则一个人待在这里太无聊了。如果博尔赫斯从书本里走出来，和我聊聊天，或许我不会感到孤独。孤独有时很让我享受，可以静心地写作；有时是条毒蛇，残忍地噬咬着我不安的心脏，让我陷入更大的困境。

我决定到外面走走，来了三天，除了到楼下米粉店吃饭，都没有离开过商业城，商业城里什么都有，如果不是游览山水，根本就没有必要出去。可是我必须出去走走，就像囚徒需要放风，我是小说的囚徒。通过那弧形走廊，经过那些以大师的名字命名的房间，我有点胆战心惊，仿佛那些大师在审判我，每个房间门的猫眼里都藏着一只挑剔的眼睛，那些眼睛是一口口古井，深不见底。来到前台，我遇见了桃子，她在和前台工作人员交代什么，看到我，笑盈盈地说，李老师，你要出去？我点了点头，出去走走。这几天住得舒心吧？她摸了摸小巧的鼻子，我这两天太忙，过两天我请你喝早茶。我说，住得很好，写作也十分顺利。她说，这样就好，有什么问题，直接跟我讲，我一定想办法解决。我说，没有问题，一切都很好。

从商业城到植物园，走路过去也就几分钟。植物园空气不错，各种树木遮天蔽日，像是进入了热带雨林。我漫无目的，在植物园里溜达，也蛮有情趣，每种植物都有它存在的价值。我看到一个女孩子在一棵榕树下哭泣。她趴在树干上，看不清脸，只能看到她脑后的短发。女孩上身穿着白色的衬衫，下身穿着有破洞的牛仔裤，脚上穿着胶底白帆布鞋。白衬衫让我想起白色蝴蝶。她哭得伤心，身体在抽搐。我想过去安慰她，可是没有理由，我还是默默走开了。整个下午，我都在想女孩为什么哭。

苏宁的家在桂城另一边，漓江边上的小区，某幢五楼的套房。在他家的阳台上，可以看见城市灯影中的漓江，激滟的江水浮动着某种情绪，还有些冷漠，让我想起植物园哭泣的女孩，她是否还在哭？正好是月圆之日，红月亮从远处山坳中升起，倒映在漓江上，冰凉的美。苏宁一直用相机拍红月亮，也拍我，他不知道我心里在想什么。

蔡宇轩在里面喊，李老师，开饭了。他是苏宁的小兄弟，我刚刚认识，活泼的小伙子，琉璃工艺师。我和苏宁进到屋内，韦莎已经将菜摆满了桌子。准确地说，这里是苏宁的工作室，他是个画家，画一些与众不同的黑白画，主体大都是人物，非洲的人物，他在苏丹工作过。这个晚上喝的是苏宁父亲泡的蚂蚁酒，劲很足，据说有某种特殊的功效。苏宁一直笑着，说着有趣的话语，他笑起来整张脸十分柔和，却隐藏不住眼睛里的忧郁。韦莎不久前告诉过我，他有很严重的抑郁症，我很担心他有一天会消灭自己，不过现在看起来好了不少。韦莎也笑着说话，她笑出的两个甜甜的酒窝，让我想起很久以前的一个姑娘，她在人生最灿烂的时候跌进黑暗，白血病夺走了她的生命。韦莎说她也抑郁，我就一直给他们做心理疏导，鼓励他们渡过难关。阳光的小蔡没有说话，是个很优秀的聆听者，或许他不理解人为什么会抑郁，就像不理解月亮为什么会是红色的一样，但他是真诚地在听我们说话，没有一点厌倦的情绪。

这顿饭吃了很长时间，我几乎喝光了苏宁工作室里所有的蚂蚁酒。后来小蔡和韦莎送我回商业城，到了商业城，小蔡继续送韦莎回家。下车后，我和他们挥手道别。车开走了，我突然想去植物园，看看那哭泣的女孩还在不在，但还是打消了这个念头，我有点晕，恨不得马上躺在床上。快到住在书店旅馆时，有几个年轻男女在歌厅前面的街上闹腾，其中一个瘦小的矮个子骑在一个高个女孩背上，尖声叫嚷，他的脸很小，鼻子却很大。高个女孩躬着背，什么也没有说，脸憋得通红。我经过他们时，矮个子男孩从女孩背上跳下来，极不友好地瞪了我一眼，他的眼睛是三角眼，很邪，他头上只留了中间一丛头发，染成红色，竖起来，十分引人注目。

第五天

也许是喝了酒的缘故，我醒来后，身体懒洋洋、轻飘飘的，不想起床。我怕自己的惰性发作，咬着牙起了床。洗漱完走出阳台，看到了蓝天，太阳正从另外一个方向升起，阳光还没有照到阳台上。气温也升高了，我感觉到热。我拿起水管，打开水龙头，给植物浇水。神奇的水注入花盆，那些叶子仿佛就鲜活了许多，植物的叶子会说话。让我惊讶的是，有一盆茑萝，干枯的藤蔓中长出了一点点鹅黄的嫩芽，这是神迹。我兴奋而又激动，忍不住拍了张照片，发了微信朋友圈。茑萝的嫩芽，是一种希望，又仿佛不是。

白牙（三）

尖头少年黄杨木没和他爹去牧马，总是跟在屠敏敏的后面，有时会过来和她说上几句话，只要她问到关于屠铭铭的问题，他就躲开了。屠敏敏没有觉得他讨厌，他总在她的视线里，反而让她有种安全感。她试图了解他，了解他也许就知晓了枫村的秘密。

枫村有个规矩，只要有外来的人，住得久的，轮流到各家吃饭，每家吃一顿。这天的晚饭轮到黄四美家。黄四美是个六十多岁的老汉，秃顶，刮不出二两肉的脸上长满了老年斑。他让老伴李菊香准备了三菜一汤，炒冬瓜、蒸腊肉、鸡蛋饼和西红柿蛋花汤。李菊香胖得臃肿，下巴上的肉随时都有可能掉下来。

姑娘，喝酒不？黄四美浑浊的眼盯着屠敏敏，我每天晚上都得喝点，酒比参汤好，吊着我的命。

屠敏敏坐在他对面，笑了笑说，大爷，我不喝酒，喝酒过敏。

啥过敏，我只知道喝酒会醉人。黄四美咧开嘴笑了笑，过敏是啥样？

过敏了身上会发出红斑，特别痒，很难受的。屠敏敏说，要是呼吸道也过敏，会喘不过气，搞不好会窒息而死。

乖乖，那么严重。黄四美乐了，笑出一口残缺不全的烂牙。

李菊香用筷子敲了敲他的头，喝不死你，臭老汉，见到年轻姑娘就话多，平时和我连个屁都不放。黄四美就自顾自地啜溜小酒了，眼珠子还是在屠敏敏红扑扑的脸上乱转。

李菊香对屠敏敏说，姑娘，别理他，多吃点，饭菜烧得不好吃，比不上你们大城市，多多担待。

屠敏敏说，好吃，比我妈妈烧的菜好吃。

李菊香满脸堆笑，那你多吃点，多吃点，不要剩下，孩子们都在外打工，剩菜没人吃，倒了可惜。老头子现在讲究了，不吃剩菜了,听儿媳妇说吃剩菜会得癌,他就吓坏了,以前没有东西吃,发霉了的东西都抢着吃,也不怕得癌。

闭嘴,就这点菜还能剩下,最后还不是你自个连汤带水倒进肚子里?看看你,就是头猪。黄四美嘴巴不饶人。

屠敏敏忍不住笑了。

李菊香又用筷子敲了敲他的头,你是不是不想活了?

屠敏敏笑着说,你们太可爱了,我爸爸妈妈要像你们一样就好了,可是他们相敬如宾,话也不多,沉闷极了。

李菊香说,怪难为情的,让姑娘笑话了。

屠敏敏突然说,大爷大妈,我哥哥也在你们家吃过饭吧?

黄四美端起的酒杯停在那里,没有往嘴巴里灌,表情一下子僵硬了。李菊香也怔住了,不过还是她反应快些,很快就说,是,是的,屠画家在我们家吃过好几次饭,他最喜欢吃我们家的蒸腊肉,屠画家是个好人,每次吃完饭都会留下饭钱,其实村主任交代过的,不能收客人的钱的,不能败坏了我们枫村好客的声誉。

黄四美灌了口酒,放下酒杯说,对,对,屠画家是个好人,他酒量不错,还会陪我喝上几杯,还给我讲大城市里的事情。

屠敏敏觉得哪里不对,但她没有说出来。

吃完饭,屠敏敏帮李菊香收拾碗碟,李菊香不让她动手,屠敏敏还是将碗碟端进了厨房。屠敏敏要帮着洗碗,李菊香推她出去,她的目光落在了灶膛口边上的干柴上,干柴的上面放着一卷纸。屠敏敏心里一惊,走过去,拿起了那卷纸,这不是哥哥的速写纸吗?摊开其中一张,一幅速写呈现在她眼中,画的是面绝壁,绝壁上仿佛有个人站在那里眺望远方,签名正是屠铭铭。李菊香站在那里,脸一阵红,一阵白,搓着双手,不知所措。屠敏敏看到哥哥的画,心在颤抖,她看了看李菊香,为什么我哥的画稿会在你这里?李菊香无言以对。这时,黄四美走进厨房,笑呵呵地说,她懂个啥,小屠姑娘，我和你哥关系铁着呢，这些东西是你哥送给我的，他说什么画坏了的，不要了。

可是，你们怎么将我哥的画稿当引火之物？屠敏敏满脸狐疑，我要他的画稿都很难。

黄四美干咳了几声，眼珠子转了转说，这真的是屠画家送我的，都怪这死老婆子，不识货，偷偷拿出来引火。说着，黄四美脱下鞋，用鞋底抽打着李菊香的脸，边抽边说，我打死你这个不识货的狗东西！李菊香什么也没说，只是不停地躲闪，无论她怎么躲闪，还是有鞋底落在她的脸上。屠敏敏拿着那些画稿，默默地走出了厨房，离开了他们家。

出门，走了会儿，她看到一个黑影闪了闪，消失在墙后面。

她知道，那是尖头少年黄杨木。她用手电照了照，说，黄杨木，出来吧。黄杨木从墙后走出来，嘻嘻笑着，然后飞快地跑了，他跑得比狗还快。屠敏敏突然想到了什么，折回黄四美家。来到黄四美家门口，她听到黄四美在怒斥老婆，你这个臭婆娘，让你收好那些东西，不要让她看见，你就是不听话，要是被村主任知道，还不杀了我！

屠敏敏赫然心惊，她不知道到底发生了什么，但她还是壮着胆子敲了敲门。黄四美走出来，堆着笑脸说，屠姑娘，又来了，有什么要帮忙的吗？屠敏敏笑了笑，实在不好意思，忘记给你们饭钱了。说着，递给黄四美五十元钱。黄四美推让，不能要，不能要，村主任交代过，不能要你钱的。屠敏敏说，不行，我哥都给，我也要给。她把钱塞在黄四美张开的手掌中，黄四美紧紧地攥住了那张钞票。屠敏敏转身走了，他在后面说，屠姑娘，你还是早点回上海吧，这不是你待的地方。黄四美的话让她恐惧，透骨的凉从足底升到颅顶……

第六天

　　进入创作状态后，我往往没有食欲，也没有性欲。写到晚上九点多，已经很累了，打字的手指都僵硬了，我关上电脑，站起来伸了个懒腰，一天没有吃饭，肚子空空的。本来想躺下，一觉睡到天明，我怕自己饿死，只好到楼下去吃米粉。吃饭只是充电，好不好吃都不重要了。桂城米粉也是闻名全国了，所以也不难吃，米粉店的小姑娘问我，你每天都来吃米粉，不会吃腻？我说，有东西填饱肚子就可以，管它腻不腻。她笑着说，你好奇怪喔。

白牙（四）

　　窗外起风了。风越刮越猛，很多怪兽在风中疾走，呼啸着，嚎叫着，仿佛要将这偏远之地弄个天翻地覆。窗棂发出吱吱呀呀的声音，风随时都有可能破窗而入，那些怪兽也随时会冲进来，将屠敏敏掳走。屠敏敏用被子蒙住头，蜷缩在被窝里，瑟瑟发抖。她的确恐惧，在这个陌生的偏远之地，孤独无助，尽管枫村活着的人对她表面上都很热情。

　　来枫村两天了，她渐渐感觉到了些什么，枫村人好像在对她隐瞒了某个真相，关于哥哥的真相。她已经无心观赏这里的好风光了，那些风光就像哥哥的素描，都变成了黑白景致，褪尽了本来的颜色。就像下午的时候，她来到哥哥画中那个绝壁的实景地，她感觉那块巨大的绝壁黯然无光，绝壁上被岁月侵蚀出的纹理脉络，的确像一个人站在那里，向远天眺望。那不是活的人，是凝固的影子。她越看越觉得那是哥哥的影子，身材修长，脸型有棱有角，头发浓密，眼神坚定而锐利。屠敏敏眼睛里噙着泪水，情不自禁地喊了声，哥哥——

黄杨木站在她的后面，伸出手要去摘她的帽子，不过，他缩回了手，食指放到嘴巴里，咬了咬。屠敏敏知道他站在后面，没有回头，只是说，黄杨木，你是不是知道我哥哥到底怎么了？

你不要问我，我什么也不会告诉你的。

为什么不告诉我？

我不告诉你，我要说了，我爹和村主任都会打死我的，他们会把我埋在一个你找不到的地方。

啊，你说什么，他们会打死你？

是的，我是个很怕死的人，小翠就知道我怕死，有一次，我跟她上山砍柴，我看到一条蛇，吓得口吐白沫，昏了过去。我以为我吓死了，醒过来后，小翠挥舞着砍柴刀，冲我嚷嚷，让我以后不要跟着她了，她跳着脚说我是怕死鬼。小翠到城里读书后，就不说我怕死鬼了。我爹说，死了就什么也没有了，不能吃饭，不能骑马了，所以，我不能死，我还要吃饭，还要骑马。

屠敏敏转过了身，注视着这个尖脑袋丑少年，企图从他的老鼠眼中挖出关于哥哥的秘密。她摘下帽子，递给他，你只要告诉我哥哥的消息，这帽子就是你的了，你不是喜欢我的帽子吗？

面对诱惑，黄杨木眼睛亮了，舌头舔了舔干裂的嘴唇，伸到半途的手又缩了回去，我爹和村主任真的会打死我的。

这时，有人骑着马飞奔过来。

黄杨木惊恐地说，我爹来了。说完，他飞快地跑了。在屠敏敏眼中，飞跑的黄杨木是匹马驹，他双手着地，变成了马的前蹄，嘶叫着飞奔而去。她清楚他不会跑远，过不了多久，他就会鬼魂般出现在自己的身后。

马嘶叫了一声，停在屠敏敏面前，这是一匹高大的枣红马，膘肥体壮，十分漂亮。马上的人是个粗壮的黑脸汉子，屠敏敏不明白黄杨木怎么一点都不像他爹。黑脸汉子叫黄来福，他脸色严

18

峻，鹰隼般的目光审视着她，皮笑肉不笑地说，我儿子和你说了些什么？

屠敏敏觉得此人是枫村对自己最不友好的人。有次她来到一片山坡，恰好看到黄来福在牧马，他躺在草地上，毡帽盖在脸上。屠敏敏走近前，他突然跳起来，对她恶狠狠地说，你来这里干什么？屠敏敏说，走走不行呀？黄来福冷冷地说，最好不要到处乱跑，小心被狼叼走。屠敏敏扭头走了，他在她身后哈哈大笑，笑声让屠敏敏发抖。

屠敏敏说，他没说什么。

黄来福缓和了口气，小屠姑娘，如果我儿子和你说了什么，你千万不要相信，他小时候得过脑膜炎，脑子烧坏掉了。

屠敏敏歪着头瞪着他，什么也没说。黄来福没有再说什么，策马而去。他走后，屠敏敏的目光四处搜寻黄杨木。黄杨木在不远处的小树林子里探出了头，屠敏敏朝他招了招手，他没有过来。

好像有人敲门。屠敏敏在黑暗中屏住呼吸。纵使风声呼啸，她还是真切地听到了敲门声。她伸出手去按电灯开关，按了几下，灯就是不亮。她恐惧到了极点，是谁会在这个月黑风高的夜晚敲门？枫村人很早就睡下了。突然，她听到窗户底下有人在说话。

这妞真他妈漂亮，我都忍不住了，我们进去干了她！

走吧，枫村人彪悍，要是被发现了，会被他们打死的。

怕个啥，况且他们都睡得像猪一样，风又大，他们不会发现的，把门撬开，进去，这么好的一块鲜肉，放弃太可惜了。

真要干？

干，不干白不干！这么漂亮白嫩的城里妞到哪里去找？

这两个人是谁？屠敏敏不得而知，她清楚这俩人绝对不是好东西。她从背包里拿出把瑞士军刀，如果他们真的冲进来，就和他们拼了。屠敏敏心里虽然恐惧，还是做好拼命的准备，她其实不是个那么怕事的女孩。这把瑞士军刀，还是哥哥送给她的，出去旅行，十分有用，现在是她防身的武器。传来撬门的声音。屠敏敏紧张得手心出了汗。她想到了村主任，村主任给她留过手机号码，赶紧给村主任打电话，结果村主任手机关机。屠敏敏牙齿打颤，置身于危险的境地，只有在恐惧中等待命运的安排。

她在惊惶中，听到了一阵狗吠。紧接着，全村的狗也狂叫起来，连成一片，和呼啸的风声融合在一起，十分的瘆人。

撬门声中止了，门外脚步声急促地远去。

我躺在床上，连澡也没洗，觉得很累。天热，我开了空调。旅馆刚营业不久，空调的冷气特别足，盖上薄被，舒服。躺下后，大脑还是很兴奋，还在想着小说中的人物接下来的走向，尽管写好了提纲，可是写作过程的变数还是很大，就像我不知道明天会发生什么，就像我当年在银厂沟写作，突然就碰到了大地震，我被深埋废墟，生命攸关，写作无法继续，也变得不重要了。我关了灯，闭上了眼睛，强迫自己睡觉。睡觉和吃饭一样，都是补充能量，长时间不吃饭不睡觉，也是灾难，和地震被埋一样，生命攸关。黑暗中，我听得到自己沉重的呼吸，还有一种黑暗的声音，持续地穿透耳膜的嘤嘤声，那是黑夜的呻吟，夜越宁静越黑暗，这种声音就越清晰。

我在一种混沌的状态中辗转反侧，最后躺平了身体，房间里的书香味充盈着我沉重的肉身，我像一个漏光了气的轮胎，重新被别的气体充盈，渐渐地饱满。然后，我进入了某种境地。我听到一个女孩的哭声由远而近，我不知道她是谁，为什么哭。那条金色的小蛇在我眼前飞舞，黑暗深处，有个黑影在狞笑。我分不清现实还是梦境，我的身体无法动弹，思想却十分清楚。

第七天

还是大晴天,气温降不下来,这是暮秋了,桂城还是如此火热,充满激情。我穿着红色的短袖T恤,在阳台上给植物浇了会儿水,汗水就湿透了背脊。这是季节的一种反扑,我很清楚,这种炎热不会持续多久,很快就会被寒冷替代。那茑萝竟然长出了短短的一条藤蔓,美丽极了,细细的叶子像针一样扎着我的心,喜悦的疼痛。我很担心,正午灼热的阳光会将茑萝嫩绿的小藤蔓晒干,就像襁褓中的婴儿被夺去生命。

白牙(五)

枫村的氛围紧张起来,传说前两天有越狱的悍匪逃到了这片山地,昨夜还潜入了枫村,要不是大黄狗发现了他们,后果不堪设想。村主任坐在屠敏敏对面,抽着烟,脸上布满阴霾。村公所的大门敞开着,黄杨木躲在门的左侧,时不时探出尖尖的脑袋,往里面看。屠敏敏焦虑地问,村主任,村里人说的都是真的?村主任吐了口烟,点了点头,的确如此,我早上也接到上面的通报了,要我们加强防范。屠敏敏喃喃地说,他们应该不会再回来了吧?村主任说,那可不一定,小屠姑娘,你要是害怕,想离开,我派来福骑马送你走。想到哥哥,以及村里那么多蹊跷的事情,屠敏敏咬了咬牙,强装笑脸,我还是再待几天吧,不知道会不会给你们添麻烦。村主任笑了笑说,没事,没事,你尽管住,不过,一定要注意安全,白天不要走太远,晚上关好门窗。屠敏敏说,谢谢村主任。村主任走出村公所,阳光打在他脸上,他嘟哝了一声,他娘的。

黄杨木也学着他的样子,说了声,他娘的。

村主任瞪了他一眼,滚!

黄杨木傻呵呵地笑。

村主任走后,屠敏敏也走出了村公所。黄杨木站在不远处的一个墙角,微笑地注视她,那条大黄狗站在他跟前,朝屠敏敏摇了摇尾巴。本来她见到大黄狗就发怵,现在觉得大黄狗可爱,夜里要不是大黄狗,鬼知道会发生什么悲催的事情,想起那两个男人的对话,心有余悸。

那是片向阳的山坡,野草茂盛,这个季节的野花遍地,有蜜蜂在野花间飞舞。山坡的上层,是片森林,都是高大的松树。森林上面,就是瓦蓝的天,没有一丝云翳。哥哥画过这个地方,她在从黄四美家拿回的画稿中看到过。屠敏敏想象着哥哥当初在这里写生的情形,心里充满了对哥哥的牵挂。他们兄妹感情一直很好,父母亲长期的冷战,忽略了他们,从小都是哥哥照顾妹妹。她找到了一个位置,从这个位置观察,哥哥应该是在这里完成那幅素描的。屠敏敏坐下来,仿佛就坐在哥哥的身边,哥哥全神贯注地画画,她安静地凝视哥哥,尽量不打扰他。哥哥偶尔侧过脸,朝她笑笑,露出一口整齐的白牙。屠敏敏轻声地说了声,哥哥。

她的心脏突然隐隐作痛。

屠敏敏抬头望了望草地上层的森林,森林里好像有人在叫她的名字,那声音尖锐而又细微。她竖起耳朵,仔细辨析,风将那声音微微地带过来,真的有人在呼唤她,敏敏,敏敏——

她分不清是谁的声音。

也许是幻觉。

她想到森林里看个究竟。站起来,正要往森林的方向走,黄杨木奔跑过来,手上拿着一束野花。他站在屠敏敏面前,将手中的野花递给她,气喘吁吁地说,送,送给你。他的牙真的很白,和枫村人的牙都不一样,枫村的其他人,没有一个人的牙像他的这么白。由各色野花组成的花束美丽极了,屠敏敏接过花束,放在鼻子底下,深深呼吸了一下,有种淳朴的幽香。

喜欢吗?黄杨木傻傻地笑着,白牙在阳光下闪耀。

喜欢。屠敏敏微笑地说,你为什么要送我花?

黄杨木说,屠画家说过,城里人都喜欢花,因为他们住在钢筋水泥的森林里,看不到大自然,屠画家还在的时候,我也经常采花送给他。

哦。屠敏敏嘴巴里轻轻地吐出这个字。

黄杨木用手抓挠了一下脑袋,你是不是要去野狼森林?

野狼森林?屠敏敏说,野狼森林在哪里?

黄杨木指了指山坡上层的那片森林,喏,那就是。

屠敏敏说,为什么会叫野狼森林?

我爹说,以前那里藏了很多狼,晚上它们就会出来,现在少了。黄杨木咬了咬手指,抽了抽鼻子,村主任对我说,如果你要去野狼森林,让我告诉你千万不要去。

为什么?

危险,他说很危险的,怕你被狼叼走,这个时节,狼很饿的,还有,怕逃犯藏在森林里,你去了被他们捉住,可危险了。小屠姐姐,你不要去好吗?你要是去了,我爹和村主任都会打死我的,我真的不想死,死人的脸很难看的。

说完,他扭头飞快地跑了。

屠敏敏望了望野狼森林,浑身打了个寒颤,离开了这片开满野花的山坡。可是,她心想,一定要找个时间,走进野狼森林,去看看,到底是谁在召唤她。

第八天

朋友四丫从乌鲁木齐回南宁,要路过桂城,听说我在此写作,决定见我一面。飞机从乌鲁木齐起飞，下午三点才能落地，她从桂城机场到我住处，需要一个多小时，和我见一面后，就要坐高铁赶回南宁，我们见面的时间只有一个多小时。我问她为什么这么着急，她说离家半个月了，太想儿子了。在她来之前，还有几个小时的写作时间。

白牙（六）

  屠敏敏每次碰到黄水水，都觉得他眼睛里有种莫测的神色。黄水水是个瘸子，刀条脸，身材高而瘦，脸色苍白，嘴唇寡淡，像长期住在医院的病人。这样一个病恹恹的男人，却有个漂亮的妻子。他的妻子叫宋春花，有张圆圆的红扑扑的脸，水汪汪的大眼睛，乌黑秀发扎成一条长辫，身体不胖不瘦，该凹的地方凹，该凸的地方凸，迷人而又性感。她似乎少言寡语，碰到屠敏敏，不像大部分村里人，热情地打招呼，而是低下头，匆匆而去。黄水水和宋春花极为不般配，屠敏敏心里没有过多评判，这毕竟是他们自己的事情，鞋穿在脚上合不合适，只有他们自己知道。听说他们结婚不到一年，家门上的"囍"字还贴在那里，没有褪色。

  这天晚饭，轮到黄水水家。

  傍晚时分，屠敏敏坐在河边的一块石头上看夕阳，石头有点凉，她的屁股很难将它焐热。河水被血色阳光染得通红，美得让屠敏敏心颤，哥哥也许在这里看过夕阳，他也许会有不同的感受，他的触觉敏感，思维也和屠敏敏不一样。

  黄杨木又像幽灵般闪过来，站在屠敏敏后面。屠敏敏感觉到了他的存在，回过头说，你又有什么要和我说的？是不是可以告诉我哥哥的事情了？

  黄杨木说，我不能说屠画家的事情，他们会打死我的。

这话让屠敏敏心惊肉跳，哥哥一定在枫村发生了什么事情，她要解开这个秘密，否则不会离开枫村，不管有没有野狼，有没有逃狱的悍匪。

黄杨木又说，春花婶婶找你去吃饭了。

他指了指柳树林子那边，宋春花站在一棵柳树下，腼腆地看着屠敏敏。屠敏敏赶紧站起来，朝她走过去。实在不好意思，还麻烦你来叫我，屠敏敏笑着说。宋春花没有说话，转身就走。屠敏敏跟在她后面，想说些什么，又什么话也说不出来。黄杨木一下子又跑没影了。

黄水水家比其他人家富有，踏进他家家门，屠敏敏就感觉到了。客厅里的沙发都是皮的，还有那液晶电视也是52英寸的，这在枫村人家很罕见。晚饭准备得丰盛，满满的一桌子菜，甚至还炖了一个整鸡，还摆上了一瓶五粮液。黄水水苍白的脸上露出笑容，咧了咧嘴，请坐，请坐。屠敏敏坐下来后，村主任和黄来福也进来了。黄水水叫来他们，陪屠敏敏吃饭。宋春花给屠敏敏撕下了个鸡腿，放在她的碗里，然后自顾自吃饭。村主任笑着说，小屠姑娘，水水客气，弄了那么多好菜，真是有心呀。屠敏敏说，谢谢村主任，谢谢水水。黄水水说，莫客气，大家吃吧，菜都凉了。接着，三个男人就喝了起来。他们没有劝屠敏敏喝酒，边喝边拉家常。屠敏敏不明白黄水水有什么能耐，家庭如此富足。后来，听他们说话，才了解了一些情况。

村主任喝得满脸通红，水水，你哥好长时间没有回来了，我们都想他了，抽空打个电话给他，让他回来看看我们这帮老兄弟。

黄来福在村主任和黄水水面前，平常那凶相不见了，一副哈巴狗的模样，笑眯眯地说，村主任说得对，山山大哥好久没有回来了，也应该回来看看了，再忙也得抽空回来和我们老兄弟聚聚。

黄水水喝了酒，脸色还是那么苍白，他吃了块鸡肉，边嚼边说,我哥忙呀,况且,他现在身价高了,发福了,骑不得马,走路也累,车开不进村里,要回来一趟哪那么容易。

村主任叹了口气,也是,那么大的老板,怎么能骑马走路回来,只是我们太想念了,要不是他出钱,村公所都修不起来,每年,他给那么多钱补贴村里的困难户,他们怎么活,你哥的大恩大德,我们没齿难忘呀。

黄来福说,是呀是呀,山山大哥是我们枫村的大英雄,也是大恩人,难得有这样发财不忘乡亲的人。

黄水水端起酒杯,喝酒喝酒。

他们都端起酒杯,一饮而尽。黄水水接着说,我哥也不是不想回来,他说了,现在在融资,准备修条公路进来,到时公路修好了,那就方便了,想什么时候回来就什么时候回来。

村主任说,要是真能修成公路,那是我们枫村的大喜事,不知什么时候能够动工。

黄水水笑笑,应该快了,听说政府也支持。

村主任说,这就好,这就好,我们早盼望有这一天了。

屠敏敏吃完饭,宋春花也吃完了。他们还在喝酒,还有说不完的话。屠敏敏站起来,笑着说,你们慢吃,我先回去了,谢谢你们。村主任看了看她,好吧,晚上门窗都要关好,注意安全。屠敏敏点了点头。黄来福冷冷地看了她一眼,没有说话。黄水水说,招待不周,不要见怪呀。屠敏敏说,已经很好了,麻烦你们,真的不好意思。说完,她就离开了黄水水家。

宋春花追出来,叫住了屠敏敏。她走到屠敏敏面前,轻声说,小屠姑娘,我求你了,赶快离开枫村吧。屠敏敏的心提起来,警觉地问,为什么?宋春花低声说,你就不要问为什么了,赶紧走吧,好吗?屠敏敏摇了摇头。宋春花叹了口气,转身回家,屠敏敏看着她的背影,回味着她的话,心揪得疼痛,哥哥一定在枫村发生了什么，或者和宋春花有关。

  四丫打来电话，说她到商业城了，找不到住在书店旅馆。我出去接她。她站在商业城外面的广场中央，穿着一件白色的风衣，也许旅途劳顿，看上去有点憔悴，不过笑容还是那么娇媚。见到我，她很高兴，我们礼节性拥抱了一下。只有一个多小时，她就要走，我带她去一家甜品店吃甜品，边吃边聊天。一个小时很快过去，四丫去火车站，我想象着她见到儿子欣喜若狂的情景。

  很多事情都有可能事与愿违，四丫并没有坐上通往南宁的高铁，她竟然坐错了候车室，眼巴巴地放走了那条长蛇般的西行列车。当她沮丧地提着行李箱，回到住在书店旅馆时，天已经黑了。苏宁他们临时起意，要请我吃晚饭，正好带上四丫。商业城里有家刚刚开业的湘菜馆，听说那里的桑拿鱼头做得不错，我们就去了这家饭店。遗憾的是，湘菜馆的招牌菜桑拿鱼头竟然卖完了，不过，其他的菜也不错，我们将就在此用餐。四丫心情不爽，好在有苏宁带来的美酒，也有韦莎和李嘉两个美女相慰，她的心情渐渐晴朗起来。

  我想今晚是无法写作了，就放开了喝酒，这几个月来，我的酒量出奇地大，极不正常，可能是一种病。不管那么多了，该喝就喝，有时就觉得末日很快来临，需要及时行乐，这也是没有安全感的表现。吃完饭，大家还不尽兴，苏宁提议去唱歌，韦莎也附议。见苏宁今天精神好，我就答应了，反正晚上不打算写作了。步行街里有家歌厅，离住在书店旅馆几步之遥，但我们选择了离植物园很近的另外一个歌厅，商业城边缘一幢商业楼的二楼。我唱歌很烂，完全是瞎吼，有次带我女儿李小坏去唱歌，我唱歌的时候，她一直捂着耳朵，说我把她的耳朵震聋了，从那以后，她打死也不肯和我去唱歌。今晚我同样瞎吼，他们的耳朵估计也在经受考验，我唱歌其实就是发泄，将胸腔里的积郁愤怒忧伤愁绪一股脑儿地吼叫出来。我吼完歌，就静静地坐在一旁，听他们唱歌。他们都唱得很好，尤其是四丫、韦莎、李嘉她们，每个人都是歌手，唱出的歌像放的原唱。歌唱是个好活动，我觉得发明卡拉OK的人应该获诺贝尔和平奖，他让很多心怀苦郁的人在歌唱中找到了快乐，也让快乐的人更加美好。

我们边喝酒边唱歌，四丫最后喝多了，头痛起来。晚上她和我同住一个旅馆，桃子给她开了间房，那是以尼采命名的房间。这时候已经深夜了，除了步行街还灯火通明，商业城周边黑乎乎的一片。我送四丫回旅馆，下楼后，走过一段阴暗的地段，才来到步行街。此时步行街就我们俩人，不知情的人会以为我们是情侣。四丫进入尼采房后，我就离开了，离开前，我交代她，有什么事情给我打电话，我不能让她出任何问题，否则我有责任。

这个夜晚好像注定要出一些事情。

我也累了，想回房间睡觉，问题是苏宁他们还在歌厅等我，我们还有酒没有喝完。我拖着沉重的步子往歌厅走。独自走过步行街时，我感觉自己是个大义凛然，戴着手铐脚镣走向刑场的囚徒，有些悲壮，又有些卑微。

走进那阴暗的路段，我听到了一声女孩子的惨叫。隐隐约约，我看到一个角落里，有个人从后面抱着另外一个人。我大喝一声，干什么！那人松了手，朝植物园跑去，被抱着的那个人歪歪斜斜地倒在了地上。我拔腿朝那黑影追去，他一直往植物园里跑，跑过有路灯的地方，我看清了那人的背影。他跑得飞快，像我小说中的黄杨木，我终究没有追上他。我想起倒下的那个人，不好，她是不是有危险？

我赶回出事地点时，苏宁他们都下来了，围在出事者旁边，他们以为我不会来了，就结束歌唱，结果发现了躺在地上的人。他们打开手机的照明软件，看清那是个女孩，脸朝地面趴在那里，身体歪曲，头底下全是血，黏稠的血还在四处扩散。我惊讶的是，女孩上身穿着白色的衬衫，下身穿着有破洞的牛仔裤，脚上穿着胶底白帆布鞋，而且还是短发。我想起了那天在植物园看到的哭泣的女孩，不能确定此时的女孩就是她，我心里一阵哀鸣，一只白色的蝴蝶夭折了。警车很快开过来了，救护车也来了，他们各自回去，只有韦莎和我留了下来，她是记者，碰到这样的突发事件，不能放过，我作为目击证人，必须说出我看到的一切。

那女孩被割喉而死，她再也不能说话，也不能歌唱了。

第九天

折腾到凌晨五点，我才离开派出所，回到住处。我赶紧躺下，得睡一觉，不然有可能爆血管死掉。我竟然忘记了四丫住在尼采房间，她打我电话时，已经十二点了。整个上午，我都在昏睡，梦见很多血铺天盖地从天空倾泻下来，将我淹没，女孩的哭声越来越响，在凄凉的血色大地不停扩散。我挣扎着爬起来，洗漱完后，就和四丫去退房。四丫说，哥，你认识黄土路吗？我笑了笑，认识，我们是朋友。她说，太好了，土路中午请客，就在昨天晚上我们吃饭的地方，还是昨晚的原班人马，苏宁说了，昨晚没有吃到桑拿鱼头，今天一定要吃回来，其实，是我想吃鱼头啦。四丫肯定还不知道夜里发生的杀人事件，我在路上告诉她时，她十分惊骇。

韦莎没有来，也许她还在跟踪那个案件。

黄土路和苏宁他们在湘菜馆等着我们。他们在谈论着那个杀人事件，李嘉心有余悸，说以后再不敢一个人在夜里出门了。我们落座后，黄土路让我点菜，我点了几个菜，特地点了两份桑拿鱼头。在我印象中，黄土路是个很纯粹的文化人，他的职业是文学杂志编辑，更重要的是，他是个诗人。他保持了正直的秉性，眼神中总会飘过一缕忧伤。我们没有喝酒，边吃菜边说着话，说了很多很多话，探讨了很多问题。我脑海里一直想着那个死去的女孩，那个恶魔为什么要杀害她，我觉得杀人犯的样子在哪里见到过，可是脑袋短路了一样，怎么也想不起来了。

吃完饭，我们到纸的时代书店喝了会咖啡，黄土路送四丫去火车站坐高铁，这次相信四丫再不会误车了。

白牙（七）

晌午时分，屠敏敏想甩掉黄杨木，偷偷地进入野狼森林。野狼森林在河那边，翻过一道低矮的山梁，就可以看到那片野草茂盛的山坡，山坡上层，就是长满松树的野狼森林。

昨天晚上，悍匪没有出现。她却做了个噩梦，梦见了哥哥屠铭铭。屠敏敏走进阴郁的森林里，听到有人在呼唤她的名字。声音十分微弱，游丝一般。她寻找那声音的来源，走着走着，就在森林里迷了路，分不清东南西北。一阵阴风吹过来，她十分害怕，呼唤她的声音也消失了。屠敏敏身体冰凉，站在树下，瑟瑟发抖。森林深处，仿佛有无数只野狼的眼睛在盯着她，随时都有可能冲出来，将她撕成碎片。就在屠敏敏惊恐万状的时候，她发现前面的地上松动起来，那地上的土像是翻新过，和别处不一样，比较松软。屠敏敏眼睁睁地看着泥土中冒出了一个人头。她尖叫着想逃，却迈不动步伐，双腿生了根，像树长在了地上。那人头慢慢地从泥土中生长出来，渐渐地，屠敏敏看清楚了，那是哥哥屠铭铭的头。屠铭铭浑身是血地站在那里，脸色阴沉，完全没有了灵动的生气，他直勾勾地看着妹妹，讷讷地叫了声，敏敏——

梦醒后，屠敏敏惊恐而又哀伤。她不敢想象哥哥是不是真的被埋在黑森林里，有时梦境是神奇的，是现实的映射，也有可能，人的灵魂不灭，死去的人会出现在活人的梦中。尽管如此，屠敏敏还是不相信哥哥会变成那个样子，那只是个梦，她安慰自己。

不管怎么样，她要进入野狼森林，也许能够发现关于哥哥的一些蛛丝马迹。

屠敏敏在河边溜达，她企图趁黄杨木不注意，快步跑过小木桥。黄杨木正在柳树林子里玩耍，时不时地往屠敏敏这里瞟上一眼。屠敏敏要想摆脱黄杨木，并不是一件容易的事情。她得想办法。她将自己的帽子摘下来，扔进河里，大叫，我的帽子，我的帽子。听到屠敏敏的叫唤，黄杨木立刻飞奔过来。帽子浮在水面上，往下游漂去。黄杨木沿着河岸追了过去。屠敏敏马上往小木桥的方向跑去。

就在这时，村里喧闹起来，炸了锅。屠敏敏停住了脚步，不知道发生了什么事情。好奇心让她回转身，朝村里走去。村里人围在黄水水的家门口，往里面探头探脑，相互高声讨论着什么。见屠敏敏走过来，他们都不说话了。

黄水水大声叫骂，臭婊子，老子抽死你，让你还敢偷汉子。

宋春花哀叫着，别打了，我再也不惹你生气了，求求你，别打了。

黄水水用藤条抽打着妻子，仿佛在抽打一个盗贼，这是有多大的仇恨，才下得了这手。宋春花被打倒在地，翻滚着，试图躲避着抽过来的藤条，她无法躲避，藤条还是结结实实抽打在她身上。

没有一个人上去阻拦黄水水施暴，他们像看戏一样看着眼前发生的事情。屠敏敏愤怒极了，大声说，怎么能这样打人，她是你妻子呀！有人看了看她，往地上啐了口唾沫。黄水水没有理会屠敏敏，还是继续抽打妻子。屠敏敏真想冲进去，夺下他手中罪恶的藤条，可她没有行动，这是枫村，不是上海。

村主任跑过来，拨开人群，走了进去。他一把夺过黄水水手中的藤条，扔在地上，吼叫道，黄水水，你怎么又动手打人了？你要是把春花打死了，看不绑你到镇上法办，不管你哥势力多大！和你说了多少次了，有什么话好好说，不要动手，你就是不听，春花这么好的姑娘嫁给你，你是走了狗屎运，不好好爱惜，还一次次把人打成这样，我要是春花，早就跑了。你看看，小屠姑娘也在这里，你这不丢我们枫村人的脸吗？

黄水水一屁股坐在沙发上，喘着粗气，脸还是白得像张纸。

村主任扶起宋春花，叹了口气说，走，到我家去，让你嫂子给你收拾收拾。他扶着宋春花走出来，她头发散乱，脸上有几道渗血的伤痕，目光黯淡。村主任对众人大声说，散了散了，各回各家，该干什么就干什么去。大家乖乖地各自离去。经过屠敏敏身边，宋春花哀怨地瞥了她一眼。村主任满脸堆笑，小屠姑娘，让你看笑话了。

屠敏敏没有说话，她替宋春花难过。

这时，黄杨木跑到她跟前，将那顶湿漉漉的帽子递给她，我给你把帽子捞回来了。他全身也湿漉漉的，往地上滴着水，不一会儿，他脚下的地也湿透了。

屠敏敏轻声说，谢谢你，杨木。

黄杨木笑嘻嘻地说，我是屠画家的好朋友，不要客气。说完，他扭头看了看黄水水家，吐了吐舌头，回家换衣服去了。

黄水水靠在沙发上，点燃了一根烟。

他用诡异的目光审视着门外的屠敏敏，脸上浮起一丝冷笑。

第十天

韦莎电话。她在电话里说，凶手还没有抓到，死者的身份已经确认,她叫莫茹,十九岁,桂城人,在商业城游戏厅上班。韦莎不愧是个资深的调查记者,了解到不少关于莫茹的情况。这个我连脸都没有看清过的女孩,出生在桂城的一个普通家庭,父亲以前是个军官,在执行边境排雷任务时,不慎炸断了双腿。那一年莫茹才五岁,莫茹母亲在丈夫退役后,和他离婚,远走高飞了。据说莫茹母亲是个美人,至于有多美,天知道。莫茹一直和父亲生活在一起,父亲虽说是残疾人,但性格还是很强势,用带兵的方法管束莫茹。在教育女儿方面,他是个失败者,女儿根本就不想读书,读到高二就不读了,在社会上混。他拿女儿根本就没有办法,每天借酒浇愁,孤苦伶仃。莫茹嫌弃父亲,她在游戏厅上班后,就租了间便宜的房子,搬出去住了,这对她父亲来说,是沉重的打击。他后来得了肝癌,离开了人间,他死后,莫茹搬回家里住了,将父亲的所有东西,衣物以及文书照片和立功受奖证书付之一炬,她将父亲的骨灰倒在马桶里,冲走了。邻居们都说,莫茹父亲是个悲剧人物,如果他的双腿不被地雷炸断,那就是另外一种人生了,这是命。莫茹到底是个什么样的女孩?韦莎了解到,她是很普通的那种女孩,邻居说她很少说话,也不知道她平时喜欢干什么,脸上总是像下了霜,没有见她笑过。游戏厅的经理对她的评价还可以,工作认真,很少惹事,至于下班后她和谁交往、干些什么事情,他一无所知。我坐在阳台的藤沙发上和韦莎通话,挂了电话后,觉得浑身发冷,尽管阳光灿烂,还是像掉入了一个冰窟。唯一让我有一丝暖意的是,茑萝的藤蔓长长了许多,还有新的藤蔓长出来。

白牙(八)

整个夜晚,屠敏敏都不敢合眼,怕做噩梦,也怕受到侵害。她将自己陷入了一种危险的境地,敏感的内心忐忑不安,又充满恐惧。她越来越感觉到枫村人都心怀鬼胎，只有看似不正常的黄杨木是一个可靠的人，他总想告诉她什么，又不敢开口，因为死亡的威胁。她将瑞士军刀放在枕头下面，以防万一，没有别人可以帮助她，只有自救。

一夜无事。

天蒙蒙亮，屠敏敏就起床了。她走出村公所，村庄宁静得可怕，那些鸟儿还没有苏醒，四周的大山黑黝黝的，还在沉睡。她蹑手蹑脚地走出村子，朝小木桥那边走去，心在狂蹦乱跳。钻进柳树林子后，她朝身后张望，没有发现跟踪者，情绪稍微平静了些，屠敏敏快步走上小木桥。走在小木桥上，晃晃悠悠，吱嘎作响，她平衡比较好，不是难题。过了桥，她又回头张望，还是没有发现跟踪者，枫村沉默着，无声无息，连那条大黄狗，也没有发出警惕的叫唤。屠敏敏放心朝野狼森林那个方向深一脚浅一脚走去。

她突然想到了男朋友刘苞，平常她都叫他包子。这个死包子，屠敏敏自言自语，也不陪我来，一连几天连电话都不打一个，回去休了你。屠敏敏心里明白，她和刘苞不一定能长久，他长得帅，又有钱，又花心，许多小姑娘围着他转，他口口声声说只爱她，她也不相信，也许他和许多女孩子都这样说过。有一次，他和她上完床就要走，没有一点过渡。她说，你不是真爱我，你爱的只是我的肉体。他矢口否认。屠敏敏说，你留下来陪我，就证明你是真的爱我。可他还是走了，没有一点余地。好几次，她想和他分手，又有点不舍，和他在一起，还是蛮舒服的。在清凉的晨光中，屠敏敏想给他打个电话，忍住了，也许他身边躺着别的漂亮姑娘，不要自讨没趣，他不主动打电话，她是不会给他打电话的。现实是那么残忍，一切都那么不确定。这个世界上，真正关爱她的，只有哥哥，她无论如何也要找到他。

走到野狼森林边上时，天已经大亮了。天上的星星渐渐隐去，东方的那个山坳呈现出橘红色,沉睡了一夜的太阳将要喷薄而出。屠敏敏从冲锋衣的口袋里掏出瑞士军刀,弹出了刀子,咬了咬牙,斗胆走进了野狼森林。

她真的在森林里迷路了,和梦境中的一模一样。和梦境不一样的是,屠敏敏没有发现那翻新过的土层,也没有看到哥哥的头从松软的泥土中生长出来。没有呼唤她的声音,也没有野狼,只有风在森林里乱窜,树叶哗哗作响,偶尔有大鸟浑圆的叫声让透落的斑驳阳光晃动。

屠敏敏在森林里打转了一个上午,找不到出口,急得浑身冒汗。

突然,她听到了叫声。

小屠姐姐,你在哪里?小屠姐姐,你在哪里……

是黄杨木。屠敏敏悲喜交加,悲的是没有找到哥哥,喜的是黄杨木来找她,可以带她走出野狼森林。她大声喊叫,杨木,我在这里,我在这里……

黄杨木出现在她面前时,她不觉得这个男孩长得丑了,他朝她咧开嘴笑,露出满口白牙。屠敏敏把他抱在怀里,在他耳边轻轻说,谢谢你,杨木。黄杨木深深地呼吸了一口气,突然说,小屠姐姐,你好香。屠敏敏松开了手,擦了擦眼睛,刚才她眼睛湿了。

黄杨木在前面引路,屠敏敏跟在他后面。

看着黄杨木单薄的身子,屠敏敏有点心疼。

黄杨木回过头说,我爹说要打死我,因为我没看好你,让你进野狼森林来了。

为什么?

我不能说。

杨木,你说,没事的,这里就我们俩,不会有人知道你说了什么。

不行,他们还是会知道的,屠画家和春花婶婶的秘密他们也可以知道,怎么也骗不了他们的。

你说什么?我哥哥和春花有什么秘密?

不,不,我什么也没有说。

屠敏敏一把抓住他,手中的瑞士军刀指着他,瞪着眼睛说,你说,不说我用刀捅你。

黄杨木脸上下了层霜,干裂的嘴唇抖动着,眼睛里充满了惊恐。他真的很怕死,还是说出了屠铭铭和宋春花的事情。

第十一天

那个凶手奔跑的样子总是会浮现在我眼前,今天我是无法继续写下去了。我是在哪里见过这个人,矮小,穿着古怪,留着引人注目的头发。我点燃了一根烟,走到阳台上,猛吸了一口。还没有将烟吐出去,就一阵猛烈的咳嗽。我有个不良习惯,就是写作时一根接一根地抽烟,如果没烟了,我就无法写下去,灵感会突然枯竭。我的小说是一根根烟燃烧出来的,我的生命也会被香烟一根根燃烧掉。我知道这样不好,成了痼疾,但只能如此。苏宁说得没错,站在阳台上,看夕阳西下,这个角度最好。夕阳挂在两座奇峰之间,那是最美的景致,火红的云霞转瞬即逝,让我想起了莫茹的死。如果那个凶手不绳之以法,我心难安,会一直活在愧疚和痛苦之中。

白牙(九)

屠铭铭的到来,打破了枫村的平静,像一块石头投进了如镜的湖面,湖面被激起了浪花。这个偏远小村,极少有外人到来,何况还是个风流倜傥的年轻画家。村主任接待了他，惊讶地问，你怎么知道我们枫村的？屠铭铭说，走着走着就走到了枫村。起初，村里人对他特别好，抢着拉他到家里吃饭，特别是那些年轻姑娘，有事没事上前和他搭讪。

村主任警告过那些姑娘，别让画家拐跑咯。那些比较泼辣的姑娘回嘴，巴不得被他拐走咧。村主任恶骂一声，不要脸的骚婆娘。其实，她们只是对屠铭铭好奇。黄水水的媳妇宋春花没有和他搭讪，只是远远地看看。黄水水对宋春花的家暴据说从新婚之夜就开始了，宋春花惨叫了一夜，村人没有理会，以为他们在干那事。打得多了，村人才知道黄水水的暴行，村里有了这样的传言，黄水水干那事根本就不行，打老婆是在泻火。

屠铭铭到枫村后不久，就目睹了黄水水对宋春花施暴。那天，他路过黄水水家，听到了宋春花的惨叫。枫村人大白天都不关房门，黄水水拿着藤条，死命抽打宋春花。屠铭铭冲进去，夺下了黄水水手中的藤条，说，你怎么能打人？黄水水倔强地说，我打自己的老婆，关你鸟事？屠铭铭说，她是你太太，不是你的奴隶，你打她是犯法的。黄水水扯着嗓子喊，你就是管不着，我想打就打。宋春花哀怨地说，屠画家，你走吧，我习惯了。

后来，有人看见宋春花在绝壁底下陪屠铭铭画画，还有人看见他们坐在野狼森林下面的草坡上说话……黄水水有天去县城找他哥黄山山要钱，两天后回家，有人告诉他，就在他离开枫村的那个夜晚，宋春花钻进了村公所屠铭铭住的房间。

……

黄杨木的叙述是支离破碎的，屠敏敏在自己的内心做了处理，得知了这些情况。说到这里，黄杨木就不肯往下说了。屠敏敏没有再逼他，收起了瑞士军刀。他们走出了野狼森林。这是正午，阳光炽热，屠敏敏还是觉得浑身冰凉。不远处，黄来福骑着高大的枣红马，朝他们这边张望。黄杨木浑身颤抖，小屠姐姐，你千万别说我告诉你了屠画家和春花婶婶的事情。屠敏敏倒吸了一口凉气，放心吧，我不会说的。

黄杨木飞快地跑掉了。

黄来福也骑马飞奔而去。

屠敏敏感觉到事情不妙，但是没有获得哥哥确切消息之前，她还不忍心下结论。也许哥哥就在这片山地的某个掩蔽的角落活着，也许像村主任他们说的那样离开了枫村，到另外一个地方去了。她的心很乱，满目的好风光也变得支离破碎，就像一幅撕碎了的风景画。

屠敏敏走过颤悠悠的小木桥，穿过柳树林子时，突然想，枫村为什么没有一棵枫树。这个想法很快就消失了，走出柳树林子，看到村里的百十号人都站在村公所外面的空地上，望着她。她不知道他们为什么会这样望着自己，也不晓得他们要干什么，脑海里顿时一片空茫。呆立了一会儿，她才迈动脚步，朝他们走过去。村人们脸上都下了一层霜，热情好客的笑容都消失了，那是一张张冷漠可怕的脸。村人给她让出了一条路，穿过人群，屠敏敏走进了村公所，来到她居住的房间，反锁上了门，又把窗户关得严实，拉上了窗帘。房间里黑乎乎的，开了灯，灯光让她舒出了一口气。有人进入过这个房间，背包明显被翻过。她想打个电话给父亲，发现手机没电了，可是，充电器怎么也找不到了。看着被翻过的背包，屠敏敏仿佛明白了些什么，这时，她才真正感觉到了危险。

第十二天

阳台上的太阳花，在白天的阳光下开得绚烂，有红的、白的、紫的……是一个个青春少女的笑脸，到了夜晚，花朵都闭合了，黑暗是罪恶的渊薮，花儿也许在保护自己。我站在阳台上，有冷风吹拂过来。我想起李嘉的提醒，这两天要降温了，要注意保暖。天上已经布满了铅云，月亮星星都被遮蔽了，雨随时都会落下来，我担心雨水会打碎太阳花的花瓣。远处有人大声喊了声什么，随即又陷入深夜的沉静，我也想大喊一声，可没喊出来，喉咙里像堵着一块橡皮，胸口异常沉闷。我想很多人都想冲着黑暗的天空呐喊，大部分人都无力或者无法喊出，总有一只无形的手在扼住喉咙。

桃子请我吃早茶，在植物园大门旁边的一家饭店，还有阳阳和她们另外一个同事。我们找了个很好的位置，透过玻璃窗，可以看到怪石嶙峋的假山，还有假山下池水里的鱼，那些锦鲤色彩斑斓，炫人眼目。其实我对这类花里胡哨的观赏鱼并不是很喜欢，它们会让我想到一类恶心的人。桃子说我来那么久没有请我吃个饭，有些愧疚。我反而愧疚了，无功受禄。我理解她们，做一家民营书店有多困难，现在读书的人越来越少，能够坚持下来，靠的是情怀，当然讲情怀有点俗。

我们聊到了莫茹的死，大家都心有戚戚。我对她们说，下晚班时一定注意安全。我的确是个没有安全感的人，那天莫茹被杀后，我给所有的女性朋友都发了私信，让她们保护好自己。在楼下吃米粉时，我也对米粉店的小姑娘说，不要在深夜乱跑。甚至在街上，看到形单影只的女孩子，都想走过去告诫她们，但我没有这样做，怕被她们误解成神经病。

桃子点了很多东西，最后都没有吃完。我想多吃点，可是肚子已经胀得不行，觉得对不起桃子，人家请你吃饭，将点的菜吃光，才是对主人最好的尊重。桃子笑着说，不要紧，打包回去给书店的同事吃。我往窗外瞟了瞟，天空中已经飘起了雨。

冷冷的雨。

寒流如期而至。听说，这个冬天会特别冷，千万别冻死阳台上的植物，特别是那株复活的茑萝。

白牙（十）

惨白的圆月在天空中疾走，看上去它只是在缓缓地移动。屠敏敏不敢出屋，被困在了房间里。她想等夜深了，枫村人都熟睡后，再逃离这个地方。屠敏敏坐立不安，想象着哥哥和宋春花的关系，不相信哥哥会和宋春产生恋情，他是个骄傲的人，一般的女孩子根本就看不上。可事情往往不按常规路径发展，也许哥哥真的爱上宋春花了呢？不，不会的……

夜越来越深。

两个人躲在屠敏敏房间外的窗下，那是黄来福父子。过了一会儿，他们离开了那地方，来到一个墙角。黄来福压低了声音说，小子，你确定她睡着了？黄杨木小声说，没有声音了，肯定睡着了，每夜都这样的，没有声音了我就回家睡觉了。黄来福咬着牙说，今夜不一样，没声音了你也不能回家睡觉，给老子看着，有什么动静赶紧告诉我，不能让她跑了。黄杨木说，好，好。黄来福威胁儿子，让她跑进野狼森林，本来就要打死你的，饶了你这一次，如果今夜让她跑了，活埋了你！黄杨木笑了笑，我是你亲生的儿子吗？黄来福说，废话！黄杨木又笑了笑，那你为什么要活埋我？黄来福不耐烦了，滚，我得回去开会了，懒得和你啰嗦。黄杨木傻笑。黄来福说，妈的，没有一个地方长得好，除了一口白牙。

村子中央的黄家祠堂里，灯光昏暗。除了黄杨木，男女老少一百多号人全部坐在长条板凳上，等待开会。村主任坐在主席台上，所谓的主席台，不过是一张桌子和一把椅子，桌子和椅子都有年头了，老旧。村主任说，大家都不要说话了，听我说。等大家安静下来。村主任没有马上说,而是点燃了一根烟,吸了一口,吐出一股浓烟。烟雾让他的脸变得扑朔迷离。台下的男人们也抽起了烟。

村主任说,晚上叫大家来,大家都应该知道发生了什么,大家商量一下,事情该怎么办。这件事情,黄来福是有责任的,作为村里的治保主任,没有尽到职,如果不让那姓屠的丫头进入野狼森林,她就不会发现我们的秘密。一个月前,也是在这里开的会,大家都统一了思想,不能让我们恩人黄山山的弟弟去坐牢,大家一起将屠画家的尸体埋在了野狼森林,而且保证保守这个秘密。现在,屠丫头已然发现了这个秘密,这事情要捅出去,我们全村人都有罪,都要法办,还会影响到山山的声誉,大家说说,该怎么办?

没有一个人先发言。

村主任有点火,你们这些人,得山山好处时个个喜笑颜开,要你们商量个事情,全都哑巴了。黄来福,你先说。

黄来福看了看大家,挤了挤眼睛说,这还有什么好说的,不能让她活着离开枫村。

有人开了口,就有另外的人附和,对,不能让她活着离开枫村,这样才能保守住秘密。

村主任说,好吧,那么,用什么办法弄死她呢?

一个年轻人站起来,笑着说,村主任,我看弄死她太可惜了,还是留给我做老婆吧,把她关在我家地窖里,跑不了,生完孩子,她兴许就不想跑了。

村主任吞了口唾沫,你想得美。

年轻人又说,那天晚上,你让我和来福叔假扮逃犯,我就想假戏真做了,没想到,吓不跑她,还让她进了野狼森林。

村主任呵斥,坐下,别动歪脑筋了,她不能活,大家继续讨论。

黄四美说,直接活埋算了,将她和屠画家埋在一起,我们有情有义了。

李菊香反对,不行,这样太残忍了,我看还是在饭菜里下点药,毒死她算了,明天早上该轮到谁了,一会儿回家准备好药,要毒点的,死得快,姑娘没有太大的痛苦。

村主任点了点头。

他突然问宋春花,春花,你说说,这样好不好,事情都因你而起,你也该表个态。

宋春花浑身颤抖,眼泪汪汪,不要问我,不要问我。

枫村人都进入梦乡之后,黄杨木轻轻地敲击窗门。屠敏敏迷迷糊糊中,听到了敲击窗门的声音,马上警觉起来,她手中握着瑞士军刀,走到窗前,问,谁?黄杨木低声说,是我。屠敏敏说,你想干什么?黄杨木声音充满了焦虑,我是来救你的,他们要害死你,快出来,我带你离开。屠敏敏迟疑了会儿,还是决定跟他走。

屠敏敏背着背包,轻手轻脚地走出了村公所。黄杨木拉起她的手,一直往村外走去。路过村口时,大黄狗躺在老柳树下,一动不动。黄杨木轻声说,不要怕,晚上我把全村的狗都毒死了。月光下,一匹马站在山坡上。那是匹高大的枣红马。黄杨木扶她上了马,自己也上了马。黄杨木用马鞭抽了一下马屁股,马就奔跑起来。

马蹄声碎。

翻过第一道山梁时,屠敏敏回头望了望,月光下的枫村宁静而美丽,她心里哀叫了声,哥哥——

黄杨木果然是骑马高手,他没有吹牛。来的时候,屠敏敏走了一天,马儿是被向导牵着的,慢吞吞地走,没有飞奔。一路狂奔,天蒙蒙亮的时候，就到了樟木镇。在镇子外面，黄杨木跳下了马，接着扶她下了马。屠敏敏的胯部又酸又痛，腿肚子也像插进了两截钢筋，鼓胀疼痛。屠敏敏决定坐第一班汽车到县城里去报案。她对黄杨木说，你跟我走吧。

黄杨木笑了笑，不，我要回去，这马是我爹的宝贝，如果没了，他会自杀的，我不想他死。

屠敏敏说，可是，可是你回去会被他们打死的。

黄杨木说，我不怕。

屠敏敏说，你不是说你怕死吗？

黄杨木笑了，露出满口白牙，现在不怕了。

屠敏敏有流泪的冲动，你为什么要救我？

黄杨木说，我不想看到你死，我和屠画家是朋友，他是好人，他说过要教我学画画的，他也不该死的，好好活着的人都不该死。

她将帽子摘下来，戴在他头上，戴上帽子的黄杨木，可爱了许多。他轻声说，小屠姐姐，帽子真送给我了？屠敏敏点了点头。他小眼睛里流下了泪，可是他笑着，白牙闪亮，像珍珠。屠敏敏从包里找出润唇膏，在他嘴唇上涂了涂，然后将润唇膏递给他，这个也送给你了，你每天涂，嘴唇就不会干裂了。

他将润唇膏塞进口袋里，说，我该回去了，我爹看不到马，会急死的。对了，当初，村主任让黄四美负责销毁屠画家留下的东西，他把屠画家画的画都收起来了，很多呀，一摞一摞的，都被他拿去引火了，他给了我两张，让我不要告诉别人。

他偏腿上马，看着她说，小屠姐姐，不要再来枫村了。马鞭落在枣红马肥厚的屁股上，马撒开蹄子，狂奔而去。黄杨木没有再回头，屠敏敏也看不到他满口的白牙了。

她的眼睛一片迷蒙，心里飘起了漫天大雪。

第十三天

　　下了一天雨，天又晴了。我惊讶地看到茑萝的藤蔓上，开出了两朵花儿，那花朵小小的，指甲般大，五星的形状，玫瑰的红色，不，比玫瑰红要深一些，像两滴血。很多植物都呈现出了生机，这个阳台，就是在凛冬，也有生命在成长。

　　我想起夜里的情景，又陷入忧伤的境地。

　　我分不清是现实还是梦境，女孩嘤嘤的哭声传进我的耳朵，我睁开眼，看到浑身是血的莫茹站在床前，她的脸是模糊的，我认定她就是莫茹。她不说话，只是哭泣。我无法动弹，也说不出话。我清楚她为什么会站在我跟前哭泣。我想表达内心的愧疚，想安慰她，却说不出话。

　　我看到书架上的一本书动了动，掉在了地上。不一会儿，一个外国老人站在莫茹身后，他眼神忧郁，在莫茹耳边说着什么。他伸出胳膊，搂着莫茹的肩膀，像一个父亲和自己的女儿那般。他仿佛在给莫茹讲一个古老的故事，或许还有别的。他搂着莫茹，消失在我的眼帘。

　　早上醒来后，真的有本书掉落在地上，薄薄的一本书，那是《小径分岔的花园》。我捡起书，翻开，看到了博尔赫斯的照片，他和我夜里见到的那个外国老人一模一样。

白牙（十一）

　　还原一些事实的真相是困难的，可是总得有人要去追寻。屠铭铭的死无疑是件悲伤的事情。警察在野狼森林里挖出了屠铭铭的尸体，尸体已经腐烂，屠敏敏不敢凝视哥哥腐烂的尸体，她还是不能置信这是那个风流倜傥的哥哥，幻想这是另外一个人的尸体，她亲爱的哥哥还在远方浪迹，说不定某天会突然来电，给她讲一些奇怪的见闻。她和警察回到枫村，没有见到黄杨木，一直到她离开。

屠敏敏得知了哥哥死前的情景。

据说那是个晴天，屠铭铭背着画夹先走出枫村。过了半个多小时，宋春花也走出了村子。她没有想到，丈夫黄水水也跟在了后面。屠铭铭在一个山坳里等待宋春花。那还是夏天，天空像着了火，炎热极了。宋春花见到他后，用手巾擦他额头上的汗。屠铭铭说，春花，今天要带我去哪里？宋春花笑笑，带你去一个可以看得很远的地方。宋春花带着他，爬上了一处险恶的山峰。山峰的一面，是悬崖峭壁，那悬崖峭壁就是屠敏敏见过的绝壁。站在绝壁之上，的确可以看到远处层层叠叠的山峦，枫村在屠铭铭眼里，变得袖珍。屠铭铭说，春花，给我拍个照片吧。宋春花接过他的手机，给他拍了好几张照片。屠铭铭说，春花，你过来，我们合拍一张。宋春花说，没有别人，谁给我们合拍呀。屠铭铭说，来，可以自拍的。屠铭铭搂着她，头靠着她的头，伸出另外一只手，拍下了最后一张照片。

他们站在那里，看着远方，感叹着大自然的神奇。

屠铭铭说，如果你能跟我一起走遍天涯多好。

宋春花笑了笑，那是不可能的，我有自知之明，我是个村姑，又是个有夫之妇，没有办法跟你走的，也许你走后两天就忘了我。

屠铭铭叹了一口气。

黄水水幽魂般站在了他们身后，突然，他伸出双手，将屠铭铭推下了悬崖。在宋春花撕心裂肺的尖叫声中，屠铭铭像一只折断翅膀的大鸟，坠落进万劫不复的深渊……

写完《白牙》，我长长地呼出了一口气，像是卸下了沉重的负担。这已经是深夜了。我突然觉得饥饿难忍。穿上外套，我走出房门。走过弧形的走廊,来到前台,我看到一个美丽的姑娘坐在长条木桌旁看书。姑娘聚精会神,仿佛我不存在,她可能是住在旅馆的客人,睡不着觉,才在这里读书。吧台值班的小王朝我笑笑,这么晚了还出去?我也朝他笑了笑,饿了,出去觅食。

楼下的米粉店已经关门,转了一圈,商业城美食街所有的店都关门了,我十分沮丧。市区里应该还有吃夜宵的地方,可太远,不想去。我拍了一下自己的脑袋,步行街口不是有家肯德基嘛。平常,我极少光顾肯德基,认为那种油炸食品会影响我本来就伤痕累累的身体。我走进了店门,员工们正在收拾东西,准备打烊。我问,还可以点餐吗?一个姑娘笑着说,可以的。我就买了六份麦辣鸡翅,要了大杯的可乐。每份有两个鸡翅,共十二个。我像刚刚放出监牢的罪犯,狼吞虎咽。小姑娘走过来说,先生,不急,你慢慢吃。她的声音很好听,可以用夜莺的声音来形容。我看着她的笑脸,姑娘,你知道那天发生的杀人案吗?姑娘说,谁不知道呀,大家都知道。

你不害怕吗?我嘴巴里嚼着鸡翅。

有什么好怕的,你不去惹事,也不会有人来杀你。她还是笑着说。

我说,你的意思是说,被害的那姑娘惹事了?

姑娘点了点头,然后走进厨房了。

吃完东西,肚子饱了,身体也温暖起来。回旅馆途中,我看到几个青年男女站在歌厅的楼下,嘻嘻哈哈,其中一个高个子姑娘引起了我的注意。对,我想起来了,那天在苏宁工作室吃饭,回来的时候,我看到过她,当时,有个矮个子男孩骑在她背上。而那个矮个子男孩就是杀害莫茹的凶手。

我赶紧掏出手机,给韦莎打电话。

韦莎,我有线索了,可以知道杀害莫茹的凶手是谁了,赶紧叫警察过来，我在这里稳住那姑娘。

西闽，我正要给你电话，凶手刚刚被抓住了，好在你在派出所提供了凶手的特征，他叫莫晓怀，是莫茹的堂哥。他杀人后，一直躲在山里，晚上他出来找吃的东西，踩到了一条蛇，被蛇咬伤了，就去了医院。医院的人发现他长得吻合通缉令上的特征，就报警了。他现在还在医院抢救，不知能不能活。

这种天气还有蛇跑出来？

是呀，也许是天意吧。

我突然想起了梦中的那条金色的小蛇，脑海里一片茫然。

第十四天

一觉睡到中午，这是十几天来，我睡得最香的一次。起床后，我去给阳台上的植物浇水。茑萝花还在，我又发现了两个小花苞，也许明天就会开放，可是，我明天一大早就要离开桂城了，我相信，谁住进来，看到茑萝花的开放，内心都会充满喜悦。

电话铃声响了。

是前台打来的电话，小王问我起床没有，说有个刚刚住进来的女作家要来参观以博尔赫斯命名的房间。我说没有问题。不一会儿，小王就带她过来了。原来就是昨天深夜在前台看书的那个姑娘。小王将她介绍给我后，就回前台去了。姑娘叫话梅，她的眼睛会笑，她也是被书店邀请来这里写作的。我带她参观了房间，然后走到阳台上。她看见了茑萝的花，哇地叫了声，好漂亮的花。我告诉她这叫茑萝。她在阳台上不停地拍照片，然后迫不及待地发微信朋友圈。接着我们一起泡茶喝，长条形的小桌和茶具终于派上了用场。话梅坐在我对面，和我聊天喝茶。她说看过我的小说。我没有读过她的作品，她介绍了她的作品，说她的小说是安妮宝贝那种风格。说话的时候，不时咳嗽两声，她说自己感冒没有好。写小说是体力活，我们都有同感，在这个浮华的年代选择了这个苦逼的行当，也是需要勇气的，于是，我们惺惺相惜。

喝了会儿茶，她就回房去了，说是身体不舒服，要睡一会儿。我邀请她晚上和我一起去吃饭，苏宁他们要给我饯行，书店的桃子和阳阳也去。她愉快地答应了。

她走后，我无所事事。

我想看会儿电视，才发现旅馆里没有电视，这可能是中国唯一一家没有电视的旅馆，因为中国人对电视的依赖十分惊人。我理解他们，不放电视机，而在房间里放那么多书，而且都是精选出来的好书，用心良苦。我拿起那本短篇小说集《小径分岔的花园》，最后一篇才是《小径分岔的花园》，以前读过这篇小说，重新读一遍，就是重新走进了文字的迷宫，有不同的感受。

在大部分的时间里，我们并不存在；在某些时间，有你而没有我；在另一些时间，有我而没有你；再有一些时间，你我都存在。

我突然觉得，那个晚上，我和莫茹以及博尔赫斯，都存在在这个房间里。而现在，只有我一个人在阅读，一个人在迷宫中寻找方向。或者，所有的方向都不是方向，都是歧路。

晚宴他们安排在百悦酒店中餐厅。那是一个大包房，苏宁、韦莎、李嘉、史长林、桃子、阳阳、苏展、蔡宇轩、吴迪、话梅和我，还有王庆祥。遗憾的是，黄土路没有来，我喜欢听他讲他和父亲以及家乡的故事，那些故事传奇而又让人着迷，只有下次来桂城再听他讲了。酒还是苏宁带来的野葡萄酿制的酒，韦莎总是赞不绝口。

韦莎喝了几杯酒后，脸又红了，像那天晚上看到的红月亮。她讲述了莫晓怀为什么要杀害莫茹。世人都爱钱，莫晓怀和莫茹也不例外。有天，莫晓怀找到了莫茹，告诉她一条生财之道，就是去一个视频网站搞直播。刚开始，莫茹只是在镜头前暴露一点胸部。这样来钱不快，打赏不多。莫晓怀就让她上身全部裸露，莫茹起初不干，在他的威逼之下，脱光了上身。后来，莫晓怀让她全身脱光，莫茹死活不干。恰好这个时候，莫茹的男朋友发现了她的视频，气急败坏地打了她，并威胁说要分手。那个晚上，莫晓怀在她下班路上堵住了她，将她拖到那个阴暗角落，用刀子逼她就范，她死活不从，并说要去派出所报案，莫晓怀头脑一热，就往堂妹的脖子上抹了一刀。

莫晓怀没有死于蛇毒之下，否则，这事情韦莎也无从说起。

韦莎说完后，短暂地沉默。

王庆祥端起酒杯，喝酒吧，喝酒吧，不谈死人的事情了，今朝有酒今朝醉，管他明日洪水滔天。

于是，大家又继续喝起酒来。我心里却隐隐作痛，如果我早一点出去，会不会可以制止莫晓怀杀人？换一种思考，是不是因为我的出现，导致了莫晓怀杀人？可能他根本不想杀她，只是吓唬吓唬她。如果是这样，我也是个杀人凶手。很多时候，我们都在间接杀人，而自己浑然不知。

我没有想到话梅会喝那么多酒。

显然，她很开心。

苏宁坐在我旁边，在喝酒的过程中，他给我透露了自己抑郁的原因。因为被朋友欺骗，那个曾经可以过命的朋友，因为鼻屎般大的一点利益，和他反目成仇。他是个极为真诚的人，怎么也无法理解朋友的行径，钻进了痛苦绝望的境地，无法自拔。也就是今天酒桌上的这些朋友，让他一步一步走出了困境。我还是担心他的精神健康，不希望某一天听到关于他不好的消息。

人生没有不散的筵席。

深夜，我和话梅回旅馆。她醉了，下车后，我搀扶她回到了房间，她一直在说要给男朋友打电话，却找不到电话号码。我将她放上床盖好被子之后，才回到自己房间。

我收拾好行李，已经凌晨四点了。

七点多的航班，我必须五点钟离开旅馆。还有一个小时，根本就无法睡眠。我又开始了胡思乱想，想着飞机突然在天空中消失，想着飞机突然起火，没有起飞就爆炸……还有那个叫莫茹的女孩，会不会再回到这个房间哭泣，现在就站在屏风的后面。还想到了小说中那个叫黄杨木的丑少年，他的白牙在遥远的山地闪闪发亮。小说也是一种梦境，它是现实更深处的谜团。我还是分不清现实和梦境，像有时分不清黑和白，美和丑，香和臭。有可能我就是一缕魂魄，一次飞机失事后飘出的一缕魂魄。胡思乱想让我面对现实有深重的恐惧感，我提着行李箱走出房间，然后又走回去，将那本《小径分岔的花园》放进行李箱，我要带走什么，自己也搞不清楚。也许我根本就没有带走这本书，只是我的臆想。或者真的带走了这本书，回家后会找不到它，它原原本本地回到了这间以博尔赫斯命名的房间，后来的人还可以一进房间就看到它，它被放置在洁白的被子上面，还有一朵玫瑰花。

2016 年 12 月 20 日完稿于上海家中

（发表于《南方文学》2017 年第 1 期，《中篇小说选刊》2017 年 6 期选载）

廖文怀看着阳光下浑身溜光闪亮的眼镜王蛇,闻到了它身上独特的气味,那是阿三身上的味道,异常熟悉,它回来了,竟然回来了。廖文怀的泪水流淌下来,呐呐地说:"师傅,师傅——"

眼镜王蛇仿佛在说:"徒儿,放心,我不会那么容易死掉的。"

影子

1

有些微不足道的人，在别人眼里，就是一个影子，甚至连影子都不是。廖文怀就是这样的人。唐镇似乎所有人都认识他，又似乎不认识，没有人用正眼注视过这个孤独者，都对他视而不见。他也很少和人说话，仿佛自己是个哑巴，永远用他那双迷茫的眼睛看着这个世界，有些渴望，更多的是落寞和孤寂。

入夜，廖文怀关上了家门，暂时断绝了与外界的联系。这是祖上留下来的老屋，他还守着，他家这一片，都是破败的老屋，有的已经坍塌，有的还在风雨中飘摇，大都没有人居住了。很多人家在镇子的新区建了新房，任凭老房子荒废，在廖文怀眼里，那些荒废的老屋，都是被遗弃的风烛残年的老人，也是一座座坟墓。

他家的老屋保护得不错，院子里还种了些花草，厅堂和卧房收拾得干净，住在这里，还是很舒服的。廖文怀好像是个与世无争的人，让生命在老屋里一天天延续。他有个弟弟，在省城里工作。父母亲还没有过世的时候，弟弟偶尔会回来住上几天，父母亲死后，他就再也没有回来过。弟弟上大学，是他出的钱，那时很苦，赚钱不容易，但他身体还算强壮，有卖苦力的地方。有时，他会怨恨弟弟，弟弟是白眼狼，竟然将他遗忘，但他很快释怀，只要自己没病没灾，还是可以养活自己，至于弟弟关不关心，已经不重要了。

点燃了灶火，在水开之前，淘好了米，也将猪大肠用地瓜粉、酱油、蒜头、米酒腌制好。水开后，廖文怀将两个陶瓷盆放进大锅里蒸，一盆是米饭，一盆是干蒸猪大肠，还特地往腌制好的猪大肠里放了些墨鱼干。廖文怀走到厅堂里，打开电视机，坐在椅子上看电视。电视机有些古老，是多年前，弟弟买的，早应该送去废品收购站了,他却还用着。电视机给了他温暖,是他最好的伴侣,忠实地陪伴他度过许多孤独的夜晚。看电视间隙,他会走进厨房,给灶膛里添柴,干柴燃出的火焰在舞蹈,噼啪作响,有种奇妙的香味。添完干柴,他又回到厅堂里看电视。电视屏幕里,一个年轻女子半露酥胸,光着两条大长腿,又蹦又跳,唱狂野的歌。廖文怀目不转睛,眼睛里燃起了像灶膛里干柴的火焰。他浑身微微颤抖,嗓子眼干燥难忍,不停地吞咽口水。他站起身,快步走到电视机前,伸出颤抖的手,抚摸着电视屏幕上的女人,他把女人从头到脚摸个遍。女人在电视屏幕上消失,他突然发出野狼般的嚎叫。

干蒸猪大肠的香味飘散出来。

廖文怀快步走进厨房,揭开锅盖,深深呼吸,迷醉的样子。廖文怀常常会为自己做的菜感动,觉得自己做的菜是最好吃的。事实上,他的确做得一手好菜,他父母活着时,夸他的菜烧得好,连他弟弟也说他烧的菜好吃,不比省城大饭店的厨师差。他将米饭和干蒸猪大肠端到厅堂的四方桌上,独自品尝着。看着电视,吃着饭,廖文怀觉得小日子还是很好过的,遗憾的是没有人陪他吃饭。要是父亲还在,他会要壶糯米酒,因为干蒸猪大肠是不错的下酒菜。廖文怀不会喝酒,喝一小杯就会醉倒,不省人事,也不抽烟,闻不惯烟的臭味。

弟弟抽烟挺凶的,以前回家,除了睡觉,嘴巴里都叼着根烟,廖文怀总是有种预感,弟弟会死在香烟上,就像嗜酒的父亲死于酒后血管爆裂。廖文怀基本上没有什么不良嗜好,却独身一人,连个老婆也没有。他记得自己有三次结婚的机会,三次都黄了。第一次机会,是在弟弟大四那年,父母亲都还在,托媒婆在乌鸡村找了个姑娘,那姑娘长得还行,也通情达理,廖文怀和她对上了眼。正要订婚之际,弟弟在大学里出了问题,将一个女同学搞大了肚子,如果不处理好,会影响大学毕业。要解决问题,没钱不行,廖文怀无奈，只好把准备用来结婚的八千元钱寄给了弟弟。没有彩礼钱，姑娘的父母不干了，这桩婚事就黄了。

第二次机会，是因为父亲之死。媒婆又给廖文怀说了门亲事，是东屋村的一个老姑娘，长相一般，和廖文怀站在一起，像他姐姐。那时廖文怀母亲已经过世两年，家里没有女人，总不像个家，父亲总是长吁短叹，希望儿子找个老婆来管家。廖文怀没有选择，觉得老姑娘也不错，准备结婚。岂料，就在订婚的前一天晚上，父亲高兴，多喝了点酒，半夜爆血管死了。喜事突然变成丧事，这婚也结不成了，老姑娘没有等他，半年后嫁给别人了，这让廖文怀十分奇怪，以前没有人要的老姑娘，怎么变得那么抢手。

廖文怀突然觉得烦闷，不再想以前的事情。

放下筷子，嘴巴里顿觉索然无味，他拿起遥控器，关掉了电视。

漫长的夜已经开始，廖文怀内心有些恐慌。

2

寂寥的唐镇被拉开了一道伤口，浅显的伤口，一个女孩不见了。如果是一个男孩失踪了，那么就是一道深刻的伤口，他的亲属们会兴师动众寻找，会把事情弄得沸沸扬扬。在2016年的夏天，女孩子丘淑珍的失踪，对于唐镇这个偏远山区小镇而言，只是一道浅显的伤口，并没有太多的人为此事上心。

丘淑珍的祖母吴七婆心里却被划开了巨大的伤口，鲜血喷涌。祖孙俩在唐镇相依为命，丘淑珍突然就没了踪影，好几天没有归家，吴七婆觉得天要塌下来了。丘淑珍父母在外打工，只是把她弟弟带走，留下她在唐镇和祖母一起生活。吴七婆去找过本家亲房，希望他们寻找孙女，他们装模作样地找了两天，也就算了。吴七婆无奈，只好自己寻找，一连几天，连孙女的影子都没有看见，体力不支，倒在床上奄奄一息，要不是邻居朱老太太同情，给她送点吃的，她就饿死在床上了。

朱老太太从吴七婆那里要了丘淑珍父亲的手机号，让儿子张一凡给他打电话。张一凡有些不耐烦，母命难违，只好拨通了丘淑珍父亲的手机。

"喂，是丘钟大哥吗？"

"你是谁？"

"我是张一凡呀。"

"哦，一凡，你有什么事？"

"别紧张，我没有到深圳，不会来找你麻烦的。"

"哪里的话，就是来，也要好酒好肉招待你，虽然没赚到几个钱。有什么话就直说，手头上活多，你也晓得赚钱不容易。"

"其实不关我事，是你家的事情，淑珍不见了。"

"你说什么？"

"我说淑珍不见了，你耳朵是不是有问题。"

"啊，多长时间了？"

"好几天了，没有到你那里去吗？"

"没有，你知道她去哪里了吗？"

"废话，要知道，还打电话问你呀。"

"淑珍一直很乖的，应该不会有问题，也许和同学到哪里去玩了，会回家的，不要担心，你和我妈说说，让她不要急，说不定过几天就回家了。如果她来深圳，我会打电话回去的，你让我妈放心。好了，不说了，我要干活了，老板盯着呢。"

挂了电话，张一凡白了朱老太太一眼："你急什么急，人家亲爹都不急，以后少管闲事。"

朱老太太叹了口气："七婆可怜，你就帮忙找找呗。"

张一凡没有吭气，出门去了。

朱老太太自言自语："这孩子会去哪里呢？要是找不回来，七婆会死的。"

3

走上河堤，廖文怀就看到了桃花河。桃花河是一条蜿蜒的大蛇，静静地流淌，在阳光下闪着亮光。河两边，是大片的野河滩，长满了各种各样的野草，还有些苍老而又奇形怪状的乌桕树，许多乌鸦栖在黑乎乎的枝桠间，不时发出怪叫。

廖文怀走下河堤，进入了野河滩。这是他熟悉的野河滩，从童年开始，他就喜欢在野河滩上玩耍，后来，野河滩成了他的福地，除了耕种的几亩地，野河滩给他提供了十分重要的生活来源。这是片神奇的荒野，只要进入夏季，各种草药就在阳光和雨露中从肥沃的泥土里生长出来，廖文怀是采药的好手，一眼就可以从杂草中分辨出什么是有用的药草。草药只是他在野河滩里一部分收入，还有更神奇的是，这里有抓不完的毒蛇。

大部分被蛇咬过的人，对蛇都有种刻骨的恐惧。廖文怀不一样，他被蛇咬过，却并不怕蛇。有时，他会躺在乌桕树下的草地上，闭上眼睛，想起十岁那年某个夏日，独自走进野河滩时的情景。大人们都吓唬小孩，说野河滩里有鬼魂飘荡，目的就是不让孩子们走过野河滩，到桃花河里去游水，几乎每年夏天，都有孩子在桃花河里溺水而亡。尽管如此，唐镇的孩子还是乐此不疲地跳进桃花河里尽情嬉戏。童年的廖文怀和其他孩子不一样，他也下河游水，但他更喜欢独自一人在野河滩里游走。那是个正午，毒日头暴晒，草叶都蔫蔫的，一副垂头丧气的样子。廖文怀浑身是汗，小脸通红，他突然停住了脚步，听到窸窸窣窣的声音。窸窸窣窣的声音停止了，一条眼镜王蛇在离他两步远的地方抬起了头。唐镇人对蛇并不陌生，廖文怀也不例外，他目不转睛地注视着这条两米多长的眼镜蛇，突然产生了伸出手去摸蛇头的欲望。眼镜蛇的头高高抬起来，吐着长长的信子，随时都有可能朝他扑过来。他不怕蛇，一直想像走江湖耍把戏的人那样将蛇玩出无穷无尽的花样，忽略了毒蛇的致命因素。他伸出了小手，就在他伸出手的刹那间，眼镜蛇发起了攻击，快速地飞起来，在他手腕上留下了两个冒血的牙洞。眼镜蛇落在草地上，快速地游走，一会儿就消失在草丛之中。廖文怀茫然地站在阳光下，不知所措。要不是一个形容枯槁的老者出现在他面前，他就死在草丛里了。那个老者救了他，他是唐镇的捕蛇人阿三。阿三是个老鳏夫，一生未娶，他的主业是殡葬师，专门将死人放进棺材，副业是捉蛇。他在唐镇没有朋友，连他的亲属也不愿意和他来往，觉得他晦气。他也不在乎，每天悠悠荡荡，自得其乐。阿三将随身带的蛇药涂抹在廖文怀的伤口上，用那条脏污的毛巾绑住他的胳臂，背着他，朝唐镇卫生院狂奔而去。

　　想起阿三，廖文怀心里充满了感激之情。阿三救了他的命，也将捕蛇的本领传给了他，他是阿三唯一的徒弟。那些年，只要到了夏天，廖文怀就跟着阿三，在野河滩以及唐镇周边的山野去捕蛇。阿三问过他，真的不怕蛇？廖文怀说，不怕。阿三说，捕蛇人没有女人会喜欢，你不怕以后讨不到老婆？廖文怀说，不怕。阿三叹了口气，那一生会很痛苦的。廖文怀还是说，不怕。阿三就收他为徒了，阿三本来想让他继承殡葬师衣钵的，廖文怀父亲死活不同意，就算了。阿三死后，廖文怀埋了他，每年清明节，还会去阿三坟前烧纸扫墓。他会坐在阿三坟前，叹口气说，师傅，你说得没错，没有女人的日子，真的很痛苦哇。他的第三次结婚的机会，就是因为蛇，将那个外乡女子吓跑了。那是个离过婚的女人，比他大两岁，他的一个远房亲戚介绍来的，她只图个安稳的家，其他没有什么可图。见面后，对廖文怀还算满意，廖文怀觉得女人白嫩，长得也过得去，自己也老大不小了，同意了这门亲事。可是，当她知道廖文怀是个捕蛇人后，就跑得无影无踪了，她对蛇有种天生的恐惧。

廖文怀背着竹篓，手拿着根光溜溜的棍子，在野河滩草丛里寻找毒蛇。

他在草丛里发现了一条蛇路，所谓蛇路，就是蛇爬行后留下的痕迹，有经验的捕蛇人一眼就可以看出来。那是细微的，平常人看上去无迹可寻的纹路，廖文怀的眼睛里闪动着阳光般的光芒。他放轻脚步，追寻过去。从发现蛇路开始，廖文怀内心像开了锅的水，翻滚沸腾。他还是抑制着兴奋的情绪，猫着腰，小心翼翼地寻找着那条大蛇。

突然，他听到一阵狂笑。

廖文怀站直了身，看到前方不远处，站立着一个精瘦的年轻人，他手中捉住了一条大蛇，显得异常激动，又像是在向廖文怀示威。按蛇路的方向，那条大蛇就是廖文怀要寻找的，那是条肥美的鸡嫲蛇，也是种毒蛇。他知道年轻人是谁，镇上的人都叫他闽南仔，漳州人，也是个捕蛇人。他的到来，对廖文怀来说，是个威胁，如果蛇都被他捉光了，还要廖文怀做什么？廖文怀抹了抹额头上的汗珠，咬了咬牙，看着闽南仔将蛇放进蛇篓里，心里涌起一股怨恨。对于这个闯入他领地的人，除了怨恨，他毫无办法。

4

张一凡心神不宁，总是会想起母亲的唠叨，自然也会想到躺在床上奄奄一息的吴七婆。吴七婆在他印象中，没有母亲那样开朗，一直阴恻恻的，那张布满深刻皱纹的老脸，透着无穷无尽的愁苦。吴七婆的丈夫很早就死了，死于采石场的一次爆破，她把丘钟拉扯大，丘钟成家立业后去了深圳，将女儿扔给了她，她又将孙女一点点地抚养大。张一凡很害怕看到她那张苦瓜脸，因为愁苦好像会传染，情绪会变得很不好。

张一凡在国道边开了个饭馆，生意还不错，有南来北往的人光顾，因为菜的味道好，本地人也光顾，特别是那些做生意的人。镇政府也在国道边，什么派出所、税务所、法庭、车站等都在国道边，很多人家搬离老镇，以镇政府为中心，在国道两旁建了新房，这里就成了新镇。新镇还有其他十几家饭馆，还有宾馆、超市、歌厅、洗脚按摩店、汽车美容店等等，镇子不大，五脏俱全。老镇却衰败了，老镇的小街平常冷冷清清，只是有集市时，还会分流过去一些人，在那里摆上摊档，进行物品交易。

张一凡在唐镇，算个人物，能把饭馆开得比别人成功，要有过人之处。临近中午，有客人陆陆续续进店。他心里有事，还是对客人陪着笑脸。张一凡喝了杯茶，站起身，走出了饭馆。阳光暴烈，这个夏天会很难熬。他从裤兜里摸出手机，给闽南仔打了个电话："今天有货吗？"闽南仔在电话那头得意地说："哪会没货，我可是闽南仔呀。你等着，半小时后给你送过去。"

张一凡手机滑进了裤兜，朝饭馆斜对面一百多米远的派出所走去，穿过国道时，躲闪着过往车辆。唐镇是个偏远山区小镇，平常也没有大事发生，派出所的事情也不算繁忙。张一凡走进派出所，看到所长李五一和一个年轻警察在泡茶。

李五一坐着，呷了杯茶，瞥了瞥张一凡，似笑非笑地说："张大老板，什么风把你吹来了，难得见你来派出所呀。"

张一凡满脸堆笑："哪里，哪里，我们不是经常见面吗。李所长，最近怎么不见你们来店里吃饭了。"

李五一淡淡地说："就我们那几个死工资，要养家糊口，哪能老去下馆子，况且，现在规定那么多，也不敢去哪。"

张一凡走近前，小声说："你们可以晚上来，别人看不见，前两天我外甥抓了几只野生甲鱼，很不错的，就算我请客。"

李五一哈哈大笑。

张一凡被他笑得莫名其妙。

李五一的脸突然变得冷峻："张老板，无功不受禄，你今天来，是有什么事情要办吧？"

张一凡叹了口气说："的确，是有事情，可是，不是我自己的事情。"

李五一抬起手腕，看了看表："有什么事情就直说，过会儿我要去城里，县局下午有个会。"

张一凡说："我邻居吴七婆的孙女丘淑珍不见了，我是来帮她报案的。"

李五一说："喔，她自己怎么不来？"

张一凡说："孙女不见了，她急得病了，躺在床上动不了了。"

"刘冰，你负责这个案子吧，带张老板去做个笔录，我该走了。"李五一站起身，对年轻警察说。接着，李五一又对张一凡说："刘冰是新分配来的，刑警学院高材生，有什么问题和他说，我真的得走了，就不奉陪了。"他出门前，还用力拍了拍张一凡的肩膀，力道十足。

刘冰个子不高，但十分精干，目光锐利。他坐在张一凡对面，边问问题，边记录。他的问题很多，张一凡有些不耐烦，心里还惦念着饭馆的事情，一会闽南仔就要送蛇来了。刘冰劝他冷静，让他多提供点线索，好找人。张一凡耐着性子回答，有些问题其实他根本就不想回答，比如，丘淑珍是个什么样的女孩子。

刘冰鹰隼般的目光逼迫着张一凡。

张一凡无奈，只好说："她是个古怪的女孩，说实话，我很不喜欢她。她平常很少说话，见到人总是瞪着眼睛，好像谁都欠了她什么似的。这半年来,她脸上长了很多红疙瘩,本来就不太好看的脸就更难看了。听我妈说,这几个月,她和吴七婆闹得很僵,经常吵架,她脾气不好,一吵架就摔东西。我碰到过一次,她摔了个碗,还恶声恶气地辱骂她奶奶,我气不过,过去说了她几句,她矛头指向了我,冲我大喊大叫,当时她那样子,像鬼一样,我吓得赶紧跑了,再不管她的事情。"

好不容易,刘冰问完了问题,张一凡撒腿就跑了,多在派出所待一秒钟,他都要疯掉。

走出派出所,站在惨烈的阳光下,张一凡看到自家饭馆门口围满了人,像是在看什么热闹。他走近前,才知道是闽南仔在玩蛇,炫耀捉蛇技艺。闽南仔按时来到饭馆门口,发现张一凡不在,他点根烟,等待。有个路人对他说:"闽南仔,又来卖蛇了?"闽南仔吐了口浓烟,黑乎乎的脸上堆起骄傲的笑容:"是啊,今天上午收成不错,抓了三条大蛇,两条鸡嫲蛇,一条眼镜王蛇。"路人有强烈的好奇心:"看看,看看。"闽南仔说:"好,让你开开眼。"他打开蛇篓,眼疾手快地抓起一条鸡嫲蛇,食指和拇指掐在蛇头下,蛇身缠绕在干瘦的手臂上。他将蛇凑近路人,路人吓得往后一躲。闽南仔笑了:"看到没有,这蛇多漂亮,看看,蛇身上的花纹。"路人点点头。不一会儿,很多人就围拢过来。见人多起来,闽南仔喜形于色,也许他天生就渴望表演,渴望别人的夸赞,他举起另外一只手说:"大家信不信,我这只手也可以抓蛇,我可以同时两只手玩蛇。"有人说信,也有人说不信。他将手伸进了蛇篓,众目睽睽之下,将那条眼镜王蛇抓了出来,人群一阵惊呼。他的确是个捉蛇好手,他可以将两条蛇抛起来,变戏法般将蛇掐住,不偏不斜,正好掐在蛇头底下。

见到张一凡,他笑容满面地说:"老板,看看,这蛇怎么样,又肥又美。"张一凡不喜欢他这样招摇,像眼镜王蛇都偷偷买,要是有人举报到林业公安，那不是什么好事情。张一凡拉下脸："好了，好了，大家都散了吧，有什么好看的，闽南仔，快把蛇收起来。"就在这时，闽南仔手指一松，眼镜王蛇飞起来，在他嘴唇上狠狠地咬了一口，另外一只手也松了，鸡嫲蛇在他裸露的胸口咬了一口。两条蛇掉落在地，人们惊叫着四散而逃。有人缓过劲来，操着家伙打蛇，鸡嫲蛇被打死，那条眼镜王蛇却钻到饭馆门前水沟里，不见了踪影，怎么找也找不到了。闽南仔口吐白沫倒在地上。

张一凡赶紧叫人将他抬去镇医院，结果到了医院，闽南仔不治而亡。

有些人死于炫技，闽南仔是其中之一。

5

午后，乌云遮住了太阳，野河滩阴沉下来。廖文怀心情沮丧，整个上午，一无所获。如果不是闽南仔搅局，或许那条鸡嫲蛇就是他的，他不贪心，一天能够捉到一条蛇，就心满意足了。他默默地来到桃花河边的那棵水柳下。坐在水柳下，风灌过来，十分凉爽，抬头望望天，乌云翻滚，要下雨的感觉。风风雨雨对他来说，根本就算不了什么，但他要离开水柳树，怕被雷劈。

他突然想到一个地方，赶紧走过去。

那是野河滩的一小片洼地，师傅阿三的坟墓就在洼地中间。这是阿三自己选择的安葬地，他活着时，多次对廖文怀说，自己死后就要葬在这里。廖文怀百思不得其解，阿三神秘地说，你不要问那么多，按我说的话做就好了。唐镇人死了，大都埋在山上，而且要请风水先生找好地方，阿三却要葬在野河滩的低洼地，一场暴雨都会将坟墓淹在水中。廖文怀至今也不晓得阿三的用意，只是每年扫墓，都会给坟墓添上新土，坟墓也越来越高。

廖文怀发现了异常。

坟墓被挖过，而且没有完全填好，他一阵心伤。谁会动阿三的坟墓？廖文怀突然想到了什么，自言自语道："不好，不好。"他跑到阿三坟前，大声喊道："师傅，你出来，出来！"

他脸色铁青，在坟地四周寻找着什么，急得团团转，像只无头苍蝇。好大一会儿，他没有找到要找的东西，阿三也不会从坟墓里爬出来。廖文怀颓然坐在地上，直喘粗气，他想到了闽南仔，一定是他，是他捉走了师傅阿三。那是一条眼镜王蛇。在苍茫的野河滩上，有两种蛇，廖文怀是不捉的，一种是未成年的蛇，一种是阿三墓地的眼镜王蛇。记得阿三说过，捕蛇人终归会有报应，死后不可能会转世为人，而且会变成一条蛇。就在阿三死后的第二年夏天，廖文怀路过这小片洼地时，看到一条眼镜王蛇盘在阿三坟头，抬着蛇头，像是在和他打招呼。廖文怀呆了，耳边仿佛传来了阿三的声音："文怀，是我呀，我已经变成了一条蛇。"双膝一软，他噗咚跪在地上，喊了声："师傅——"那条眼镜王蛇点了点头，从一个洞里钻进了坟包。从那以后，他经常会在洼地见到这条眼镜王蛇，他会停下脚步，蹲下来，和它说会儿话，眼镜王蛇也不会伤害他，抬着蛇头和他对视，等他说完话，就钻进坟包。见到这条眼镜王蛇，他就是见到了师傅，有种说不清楚的情感。

风越来越猛烈，天空中顿时雷电交加，廖文怀突然仰天号叫："师傅，师傅——"

对于孤独的廖文怀而言，洼地的眼镜蛇是他最好的慰藉，可是，它竟然被人捉走了，他能不发狂吗？暴雨在他撕心裂肺的号叫中落下，疯狂地抽打着大地，抽打着他并不强壮的身躯。雨水从四面八方灌进洼地，不一会儿就淹到廖文怀的膝盖，他浑身瑟瑟发抖，他没有离开洼地，仿佛要和阿三的坟墓共存亡。浑黄的水到达他腰际时，洼地被水灌满了，坟墓和他一样，没有完全被淹没，露出坟尖。夏天的雨，来得快，去得也快，雨停后，太阳又重现天空。他浑身湿透了，长长地叹了口气，走出了洼地。

他突然听到了窸窸窣窣的声音。

那是蛇滑过草地的声音。

目光朝声音传来的方向搜寻，他惊讶地看到一条眼镜王蛇从湿漉漉的草丛中快速地游过来。目瞪口呆。眼镜王蛇溜到他跟前，停住了，抬起蛇头，朝他吐了吐信子。廖文怀看着阳光下浑身溜光闪亮的眼镜王蛇，闻到了它身上独特的气味，那是阿三身上的味道，异常熟悉，它回来了，竟然回来了。廖文怀的泪水流淌下来，讷讷地说："师傅，师傅——"

眼镜王蛇仿佛在说："徒儿，放心，我不会那么容易死掉的。"

廖文怀点了点头。

眼镜王蛇溜进洼地的水中，来到坟尖上，盘在那里，一动不动。师傅累了，需要休息了，谁也伤害不了他，廖文怀心想。他说："师傅，你好好休息吧，我也该走了，下次再来看你。"他知道洼地里的积水很快会被潮泥吸干，眼镜王蛇很快会回到坟墓的洞穴里。

廖文怀目光落在河面上，发现有个赤身裸体的人从上游漂下来。

心里悚然一惊。

靠近前了，他才发现那不是真人，而是个假人，那是个仿真的塑胶充气娃娃，也许是从上游的县城里漂下来的。廖文怀有些心动，想了想，便跳下河，捞起了它。

6

暴雨落下来之前，刘冰到张一凡饭馆简单调查了一下闽南仔被蛇咬死的事情，然后骑着自行车，来到了唐镇老街上吴七婆的家里。破败的老街让人心酸，老街两旁的房子还好些，那些巷子深处，却是大片大片倒塌的老屋，惨不忍睹。

朱老太太坐在家门口的屋檐下乘凉，拿着把大蒲扇，不时地摇动。

刘冰在她跟前停住，一只脚撑在地上，笑问："老人家，请问吴七婆的家是在这里吗？"

朱老太太站起身，笑着说："是的，是的，就在这里。"

刘冰放好自行车，朱老太太热情地带他来到了吴七婆家门口。朱老太太说："七婆，派出所的人来找你了。"吴七婆微弱的声音响起："门没闩。"朱老太太回过头："她家没什么值钱东西，门也不用闩，不招贼。"刘冰点了点头。朱老太太推开门，对刘冰说："进去吧。"刘冰进屋去了，朱老太太没有进去，回自己家去了。

屋里阴暗，像是进入了一个潮湿的洞穴，还有股霉烂的气味。刘冰很不习惯，可是既然进来了，就不应该马上退出。这是个简陋的家，一个饭厅，两个卧室，还有个狭窄的厨房，厨房里有老鼠在灶台上爬，见有人进来，仓皇地逃进洞里。饭厅里一张桌子，一个碗柜，神龛上还有一台老式电视机，除了这些，四壁空空。刘冰走进吴七婆卧室，她躺在床上，不停地咳嗽。这是个风烛残年的老女人，她的咳嗽声让刘冰的心一阵阵抽动。

这时，屋外下起了暴雨。

吴七婆挣扎着要爬起来，被他制止住了："老人家，你躺着，不要动，我只想问问你孙女的一些情况。"

提起孙女，吴七婆老泪纵横，哽咽地说："你一定要帮我找回淑珍，要是找不回来，我这条老命也就不要了。"

刘冰说："老人家，你别急，我们会想办法找人的。我想问你一些问题，你知道的都告诉我，好吗？"

"好，好。"

"淑珍失踪前，有什么反常的行为吗？"

"我想想，没有，没有什么反常的，那天中午吃完饭，她出去后就不见了。我问过她去哪里，她没有说，还说我老太婆别管那么多。"

"她是不是性格有问题？经常和你吵嘴？"

"唉，她小时候还挺乖的，上了中学，脾气就变坏了，嫌这嫌那的，我一个没有文化的老太婆，管不好她。我让她爹妈带她走，我一个人安生，她爹妈说不行，在外面做工也苦，两个孩子照顾不过来。淑珍自己也不愿意跟她爹妈出去，说和她爹妈有仇，她恨爹妈，说她不是爹妈亲生的。想想淑珍也可怜，她就是朝我发脾气，我也不会记怪她。我只希望她好好读书，考上大学，以后有工作了，能够养活自己了，我就死也瞑目了。"

说完，她又剧烈地咳嗽。

刘冰叹了口气。

等她平息下来，刘冰说："老人家，你慢慢说，不要急。以前淑珍离家出走过吗？"

"没有，从来没有，再怎么生气，她也不会走，就是把自己关在房间里，不吃饭。这孩子脾气是不好，伤我的心她也不好受，每次发完脾气，还会安慰我，说对不住我，还哭，她哭我也哭。"

"老人家，别伤心，淑珍应该是个懂事的孩子，我想她会回来的。对了，她学习成绩怎么样？"

"学习成绩一直很好，老师来家访时，说她很用功的。"

"她有没有比较要好的同学？"

"这个我不知道，没有同学来找过她。"

"我能去看看她的房间吗？"

"可以，可以。"

"老人家,你不要动,好好躺着,我去看看就可以了。"

"好,好。"

丘淑珍的房间明显和吴七婆的房间不一样,收拾得清清爽爽,看得出来,女孩子还是很爱干净的,一张床和书桌,还有个小衣柜。书桌上摆放整齐的课本和作业本,还有台旧电脑,刘冰还发现了一本小说,那是一本爱情小说。他拿起这本书,翻了翻,发现很多句子画上了红线,有一句是这样的:你可以蔑视我,也可以厌恶我,但是你无法扑灭我内心的爱之火焰。可以感觉到,这个女孩子情窦初开,内心有了爱的萌动。合上书本,将它放回原处,刘冰走了出去。

他回到吴七婆床前,她还是不停咳嗽。

"老人家,你好好休养,我先走了,有什么消息,会第一时间通知你,如果她回家了,你也告诉我们。"刘冰说。

吴七婆突然伸出手,抓住了他的手:"求求你了,一定要帮我找回淑珍。"

她枯槁的手冰凉而又有力,刘冰的心在颤抖。

她松开了手,刘冰逃也似的走出了她的家门,他发现雨停了,小街的石板路湿漉漉的。这时,朱老太太端了碗热气腾腾的中药汤走过来,笑嘻嘻地说:"公安同志,你要走?"刘冰深呼吸了口新鲜空气,笑着说:"走了,谢谢你呀,多亏你照顾她。"朱老太太说:"哪里的话,左邻右舍的,应该相互帮助,我生病时,七婆也照顾过我。"

刘冰骑上自行车,心里特别沉重,仿佛要是找不回丘淑珍,会有负罪感。就要离开老街时,他看到一个脸色灰暗的中年人扛着一具充气娃娃走进小街。停下来,看着他经过,刘冰觉得他慌乱地瞥了自己一眼,然后加快脚步,匆匆而去。刘冰的目光追踪着他的背影,很快地,他闪进了一条小巷,没了踪影。

7

夜深了,有蛙声传来,成片成片的蛙声,搅得廖文怀心烦意乱。躺在床上,黑灯瞎火,身体的某个部位又蠢蠢欲动。他的手摸到身边的充气娃娃上,用力地抓住充气娃娃的乳房,有种奇妙的感觉,尽管充气娃娃没有真人的体温,和麻雀的肉体相比,要差很多,如果说麻雀是货真价实的鸡肉,那么充气娃娃不过就是素鸡。

问题是,这上天送给他的充气娃娃,还是能够让他产生快感,在它身体上发泄内心疯狂欲望时,他会把它当成麻雀,而瘫软下来之后,无需付钱。他已经在充气娃娃上发泄过两次了,心里还想着再来一次,因为充气娃娃完全是他的私有物品,只要他不将它扔掉,它永远属于他。他想,发明充气娃娃这种尤物之人,一定是个天才,而把它扔到桃花河里的人,就是他的恩人,也可以说是他的岳父,不用交一分钱彩礼的岳父,可以永远不用孝敬的岳父,这给他省去了无穷无尽的麻烦。至于充气娃娃没有情感,不会叫唤,没有真人的体温,都不重要了。最重要的是,它会忠诚地陪伴他,度过漫长的孤寂之夜。

廖文怀脑袋发热,底下鼓胀着,心里燃烧着烈火,不,浑身都着了火。他扑在充气娃娃上面,竭尽全力地运动着,心里想象着麻雀的肉体,直到那股热乎乎的液体喷射而出,他才心满意足地像条死狗般瘫软下来,口干舌燥地喘息。

平静下来之后,他搂抱着充气娃娃,心里还是会想和麻雀在一起的短暂时刻。麻雀是他有生以来,第一个和他床笫之欢的女人。她是唐镇夜莺按摩店的技师。夜莺按摩店一到晚上,小小的霓虹灯就会一闪一闪跳跃着,勾引着男人们的小心肝,让人啼笑皆非的是,霓虹灯的招牌上还有四个小字:正规按摩。那是掩人耳目的四个字,也有此地无银三百两的意思。入夜后,就会有偷腥的男人贼兮兮地溜进去，疲软地走出来。

廖文怀虽说是个边缘人，大家都对他视而不见，小镇上有什么稀奇古怪的事情，自然也会风传到他耳朵里。有一次，他在扁食店吃扁食，就听到两个男人细声地说着夜莺按摩店的事情，边说边鬼鬼地窃笑。廖文怀也是男人，也有欲望，想想花点钱能够让自己成为真正的男人，何乐不为？经过几天几夜的思想斗争，廖文怀在某个深夜溜进了夜莺按摩店。

按摩店里的房间很小，按摩床也很窄，有股怪怪的腥臭味，他突然觉得很脏，就要逃。接待他的麻雀说："你觉得在这里不行，去别的地方也行，比如宾馆什么的。"廖文怀窘迫的样子，吞吞吐吐地说："那，那去，去我家行不行？"麻雀笑了笑，脸上的雀斑跳跃着，像一颗颗星星："你家没有其他人？"廖文怀摇了摇头。麻雀说："那可以呀，不过，出台要加钱的，否则老板娘不干。"廖文怀想，只要能够实现多年的愿望，多点钱也在所不惜了，大不了多抓几条蛇。于是，他将麻雀带回了家。

廖文怀打着手电，走入那条阴森森的小巷时，她停住了脚步。

廖文怀回过头："怎么不走了？"

麻雀身体微微颤抖："我有点怕。"

"怕什么？"

"你不会把我杀了吧。"

"我像杀人的人吗？"

"不清楚，不过，这像毁尸灭迹的地方，恐怖片里都是这样的。"

"既然你如此害怕，那我送你回按摩店吧。"

"真的？"

"真的。"

"你不想要我了？"

"想。"

"那你为什么还要送我回去？"

"因为你担心我会杀了你。"

"我还是跟你走吧。"

"为什么？"

"因为你刚才的话让我觉得放心了，你不会杀我。"

廖文怀将麻雀带回家后，反而不知所措了，因为从来没有干过男女之间的事情，一下子不知道从何做起，脸憋得通红。麻雀倒是很大方，进房间后就脱光了衣服。麻雀白生生的胴体在灯光下散发出耀眼的光辉，廖文怀呆呆地看着她，喉结滑动着，吞咽着口水。麻雀躺在床上，娇笑着说："来呀，傻瓜。"廖文怀觉得心脏要爆炸，就是无法移动脚步。麻雀从床上爬起来，走到他跟前，帮他脱光了衣服。她抱着他，温暖着他，在他耳边轻轻地说："你是不是第一次？"廖文怀说："你好香。"麻雀说："别紧张，我教你。"她将他拉上了床，慢慢地引导他进入了自己的身体……完事后，廖文怀还是说："你好香。"麻雀脸色绯红，轻声说："这事情会上瘾的。"廖文怀抹了抹额头上的汗水，贪婪地说："我还要。"麻雀说："要可以，可是要加钱的。"廖文怀扑上去："加钱，我还要。"那个夜晚，直到精疲力竭，廖文怀才罢休，麻雀也在他家过了完整的一夜。天亮后，廖文怀将积蓄了两个多月的辛苦钱全部给了她，走时，麻雀在他脸上亲了口，说："想要了再来找我。"

廖文怀记得，后来他们还有过三个夜晚的甜蜜时光。最后一个夜晚，他们像两条蛇一样缠绕在一起，一直到天亮。廖文怀说："麻雀，你做我老婆好吗？"麻雀面露难色："实在抱歉，我在老家有男人的，还有孩子，我不能抛弃他们。"廖文怀说："可是我已经离不开你了，我对你上瘾了。"麻雀说："我不做你老婆，我们也可以经常在一起的，我不会离开唐镇的。"廖文怀说："你要是走了，我可怎么办？"麻雀笑了："我就是走了，按摩店里还有别的女人呀，你可以找她们。"廖文怀说："我不会找她们，我只喜欢你。"麻雀叹了口气说："你真傻。"

麻雀到底还是离开了唐镇，到哪里去了，他一无所知。

那是几年前的事情了，夜莺按摩店被扫黄扫掉后，就关门了，麻雀和其他的女人都不知去向。麻雀走后的那些日子，廖文怀经常在深夜撕心裂肺地喊叫，听到的人以为谁得了狂犬病。多年过去了，廖文怀还记得麻雀，记得他们在一起的那段露水姻缘。有时，他会在梦中看到麻雀，便对她说："你好香。"醒来还是漫漫长夜，凄凉忧伤，欲哭无泪。

他紧紧地抱着充气娃娃，喃喃地说："麻雀，你再也不会离开我。"

8

尽管刘冰向各地公安部门发去了协助寻找丘淑珍的公函，也在网上发布了寻人启事，他还是觉得丘淑珍不会走远，也许还在唐镇，也不能排除被害的可能。他要搞清楚，丘淑珍前段时间和谁有过密切的接触，经常和谁在一起，然后挨个排查。

别看唐镇是个小地方，工作量还是蛮大的。

刘冰吃完早饭，决定去找丘淑珍的班主任，他了解到，唐镇中学高一（4）班班主任是副镇长游长河的老婆肖阿红。他担心现在是暑假，肖阿红可能出去旅游什么的，去之前，给游长河打了个电话，确定她在家，才赶过去。

肖阿红在做家务，女儿游小糖在弹电子琴。

刘冰到来后，肖阿红放下了手中的活计，给他泡了杯茶。

她对女儿说："小糖，你去看书吧，先别弹了，我和你刘叔叔有事情要谈。"

游小糖到她房间去了。

刘冰喝了口茶水，笑着说："肖老师，很抱歉，打扰你了。"

肖阿红捋了捋头发，面带笑容说："哪里会打扰。小刘，有什么事情？"

"我直说了吧，我是为了丘淑珍的事情来的。"

"丘淑珍怎么了？"

"她失踪了。"

"啊，怎么会？这是不可能的呀。"

"她真的失踪了。"

"那可如何是好？"

"我们正在寻找。肖老师，我对她的情况不是很了解，我想问问你，关于她在学校里的一些情况。"

"丘淑珍话不多，是个刻苦学习的学生，成绩也不错，每次考试，都是班里的前五名，尤其是作文写得特别好，还得过奖，是个很有前途的女孩子。而且，在学校里很守纪律，从来不迟到和早退，也没有听说过和谁吵过架。"

游小糖从房间里走出来，沉着脸说："妈，你说得不对。"

刘冰的目光落在她秀气的脸上。

"小糖是丘淑珍的同学，还是同桌，"肖阿红解释，然后对女儿说，"小糖，妈妈哪里说得不对了？"

游小糖说话的语速特别快："妈妈，丘淑珍学习刻苦没错，成绩好没错，作文写得好没错，不迟到不早退没错，可是，要说她人有多好，我都不答应。丘淑珍性格孤僻，从来不和班里任何一个同学来往，连我这个同桌，也几乎无话可说，而且，骄傲自大，总认为自己学习成绩好，瞧不起别人。我曾经真心实意地向她取经，问她怎么样才能写好作文，她甩给我个冷面孔，不屑地说，回家问你妈妈去。当时我气得眼泪都快掉下来了。"

肖阿红惊讶地注视着女儿："你说的是真的？"

游小糖说："当然是真的，这些不算什么，还有更让人气愤的事情呢。那次给灾区捐款，她非但没捐，还阴阳怪气地说，捐什么捐，我们又不会赚钱，还要靠家里人养活呢，这不是给家里人增添负担吗？你们说，她有一点爱心吗？我就是看不惯她，总拉着张脸，冷漠自私。"

肖阿红说："小糖，这些你都没有和我说过。"

游小糖说："要不是小刘叔叔来了解情况，我才懒得说她呢，况且，打小报告是多么卑鄙的事情，我才不会那样做。"

肖阿红说："小糖，我想呀，也许你和同学们都错怪丘淑珍了，她不会像你们想象的那样，而是性格的问题，对同学要宽容。"

游小糖脸色阴沉下来："妈，你太不了解她了，她在你们老师面前是只小乖猫，那是装的，她可能装了。"

肖阿红严厉地说："小糖，不能这样说丘淑珍。她现在失踪了，生死不明，我心里都很难过，你难道没有一点同情心，还不停地说她的不是？无论如何，她也是你的同学，一点同学情谊都没有吗？"

游小糖低下了头。

刘冰说："肖老师，你也别难过。我想小糖说出这些问题，对我也有帮助，我必须了解更多的关于丘淑珍的情况，这样对寻找她有很大的帮助。小糖，我想问你，丘淑珍有没有伤害过哪位同学，伤害有点不准确，就是说，她和谁有比较大的过节？"

游小糖抬起头，脸红耳赤，她瞥了瞥母亲，欲言又止。

肖阿红说："听小刘叔叔的，有什么话就说吧。"

游小糖轻声说："放暑假前一周，班里发生了一件事情。那天下午最后一节课是自习课，胡晓亮跳上讲台，打开手机，笑嘻嘻地读了一段话：'晓亮，一直以来，我都想对你说出心里话，今天，我鼓足勇气对你说，我爱你。晓亮，你在我心里，就是一棵挺拔的尤加利树，每当我想起你，就希望能够靠在你身上，让你轻轻拥抱着我。'读到这里，哄堂大笑，我发现只有丘淑珍没笑，她的脸很红，脸上的青春痘也更红了。有同学说，桉树就桉树吧，非要说成尤加利树，哈哈。胡晓亮挥了挥手，示意大家安静，接着，他就继续眉飞色舞地读那封情书。具体的语句我记不太清楚了，反正就是说写情书的人怎么暗恋胡晓亮，夸赞胡晓亮长得帅，多有魅力什么的，还表达爱慕之情，等等，我听了觉得肉麻极了，都想吐。胡晓亮是长得帅，可是也没有情书里说得那么好，看把胡晓亮骄傲得要飞起来似的。胡晓亮读完情书，有同学问，晓亮，你还没有说是谁写的呢。胡晓亮的目光落在了丘淑珍身上，全班同学的目光都落在了她身上，丘淑珍低下头，难为情的样子。大家沉默了，都没想到是她写的。胡晓亮趾高气扬地走下讲台，回到座位上后，突然传来捣蛋鬼朱峰的声音，啊，癞蛤蟆想吃天鹅肉。大家又笑了起来。我总觉得朱峰的话有问题，却又找不出什么大毛病。我看了看丘淑珍，她冷笑着说，无聊。她的脸还是像块红布。放学后，丘淑珍匆匆忙忙地跑了。她并没有回家，而是在学校外面池塘边的桉树下等胡晓亮。胡晓亮每天下午放学后，都要在学校篮球场打会儿篮球才回家。丘淑珍在桉树下等着，一直到胡晓亮和一起打篮球的几个同学出来。她见胡晓亮走近前，冲过去，二话不说，扇了胡晓亮一耳光，然后转身跑了。这事第二天就在同学们中间传开了，说她十分凶狠，胡晓亮都被打哭了，他很没面子。"

　　肖阿红张大嘴巴："啊，我怎么不知道这些事情。"

　　游小糖说："你们老师高高在上，怎么会知道这些事情？"

　　刘冰说："小糖，情书真的是丘淑珍写的吗？"

　　游小糖眨了眨眼："大家都那么说，是她写的。"

　　刘冰又问："胡晓亮平常是个什么样的人？"

游小糖说:"胡晓亮挺好的呀,人长得帅,而且学习也很好,大家都喜欢他。"

刘冰感觉到,游小糖说起胡晓亮,脸红到了耳根,眼神有些慌乱。刘冰说:"他是怎么对待被丘淑珍打耳光这件事的,他是不是挺恨丘淑珍?"

游小糖说:"第二天,他来学校,蔫蔫的,打不起精神,他恨不恨丘淑珍,我不知道,只知道有几个同学说要收拾丘淑珍。不过,丘淑珍反而一副若无其事的样子。"

刘冰沉默了会儿,对肖阿红说:"肖老师,我想去找胡晓亮聊聊,也许能够找出一些丘淑珍失踪的蛛丝马迹。"

肖阿红说:"好,好。我也想想办法,我们互通有无吧。"

刘冰走后,肖阿红对女儿说:"小糖,你说,丘淑珍会到哪里去,我挺同情她的,她要是有什么问题,我会很难过的。"游小糖说:"我哪里知道?"肖阿红说:"小糖,你能不能让同学们一起寻找丘淑珍?"游小糖冷笑着说:"我试试呗。"说完,她回自己房间去了,关上门,赶紧在电脑上找到微信同学群,发了一条消息:"同学们,告诉你们一个好消息,丘淑珍失踪了。"好几个同学跳出来,发出奸笑的表情。

9

仿佛有人在耳边轻声说话,那些话语柔软甜蜜,廖文怀嘴角露出了笑意,还流出了一线口水,口水渗进发黑的枕头,一点点洇开。突然,那柔软甜蜜的话语变成了惊声尖叫,廖文怀大叫一声,直直地坐起来。瞥了眼身边的充气娃娃,伸出手抚摸了一下它的脸,柔软,有点凉。下了床,拉开窗帘,阳光倾泻进来,阳光中,灰尘在飞舞。已经是晌午了,这一觉睡得漫长,他怎么也想不起来,昨夜是什么时候进入梦乡的。除了在冬天,他会像冬眠的蛇一样,经常沉睡不醒,其他季节,他都会很早起床,去巡完田后,才吃早餐,然后下地干活或者去捉蛇、采草药。

还有点剩饭,放进锅里,添点清水,熬成粥,就着萝卜干吃下,廖文怀肚子饱了。有些时候,他会去国道旁边的小吃店吃上一碗扁食或拌面,再来碗泡猪肝什么的,美食会让人产生快感,活着总得让自己有点快感。他不是那种很会藏钱的人,有钱就多花点,没钱吃萝卜干也能够过日子,日子就这样一天天过着。吃完饭,他走进卧室,看了看床上的充气娃娃,伸手又捏了下,柔软,有点凉,不像麻雀的肉体有温度。走出卧室,来到厅堂,从墙壁上取下竹篓,背在身上,戴上斗笠,拿起那根光溜溜的棍子,棍子手感出奇好,这根坚实的杂木棍已经用了二十多年了,还是那么顺手,舍不得扔掉换新的。

他锁好门,朝巷子外走去。

一路破败的房屋在喘息,他可以听到破败房屋的喘息,那是些无人关照的老人沉重的喘息。他经常会想,自家的老屋在他死后,也会被岁月的风雨腐蚀掉,倒塌,发出沉重悲凉的喘息,他远在省城的弟弟不会这样想,想起弟弟,已经好几年没有见面了。有时,他会想起弟弟,弟弟的面容已经模糊不堪,像死去已久的父母那样模糊不堪了,尽管弟弟还活着。如果没有弟弟,也许考上大学的是他,想这个问题没有意思,那些少年时的梦想早烟消云散了,他习惯了现在的生活。走出巷子,来到老街上,路过吴七婆家门口时,听到了她凄凉的喊叫:"淑珍,回来,淑珍,回来——"

廖文怀浑身打了个激灵,加快了脚步,匆匆而去。

坐在家门口乘凉的朱老太太看着他凄清的背影,若有所思,她在寻思,怎么将他的名字给忘了,只记得他是廖拐佬的儿子,廖拐佬烧得一手好菜,以前镇上的人红白喜事,都请他去做厨师。

走出老镇,呈现在廖文怀眼前的是一片田野,田野尽头,是蜿蜒的河堤,河堤另一边,就是野河滩和桃花河。田野上,稻浪滚滚,稻子很快就要成熟,廖文怀心里祈祷,千万不要在收成之前有洪水。今年还不错,没有洪灾,一般在端午前后,雨季洪水多发,洪水决堤,上半年的劳作就白费了。他先来到自家的田地,那几亩地的水稻已经灌完浆,谷粒饱满,十分喜人,估计再过半月,就可以收割了,谷子入仓,生活才有保障。巡完田,他朝河堤那边走去。

廖文怀站在河堤上,回头望了望老镇,老镇有几条通向新镇的道路,新镇在山坡高地的国道旁边,都是新楼房,那里就是洪水冲垮了堤坝,也淹不到水。转过头,他看着苍茫的野河滩,一只黑色的大鸟发出尖利的呼叫,从河堤上的一棵老樟树上掠起,在野河滩上空盘旋,然后落到一棵枯死的老乌桕树上,老乌桕树黑乎乎的,奇形怪状,像枯槁的大手伸向天空,大鸟停止了尖叫,和老乌桕树融为一体。

廖文怀心里颤抖了一下,眼神慌乱。

他不怕蛇,却对那些大鸟心怀恐惧。

他总觉得那些大鸟,有一天会啄瞎自己的眼睛。

他突然打消了去野河滩捉蛇和采草药的念头,转过身,匆匆地走下河堤,朝镇子的方向走去。

10

胡晓亮家没人,大门紧锁。邻居一个正在奶孩子的女人对刘冰说:"晓亮和他爹胡大龙在市场上卖猪肉,他妈下地去了。"她说话时,一手抱着孩子,一手掐着肥硕的奶子往孩子嘴巴里塞,孩子贪婪地吮吸着奶头，一只小手抓住母亲衣服，另一只小手握着小拳头，轻轻晃动。

刘冰脸红耳赤，说了句感谢的话，走了。

女人自言自语："胡家谁犯事了，公安都找上门了。"

刘冰骑着自行车来到菜市场，找到了胡大龙的猪肉摊。胡大龙在案板上剁排骨，每剁一下，案板就会震动一下。胡大龙个高，壮实，大头，红脸，络腮胡，浓眉大眼，花白短发，穿着黑背心，皮围裙。猪肉摊旁边坐着个脸色白净，穿着红色T恤的少年，浓眉大眼，头发浓密乌黑，脸盘瘦削，却很有型，他在看着手机。胡大龙剁好排骨，装进塑料袋，递给买排骨的人："十二块三，三毛就算了，给十二块钱吧。"买排骨的女人笑笑："谢谢，谢谢。"胡大龙也笑笑："不用客气，都老顾客了，下次再来啊。"女人说："下次还来你这里买。"

胡大龙的目光落在了刘冰脸上，立马拉下了脸，粗声粗气地说："买肉吗？"

刘冰觉得他目光里有怨恨，笑了笑说："你就是胡大龙吧。"

胡大龙说："老子行不更名坐不改姓，我问你，你买不买肉，不买肉就不要在这里碍事，看你站在这里，没人敢过来买肉。"

刘冰说："我只是想找你儿子了解点情况。"

胡晓亮站起来，将手机揣进短裤兜里，说："你找我有什么事情？"

胡大龙粗暴地制止儿子说："你不要说话，我来说。"

胡晓亮不说话了。

胡大龙说："你走吧，我儿子没有什么好说的，他和丘淑珍一点关系也没有。"

刘冰说："好吧，我不强求。"

胡晓亮脸红了，欲言又止。

这时，一个衣衫褴褛、满脸脏污、头大身体小的少年走过来，流着口水，笑嘻嘻地对胡大龙说："我要吃肉，我要吃肉。"胡大龙嘟哝了声："怎么又让这个傻子跑出来了？"他用刀割了一小块不是很好的肉，扔出去。那小块肉掉在不远处的地上，傻子颤颤地跑过去，捡起地上的肉，塞进嘴巴里，边嚼边说："好吃，肉好吃。"然后走开了。他路过一些摊档时，有人呵斥他，赶他走，他却总是笑嘻嘻地说："肉好吃，好吃。"

刘冰觉得这傻子可怜，叹了口气，推着自行车走出了菜市场。

他突然觉得毫无头绪，十分茫然，那个失踪女孩到底在哪里？她失踪的那天，到底发生了什么事情？回到派出所，刘冰倒了杯凉水，喝了一大口。这时，警察老王对他说："小刘，李所叫你到他办公室去。"

刘冰说："所长找我有什么事情？"

老王笑笑："你去了不就知道了。"

走进所长办公室，李五一坐在办公桌前，冷冷地说："把门关上。"

刘冰心想，所长是不是要谈什么隐秘之事。他坐在李五一对面，笑了笑说："李所，找我有什么事情？"李五一冷若冰霜，目光中透着股寒气："你小子行啊，没来几天，就想调走。"刘冰讷讷地说："没，没有呀。"李五一拍了下桌子："还不承认？"

刘冰想起来了，来唐镇派出所前，他心里是有想法。他一直想到市局或县局的刑警大队，那样有机会参与大案子的侦破工作，而且学的东西也可用得上。女朋友也不想他去唐镇，见一面都很困难，就给他出了个主意，让他找人留在城里。刘冰也想不起来找谁，父亲是中学老师，没什么门路。绞尽脑汁，刘冰想到了一个人，那是舅舅的儿媳妇的叔叔的亲家，是县政法委副书记，绕了一大圈，刘冰找到了他。他礼节性地接待了刘冰，刘冰将自己的想法和他全盘托出，他也没有说什么，只是说很多事情不能插手，就用笑脸打发了他。其实，刘冰也不抱多大希望，到了唐镇后，就死心了。

刘冰说："李所，事情就是这样。"

李五一笑了："我昨天在城里开会，碰到了张副书记，他说起了这事。"

刘冰心里的一块石头落了地，但还是有点不舒服，有点后悔当初去找那个八竿子打不着的张副书记。李五一说："好了好了，别想那么多了，干好本职工作就可以了。那个女孩失踪的事情有没有眉目？"

刘冰将情况对他作了简要的汇报。

听到胡大龙，李五一说："胡大龙是块硬石头，他对我们派出所有成见。"

刘冰说："为什么？"

李五一说："那是三年前的事情。唐镇上街村村民李复生来报案，说他家的一头大肥猪被偷了。那是他们家养来过年的猪，眼看还有一个多月要过年了，猪却被偷了，李复生赖在派出所，一把鼻涕一把泪，不给他找回年猪，他就不走。好不容易苦口婆心才劝走他后，我就让老王负责这个案子。老王把胡大龙当成嫌疑人抓了回来，两个人起了些争执。半个月后，我们破获了一个盗贼团伙，他们供出了李复生家的年猪是他们偷的。这事情弄得我们很被动，老王差点被开除，我也受了处分。这难怪胡大龙，每次见到他，我都没脸，他也不会给我好脸色看。"

"原来如此。"刘冰说。

"所以呀，办案一定要小心谨慎，有一点差池，就可能铸成大错。"李五一说，"丘淑珍的失踪案，你好好去调查，有时也要注意方式方法，不要激化矛盾。"

11

刘冰来到唐镇后，喜欢上了这里的特色小吃——豆腐角，三角形的油炸豆腐放进高汤里和墨鱼干一起煮，食用时，撒上葱花和白胡椒粉，那味道鲜美无比。其实豆腐角这个地区都有，但最正宗的还是唐镇的豆腐角，而唐镇最好吃的豆腐角，就在陈记小吃店。陈记小吃店原来在老街上，前两年才搬到新区国道旁，离派出所也就百米之遥。

刘冰打了饭菜，端着饭盒往外走，老王说："怎么不在所里吃？"

刘冰笑笑："去吃豆腐角，去吗？"

老王说："我在唐镇都待了二十多年了，所有的东西都吃够了，不想再吃了。"

刘冰说："我还没够。"

午饭时间，小吃店里坐满了人，刘冰打了碗豆腐角走出小店，蹲在门口吃将起来，不一会儿就吃得满头大汗。突然，他听到小吃店里有人在议论丘淑珍失踪的事情，便竖起了耳朵。

"丘钟女儿不见了，听说有人去派出所报案了。"

"谁去报案的？"

"张一凡。"

"张一凡自己一屁股屎都擦不干净，闽南仔家来了十多个人，听说很凶的，要他赔偿，他哪有闲工夫去管钟家的事情？"

"闽南仔又不是张一凡弄死的，张一凡看来是不会赔的。对了，丘钟女儿会不会去寻死。"

"这话怎么讲？"

"那天下午，我看到丘钟女儿在胡大龙家门口和胡晓亮吵架，胡大龙拿着杀猪刀帮他儿子，骂得挺狠的，还说，要是丘钟女儿不走，就用杀猪刀劈了她。丘钟女儿气得要命，一直哭，后来就跑掉了。就是那天，丘钟女儿就不见了。"

"她为什么要和胡晓亮吵架？"

"听说是他们在谈恋爱。"

"别鬼扯，丘钟女儿长得那么难看，胡晓亮会看得上她？"

"这事情说不清楚，萝卜青菜各有所爱嘛。"

"你说，她会跑哪里去呢？"

"会不会被胡大龙杀了？听说她老缠着胡晓亮，胡晓亮可是胡大龙的心肝宝贝。"

"不可能，杀人，那是多大的罪。"

"那，会不会被人贩子拐走了？"

"她又不是孩子，拐她去做什么，拐去了也会跑回来。"

"……"

小吃店里，也有一个人，竖起耳朵，在听他们说丘淑珍的事情，那就是坐在角落里吃扁食的廖文怀，他和所有人一样，吃得满头大汗，只是那双老鼠眼不停地转动。豆腐角是陈记小吃店的招牌小吃，廖文怀不喜欢，他喜欢的是扁食，他觉得这里的扁食也是唐镇最好的。

刘冰吃完豆腐角，将碗还回小吃店，然后走到议论者旁边，说："你们刚才说的都是真的？"

他们看到穿警服的刘冰发话，都站起来，走出了店门，嘻嘻哈哈地走了，一点都不配合，弄得刘冰心里很不是滋味。角落里的廖文怀抬起头，看了刘冰一眼，刘冰也看了他一眼，廖文怀慌乱地躲开目光，低下了头。刘冰心想，好像在哪里见过这个人。

刘冰也走出了小吃店，手里拿着空饭盒，思考着问题。丘淑珍在那天，准确地说，是七月九日，中午她在家吃完饭就出门去了，然后和胡晓亮吵架，接下来就跑了。如果能够知道她跑哪里去了，那么就会出现新的线索。

快到派出所时,他看到胡晓亮在派出所门口来回走动,焦虑的样子。他喊了声:"胡晓亮。"胡晓亮站在那里,期期艾艾地看着他。走近前,刘冰说:"你是来找我的吧。"胡晓亮说:"是的。"刘冰笑了笑:"那怎么不进所里?"胡晓亮说:"我害怕进派出所。"刘冰说:"为什么?"胡晓亮说:"我爹当初被抓进派出所,我一直在后面跟着。"刘冰说:"那都是过去的事情了。"胡晓亮说:"心里还是有阴影。"刘冰笑笑:"我知道你会来找我的,不过,你不来找我,我也会再去找你的。"胡晓亮说:"本来不想来的,觉得你和他们不一样,就来了,他们抓我爹时,可凶了。对了,我们不要在派出所谈,好吗?"刘冰点了点头:"你在这里等我,我把饭盒放回去。"

胡晓亮领着刘冰,来到了山上的一片树林里。胡晓亮说:"小时候,我们经常在这里捉迷藏。"有风在树林里穿过,有点凉爽。刘冰说:"丘淑珍小时候和你们一起捉迷藏吗?"胡晓亮说:"不,她一直独来独往。"

刘冰说:"丘淑珍真的给你写了情书?"

胡晓亮摇了摇头。

"那你为什么要说是丘淑珍写的?"

"这……"

"说出来,我保密。"

"当时只是为了讨好游小糖,我喜欢游小糖,我知道游小糖很讨厌丘淑珍,妒忌丘淑珍的学习比她好。"

"那情书是谁写的?"

"我,我自己写的。"

"你知道这很令人恶心吗?"

"知道,我十分后悔,真的,我不该干这种事情的。我伤害了丘淑珍，她打我那一巴掌，我根本就不想还手，因为读完那封情书，我就后悔了，知道自己错了。其实，丘淑珍挺可怜的，有父母也像个孤儿，每个星期天，我们都在玩，她还要上山打柴，还要帮她奶奶做农活，她不和我们玩，是因为她没有时间玩。"

"我想知道，那天为什么会在你家门口吵架？"

"都怪我。那天下午，她从我家门口经过时，我看到她了，就走出门，想向她赔礼道歉。我说了很多好话，她一句也听不进去，对我大喊大叫，还说想杀了我。我爹出来了，就对她破口大骂。我拦不住他，他让我滚进屋里，然后继续骂丘淑珍，丘淑珍后来就跑了。"

"你知道她跑哪里去了吗？"

"不知道，我没有跟着她，那个下午，我爹不让我出门，就一直在家玩游戏。我也不明白，为什么她会失踪。我心里特别难过，要是她回不来了，我会内疚一辈子的。"

刘冰沉默。

胡晓亮眼睛里闪动着泪光，低下了头。

过了会儿，胡晓亮抬起头说："刘警官，你应该去问问李狗子，说不定他知道丘淑珍在哪里。"

刘冰说："李狗子是干什么的？"

胡晓亮说："李狗子是游戏厅的老板，是我们唐镇的狠角色，坐过牢，有一帮小混混跟着他。我爹让我不要去游戏厅玩，就是怕我跟他学坏。他们那伙人挺屌的，很多人都怕他，连张一凡也怕他，张一凡还和他称兄道弟。听说前两天，闽南仔家人来闹事，是李狗子把他们吓跑了。"

刘冰说："李狗子和丘淑珍又有什么关系？"

胡晓亮说："就在丘淑珍失踪的前两天晚上，我路过游戏厅时，看到他们在里面说话。我想，丘淑珍是不是和他们混在一起了，他手下也有几个小太妹,其中就有我们中学的同学。不过,这不一定呀,但他们的确在一起说话,我亲眼看到的,不会错。"

12

廖文怀回到家,天已经黑了。他坐在厅堂里,左顾右盼,仿佛家里还有另外一个人会出现。他的呼吸有些急促,心里像是被什么事情压迫。过了好大一会儿,他才平静下来。他打开电视机,将声音开到最大,这样,他就觉得自己不是一个人孤独地生活,而是有很多人在陪着他。他脸上露出一丝笑容,细眯起小眼睛,喉结滑动了一下,吞咽下了一口口水。他感觉到肚子饿了。

廖文怀想到了什么,赶紧走进卧室。

灯亮了,那个充气娃娃平静地躺在床上,脸上保持着恒久的迷人微笑,赤裸着粉红色的身体,随时等待着他的爱抚。廖文怀喃喃地说:"还在,还在,没跑就好。"

他来到厨房,淘好米,就开始洗猪大肠。干蒸猪大肠是他永远也吃不腻的东西,而且他觉得猪大肠是最补身体的食物。昨夜,不停地在充气娃娃身上疯狂,他今夜就要吃猪大肠补身体。起先,他将猪大肠放在盆里,撒上一大把盐,使劲地揉搓,然后用水冲洗干净。接着,往猪大肠里撒进半碗地瓜粉,不停地揉搓,用水冲洗干净。再往猪大肠里倒进半碗地瓜粉,使劲地揉搓,再用清水淘洗干净,猪大肠就洗好了,味道不大了。猪大肠放在砧板上,他操起刀,猪大肠一小圈一小圈地被剁断,每剁一下,他的小眼珠子都会往外鼓一下。剁完猪大肠,猪大肠被放进一个大盘子里,料酒、蒜瓣、地瓜粉、盐巴一起和猪大肠调制好,就放进锅里蒸了。米饭和猪大肠一起蒸,米饭在底下,猪大肠在上面。廖文怀往灶膛里添好干柴,干柴噼噼啪啪地燃烧。

他走出厨房，来到卧室。

他没有去厅堂里看电视，只是让电视机响着。

躺在床上，抱着充气娃娃，在它嘴唇上轻轻地咬着，心里充满了甜蜜的感觉。

廖文怀干脆脱光了衣服，趴在充气娃娃上，春潮涌动。

他喊叫道："麻雀，麻雀……"

充气娃娃像是在说："我不是麻雀，我不是麻雀。"

他又喊叫道："你就是麻雀，我要你，麻雀……"

充气娃娃又说："我真的不是麻雀，真的不是。"

廖文怀说："你不是麻雀，那是谁？"

充气娃娃说："我不是人，不是人。"

廖文怀喘着粗气说："不管你是不是麻雀，也不管你是不是人，我都要你，我受不了了……"

干蒸猪大肠的香味飘进了卧室，瘫软的他张了张嘴，艰难地爬起来，摇摇晃晃地走了出去。

猪大肠配干饭，那是世间最美好的搭配。廖文怀感觉到对面还坐着一个人，那个人眼巴巴地看着他，轻声说："我也要吃。"廖文怀的小眼珠子突兀，一口饭噎在喉头，怎么也吞不下去。那人又说："我好饿，我也要吃猪大肠，我好饿，好几天没有吃东西了。"好不容易将喉头的饭咽下去，廖文怀的眼中滚下了泪水。他放下了筷子，将那盘猪大肠推到她面前，唯唯诺诺地说："吃吧，你吃吧。"

那是个少女，脸色灰灰的，没有一点血色。她伸出沾满污泥的手，抓起一把猪大肠就往嘴巴里塞，她甚至没有咀嚼，就将猪大肠吞了下去。她脸上露出了满足的笑容："好吃，我还要吃，还饿。"她又伸出沾满污泥的手，抓起一把猪大肠，塞进嘴巴里。

"不，不……"廖文怀号叫起来。

他快速地抢回那盘香喷喷的猪大肠，死死地抱在怀里，流下了泪水："不，你不能吃了，不能吃了。"

对面的少女突然消失了。廖文怀颤抖地将盘子放回桌面上，左顾右盼。卧室里仿佛传来冷笑声，他悚然地站起来，电视机的声音还是很响，他已经听不清电视机里的声音了，他只能听到卧室里的冷笑声，卧室里只有那个充气娃娃，或许，还有一个人。

廖文怀浑身瑟瑟发抖，像是秋风中枝头一片将要被风吹落的枯叶。

13

从唐镇新区往老镇望去，老镇一片死寂，那些零星的灯火，也像鬼火般让人心里发凉。刘冰想到了吴七婆，她躺在床上，也许瞪着浑浊的老眼，望着房间乌黑的顶部，眼睛里已经没有了泪水，有的是对孙女无尽的思念和渴盼。想到年迈的吴七婆，刘冰内心隐隐作痛。

国道两旁灯火辉煌，也有遣不散的热闹，在这个闷热的夏夜。张一凡的饭馆还有人在喝酒，划拳行令的声音很吵，站在马路上都能够听到，当然不止张一凡饭馆还有生意，其他饭馆也有人喝酒，有些钱总得花掉。国道上的车辆不断，喇叭声不绝于耳。还有歌厅，有人声嘶力竭地歌唱，像是吃得太饱了，要将胃里的食物尽快通过吼叫消化掉。游戏厅里也有不少年轻人，在玩着游戏，或者打德州扑克……新区和老镇，完全是两个世界，一个是当代社会，另一个是古代社会。

这天，刘冰去了三次游戏厅，都没有找到李狗子，看游戏厅的人告诉他，李狗子去城里了，不晓得什么时候回来。游戏厅离派出所五百多米远，站在派出所门口，就可以看到游戏厅门上闪烁的霓虹灯。

这个夜晚，没有一丝风，刘冰觉得身上的汗水在流淌，榨油一般。远远地看到一辆轿车停在了游戏厅门口，刘冰拿起手机，给游戏厅拨了个电话。接电话的人很拽："谁呀！"刘冰平静地说："我是派出所的刘冰。"电话那头的声音柔和起来："喔，是刘警官呀，请问有什么事情？"刘冰说："是不是你们老板回来了？"对方说："请稍等，我问问。"对方捂住了话筒，刘冰听不到任何声音。过了会，对方说："刘警官，我们老板让你过来，对了，老板问你，要不要派车过去接你？"刘冰说："谢谢，不用了，我骑自行车过去。"

李狗子早已经等候在门口，他身后还站着两个壮实的年轻人。李狗子个子矮，精瘦，脸上刮不出二两肉，眼睛却很亮，十分精神，他穿着条牛仔裤，上身穿件黑背心，脚上蹬着黑色的皮凉鞋，看上去十分简单平常，不像那些脖子上挂着粗得像拴狗链子般金项链的老大。

他对刘冰毕恭毕敬，声音沙哑："刘警官，欢迎大驾光临。"

刘冰说："别那么客套，我只是来了解些情况。"

李狗子说："那进里面谈吧，外面热。"

刘冰跟着他走进了游戏厅，空调很足，刘冰一下子有些适应不了，倒抽了口寒气。游戏厅里玩游戏的人见有警察进来，都警觉地看着刘冰。李狗子直接将刘冰带进了里面的办公室。有几个年轻人在喝啤酒，桌子上摆着鸡爪等下酒之物。李狗子对他们说："都给我滚出去，我有事情和刘警官谈。"那些年轻人拎着啤酒瓶，一个个走了出去。有个家伙在刘冰身后伸了个中指，李狗子瞪了他一眼，他才悻悻而去。

李狗子关上门，笑眯眯地说："刘警官，请坐。"

刘冰坐在脏兮兮的沙发上，心里有些不舒服。李狗子开了瓶啤酒递给他："喝点啤酒，解解暑。"刘冰说："谢谢，我不喝酒，你自己喝吧。"李狗子笑笑："刘警官是看不上我们的酒，对，这啤酒是大路货，没有办法，我们游戏厅赚不了几个钱，买不起好酒，等以后哥们发财了，再请刘警官喝好酒。"刘冰笑了笑："再好的酒我也不喝，因为我根本就不会喝酒，半杯啤酒就可以将我灌醉。"李狗子也笑笑："我不信。"

"我就直说了吧，晚上来找你，想问你一件事情。"

"刘警官，有什么事情，你说，我知道的全盘托出。"

"你认识丘淑珍吗？"

"丘淑珍？"

"对，丘淑珍。"

"就是那个失踪的女中学生？"

"是的。"

"我不认识。"

"真的不认识？"

"不认识，我这里是严禁未成年人进入的。我从来没有去过唐镇中学，哪里会认识中学生？"

"你再好好想想，是不是有天晚上，你在游戏厅门口，和一个女孩子说过话。"

"和我说过话的女孩子多了去了，我真的不认识你说的那个女中学生。"

"我再提醒你一下，七月七日晚上，有人看到你在游戏厅门口和丘淑珍说话。"

李狗子抓耳挠腮，使劲地回忆着。过了好大一会儿，他突然用力拍了一下脑袋，大声说："我想起来了，想起来了，是不是脸上长了很多疙瘩的女孩子？"刘冰点了点头："你还是认识她。"李狗子摆了摆手说："不认识，我和她一点关系都没有。"刘冰说："那她为什么找你。"李狗子又挠了挠头,神情严肃地说:"她来找我,说是让我去杀个人,她说恨死那个人了。我说,你要我杀谁?她说杀胡晓亮。我问她,胡晓亮是谁?她说是胡屠户胡大龙的儿子。我一听,心里就发怵,我怎么敢与胡大龙为敌?他手中的杀猪刀,谁不怕。况且,我怎么能去杀人,我的牢还没坐够吗?杀人可是要偿命的。她不停地央求我,说只要我答应她杀人,让她做什么都可以。她能做什么,对不对?我怎么能让她做什么,对不对?我很生气,就将她轰跑了。事情就是这样的,我真的和她一点关系都没有。"

刘冰盯着他的眼睛:"你说的都是真话?"

李狗子着急地说:"我发誓,我要有半句假话,出门就被车撞死。"

14

廖文怀几乎一夜未眠,就是睡着了一会儿,也在噩梦中惊醒。梦境里有个人一直跟着他,他走到哪里,那人就跟到哪里,而且在他身后叽叽地笑,他的笑声十分邪恶,似乎要将廖文怀带入万劫不复的地狱,让他惊恐万状。而且,就是睡不着觉,他也没有心思对充气娃娃做什么了。

他觉得自己疲惫不堪。

伸手摸了摸充气娃娃,廖文怀仿佛听到一个女孩说:"别,别碰我。"他说:"你是麻雀,我怎么不能碰你?你是我的,麻雀。"女孩说:"我不是麻雀,不是麻雀。"廖文怀缩回了手,充气娃娃还是那样微笑着。他突然有种不祥的感觉,这充气娃娃是什么?难道是……他头痛欲裂,对,她不是麻雀,麻雀早已经不知去向,或许早就将他遗忘,他只不过是麻雀赚钱的工具,她并没有将他当做爱的人。

廖文怀突然号啕大哭。

他的哭声让屋子里的老鼠四处奔逃。他一般都会在深夜哭泣，在清晨痛哭，还是第一次。就是他父亲死的那个清晨，他也没哭，只是沉默地望着父亲的尸体，一动不动。他以为父亲只是睡着了，睡饱后还会醒来，给他张罗婚事，让他有个真正的家，没有女人的家庭是不完整的。他守着父亲的尸体，待了三天，才感觉到父亲真正地离开了他。弟弟从省城赶回来。看着他假模假式的哭丧，廖文怀默默地离开了家，到野河滩师傅阿三的坟前，和那条眼镜王蛇说话。父亲埋葬下地，弟弟走了之后的那个夜晚，廖文怀才流下了泪水，哭着哭着便号啕起来，没有人听到他撕心裂肺的哭声，那时，他是一个真正被亲人抛弃了的孤儿。

他想，还是应该过一个人孤独的生活，什么麻雀，什么充气娃娃，都不要了，而且，充气娃娃一定带来了什么邪气，他要将它扔回桃花河，让它漂走。想到这里，他从床上爬起来，穿好衣服，抱起充气娃娃，出门去了。巷子一头通向老镇的小街，另外一头的尽头没有路了，是大片的稻田。平常，他会从老街上绕道走向田野或河堤，今天早晨，他不想这样走了。他扛着充气娃娃，来到稻田边上，左顾右盼，看看有没有早起的人。东方的山坳才刚刚呈现出鱼肚白，唐镇人大都还在沉睡，现在的人像是越来越懒，越来越会享乐了。田边苦楝树上，麻雀已经开始叫唤，叽叽喳喳的，仿佛它们才是这个清晨的主人。

廖文怀走向稻田，好在稻田已经没水了，他可以不费什么功夫通过，小心翼翼，怕踩坏将要成熟的稻谷，尽管稻田里没水了，但还是粘了两脚泥巴，上了田间小道，便在小道旁边的草叶上擦掉鞋底的泥巴。田野上蚊虫一团一团的，廖文怀的眼睛不时撞进蚊虫，边揉着眼睛，边往通往河堤的大路上奔跑。

他总觉得后面跟着一个人。

于是，又警惕地回望。

他看不到有谁在跟着自己，那好像是梦中的事情，又好像是在现实之中。在唐镇，他是被忽略的人，有谁会跟着他呢？不，是有个人跟着他，那个人也是被唐镇忽略的人。想起他，廖文怀就感受到了威胁，那人的存在，让廖文怀无端的恐惧。

走上大路，他开始狂奔，跑上河堤，跑下河堤，在野河滩上奔跑，气喘吁吁，不敢懈怠，直到桃花河边。清晨的河水，沉缓地流淌，廖文怀可以闻到大河的气味，湿湿的，有点微甜，还有点淡淡的腥味。他迫不及待地将充气娃娃扔进河里，看着它缓缓地漂动。

廖文怀像是送走了瘟神，心里轻松了些，眼睛里却还有恐惧。

他突然想起了师傅阿三，心里有好多话要和他说。快步来到那片洼地，他坐在阿三的坟前，发现自己的裤脚被露水打湿了，还粘上了些鲜嫩的草叶。此时，他希望师傅出来，有好多心里话要和师傅说。在这个露水和青草味儿浓郁的早晨，阿三并没有出现，也就是说，阿三坟里的那条眼镜王蛇并没有出现。这让廖文怀忐忑不安。

有些话还是要讲出来，否则会憋死，他已经习惯了向阿三倾诉。阿三是他这一生最信任的人，也是他最好的倾听者，什么话都可以说，阿三都会替他保密，而且真心实意地安慰他，给他无微不至的关爱。很多时候，廖文怀会觉得自己不是父亲的亲生儿子，而阿三才是他的亲爹，因为亲爹不会让他为了弟弟辍学，很小时就承担起家庭的重任，到中年了，还独身一人，连个老婆都没有。

廖文怀像个孩子那样哭了。

边哭边对着坟墓说话。

说到伤心处，泪水飞扬；说到恐惧时，浑身颤抖。日头从东边山坳升起，野河滩才真正苏醒，廖文怀也从迷乱的哭诉中清醒过来。他擦干泪水，阳光打在他脸上，有了点生气。他站起来，默默地离开低洼地，他朝河边望了望，惊骇地看到那个充气娃娃竟然没有被河水冲走。

不，我已经不要你了，你不要再诱惑我。

他注视着充气娃娃，充气娃娃的脸对着他，露出神秘而永恒的微笑，他心里一阵抽动，想抱起她，带她回家。阳光下的河面，水波潋滟，有种摄人心魄的迷幻色彩。

不，不，它是不祥之物。

廖文怀说着，瑟瑟发抖。他突然想到了少女的尸体，也是如此赤裸裸。是她，充气娃娃就是她，是她回来报复自己的，难怪大脑如此迷乱。不能让它再出现了，廖文怀下了水，他掐住充气娃娃的脖子，用尽了所有力气，充气娃娃还是那个模样，身体没有温度，怎么蹂躏都保持原来的样子。廖文怀要疯了，抱着充气娃娃来到了河中央，清澈的河水没过头顶，这里水流比较湍急，他松开手，充气娃娃很快就被冲走了。他游回岸边，目送着充气娃娃随波逐流，渐渐远去，最后消失在视野，他才稍微松了一口气。

他又看到了那只黑色的大鸟，在他头顶盘旋，凄厉地叫唤。

如果手上有把弓箭，他会毫不犹豫地将黑色大鸟射落。黑色大鸟的叫声，反而像一支支利箭，射进他的心脏。

15

七月九日那天下午，丘淑珍和胡大龙吵完架后，到底去了哪里，这仿佛是问题的关键。刘冰有很强烈的直觉，丘淑珍并没有离开唐镇，她就在唐镇的某个角落，但是生死未卜。她或许躲藏在某处，不愿意出来见人，这当然是最乐观的想法。

走出派出所大门，阳光刺眼，戴上墨镜，舒服了些。刘冰觉得天气越来越酷热，这注定是个苦夏。还是有人告诉他，七月九日下午，丘淑珍独自走向田野，翻过河堤，到野河滩去了。告诉他的是菜市场的一个中年妇女，那天下午，她正在靠近河堤的田里收菜。当时她还想，丘淑珍一个人去野河滩干什么。这个信息的获得，并不那么容易，他走访了几十个人才有这个结果。

这个信息太重要了，刘冰决定去野河滩走一遭。

骑着自行车，来到了河堤底下，河堤比较陡，下车，推车上堤。站在堤坝上，回头，看到大片的田畴和乡村，金黄的稻浪滚滚，风景如画。河堤的另一边，苍茫的野河滩，蜿蜒如练的桃花河，河那边的苍翠群山，也是美不胜收，如果来这里游览，应该会有不错的心情，刘冰叹了口气，此时，无心看风景，只有一个愿望，找到丘淑珍。

他将自行车放在了堤坝上，徒步走下河堤。这时，他看到一个人从一片草丛里钻出，迎面走来。和他擦肩而过时，刘冰瞥了他一眼，他低着头，不敢和刘冰对视，加快了脚步。刘冰回过头，注视着他有些佝偻的背影，觉得在哪里见过他。很快地，刘冰想起来了，在陈记小吃店，他独自在角落里吃扁食，更早些时候，看见过他扛着充气娃娃走在老街上。现在，在这荒凉的野河滩上遇见他，刘冰心里有种奇异的感觉，仿佛某种重要的事情和这个人有关联，这是刘冰的直觉。

刘冰想叫住那人，问些问题，或许他知道丘淑珍的去向。

廖文怀已经翻过河堤，不见了踪影。

刘冰只好作罢，回去再说了。

刘冰在野河滩上穿行。野河滩上，除了一条通向河边的小路，其他地方根本就没有路，杂草丛生，有的地方的芒草高过人头。刘冰搜寻着，特别是那些芒草茂盛的地方，还有些不易被发现的角落，以及荆棘丛生的地方，他都不放过。

不知不觉，他走近了那片低洼地。

那座坟墓兀立在他眼前。

目前，野河滩上，他只发现这座孤零零的坟墓。洼地上，有许多深深浅浅的脚印，有的是旧的脚印，有些是新的，刚刚踩下来的。这些脚印都一模一样，刘冰断定是一个人的脚印，他用手机拍下了脚印，兴许能够用得着。脑海里浮现出一个问题，这脚印是谁的？他直接想到的是下河堤后碰到的那个人。

突然，他听到了呲呲的声音。

一条眼镜王蛇从坟头的小洞中溜出来，抬起头，吐着黑色的信子，像是要朝他飞掠过来，驱逐闯入领地的不速之客。面对咄咄逼人的眼镜王蛇，刘冰想到了闽南仔的死，心里微微颤抖，有些恐惧。眼镜王蛇离刘冰只有几步之遥，他一动不动，屏住呼吸，他很清楚，只要自己动一动，眼镜王蛇也许就会发起攻击。如果在这个地方被蛇咬伤，就会有生命之忧。就这样，刘冰和眼镜王蛇对峙着，他的头脸上滚下串串汗珠，脖子痒痒的，像有虫子在爬，不敢伸手抓挠脖子，在生命的威胁面前，必须忍耐奇痒。

他可以听到河水沉缓流动的声音。

眼珠子不敢转动一下，汗水渗进眼眶，有点辣，刘冰紧张到了极点，口干舌燥。就在这时，飞过来一只黑色的大鸟，在他头顶的空中盘旋，黑鸟尖利地叫唤。他不敢抬头张望，怕惊动了眼镜王蛇。眼镜王蛇慢慢地低下了头，掉转蛇头，寻找到那个小洞，缓缓地溜进去，直到蛇尾消失，刘冰才长长地呼出了一口气，心脏却还在狂跳，有种死里逃生之感。

抬起头，阳光依旧毒辣，他还是看到了那只黑色的大鸟。

黑鸟盘旋着，飞到另外一边去了，落在了那棵枯死了的古老的乌桕树上。它还在不停地尖叫。尖叫声召唤着刘冰，冥冥之中，有种神秘力量吸引着刘冰。他擦了擦汗，来到河边，捧起清凉的河水，喝了几口。河水有点甜，滋润着五脏六腑，跳跃的心脏渐渐平复。黑鸟还在尖叫，他朝那棵枯死的老乌桕树深一脚浅一脚地走过去。

就在离老乌桕树不到几米远的草地上，刘冰发现了异常，黑鸟也停止了尖叫，扑刺刺地飞走了，仿佛完成了某种神秘使命。这一小块地方，野草正在枯黄，地像是翻过，野草是重新种植上去的，因为干燥，加上连日来灼热的阳光暴晒，野草就枯死了。

这里面会不会有什么秘密？

刘冰的心被一只无形的大手紧紧攥住，他感到窒息，因为有个很不好的想法，这个想法是他不愿意考虑的。必须挖开这个地方，看个究竟，否则他会更加不安和难过。他手头上没有工具，回去取又浪费时间，想到了所长李五一。电话接通了，李五一说他刚刚到县城里，马上开会，让他找老王。刘冰拨通了老王的手机，告诉他发现了异常情况，能否带着铁锹，赶到野河滩来。老王说，你等着，我们马上过来。

在等待的过程中，他又发现了脚印，对比手机上的照片，脚印和洼地里的一模一样，刘冰心里迅速锁定了一个目标。

16

那个流着口水的傻子在菜市场里转悠，被人们咒骂和驱赶。他走到一个卖菜的姑娘面前，手指头放进嘴巴里搅动，然后笑嘻嘻地说："我想和你睡觉。"那姑娘脸红耳赤，拿起一个包菜朝他头上砸去："回家睡你妈去，不要脸的臭傻子。"包菜砸在他头上，发出沉闷的声音。傻子突然哇哇大哭，抱着头一屁股坐在地上，一副惊恐万状的样子，边哭边说："不要打我，不要打我，我怕痛。"

边上另外一个卖菜的老女人说："赶他走就行了，打他做什么。"

姑娘气急败坏地说:"不打他,他能走吗?我最讨厌他了,看到他就想吐。"

老女人说:"他也挺可怜的,谁愿意做傻子?"

姑娘白了她一眼:"你要可怜他,带他回家,养着他呀,别让他出来祸害人。"

老女人说:"不和你说了。"

傻子还在哭。姑娘威胁他:"再不走,还打你,打死你。"

傻子说:"不要,不要打我。"

这时,廖文怀走过来,拉起了傻子,对傻子说:"喜欢吃猪大肠吗?"傻子看了看他,也看到了他手中提着的猪大肠,顿时破涕而笑:"喜欢,喜欢,我要吃猪大肠。"廖文怀想起来,有一次,傻子溜达到他家门口,他正在吃干蒸猪大肠,傻子趴在门上,喊叫着:"好香,好香,我要吃——"廖文怀就给他盛了一碗,他吃得津津有味。唐镇人都厌恶傻子,仿佛他是瘟疫,廖文怀不厌恶他,觉得他们是同类,都是被唐镇人漠视的人。不过,傻子更容易被人记住,而他是个影子。

他领着傻子走了。

人们都用古怪的目光审视他。

回到家里,廖文怀关上大门,让傻子站在院子里。他去端了盆清水,走到傻子跟前。帮傻子脱掉脏兮兮的衣服,然后给他擦洗身体。经过廖文怀耐心的擦洗,傻子身体干净了,看上去皮肤很白。他又拿了自己的干净衣服给傻子换上,穿上干净的衣服,傻子显得精神多了。

傻子跟着他进了厅堂,廖文怀的家收拾得十分干净。廖文怀打开电视机,让傻子看电视,他去做干蒸猪大肠。廖文怀说:"你不要乱跑,乖乖地看电视,我去做大肠给你吃。"傻子说:"我很乖的，电视好看，好看，有姑娘。"

廖文怀在厨房里收拾猪大肠，心里忐忑不安，充满了恐惧。

他想起了十天前的那个夜晚。其实，事情还要从白天说起。七月九日那天，上午在野河滩抓了两条两米多长的乌梢蛇，拿去饭馆卖了，揣着几百块钱，廖文怀心里喜滋滋的，接下来一个月的生活费解决，可以去买点猪大肠回家做着吃了。对他来说，吃是最重要，也是最实在的事情，尽管有时会疯狂地想念麻雀。在胡大龙的猪肉摊，买了两斤猪大肠，觉得这天的猪大肠特别好，是肠头的那段，十分肥美，吃起来一定很爽。胡大龙说，本来是留给一个朋友的，朋友没来拿，就卖给他了。廖文怀心里有点感激胡大龙，在他眼里，胡大龙是个好人，没有轻视过他。中午随便吃了点东西，就在厅堂的靠椅上看电视，看着看着就睡着了。本来，熬到傍晚，就可以做猪大肠吃了，醒来后，却鬼使神差想去野河滩采草药。

采好两畚箕草药，挑着担子，准备到河边将草药洗干净时，天色已近黄昏，太阳挂在西天，渐渐地沉落。还没有到河边，他就听到有女子嘤嘤的哭声。走近前，发现是丘淑珍坐在河边哭泣。廖文怀不晓得她为什么哭，就说："太阳很快就要落山了，快回家吧。"丘淑珍说："不要你管。"廖文怀就没有多嘴，在河边的浅水里洗草药。丘淑珍不哭了，默默地看着他洗草药，夕阳下的河水和洗草药的人，构成了一幅美好的图景。丘淑珍突然说："你每天都来采草药吗？"廖文怀说："也不是每天，隔三差五吧。"丘淑珍："采草药赚钱吗？"廖文怀说："采草药赚不了几个钱，捉蛇赚钱。你怕蛇吗？"丘淑珍说："不怕，我怕人，这世上都是不好的人，我爸爸妈妈不好，奶奶也不好，同学也不好。"廖文怀笑了笑，没有说话。丘淑珍又说："你孤独吗？看你就应该一个人生活。"廖文怀说："孤独不孤独，总归要活下去。你孤独吗？"丘淑珍说："我很孤独，仿佛整个世界，就只有我一个人。有时，我特别想死。"廖文怀说：

"你还小,不要想着死,死很容易。"

廖文怀和她有一搭没一搭地说着话,洗完草药,太阳已经西沉了,满天的红霞。廖文怀说:"回家吧。"丘淑珍说:"我不想回家,看到奶奶那张愁苦的脸,我就不开心。"廖文怀说:"可你不能永远坐在这里呀。"丘淑珍说:"不要你管。"廖文怀不说话了,离开她一段距离坐着。天渐渐黑了,丘淑珍说:"你怎么还不走?"廖文怀说:"你管得着吗?"丘淑珍说:"你也是个讨厌的人。"廖文怀说:"我怕你出问题。"丘淑珍说:"出什么问题?"廖文怀说:"晚上这里不干净,会有不好的东西出现。"丘淑珍沉默。

又过了会儿,廖文怀说:"我饿了,要回家了,不管你了。"

他挑起草药担子,上了路。野河滩上,一片沉寂。走了不一会,丘淑珍就大声喊叫:"你这个坏人,真的抛下我走了哇。"廖文怀偷偷地笑了。丘淑珍追赶上来,气喘吁吁地说:"其实我胆子很小的。"廖文怀说:"我胆子也不大。"丘淑珍说:"喂,你叫什么名字?经常看你从我家门口经过,就不晓得你叫什么名字。"廖文怀说:"就叫我喂吧。"丘淑珍说:"你这个人真古怪,也不见你和谁来往。"廖文怀说:"为什么要和人来往。"丘淑珍说:"我也这样,大多时候,我连话都不想说。"廖文怀说:"你有书读,很好了。"丘淑珍说:"喂,你晚上做什么好吃的?"廖文怀说:"干蒸猪大肠。"丘淑珍说:"哇塞,是我的最爱呀,我妈做的好吃,可是吃不上。"廖文怀说:"晚上到我家去吃吧。"丘淑珍说:"这样不好吧。"廖文怀说:"有什么不好?"丘淑珍想了想:"那好吧,反正回家也没有什么好吃的,在你家吃完,我就回家。"

为了躲开吴七婆,他们绕开了吴七婆家,从另外一条路拐进老街,进入了廖文怀家的那条小巷。拐进老街时,只有一个人看到了他们在一起,那人就是傻子,傻子还跟了一段,说要吃廖文怀做的猪大肠,被丘淑珍吓跑了。进入巷子后,廖文怀说:"我做的干蒸猪大肠,是唐镇最好吃的。"丘淑珍说:"吹牛。"廖文怀说:"你吃了就知道了。"

那天晚上,他也让丘淑珍在厅堂里看电视,自己去厨房里收拾猪大肠。如果说,当初丘淑珍到家里吃猪大肠,是偶然的,那么,今天叫傻子到家里吃猪大肠,是故意的,他心里有个阴谋。

17

让刘冰和老王他们惊骇的是,他们挖出了丘淑珍的尸体,尸体一丝不挂,被装在麻袋里,已经开始腐烂。挖出丘淑珍尸体的时候,天上乌云密布,狂风大作。一起失踪案变成了谋杀案,这让刘冰心里十分难过。他不忍心看丘淑珍的尸体,一个少女的死亡的确令人悲伤。

他向李五一报告了情况,李五一也向县局报告了情况。李五一带着县局刑侦队的人来到了现场。一直到夜里,刘冰才脱开身。大家去张一凡饭馆吃晚饭,刘冰没有心思吃饭,想起丘淑珍的尸体,他难于下咽。下午的时候,他提到了那个下河堤后碰到的人,觉得他十分可疑,但李五一说,没有证据,还不能够抓人,胡大龙的教训深刻。

刘冰骑着自行车,心情沉重地来到老街上。朱老太太正在吃饭,见刘冰进来,赶紧站起来让座:"坐,坐,公安同志,吃饭了吗?没吃的话一起吃点。"刘冰勉强笑了笑说:"老人家,我吃过了,我就不坐了,打扰你一下,问个人就走。"朱老太太说:"有什么问题,你尽管说。"刘冰说:"你这块地方是不是有这么一个人……"朱老太太说:"有,有,是廖厨师的儿子,廖厨师有两个儿子,小儿子在省城工作,大儿子在家,也没有讨老婆,一个人生活,平常也没有人和他来往,连他的名字我都忘了,经常可以看到他出出入入，路过我家门口。"刘冰说："他住在哪里？"

朱老太太说："我带你去找他。"

刘冰说："不用了，你告诉我就行了，我自己去。"

朱老太太出门，给他指了路。朱老太太说："公安同志，淑珍有消息了吗？"刘冰不忍心告诉她真相，只是说："很快就会有消息的。对了，吴七婆身体怎么样？"朱老太太说："好些了，刚刚才给她送去饭吃，要不要去看看她？"刘冰慌乱地说："不用了，不用了。"突然，他们听到吴七婆的喊叫声："淑珍，回来，奶奶想你——"

刘冰将自行车停在巷子口，打着手电，走进了幽暗的小巷。来到廖文怀家门口，发现大门紧闭，透过门缝，可以看到里面厅堂里的情景，电视机开着，声音很大，一张四方桌上，放着两副碗筷，还有两盘菜，什么菜看不清楚。看不到人，除了电视机传出的声音，也听不见其他声音。他不是一个人生活吗，怎么会有两双碗筷？刘冰心里顿生疑窦。他要进去看个究竟，观察了一下，准备翻墙进去。

翻过围墙，他蹑手蹑脚地从院子里摸进厅堂，院子里充满了草药的香味。厅堂里没有人，桌子上的那盘干蒸猪大肠所剩无几，另外一盘青菜也只剩下几根。卧室的门紧闭着，刘冰屏住呼吸，将耳朵贴在门上，听里面的声音，里面什么声音都没有。

刘冰推了推门，发现门没有反锁，于是用力推开，惊骇地看到这样的情景：廖文怀用一根绳索，勒住了傻子的脖子，傻子的眼睛突兀，脸涨成了猪肝色，舌头伸出来，嘴角渗出白沫。廖文怀满脸惊恐，眼睛里流淌着泪水。刘冰大喊了声："放手——"廖文怀浑身颤抖，手一松，傻子扑倒在地上。廖文怀看着刘冰，喃喃地说："你怎么知道我的？怎么知道的——"

刘冰扑过去，按住了他，将他铐起来，然后给李五一打电话。

这时，刘冰听到了傻子剧烈的咳嗽声。廖文怀呆呆地坐在地上，眼睛出现了七月九日晚上的情景。

丘淑珍坐在他对面，脸红扑扑的，那些青春痘像一颗颗星星，让廖文怀心动。廖文怀笑着说："我做的干蒸猪大肠好吃吗？"丘淑珍说："好吃，真的好吃，没想到你的厨艺这么好，和你相比，我妈太屁了。这是我吃过的最好吃的干蒸猪大肠。"廖文怀十分开心："这样就好，以后你要是想吃猪大肠，随时告诉我，我做给你吃。"丘淑珍眼中跳跃着火苗："真的？"廖文怀说："真的，我说话算话。"丘淑珍说："你是个好人，早认识你就好了，就可以和你说话，可以吃你做的猪大肠。"廖文怀说："现在认识也不迟。"丘淑珍说："对，不迟，喂叔叔。"廖文怀说："其实我不叫喂，我也有名字的，我叫廖文怀。"丘淑珍说："廖文怀，很优雅的名字呀，给你起名的人真有水平，不像我爹，给我起了个又土又俗的名字，连游小糖都说，我的名字土得掉渣。"廖文怀说："是我爷爷给我起的名字，他希望我做个文化人，可我一事无成。淑珍，这个名字多好呀，我喜欢。"丘淑珍说："你喜欢有什么用，大家都不喜欢。"廖文怀说："淑珍，你真好看。"丘淑珍低下了头："我丑，不要骗我，我知道我丑。"廖文怀仿佛闻到了她身上散发出来的少女气息，让他迷醉："你真的很美，淑珍，比麻雀美。"丘淑珍说："麻雀是谁？"廖文怀说："麻雀是个女人，早就离开唐镇了。"丘淑珍说："你是不是很喜欢她？"廖文怀点了点头，想起和麻雀在一起的床笫之欢，他内心的欲望之火被点燃。他呆呆地注视着少女丘淑珍，脑袋渐渐地膨胀，他突然站起来，绕到丘淑珍身后，抱住了她。丘淑珍使劲挣扎，大声喊叫。廖文怀低沉地说："别喊，麻雀，别喊，别让人听到。"他已经变成了另外一个人，眼睛血红，他的手捂住了丘淑珍的嘴巴和鼻子，另外一只手死死地勒住她的脖子。渐渐地，丘淑珍瘫软下来。良久，廖文怀才松开手，清醒过来，发现铸下了惊天大错。他抱着丘淑珍的尸体，痛哭流涕。一个孤独的人要了另外一个孤独人的命。

廖文怀本来想把傻子杀了，也装进麻袋，在夜深人静之时，偷偷摸摸地从巷子的另一头，穿过稻田，走向河堤，来到野河滩上，将傻子的尸体埋了，岂料刘冰会出现。那个晚上，他埋完丘淑珍尸体，一直在那棵枯死的乌桕树下坐到天亮，看着星星一个个消失，就像一盏盏灯熄灭，看着惨淡的天光照亮野河滩。那天早晨，一只黑色的大鸟在他头顶的天空盘旋，尖利地叫唤，仿佛在为一个年轻生命的消失哀鸣。

2017年6月12日完稿于上海家中

（发表于《啄木鸟》2017年第10期）

他们一起上路了,俩人各自骑着单车,一前一后穿出了小树林,拐上了大路,沿着通向外面世界的国道,一直奔驰而去。阳光重新照耀唐镇山地的时候,他们已经离开了唐镇地界,他们不知道要去哪里,也不知道未来会怎么样,反正再也不想回到唐镇乡村了。

绑架

有时，林和平真想戳瞎自己的眼睛，有些无聊的情景让他无所适从。

林和平家住西村，在五里地外的唐镇中学读高一，每天骑单车去上学，放学后骑单车回家。这五里地的路程对他而言不算什么，他飞快地踩着单车，就像是骑在火箭上。林和平独自一人上学，独自一人回家，极少和同学们一起玩耍，也没有什么要好的同学。西村还有一个人在唐镇读中学，那是个叫林丽珍的女孩，在唐镇中学读高二。林和平应该叫她堂姐，他们却形同陌路，因为早些年，他们两家争一块小小的菜地，大打出手，结下了仇怨，两家断绝了往来。林丽珍也是骑单车上学，会和林和平错开时间出发，林和平也不愿意和她一起。

端午节过后的一天，发生了一件事情。

唐镇到西村，有两条路，一条大路，一条小路。大路是乡村公路，车辆一般走这条路，要远些；小路要近些，行路者和骑单车的人，基本上走小路。走小路去西村，要路过河边的一片小树林，有风时，那些乌桕树的树叶瑟瑟发抖，发出一种古怪的声音，仿佛有人在私语，又好像有人在嘤嘤地哭泣。林和平受不了这种声音，每次经过小树林，他都以最快的速度通过。这天林和平值日，放学后留下来打扫教室卫生，晚了点回家。他回家路过小树林时，看到了这样的情景：一个高个子少年拦住林丽珍，他身边停着一辆红色摩托车，林丽珍背着书包，双手扶着单车。他们在说着什么，少年脸上满是轻佻的笑容，林丽珍满脸通红，一副窘迫的模样。

林和平知道，高个子少年是林丽珍的同班同学，叫刘晓国。靠

107

近后,林和平听到刘晓国说:"丽珍,我从初中开始就喜欢上你了,你就跟我好吧,我发誓,我会对你好一辈子的。"林丽珍说:"让开,我不喜欢你,让我回家。"刘晓国发现了林和平,换了一副脸孔,凶巴巴地对林和平说:"快滚开,小心我把你眼珠子抠出来。"林和平明白他们在干什么,低着头,从他们身边冲了过去。碰到这种无聊的事情,林和平觉得特别倒霉。他快冲出小树林的时候,听到林丽珍大喊了一声:"和平,快回家叫我爸来……"林和平没有回答她,飞快地逃出了小树林。不一会儿,他听到小树林里摩托车的声音由近而远,他回头望了望,林丽珍也骑着单车逃出了小树林。林和平心里一块石头落了地,他还是为林丽珍捏了一把汗。

回到家,母亲游四凤在厨房里准备晚饭,他闻到了肉香,只要闻到肉香,林和平就知道父亲林发魁晚上要回家吃饭,而且会带他的朋友到家里喝酒。林发魁在山里的采石场做工,来养家糊口,干的是辛苦活。林和平讨厌父亲喝酒,他逢酒必醉,醉酒后总是弄得家里鸡飞狗跳,不得安宁。游四凤脾气好,丈夫怎么闹,她都无所谓,林和平却难以忍受,又拿父亲毫无办法。他和母亲打了个招呼,到自己房间做作业去了,他心神不宁,边做作业,边想着小树林里发生的事情。

果然,天擦黑后,林发魁带了四个男人回来,一进家门就大声喊叫:"饿死了,饿死了!"游四凤端着一大盆红烧肉走出厨房,说:"别鬼叫了,酒菜都准备好了,快上桌吃吧。"林和平的亲叔林发星也来了,他走进厨房帮嫂子端菜。菜都上桌后,林发星来到了侄儿的房间,叫林和平一起吃饭,林和平心里莫名其妙地烦闷,说:"不饿,你们先吃吧。"林发魁大声说:"发星,他不吃拉倒,你快过来,我们喝酒。"林和平心里说,就是不吃,饿死也不吃。厅堂里渐渐地充满了酒气,他们说话的声音也很大,吵架一般,不停地说采石场老板的坏话。酒气飘进了房间,林和平闻到酒气就想呕吐，他们粗暴的声音强奸着他的耳朵，他的头仿佛要爆炸，然后被炸成无数碎片。

林和平知道接下来要发生什么，父亲醉了后，首先会拿他开刀，用尘世最恶毒的语言教训他，就像恶毒咒骂采石场老板那样。某种意义上，酒醉后父亲眼中的儿子就是那万恶不赦的采石场老板。在采石场老板面前，他不敢如此放肆，相反，他五大三粗的身体站在老板面前，唯唯诺诺，像个孙子。林和平恶心父亲的嘴脸，想到这里，他离开了房间，快步逃出了家门，母亲在他身后喊叫，他也装着没有听见。

走出家门，一股清风轻拂过来，林和平呼吸到了新鲜的空气，抬头望了望天，虽然没有月亮，满天的星斗争相辉映，在星光的指引下，他走到了河边。他坐在河边的水柳下，凝望着缓缓流动的河水，河水呜咽，在星光下，透出冷艳的光亮。他喜欢一个人在夜色中坐在河边，感受着河水的亲近，只有河水，才能接受他的孤独和寂寞，才能倾听他的心声。他会对着河水哭，也会对着河水笑，河水不会欺负他，不会朝他发脾气，不会嘲笑他，河水是他成长过程中最好的朋友。他沉默地坐在河边，想着很多很多事情，时间随着河水流动，他却感觉不到时间的流动，要是可以，他会在这里坐上一生，宁静，无拘无束，没有人打扰，这是多么幸福的事情。

一条乌梢蛇从草丛里滑过来，从他屁股后溜到他前面，发现了这条一米多长的蛇，他没有害怕，看着蛇滑进河里，朝对岸游去。在星光下，蛇犹如一条黑练在波光粼粼的河面穿行，优美而又神秘。林和平想，自己要是一条蛇多好，可以无拘无束地活在自然中。一会儿，他又黯然神伤，蛇的命运也不会有多好，丑恶的人类抓住它，会把它剥皮，炖着吃了。几声夜鸟的叫声传来，凄凉而冷清，他想，自己还是变成一只鸟吧，可以自由自在地在天空翱翔，在天空中俯视凄凉大地，那是多么幸福的事情。那样，他不会因为

109

要母亲给自己买个手机遭到酒鬼父亲的暴力,是呀,他多么想拥有一台好的手机,像那些家里有钱的同学一样,可以在手机上上网玩游戏。想着想着,又忧伤起来,他不是一条蛇,也不是一只鸟,他是一个孤独的少年。

也不知过了多久,他听到了母亲的喊叫。母亲在喊他回家。每次他逃出家,来到河边静坐,母亲都会来寻他回家。在这个世界上,只有母亲疼爱他,要不是母亲,他也许早就逃出了唐镇,到外面的世界流浪去了。他站起身,拍了拍屁股,朝不远处星光下的母亲走去。

林丽珍是家族里最漂亮的姑娘,老族长说她是貂蝉转世,所以,在西村,林丽珍有个绰号,那就是貂蝉。刚开始,林丽珍特别反感这个绰号,谁叫她貂蝉,她就会骂谁。西村人觉得被美人骂是种荣幸,她怎么骂,都叫她貂蝉,她就无计可施了,默认了这个名字。久而久之,她的绰号传到了唐镇,传到了学校里,唐镇认识她的人都叫她貂蝉,在学校里,除了老师叫她林丽珍,同学们私下里都叫她貂蝉。

有天,一个娘娘腔的男同学发现,林丽珍是唐镇中学最漂亮的女孩,无论是秀美洁白的脸蛋,还是苗条而又亭亭玉立的身材,没有哪个女孩子可比。这个娘娘腔男同学像个长舌妇,在校园里大肆渲染,活生生地把林丽珍渲染成了唐镇中学的校花。成了校花后的林丽珍,自然免不了被那些内心冲动的男同学爱慕和追求,以致骚扰。有写求爱信的,有当面示好的,也有像刘晓国那样拦路强行表白的。还有些闷骚的男同学,在厕所的隔板上写下他们心中的妄想。

林丽珍比林和平年长一岁,要不是他们两家有仇怨,他们就会一起去上学,放学也会一起回家。很多同学都知道林和平和校花是一个村的,有的同学还托林和平给校花送求爱信,性格孤僻的林和平对同学们的要求,一概拒绝。由此,他也十分恼火,觉得林丽珍给自己添加了麻烦。他从来没有仔细端详过当校花的堂姐,也不晓得她到底美在哪里,他对女生都躲着,何况是林丽珍。可是,每次听到同学夸赞林丽珍,或者在厕所隔板上看到"林丽珍,当我老婆吧"、"林丽珍,我要屌你"等等不堪入目的语句,林和平心里就会产生一种莫名其妙的情绪,觉得羞辱,又有点自豪,内心里对林丽珍产生了一种古怪的念头,不知是排斥还是亲近。他会在某些场合,偷偷地观察堂姐林丽珍的举动。

林和平的教室外面是操场,可以看到各个年段和班级上体育课的情景。他在意的是林丽珍班级上体育课的情景,更贴切地说,是在意堂姐的一举一动。只要是林丽珍班级上体育课,林和平就心猿意马,无心听讲,目光总是往窗外游离,注视着林丽珍的一举一动。林丽珍对所有的求爱者都保持了她的矜持,没有接受任何同学示爱,这让那些求爱者更加趋之若鹜,不屈不挠。但是,敏感的林和平发现了一个问题,那就是林丽珍对年轻的体育老师朱强有种特殊的感觉,而且,朱强对林丽珍也感觉不一般。

朱强长得很帅,他是师范大学体育系毕业的,而且是城里人,身上透露出外面世界的气息,充满了活力,和那些本地老师截然不同,学生们都喜欢他,林和平也喜欢他,朱强是唯一不会歧视林和平的老师。林和平长得瘦小,十五岁了,看上去还像一棵豆芽菜,他的性格孤僻,少言寡语,说他什么,他都无动于衷,老师们当然不会喜欢这样的学生。朱强不一样,他对林和平友好又热情,每次上体育课,他都鼓励林和平要强身健体,还特地给他开小灶,让他一个人绕着操场跑两圈。朱强对学生们都好,林和平固执己见,认为他对林丽珍就是不一般,从他注视林丽珍的眼神中可以感觉得到。

那天下午在小树林里碰到刘晓国拦路求爱的事情后，林和平隐隐约约地担心刘晓国会伤害林丽珍。他的忧虑被母亲看出来了，但游四凤不清楚儿子为何忧虑。林和平童年时体弱多病，常受村里的孩子欺负，林发魁也看他不顺眼，动辄打骂他，说养了个药罐子，消耗了他不少辛苦钱。游四凤理解儿子，在很多事情上却无能为力，只能尽量地保护儿子，尽量地关怀他。吃晚饭时，游四凤问儿子："和平，你有心事？"林和平低头吃饭，没有理会母亲。游四凤又说："和平，你看你愁眉苦脸的，有什么事不要藏在心里，告诉妈妈，好吗？"林和平瓮声瓮气地说："没有，我能有什么心事？"游四凤清楚儿子倔强的脾气，叹了口气，没有再问。林和平五岁那年，村里的一个比他大的孩子要抢夺他手中的一元钱，林和平死活不给，那孩子就用铅笔刀割他的耳朵，他的耳朵被割裂出一个豁口，鲜血直流，他也没有把钱给那孩子，手紧紧地攥着那一元钱。那孩子无奈，悻悻而去。林和平在他走后，才大声地哭出来。回到家里，游四凤见他耳朵流血，赶紧止血，问他为什么会这样，林和平死活不说。他从小就习惯了屈辱，习惯了承受，不愿意说出口，说了也没有意思。

一连几个夜晚，林和平都会做一个奇怪的梦，梦见刘晓国骑着摩托车，追赶林丽珍，林丽珍骑着单车飞奔，她披头散发，不停地喊叫着："和平，救我，救救我——"林和平睁大眼睛，什么话也说不出来。刘晓国面目狰狞，咆哮着朝林丽珍冲过去，林丽珍连人带单车倒在地上，摩托车的轮子碾压过林丽珍的身体，林丽珍惨叫着，浑身血肉模糊……梦醒之后，林和平浑身冷汗，睡衣湿漉漉的。在黑暗之中，林和平大口地喘息，仿佛自己被刘晓国追赶，被他的摩托车轮碾压，奄奄一息。

这个下午，放学后，林和平没有像往常一样骑着单车飞奔回家，而是在学校门口的老樟树下磨蹭了一会儿。他看到林丽珍骑车出来后，才踩着单车，跟在她后面，为了不引起她注意，他骑得比林丽珍慢。刘晓国家在镇上，离学校不到两百米远，谁都知道，那栋五层楼的豪华洋楼，就是刘晓国的家，他上学都是步行的，放学后，他会骑着那辆红色的摩托车，疯狗般到处乱窜，有时一个人，有时一帮人，那帮人要么就是和他一样的富家子弟，要么就是镇上吊儿郎当的混混。林丽珍在前，林和平在后，他们相隔一百多米远。林丽珍不一定知道林和平在后面跟着她，林和平的目的十分明确，就是要跟着这个美丽的堂姐，对他冷漠而又无言的堂姐。他们一前一后出了杂乱无章的小镇，走上了通向西村的小路。林和平突然听到了摩托车突突突的声音，他回头望了望，发现刘晓国骑着摩托车冲了过来。他本能地躲闪在路边，摩托车疯狂地从身边掠过，并且很快地超越了前面的林丽珍。

高大健壮的刘晓国站在树林子中的小路中间，嘴巴里还叼着一根烟，摩托车停在路边。

他神气活现地挡住了林丽珍的去路。

林和平看到了他们，浑身一阵哆嗦，头嗡的一声，有点懵，他想起了这几天夜里做的噩梦，既担心林丽珍，又担心自己。在他眼里，刘晓国是个魔头，比童年时割他耳朵的家伙还要凶恶一千倍，甚至一万倍。

林丽珍停住了单车，一条腿撑在地上，她的腿很长，又好看。

刘晓国笑得很流氓，目光落在她脸上，就像苍蝇粘在蜜糖上。他怪声怪气地说："貂蝉，你想好没有，我可是对你真心实意的。"

林丽珍说："有什么好想的，我不可能答应你的，你趁早死了这条心吧。唐镇好姑娘多了去了，你为什么要对我死缠烂打？"

刘晓国脸上的笑容消失了，一本正经地说："没错，唐镇的漂亮姑娘多了去了，我想要谁，一定能得到，问题是，其他姑娘再好，再漂亮，我都看不上，我心里只有你。晓得吗，我心里只

113

有你。"

林丽珍说:"我不管,反正我不喜欢你,况且我爸也不会让我谈恋爱的,我还要上大学,还有好的前途。"

刘晓国说:"你只要跟我好,我让我爸出钱给你上最好的大学,我家那么多钱,还怕没有好的前途?"

林丽珍说:"你以为有钱就有一切,你要清楚,很多东西是钱买不来的。"

刘晓国又变了脸色,恼羞成怒,气呼呼地说:"林丽珍,你说什么也没有用,我就是喜欢你,我就要得到你!"

林丽珍说:"你这是耍无赖,快给我滚开,让我过去。"

这时,林和平鼓足勇气骑车过来。林丽珍见到他,仿佛捞到了一根救命稻草,说:"和平,快回去叫我爸带人来。"林和平说:"好。"刘晓国恶狠狠地瞪了林和平一眼,说:"等着瞧,有你好看的。"说完,他骑上摩托车,一溜烟跑了。

林丽珍说:"谢谢你,和平。"

林和平脸红了,蹬着单车飞奔而去。

林丽珍望着堂弟的背影,若有所思。

树林子里起了风,乌桕树的叶子在风中发出奇怪的声音。

刘晓国在唐镇中学,名气不亚于校花林丽珍,如果说林丽珍是美好的象征,那么,刘晓国就是恶魔的代名词。他干尽了坏事,看谁不顺眼,就打骂谁,你要是和他对抗,他就会在学校外面,让一帮混混收拾你,那些混混都是不要命的主,心狠手黑。欺负弱小是他的家常便饭,还有更加邪乎的,他会在上课时,从书包里拿出一条拔去毒牙的蛇,放进前面座位女同学的衣领里,蛇就在女同学的衣服里乱窜,当蛇从她肚皮上溜出来,女同学尖叫着晕了过去。刘晓国干了这么多坏事,学校没有开除他,因为他父亲刘兆连是唐镇的首富，还是唐镇最有势力的人，镇长、派出所所长等都是他的座上宾，这些镇上的干部还不算什么，就连县里的一些领导也和他有瓜葛，他做任何事情有恃无恐，仿佛是唐镇的土皇帝。所以，他宝贝儿子在学校里犯了事，只要不是杀人放火，没有什么摆不平的，不就是花点钱嘛。刘晓国深受他暴发户父亲的影响，认为钱能解决一切，甚至能够买来爱情。

林丽珍拒绝他，让他难过极了，这种受挫，是对他无情的羞辱，他发誓一定要得到林丽珍。因为林和平帮助林丽珍摆脱刘晓国的纠缠，刘晓国决定收拾林和平。

林和平知道自己得罪了刘晓国，心里十分恐惧，可是想到美丽的堂姐，恐惧感自然就减弱了些，他觉得自己是对的，没有错误。这天早上，林和平吃完早饭，背上书包，骑上单车去上学。出门前，他考虑了一下，是不是旷课，不去上学，刘晓国就拿他没有办法。想了想，他还是硬着头皮去学校。进入小树林后，他看见了林丽珍，林丽珍在等着他。靠近她后，林丽珍朝他笑了笑，林和平脸红了，堂姐真的美，笑起来还有两个小酒窝，那笑容令人迷醉，难怪刘晓国会被她弄得神魄颠倒。林丽珍离他不到一米远，他从来没有如此近距离接触过林丽珍，迫于林丽珍的美丽，林和平昏头昏脑，脸红耳赤，情不自禁地低下了头，他突然觉得自己为她解围是值得的。林丽珍说："和平，谢谢你昨天解救了我，否则不知道刘晓国那混蛋会干出什么事情来。"林和平吞吞吐吐地说："那，那是我，我应该做的，谁让你，你是我堂姐呢。"林丽珍说："你真把我当堂姐吗？"林和平说："本来就是嘛。"林丽珍开心极了，说："就是，其实我不恨你，也不恨你爸爸妈妈，以前的事情过去了，我们两家早就该和解了。"林和平："可是我爸还是怀恨在心，他不会和你家和解的。"林丽珍说："发魁叔的脾气我晓得，不管那么多，大人的事情我们不要理会，我们和解就行了，你说呢？"林和平说：

"要是我爸知道,他会打死我的。"林丽珍说:"那我们不要让大人们知道。"林和平点了点头。

他们还是一前一后骑着单车去上学,保持着一定的距离。

林和平觉得这个早晨是有生以来最快乐的一个早晨,所有过去日子的阴郁一扫而光,阳光抚摸着少年的脸,也照耀着他的心灵。

可是,林和平的快乐很快就消失了,随之而来的是不安和恐惧。到了学校,他停放好单车,正要去教室,一个矮胖子学生站在他面前,说:"跟我走一趟。"林和平知道他是刘晓国的死党,来者不善。林和平没有理会他,背着书包往教室的方向走去。矮胖子受到了蔑视,追上他,拉住了他的胳膊,咬牙切齿地说:"你跑什么跑,叫你跟老子走一趟,你听到没有?"林和平甩了甩手臂,无法挣脱,矮胖子的力气很大。矮胖子说:"走不走?"林和平也来了脾气,说:"走就走!"他豁出去了。跟在矮胖子后面,林和平底气不足,心里忐忑,不知道会发生什么事情。

矮胖子把林和平带到学校的公共场所后面,刘晓国和另外两个同学站在那里,冷冷地看着林和平。矮胖子对刘晓国说:"老大,人给你带来了。"刘晓国走到林和平面前,嘿嘿冷笑了两声,说:"你小子蛮乖的嘛,叫你来你就来了,你晓得我为什么叫你来吗?"林和平的脊背一阵冰凉,双腿微微打颤,他想刘晓国一定会暴打他一顿。林和平什么话也说不出来。刘晓国比他高出一头,他伸出手,粗大的手掌压在林和平的头上,说:"害怕了吧,我说过会给你好瞧的,你还做貂蝉的护花使者吗?"林和平还是什么都没有说,他的身体抖得更厉害了。刘晓国说:"你不说也没有关系,我警告你,以后再坏我的事情,我弄死你,今天我不打你,但是要给你一个教训。"说完,刘晓国躲到一边,朝其中的一个同学使了个眼色,那家伙扑到林和平面前,将手中塑料袋里一团湿乎乎臭烘烘的东西抹在林和平的脸上。然后,他们哈哈大笑,扬长而去。林和平站在那里，欲哭无泪，巨大的屈辱让他生不如死，他满脸都是恶臭的人屎，刘晓国竟然用这种下三滥的办法来惩罚他，还不如将他暴打一顿。

林和平默默地忍受巨大的屈辱，像往常任何一次被欺负一样，到厕所洗干净了脸，阴沉着脸，去上课。

放学后，他还是在校门口的老樟树下等林丽珍。林丽珍骑着单车出来后，朝他会意一笑，那一笑让林和平恢复了早上那短暂的快乐，那抹在脸上的臭屎算得了什么，他脸上露出了难得的笑容，蹬上单车，跟在了林丽珍后面。一连几天，他都跟在林丽珍后面，保护她。林和平的行为惹怒了刘晓国，有林和平在，他的美梦很难实现。

又一天放学后，林和平和林丽珍依旧一前一后骑着单车回西村。出了唐镇，林和平正要拐进小路，刘晓国驾着摩托车呼啸而来，林和平来不及躲闪，就被撞翻，连人带单车倒在路边的稻田里。刘晓国没有要撞死他，只是想给他一个教训，否则林和平不死也要断条胳膊少根腿，林和平摔在稻田里，水稻起了缓冲的作用，他没有受什么大伤。刘晓国恶狠狠地说："王八蛋，你再多管闲事，就撞死你！"林和平觉得小腿疼痛，他从稻田里爬起来，浑身湿漉漉的，他看着刘晓国，眼睛里透露出恐惧和迷惘，还有点倔强。他喃喃地说："杀人要偿命的。"刘晓国冷笑着说："当然，偿命，我家有的是钱，撞死你，大不了赔个一百万。你给老子记住，别多管闲事，否则，你都不晓得自己怎么死的。"林和平把单车搬到路上，他试了试，没有撞坏，默默地骑着单车走了。

刘晓国也骑着摩托车奔驰而去。

林丽珍在小树林里等着林和平，小树林里没有风，没有奇怪的声音，十分宁静。林丽珍焦虑地说："和平，伤到哪里没有？"

林和平下了单车，说："小腿痛。"

林丽珍说:"让我看看。"

她蹲下身说:"哪条腿?"

林和平说:"左腿。"

林丽珍撸起他左腿的裤管,看到他小腿肚子上很大的一块乌青,心疼地说:"一定很痛吧,我给你揉揉。"

林丽珍的手柔软又温暖,她轻轻地揉着林和平的腿肚子,那样子就像是他的亲姐姐。林和平心里温暖极了,还有一种莫名其妙的幸福感,这种感觉是从未有过的。他的脸上呈现出快乐的微笑,此时,他想,哪怕是被刘晓国撞死,也是值得的。

林和平说:"堂姐,别揉了,不痛了。"

林丽珍说:"肯定还痛的,撞成这样还能不痛?刘晓国也太狠了,他怎么能这样?和平,其他地方没有问题吧,要不我带你去卫生院检查检查。"

林和平说:"堂姐,真的没事,我们回家吧。"

林丽珍眼睛里噙着泪水,她的心一定很柔软,林和平想。

他们一前一后骑着单车离开了小树林。

就是脸上被抹臭屎,还被刘晓国用摩托车撞,林和平也没有屈服,还是保护着堂姐林丽珍。刘晓国受到了打击,他想不到瘦弱的林和平会如此顽强,他真想杀了林和平,以解心头之恨,可是他下不了手,杀人毕竟是一件很大的事情,况且,他也没有杀过人,连他那土皇帝般的父亲也没有杀过人。他要想办法让林和平屈服,每个人都有自己的软肋,林和平也有,除非他不是人。事实上,林和平是怕刘晓国的,他提心吊胆,担心刘晓国对他下毒手。只有和林丽珍在一起的时候,林和平才有短暂的快乐,才会保持那种无所畏惧。林和平分不清保护林丽珍是对还是错,但内心驱使他这样做,他必须服从内心。他担心刘晓国对自己下毒手,同时还担心被父亲发现这事，父亲要是知道他在保护林丽珍，说不定也会把他打死。

　　林和平还没有做好被下毒手和被打死的准备，尽管他曾经也去死过。十岁那年夏天的某日，林和平被别的孩子欺负，打肿了脸。回到家中，游四凤心疼地把他揽在怀里，轻轻地抚摸儿子红肿的脸，说："和平，是谁把你打成这样的？"林和平不说话。这时，醉酒的林发魁走过来，伸出有力的大手，拎起儿子，吼叫："你说，是谁打你的，老子诛死他！"林和平浑身发抖，什么话也说不出来，觉得天旋地转。林发魁对儿子的沉默恼怒万分，扬起手，一巴掌打在林和平的脸上，很快地，林和平的另一边脸也红肿起来。游四凤一把抢过儿子，把他紧紧地搂在怀里，哭喊道："林发魁，和平是你儿子，不是你的仇人，你怎么下得了手！"林发魁怒吼道："这个没用的东西，就是我仇人，老子上辈子欠了他的，他这辈子是来讨债的，你看他那鸟样，打不过人家还不肯告诉我打他的人是谁，他活着有个屁用，浪费钱财，丢人现眼！"林和平的泪水无声无息地滚落。黄昏，林和平溜出了家门，来到了河边。刚下过一场暴雨，河水暴涨。林和平望着浑黄的河水，内心悲凉，他想到了死，他曾经问过母亲，死是怎么回事，母亲告诉他，死了就一了百了了，什么也没有了。林和平想，死了就不会有人欺负他了，父亲也不会打骂他了，母亲也不会因他而哭泣了，那是多么美好的事情。于是，他就决定去死一死。林和平跳进了咆哮的河里，他在河面上扑腾沉浮。要不是被一个捕蛇人发现，他就真的死了，捕蛇人毫不犹豫地跳下河，捞起了奄奄一息的林和平……他不怕死，怕的是活着的欺凌和磨难。如今，有一个人让他感觉到快乐，从来没有过的快乐，虽然那快乐短暂，但是值得他去冒险，活着就是冒险。

　　那是个星期天，林和平陪母亲去唐镇集市上卖鸡蛋。游四凤是养鸡能手，养了几十只母鸡，每周都可以积攒出两竹筐的鸡蛋，然后拿到集市上去卖，换点钱，补贴家用。他们卖鸡蛋的地方，对面是一家卖手机的店铺。林和平对母亲说:"妈,我去那边看看。"游四凤说:"别去了,我晓得你想要个手机,等我积攒够钱了,偷偷给你买一个,不让你爸知道。"她的这句话对林和平说了无数次了,林和平的耳朵都起了老茧,鬼知道她什么时候才能给他买手机。在唐镇中学,没有手机的学生恐怕只有他一个人,就是在这个问题上,他会自卑得无法抬头,同学们嘴巴里常常挂着的微博、微信等等,都离他十分遥远,他仿佛是一个活在古代的人,和这个社会格格不入。

林和平没有理会母亲,朝手机店走过去。

看店的是一个丰腴的少妇,粉白的脸肉乎乎的,那双笑眯眯的小眼睛注视着走进店门的林和平。各种各样琳琅满目的手机,刺激着林和平的大脑,他吞咽了一口口水,手痒痒的,真想抓起一个手机,飞快地逃。他不敢这样做,只是过过眼瘾,幻想自己能够拥有一个手机。少妇笑眯眯地给他介绍最新款的手机,说到的很多功能,他都听同学说过,却从来没有尝试过。望梅止不了渴,只会让他更加的难过。过了一会儿,他转身逃出了手机店,把笑眯眯的少妇扔在脑后。

林和平走出手机店后,刘晓国诡秘地出现了,他走进了手机店,和少妇在说着什么。

周一早上,林和平来到学校,刚刚停放好单车,那个矮胖子又一次出现在他面前,冷冷地对他说:"跟我走一趟。"林和平心里咯噔了一下,觉得这次凶多吉少,逃是逃不过的,他硬着头皮跟在矮胖子后面,来到了公共厕所后面。刘晓国笑眯眯地站在那里,就他一个人,他两手空空,林和平闻到厕所里散发出来的臭味,他断定刘晓国今天不会往自己脸上抹屎。矮胖子把林和平交给刘晓国后,也走了。

林和平和刘晓国面对面站着。

林和平心里恐惧，斗胆说："你想干什么？"

刘晓国笑着说："放心，我不会拿你怎么样的，只是想和你交个朋友。"

林和平心里嘀咕，刘晓国凭什么要和我交朋友，从来没有人要和我交朋友，他不就是想让我不要破坏他追求堂姐嘛，还搞得如此郑重其事，要和我交朋友。

刘晓国说："我从来没有佩服过谁，可是我佩服你，你是个值得我交往的人，为了证明我的诚意，我送个礼物给你。"

林和平有些不知所措，他没想到事情会发展到这一步。

刘晓国从口袋里掏出一个最新款的苹果手机，递给林和平，说："送给你，你一定会喜欢的。"

林和平的手在颤抖，心里矛盾极了。

刘晓国说："收下吧，我是真心要交你这个朋友的。"

林和平想起了林丽珍，如果收下手机，那么他就等于背叛了她。他在迟疑的时候，刘晓国把手机塞进了他的裤兜，然后头也不回地走了。那手机在他的裤兜里，像块烧红的烙铁，烧灼他的皮肤，也烧灼他的心。

这一天，林和平都心神不宁。

手机一直放在他的裤兜里，他不敢伸手去触碰。

放学后，他想骑上单车独自回家，可他还是在校门外的老樟树下等林丽珍出来。不一会儿，林丽珍出来了，她朝林和平会意一笑，林和平就和她一前一后骑着单车回西村。那手机还在他的裤兜里，执拗地告诉他自己的存在。林和平脑袋晕乎乎的，内心还是充满了矛盾。在手机和林丽珍之间，他要做出一个重要的抉择。

林和平没有用那手机，也没有将手机还给刘晓国，他把手机藏在床垫底下，每天晚上睡觉前，他会取出手机，用手轻轻抚摸它，就像抚摸一件心爱的宝贝，他也会把手机贴在脸上，感受到手机外壳的冰凉，他还会把手机放在胸口，让它感受他狂乱的心跳。可是他不敢使用它，他担心一使用它，自己就会崩溃。

一连几天，他还是跟在林丽珍后面，保护着她。

这几天，他没有看到刘晓国骑摩托车追上来，拦截林丽珍。在手机无情的折磨下，他终于放弃了保护林丽珍，一放学就骑着单车飞奔回家，就是如此，他还是没有使用那手机。

林丽珍觉察到了什么。

一个黄昏，林和平坐在河边的水柳下发呆，林丽珍走过来，坐在他身边。林和平闻到了少女的气息，仿佛是绿草清甜的味道。他十分窘迫。林丽珍说："和平，是不是刘晓国又威胁你了？"林和平没有说话，沉默地看着夕阳下缓缓流动的河水。林丽珍说："和平，无论怎么样，我都不会怪你的，你是我堂弟，我不应该让你因为我受刘晓国欺负的。"

林和平一言不发，站起身，回家去了。

他多么想坐在那里，听美丽的堂姐说话，闻她身上青草的气息。都是那该死的手机，让他忐忑不安，让他觉得自己对不起美丽的堂姐。

不久，发生了一件轰动唐镇的事情。

一天晚上，唐镇中学的体育老师朱强肚子饿了，他走出校门，到唐镇街上李记小食店吃扁食，吃完后，在回学校的路上，被十几个小镇混混围攻，他奋力抵抗，最终寡不敌众，被打翻在地。他倒在地上，那些混混也没有放过他，还是继续殴打，致使朱强断了两根肋骨，脑震荡，差点丧命。打人者被抓了几个，其他在逃，被抓的打人者供出了主谋，就是唐镇首富刘兆连的儿子刘晓国，他出了五万元人民币，让那些混混去殴打朱强。刘晓国也很快被拘留了，学校也开除了他。

事情的起因和校园里的一则流言有关。流言的内容是：朱强老师和唐镇中学的校花林丽珍师生恋了。这则流言最早是出自那个娘娘腔男同学之口，经过他长舌妇般的渲染，流言在校园里满天飞，似乎一夜之间，学生们都知道了这件事情。

流言传到刘晓国耳里，他气得发抖。自从他喜欢上林丽珍后，只要他发现谁对林丽珍示爱，谁就没有好日子过，那些喜欢林丽珍的同学纷纷退出追求的行列，把对林丽珍的爱掐死在腹中。刘晓国对朱强老师产生了刻骨仇恨，他想，怪不得林丽珍不答应做我的女朋友，原来都是朱强在作祟。他越想越气，又不敢当面找朱强算账，只好找镇上的混混给他出气。

刘晓国被抓和被开除，唐镇中学大部分学生都很高兴，尤其是那些被他欺负过的同学。林和平却高兴不起来，隐隐约约地，他感觉到有更大的危险。那手机他一直没有用，还藏在床垫底下，那手机是祸根，他要找机会还给刘晓国，林和平觉得他很快会被放出来。

出事之后，林丽珍处在风暴的旋涡之中，关于她和朱强的传闻越传越变味，甚至不堪入耳，尽管学校多次辟谣。无论林丽珍走在哪里，背后都有同学指指点点，校花林丽珍仿佛成了淫荡的代名词。林丽珍的定力很好，她似乎没有被流言击倒，依旧我行我素，她的学习成绩依旧是最好的。林和平不相信堂姐定力那么好，觉得她是装出来的。他还是替堂姐担心，担心刘晓国放出来后会变本加厉地追求她，他什么事情都干得出来。

这天放学后，林和平没有着急回家，而是用自己的零花钱，买了些苹果，去卫生院探望朱强老师。出事前，他还希望那流言是真的，堂姐宁可和朱强老师好，也不要随了刘晓国，刘晓国配不上她，他以为有钱就可以拥有一切，狗屁。而且，朱强老师会保护堂姐，那应该是真正的保护。出事后，林和平颠覆了以前的想法，朱强老师保护不了堂姐，刘晓国够狠。他找到了朱强老师的病房，病房里有种奇怪的味道，林和平头有点晕。朱强没料到学生中最不起眼的林和平会来探望自己，除了学校领导和同事，还没有学生来过。朱强有些激动，说："林和平，谢谢你来看我。"林和平轻声说："老师，你好点了吗？"朱强说："放心吧，老师没事的，躺几天就可以出院了，就可以回学校给你们上体育课了。"林和平说："老师要好好养伤。"朱强摸了摸他的头说："你要坚持锻炼身体，要让自己强壮起来，未来的路还很长，身体是本钱。"林和平点了点头。他们有一搭没一搭地聊了一会儿，林和平就告辞了。走之前，林和平红着脸问了朱强一个问题："老师，你真的喜欢林丽珍吗？"朱强笑了笑，说："喜欢呀，谁不喜欢美呢，难道你不喜欢？"林和平说："喜欢。"他说喜欢这两个字时，声音很低，只有他自己才能听见。

　　果然，过了不久，刘晓国就放出来了。据说，他父亲刘兆连花了不少钱打点，也给了朱强老师一大笔钱，作为补偿。那几个打人的混混却没有这样幸运，他们都坐牢去了。刘晓国放出来两天后，朱强老师也调走，说是调回城里的中学工作了。他是悄悄走的，没有和学生告别，也没有人给他送行。朱强老师走后，林和平有些失落。

　　失落只是一种伤感的心情，不知道以后有没有体育老师会让他坚持锻炼身体了。朱强老师走后，每天放学，林和平先在操场周围的跑道上跑上两圈，才骑着单车回家，他彻底放弃了保护堂姐。林和平内心的恐惧感日益深重，害怕刘晓国会对他下毒手。他开始相信刘晓国的话了，只要有钱，什么都可以办得到，也许他打死了林和平，也不用去坐牢。他要找个机会把手机还给刘晓国，或许这样会好些，刘晓国不会要他的命。他把手机带在身上，伺机还给刘晓国。

有人说，刘晓国放出来后，变了一个人，每天坐在家门口的竹椅上，呆呆地朝学校张望。的确如此，林和平出了校门，就看到坐在家门口的刘晓国。林和平心里紧张极了，他第一个念头就要把手机还给刘晓国，这样，就和刘晓国没有瓜葛了。他骑着单车慢慢吞吞地来到了刘晓国面前。刘晓国脸色惨白，眼神迷离，不像从前那么神气了。就是这样，林和平站在他面前，腿肚子还是在发抖。刘晓国看了他一眼，脸上一点表情都没有，也不说话。林和平战战兢兢地说："刘晓国，我是来还你手机的，手机还是新的，我一直没用，不敢用。"刘晓国突然笑了，笑声很响，十分瘆人。林和平在他的笑声中想逃，又迈不动脚步。刘晓国笑完后，冷冷地说："你走吧。"林和平没有走，他要把手机还给刘晓国。他把手伸进了裤兜，裤兜竟然空空的，他吓出了一身冷汗。放学后，他跑步时还摸过裤兜的，当时手机还在的，怎么就没有了呢？手机丢了，这对林和平而言，是天大的事情，那手机几千块钱，他用什么来还？林和平愣了会儿，骑上单车，返回校园。

林和平找遍了跑道和操场，也没有找到手机。

天黑了，他还是没有找到手机。

他颓然地坐在操场的草地上，泪水无声无息地滚落。

林和平把手机丢了，像是把心给丢了，他欠下了一笔债，这笔债不知何时才能偿还。连续几天，林和平郁郁寡欢，跑步也懒得跑了。他恨自己，当初没有把手机还给刘晓国。他突然有种奇怪的感觉，对堂姐的美丽产生了厌恶的情绪，他想，美也是会害人的，因为堂姐的美，朱强老师挨了打，还离开了唐镇中学；林和平自己也被卷进来，脸上被抹屎，还被摩托车撞，手机丢了，欠下了债；刘晓国也因为堂姐的美犯了事，被学校开除；或许还有什么林和平不清楚的事情。

可是，美有什么罪，堂姐与生俱来的美又有什么过错？

又是一个傍晚，林和平懒洋洋地蹬着单车回家。快到小树林时，刘晓国驾着摩托车疯狂地冲出来，与林和平擦身而过。林和平感觉到了什么，用足了力气，踩着单车，飞快地进入了小树林。他看到了林丽珍的单车，歪倒在小树林里的路边。此时，小树林里没有风，却有哭声从树林里传出。林和平听出来了，是林丽珍的哭声，他明白了，一定是刘晓国干了什么坏事，他没有变，还是一匹凶恶的狼，林和平浑身发冷，他从小就害怕哭声，现在不仅仅是害怕哭声，还害怕刘晓国。

他想逃离小树林，又觉得这样不妥，无论如何，林丽珍是他的堂姐，他不能一走了之。他把单车停放在路边，朝着哭声寻找过去。林丽珍坐在一棵乌桕树下哭，头发散乱，身上的花布连衣裙也十分凌乱，脖子下的领口被撕破了。林和平站在她面前，心里难过极了，他恨自己没有坚持保护她。他什么话也说不出来，也不知道说什么好。林丽珍抬起头，眼泪汪汪地看着他，哭声停止了。她哽咽地说："你是不是收了那流氓的一个手机？"林和平脸红耳赤，像个罪人般低下了头。林丽珍站起来，说："没有想到你是这样的人，和你爸一样，都是见利忘义的家伙，我以为你和你爸是不一样的，我鄙视你！"说完，林丽珍就跑了出去。林和平愣愣地站在那里，羞愧难当。

可以断定，刘晓国凌辱了林丽珍。

可是，这事情无声无息，很快就过去了。知情者说，那天林丽珍回家后，把在小树林里的事情告诉了她父亲，她父亲带了几个人，去了刘晓国家，进去时，他们还怒气冲冲，出来时，他们都笑容满面，他们和刘兆连完成了一场交易，刘兆连的金钱封住了他们的口，这事情自然就按下来，不了了之了。她父亲和林发魁一样，也是见钱眼开的家伙,在这年月,有几个人不爱钱?

　　林和平心里十分内疚,他觉得对不起堂姐,不敢靠近她,他们的关系恢复到了从前。林和平还是会记忆起她温柔地给自己揉小腿肚子的情景,也会记忆起她身上青草的气息,那短暂的快乐他也许会记忆一生。

　　事情的逆转使林和平措手不及。

　　林丽珍竟然和刘晓国好上了。每天早上,林丽珍走路到小树林,刘晓国驾着摩托车来接她去上学,快到学校门口了,她从摩托车后座上下来,走进学校。放学后,刘晓国会在她早上下车的地方等她,然后载她回家。林和平经常会碰到他们,他们根本就不搭理林和平,林丽珍看见林和平,故意紧紧地搂着刘晓国的腰,朝他冷笑。

　　林和平发现,林丽珍的脸色日益苍白,没有往昔的甜美,像是被风暴摧残过的花朵,她越来越不好看了,林和平内心忧伤,曾经那个美丽高傲的堂姐,已经死了,他心里给过去的堂姐筑了一座坟墓,那份美丽和纯洁埋葬在那里。

　　暑假开始后,林和平变得百无聊赖。孤独的他除了帮母亲做些活,平常时间都是一个人坐在河边的水柳下,凝望着流动的河水,胡思乱想。有时,他真想林丽珍坐在旁边,他呼吸着青草的气息,听着她柔软温存的话语,那该有多快活,可这是不可能的事情了。

　　西村就像一个牢笼,囚禁着他的肉体,也囚禁着他的心灵。

　　他想逃出这片山地,却又无能为力。他厌恶这片山地,人与人之间的关系复杂而市侩,充满了铜臭;厌恶父亲,厌恶他喝酒后的臭嘴,厌恶他的穷凶极恶;厌恶母亲,厌恶她的逆来顺受,厌恶她的哭泣;他也厌恶自己,厌恶自己的懦弱,厌恶自己的弱小,厌恶自己的一切,厌恶一切的一切。

他想象自己变成一只鸟,不,是变成一只山鹰,在宽广的天空自由翱翔。

可是,他什么也不是,只是一个平凡的忧郁少年。

林和平没想到父亲会死,而且死得那么惨。

那天傍晚,夕阳还没有落山,还在西山顶上挣扎,独自坐在河边的林和平突然听到村子里传来嘈杂的声音,许多人在大呼小叫,还有撕心裂肺的哭喊。林和平从杂乱的声音中分辨出了母亲悲伤的哭喊声。

林和平站起来,飞快地跑向村子。

林和平家门口围满了人,他明白家里出事了,他有点懵,手足无措。有人看到他,说:"大家让一让,和平回来了。"人们往两边分开,让出了一条道,林和平缓缓地走进家门。院子里,血肉模糊的林发魁躺在一块旧门板上,他的头和脸稀巴烂,分辨不清眼睛和鼻子。游四凤跪在丈夫的尸体旁边,疯了似的哭喊着:"我的心肝哥哟,你怎么舍得离开我呀,心肝哥——"她凄惨的哭喊让许多在场的人落泪。很奇怪的是,林和平站在父亲的尸体前,竟然没叫喊一声,也没有落泪,像往常一样,阴沉着脸,看着死去的父亲。他也没有安慰母亲,母亲的哭喊竟然打动不了他。

游四凤见儿子回来,从地上爬起来,拉着儿子的手,说:"和平,快给你爸跪下。"林和平一动不动,还是阴沉着脸,仿佛是面对酒后的父亲。游四凤说:"和平,快给你爸跪下呀,跪下呀。"林和平还是无动于衷。游四凤见儿子不跪,哭得更加伤心了:"心肝哥哟,你这一走,天远路长哪,留下我们孤儿寡母,以后的日子怎么过哇——"哭着哭着,她又瘫倒在地,两个族里的女人走过来,蹲在地上,陪着她哭。满脸泪水的林发星走到林和平旁边,手放在侄儿的肩膀上,说:"和平,你爸死了,你都不哭,不孝啊。"他的手用力地在林和平的肩膀上按下去,林和平两腿一软,跪在了地上。就是如此，林和平也没有哭，只是低下了头。

林发魁的死和他喝酒有关。

一般情况下，林发魁不会在中午的时候喝酒，采石场的工人基本上不会在中午喝酒。这天中午，林发魁因为一点小事，和工头吵了一架，中午吃饭时，他喝了半斤白米烧，同在采石场做工的他弟弟林发星劝也劝不住。结果，下午工作时就出了大事。开山爆破时，指挥人员吹着哨子摇着手中的红色旗子示意工人们躲起来，工人们赶紧往安全的地方躲藏。林发魁也听到了哨声，他喝了酒，脑袋发懵，竟然没把哨声当回事。大伙都在朝他叫喊，让他躲避，指挥人员发现他没有躲，拼命地吹着哨子，猛烈地摇晃手中的旗子，炸药的引线已经点燃，放炮的人也已经躲起来了，要回去剪断引线已经来不及了。林发星呼喊着哥哥的名字，他要冲出去把哥哥拉到安全之地，被几个工友强行摁住了，他冲出去，危险万分。林发魁朝弟弟傻笑，根本就感觉不到危险。炸药很快爆炸了，乱石飞溅，一块大石头飞落下来，正好砸在了林发魁的脸上，林发魁当场就一命呜呼。

天热，林发魁的尸体到半夜里就有了尸臭。

林发星和嫂嫂商量，尽快让哥哥的尸体入土为安。游四凤在巨大的打击下，已经痴呆了，林发星说什么，她都点头。林发星就自作主张，决定天亮后，就拉哥哥的尸体去火化，然后把他的骨灰埋入坟地。

林和平一夜未眠，他默默地坐在厅堂的一角，为父亲守夜，他的目光时不时地瞟向被白色尸布遮盖住的父亲的尸体，满脑子都是父亲被砸烂了的脸，他想吐又吐不出来，没有语言可以形容他莫名其妙的情绪。对于悲伤过度痴呆了的母亲，林和平找不到任何合适的语言安慰她，他什么也说不出来，用一贯的沉默对付悲恸的母亲。他不知道自己的沉默是对还是错，很多时候，对和错又有什么区别，生或死又有什么区别？如果可以交换，林和平宁愿自己躺在父亲躺的地方，让他活着，继续做他的工，继续喝他的酒。

送葬的时候，林和平还是没有哭，叔叔抽了他两耳光，他也没有哭，他哭不出来。送葬完了后，叔叔带着家族的人和一些工友吃白饭时，林和平偷偷溜出了家门，他不喜欢这种古怪的热闹，独自来到河边，面对着呜咽的河水发呆。天上一弯残月，俯视大地，俯视孤独的少年林和平。林和平的眼中流出了泪水，他轻轻地抽泣，喉咙里像堵着一块海绵，吞不下去，吐不出来。泪水很快模糊了双眼，他哽咽着说："爸，你不是喜欢喝酒吗，还有那么多酒等你喝，你为什么要走？爸，你不是喜欢酒后骂我打我吗，你有种活回来，我让你骂个够，打个够呀！爸，你真没种，怎么说走就走了哇——"说完这番话，林和平号啕大哭起来。那些在夜里鸣叫的夏天的虫豸一下子安静下来，它们似乎在聆听林和平悲恸的哭声。

父亲死后，林和平才知道采石场的老板是刘晓国的父亲刘兆连，刘兆连有很多生意，采石场不过是一小生意。刘兆连没有露面，只是在出殡前，让他的手下送了个花圈和两万块钱过来。游四凤不要他的钱，要还她一条人命，林发星就代她把钱收下了，他认为这是刘老板的一点心意，赔偿费后面再谈。

办完丧事，林发星就开始谋划赔偿的问题。他想和嫂子游四凤商量，游四凤沉浸在悲伤之中，还是一副痴呆样，根本就谈不了事情，林发星觉得林和平不懂事，更没法谈，于是，他找来了几个族里的男人，商量此事，虽然说商量，基本上还是他说了算。商量的地点在林和平家，他们要当着游四凤的面说这事，定下来的方案才合乎道理。林发星认为此事要趁热打铁，时间拖久了就不好说了。有人提出来，说林氏家族在整个唐镇，也就西村这百十号男丁，是小姓，而刘家是大姓，人多势众，而且刘兆连富甲一方，来硬的肯定不行，该怎么办？商量下来，他们拿出了两个方案，一是尽快上门和刘兆连谈判，如果他给出合理的钱数，事情就了了；二是如果刘兆连仗势欺人，那就请律师打官司。

林发魁入土后的第三天，林发星打听到刘兆连在家，就带着族里几个精壮汉子，前往刘家，虽说林家人少，还是要有点威风，林发星还联络了几个平时和哥哥比较要好的工友，他们答应过一起去刘家谈判，结果他们都没有来，林发星打他们的电话，他们都不接，好像突然就人间蒸发了。

出发之前，林发星要林和平一起去。

林和平本来就反感他们讨论如何要钱，况且他还欠刘晓国一个手机，根本就不想去参加谈判。林发星说："你去也得去，不去也得去，没有选择，能不能拿到赔偿费，关系到你和你妈以后的生活。"林和平无奈，跟着他们去了刘家。刘家的洋楼前面停着两辆轿车，一辆宝马，一辆奔驰，平常刘晓国驾驶的红色摩托车也停在那里。

刘家大门开着，他们站在门外，林发星往里探头探脑，说："刘老板在家吗？"

从里面走出一个富态的半老徐娘，她说："你们找谁？"

林发星认得她，她是刘兆连的老婆范秀秀。林发星赔着笑脸说："我是西村的林发星，林发魁的弟弟，我们想找刘老板谈谈我哥的赔偿费。"范秀秀警惕起来，她眯着眼睛说："我没听老刘说过这事情呀。"林发星说："这事情刘老板心里清楚的，你让他出来跟我们谈。"范秀秀翻了翻白眼，说："他不在家。"林发星说："刘老板肯定在家的，他的奔驰车都停在外面。"范秀秀说："我告诉你，他不在家，你这人怎么回事，他是坐朋友的车走的。"林发星又要说什么，范秀秀蛮横地抢先说："你不要说什么了，快走吧，赔偿费不是已经给你们送过去了吗？还来要，我们家又不是银行，快走吧，以后再不要来了。"说完，她将大门关上了。

林发星愣住了，他没有想到会是这样的结果，敢情刘兆连送来的那两万块钱就是赔偿费，这是打发要饭的呀，难道一条人命就值两万块钱，这太没天理了。林发星缓过神来，说："她一个妇道人家，说话不算的，我们要找到刘兆连，和他谈才有用。"

一个族人说："我看这事情悬，刘兆连明摆着的不想见我们，还有什么好谈的？我看还是回去吧，别在这里浪费时间了。"

林发星瞪了他一眼，说："你别在这里灭自己的威风，这赔偿费我要定了，我哥不能这样白白死去。"

那人不说话了。

林发星说："我们不能走，就在这里守着，我就不相信他不出来。"

林和平站在那辆红色摩托车旁边，伸出手去摸摩托车后座的表面，他感觉到了某种温度，那应该是林丽珍的体温。林发星他们说什么，林和平一句话也听不进去。他担心刘晓国从家里走出来，逼他交还手机。他欠刘晓国的，但他搞不清楚刘兆连欠不欠自己。

等了一个多小时，刘家一点动静都没有。

林发星有点着急了，不停地擦额头上的汗。他说："这样不行，刘兆连知道我们在外面等他，他不可能出来。你们过来——"几个族人的头凑在一起，林发星细声地说着什么。林和平没有听到叔叔的声音，觉得他特别古怪，像个阴谋者。林发星说完后，他们就分头躲了起来，林发星拉着侄儿的手，说："你跟着我走。"林发星带着侄儿躲在唐镇中学大门口的老樟树底下。他总是探出头，观察刘家的动静，还说着话："这棵老樟树有年头了，还没有枯死，人要像老樟树那样不会死就好了。"林和平冷不丁冒出一句话："该死时就死吧，活那么长做什么，活着受苦，还不如死了好。"林发星说："你懂什么生死。"林和平说："你懂？"林发星说："我什么也不懂，我只晓得要从刘兆连那里拿回赔偿费,这样才能保障你好好读书,免得以后没有出息,像我们一样做苦力。你爸死了,你们家的顶梁柱倒了,光靠你妈怎么能行?我也不可能永远帮你,我也要养家糊口,所以,这赔偿费很重要,你晓得吗,很重要!"林和平无语了。

又过了一个多小时,刘家终于有了动静,林发星看到刘家大门打开了,从里面走出刘兆连和他儿子刘晓国,他们上了那辆奔驰车,不知道要去哪里。车刚刚开动,林发星没命地冲了过去,拦在了路中间,奔驰车猛地刹车,停在了林发星面前,他的身体和奔驰车的距离不到一尺。车停下来后,和林发星一起来的族人才跑过来,围住了奔驰车。

刘兆连对儿子说:"原来他们没走,还挺有计谋的,晓国,赶快给派出所张所长打电话。"

刘晓国用手机拨号时,刘兆连打开车门,从车里钻出来。油头粉面大腹便便的刘兆连,底气十足地对林发星说:"林发星,你挡住我的路了,滚开。"林发星赔着笑脸说:"把你拦在这里,实在不得已,我没有其他目的,也不敢得罪刘大老板,我是想和你谈谈我哥的赔偿费。"刘兆连抹了抹油光发亮的头发,说:"不是给过你钱了吗,你还来要?收条还是你签的名字。"林发星说:"一条人命呀,就值两万块,你也太不仁义了。"刘兆连冷笑了声,说:"那你想要多少?"林发星说:"最少一百万。"刘兆连笑了:"一百万,告诉你,你这是敲诈,犯法的。我们先来说说事情是怎么发生的,林发魁要是不喝酒,他就不会死,我们的规章制度写得清清楚楚,不能醉酒作业,他眼里哪有什么规章制度,他连自己的命都不珍惜,还能怪谁?因为他的死,我的采石场停产整改,我还得负责任,给安监局交罚款。采石场停产一天要损失多少钱,你算过吗?我没有要你们赔钱就不错了,你还敢来和我谈赔偿费,人死为大,我能够给你们两万块钱,够意思了,你还说我不仁义。滚吧,不要再来烦我了。"他说话的气势压到了林发星，林发星有点心虚，说："那五十万，怎么样？"刘兆连斩钉截铁地说："一分钱都不给！"林发星脸红耳赤："你，你不给，我上法庭告你。"刘兆脸冷冷地说："你随便告吧，我倒要看看吃亏的是谁。"

这时，派出所张所长开着警车来到现场。

现场已经围满了人，唐镇人素来喜欢看热闹，有走江湖卖狗皮膏药耍猴的，他们会围过去看，有人吵架他们也要围观……围观是他们的乐趣。张所长带着两名警员来到了林发星面前，他问明白了情况后，对林发星说："你可以到法院起诉刘老板，但是你这样兴师动众要钱是不对的，快带你的人回去吧，不要再闹了。"林发星急了："我哥不能白白死了！"张所长说："我告诉过你，你可以上法庭告刘老板，你不要把普通的民事纠纷搞成敲诈勒索，你再不走，我可要铐你回派出所了。"

林发星发现那几个族人都不见了，低吼了一声，悻悻而去。

围观者很快散了，有些人觉得事情没有闹大，唉声叹气。

林和平一直站在老樟树下，懵懵懂懂，无所适从。

夜深了，林和平又听到了母亲嘤嘤的低泣。母亲的哭声撕咬着林和平的心，那种无可名状的悲恸和无助，以及对未来生活的忧虑及恐惧，林和平不能感同身受。父亲之死，他也悲伤，他努力地记起父亲对自己的好，哪怕一点点，也会被他无限放大，用来抵消他从前对父亲的恨，他觉得父亲是个可怜之人，他十分害怕自己会成为父亲那样的人。此时，家是个坟墓，林和平在母亲的哭声中艰难地喘息，他想这样下去，自己会窒息而亡。

林和平蹑手蹑脚地离开了家。

他来到河边，坐在那棵水柳下，凝视着奔流不息的河。天上没有星星，也没有月亮，夏天的夜不是那么黑，还是有种迷蒙的光亮，可以看到河对岸不远处黑黝黝的群山。在各种虫豸青蛙此起彼伏的鸣叫声中，林和平更显得落寞孤单。他的心情十分凌乱，什么都想，也什么都没有想。未来怎么样，他一无所知，只想尽快逃离这个让他无休无止忧伤的地方。

突然，他闻到了一种特殊的气息，青草的气息。

他扭头看了看，发现林丽珍已经坐在旁边了，微光中，林丽珍的笑脸蒙眬。这不是真的吧，他已经好久没有接近她了，他伸手摸了摸林丽珍的手，感觉到了温暖。他的心跳加快了，赶紧缩回了手，他对林丽珍的感情十分复杂，复杂到一片空白，什么都说不出来。

林丽珍说："和平，你不要太悲伤了。"

林和平说："我爸死了，你爸是不是特别开心？"

林丽珍说："没有，他也难过，出殡那天，他还想去给发魁叔送行的，怕刺激你妈妈，就没有去，这几天，他总是说，不应该和发魁叔结怨的。"

林和平无语。

林丽珍说："我找你，有件事情。是刘晓国让我来找你的，他知道发星叔去找他爸要赔偿费的事情，他爸铁定不会再给你家钱了，他就把摩托车卖了，让我把卖摩托车的钱给你，就当赔偿费了。给，这是一万五千元，刘晓国的一片心意。他说，以后你有什么困难，他会帮助你的。"

林和平说："我不要他的钱，我还欠他一个手机，我不想再欠他什么，你告诉他，等我以后赚钱了，一定会还给他的。"

林丽珍说："手机的事情我晓得，他不会要你还的，这钱你收着吧，他是真心实意的，他和他爸不是一路人。"

林和平说："你当初不是说他是流氓吗？他不是强暴过你吗？"

林丽珍无语了。

沉默了许久，林丽珍才说："我原谅他了，他现在慢慢地变好，他说听我的话，再不干坏事了，他爸托了人，让他开学后到城里的三中去读书，他答应我好好读书，以后我们一起去上大学。"

林和平说："你相信他？"

林丽珍轻声说："相信。"

林和平说："我不信。"

林丽珍说："你信不信没有关系，我信就行了。"

她把那装着一万五千元的信封塞到林和平手中，站起来，说："我该回家了，太晚了，你也早点回家吧。还是那句话，不要太悲伤了。对了，刘晓国还让我告诉你，让发星叔不要去告状了，告不赢，他爸打点好了关系。"林丽珍走后，林和平突然对着河水喊叫："我悲伤，悲伤个狗屁，我不要你们可怜我，也不要你们的施舍，不要你们的臭钱！"他要把装钱的信封扔进河里，迟疑了一会儿，还是没有扔。

林和平没有把刘晓国的话转达给叔叔，叔叔去不去打官司，都和他没有什么关系。他也没有把那一万五千元交给母亲，而是把钱藏在了床垫底下。游四凤渐渐恢复了常态，生活还得继续，该喂鸡喂鸡，该下地就下地，该做饭就做饭……忙碌会让她悲恸的心充实一些，只是在夜深人静时，她还会低泣，在泣哭中睡去，泪痕留在了脸上。

林发星到底还是放弃了和刘兆连打官司，他私下里问过一些朋友，那些朋友都劝他不要这样做，官司要打输了，得不偿失。可是，林发星还不死心，觉得哥哥白死了，也觉得对不起嫂子和侄儿，他担心以后要照顾孤儿寡母，得花很多精力和钱财。出力倒没有什么，重要的是钱财，他自己养家糊口都困难，哪会有什么钱财资质哥哥的遗孀和侄儿。

这天晚上，林发星又叫了两个死党到家里来商量赔偿费的事情。游四凤对林发星说:"发星,我看这事就算了,我不想看到再有什么不好的事情发生,你哥已经走了,你一定要好好活着。刘家势力大,我们惹不起,你收手吧,我都看破了,你有什么放不下的?都是命,命中注定是你的,跑也跑不掉,不是你的,怎么强求也来不了。"

林发星说:"嫂子,你去睡吧,你不用操心,我可以搞定的,不管怎么样,我哥不能这样白死了。"

游四凤没再说什么,林发星性格倔强,她心里十分明白。她叹了口气,进入了自己的房间,关上了房间门。这个晚上,她没有哭出声,默默地流泪,直到沉睡。林和平躺在床上,他很奇怪为什么母亲没有在今夜哭泣,他心里平静了许多,也没有到河边去。

叔叔他们的声音很低,林和平听不清他们在说什么,子夜时分,他们才离去。林和平隐隐约约地感觉到,有什么不好的事情要发生。林和平知道,叔叔在特殊情况下,是不按正常路数出牌的。

父亲头七的这天上午,游四凤带着小叔和儿子,到山上林发魁的新坟前祭奠。他们在林发魁的坟前摆上鸡、鱼、猪肉,还倒了三杯水酒,又点了三根蜡烛,一束长香,插在鸡鱼肉前面。游四凤眼泪汪汪的,让儿子跪下,给亡者的坟墓磕头。游四凤和小叔在做事时,林和平冷冷地看着他们,心想,死去的父亲真的能够享受这些祭品吗?

林和平跪下来,给父亲磕了三个头,然后站起来,躲到一边,默默地看着母亲和叔叔下一步的行动。他们还备好了纸扎的小人和冥钞,还有纸扎的电视机、房子、小汽车等,边说着话,边把那些东西在坟前焚烧。林和平想,父亲活着的时候,没有在洋房里住过,也没有开过小汽车,也不曾拥有过大把的钞票,他在另外一个世界里就能够拥有这些吗?林和平表示怀疑。

祭奠完后，他们就下山，走出一段路，林发星又转身跑回到哥哥的坟前，说："哥，你放心，我一定会给你讨回个公道，我不会便宜刘家的，我要让他们付出代价。"

回家后，已经是晌午了。

林发星离开了他们，游四凤要下地劳动，走之前，交代儿子："你哪里也不要去，在家里好好温习功课。"游四凤希望儿子好好读书，将来考上大学，做一个有作为的人，不要在乡下受苦受难。林和平看着母亲，心里七上八下，他怕辜负了母亲，心里对学习又万分排斥。游四凤走了后，林和平看了会儿书，书中的字渐渐模糊，他气恼地扔掉了书本，走出了家门。他朝通向河边的小路一路狂奔，来到了河边，气喘吁吁地站在那里，双眼迷惘。他不想再待在这个有痛苦记忆的地方，也不想好好读书，他只想变成一只自由自在的山鹰，在广阔的天空翱翔。说实在的，林和平早已厌倦了学校，厌倦了此地的生活，厌倦了这里的人们，他们小气，唯利是图，以前好像不是这样的，现在越来越自私和功利。对这一切，林和平都感觉格格不入，他是为了父母才去读书的，现在父亲死了，他只为了母亲读书，要是考不上大学，母亲一定会伤心透顶。想到这里，林和平就万箭穿心，生不如死，为别人活着是世界上最痛苦的事情，哪怕是自己的亲生父母，他想逃离。

突然，林和平听到了隐隐约约的嬉笑声。

他的目光搜寻过去，发现河流下游的一个拐弯处，有两个人在河里戏水。好奇心驱使他朝下游走去。林和平靠近那个河湾时，怕被戏水的人发现，就躲在河边的篙草丛中，偷窥。那河中嬉戏的是一男一女，竟然是刘晓国和林丽珍，看得出来，他们特别开心，也特别恩爱，戏水的过程中，还不忘抱在一起接吻。林丽珍穿着粉色的游泳衣，显得特别珠圆玉润，特别美丽，苍白的脸上有了红晕，仿佛一朵衰败的花朵重新开放。他尽量不去看刘晓国健美的身体，那身体让他厌恶，可是无法躲避，他始终和林丽珍粘在一起。他们快乐的样子让林和平羡慕、伤感而又莫名其妙地愤怒。他一直认为纨绔子弟刘晓国配不上堂姐，堂姐应该和朱强老师那样的白马王子相配，或者是更好的男子，而不是刘晓国。林和平内心对堂姐也有种复杂的感情，如果她天天在自己身边，他会闻着她身体的青草般清甜的气息，感受到她的温暖；他或者也会好好读书，也许真的会考上大学，做一个有出息的人，安慰母亲和他的死鬼父亲，但那是不可能的事情。

林和平在篙草丛中看着他们，眼睛里噙着滚烫的泪，内心十分酸楚，也十分恼怒，他的手摸到了一块鹅卵石，他抓起那块鹅卵石，想朝刘晓国砸过去，砸得他头破血流，可他不敢，他归根结底还是个懦弱的少年，而且，他也是个善良的少年，不会去伤害任何人，宁愿自己受到伤害。

不知过了多久，他们上岸穿好衣服离开了，林和平还躲在闷热的篙草丛中，大气也不敢喘一口。

这一天对于林和平来说，是多么地难熬。

夜深了，他才从河边默默地回家。

他知道母亲一定很着急，他无法顾及母亲的感受，正如游四凤无法体味到儿子的感受，她不了解儿子的内心。她认为只要供儿子吃穿，供他上学，把他抚养成人就尽到了责任，她根本就走不进儿子的内心，不能和儿子真正地交流。

快到村口时，他又看到了林丽珍和刘晓国，他们正在村口的一棵泡桐树下吻别，村道昏黄的路灯像炭火一样，却也能够让林和平看清他们。一股热血冲上脑门，林和平在地上摸起一块石头，他还是想把刘晓国砸得头破血流，可还是没有那种勇气，眼睁睁地看着他们分别后，手一松，那块无辜的石头自然地落在地上。他在暗处，看着林丽珍依依不舍地走进村子，一步三回头，刘晓国一直站在树下，挥着手，目送她回家，直到她进了家门，他才转身离去。

刘晓国转身走入黑暗之中，泡桐树以外，就没有路灯了。这时，林和平想起他为什么不驾着摩托车离开了，他的摩托车已经卖了，卖摩托车的钱还压在林和平的床垫底下。卖掉了摩托车的刘晓国，只能步行回家。他离开村口后，要走上一段路，穿过小树林，走过一座桥，才能进入通往镇上的大道。林和平突然有种不祥的感觉，仿佛在今夜，刘晓国会出什么事情。

林和平蹑手蹑脚地跟在了刘晓国后面。

进入小树林后，一片漆黑，刘晓国打亮了手电，边走边哼着歌。在黑的夜晚赶路，对林和平来说，都不在话下，他像其他村里人那样，习惯了夜路，就是闭着眼，也不会走岔路。

刘晓国走到小树林中间时，停了下来。林和平吓了一跳，以为刘晓国发现了自己，赶紧躲在路边的一棵乌桕树后面，此时的小树林十分宁静，一丝风也没有，也不会有奇怪的声音。刘晓国站在小路边，把手电筒夹在腋下，然后从裤裆里掏出那截猪尾巴一样的东西，滋出一泡急尿。原来他是在撒尿，林和平心里松了一口气。不一会儿，林和平心里的一块石头又提到了嗓子眼上，他也觉得尿急了。他看到一条黑影从林子里闯出来，用一根木棍在刘晓国头上猛击了一下，正在拉裤子前门拉链的刘晓国闷哼了一声，歪歪斜斜地倒在了地上。手电筒掉在地上，手电筒的光束射进幽暗凄清的林子里。林和平睁大了眼睛，张大嘴巴，事情的发生太突然了，林和平一点心理准备都没有。

林子里又闯出两条黑影，他们手忙脚乱地把刘晓国装进了一个麻袋。

他们是谁，到底在干什么？林和平疑问。

林和平听到了其中一人的话语："快点，赶紧把他抬走，要是被人发现，那就前功尽弃了。"

他们慌慌张张地抬起装着刘晓国的麻袋，没有走小路，而是进入树林子里，朝山上的方向而去。最后面的一个人，也就是说话的那个人没有参与抬装着刘晓国的麻袋，走进林子后，又跑回来，捡起刘晓国掉在地上的手电，然后又进入了林子。

林和平听出了那声音，他心里十分明白，那是叔叔林发星的声音。

他觉得很冷，在这酷暑的日子里，他也觉得寒冷，浑身颤抖。鬼使神差，他也进入了小树林，跟在了他们后面。

他们把刘晓国抬进了山上一个隐秘的山洞里。

他们解开了麻袋，把还处于昏厥状态的刘晓国弄出来。刘晓国瘫在地山，满脸都是血，那是从砸破的头上淌下来的血。山洞里潮湿而沉闷，林发星用手电照了照刘晓国的脸，说："他不知死了没有，要是死了，就麻烦了，怎么下手那么重？"林发星的一个死党弯下腰，食指放在刘晓国的鼻子底下，过了一会儿，说："死不了，还有气息。"林发星脱下了刘晓国身上的T恤，撕成几条布条，包扎好刘晓国的头，然后，他们又用准备好的绳索捆住了刘晓国，怕他醒来后逃跑。林发星喘着粗气说："现在该怎么办？"

死党甲说："用刘晓国的手机给刘老板打电话，让他送一百万到指定地点，我们就放人。"

死党乙说："他会相信我们吗？"

死党甲说："怎么不会相信？我们可以用刘晓国的手机拍张照片，发彩信给刘老板，他不信也得信。"

死党乙说："他要是发现是发星哥做的，就麻烦了，我们就是拿到了钱，也逃不掉的。"

林发星说："不可能发现是我做的，你们给他打电话就可以了，我的声音他熟悉，你们的声音他没有听过，他不会怀疑我的。"

死党甲说："事不宜迟，赶紧办吧。"

说完,他从刘晓国的裤兜里摸出了手机,说:"发星哥,刘老板的手机号码告诉我。"

林发星说出了一串阿拉伯数字。

死党甲拨电话时,死党乙站在一边牙齿打颤,两腿发软。林发星对他说:"你害怕了?"死党乙说:"难道你不怕?要是事情败露,要坐牢的。"林发星冷笑道:"要是成功了呢?我说过的话算话的,如果拿到一百万,我们三个人每人二十万,剩下的四十万给我嫂嫂和侄儿。"

死党甲说:"你们别说话了,刘老板的手机是通的。靠,快接听呀,王八蛋。"

刘兆连终于接了电话:"喂,你小子半夜三更不回家,打个鸟电话呀。"死党甲装出凶神恶煞的样子,说:"干你老母,谁是小子,你给老子听清楚了,我绑了你儿子刘晓国,你乖乖听我的话,什么事情都没有,否则,你儿子连全尸都难保!"刘兆连说:"你是谁呀,是不是晓国让你打这个电话的?他以前用过这个办法骗我的钱,我不会上这小子的当的,你让他接电话。"死党甲说:"放屁,谁是你儿子的朋友?老子是绑匪,你赶紧准备好一百万,准备好了打这个电话,我会告诉你把钱放在什么地方,收到钱后,我会告诉你刘晓国所处的位置。"刘兆连沉默了一会说:"我不相信你能把晓国绑了,他自己不绑人我就烧高香了。"死党甲说:"你不相信,我发照片给你看。"他手忙脚乱地拍完照片,照片传过去后,刘兆连陷入了更长时间的沉默。林发星脑门上冒出了一层汗珠,他十分紧张,死党乙更加受不了了,躲到了一边。刘兆连终于再次开口,他的语气平静:"没错,照片中的人是我儿子,他是不是死了?我明白地告诉你,我儿子活着,你一分钱也休想从我这里拿走,我儿子要是死了,你也一分钱都拿不到。我这个儿子是什么样的货色,你应该清楚,我都希望他死,他活着就是个败家子,丢人现眼,我有三个儿子,不会在乎他一个的。你说,他这样的烂崽能值一百万吗?他一分钱都不值,他死了倒好,还可以替我省点钱,省点心。你爱怎么办就怎么办吧,随便你,你也不要再打电话来了,我不会接了。对了,请你告诉林发星,他不但一分钱都拿不到,还是等着坐大牢吧,别用这种下三滥的手段,对我刘兆连不管用,你们好自为之吧。"

刘兆连挂断电话后,死党甲呆若木鸡。

林发星颓然地坐在地上,脸色死灰。

死党乙走过来,焦虑地说:"这可如何是好?"

死党甲缓过神来说:"这老家伙发现是我们做的了,他根本就不在乎刘晓国的性命,我看一不做二不休,把刘晓国杀了,找个地方埋了,他们没有证据,我们死活不承认,谁拿我们也没有办法。"

林发星说:"不行,不能杀人,我看我们现在赶紧逃吧,去江西山里躲过风头再说,那老家伙一定报警了,再不跑就来不及了。"

林和平跌跌撞撞地回到家里,母亲早就睡着了,他把自己关在房间里,大口地喘着粗气,不敢相信晚上发生的事情是真实的。他回到家里不一会儿工夫,就听到了警车呼啸的警笛声。村子嘈杂起来,他不敢开门出去看,缩在床上瑟瑟发抖,仿佛他也是绑架刘晓国的罪犯。

又过了好大一会儿,林和平听到了剧烈的敲门声。

游四凤被敲门声吵醒,以为是儿子没有带钥匙,唠唠叨叨地出去开门,她打开门,看到的是荷枪实弹的警察,她睡眼惺忪,不解地问:"发生什么事情了?"派出所张所长说:"你知道林发星在哪里吗?"游四凤说:"我不晓得呀,晚上他没有到我家里来。"张所长让两个警察进去搜查。一个警察推开了林和平的房间门,说:"你看到林发星了吗?"吓得发抖的林发星摇了摇头。警察进入房

143

间，每个角落连同床下，都检查了一遍，没有发现林发星，就出去了。林和平担心警察会掀开床垫发现那一万五千元，结果警察没有那样做。警察没有在林和平家搜到林发星，走了。临走前，张所长阴沉着脸对游四凤说："你小叔子犯大事了，你要是知道他在哪里，赶紧到派出所报告，如果他和你联系，你要让他来投案自首，那样可以减轻他的罪行，否则就等着牢底坐穿吧。他是跑不掉的，我们迟早会抓住他。"

游四凤关上家门后，便瘫倒在地，喃喃地说："这如何是好，如何是好？"

三天后，搜救人员在那个山洞里发现了刘晓国的尸体。

得知刘晓国的死讯，林和平惊恐万状，感觉是自己杀了刘晓国，好几次，他在村里看到憔悴而落寞的林丽珍，就想带她去那个山洞里把刘晓国救出来的，可是，他没有那样做。林和平在家里待了两天都没有出门，他羞于见人，觉得自己没有办法在这个地方待下去了，他要逃离这个地方。这个晚上，母亲一直在哭，母亲的哭声加剧了他逃离的念头。天蒙蒙亮的时候，母亲的哭泣声停止了，她一定是沉睡过去了。他从床上爬起来，掀开了床垫，他看到了那个装着一万五千块钱的信封。让他惊讶的是，他还看到了那个崭新的手机，原来它没有丢，他记得那天上学前将它取出来，放进裤兜里了的呀。他没有惊喜，默默地拿起手机，塞进了裤兜里，如今，刘晓国死了，所有债务都一笔勾销了。他走出房间门，来到母亲的房间门口，默默地站了一会儿，弯下腰，把装钱的信封放在了门口，然后出了家门，骑着单车离开了西村。

穿过小树林时，他听到了乌桕树叶在风中发出的怪声，仿佛有人在低语，又好似有人在哭泣，事实上，的确有人在哭泣，那是林和平美丽的堂姐林丽珍。她见有人来了，停止了哭泣，当她发现来人是林和平时，问了一句："和平，你要去哪里？"见到她，林和平有些心虚，讷讷地说："我要离开西村，离开唐镇，到很远很远的地方去。"林丽珍说："为什么？"林和平说："没有为什么，就是想离开，我已经无法待在这里了。"林丽珍说："我们一起走吧，我也不想待在这里了，如果待在这里，我会忧伤而死。"林和平默默地点了点头。

他们一起上路了，俩人各自骑着单车，一前一后穿出了小树林，拐上了大路，沿着通向外面世界的国道，一直奔驰而去。阳光重新照耀唐镇山地的时候，他们已经离开了唐镇地界，他们不知道要去哪里，也不知道未来会怎么样，反正再也不想回到唐镇乡村了。林和平闻到了青草清甜的气息，他心底会永远保守一个秘密，就是除了林发星和他两个死党之外，只有他知道刘晓国在那个隐秘山洞。

2014年6月9日完稿于上海家中

（发表于《文艺风赏》2014年第8期）

惊雷在天空中炸响，小青蛇掉落在地上，扭动着身体，朝镇医院产房后的竹林窜了过去。乌云遮住了太阳，雨点密集地落下。传来石破天惊的啼哭，董雷就在父母亲的预谋下，来到了人世。

鼋鱼

1

董雷出生在惊蛰那天，沉闷的雷声唤醒了冬眠已久的蛇虫。一条青色的小蛇从裂开的墙缝里探出头，吐着细小的信子，然后缩了回去。正午时分，阳光透破云层，一缕白生生的阳光照射在墙缝上，那条小青蛇又探出了头，似乎没有过多的犹豫，它就溜出了墙缝，全身暴露在阳光之下。惊雷在天空中炸响，小青蛇掉落在地上，扭动着身体，朝镇医院产房后的竹林窜了过去。乌云遮住了太阳，雨点密集地落下。传来石破天惊的啼哭，董雷就在父母的预谋下，来到了人世。

董卓是董雷的父亲，他儿子出生时，正在寡妇上官秀家里鬼混。妻子黄春兰的预产期还有几天，送完午饭，陪她坐了会儿，说了些闲淡的话，他就离开了医院，溜到上官秀家里去了。他走后不久，黄春兰肚子痛，没多久，羊水就破了。黄春兰焦虑地给他电话，他的手机一直没有人接。黄春兰在怒骂中生下了董雷。董卓和上官秀在雷雨声中完成了一次苟合之后，在猛雨中往镇医院狂奔，足底水浆飞溅。他赶到医院，黄春兰已经完成了分娩。董卓看到儿子，发现他的头比一般孩子的大，心想，这小子长大了，应该是个像自己一样孔武有力的汉子。他咧开嘴笑了，这也许是他有生以来最幸福的时刻。嘴唇苍白的黄春兰有气无力地说："你到哪里去了，为什么不接电话？"董卓挠了挠头，吞吞吐吐地说："去，去，去买鼋鱼了，我想买只鼋鱼给你补身子。"黄春兰说："鼋鱼呢？"董卓赔着笑脸说："在家，在家，我一会就回去炖鼋鱼，炖好就送过来给你吃。"黄春兰闭上眼睛，不想搭理他了。

为了圆谎，董卓匆匆离开了医院，去找鼋鱼。他冒着雨，飞奔到小镇的菜场，找了几个卖水产的摊档，都没有找到鼋鱼。有个摊主说："董卓，你买鼋鱼做什么？"董卓抹了把被雨水浇湿漉的头发，笑着说："我老婆生了个大胖小子，想买只鼋鱼犒劳她。"摊主说："买点别的吧，你看看，这条生鱼很肥，弄条回去炖汤，大补，适合坐月子的女人吃。"董卓有点心动，问题是和妻子说了是鼋鱼的，如果买生鱼，这不摆明了骗她？不行，还是要去找鼋鱼。他想起了狗佬，他是唐镇出了名的摸鱼好手，经常会拿些野生鱼类到镇街上卖，捉鼋鱼也是他的拿手好戏。

他又冒着雨赶到了狗佬家。

狗佬在喝茶，见浑身湿漉漉的董卓进来，便招呼他喝茶。董卓说："茶就不喝了，你赶紧去给我弄只鼋鱼。"狗佬站起身，小眼珠子滴溜溜在他身上乱转："这时节哪有什么鼋鱼，雷才响呢，鼋鱼蛋都还没有出来。"董卓说："求求你了，狗佬兄弟，你就帮帮忙吧，没有鼋鱼要出大事的。"狗佬拉下了脸："我不是孙悟空，不会七十二变，就是死也弄不出一只鼋鱼，你走吧，走吧。"董卓悻悻而去。狗佬走到门口，看着雨中奔走的董卓背影，冷笑着说："平常牛哄哄的，想吃鼋鱼了就想到老子了。"

董卓感觉到了冷，浑身哆嗦。他实在想不出办法了，恨自己随口一说，给自己挖了个坑，现在掉进坑里，不知怎么才能爬上来。回到家里，刚刚换完衣服走出房间，董卓的父亲董清水拿着把滴着水的雨伞走进家门。董清水瞟了他一眼，咳嗽了两声。董卓漫不经心地说："老鬼，你有孙子了。"董清水张了张嘴巴，呆呆地注视着董卓。董卓提高了声音："老鬼，你没有听见我的话吗？你有孙子了。"董清水浑身颤抖了一下，转过身就出了门，撑起雨伞，深一脚浅一脚地朝镇医院的方向走去。董卓嘀咕道："死老鬼，这么重要的好事告诉他，竟然连句话也不和我说，我和你有仇啊。"他还在为鼋鱼发愁，呆立了会儿，决定去买条生鱼，到时就告诉黄春兰，自己说错了，谁没有说错话的时候。

董雷降生之际，傻子李金生站在离镇医院不远的一口池塘边撒尿。尿液和雨水一起落在水面上，大涟漪圈着小涟漪，十分迷幻。李金生尿完，两只白鸭游过来，他撒腿就跑。他十分害怕鸭子，曾有两个好事者把他按在地上，捉了只鸭子，让鸭子嗑他的小鸡鸡。他在雨中奔跑时，一道闪电劈下，吓得他抱着头蹲下来，久久不敢动弹。

2

二十五年后，傻子李金生早已死去，董雷还会回忆起六岁的那年夏天，李金生带他回家的情景。二十岁的董雷头很大，短手短脚，身高不足一米，是个典型的侏儒。这是中秋节的前两天，天气晴朗，阳光散发出晚稻的气味，董雷上山去给母亲扫墓。以前在唐镇时，每年，他要给母亲扫墓两次，一次是清明，另外一次是中秋，他不会在清明节或中秋节当天去，都要提前两天，他不喜欢和人凑热闹。路上碰见了李金生的父亲李四喜，那是个酒鬼，鼻子永远红通通的，一副糜烂的样子，像是腌制过的胡萝卜。他没有正眼瞧董雷，却说："矮炮仗，扶好肩膀上的扁担，不要滑掉了。"董雷没有理会，挑着两个竹篮，朝镇子外的五公岭摇摇晃晃地走去，竹篮里装着祭祀用品。

上山的路不好走，好几次足底打滑，差点摔跤，上坡平衡难于拿捏，竹篮底部总是擦到路面。董雷曾经幻想过，要是像父亲那样高大，那该有多好。来到母亲坟前，他长长地呼出了口气，二十五来年的人生中，有许多困难，比如这段山路，每渡过一个难关，他都要长长地呼出一口气。有时，他会恶狠狠地抓住爷爷董清水的衣领,愤怒地吼叫:"为什么要让我降生到人世?为什么?"董清水浑浊的老眼掠过一丝光芒,平静地说:"你应该去问你爹,是他把你种下的。"董雷气馁了,松开了手,眼窝里积满了泪,似春天里暴涨的潭水。他无法找到父亲,父亲董卓早就带着小寡妇上官秀离开了唐镇。

董雷将备好的供品放在母亲的坟前,供品有三种,水果和猪肉,还有一只鼋鱼,鼋鱼是用当归炖熟的,盛在小陶罐里,揭开盖子,香味飘散出来。三炷长香插在供品前面,香烟袅袅,还有三根蜡烛,烛火飘摇。按规矩,董雷燃放了一串爆竹,爆竹声响起,董雷相信母亲已经被唤醒,从坟墓里爬出来享用供品,特别是陶罐里的当归炖鼋鱼。

董雷清理掉坟包上的杂草,额头上冒出了汗珠。他坐在一棵树下,注视着坟前的供品,目光凄迷。他仿佛看到了母亲,她正狼吞虎咽地吃着。他喃喃地说:"妈,慢慢吃,都是给你吃的,不会有人和你抢。"母亲感觉不到他的存在,看都不看他一眼,这让他十分忧伤。他曾经也恨过她,恨她生下了自己,现在不恨了,反而觉得母亲比自己还可怜。

黄春兰是在董雷六岁那年夏天死去的。就在头一年的冬天,黄春兰就得了一种怪病,镇医院查不出是什么病,县医院也查不出来。县医院的医生建议她到大城市的医院去检查,黄春兰没有去,一是没钱,二是她对外面世界的恐惧。她的身体日渐枯槁,像棵干旱的禾苗,被阳光和风吸干了水分。黄春兰死的前一天,形销骨立的黄春兰将儿子叫到了床边,苍白的脸上露出一丝笑容:"阿雷,妈妈好想吃一只鼋鱼,当归炖的。"说完,眼中淌下了泪水。他伸出短短的小手,摸了摸母亲的脸,什么话也没说,就走出了房间。

那时,董清水坐在厅堂的椅子上打盹,几只苍蝇在他头脸边上飞舞,像围着一堆粪便。董清水异常讨厌自己,经常对孙子说,他是一坨屎,不仅没有任何用处,还臭不可闻,谁都厌恶。董雷走到爷爷跟前,伸出小短腿,踢了踢他的脚。董清水一激灵,睁开眼睛,不耐烦地说:"矮炮仗,你要干什么?"董雷心里恼火,却没有表露出来,别人羞辱他,叫他矮炮仗无所谓,可是,"矮炮仗"这三个字从爷爷口里吐出,十分不该。董雷沉闷地说:"我妈说,她想吃当归炖鼋鱼。"董清水怒了,犟着脖子,瞪着眼睛:"饭都快没得吃了,还想吃鼋鱼,这个家眼看就要败掉了。鼋鱼没有,我老命有一条,杀了我吧,敲开骨头,喝我的骨髓。"房间里传来黄春兰沉重的哀叹。

董雷瞪了爷爷一会儿,眼珠子里燃烧着火苗。董清水不敢和他对视,扭过了头。董雷转过身,走出家门。他发现比自己大几岁的傻子李金生蹲在墙角,似笑非笑地看着他。李金生等他靠近,站起来,低下头对他说:"阿,阿雷,你要,要去哪里?"他个子很高,穿着破烂的衣衫,说话的时候,嘴角流着口水,整个下巴都烂糊一片,那是长期被口水泡烂的。董雷仰起头,才能看到他的脸,李金生在董雷眼里,就是一棵高大的树,不过,这棵树出了问题。李金生是除了黄春兰之外为数不多不叫他矮炮仗的人,也是他在唐镇唯一的朋友。董雷说:"李金生,我要去找狗佬,让他去捉只鼋鱼给我妈吃。"李金生跳跃了几下,兴奋地说:"好,好,捉只鼋鱼给妈妈吃。"

他跟在董雷后面,两个人摇摇晃晃地朝狗佬家走去,这是有史以来,唐镇最古怪的组合。人们用鄙视的目光望着他们,然后窃窃私语。有些孩子嘻嘻哈哈地朝李金生扔小石头,小石头砸在他背上,没有反应,砸在他头上,他也会痛,凄惶地大叫。董雷听到李金生的大叫,弯下腰,从地上抓起一个小石头,还击回去。董雷的还击,引来了密集的小石头,他们俩落荒而逃。胜利者在他们身后笑闹,比小石头更加恶毒的话语袭来,董雷气得浑身发抖,李金生低着头,战战兢兢,什么话也说不出来。

董雷觉得李金生比自己惨多了,最起码他还有爷爷和妈妈抚养,李金生虽然有爸爸妈妈,却没有人收留他,他只能像条野狗,在唐镇游荡。董雷同情李金生,就像是怜悯自己。李金生喝过黄春兰的奶。她坐月子时,奶水很足,董雷根本就吃不完,经常将奶水挤掉,因为奶子涨得要爆炸。有一回,黄春兰坐在门口给董雷喂奶,李金生从镇街走过来,站在她跟前,痴痴地笑,手指塞进嘴巴里,吮吸,口水流了一地。黄春兰也同情李金生,不像别的女人那样厌恶他,有时,李金生见到姑娘,会退下脏兮兮的破烂裤子,手握着生殖器,傻傻地笑。黄春兰笑着说:"李金生,你吃过奶吗?"李金生摇晃着脑袋,脸上的笑容消失了,露出愁眉苦脸的模样。黄春兰叹了口气:"可怜的孩子,你想吃奶吗?"李金生又换上笑脸,不停地点头。黄春兰回到屋里,取了个搪瓷口缸,挤了半口缸的奶水,递给他:"喝吧。"李金生咕嘟咕嘟喝完了奶水,嘴巴没擦,奶水和口水混合在一起,从嘴角淌出。黄春兰说:"好喝吗?"李金生没有回答她的问题,而是叫了声:"妈妈……"然后转过身,疯疯癫癫地跑了,边跑边傻笑。

董雷走到狗佬家门口,回过头望了望,李金生站在街角,不敢过来,他对狗佬有恐惧感,有次,他对着狗佬的老婆露出了生殖器,狗佬用抓黄鳝的带锯齿的铁钳夹住他的生殖器,痛得他哇哇直叫,泪水飞溅。董雷说:"李金生,你在那里等我呀。"李金生愣愣地看着他,浑身瑟瑟发抖。

狗佬的家门开着,董雷站在门槛外,探进头:"狗佬叔在家吗?"

狗佬在喝茶,没有听见他的话。他老婆从厨房走出来,对丈夫说:"有人喊你。"狗佬站起来,走出来,在门槛里面站住,低下头:"矮炮仗,你找我?"董雷仰起头,笑着说:"狗佬叔,你能不能去捉只鼋鱼给我妈妈吃,她说想吃鼋鱼。"狗佬的小眼珠子滴溜溜转了转:"你妈是什么人,我要捉鼋鱼给她吃?"董雷说:"她是我妈妈。"狗佬有点不耐烦:"我晓得是你妈妈,算了,我说话你也听不懂,我问你吧,你有钱买鼋鱼吗?"董雷说:"等我长大了挣了钱还给你。"狗佬冷笑道:"和你爹一个德行,尽说没用的屁话,滚吧,别烦老子了。"狗佬重重地关上了杉木门,上了栓。董雷流下了眼泪。他觉得天地昏暗,尽管阳光灿烂。

那天晚上,他怀着负疚的心情,躺在母亲的身边。

母亲安慰他:"阿雷,别难过了,我不想吃鼋鱼了。等你长大了,赚了钱,再给妈买,好吗?"董雷没有吭气,闭上眼睛,装睡。母亲给他讲过,他那个无情无义的父亲,在他出生后骗她买鼋鱼的事情。还有一件事情,让董雷耿耿于怀。有一天,女邻居碰到黄春兰,妒忌地说:"春兰呀,你的命真好,你老公又给你买好东西了。"黄春兰笑盈盈地说:"他买什么了?"女邻居说:"哟,还装着不晓得,放心吧,我又不会到你家和你抢食。"黄春兰说:"我还真不晓得,你说说,董卓到底买什么好东西了?"女邻居说:"鼋鱼呀,你晓得现在鼋鱼有多贵吗?他真舍得,看来他对你真好。"黄春兰回家后,连鼋鱼的腥味都没有闻到,后来才知道,董卓买了鼋鱼送到小寡妇上官秀家去了。董卓是在董雷四岁的那年春天,悄悄地带着上官秀离开了唐镇,至今,上官秀的家门还紧锁着,锁头都生锈了。

天蒙蒙亮的时候,董雷觉得脸上贴着一块冰。那是母亲的手掌,捂着他的脸。他被冰凉的手掌冻醒,发现母亲已经断了气,浑身都僵硬了。董雷像个大人一样,从床上爬起来,走到爷爷的房间,推门进去,来到爷爷床头,爬上床,伸出手,摸了摸他的脸,发现还有温热,他还活着。董雷自言自语道:"真的是,该死的没有死,不该死的却死了。"董清水猛地坐起来,大惊失色:"你说谁

155

死了？"董雷冷冷地说："我妈死了。"董清水浑身打颤："怎么会，怎么会？早知道，我卖了自身，也会让她吃上一只甲鱼。"董雷这时才哭出来，董清水搂着他，哽咽地说："可怜的矮炮仗，这个家就剩我们俩相依为命了。"

　　黄春兰下葬后的第二天黄昏，董雷独自来到母亲坟前，坐在那棵松树下，什么话也没说，痴呆地看着黑夜降临，看着天上的星星闪烁，直到深夜。他仿佛听到母亲说："阿雷，快回家去吧，我在这里很好，我也该睡了。你爷爷还在家里等着你呢，你不回去，他会急死的，他要死了，你就成孤儿了。"董雷站起来，朝山下跟跟跄跄走去。董雷走岔了路，一会儿又绕上了山，回到了母亲的坟前。一连两次，他都莫名其妙地绕回到母亲坟前。最后一次回到母亲坟前时，他在星星的微光中，发现有个人在母亲的坟前哭泣，哭得十分伤心。走近前，发现是傻子李金生。哭好像也会传染，董雷也大哭起来。

　　后来，是李金生将董雷带下了山。走到家门口时，他们见董清水蹲在家门口抽闷烟。董清水看到他，站起来，冷冷地说："矮炮仗，你回来了。"董雷沉默，心想逃不过一顿暴打。董清水没有打他，叹了口气说："饿了吧，锅里还有粥，去吃吧。"董雷回头看了看李金生，李金生在傻笑。董清水说："让李金生一起进屋吃粥吧。"吃粥的时候，董雷对爷爷说："爷爷，把李金生留在家里，和我一起住吧。"董清水冷冷地说："你不嫌弃他？"董雷说："我们是好朋友。"董清水沉默了，猛地吸了口烟，咳嗽了几声。

3

　　董雷是八月十二回到唐镇的。他十八岁那年离开唐镇，七年来，他第一次回家。董雷拖着那个比他人还高的大旅行箱进入唐镇时,吸引了人们惊讶的目光。他留着鸡冠般的头发,还染成红色,戴着墨镜,穿着黑色T恤,下身穿着短裤,露出毛茸茸的短腿。最让人瞩目的,还是他胸前T恤上竖着中指的白色图案。

起初,人们不晓得他是谁,他像一个怪物突然闯进了唐镇,使人瞠目结舌。突然有个人惊叫:"这不是董卓的儿子矮炮仗吗?"接着,看热闹的人嘘声一片。不管怎么样,唐镇人还是对他刮目相看。那个惊叫的人,是个屠夫,叫骚牯,就是剥了皮,董雷也认识他,他没有什么变化,只是脸黑了些,头发也少了,看上去像深秋的枯草。

当他踏进家门时,八十一岁的董清水颤巍巍地站起来,紧握拐杖的手在颤抖。他瘦得就剩一层皮了,皱巴巴的皮。糊满眼屎的眼睛勉强睁开,董清水声音孱弱:"矮炮仗,你回来了,你回来了,好几回,梦见你死了,没有人给你收尸,野狗在咬你的肉。"

董雷哈哈大笑:"老东西,我怎么会死,又怎么能死?我要死了,谁养你?我真的巴望你死,你要死了,我就没有牵挂了,就不会再想回来了,我就是死在路上,被野狗吃了,也不想回来。我就想不明白,你的命怎么就那么硬,怎么也死不了。"

董清水笑了,咳嗽了几声,沙哑着嗓子说:"矮炮仗,学会说话了,了不得呀,看来是出息了,看你人模狗样的,皮鞋也穿上了。"

董雷说:"老东西,家里有什么吃的,饿了。"

董清水说:"我一天就吃一顿饭,想饿死自己,问题是到了晚上还是会饿得生不如死,还是吃顿晚饭了事。你这不早不晚地回来,哪有什么吃的。"

董雷说:"那好吧,我们到饭馆里去吃,我请你好好吃一顿。"

董清水说:"矮炮仗,饭馆吃饭多贵哪,还是我做饭给你吃吧。"

157

董雷说:"老东西,别啰嗦了,走吧。"

这些年来,唐镇有了变化,原来只有一条镇街的,现在辟出了新的两条街道,新街两旁,都是新楼房,老街变得冷清多了,留在老街上的住户基本上是没什么本事,靠种地为生的人。唐镇最热闹的地方,是国道两边,政府机构都在这里,还有宾馆、饭店、歌厅、按摩足浴店等,都集中在这一带。董雷带着爷爷,走进了门面比较豪华的俞家饭店。找了个敞亮的靠窗的位置坐下,董雷朝吧台懒洋洋地玩手机游戏的中年妇女说:"老板娘,点菜。"中年妇女脸上涂着厚厚的粉,看上去像鬼一样。她走过来,将菜单扔在董雷面前的桌面上,冷冰冰地说:"我不是老板娘,是打工的,吃什么,自己看吧。"董雷笑了笑:"对不起,我看走眼了。"董清水嘿嘿一笑:"矮炮仗,你就装吧。"董雷没有理会爷爷,将那本菜单翻来覆去,良久才对站在面前玩手机游戏的中年妇女说:"来个白斩鸡,炒个九门头,当归炖鼋鱼,再炒盘空心菜,用蒜蓉炒。"中年妇女面无表情地拿回菜单,将菜单扔在吧台上,进厨房去了。

董清水拿起拐杖,敲了敲董雷的头:"你疯了,点那么多菜,而且都是贵菜,这得花多少钱?"董雷说:"老东西,别把我的头发敲坏了,你知道做这个头要费多少工夫吗?我点什么,你就吃什么好了,啰里啰嗦,看你就没有见过世面。"董清水叹了口气,不说话了。等了快一个小时,菜才上来。动筷子前,董雷说:"老东西,要不要喝点?"董清水说:"你学会喝酒了?"董雷说:"经常喝,没酒的话,我早就疯了。"董清水说:"那就喝点吧,否则浪费了这么多好菜。"董雷要了两瓶啤酒,董清水说不喝啤酒,他就给爷爷要了小瓶装的白酒。

两杯酒下去,董清水话就多了起来,他问孙子:"矮炮仗,你晓得为什么你爹那么恨我吗?"

董雷说:"鬼知道。"

"因为我是土匪出身。说起来，也是我的罪过，是我害了你爹。一九七七年，你爹去参加高考，他考得很好，可是政审没有通过，因为我当过土匪。你爹当年，那是一表人才，多神气呀，因为我，他变了个人，脾气也变坏了，成天惹事，打架斗殴，进了多少次拘留所，我都记不清了。他骂我，我都不敢吭气，哪怕是打我，我也没有半句怨言，是我的罪孽，我要承担。他没打过我，有时在家里生闷气，用头去撞墙，撞得额头稀巴烂，血肉模糊。我心痛，又不晓得和他说什么。说实在话，他做什么事情，我都不会责备他。有一段日子，他到处去贩卖粮食，赚了些钱，脸色也好看多了。这个时候，我对他说，你还是找个老婆吧，没有女人操持，不像个家，况且，你也该给我们董家留个后。他突然暴怒，摔东西，对我破口大骂，说要后代做什么，还要让后代也戴上土匪子孙的帽子？我不敢再说了，我们父子俩就像仇人一样，形同陌路。终于有一天，他领回来一个外地女人，那就是你妈，这才有了你。结婚后的两年，他们十分恩爱，家庭也和睦了两年，我以为好日子会继续下去。人算不如天算，怎么就在你妈怀上你后，冒出个上官秀来，是那个骚狐狸勾引了你爹，如果没有她，你妈也不会死，你妈是活活被气死的。"

"你现在恨我爹吗？"

"不恨，从来没恨过。"

"我恨。如果他出现在我面前，我会想方设法杀死他。这三年，我也找过他，可是，杳无音讯。他是死是活，我一无所知。"

"你爹离开前，他对你还是很疼爱的，他是鬼迷心窍了。"

"我从来没有感觉到他对我的好，这个世界上，对我好的人，是我妈，是李金生，你也对我不好，只是你不忍心扔掉我。不过，我还得感激你，你抚养我长大。老东西，我不是个忘恩负义之人，只要你还活着，我就会赡养你。这些年，我每个月都给你寄生活费，你也该知道我的一片心意。"

"我晓得，我晓得，矮炮仗，虽然你五行不足，你还是有情有义的人。你知道吗，你妈死后，我看到你更加讨厌，想在饭里放上老鼠药，一起死掉，就一了百了了，可是我没有那么做，咳，咳，咳……"

"老东西，你不要再抽烟了，听到你咳嗽，就会觉得你快要死了。"

"早不抽了，早不抽了。"

其实，董清水当土匪的事情，董雷在九岁那年就知道了，因为李金生。有天放学回家，经过骚牯的猪肉铺时，看到他在欺负李金生。上学前，他就交代过李金生，不要到处乱跑，等他回家一起玩。李金生还是趁董清水下地劳动，跑了出来。骚牯手上拿着一块肉，笑嘻嘻地对李金生说："你看，有个姑娘走过来了，你当着她的面脱下裤子，对她说，要和她睡觉，我就把这块肉给你。"李金生眼睛瞪着他手中的猪肉，口水直流。围上来很多人，他们都怂恿李金生去羞辱那个姑娘。李金生经不起猪肉的诱惑，走到那姑娘面前，脱下了裤子。那姑娘羞得无地自容，双手捂住了脸。众人爆发出邪恶的大笑。骚牯并没有给他那块猪肉，还朝李金生挥舞着剔骨尖刀，吓唬他，赶他走。董雷大怒，对着骚牯破口大骂。骚牯将董雷提起来，扔了出去。董雷落在地上，脑袋磕在鹅卵石街面上，头破血流。李金生见状，撒腿就跑了。李金生叫来了董清水。多年来一直少言寡语，在唐镇夹着尾巴做人的董清水暴怒了。他冲过去，从猪肉案板上操起把尖刀，一下顶在了骚牯的喉头，怒喝道："老子今天豁出去了，你要晓得，老子是当过土匪的人，分分钟可以要你的老命。"骚牯吓得面如土色。有个老人走过来，劝道："清水，你息怒，息怒，你要是捅了骚牯，阿雷就成孤儿了。"这话击中了董清水内心最柔软的部位。他扔下了刀："告诉你，骚牯，也告诉你们这些坏了良心的杂种,以后再欺负我孙子和李金生,我就豁出这条老命,杀个片甲不留!"说完,他背起董雷,迈着沉重的步伐离去。李金生傻笑着跟在后面,还不时回头张望。

董雷想起了个问题:"老东西,你杀过人吗?"

董清水说:"要杀过人,当年就被枪毙了,哪还有你爹,又怎么会有你?我没有命案,政府才留了我一条命,将我发配到内蒙古劳改了几年。"

这时,从外面走进来一个胖子。

董雷认识他,是高中同学俞大肚。俞大肚看了他一眼,董雷站起来,叫了声:"大肚——"

俞大肚走过来,怔怔地审视着他。董雷摘掉墨镜,笑眯眯地说:"大肚,难道你不认识我了,我们还同桌过呢。"俞大肚拍了下自己的脑袋,大笑:"哈哈哈,你不就是那个矮炮仗董雷吗?"董雷说:"对,对,就是我。"俞大肚说:"我靠,你是不是发大财了?这打扮,够洋气的。"董雷说:"财没有,倒是见了些世面。"俞大肚说:"见世面好哇,我窝在唐镇,开这个小饭店,起早贪黑,苦不堪言。"董雷说:"这饭店是你开的?"俞大肚说:"对,对,你们慢慢吃,我要忙了,很快就到晚饭时间了,晚上有人订了几桌,有空我们慢慢聊,对了,你的单我免了。"

尽管如此,董雷走的时候,还是在中年妇女那里付了饭钱。

4

八月十三日那天,也就是给母亲扫墓的那天,董雷起了个大早。昨夜他很早就睡了,一夜做了很多梦。其中一个梦,他变成了一条小青蛇,在天空飞翔。很多人仰头张望,指着他说,看,看,天上有条小青龙。晴空突然乌云翻滚,雷劈电闪,他和闪电共舞,最后，他也变成了一道闪电，劈在一个匆忙地在雨中奔跑的人身上，那人的身体冒起了黑烟，顷刻间被烧成了焦炭。他还是辨认出了，被闪电劈死的人就是消失已久的父亲董卓。醒来后，想起那个梦，可是他怎么也记不清父亲的脸了，一片模糊。他怀疑自己就是迎面碰见父亲，也认不出来了。心里隐隐约约有点忧伤。

董清水坐在厅堂里，目光空洞。他起得比董雷早，也许根本就没睡，一直坐在那里，等待死亡。他正要出门，董清水沙哑的声音传来："你要去哪里？"董雷没有回答他，打开家门，走了出去。唐镇的老街静悄悄的，他抬头望了望瓦蓝的天空，天空中仿佛有条小青龙在飞舞，那状态美妙极了，那不是他，他只不过是凡尘中的一个侏儒，梦境和现实大多时候，天壤之别。他从天空中收回目光，重新审视眼前的道路。他想到了狗佬，摸了摸裤袋里的钱包，朝他家的方向走去。

狗佬的家门紧闭。

狗佬的家，也是老屋，他不清楚这栋老屋里是否还住着人。也许狗佬的儿子发财了，在新街的旁边建了新楼，那没有一丝设计感的乡镇新楼。他敲了敲门。里面传来女人苍老的声音："谁在敲门？"

董雷说："是我。"

女人问："你是谁？"

董雷说："我是阿雷。"

女人说："阿雷是谁？"

董雷说："我是董清水的孙子，阿雷。"

女人笑了："喔，喔，是矮炮仗呀。"

董雷心里一阵凄凉。

门开了，狗佬的老婆站在他面前，她老了，头发花白，形容枯槁。她笑眯眯地说："你回来了，很多人说你死在外地了，我不相信。"董雷说:"我活得好好的,怎么会死?那些曾经说过我死的人,可能早死了。"她说:"没错,我家那个死鬼就说过,他的确死了,去年就死了。"

"啊,狗佬叔死了?"

"是呀,去年夏天死的,七月节的前一天死的。"

"他是怎么死的?"

"去年那个时候,马上就要过七月节了,我儿子带着媳妇要回来过节,儿媳妇怀孕了,死鬼就要去捉只鼋鱼回家,给儿媳妇炖汤吃,说是什么大补。我劝他,你这把老骨头,关节炎又十分厉害,就不要下水去捉鼋鱼了,实在想要,就到市场上去买,现在什么没有?他倔强地说,市场上的鼋鱼都是养殖的,不经炖,还喂药,吃了对身体不好。他坚持要去捉鼋鱼,我也没有办法。你也知道,他在家里霸道,他是一家之主,我插不上话,喝多了打我也只能忍耐。可能是报应,他这一生捉了太多鼋鱼,所以必须死在这件事情上。他要去死,我也拦不住。他捉鼋鱼时,摸到了一条毒蛇,被毒蛇咬了,没到家就死了,死在半路的草丛里,被人发现时,全身发紫,已经断气了。"

"你悲伤吗?"

"悲伤什么?他早该死了,造了那么多的孽,我是信佛的人,知道报应不可避免。他死了也好,我清静了,没有人会朝我动拳头了,也没有人会咒骂我了,我现在天天念佛,过得很舒服。"

董雷沉默。

"你来做什么?"

董雷转身就走了。

她看着董雷矮小的背影说:"矮炮仗真是让人难以捉摸。"

狗佬的死,让董雷头皮发麻,有些后怕。镇上像狗佬这样以捉各种鱼为生的人不多,可也是一种好营生,特别是在物质贫乏的年

163

月。母亲死后,董清水的压力大了,董雷就想到了狗佬。他要学会捉鱼的本事,这样就可以分担爷爷的压力。每个周末,董雷就跟在狗佬后面,去看他怎么捉鱼,特别是捉鼋鱼。狗佬十分讨厌他,见他跟在后面,就会凶暴地赶走他。他曾经跪在狗佬面前,央求狗佬收他为徒。狗佬一脚踢翻了他,气势汹汹地说:"你这个三寸钉矮炮仗,给老子滚远点,再跟着我,我就把你扔到河里淹死。"董雷说:"我会游泳,淹不死我。"狗佬威胁不成,反过来央求他:"我给你跪下,好不好?你就饶了我吧,我见到你就浑身起鸡皮疙瘩,三天都没有胃口,吃不下饭。你这样老跟着我,我会被你恶心死的。求求你了,离我远点。"

话说到这个份儿上,董雷只好远离狗佬,他也是有尊严的,尽管他是个让人厌恶的侏儒。天无绝人之路,狗佬不收他为徒,他就自己摸索,去河岸下的水草丛中找些洞穴,将短手伸到最长,在洞里摸索。终于有天,他捉到了一只鼋鱼。一只鼋鱼在那时可以卖二三十块钱,一个星期只要捉到一只鼋鱼,就可以够他一家生活的了。可是,自从第一次捉到鼋鱼后,他就再也没有捉到过鼋鱼了。现在想起那些在洞穴里摸索的日子,真的有些后怕,要是摸到了毒蛇,像狗佬那样死去,就不会有后来的事情发生了。

找不到狗佬,鼋鱼还会有吗?他必须买到鼋鱼,炖给阴间的母亲吃,否则,他一生都会觉得对不起深爱他的母亲,他活着也不会有什么意义。他想到了狗佬老婆的话,现在的鼋鱼都是养殖的。也许市场里就有养殖的鼋鱼卖,于是,他摇摇晃晃地朝菜市场走去。

5

浓重的雾,唐镇一片迷蒙。雾水打湿了屋顶的黑瓦,也打湿了老街上的鹅卵石路面。人在雾中行走,游魂一般。唐镇人喜欢放鞭炮，逢年过节，早上起来，都要放挂鞭炮，晚上吃饭前也要放鞭炮，反正节日里，鞭炮声总会在某处响起，充满了节日的喜庆氛围。董雷是被鞭炮声吵醒的。睁开眼睛，习惯地伸手往旁边摸了摸，他猛地坐起来，叫了声："李金生——"

李金生早就不在人世了。

可是，他躺在这张床上时，会情不自禁地想起李金生。李金生离开尘世的那天，也是个大雾天，浓郁的雾气中，充满了死亡气息。那天清晨，董雷醒来后，摸了摸旁边，发现李金生不见了。李金生自从被董清水收留后，一直和董雷睡一张床。董雷喊了声："李金生——"没有人回应。他下了床，穿好衣服，走出了卧房。时辰尚早，董清水还没有起床，雾气从天井上空飘落，在厅堂里飘散。李金生推开爷爷的房门，大声说："老东西，李金生不见了。"董清水说："不见就不见了，有什么大惊小怪的，矮炮仗，回去再睡会儿。"董雷焦虑地说："老东西，李金生会不会出什么问题呀。"董清水从床上爬起来，骂骂咧咧："矮炮仗，你就是个讨债鬼，老子上辈子欠你的，那么早叫我起来，我睡个觉都不安生。你对那个傻子比对我好，我算看透你了，养你也是白养。"

家门洞开，乳白色的雾气从门里飘入。李金生出门时，连门也没有关。董清水带着孙子，走进浓雾中的镇街，他们在镇街上没有找到李金生，问那些早起的人，都没有见到李金生的身影。董清水站在村街的尽头，喃喃地说："这傻子会跑哪里去呢？"董雷心里有种不祥的感觉，右眼皮跳个不停。他对爷爷说："老东西，我们去河边找找吧，他说过，要帮我去捉鼋鱼的。"董清水没有吭气，目光沉郁，他迈开脚步，朝镇子外头走去。他们穿过田野，走上河堤，蜿蜒如蛇的桃花河被浓雾遮掩，他们只能听到河水流动的声音。董清水带着董雷走下河堤，往河边走去。

他们来到河边，董雷大声地呼喊着李金生的名字。他的喊声一次次被迷雾吸进去，没有回音。董清水在河边缓慢地行走，他看到的只是眼前的那小片河水。董雷想，李金生是否躲在浓雾中的某个角落，瑟瑟发抖，担心被父亲李四喜捉回去。就那样，他们找了两个多小时，没有找到李金生。董清水对孙子说："矮炮仗，我们回家吧，他要是还活着，一定会找回来的，别看他傻，狗屎臭芝麻香，他心里还是有数的。"董雷忧伤地说："那他要是死了呢？"董清水没有回答他，只是默默地往回走。董雷不情愿地跟在他身后，不住地四处张望，希望李金生突然从浓雾中跑出来，朝他傻笑。

一路上，董雷担心失去李金生这个好朋友。李金生到董清水家后，干净了许多，最起码不会穿着破衣烂衫四处游荡了。董清水将儿子董卓没有带走的旧衣服给他穿，那些衣服虽说旧，还是很好的，有些衣服还有七成新。从头到脚洗干净的李金生，穿上董卓的衣服，还是挺有模样的。董清水在他脖子上绑了条毛巾，口水就流在毛巾上，不会弄脏衣服，还教会了他用毛巾擦嘴巴。董雷到学校读书的时间里，李金生跟着董清水，寸步不离，偶尔也会跑丢，董清水会把他找回来，特别是在他用刀威胁骚牯之后。久而久之，李金生在董清水的教化下，学会帮他干活了。挑水浇菜地、喂猪、翻地、割稻子等活计，李金生都能干点。每次干完活，董清水都会表扬他："李金生，你根本就不傻，你比那些自以为聪明的人强多了，而且，你不会偷懒。等我有钱了，我给你讨个老婆。"得到夸奖的李金生咧开大嘴，傻傻地笑，尽管董清水的承诺是不可能实现的事情，只不过是画了个饼。这些事情，镇上的人都看在眼里。于是，镇子里，传出了风言风语。

"董清水那老土匪心真黑哪，把傻子当奴隶。"

"老土匪厉害呀，可以教会傻子给他干活，要是在以前，他都可以教会傻子打枪，和他一起当土匪。"

"董清水鬼精，会算计，让个傻子给他当苦力，还不用发工钱，这招真毒呀。"

"……"

风言风语传到董清水耳里，他无动于衷，仿佛什么事情都没有发生过。李金生的父亲李四喜听到这些话，心里就不乐意了，问题是，他对亲生儿子不管不顾，人家董清水好心好意收留了儿子，他有什么好说的。问题是，他是个酒鬼，喝多了后，就不是人了。他喝多了，趔趔趄趄地走在镇街上时，那些好事者就怂恿他，让他去管董清水要工钱，不能便宜了老土匪。李四喜的大脑被酒精烧昏了，竟然听了他们的话，气势汹汹地找上门去了。唐镇人不会放过任何一场好戏，他们的平淡生活需要刺激，不会顾及善恶，很多人嘻嘻哈哈地跟在李四喜后面，期待着一场好戏上演。

那时，董清水正和孙子以及李金生在吃晚饭。饭菜十分简单，主食是稀饭，菜是萝卜干和韭菜炒鸡蛋。董清水自己吃着萝卜干下饭，不时将韭菜和鸡蛋夹在董雷和李金生的碗里，李金生边吃边朝他傻笑，幸福的模样。董雷说："老东西，你不要光吃萝卜干呀，你也吃鸡蛋。"董清水笑了笑："我喜欢萝卜干，一辈子都吃不够。"他的话音刚落，就听到了李四喜在门口咆哮。

李四喜吼叫道："董清水，你给老子滚出来，老子要和你算账。"

听到父亲的声音，李金生浑身发抖，眼睛里呈现出恐惧和慌乱。董清水说："李金生，你不要怕。"他站起身，走了出去。他打开了家门，昏黄的路灯下，站满了看热闹的人，李四喜的衣服扣子全都解开了，敞露出干瘪的胸部和微微隆起的肚子，他的脸色通红。董清水说："有理不在声高，李四喜，你好好说，有什么账要和我算？"

李四喜仗着酒意，大声说："我儿子不能白白给你干活，我要和你算工钱。"

有人在他身后附和："对，不能白白干活。"

董清水说："李四喜，你还要不要脸，说出这种话，如果真的要算工钱，我可以给你，但是，有个条件，你要好好待李金生，将他接回家，把他当个人看。你能做到吗？"

李四喜狂叫道："我家的事情不要你管，我要的是工钱，你要他，就给你，你每个月给老子工钱就可以了。"

董清水冷笑了一声，回到屋里，提了桶水走出来，朝李四喜的头上浇了下去。看热闹的人没想到他会来这一手。李四喜仿佛被那桶冷水浇醒了，站在那里落汤鸡般，一动不动，睁着血红的眼睛。董清水说："李四喜，我告诉你，今天只是给你浇桶水，如果再来，等待你的是一桶尿水。"说完，他回到屋里，关上了家门。李四喜缓过神来，默默地走了，脚步有些飘。这时，走过来一个人，他对大家挥了挥手说："都回家吧，有什么好看的。做人要厚道，不要搬弄是非。"人们窃窃私语着，纷纷离去。这人是唐镇最有名的算命先生丘福生。

回到家里，董雷躲在房间里，心里难过极了。卧房里还有李金生的气息，可是，他却不知去向。就在昨天晚上，李四喜又找上门来，说家里缺劳力，要接李金生回家住，他答应董清水，对儿子好，不再让他像野狗一样在唐镇游荡。李金生死活不和他回去，跪下来，抱着董清水的大腿不放。李四喜无奈，悻悻而去。整个晚上，李金生都瑟瑟发抖，董雷安慰他，说只要他不愿意回去，李四喜是没有办法的。董雷说了很多话，说累了就沉睡过去了，等他醒来，李金生就不见了踪影。

浓雾到了响午时分，才渐渐散去，阳光普照。董雷坐在课堂上，脑海里全是李金生，根本就无心听课。窗外那棵巨大的桉树上，有只死鬼鸟一直在叫，董雷听得心慌意乱。第二节课下课后，小学校外面传来了消息：李金生死了。董雷听到这个消息，像是被雷电击中，呆呆地站在操场上，阳光投下他短小而悲恸的影子。上课的钟声响了，他也无动于衷。老师朝他喊叫："董雷，上课了……"他也没有听见。过了好大一会儿，他才清醒过来，疯狂地跑出了学校。

李金生真的死了。

他的尸体一丝不挂，浮在河边的水草丛中，他的衣服到哪里去了，没有人知道。岸边围了好几个人，董清水也在其中。是一个割鱼草的人发现了李金生的尸体。董雷赶到时，李金生的尸体还没有捞上来。尸体被水泡得白生生的，董雷觉得他的身体从来没有如此干净过。有只鼋鱼在尸体旁边冒着泡浮起来，不一会又潜入水底，董雷的心里咯噔了一下。董雷的泪水无声无息地流下来，什么话都说不出来，一条鲜活生命的消失，也无声无息。不一会儿，跑来一个人，他气喘吁吁地对董清水说："清水叔，我去找过李四喜，他不会来打捞李金生的尸体，他说，李金生早和他没有关系了，谁爱捞谁去捞。李四喜还说，李金生死了要烧高香，他早就该死了，现在一了百了了。"董清水骂了声："猪狗不如的东西。"董雷突然跳入了水中，董清水和那几个人也下了水，将李金生的尸体捞了起来。有个人说："李金生的尸体怎么这么沉？"没有人回答他。阳光和李金生的皮肤一样白，不远处野河滩的乌桕树上传来死鬼鸟凄厉的鸣叫。

6

中秋节的晚上，董清水和董雷爷俩喝了点酒，吃完团圆饭，他们坐在天井边，月光从天井上面倾泻下来，有种清幽的味道。董雷叹了口气："要是李金生还在，那该有多好。"董清水说："好什么好,我想,他还是死了好,本不该来到尘世的人,阴差阳错被生下来,这是多大的罪过。"董雷说:"老东西,我妈生下我来,也是罪过。"董清水说:"没错,早知道你是个矮炮仗,你生下来就应该把你扔到桃花河里淹死。"董雷笑了:"老东西,你真是土匪的心呀,恶毒。"董清水叹了口气:"别提了,过去的事情老提它做什么。矮炮仗,我想问你一件事情,你回来几天了,有没有去看望丘福生?"董雷摇了摇头:"没有,我不好意思去见他,总觉得对不住他。"董清水说:"你要去看望他,他对你有恩,况且,他已经下身瘫痪了,不能走动了,你去看他,他会很高兴的。之前,你走后,他还老问起你来,可见,他对你是很关心的,人不能无情无义。"董雷说:"他瘫痪了?"董清水点了点头,咳嗽了几声。

董雷站起来,一声不响地往门外走去。

董清水说:"你要去哪里,好不容易回来一趟,也不好好陪陪我。"

董雷头也不回,扔下一句话:"老东西,我陪不陪你又怎么样,我还不是对你好。我先去看看算命先生。"

董清水嘿嘿地笑出了声,月光照在他的老脸上,僵尸一般。

董雷到镇上新街的小超市,买了一盒广式月饼,还买了一个果篮,准备去探望丘福生。刚才在老街上,路过丘福生老屋时,发现老屋已经破败了,一堵墙都倒塌了,看上去阴森森的,根本就住不得人了。董雷在付账时问收银的姑娘:"你晓得丘福生住哪里吗?"姑娘低下头,看着他说:"是那个算命先生吗?"董雷说:"是的,是的。"姑娘说:"谁不晓得呀。"接着,她就将丘福生的住址告诉了董雷。董雷记下了地址,笑了笑说:"妹子,你长得真好看。"他走出小超市,听到身后收银姑娘银铃般的笑声,另外一个姑娘说:"你笑什么?"收银姑娘说:"那个怪物说我长得好看。"

董雷自言自语:"你他妈的才是怪物,你们全家都是怪物。"

说完，他自己哈哈大笑起来，圆月在天空颤抖。

丘福生住在新街的一栋新楼里。他按响了门铃。开门的是个壮实的女人，董雷没有见过她，她穿着短裤，董雷目光平视时，看到的是她那肥白的大腿。女人没有看到有人，说："见鬼了，谁按的门铃？"董雷吞咽了口口水，仰起头说："是我。"女人吓了一跳，低下头，才发现他。女人说："你是谁？"董雷说："你是谁？"女人说："我是丘老师家的保姆。"唐镇人很少有人请保姆的，丘福生是一个，这证明了他在唐镇的地位。董雷说："我叫董雷，是董清水的孙子。"女人说："我不晓得董清水是谁，你就直说吧，你想干什么？"董雷觉得女人特别警惕，笑了："我不是怪物，我是来找丘老师的，我是他的学生。"女人满脸狐疑的神色："丘老师有你这样的学生？"

这时，厅堂里传来丘福生清亮的声音："香妹，你在和谁讲话？"

香妹说："有个叫什么董雷的矮子，说来找你，他说是你的学生。"

丘福生笑着说："让他进来吧。"

香妹让开了，脸上露出了放松后的笑容："丘老师喊你进去。"

坐在轮椅上的丘福生见到董雷，顿时哈哈大笑，眼泪都笑出来了。董雷提着月饼和果篮，站在他跟前，脸色绯红，嗫嚅地说："丘老师，你笑什么？"丘福生用纸巾擦了擦眼睛，说："我看到你的头发就想笑，像《西游记》里的小妖。"董雷不动声色地说："像吗？"丘福生说："像，不，完全就是。"董雷将手中的东西交给了香妹，说："丘老师，我本来就丑，没有想到连你也笑话我，你以前从不笑话我的。"丘福生说："好了，好了，我怎么会笑话你？"他让董雷坐下，关掉了电视，吩咐香妹沏茶。董雷说："我师母呢？"丘福生说："前两年过世了。你姐和你哥，都在外地工作，家里就我一人，我动不了了，就请了香妹服侍我。"董雷这才仔细端详丘福生，他头发白了，不过脸色红润，鹤发童颜，要不是瘫痪，他的身体应该不错的。

丘福生说："你这小子，我以为永远见不到你了，不过，你能来看我，我还是十分感动的。"

董雷说："丘老师，我对不起你。"

丘福生说："别说这话，你还是那么有个性，这就很不错了，我不喜欢被岁月磨去了棱角的人。对了，这些年你在哪里谋生？"

董雷说："我在上海混呢。"

丘福生说："能够在大上海混，总比在唐镇强，我没有看错你。"

董雷说："可是我不想在上海混了。"

丘福生皱起了眉头："为什么？"

董雷："说来话长。"

这时，香妹端上了茶，茶很香，董雷从没有闻到过如此浓香的茶。董雷喝了一口，十分甘甜。丘福生对香妹说："香妹，去炒两个小菜吧，我想和阿雷喝点酒。"香妹说："你不是不能喝酒吗？"丘福生说："今晚开心，少喝点又不会死，快去吧。"香妹转身进厨房去了。丘福生说："说来听听，到底发生了什么事情，让你不想在上海混了。"

丘福生是董雷最信任的人，从前，有什么心里话都说给他听。这个月圆之夜，董雷也想把心中的苦水向他倒一倒，否则憋在肚子里，会得癌症，仿佛丘福生是他的亲爷爷，而董清水不是。

7

那一年夏天，董雷心里长满了野草。高考完了之后，他仓皇地跑回家，躲在黑暗的卧房里，不敢出门，害怕见到所有人，似乎所有人的目光都是锋利的刀子，割得他体无完肤。董雷蜷缩在床的一角，老鼠在床底下窸窸窣窣，像是在一点一点地啃食他的心脏。他知道自己考砸了，远大理想不过是个泡影，他一直幻想自己成为一个科学家，研制出能够让侏儒变成正常人的灵药。董雷伤心地流下了泪水。董清水在卧房外面说："矮炮仗，出来吃饭吧，今年没考好不要紧，明年接着再考，水明的儿子考了三年才考上大学呢。"董雷没有回应他。

他的同学俞大肚学习成绩很差，而董雷一直是名列前茅的尖子。俞大肚的父亲是建筑公司老板，赚了不少钱，他对儿子能不能考上大学并不在乎，大不了和他一起搞建筑。俞大肚曾经对董雷说："矮炮仗，我在想一个问题，你就是当上了高考状元，也不一定被大学录取，最起码身高这一关就过不了，哪所大学要个侏儒呀。"当时，董雷心里冰凉，他没有考虑过这个问题。好几天，他都闷闷不乐，心事重重。实在憋得整个人都要爆炸了，他就去找丘福生了。丘福生正在给一个当官模样的人算命，看到他站在家门口，就对算命的人说："你稍等，我出去一下。"那人满脸堆笑："没事，没事，我等先生，等先生。"丘福生蹲在董雷面前，努力让自己和他平视，这是一种平等的方式，让董雷内心也会觉得平衡，不会有太大的压力。丘福生微笑着，用柔和的语气问他："阿雷，你碰到什么问题了吗？"董雷说："丘老师，你怎么知道？"丘福生说："哈哈，别忘了，我是算命先生。从你的眼睛里，我就看出你有心事。有什么事情，说出来，我帮你分析。"董雷将心里的担忧告诉了他。丘福生说："你信俞大肚的话吗？"董雷说："我不知道。"丘福生用弯曲的食指，刮了董雷的鼻子一下："好好读你的书吧，只要你考得好，我保证你能够上大学。"董雷睁大眼睛："真的？"丘福生说："我什么事情骗过你。"董雷脸上出现了笑容，转身走了。

命运弄人，就在高考前一天，董雷上吐下泻，还发烧。他硬着头皮进入了考场，头一场考试，他就上了两次厕所。考完后，他就知道自己完了。他对自己的判断是准确的，董雷的成绩离大学的录取线相差二十多分。同学们一个一个拿到大学的录取通知书，他却躲在暗无天日的卧房里痛苦得不能自拔。在一个落雨的凌晨，天还没有亮，他给爷爷留下了一封信，就离开了唐镇。他爬上开往厦门的早班车时，雨下得很大，雷声隆隆，闪电霹雳。

董雷流落在厦门的街头。

在陌生的城市里，董雷举目无亲，没有可以依靠的人，这时，他才知道爷爷是多么宝贵，还有丘福生，他们不会再庇护和帮助他了。他们离他异常的遥远，仿佛两个星球里的人。董雷将命运交给了异乡，不过，他第一次看到大海时，眼睛湿了，他就像一条山溪里的小鱼，游进了无边无际的大海。白天，他到处去找工作，夜晚，他在一个桥洞下栖居。桥洞里，还有个栖居的人，那人的头发又脏又乱又长，满脸污黑，浑身上下，没有一处干净的地方，只有那双眼睛，透着亮光。董雷和他拉开一段距离，对他十分警惕。深夜了，董雷不敢合眼，提防着他，生怕他在黑暗中变成恶魔，摸过来捉住他，张开血盆大口，将他吃掉，先咬掉他硕大的头颅，然后将他短小的四肢吃掉……想到这里，董雷心惊肉跳，猛地坐起来，朝那人的方向望去。那边一片漆黑，董雷不敢睡了，睁着眼睛到天亮。头两天，他们相安无事。到了第三天晚上，那人在黑暗中走过来，踢了他一脚："小矮子，起来。"

董雷惊惶地爬起来，站立在他面前。

那人打亮火机，在董雷面前晃了晃："你这小子，一点规矩都不懂，在这里住了两天了，连个招呼都不打，你不知道这是老子的地盘吗？"

董雷浑身颤抖:"大,大哥,对不起,我真的不知道是你的地盘。"

那人哈哈大笑。

他的笑声十分瘆人,董雷吓坏了。在唐镇,虽然也常遭人白眼,常常被人欺负,可是,没有生命之忧。眼前这个人,他捉摸不透,也许他是个隐匿在此的杀人凶手。打火机熄灭了,那人的笑声也停止了,空气仿佛凝固,董雷突然觉得口渴,嗓子在冒火,脑袋昏糊。沉默了一会,那人说:"小子,饿了吧?"董雷没有说话,他的确饿了,一天没有吃饭了。那人说:"走吧,到我那里去,给你吃的。"那人伸出手,抓住他的头发,强行将他带到自己落脚的地方。那人点亮了根蜡烛,坐在散发出臭味的褥子上,从那堆杂物中摸出一个塑料袋,取出块面包,递给他:"吃吧。"董雷站在他跟前,不敢伸手。他笑了笑:"你是不是觉得面包里有毒,会毒死你?"董雷摇了摇头。他又说:"为什么?"董雷说:"我不能白吃你的东西。"那人又哈哈大笑,然后说:"你说得有道理,吃吧,吃完答应我一件事情,不就行了?"董雷伸出了手。那人又从杂物里摸出瓶矿泉水,递给他:"来,坐着吃。"董雷坐在他旁边,狼吞虎咽地啃着面包。那人侧过脸问:"好吃吗?"董雷点了点头。

"你要是听我的话,天天都有面包吃,你就不会挨饿了。"

"你要我做什么?"

"吃完再告诉你。我叫赵五四,你叫什么名字。"

"就叫我阿雷吧。"

第二天,董雷出现在了轮渡外面的街边,他面无表情地坐在那里,面前放着一张写满了字的报纸。有人停住脚步,看了看他,又看了看报纸上的字,叹口气,将一枚硬币扔在报纸旁边的纸盒里。这里游人如织,他们要坐轮渡去往鼓浪屿。有两个年轻姑娘站在他面前。

"这人好可怜,无父无母,爷爷又得了绝症无钱医治,小丽,你有零钱吗,借十块钱给我。"

"不借。"

"借嘛,我会还你的,别那么小气。"

"不是还不还的问题,也不是我小气,而是觉得你太善良了,容易上当受骗。我对街头乞讨和用各种方法求助的人都表示怀疑,我没有你那么好心。"

"小丽,你不借给我,我生气啦。"

"生气就生气,总比被骗好。"

"你别走,等等我……"

董雷看着她们离开,心里很不是滋味。脸上火烧火燎,低下了头。他将纸盒里的几个硬币和几张小面额钞票收起来,塞到口袋里,站起身,茫然四顾。此时,他真想回到唐镇去。他迈动两条小短腿,摇摇晃晃地走了。董雷没走出多远,就被从某个角落里冲出来的赵五四拦住了去路。赵五四冷冷地说:"小矮子,你不想吃面包了?"董雷低着头,不说话。赵五四突然伸出肮脏的手,抓住了董雷的头发,使劲地往上拽,董雷痛得龇牙咧嘴。赵五四说:"答应我,回去继续要钱,否则老子把你扔到海里去喂鱼。"董雷挣扎着,大声喊叫:"放开我,放开我……"有路人谴责赵五四。赵五四朝他瞪着眼,吼叫:"老子管教儿子,关你鸟事?"唾沫星子喷在了路人脸上,路人闻到一股恶臭,擦了把脸,赶紧逃开。董雷继续喊叫:"我不是他的儿子,不是……"赵五四伸出另外一只手,狠狠地扇了他俩耳光:"你这个孽种,连老子都不认了。"路过的人都躲着他们,没有人再管他们了。董雷的脸火辣辣的痛,他被那俩耳光打醒了,这不是在唐镇,他所有的抵抗都是徒劳的,没有人会为他出头,面对赵五四这个恶棍,他只有屈服,最起码表面上要屈服。

董雷回到了原地,坐在那里,继续要钱。

晚上,赵五四领着董雷回到桥洞里。在烛光下,董雷大口地啃着面包,苦涩的泪水不停地往下流,流到嘴里,和面包一起咽下。赵五四却在数钱。数完钱,他喜形于色:"不错,不错,这一天下来,三百多块钱呢,瞧瞧,这比打工强多了。小矮子,以后每天换个地方讨钱,明天开始,你就不用吃面包了,我给你买盒饭吃,有肉,有菜,你看怎么样?"董雷没有吭气。赵五四又说:"你跟着我,不会亏待你的,你讨来的钱,我们三七开,我七你三,钱我给你保管,过年回家前,我再给你,你看怎么样?"董雷还是不吭气。赵五四笑了笑:"你这算是默认了,那就这样愉快地决定了。"

赵五四吹灭了蜡烛:"睡觉吧。"

每天坐在街边讨钱,各色人的目光和话语伤害着董雷多年在唐镇建立起来的自尊,羞愧难当。

某个深夜,黑暗将董雷淹没,躺在地上,瞪着眼睛,蚊虫在耳朵边嗡嗡作响。董雷心里特别厌恶自己,厌恶到了极点,就觉得活着一点意思都没有了。他想起了在唐镇时唯一的好朋友李金生。李金生仿佛就躺在他旁边,对着他的耳朵,轻轻地说话,他的话语流利了,思维也正常了:"阿雷,你晓得我现在多快活吗?死了真好哇,无忧无虑了,什么也不用怕了。没有人打骂我,羞辱我,我自由自在,成天就在四处飘着,想到哪里就到哪里,阿雷,你跟我走吧。"李金生站起来,走出了桥洞。

董雷听到了赵五四的呼噜声,他爬起来,蹑手蹑脚地走出了桥洞。前面不远处的那个黑影,就是李金生。他朝元金生走过去。李金生走进了海滨大道,深夜的海滨大道静悄悄的,连路灯也在沉睡。他跟着李金生飘忽的影子,来到了海滩上。海风吹拂,潮声有节奏地拍打着沙滩边缘。海滩上坐着一个姑娘,董雷视而不见,他

177

眼中只有好朋友李金生，李金生走进海里，一直往海的深处走去，不时回头朝他招手，直到被海水淹没。海面上飘动着李金生的声音："阿雷，快来，死了就可以像我一样快活了——"董雷嘴角露出了一丝笑意，也许死亡是他最好的选择，他的脚踏入了海水里，海水微凉，十分舒服，渐渐地，海水将他淹没。他的身体浮起来，一个浪打过来，海水呛进嘴巴里，吞下，又苦又咸。他在海面上扑腾，他虽然会游泳，但是没有在海上游过，不知怎么对付一次次汹涌而来的海浪。

海滩上的那个姑娘站起来，跑过去，扑进了海水之中……

8

"你为什么要救我？"

洗过澡的董雷穿上了干净的白衬衣，那是姑娘的白衬衣，她将他带回了住所。房间很小，有些凌乱，长沙发和小床，还有张书桌以及一个立柜。沙发上放着吉他和书刊，还有些杂物，书桌上有台笔记本电脑，开着。姑娘的脸还算秀气，却很黑，瘦，她的手指细长。她笑着，比不笑时好看许多，她回答董雷的问题："我总不能见死不救吧。"

"你不该救我的，其实我生下来，就应该死去。"

董雷不敢和她对视，低下了头。

"生命如此宝贵，怎么能轻易放弃。我不知道你是谁，也不知道你的过去，更不知道你为什么要轻生。很多时候，生活并不是你想象的那么糟。不过，我只是不忍心眼睁睁看到一条生命被大海吞噬，以后你是死是活，我也管不了那么多了。今天晚上，你就待在这里吧，一会我把沙发收拾一下，你就睡沙发吧。"

"你不怕我……"

"怕什么,在我眼里,你就是个孩子。"

"我十八岁了,成年了。"

"那也还是个孩子。"

这个姑娘叫王悬,是个歌手。那个晚上,董雷一夜未眠,他不相信这是真实的,觉得是在梦中,他从来没有想到过,会被一个姑娘救命,而且会被她带回家,共处一室。在黑暗中,他一次次地揪自己的耳朵,揪得疼痛,才认为这是真实的存在。尽管知道天亮就要离开,他还是感觉到了温暖,以至于重新审视这个世界,世界并不是他想象的那么灰暗,王悬点亮了他心中已经熄灭了的生命之火。听着王悬熟睡后均匀的呼吸声,他一泡尿憋得膀胱要爆炸,也不敢去上厕所,怕吵醒这个天使般的姑娘。实在是憋不住了,他才轻手轻脚地爬下沙发,摸索着走进卫生间。回到沙发上,他听见王悬在叫一个人的名字,他以为吵醒了她,心里十分内疚,其实,她是在说梦话。尽管重燃了希望,他还是忐忑不安,明天会怎么样,心里还是没底。董雷希望这个夜晚无限延长,最好是永远都不要天亮,那样他就可以永远沉浸在这美好的似梦非梦的氛围中。

没有人可以阻止时间的流逝,短暂的夜晚很快过去。天亮后,董雷到卫生间换上了自己的衣服,尽管衣服还有点潮湿,好在是夏天,就是湿衣服穿在身上,也没什么大问题。王悬没有马上让他走人,而是带他下楼,到街边的小吃店吃早餐。王悬说她吃拌面和牛肉汤,问他吃什么。董雷有些羞涩,嗫嚅地说:"和你的一样吧。"王悬笑笑:"好吧,也给你来份拌面和牛肉汤。"

王悬的目光清澈,笑着说:"阿雷,你还想死吗?"

"不想了,"董雷说,"我死了,爷爷怎么办,我还要赚钱给他养老。"

"这样想就对了,死亡是件重大的事情,不要轻易地去死。接下来你有什么打算?"王悬喝了口牛肉汤说。

"我不想回唐镇，我回不去了，我也不会再去乞讨了，想找个工作。可是，谁会要我这样的人呢？"董雷目光忧郁。

王悬注视着他，说："阿雷，其实你长得蛮帅的，浓眉大眼，有股子英武之气。"

董雷脸红了："姐，你是在骂我吧。"

王悬说："没有，你真的蛮帅的。阿雷，你有什么爱好吗？"

"我会唱山歌，爷爷是唱山歌的好手，据说我奶奶就是他唱山歌骗来的，他当土匪的时候，无聊时，就唱山歌解闷，在内蒙古劳改时，也经常在大草原唱山歌思念闽西家乡。他教我学会了好多山歌。"董雷说起爷爷，眉飞色舞。

王悬眼睛中跳跃着火苗："真的？"

董雷点了点头。

王悬有点小激动："那你唱支山歌给我听。"

董雷环顾了四周，有些紧张。

王悬鼓励他："阿雷，不要怕，就唱一首。"

董雷说："可以吗？"

王悬目光坚定："可以。"

董雷唱了起来："郎是山中千年树，妹是山中百年藤，树死藤生缠到死，树生藤死死也缠，哎——"这是一支客家情歌，凄婉绵长，被董雷唱得荡气回肠。他唱完后，小吃店里响起了热烈的掌声。王悬愣愣地看着他，脸上的笑容凝固了。过了好大一会儿，她才对脸红的董雷说："阿雷，你唱得太棒了，你的嗓子好，而且还有感情。"董雷第一次听人夸他山歌唱得好，羞涩地低下了头。王悬说："阿雷，你不用在厦门找什么工作了，跟我走吧。"

"你要去哪里？"

"原本我今天就要离开厦门，我这两年一直在青鸟酒吧里驻唱，前几天我辞了，准备去上海发展，下午的动车，你跟我走吧，我带你去上海。"王悬说，有些激动。董雷说："姐，我会拖累你的。"王悬爽快地说："别说傻话了，走，回去收拾东西，就这样决定了。"

9

在厦门开往上海的动车上，董雷觉得他的生活才真正开始，过去的十八年，都是为这个时候铺垫的。心情放松后，话也多了，那张苦闷的脸也舒展开来，他的心是只冲出笼子的鸟，无拘无束地在天空中飞翔。一路上，他滔滔不绝地给王悬讲述过去在唐镇的事情，有时忧伤，有时快乐，王悬也随着他的讲述，时而抹泪，时而开怀大笑。

当然，他也讲述了和算命先生丘福生的忘年之交。

丘福生先前是唐镇中学的历史老师，头个孩子是个女孩，他觉得一个孩子太孤单，就想再要个孩子。丘福生老婆是农村户口，怀孕后，到江西的一个山村里，生下了孩子。那是个男孩，断奶后，他老婆回到了唐镇，孩子留在了山村里，出钱托当地人抚养。孩子三岁时，带回了唐镇，丘福生对外说，这是一个异地亲戚的孩子。唐镇人都心照不宣，知道是他的亲生儿子，那眉眼，和他长得多像。纸包不住火，有人写了匿名信，告到县教育局去了。丘福生被抓了典型，没有逃脱被开除公职的命运。丘福生对此事毫不在乎的样子，离开学校那天，还请了几个要好的同事喝酒。同事们都说他想得开，豁达，也替他担心，失去工作，如何养家糊口，上有老下有小，这是个难题。丘福生宠辱不惊的样子："别人能活，我也能活，天无绝人之路。"

丘福生成为算命先生，许多人觉得不可思议。那年夏天，丘福生和妻子在田里收割稻子，早上还是晴朗的天空，到了晌午，乌云翻滚，山那边有沉雷的声音传来。狂风过后，大雨倾盆而下。丘福生直起腰，飞快地跑到一棵乌桕树下避雨。妻子朝他喊叫："别站在树下。"她的话音刚落，雷声在丘福生头顶的天空炸响，闪电如恶龙，张牙舞爪地落在乌桕树上。妻子眼睁睁地看着丘福生的身上冒起了一股烟，扑倒在地上。妻子惊呆了，丈夫被雷劈了。她以为丘福生死了，神奇的是，她跑过去，丘福生竟然站起来，呆呆地看着他。三个月后的某天，丘福生碰到了唐镇中学的副校长。丘福生喊住了他："你要去哪儿？"副校长笑了笑："我去车站坐车，到县里办点事情。"丘福生怔怔地盯着他的脸，过了好大一会儿，才说："你最好不要去。"副校长说："为什么？"丘福生说："让你不要去就不要去，别问为什么。"副校长没有听他的话，还是去了，结果，他乘坐的那辆公共汽车中途翻车，掉进了山沟里，死伤了好几个人，副校长万幸，只是腿骨骨折。从那以后，唐镇就风传丘福生有神附体，他也开始了算命的生涯。奇怪的是，他说的话特别灵验，名声很快就传了出去，各色人等，都找他算命。不到两年，他就成了远近闻名的算命大师，不用下地劳作了。他有个规矩，给人算命，从来不谈钱，给钱他收，给多给少都没有关系，不给钱，他也无所谓。那些当官的和做生意的老板，自然不会少给钱，就是他不主动伸手要钱，也是财源滚滚。

  董雷自从捉到那只鼋鱼后，就一直没有收获。他听人说，到镇子西头那棵古樟树下的土地庙里祭拜，土地公公就会福佑他，他就有捉不完的鼋鱼，据说狗佬经常到土地庙里祭拜。那是个黄昏，鸟儿归巢前还在叽叽喳喳地叫唤。太阳刚刚落山，红霞布满西天。董雷从家里拿了一把香，像只鸭子般，摇摇晃晃地穿过老街，来到土地庙里。俞大肚就经常嘲笑他，走路像鸭子。土地公公和土地婆婆在神龛上披着褪色的红布，慈眉善目地俯视着董雷。点燃三炷香，董雷跪在神龛底下的蒲团上，朝拜着，心想，自己太矮了，土地公公和土地婆婆一定是看不见自己的，无论如何，他要将自己的心愿告诉给他们。他还没有从蒲团上爬起来，丘福生就踏进了土地庙的门槛。

丘福生冷冷地说："阿雷，起来。"

董雷吓了一跳，扭头看到了丘福生。在此之前，他们没有交流，董雷见到他有点害怕，路上碰见，会躲开。不过，丘福生从来没有嘲笑过他。土地庙里只有他们俩，庙外也没有人。董雷忐忑不安，不晓得丘福生会对他如何，他从蒲团上爬起来，手中拿着飘着烟的香，低着头，不说话。丘福生从他手上夺过香，插在神龛上的香炉里，冷冷地说："你信神吗？"

董雷轻声说："不知道。"

丘福生说："模棱两可，准确地回答，信或不信？"

董雷不说话了，在土地庙里，他还是有敬畏之心，不敢轻言不信。但又不能说信，他摸不透丘福生需要什么样的答案。丘福生叹了口气，口气柔和起来："孩子，不要信神，也不要信鬼，神鬼都改变不了你的命运。"他摸了摸董雷的头，董雷在刹那间，感觉到了怜爱。天渐渐暗下来，鸟儿的聒噪也销声匿迹。丘福生说："饿了吧？"董雷说："饿。"丘福生笑出了声："小家伙，我知道你饿了，走，我带你吃东西。"董雷说："我回家吃。"丘福生说："不用回家，跟我去吃好吃的。"董雷说："我爷爷会等我的。"丘福生说："走吧，我和你爷爷说过的。"董雷吃惊地说："真的？"丘福生说："我可以骗其他人，可是我不会骗你。"

丘福生牵着他的手，朝镇街上走去，像是牵着自己的孩子。董雷觉得他的手特别温暖，在他的牵引下，董雷的脚步十分稳实，心想，要是父亲像他这样，那该有多好，黑夜里也会有阳光普照。丘福生带他到了一家小饭馆，点了白斩鸡、猪头肉和紫菜蛋花汤。丘福生还要了壶糯米酒。他倒了杯酒放在董雷面前，笑了笑："你也喝点。"董雷说:"我能喝吗?"丘福生说:"你都十一岁了,喝一杯没事。"董雷说:"不喝,我怕变成像李四喜那样的酒鬼。"丘福生哈哈大笑。

小饭馆里就他们俩吃饭,生意清淡。

一杯酒喝下去了,董雷的胆子大了起来:"丘老师,你信鬼神吗?"

丘福生压低声音说:"不信。"

董雷的声音也低了下来:"那你为什么给人算命,还说什么有神附身?"

"傻瓜,我不想点办法赚钱,怎么养家糊口。我那都是骗人的,我说的都是模棱两可的话,无论是什么结果,我都是正确的。那些当官的和有钱的老板,我大都说好话,让他们听得心花怒放就可以了,随便说些司空见惯的注意事项,他们就奉为金玉良言。一般的乡亲,家里有什么事以及他们的品性,我了如指掌,随便说说,就正中下怀,再开动脑筋,预测一下,基本上八九不离十。"

"丘老师,你真了不起,收我为徒吧。"

"不行,不行,只能是我才能糊弄人,你不行,况且,我要收你为徒,你要是比我能说会道,那我就没饭吃了。"

"你为什么对我这么好,请我吃饭?"

"我有事找你。"

"我又帮不了你什么忙,找我有什么用?"

"你爷爷说,你成天在河里摸鼋鱼,书都不想读了。我想找你说说读书的问题。"

"读书有什么用?家里那么穷,我不忍心看爷爷那么辛苦。"

"读书是你唯一的出路,否则你一事无成,会给你爷爷增加更大的负担。你要是一事无成,你爷爷要是死了,你怎么养活自己?我现在明确地告诉你,不管碰到再大的困难,你都要好好读书。我问过小学的老师，他说你天资不错，学习成绩也好，想想，你要是日后考上了大学，你的一切问题都迎刃而解。你有工作了，就可以养活你爷爷了，也实现了你爹的梦想，他多么想上大学呀。我对你爷爷说过了，从现在开始，你上学的一切费用，我来给你出，你不要再去捉什么鼋鱼了，那不是你干的事情，那种事狗佬他们会去做。"

"丘老师，为什么要帮我？"

"你这孩子，总问为什么。唉，实话告诉你吧，我不算什么好人，靠算命骗人钱财。我也不是什么人都帮，我不做慈善。帮你，有两个原因。你对元金生好，感动了我，唐镇没有人可以做到这一点，每次看到你们两个人在一起，还被人欺负，我的心就会疼痛，这个时候，我才感到自己还有点良知，因为还会心痛。这些年来，我已经变得人不像人，鬼不像鬼了，见人说人话，见鬼说鬼话，完全没有了人格。你让我看到了良善的宝贵，你这样一个手无缚鸡之力的孩子，可以勇敢地站在骚牯面前，为元金生抱不平，让我汗颜呀。还有一个原因。阿雷，你晓得吗，我和你爸爸是好朋友，我们上中学时，是志同道合的死党。我们当时都有远大理想，他想当个文学家，而我希望开飞机。每当飞机从学校上空飞过时，我就充满幻想，你爹就会写首诗，记得他送过一首诗给我，叫什么《放飞梦想》，遗憾的是后来遗失了。我没有想到你爹会上不成大学。你爹当时十分绝望，也很愤怒，他想一刀捅死你爷爷，也想把当时的大队书记杀了。他还是接受了残酷的现实，为了谋生，四处奔波。我很感激你爹，那时我家穷，是他经常寄钱接济我，让我上完了四年大学。我回唐镇教书后，他却不理我了，问他为什么。他说，你为什么要回来当老师，你不是说要当飞行员的吗？不管我怎么解释，他就是不理我了。后来，他离开了唐镇，我们就再没有联系过。"

董雷不说话了，想到父亲，他就难受。一直以来，他都在努力将那个人忘记。

"阿雷，多吃点，不要剩。"丘福生慈爱地看着他。

董雷放下筷子，淡淡一笑："丘老师，我吃好了。"

丘福生说："还有那么多鸡肉，再吃点，否则浪费了。"

董雷说："我真吃不下了，剩下的东西，我带回去给我爷爷吃，好吗？"

丘福生说："好，好，难得你有一片孝心。"

董雷说："我讨厌他，可是他也挺可怜的。他也讨厌我，却无法不管我，他说上辈子欠我的。我想尽量对他好点，他只有我这个亲人了，我没有办法挑选谁做我的爷爷，他也没有办法选择别人当他的孙子。"

10

这些年，去过上海衡山路零点酒吧的人，大都会对一个侏儒印象深刻。那个侏儒就是董雷。这里没有人叫他矮炮仗，大家都叫他雷雷。雷雷在零点酒吧，没有固定的工作。有时是服务生，酒保叫唤他："雷雷，给四号台的鸡尾酒送过去。"他就会端着托盘，走到四号台前，笑着说："先生（女士），您的酒来了。"不管是先生还是女士，都会低下头，友好地看着他，伸出手，从托盘里取走自己想要的酒水。有时，他会在酒吧的小舞台上，弹拨着小吉他，唱着歌谣，别看他其貌不扬，歌声却有异质，让人着迷。酒吧里有魔术表演时，董雷会被当成道具，被装在箱子里大卸八块，或被固定在木板上，飞刀嗖嗖地朝他投射过来，落在他的头顶、耳边、腋下、裤裆底下……眼神惊恐，满头大汗。其实，董雷最喜欢的是圣诞节的时候，他被装扮成圣诞老人，在酒吧门口招徕客人，很多客人会抱起他，或者蹲下来，和他合影。就是那些路人，也会停下来，拍个照片，甚至和他合影，有人还会给他一点小费。那是他的快乐时光。

酒吧老板朱小光曾经是王悬的男朋友。当初，王悬来上海，就是奔他而来的。董雷记得刚来上海那天晚上的情景。朱小光接上他们，低下头看了看董雷，脸色微微有些变化："他是谁？"王悬大大咧咧地说："我弟。"朱小光满脸狐疑："你可从来没有说过你有弟弟。"王悬说："没和你说过的事多了去了，喂，姐肚子饿了，快带我们去吃饭吧，别刨根问底了。"朱小光接过她手中的旅行箱，笑了笑："走吧，吃大餐去。"忐忑不安的董雷跟在他们后面，快步走着，否则跟不上他们。朱小光叫了几个朋友一起吃饭，他们喝酒，说笑。董雷默默地吃着东西，偶尔有人和他说上两句话，他红着脸回答。这顿饭对董雷来说，是种折磨，希望早点结束。一切都是那么陌生和新奇，他很难一下子融入他们的情境之中。朱小光总是用莫测的目光瞟他，仿佛他是个怪物。

吃完饭，朱小光将王悬带到住处。那是栋三层楼的老石库门房子，朱小光为她租下了底楼的一居室，很小的客厅，很小的卧室，卫生间也十分袖珍。进入房间后，朱小光说："悬，将就着住段时间，等我买大房子了，你就搬过去住，这房子虽说旧些，但在市中心，方便。"王悬笑了笑："蛮好的啦，有个窝就行，我不讲究。"朱小光看了看拘束地站在一边的董雷，目光中充满了疑问。王悬明白他的意思，拍了一下他的肩膀："小光，先让阿雷住在这里吧，我睡房间，他睡客厅的沙发上。"朱小光说："我还是带他走吧，他在这里，你多不方便。"王悬说："有什么不方便的，他跟你走，我才不放心呢。"朱小光无奈地说："那好吧。"王悬说："你回去吧，有什么事，明天再说。"朱小光说："我们进房间，有事和你说。"王悬瞟了董雷一眼，笑了笑："好吧。"

王悬先进入了房间，朱小光随后进去，关门时瞟了董雷一眼。

187

董雷爬上沙发，无所适从的样子。他闻到了一股淡淡的香水味，也许是朱小光在房间里洒过香水，他在王悬厦门的房间里没有闻到过香水味。不一会儿，房间里传出了呻吟声，那是王悬在呻吟。又过了会儿，王悬喊叫出来，像是痛苦的喊叫。董雷没有听过这种喊叫，以为他们在房间里打斗，王悬受到了欺负。董雷心中的正义感驱使他跳下沙发，走到房间门口，用力地敲门，大声说："朱小光，放开我姐。"王悬没有停止喊叫。他不停地敲门，不停地大声说话。王悬的喊叫声突然戛然而止。房间里传出窸窸窣窣的声音。门开了，朱小光满头是汗，他瞪了董雷一眼，恶狠狠地说："你叫个屁呀，真想一脚踹死你。"王悬满脸绯红，走出来，推了朱小光一下："滚吧，别对阿雷凶。"朱小光悻悻而去。

　　朱小光走后，董雷关切地问道："姐，是不是他欺负你了？"

　　王悬似笑非笑地看着他："没有，他怎么会欺负我？"

　　"可是，你为什么叫得那么惨？"

　　"你真不知道我们在干什么？"

　　"不知道。"

　　"唉，以后你会知道的。睡觉吧，你睡沙发，我去给你拿枕头和被子。"

　　过了两天。董雷搬到朱小光酒吧的员工宿舍去住了，他也被安排在酒吧里上班，打杂。他的确也无处可去，朱小光不希望他和王悬住在一起，就提出来，让董雷去酒吧上班。王悬也不好反对，顺了朱小光的意。离开王悬，董雷心里充满了恐惧。王悬安慰他："别怕，没有人敢欺负你的，谁要是欺负你，我会收拾他的。"董雷说："我是不是见不到姐了？"王悬笑着说："怎么会？我每天晚上都会去酒吧，我要去唱歌。"董雷上班后，才晓得王悬在酒吧里驻唱。之前，董雷没有见过王悬唱歌，他看着她在那小舞台上弹着吉他唱歌，觉得她是个女神，离他很远又很近，心里有种莫名感动。她的歌声真的很好听，唐镇没有一个女子可以唱得比她好。每天酒吧打烊后，她就会让他唱山歌，会把他唱的山歌记录下来。不久，被王悬改编过后的山歌就在酒吧里唱开了，这种民谣受到了欢迎。有时，王悬会邀请他上台演唱纯粹的民歌，并且给他伴奏。刚刚开始时，董雷十分紧张，唱完一支山歌，浑身都湿透了。后来习惯了，他就放松了，心里还经常会有上台演唱的冲动。王悬教会了他弹吉他，还买了个小吉他送给他。他幻想着自己成为像王悬这样受欢迎的歌手，以后回唐镇去歌唱，也想着和王悬一样到处去参加音乐节，面对很多很多歌迷放声歌唱。

王悬有个歌迷，天天晚上都来听她唱歌，每天晚上都会给她献上一束鲜花。那是个看上去斯文的中年人，脸很白净，戴着金边眼镜，总是穿着休闲的衣服。他每次上台给王悬献花，都要拥抱她一下。董雷觉得那拥抱很不寻常。他观察到了朱小光的表情，他的脸色像下了霜。有一天，那个斯文的中年人喝多了，献完花后，紧紧地抱住了王悬，大声地说："王悬，我爱你……"王悬挣扎着，用力推开了他。朱小光上前，站在他面前，气愤地说："你想干什么？"中年人说："我，我爱王悬，关你什么事？"朱小光说："王悬是我女朋友，怎么不关我事？"中年人冷笑着说："你和她结婚了吗？没有吧，就是结婚了，我也有追求她的权利。"朱小光忍不住了，在他脸上打了一拳，然后让人将他架出酒吧。王悬觉得朱小光不应该打人，两人就起了口角，王悬生气，就走了。董雷下班后，看到那中年人蹲在酒吧外面的街角，嘴巴里不停地说："王悬，我爱你。王悬，我爱你……"董雷感觉到什么事情会发生。

不久之后，王悬离开了上海，不知去向。

她走之前，发了个手机消息给董雷，说她要走了，让他好好在酒吧里干，朱小光会照顾他的。董雷赶到王悬住处，她已经不在了。那是个深夜，董雷坐在街边，看着稀稀落落的夜行人和过往的汽车，心里异常的难受，像是活在梦幻之中。他问过朱小光，王悬去哪里了？朱小光摇了摇头，说不知道。他问朱小光："小光哥，你会赶我走吗？"朱小光摸了摸他的头："怎么会？你在酒吧里做得那么好，顾客都喜欢你。"另外一个深夜，酒吧打烊后，朱小光让他陪喝酒，喝多后，朱小光就哭了，边哭边说："阿雷，你晓得我有多么爱她吗？"董雷说："我知道。"朱小光痛心疾首地说："可是，她为什么要走？"董雷说："我不知道。"朱小光哀叹道："我也不知道。"董雷说："她会回来的。"朱小光说："不会了，我很了解她的脾气。"

11

王悬突然离开，董雷常常感到忧伤，那是夜深人静躺在床上的时候。在酒吧里，他还是快乐的。王悬一直对他说，活着就是要快乐，没有比快乐更加重要的事。他像个听话的孩子，尽量让自己快乐，当然，最快乐的时候，是在舞台上歌唱。他经常将王悬说过的话，对一个半老徐娘讲，那个女人也喜欢和他聊天，喜欢听他唱歌。

那个半老徐娘叫张蔓。

张蔓是零点酒吧的常客，每次都是独自来酒吧喝酒。她不知怎么就喜欢董雷。那是个春天的雨夜，午夜时分，她推门走进了酒吧，寻了角落上的位置坐下，叫了杯龙舌兰酒。那杯酒是董雷送过去的。董雷看她端过酒，转身就要走，张蔓叫住了他："你叫什么名字？"董雷笑了笑："大家都叫我阿雷。"张蔓眼睛和这个雨夜一样潮湿："你的歌唱得好听，我喜欢你的声音，你能去唱首歌给我听吗？"董雷说："谢谢，当然可以。"

唱完歌，张蔓又叫他到跟前："你可以陪我聊会儿天吗？"

董雷说："这要老板同意。"

张蔓将朱小光叫过来，说明了自己的意愿。朱小光笑着对董雷说："阿雷，大姐寂寞，你就陪她聊聊天吧。"说完，他朝董雷使了个眼色。董雷明白他的意思，坐下来就说："大姐，能请我喝一杯吗？"张蔓笑了："当然。"

那晚，是董雷第一次陪张蔓聊天。他想不起来要说什么，张蔓让他讲故事。董雷想了想，给她讲小时候怎么捉鼋鱼的事情，也讲了狗佬。董雷第一次发现自己讲故事的能力，越说越兴奋，一直说到酒吧打烊。张蔓也不插话，边喝酒边听他讲，痴迷的样子。他讲的都是她陌生的生活，有趣而新奇。有第一次，就有第二次，第三次……不久，董雷和张蔓就成了好朋友。董雷休息时，张蔓会带他去买衣服，带他去发廊，让美发师给他做时髦的发型。在那段时间里，董雷总是变换着发型，头发的颜色也变换着，到零点酒吧的人都觉得董雷是个活宝，越来越喜欢他。

王悬对董雷而言是梦幻中的人物，有时他会觉得她从没有出现过，对她的那种忧伤之感也渐渐地淡漠。相反，张蔓却是那么实在地主宰着他的生活。突然有一天，张蔓将董雷带到了家里。她一个人住着一大套房子，房子装修得豪华。进入她的房子后，董雷有些不安。张蔓给他泡茶，茶水有种异香，让董雷迷醉。董雷嗫嚅地说："大姐，你家就你一个人？"张蔓叹了口气："是呀，我老公和别的女人跑了，儿子出国了，就我一个人。"董雷说："大姐一个人住这么大套房子，好浪费。"张蔓说："生命都是浪费的，何况是房子。"董雷发现她一直注视自己，目光热辣辣的，他心里更加不安，目光躲闪。张蔓笑了笑："阿雷，别怕，我不会吃掉你的。"董雷喝了杯茶说："大姐，我知道你对我好，我妈死了后，你是对我最好的女人。"张蔓说："那以后我就是你妈，好吗？"董雷点了点头。

董雷没有想到，张蔓会炖只鼋鱼给他吃，而且是用当归炖的。

吃着鼋鱼，董雷想起了母亲，也想起了董清水。有多长时间没有回唐镇了，母亲的坟是不是被野草覆盖，没有人去扫墓，董清水变成什么样子了，尽管每个月给他寄钱，他是不是也记不得自己的模样了。想着想着，泪水滑落，掉在浓郁的鼋鱼汤里。张蔓站起来，走到他跟前，抱住了他的头："阿雷，我的儿子，你怎么伤心了。"董雷哽咽地说："大姐，你不是我妈，我妈叫黄春兰，她早就死了，埋在唐镇的山里。"张蔓抚摸着他的头发，温情脉脉地说："阿雷，我现在就是你妈妈，从今往后，我会好好待你。"董雷大声哭了出来。

张蔓在浴缸里放满了温热清澈的水。

她让他去泡澡。

董雷脱光了衣服，爬进了大浴缸里。这是他有生以来第一次在浴缸里泡澡，每个毛孔都在张开，每个关节都舒展开来。他闭上了眼睛，仿佛在梦中。张蔓却是实实在在的，她推门进入了浴室，穿着透明的白纱睡衣。他听到动静，睁开了眼睛，看到张蔓丰腴的身体泛着刺眼的白光，那两只肥硕的乳房和两腿之间的阴影，令他的呼吸急促，什么话都说不出来。张蔓褪掉睡衣，进入了浴缸，水哗哗地漫出去。

董雷吓坏了，站起来，要逃。张蔓捉住了他，就像捉住了一只鼋鱼，他无处可逃。张蔓抱着他，抚摸着他。他的身体着了火，口干舌燥，身体的某个部位也变得坚硬。曾经，他想那个叫沈秀秀的女同学时，也曾经坚硬过，但从来没有过非分之想。张蔓的呼吸急促起来："阿雷，摸我，摸我乳房……"他的手被捉住，放在了柔软光滑的乳房上。一阵昏眩。接着，男性的冲动，使他的羞涩退去，烈火焚身，他的手变得主动。张蔓喊叫起来，比当初他听到的王悬的喊叫声还要惨烈，仿佛是被杀之前垂死的喊叫……

　　张蔓让董雷变成了男人，在此之前，他还是个孩子。想起当初听到王悬的喊叫，他有些羞愧。躺在松软芳香的大床上，董雷睁大着眼睛，这一切来得太快，猝不及防，却是那么的美妙，如果不是张蔓，这一生都不会品尝女人的滋味。张蔓的头趴在他的小胸膛上，轻声地说："阿雷，你不会抛弃我，对不对？"董雷抚摸着她光洁的背："不会。"

　　"阿雷，我知道你不会，你那么善良，那么惹人怜爱。"

　　"你不是我妈，对吗？"

　　"你想让我做你妈，就是，你想让我做你的女人，我就是你的女人。"

　　"不要你做我妈。"

　　"好，听你的。"

　　"我该走了。"

　　"去哪里？"

　　"去酒吧上班。"

　　"不要去了，从此以后，我养你。"

　　"不，我要上班，我喜欢在酒吧工作。"

　　"好吧，我送你去。我要在酒吧看着你，你有空就陪我说话，好吗？"

　　"好。"

　　董雷发现自己真的爱上这个女人了，尽管她年龄比他大二十多岁，真的可以当他妈。张蔓也爱他，莫名其妙的爱，填充孤独的爱，或许是别的什么爱。反正，他们在一起度过了一段如胶似漆的甜蜜日子。他们的爱情，让朱小光以及熟悉董雷的人，都十分诧异。他不管那么多，享受着爱情。隔三岔五，张蔓会炖鼋鱼给他吃,那些日子,董雷放的屁都是鼋鱼的味道。

董雷对张蔓承诺过,要带她回唐镇,去河沟里捉野生鼋鱼给她吃。可是,没有等到那天,张蔓就离开了人世。那天晚上,张蔓等董雷下班后,和他一起回到家,泡完澡,就在大床上疯狂做爱。张蔓的喊叫突然中止,浑身抽搐,脸色铁青。等救护人员上门,她的心脏停止了跳动。她的猝死,让董雷陷入了巨大的悲伤之中,他的爱情也随着张蔓的死亡飘散。不久,他就离开了上海,回唐镇去了。

12

酒喝得有点多。董雷泪花闪动。他对丘福生说:"丘老师,我一直想问你个问题,我是不是个煞星,和我在一起的人,都没有好结果。你看我妈,那么早死掉;王悬姐,认识我后就和朱小光分手;张蔓也因我而死,如果不碰到我,鬼迷心窍,她也许会活得好好的。"

丘福生叹了口气:"一切都是命。"

"可是,很多时候,我不信命,想去抗争。"董雷的泪水流出来,"张蔓要是活着,我会带她回唐镇的,我会捉只野生的鼋鱼给她吃,她从没有吃过真正的野生鼋鱼,她老被人骗,说她买的是野生的鼋鱼,还特别贵。"

这时,在一旁看电视的香妹站起来,说:"丘老师,你别喝了,阿雷,你也别喝了。丘老师身体不好,时间也不早了,该睡觉了。有什么话,以后再说吧。"

丘福生说:"香妹,你看我和阿雷那么多年没有见面,再聊会儿吧。"

香妹语气坚硬:"不行,要是出了什么问题,谁负责?阿雷,你先回家吧,丘老师真的要睡觉了。"

董雷擦了擦泪水,只好告辞。

走出丘福生家门,香妹将铁门用力关上。董雷抬头望了望天上的月亮,心里凄凉。这些年,他都没有好好赏过月。他独自来到了河滩上,听着河水沉缓流动的声音,望着月亮。想着一个个过往的人,巨大的孤独感涌上心头。他突然想跳到河里,变成一只鼋鱼。

13

中秋节过后的第三天,黄昏。

他和董清水在说话。

"矮炮仗,你带回来的那点钱也快花完了吧?"

"是呀,花得差不多了。"

"你是瘦驴屙硬屎,明明是个穷光蛋,还要装出一副赚了大钱的样子。"

"我不想让唐镇人再看不起我。"

"问题是,人家还是看不起你。现在不比从前,唐镇有钱人多了,你算老几?"

"老东西,别人看不起我,也就算了,连你也看不起我。"

"再怎么看不起你,你也还是我孙子,打断骨头连着筋。"

"我想,可能我不是你孙子。"

"此话怎讲?"

"我要是你亲孙子,为什么我爹不要我?"

"他伤了心。"

"我的心也伤了,谁管我?"

就在这时,一个人走进了家门,笑嘻嘻地说:"我管。"来人是俞大肚。董雷笑了笑:"大肚,什么风把你吹来了?"俞大肚从小皮包里拿出盒中华烟,递了根给董清水。董清水笑笑:"大老板抽的都是好烟。"董雷说:"你的肺都快咳出来了,还抽,再抽就要死掉了。"董清水说:"死了好,干净。"俞大肚说:"你们怎么这样说话,爷爷不像爷爷,孙子也没有孙子的样子?"董雷说:"习惯了,对了,大肚,你找我有什么事?"俞大肚说:"老同学一场,你回来几天了,也没有请你吃个饭。走吧,晚上我请你喝酒。"

俞大肚没有将董雷带到他自己的饭店,而是开车将他带到山里的一家度假山庄。在一个隐秘的包房里,有两个人点好了酒菜在等着他们。俞大肚将那两个陌生人介绍给了董雷,一个叫刘邦,一个叫项羽。历史上的刘邦和项羽是死对头,眼前的他们却称兄道弟,董雷觉得有点好笑。

酒过三巡,俞大肚说:"矮炮仗,你这些年,在外面,混得也不怎么样吧?"

董雷说:"你太小看人了。"

俞大肚说:"不是小看你,我说的是实在话,你别以为打扮成这样子,我就看不出你是什么货色了。"

刘邦和项羽在笑。

董雷有些生气:"你难道叫我来,是笑话我的?我走,我什么酒没有吃过?"

俞大肚将董雷按回座位上:"好你个矮炮仗,钱没有赚到,脾气倒是大了不少。我对你讲,叫你来,是有生意和你谈,老同学一场,总不能让你穷一辈子吧,你也老大不小了,该讨个老婆了。"

"我这样子,谁会嫁给我。"董雷气呼呼地说。

俞大肚说:"有钞票了,还怕找不到老婆,别看你这样子,就是傻子都可以有人跟,问题是要有足够的钱。"

董雷说:"很多东西,钱是买不来的。"

俞大肚说:"你要有钱了试试。"

董雷想了想说："你刚才说什么生意？"

俞大肚笑了："这不，动心了吧。我真的是为你好，有钱大家一起赚，共同富裕嘛。实话告诉你吧，我和刘邦项羽在做大生意，还需要一个合伙人，就看你愿不愿意加入了。"

董雷说："到底是什么生意？"

俞大肚说："你答应了，我才能告诉你。"

董雷说："我答应了，你说吧。"

俞大肚说："这才是我心目中的矮炮仗，虽然说矮，但还是有血性的。你还记得吗？有回，我欺负你，打你，你就是不屈服，死死抱住我小腿，咬着我的腿肚子，求饶了，你才松口。我还真怕你这种不屈不挠的人，同时，也敬重你。"

董雷说："那你还叫我矮炮仗，这是敬重吗？"

俞大肚说："好啦好啦，以后就叫你阿雷，不叫你矮炮仗了。"

董雷说："赶紧说是什么生意吧。"

俞大肚压低了声音，说出了所谓的生意，原来，他们想利用董雷侏儒的样子，让他到县城里去帮他们送冰毒给吸毒者。董雷听完他的话，沉默了。俞大肚他们三人反复地利诱他，说很快就可以赚到大钱。董雷沉闷了好久，说出了一句话："这伤天害理的事情，我断然不会干的。"他记得在上海零点酒吧的时候，朱小光说过，沾毒的事千万不能干。朱小光就怕他被人利用，在酒吧里卖毒品。董雷对朱小光保证过，永远不会做这样的事情。

他们仨还是不停地利诱。

董雷说："你们不要说了，我不会干的。"

利诱无效，他们就开始威胁，让他不要将这事说出去。董雷脑袋晕晕乎乎的，什么也听不进去，只看到他们凶相毕露，嘴皮翻飞。俞大肚还是开车将他送回了家里。

回到家里，董清水还没有睡，在厅堂里等着他。见他回来，董清水睁开了眼:"矮炮仗,回来了,吃了什么山珍海味?"董雷说:"爷爷,不要再叫我矮炮仗了,好不好?我也不叫你老东西了。"董清水笑了:"叫习惯了,怎么改?"董雷说:"好吧,随便你。"董清水说:"看你不高兴的样子,吃得不舒服?"董雷说:"爷爷,我想带你离开唐镇。"董清水说:"去哪儿?"董雷说:"我还没有想好。"董清水剧烈地咳嗽,然后说:"我哪里也不去,我要死在这老屋里。"董雷叹了口气。

天亮后,董雷走出家门,朝河边走去。他碰到去田野里浇菜的女同学沈秀秀。沈秀秀面目全非,不再是当年那个漂亮姑娘了。沈秀秀说:"阿雷,好多年没有见到你了。"董雷说:"是呀,多年不见了,你还好吗?"沈秀秀惨淡一笑:"好什么好,你看我这张脸,像鬼一样。"她的脸丑陋不堪,整个头脸都是疤痕。董雷说:"你这是怎么搞的?"沈秀秀说:"前年春节,一场大火,烧掉了我家的房子,我丈夫和孩子都烧死了,剩下我一个人。"董雷心如刀割。沈秀秀走后,他望着她的背影,陷入了沉思。

沈秀秀曾经是个富有同情心的姑娘,当年同学们欺负他,她会站出来,替他说话。那些坏蛋,就说沈秀秀和他搞对象。这话传到了沈秀秀父亲耳朵里,她父亲竟然不让她上学了。董雷在青春期时,对她产生过幻想,如果他有初恋的话,那沈秀秀就是他的初恋对象。不过,一切都过去了,他从来没有向沈秀秀提及过自己的感情,甚至连话也很少说。

董雷来到河边,他是想下河摸鼋鱼的。河水中浮现出李金生的尸体,一只鼋鱼在李金生的尸体旁边浮出水面,然后沉入深水,水面上冒着泡。他突然打消了下河的念头,转过身,朝唐镇摇摇晃晃地奔跑,他觉得自己会像只鸟一样飞起来,而不是一只沉入深水的鼋鱼。

14

  几天后，唐镇的人发现董雷和董清水都消失了，家门紧锁。至于他们去了哪里，无人知晓，就像当年董卓带着小寡妇上官秀离开唐镇不知所踪一样。就在董雷和董清水消失后不久，唐镇爆出了个大新闻，俞大肚他们因为贩毒被抓了。骚牯在镇街上说，是董雷告发了俞大肚，而他带着董清水离开唐镇，是怕毒贩子报复。从那以后，董雷和董清水就再也没有回到唐镇，不过，唐镇还流传着他们的故事。

2018 年 4 月 5 日完稿于上海家中

2018 年 4 月 12 日改定于上海家中

（发表于《江南》2018 年第 4 期，《中篇小说选刊》2018 年增刊第 3 期选载）

小蝶说,梦中的那只白狐可美了,通体雪白,没有一根杂毛,我在梦中抱过它,抚摸过它,它的皮毛缎子般柔软,眼睛也很漂亮,温情脉脉地望着我,让我心动。我下了决心,找不到白狐,我是不会离开灵蛇山的。

白狐

1

慧能用我送给他的苹果手机发微信消息给我，说他在灵蛇山发现了一只白狐。我说见到白狐有什么奇怪的。他说，那不是普通的狐狸，你要有空，最好来趟灵蛇山，我带你去看它。恰好那时我心情烦躁，想到某个清幽之地散散心，也很久没有见到慧能了，决定去灵蛇山待几天。

从上海到灵蛇山，乘坐飞机，也要花上一天的时间。上午十点，我赶往浦东机场，等了六个小时才起飞。两个小时后，飞机降落在一个叫白水的小机场，这时天已经黑了。这一天，我的脑袋昏昏沉沉的，醉酒的感觉。我一直想完整地想起慧能的形象，或者关于他的完整的一件事情，可无法想起，他的一切支离破碎。

出了机场，没有看到接机的人，等待。打电话给慧能，他说接机的人早就出发了，让我耐心等待，并且给了我接机人的手机号码。不一会儿，乘客都走光了，就剩我一人，有个人鬼头鬼脑走过来，问我要不要用车，他会将我送到目的地。我说，灵蛇山去吗？他想了想说，去不了，我不晓得灵蛇山在哪儿。灵蛇山的确没有什么人知道，而且离白水还很远，是另一个县的地界。

我望了望不远处灯火通明的白水县城，心想，要是走不了，就只好在白水县城住一个晚上。我心里十分抵触这个想法，这个小县城对我一点诱惑力都没有，甚至有些莫名其妙的恐惧，恐惧来源于陌生。我给接机的人打电话，他一直没有接听，我恶狠狠地骂了几声。

我站在机场门口，秋风袭来，一阵寒凉，突然想到温暖的家。给妻子打了个电话，告诉她我目前的处境，企图博得同情，岂料她阴损地说，活该，谁让你要去那个鬼地方？我受到打击，挂了电话后，就想买张机票，马上搭返航的飞机回上海。就在我沮丧到了极点时，一辆白色轿车停在了我身边，车里下来了个年轻人，斜着眼睛对我说，你是慧能的朋友，上海来的洪先生？我点了点头，没有说话，真想给他脸上来一拳。

他满脸堆笑，对不起，对不起，来晚了，让你久等了。

看他这个样子，我心中的气也消了，上车，走人。车子驶出了机场，走了十几分钟，上了高速，朝白水县城的反方向行驶。接机的人叫张三风，车开得飞快，我有点心惊胆战。他说，没事，我开车技术好，这条路我跑了几百次了，灵蛇镇的人乘飞机，基本上让我接送。山区高速公路没有什么车辆，仿佛就我们这辆车在奔驰，我有种奇怪的感觉，好像在梦中，去一个神秘的地方。

张三风放着古怪的音乐，歌者不紧不慢地絮絮叨叨，音调平缓而又别扭，我听不懂唱的是什么，很不喜欢这种歌曲，我猜是当地的山歌。张三风的话很多，用半生不熟的普通话说着他想说的话，我听了也很不舒服。从白水机场到灵蛇山，将近三个小时的车程，这三个小时，我要受他的话语和难听歌曲的折磨，这体验肯定是很糟心的，但必须承受，我别无选择。

我闭上眼睛，如果能够进入梦乡，是最好的事情，哪怕做个噩梦，也比听他说话和听那古怪的歌曲好。问题是我睡不着，车子开了半个多小时后，就下了高速，进入坑坑洼洼的山区土路，我就更难以入睡了。我想起慧能的话，所有的折磨都是考验。这话好像有点道理，又仿佛毫无道理，权当有理吧，这样我会好受些。或者想想白狐。

那只白狐到底是什么样的？

张三风给我讲他为什么会迟到。他的话语如同车子一样颠簸，让我总觉得要呕吐，却吐不出来。他说他早就到了机场，在车里睡了小会儿,发现飞机晚点,就去白水县城找了个女人,那是他的老相好,在白水县城摆了个水果摊。他帮女人收了摊,就去了她的居所,饭都来不及吃就上床滚床单,滚完床单他就睡着了,女人去烧饭。女人烧好了饭,看他睡得香,就没有叫醒他。等他醒过来,知道坏事了,就赶过来接我。我说,那真是个好女人。他说,当然,当然。我说,她那么好,你为什么不娶她?他笑了笑,她有老公的,不过,她老公是个孬种,在家种地。我冷笑道,你也是个孬种。他大声说,你说什么,你说什么?我没有再说话。车子更加颠簸了,他也没有再说什么,难听的歌曲还在循环,我感觉到他的怒火。

车子路过那个屁大点的小镇,借着路灯,我看了看他,他的脸像下了霜,十分阴沉。车子开出小镇后,就开始上灵蛇山。路小而陡,弯弯曲曲,沙土路,晃得我晕头转向。车灯将浓重的黑暗撕开,我看不清两边的密林,只能看到眼前的烂路。我突然想,如果张三风在这里将我杀死,随便埋在密林里的某处,绝对没有人可以发现的。我心里发冷。慧能就在山上,这让我有点安慰。有慧能在,张三风不可能杀我,除非他也将慧能杀了。

车的底盘突然嘎嘎作响。

张三风停下车,拿着手电下了车。

一会儿,他上车了。我说,怎么回事?他没有搭理我。车开动后,底盘的声音没有了。

也许我想多了,张三风还是安全地将我送到了灵蛇庙。慧能站在庙门口等我。车子停下来后,他下了台阶,来迎我。我下车,慧能笑了笑说,辛苦你了。我说,哪里,飞机要不晚点,早到了。张三风从后备厢里拿下行里,对我说,五百块钱。对了,这是车钱,按理说,还真不贵。我将钱给了他,他收下钱后,凑近我耳朵,轻声说,以后再说我孬种,我就弄死你。我呆呆地看着他上车,然后开车离开。

慧能问我,他和你说了什么?

我说,没什么。

慧能说,你一定是得罪他了,看看,连见到我都不打招呼。

我尴尬地笑笑。

2

慧能说,饿了吧?我这才觉得肚子空空的,咕咕乱叫。我说,有什么吃的?慧能带我进了厨房,揭开锅,热气腾腾的小半锅青菜面条。他说,你不一定爱吃,素面。我管不了那么多,拿碗盛面。我坐在饭桌前,哧溜哧溜地吃面。慧能说,慢慢吃,别急,锅里的面全是你的。我突然停下手中的筷子,抬起头说,慧能,白狐呢?

慧能说,晚上看不到,吃完饭就睡觉吧,明天一早,我带你去看白狐。

我想也是,此时的灵蛇山漆黑一片,到哪里去看白狐。

慧能说,我就不管你了,我去做晚课,你先睡吧,床给你铺好了,第二间房,和你上次来一样。说完,他就走了。灵蛇庙以前十分破败,泥菩萨都倒塌了。慧能以前在宁波的一个庙里出家,那庙的香火很旺,慧能在那里待了两年多就离开了,云游到了灵蛇山。他就在这个破庙里住了下来。慧能在山下小镇找了些乐善好施的人,弄了些砖瓦,将破庙修了修,最起码可以遮风挡雨,他就扎根下来。他要想办法给庙里的菩萨重塑金身。有一天,一个肥头大耳西装革履的人走进了灵蛇庙,他看到了衣衫褴褛的慧能和尚。那时慧能盘腿坐在蒲团上念经,对这个不速之客无动于衷。

那人相当有耐心,一直等慧能念完经,才问道,大师何方人氏,为何来我们灵蛇山这偏远贫困之地?

慧能说，施主，出家人不问来路，灵蛇山虽然偏远，但有万千气象，是修行的好地方。

那人看了看庙里残破的泥菩萨，叹了口气，然后出了庙门，扬长而去。慧能站在庙门口，看着他一步一步走下山，消失在一个山坳口。过了不久，有人送了二十万元到庙里，说是山下小镇在外做生意的老板送来修庙的。慧能自然想起了那个肥头大耳西装革履的不速之客，那人后来一直没有来过，不知生死。二十万元派上了大用场，重修庙宇，给菩萨重塑金身，还在庙的两侧修建了厨房和禅房，院落和山门。重修好庙宇之后，慧能联络到了我，我来住了几天，那是两年前的事情了。

认识慧能，也算是缘分。

早几年，我做茶叶生意，在上海开了个茶叶店，生意还不错。一次去浙江某地订新茶，看到慧能在做茶叶。那时，他还没有出家，还不叫慧能，四十多岁，骨骼清奇。他那时的名字叫朱小山。茶场老板说，朱小山是很好的做茶师傅。我认识很多做茶师傅，有男有女，觉得做茶的人都有种超然的气质，有情有义。朱小山似笑非笑的目光吸引了我。通过一次简短的攀谈，我记住了他，并且和他有了交往。

边喝茶，边说话。

我说，你在哪里学的做茶手艺？

他说，没有学过，无师自通，很多东西不用学的，感觉该怎么做，就做成了。

我说，不信。

他说，真的，不信你可以问老板。那天我来到茶场，看师傅们在做茶，觉得有点意思，就对老板说，我也来你这里做茶吧。老板问我，你会做茶？我直言不讳，说不会。他说，不会做茶还想当做茶师傅，走吧，走吧，别捉弄我。我笑着说，就让我炒一锅茶吧，做坏了赔你,做好了就收留我,反正我无家可归。老板让我试着炒了锅茶,结果可想而知,我做出的茶绝对不会比其他师傅差,而且还有股独特的清香。

我说,那真是神了,我没见过像你这样的人。

他说,大千世界,你没有见过的人多去了。

我说,这倒是,所以我从不会轻视任何一个人。

他说,其实做什么都没有意义,比如做茶,无意义,活着,也无意义。

我说,为什么这样说。

他笑笑,没再说什么。

后来,他出家我并没有出乎意料,但我没想到他会来灵蛇山。我以为他会一直在宁波的大寺庙里待下去,我要去看他也方便,有时烦恼,去找他说说话,会开脱些,我不敢肯定,以后会不会步他后尘,出家当和尚。

吃完面条,洗完锅和碗,我关掉了厨房的灯,关上门时,听到灶台边的干柴堆里传来老鼠吱吱的叫声,我十分讨厌老鼠,却拿它们没有办法,在这里,不能有任何杀戮,包括一只蚊虫都不能伤害,不过,奇怪的是,灵蛇山上没有蚊子。虽然一天舟车劳顿,觉得很累,又不想马上倒在床上,就来到了佛堂。

慧能盘腿坐在蒲团上,闭着眼睛,一手拿着念珠,一手敲着木鱼,口中念着经文。我默默地看着他,也坐在一个蒲团上。此时,在慧能眼里,我根本就不存在。我也打扰不了他,他已经修炼出惊人的定力。尽管有敲击木鱼的声音和他的诵经声,我还是感觉到了寂寞,刻骨的寂寞。坐了好大一会儿,我觉得双腿发麻,于是站起来,去禅房休息。

房间很小,放了张单人床,和一张木桌,木桌上有根烧了一半的蜡烛,这里会经常停电,停电后就只能点蜡烛。床单和被罩都浆洗过,有阳光和米汤的香味,这让我温暖和安慰。躺在床上,很快地进入睡眠状态。

3

我感觉自己在做个美梦,我老婆胡美丽脸上笑开了花,就像我们恋爱时那样,小鸟依人,对我百般体贴,还给我端上洗脚水,蹲下来,柔情蜜意地仰视我,柔软的双手搓着我的脚,痒痒的麻酥酥的……敲门声将我从美梦中唤醒,我听到慧能说,洪先生,起来了,我带你去看白狐。

听到白狐,我心里咯噔一下,赶紧起床穿衣。

打开门,浓重的雾气涌进禅房。慧能站在门口,穿着黄色僧袍,他背后的庙宇被浓雾笼罩,庙宇背后的山峰被浓雾遮盖,根本就看不见,记得那山峰像眼镜蛇的蛇头。这么浓重的雾,能看到白狐吗。慧能说,走吧。

雾水就像毛毛雨般飘落,山林变得湿漉漉的。

慧能走在前面,带我走进山林中的一条小径,那是一条青石板砌成的山林小径,他不时回头说,洪先生,小心路面,湿滑。路面的确滑溜,不小心就会滑倒摔跤。浓雾中的慧能似乎也是一团雾,黄色的雾,其实这么多年,我一直无法了解他。

他曾经有过老婆,还有个儿子。后来,他下了大狱,就和老婆孩子分开了。他好像给我说过下大狱的事情,却记不起来是什么时候对我说的。慧能下大狱是因为一件偶然的事情。那时他还叫朱小山。朱小山那时还在某县城的搪瓷厂上班,下夜班后,碰到个小偷。本来他不想管事,和小偷狭路相逢,有意要放小偷走,岂料小偷以为他要来捉自己,就先发制人,企图将朱小山打倒后逃走。朱小山无奈,被迫自卫,不慎将小偷击倒,小偷倒在地上,太阳穴磕在路边的一块三角铁上，不治而亡。朱小山由此在大狱里蹲了十多年，出狱后已是四十多岁的中年人了。

在林中小径走了一会儿，我的头发和衣服都被雾水打湿了，山中的雾水散发出青草的甜味，和上海的雾霾是完全不同的两种东西。慧能的僧袍也被雾水打湿，他光光的脑袋上有水珠往下滑落。又走了一会儿，听到了水声。我看到山中岩石上落下条小瀑布。小瀑布底下有潭清水，水面不大，也不是很深，就是在大雾天，也可以看到水底的石头。慧能在水边停下来，回过头说，等一会儿，白狐就会出现。我看了看手机，才六点多，时候尚早。慧能选择了一个靠边的位置，在一棵老樟树下等待白狐的出现。

老樟树是把巨大的伞，遮盖在我们头顶，还是会有清冽的水滴落在我们头上和身上。

慧能平静地说，再过一会儿，白狐就会到水潭边喝水。

我说，真的有白狐吗？

慧能说，等会你就知道了。

我抬头望了望，都是雾气，看不到天空，连树顶的枝桠都看不见。我想象着灵蛇山的蓝天，那是清澈的蔚蓝，没有一点杂质，对于久居城市的人，寻找蓝天是内心的渴望，当然，这纯粹的大雾也不可多得，呼吸着湿润清甜的雾气，五脏六腑被清洗得干干净净，仿佛每个毛孔都在贪婪呼吸，最后人体就像自然中的一棵树，一根草，和天地融合在一起。很多时候，我离开喧嚣的都市，来到翻山越岭之际，我就希望自己变成一棵树，或者一根草，狗尾巴草也好，不要有心，更不要有思想，思想是痛苦的根源。

我说，慧能，什么时候会出太阳？

慧能说，像这样的大雾天，中午时可以见到阳光。

过了一个多小时，白狐没有出现。我有点心急，为什么白狐还不来。慧能笑笑，莫急，莫急，再等等，白狐会出现的。我在等待的过程中，想到了最近的烦恼，不仅仅是生意上的困难，最重要的是，我和老婆胡美丽简直无话可说，我儿子，那个初中生，也显得叛逆，根本就不听我的话。我感觉到胡美丽有外遇，每次我有冲动想和她上床，都会被她用各种理由拒绝，这让我心里总是窝着一股怒火，她要是在外面没有男人，怎么会对我冷淡？以前她可是个性欲勃发的女人，但我不知道该怀疑哪个男人。

慧能显得安静。

他没有主动和我说话，眼神中有种神秘的光泽。

又过了一个小时，白狐还是没有出现，雾散去了些，天空有了亮光，我可以感觉到太阳在雾之上的光芒。我说，该不会来了吧。慧能说，白狐是不是在大雾中迷了路，也许还在寻找道路，再等半小时吧，如果再不来，我们就回庙里。

我弄不清楚，到底有没有白狐，是不是慧能一个人在灵蛇山太寂寞了，幻想出了白狐，他将幻想当成了现实？我很难想象，一个人可以在这样的荒山野岭长期生存下去。他还是平静地等待，目光平和而有坚定。

半小时过去了，白狐终归没有来。

慧能笑笑，回庙里去吧，明天早晨再来。

我怪怪地看着他，像审视一只猴子。他说，别这样看我，世事都难料，何况白狐。我叹了口气。他说，叹气真的不好，会让人失去信心。我默默地跟在他后面，沿着山林小径往灵蛇庙方向走去。

4

慧能一早就蒸好了馒头，本来看完白狐回来吃早餐的，结果白狐没来，早餐也延迟了。一碗白开水，一盘菜油炒过的萝卜干，一个馒头，是慧能的早餐，也是我的早餐，不过，我比他多吃了个馒头。吃饭时，我们都没有说话。吃完饭，慧能告诉我，要去料理菜地，我说和他一起去。寺庙的下面，有小片坡地，慧能开发出来种菜。菜地里种着荠菜、空心菜、小白菜、胡萝卜等。慧能拿了把锄头，也给我了一把锄头，准备将空置的两垄地翻松，种上白萝卜。一垄地有一米宽，二十几米长，我们分工，一人翻一垄地。慧能体力比我好，不一会儿工夫，就将我甩在了后面。我吭哧吭哧地翻地，大汗淋漓，觉得这真不是人干的活，想想农民种地，真的不容易。

慧能翻完地，平整好，过来帮我。

他说，你不行呀，要是让你去农村种地，非饿死不可。

我承认，他说的对。

在劳动的过程中，慧能说起了一个女子。

那是一个叫小蝶的女子。夏天的时候，小蝶来到了山上，背着粉红色的背包，背包带上，还挂着一个装饰兔。那是晌午时分，她走上石阶，进了山门，穿过院落中间的碎石甬道，站在佛堂门口，朝里张望。慧能在清理神龛上的蜡烛残渣，回头就看到了小蝶。小蝶是个漂亮姑娘，黑黑的长发，白皙的圆脸蛋，如烟的蛾眉，大而明亮的眼睛。她个子高挑，身材修长，因为穿着热裤，两条大长腿十分刺目。慧能的眼皮跳了跳，不过很快恢复了平静，朝她笑了笑。

小蝶走进了大殿，看着中间的那尊大佛，目光迷离。

慧能下了神龛，将清理下来的垃圾拿到院落，放在空地上燃烧。小蝶跟着走出来。她说，师傅，就你一个人在这里吗？

慧能说，是的，就我一个人。

小蝶说，你寂寞吗？

慧能笑笑，什么是寂寞？

小蝶脸红了，说，就是孤独。

慧能说，人都是孤独的，我已经不是人，所以不孤独。

小蝶说，你不是人，那你是什么？

慧能说，我什么也不是。

小蝶奇怪地看着他，不说话了。不一会儿，她就走了。慧能看着她走出山门，步下台阶，一会儿就不见了踪影。灵蛇庙除了山里山下乡村的人来烧香，很少有外地的人光顾。慧能很清楚，小蝶不是本地人，她从哪里来，要到哪里去，慧能一无所知，也不想去知道。

我伸了伸懒腰，说，你和小蝶有故事？

慧能说，的确发生了些事情，但和我没什么关系，是她自己在做，我只是在看，在化解。

萝卜籽种下地，我们浇了水，天渐渐地亮了，太阳出来了。阳光照耀秋日的山野，一切都鲜活起来，我的心情也好了些，暂时忘记了一些事情。此时，我更关心慧能和小蝶的故事。种完菜，洗干净手脚，换了衣服，我和慧能坐在佛堂门口左侧的走廊上喝茶。茶桌是一块厚厚的杉木板，放在几块石头上，围绕着茶桌，可以坐七八个人。我坐在竹椅上，看着慧能泡茶。茶叶是他自己做的，水是山泉水，茶水汤色淡黄，喝起来入口柔和绵软，回甘无穷。离开上海的头天晚上，我向胡美丽求欢，她很不耐烦地推开了我，说我嘴巴臭。的确，最近心烦，自己也感觉口腔里发苦。喝下几杯慧能泡的茶，满嘴都是清甜的味道。

这茶真好。我说。

他笑笑，谈不上好不好，不过，喝茶还是讲究心境。

我说，那个小蝶，后来……

他继续给我讲述。

那个晚上，下起了暴雨。大风大雨影响不到我，该睡的时候就安然入眠。第二天早晨，雨停风息，我依旧很早起来，先在佛堂里做早课。我正在敲木鱼诵经，突然听到有人在敲山门的木门。此时天还蒙蒙亮，有谁会这么早来烧香拜佛？本来我做功课，谁来也影响不了我的，可是，我感觉到有什么事情要发生，就停止了功课，走出去打开了山门。

我看到小蝶浑身湿透了，上身穿的薄纱短袖罩衫紧紧粘在皮肤上，她蜷缩在门槛边，瑟瑟发抖，像只受伤的小鹿。我以为她离开灵蛇山了的，没想到她没走，这个暴风雨之夜，她在灵蛇山经历了什么？我弯下腰，问她，姑娘，你怎么了？小蝶抬起头，脸色绯红，头发湿漉漉，蓬乱。她眼睛也很红，嘴唇起了泡，有气无力地说，师傅，我，我发烧了。我顿时动了恻隐之心，伸出手，将她拉了起来，扶她进了山门。

我让她住在你现在住的禅房，她的衣服全都湿透了，背包里的衣服也湿透了，我给了她一件僧袍，然后关上门。等了一会儿，我说，换好了吗？她说，好了。我推开门，看她躺在床上瑟瑟发抖，用湿毛巾捂在她额头上，对她说，姑娘，你等等，我去采些草药，煮给你喝。她的眼睛红通通的，让我想起了小时候养的奄奄一息的病兔。出门前，我将她换下来的衣服拿到禅房门口的竹竿上晾晒。雨后的天空露出了纯净的蔚蓝，太阳也很快从东方升起。

5

小蝶喝了慧能煮的草药汤，在禅房里躺了一天，黄昏时分，她穿着黄色的僧袍，走出了禅房。那时，慧能在厨房里熬粥。她站在院落里，夕阳的光照射在她脸上，有种神秘莫测的美丽。慧能走出厨房，看到了院落中站立的小蝶，他的心莫名颤动，他努力平息内心的波浪，走到了小蝶面前。

小蝶侧过身，捋了捋遮住右眼的秀发，笑了笑说，谢谢师傅。

慧能说，姑娘，你烧退了就好，不必言谢。饿了吧，我烧好了粥，你可以去吃，穷山小庙，没有什么可以招待的，你就将就着果腹吧。

小蝶的目光泉水般流过慧能的脸盘，她微笑着说，有粥吃已经很好了。说完，她回到禅房门口，收起晒干的衣服，走进禅房，叠好衣服之后，走了出来。慧能还站在院落里，夕阳的光照射在他脸上，使他看起来红光满面。他说，去吃饭吧。小蝶说，你也一起吃？慧能说，我不吃晚饭的。小蝶笑了笑，朝厨房走去。

粥盛在碗里，已经不那么烫了，吃起来正好不冷不热，桌子上两碟菜，一盘青菜，一盘萝卜干，油水很少，青菜的汤汁几点油花闪烁。小蝶饿了，吃得很香，饭菜虽素，却有说不出的妙处。院落里传来笛声，那一定是慧能在吹笛，吹的是《高山流水》，空灵悠远。小蝶吃完饭，夕阳已经落山。慧能还在吹笛。小蝶默默站在他身边，慧能自顾自吹笛，没有理会她。

天色渐渐暗下来，寺庙四周山林里的鸟雀声也沉寂下来，慧能收起了笛子，到佛堂里开了灯，佛堂顿时明亮起来，也有些阴影部分看上去神秘莫测。慧能也将走廊上的电灯打开，坐在茶桌前烧水泡茶。

他招呼小蝶过来喝茶。

小蝶喝了口茶，说，真香。

慧能说，好喝就多喝几杯。

小蝶说，我怕喝多了晚上睡不着。

慧能笑了笑，没有那回事，只要想睡，喝了什么都能沉寂过去。

小蝶说，你说的也有道理，可我是俗人，有时想沉寂，却有无尽的烦恼。

慧能说，一切烦恼都会过去。

小蝶说，师傅，你为什么不问我从哪里来，为什么会到灵蛇山，为什么昨天不下山，而是在山上淋了一夜的雨？

慧能呷了口茶，说，我为什么要问你？

小蝶说，可是，可是这不符合常理。

慧能说，世上有什么常理，所有的理都是无理。

小蝶笑了笑，嘴角露出两个小酒窝，师傅，你说的话很高深。

慧能笑笑，都是妄语。

小蝶说，你不问，我也得告诉你一些事情。

慧能说，你想说，我也不反对，只不过一只耳朵进，另外一只耳朵出，世间所有的声音都如此，我看到的一切也是幻象，过眼云烟。

小蝶说，前段时间，我做了个梦，梦见了灵蛇山。还梦见了一只白色的狐狸，它在山脚下等我。我在梦中坐了很久的火车，来到一个杂乱无章的小城，我问路人，有灵蛇山这样的地方吗？路人摇头。我在那个小城里问了许多人，都不知道有灵蛇山这个地方。就在我异常失望的时候，想买个苹果吃，在那条小街的水果摊，我问摆摊的女人，知不知道灵蛇山？她笑着对我说，她就是灵蛇山人。然后，她告诉我怎么坐车前往灵蛇山。去灵蛇山好曲折呀，我从那个小县城坐长途班车到了另外一个小县城，又从那个小县城坐小巴到山下的那个小镇。上山时，果然在路边草丛里发现了那只白狐。我醒来后，就决定去灵蛇山找那只白狐。

慧能说，白狐？我从来没有在这里发现过白狐，也没有听说过这里有白狐。

小蝶说，是的，白狐，她真的在我梦中出现过。没过多久，我就离开了那个我厌倦已久的城市，来寻找灵蛇山和那只白狐。你知道我有多厌倦那个城市吗？我根本就不喜欢工作，那份在人们眼中的好工作对我来说就是地狱，每天打卡上班，打卡下班，还要和公司里上上下下的人搞好关系，好虚伪的生活，我想一生都要过这样的生活，那是多么悲凉的事情，人真的只有工作才能生存下去吗，为什么不能像一棵树那样自由呼吸？我看我的主管，那个快五十岁了的老大姐，头发都熬白了，看着她，我就想，我的未来就是她这个样子。我快崩溃了，这不是我要的生活。于是，我辞掉了工作，背起背包，离开了那个城市。按着梦中的路径，一路辗转，终于来到了灵蛇山。

慧能说，你见到了白狐？

小蝶有点难过，没有，我上山时，一路寻找，都没有发现白狐。可是我看到山门上面牌子写的灵蛇庙那三个字时，我十分吃惊，梦中的寺庙就是这个样子，寺庙后面的灵蛇山山峰也和梦中的样子十分吻合，我觉得从前来过这个地方，有故地重游的感觉。可是，我梦中没有你，梦中的寺庙没有人，只有那些菩萨的塑像。所以当我看到你时，有些诧异。

慧能说，我来之前，寺庙里的确没有人，是个破败了的寺庙。

小蝶说，梦中的那只白狐可美了，通体雪白，没有一根杂毛，我在梦中抱过它，抚摸过它，它的皮毛缎子般柔软，眼睛也很漂亮，温情脉脉地望着我，让我心动。我下了决心，找不到白狐，我是不会离开灵蛇山的。昨天离开寺庙后，我并没有下山，我在山林里寻找白狐。一直到天黑，我都没有找到白狐。我心里十分伤感，梦中的白狐，你在哪里？我在山林里呼喊，没有人回答我，风越来越猛，还下起了暴雨。我很害怕，当惊雷在我头顶炸响，闪电划过暗黑的天空，担心会不会被雷电劈死。更可怕的是，我在山林里迷路了，我躲在一棵大树下发抖，如果没有迷路，我会找回庙里，在你这里借宿。不知道过了多久，我觉得很冷，浑身颤抖，在昏昏糊糊之中，我看到一团白色的亮光就在林子那边闪烁。那是不是白狐发出的白光？也许是的。我跌跌撞撞地朝那团白光走过去。那团神奇的白光一直在前面引导我,我觉得要靠近它时,它又急速地向前移动,和我保持着距离。最后,它将我引导到寺庙的山门口,就消失了,我不知道它去了哪里,但是我相信,那就是我梦中的白狐,它不急着见我,是不是在考验我,我很多时候认为,活着就是不停地接受考验……

6

  慧能以为小蝶病好后就会离开寺庙,离开灵蛇山。奇怪的是,小蝶住下来,竟然不走了,她告诉慧能,要找不到白狐,就永远也不离开寺庙,不离开灵蛇山。这让慧能十分头痛,这是他来到灵蛇山后碰到的最大的难题,什么生活困苦,什么寂寞,什么偶尔的思凡,他都可以忍耐过去,可庙里住着一个妙龄漂亮女郎,这算什么事情?

  小蝶一直穿着慧能的黄色僧袍,也不换上自己的衣服,她告诉慧能,穿僧袍真的很舒服,无拘无束,她甚至连胸罩都不戴,走起路来,丰满的双乳在僧袍里晃荡,慧能看了很不舒服,慧能干脆就不敢正视她的身体了,每次和她说话都低着头。

  小蝶说,师傅,你不要怕我,我不会勾引你的,我不会爱你的,你看你是个和尚,而且也不年轻了,满脸沧桑,要是年轻的小和尚,也许我会动心,和你来场绝世之恋。

  不管她怎么说,慧能还是觉得小蝶是个巨大的麻烦。慧能害怕山下的信众发现庙里住着个姑娘,那样绯闻会像瘟疫般传播开去,他会被当地人认为是个十恶不赦的色和尚,轻则没有人再来灵蛇寺烧香拜佛,重则他会被赶出灵蛇山,甚至被打死。

  慧能一次次央求她离开,她就是笑眯眯地说,没有找到白狐,我是不会离开的。慧能无奈,低着头对她说,要是有人来上香,你一定要躲起来。小蝶听了他这话，似乎十分理解，马上就答应了他。慧能让她不要再穿自己的袈裟了，小蝶不同意，她说，就让我穿吧，我离开时自然会还给你。慧能心里很不是滋味，只好依了她。

每天早上，慧能做早课时，小蝶就会在厨房里做饭。吃完早饭，她就会去山林里寻找白狐。黄昏时，她会沿着林中小径到小瀑布的水潭里沐浴，然后回到寺庙里吃饭睡觉。为了让她尽快离开，慧能基本上不和她说话，还刻意躲着她。他怎么躲，都不可能无视她的存在。有天上午，山门外来了几个香客，慧能看到小蝶住的禅房外面的竹竿上挂着一条蓝色印花三角内裤，他大惊失色，赶紧过去收起那条内裤，塞到口袋里。香客见他脸红耳赤的样子，用怪异的目光审视他，他只好匆匆忙忙地拿起家什，装模作样地去菜地里除草。香客走了后，他才将内裤晾回原处。傍晚，小蝶回来后，看到内裤被揉得皱巴巴的，心生疑虑，这和尚是不是个恋物癖？

小蝶不动声色，慧能一直在佛堂里敲着木鱼诵经。

慧能心里想，忍耐，忍耐，她一定会离开的，一定会离开的。

一个多月过去了，小蝶还是没有离开，慧能终于按捺不住了。他找到了小蝶，那么长时间以来，第一次和她对视，姑娘，你该走了，我真不能再留你了，长此以往，你会毁了我的，我是个僧人，真不方便你住在这里。小蝶看着他深邃而又无奈的目光，突然哭了，边哭边说，我好不容易找到了一个干干净净的地方，没有人世的纷扰，可是，可是你要赶我走。

慧能说，人心宁静，哪里都是世外桃源，姑娘，你还是离开吧，我真不能留你了。

小蝶哭着跑进禅房，反插上了门。

那个晚上，小蝶的禅房里一直传出呜咽声，慧能一直在佛堂里敲着木鱼念着经。

第二天一早，小蝶还是穿着慧能的黄色僧袍，从寺庙的后面，走上了灵蛇山主峰。灵蛇寺就在主峰底下五十多米的地方。小蝶从寺庙爬上主峰，用了不到十分钟的时间。那天清晨天气晴朗，月亮还挂在天上，星星已经隐去，小蝶站在那块极像蛇头的巨大岩石上，面朝东方，看着连绵的群山，泪水涟涟。东方的山坳，一片血红，太阳将要喷薄而出。她背对着寺庙，脚下是万丈悬崖。

她喃喃地说，白狐呀白狐，你到底在哪里？如果梦境和现实是相通的，你赶紧出来，只要让我看见你，我就马上离开，也不给慧能师傅添麻烦了。

等了好大一会儿，她四处张望，白狐还是没有出现。

那到底是个梦，不，梦境往往比现实更加真实，我宁愿活在梦境之中。她又喃喃地说。

火红的太阳露出了个头，很快地，像剥离母体的新生儿，太阳跃出了山坳，升腾起来。她的脸被朝阳染得玫瑰般红艳，长发飘飘，风将僧袍的衣角轻轻地吹动。如果有摄影家在场，可以拍出一幅绝美的大片。

小蝶突然大声喊叫，慧能师傅，我要跳崖了——

声音传到了慧能耳朵里，他悚然心惊，她不能死在这里，如果她死了，自己就是谋杀犯。他匆匆忙忙地爬上了山。在离小蝶几米远的地方，小蝶回过头说，你不要过来，我死了，你就清静了，没有人再会烦扰你了，对不对。慧能停住了脚步，故作冷静地说，不对，我从来就没有烦恼，你生或死，对我来说，都是一样的，不喜不悲。

小蝶眼中流着泪，冷笑了声，师傅，你好虚伪，我以为像你这样遁入空门、在这偏远之地修行的人，是什么也不会在乎的，不会在乎别人的非议，不会在乎自己的名声……可是，你在乎很多，和世俗之人有什么两样？我的存在，对你根本就构不成任何威胁，可是你要赶我走，怕我给你惹是非。我真的不想活了，其实我早就厌倦了生活，要不是梦见灵蛇山，要不是梦中的白狐，我早就去死……死了。

慧能笑了，的确，我担心很多，和世俗之人没有什么不同，正因为如此，我才要独自修行，直到超然物外，成正果的那一天。

小蝶说，师傅，我想死了，就从这里跳下去，好不好？

慧能的手微微抖动，他还是平静地说，你要跳下去，我会告诉你先不要跳，活着还有出路，如果你真要跳，我阻拦不了你。这地方从前跳过不少人，山里山外想不开厌世的人，都会在这个地方跳崖，这里是出了名的绝命崖，正因为如此，早先的人就在这里建了灵蛇庙，供奉着菩萨，希望来跳崖的人经过寺庙时，能够有所醒悟，悬崖勒马，及时回头。这万丈悬崖，跳下去，尸体会特别难看，你可以试试往下跳，跳下去后，我会找到你的尸体，给你下葬，给你超度。

听完慧能的话，小蝶号啕大哭，边哭边说，我才不要你超度，才不要你安葬。然后，她从岩石上爬了下来，往山下哭哭啼啼地走去。慧能默默地跟在她后面，心里说了声，阿弥陀佛。

7

又一个清晨。

还是晴天，这个夏天的雨水不多，那夜暴雨后，就一直没有下雨。小蝶早早地起了床，来到佛堂，对在做早课的慧能说，夜里我做了个梦，梦见了白狐。慧能根本就不理会她，旁若无人地敲着木鱼，念着经文。

小蝶不管不顾地说，白狐在梦中和我十分亲近，我们耳鬓厮磨了好久，我告诉它，有多么想念它。它突然像个人一样和我说起了话，它说一直就在我周围，守候着我，它不能现身来见我，有难言之隐。它美丽的眼睛流出了清亮的泪水，楚楚可怜。我心里难过极了，对它说，你别哭，看着你哭，我心都碎了，你要我怎么做，我都听你的。它幽幽地说，我给你找了个很好的地方，只要你埋在那里，你就可以和我相见，我可以带你走遍千山万水，自由自在，再不会有人间的烦恼。然后，它带我去了一个地方，就在离小瀑布不远的一处林中空地，我知道那个地方，寻找白狐的时候，曾经在那里休息，还看到五彩的锦鸡在树上鸣叫。师傅，我走了，这次就再也不会给你添麻烦了，还有，这身僧袍就送给我吧，我都穿那么久了，你可能也不会要了。

　　说完，小蝶就离开了佛堂，扛着一把锄头，走出了山门，朝山林里走去，那时阳光还没有出来，天空蓝得深邃，山林里充满了露水的清甜味道，小蝶的白色回力鞋都被草叶间的露水打湿了。

　　慧能做完早课，肚子饿了。来到厨房，发现小蝶没有做早餐。还有两个冷馒头，慧能倒了杯开水，就着开水和萝卜干，啃着馒头。吃什么，怎么吃，都无关紧要，只是填饱肚子，维持肉身而已。啃完两个馒头，阳光已经开始照耀这片山地，阳光雨露，都是上天的恩赐。久没有下雨，菜地很容易干涸，挑起水桶，去给菜地浇水。每天早晚，都要给菜地浇水，否则他种的那些菜就会枯死。在庙的后面有个蓄水池，有一股山泉流下来，尽管长时间不下雨，泉水还是不断，山林的植被厚，可以蓄住水。慧能生活用水和浇菜地的水，都来源于这个蓄水池。给菜地浇水的时候，慧能还是想到了小蝶，知道她去了那个林中空地，却没有去找她的欲望。

　　慧能想，这个神经兮兮的姑娘，到了傍晚，一定会回来的。

时间像风一样拂去。太阳很快就落下了西山,夜幕降临之后,小蝶还没有回来。慧能来到小蝶住的禅房,发现被子铺得好好的,她用的东西都收拾进了背包,那个粉红色的背包放在房间的一角,背包上的那个灰色装死兔静静地挂在那里,无声无息。

慧能脸色凝重。

等到黑暗从四面八方漫上来,天上的星星一颗颗闪亮,小蝶还没有回来。慧能想了想,还是去寻找小蝶。慧能找出很久没有用的手电,走出山门,朝林子里走去。一路上,可以听到各种虫豸的鸣叫,也似乎可以听到万物生长的声音,还有他自己的脚步声。

手电光照到一条眼镜蛇,眼镜蛇盘在小径中间,仰着头,吐着信子,蛇的眼闪闪发亮。慧能心里没有惧怕,山上蛇多,他从没有怕过,蛇也没有伤害过他,他自然也不会去伤害这种灵物。慧能缓缓地弯下腰,将手电轻轻地放在地上,然后双手合十,喃喃地念叨着经文。不一会儿,那条眼镜蛇就溜进路边的草丛里去了。慧能捡起手电,继续往前走。

他来到了那小片的林中空地,发现这里被挖出了个长方形的半米多深的坑,挖坑的锄头放在坑的旁边,坑里躺着穿着黄色僧袍的小蝶,她的秀发放在鼓起的胸前,闭着双眼。看到她的胸部微微起伏,慧能就知道她还活着。

慧能说,姑娘,你为什么要这样?

小蝶说,我知道你会来。

慧能说,我要不来呢?

小蝶说,你不可能不来,不可能修炼到没有人性。

慧能说,你一直在等待我来,需要我为你做些什么?

小蝶说,把我埋起来就可以了,埋完我,你就功德圆满了,让我实现了愿望,可以去和白狐相会,从此无忧无虑。

慧能说,别傻了,灵蛇山根本就没有白狐。

223

小蝶说，我不傻，读书时，从小学到高中，在我们班，学习都是最好的，而且考上了名牌大学，在大学里，我也是最优秀的，我怎么可能傻。我心中有白狐，就像你心中有佛一样，都是信念的问题。

慧能说，没有可比性，我信佛和你相信有白狐的存在，完全不一样的。

小蝶说，你见过佛吗？

慧能说，佛在我心中。

小蝶说，这不妥了，白狐也在我心中。

慧能说，真的不一样，佛法无边。

小蝶说，一样，白狐就在山林的某个地方等着我，它也法力无边，否则怎么会出现在我的梦中，引导我千里迢迢来到这里？师傅，倘若你真的有慈悲心，就将我埋了吧，锄头就在那里，你只需要将我挖出的土填回坑里就可以了，最简单不过了。

慧能说，我不能活埋你，那样违背我的信仰，也是犯罪，我曾经犯过罪，我不能再踏进罪恶的河流。

小蝶说，看不出来你杀过人。

慧能说，那不是好事情，所以，我不会听你的话，活埋你。

小蝶说，就算我求你，埋了我吧，我听到白狐在召唤，它在等待我的到来，它会带我走遍千山万水，无忧无虑，自由自在，忘却尘世的一切烦恼。师傅，此时只有你能够帮我，我不可能自己埋了自己，将我埋了吧，就算做了一件功德。

慧能说，别说了，跟我回庙里去吧，明天我让人开车上山，带你离开这里。

小蝶尖叫道，不要，不要，我不要离开这里，不要离开白狐，求求你，将我埋了吧。

慧能叹了口气，你起来，我就在这里陪着你。

小蝶说，你要不埋了我，我在这里躺很久才能消失，你能一直陪着我吗。

慧能说，你要一直不起来，我就一直陪着你，直到你饿得受不了了，跟我回庙里吃东西，然后让你离开。

小蝶说，好吧，那你就陪着我吧，我有个小小的条件，不知道你能不能满足我。

慧能说，你说吧，只要我可以做到的，就答应你。

小蝶说，你吹的笛子很好听，我想听你的笛声，然后静静地闭上眼睛，等待和白狐的相见，可以吗？

慧能说，好，我答应你，你等等，我回庙里取笛子。

小蝶说，我等着你。

回庙里取笛子的路上，慧能想，等到天亮吧，叫张三凤上山，将她带走，无论怎么样，不能让她再待在灵蛇山了。他本想把她拖起来，强行带回庙里的，考虑到她是个姑娘，这样不妥。很快地，慧能取了笛子，回到了小蝶旁边。小蝶说，你去了很久呀，我以为你不会来了。慧能说，我答应过你回来的，不会变卦。

小蝶睁开眼睛，看到满天的星星，笛声响起后，她又闭上了眼睛，嘴角露出了丝笑意。笛声如泣如诉，悠扬凄婉，连星星听了也在落泪。慧能坐在那棵松树下，不停地吹笛，不知道过了多久，他的手自然垂下来，松开，笛子落在地上，他头一歪，靠在树上沉睡过去。鸟鸣声使山林喧闹起来，慧能睁开了眼睛，看到了微薄的曙光。清晨微凉，他环顾了一会儿四周，树木还在，林中空地的坑还在，那把挖坑的锄头也还在，坑旁边的新鲜红土还在，却不见了那个叫小蝶的姑娘。

慧能站起身，喊叫道，小蝶，小蝶——

没有人回应。

这是他第一次叫小蝶的名字，她却已经不见了踪影，难道是在他沉睡之际,白狐带走了小蝶?

或许小蝶也是个梦,是慧能在寂寞中的一个梦。

他离开了林中空地,那支竹笛遗落在了树下。

8

又是一个清晨,我从梦中醒来,我梦见了小蝶,尽管我没有见过她,但是从慧能的叙述中,内心中有了小蝶的形象,那形象是模糊的,不确定的,就像山野的迷雾。她在梦中站在我的床边,喃喃地对我说,你占据了我的床铺。她的声音不喜不悲,十分平静,就像慧能的语气。我伸出手,去摸她身上的僧袍,她刹那间就不见了。

我打开禅房的杉木门,看到了瓦蓝的天,没有迷雾,鸟叫声像这里的每个清晨,从四面八方传来。我深深地呼吸了口清甜的空气,顿时五脏六腑清澈通透。我看到了慧能。

他站在院落里等我,我们说好了,今天早上再去小瀑布的水潭边看白狐的。

我们一前一后走出了山门,进入了林中小径。慧能的脚步稳健,也走得很快,我跟在他后面,有些吃力。我说,慧能,你能不能慢点走?他头也不回地说,我怕走慢了,又看不到白狐了,昨天早上,说不定我们去的时候,白狐已经喝完水走了,所以我们等不到它。

你确定真的见到过白狐?

真的,怎会有假?

你第一次见到白狐是什么时候?

就在小蝶消失后不久。有天早上,我做完早课,听到山林里传来了笛声。我的笛子那天遗落在林中空地的树下,回去找也没有找到。听到笛声,我就寻声而去。笛声诱引我来到了林中空地,我没有发现任何东西,那个坑还在,我想哪天填上那个坑,每次看到那个坑,我就会想起小蝶,她到底去了哪里,是死是活,一无所知。笛声又在山林里响起来,好像笛声向小瀑布的方向移动,我就跟了过去,将要到达小瀑布时,笛声消失了。我在离小瀑布还有十几步远的地方,看到了那只白狐,它慢条斯理地在水潭边的浅水里喝水。像小蝶描述的梦境中的白狐一样,它有洁白如雪的皮毛,缎子般柔顺。我呆了,小蝶说的没错,真的有这样美丽的白狐,我屏住呼吸,不敢惊动它,默默地看它优雅地喝水,甚至不敢拿出手机来拍摄它,是的,每次见到它,我都不敢对它拍照。它喝完水,回头看了我一眼,那竖起的耳朵,嘴巴和鼻子,特别是那双眼睛,美丽得无与伦比,它的目光楚楚动人,摄人心魄。我呆呆地看着它离开,进入山林的草丛之中,消失在我的眼帘。

我不是很相信,你是不是被那个小蝶蛊惑了,其实根本就没有什么白狐,是你的幻想。

我不想和你辩解,一会儿你亲眼见到了就会明白我没有骗你。

你有没有在山林里找过小蝶。

找过了,可是我找遍了灵蛇山方圆几十公里的山林,都没有找到她的踪影。我也问过山下小镇上的人,还有附近山村里的人,都没有发现小蝶。我想她会回来取她的背包,从夏天到秋天,我都没有等到她,我给你看过那个粉红色背包,那的确是她的东西。有时我会想,某天她突然出现在山门口时,我会用什么样的表情迎接她。

我不相信她仅仅是因为对工作的厌倦来到灵蛇山寻找梦中的白狐,或者还有更大的隐情,比如情场的失意,比如受到了什么伤害,比如得了精神病……慧能,你说是不是?

你到底是个俗人,想得太多,我没有想那么多,相反,她的目的十分单纯，单纯得像一棵挂在草叶上的露珠，她就是做了那个梦，来寻找梦中的白狐，其他什么原因都没有，对工作的厌倦或许也是强加给自己的理由，因为她要说服自己，不仅仅是因为一个梦，放弃一切。

我们很快来到了小瀑布的水潭边，我们躲在老樟树后面，等待着白狐的到来。阳光金子般撒在水面上，波光潋滟。此时，时间已经过去了两个多小时，还是没有见到白狐的踪影。我们不得不离开，慧能平静地说，我们还是来晚了，明天要早点来，天没有亮就来等候，就能够看见白狐。我有点灰心，不像他那样充满了信心。我说，你到底见到过多少次白狐？慧能说，自从那天见到它，我几乎每天都来，都可以看见它，就在你来的那天早晨，我还去看过它，我和白狐都已经熟悉了，我走到它跟前，抚摸它柔滑的皮毛，它竟然没有躲避，它进入山林的草丛中后，还回头朝我张望，目光充满了温情。

我对慧能的话表示怀疑，根本就没有实证让我相信他的话，包括那个叫小蝶的姑娘，至于那个粉红色的背包和装死兔，也许是游客遗落在山野的东西。他兴冲冲地让我来灵蛇山，难道就是让我相信那些子虚乌有的事情。

回到寺庙，我们吃早餐，还是白开水、馒头和萝卜干。

我还是会想起老婆胡美丽。

她此时会和谁共进早餐，也许我不在家时，某个男人已经偷偷地住进了我的家里，我儿子住校，也不会发现什么。想到这里，我心惊肉跳，马上拨通了家里的电话。过了好大一会儿，胡美丽才接电话，她在电话里气急败坏地说，你不能让人好好睡个懒觉吗，平常上班那么辛苦，好不容易轮休，你就那么早打电话骚扰。听她的口气，身边没有人，而且可以感觉到她口中散发出来的隔夜浊气。我挂掉了电话。

慧能微笑地说，老洪，你是不是给老婆打电话查岗？

我说，查什么岗，就是想起来了，打个电话而已。

慧能说，你疑心很重，这样不好，很多事情，顺其自然就好，疑心重了容易出问题。况且，女人真要变心，你怎么也无法控制的。放开点，包括你目前的生意，亏点就亏点，没有什么大不了的，就是不做又怎么样，你们凡人就是想不开，总是觉得钱财有多么重要，你赚再多的钱，到头来也不是你的。

我的脸有点挂不住。

慧能继续说，人都要修行，才能解脱，摆脱世俗的纠缠。

我说，慧能，你修行了这么些年，还是摆脱不了内心的纠结，比如白狐，比如小蝶。

慧能笑了，你不懂我的心，怜悯之心，慈悲之心。

我说，好吧，我不懂你的心，我连自己的心也不懂，我有一颗狼心狗肺的心，无可救药。

慧能说，老洪，说这话就没有意思了，平静，平静。

就在这时，山门外传来一个人的叫唤，慧能师傅，慧能师傅，救救我，救救我——

9

我和慧能扔下没有啃完的馒头，走出了山门，看到张三风捂着头，满脸是血，跌跌撞撞地走上台阶，我没有看到他的白色轿车。我平常晕血，看到流血就会晕倒。我赶紧捂住了眼睛，不敢注视张三风从手指缝里流出的血。我折回庙里，躲进禅房。

慧能将张三风扶进了寺庙，让他在走廊的茶桌前坐下来。慧能找了块布撕开，给他的头包扎上。张三风哎哟哎哟地叫唤，我想起了那天晚上对他说的那句话，你也是个孬种，如果现在我出去对他说这句话，他会不会杀了我。

慧能说，这一刀砍得不算深，否则要命，到底发生了什么事情？

张三风的声音很响，嘶吼道，那王八蛋，吃软饭的家伙，说我嫖他老婆，我怎么可能去嫖他老婆？他老婆早就跑了，不晓得和谁跑了。我只听人说，他老婆在白水卖水果，我怎么会去嫖他老婆？慧能师傅，你知道的，我没日没夜拉客，赚口饭吃，有多不容易，我要养家糊口，上有老，下有小，怎么可能去嫖他老婆？他不分青红皂白，大清早就把我的车砸了，还用砍柴刀斫我，要不是我跑得快，我就被他砍死了。

慧能平静地说，不要激动，你越激动，血流得越快，止不住的，安静，安静。

张三风还在愤愤不平地说，我们镇子里，最没鸟用的就是他了，你晓得吗，他的小名叫什么？叫狗屎佬，就是说，这个人就是一堆臭狗屎，连臭狗屎都不如。就这样一个下三烂的货色，秀花嫁给他，简直是倒了大霉，我都替她不值。你看看，把我的车也砸了，还砍伤了我，这个仇我要不报，怎么有脸活在世上？

慧能说，乡里乡亲的，有什么话讲不清楚，不要冲动，冲动是魔鬼，做人还是要修行。

张三风说，慧能师傅，我容易吗，他把我的车砸了，他赔得起吗？我以后怎么拉客赚钱，我父母亲、老婆孩子谁来养？

说着，张三风号啕大哭起来。

我想起了那天夜里，从白水到灵蛇山的路上，他吹牛说到的那个摆水果摊的相好，心里就明白了许多。要是我发现老婆胡美丽和别的男人偷情，我会不会像秀花的老公那样刀劈情敌？我肯定做不到，可是，我会怎么样？我真没有想到过什么很好的办法。活着真的是很麻烦的，这时候，我对慧能还是十分佩服的，他可以放下很多俗事，这是他的本事，也是他的修为。

对于张三风的车被砸，人被砍，我并没有幸灾乐祸。我陷入了沉思之中，想到老婆胡美丽当初嫁给我的时候，生命是那么的丰盈，就像饱满的果实让我采摘，让我品尝，而后，在时光的流逝中，她渐渐地枯萎，变成现在这样一个脾气古怪的女人。我多么想回到从前，问题是，逝去的岁月永远不会再回来，一如流逝的水，不会倒流。胡美丽的生命从丰盈到枯萎的过程，我充当了什么样的角色，人虽然说总是会老去，但我加速了她的枯萎，想想这么多年，又有多少真实的爱和温情滋润她的生命，更多的是冷漠和折磨，还有自以为是的苛求。我想回去后，应该找她好好谈谈，如果她真的有人了，就给她自由，让她飞翔。对于她来说，我是个巨大的牢笼。想是这么想，要真这样，我能够做得到吗？天知道。到底我是个虚伪的胆小怕事之人。

张三风沉默后不久，我又听到有人进入了山门。

我打开窗户，看到一个高大黝黑的男子站在院落里，他手中握着砍柴刀的木柄。他举起砍柴刀，对坐在走廊上竹椅上的张三风说，王八蛋，你给老子说清楚，你做了什么见不得人的事情。张三风战战兢兢地站起来，躲在慧能后面。我很明白，这个高大黝黑的壮汉，就是秀花的老公，也就是张三风的情敌。

慧能说，狗屎佬，有什么事情好好说，赶紧放下刀，这里是什么地方，你应该清楚。

狗屎佬说，我当然清楚这是什么地方，你放心，我不会在菩萨面前砍他。

说着，狗屎佬将砍柴刀咣当一声扔到地上，继续说，张三风，你要是有种，就跪在菩萨面前发誓，你要没做见不得人的事情，我立马就走，你敢发誓吗？

慧能说，张三风，你就发个誓吧，给狗屎佬一个交代。

张三风看上去不是狗屎佬的敌手,颤声说,我发誓,我发誓。

他来到佛堂上,跪在蒲团上,哆哆嗦嗦地说,我发誓,我发誓,我要是和狗屎佬的老婆秀花有任何关系,就天打五雷轰,不得好死。

狗屎佬冷笑道,这都是你说的,你就等着天打五雷轰吧,今天我饶了你,以后再敢和秀花有什么瓜葛,你就等着瞧吧。

慧能打着圆场,好了,好了,张三风也发过毒誓了,狗屎佬你消消气,回去吧,回去吧。

狗屎佬扭头走出山门。

慧能快步走到院落,捡起地上的砍柴刀,砍柴刀上还有血迹,那是张三风的血。慧能追出山门,对正在下台阶的狗屎佬说,你的砍柴刀——

狗屎佬回过身,走上前,从他手中接过砍柴刀,然后走了。

看着他离去的背影,慧能若有所思。

狗屎佬走远后,张三风愤怒地说,以为我怕他,他狗屎佬算什么东西,君子报仇十年不晚,我总有一天要让他跪在我面前求饶。慧能说,好了,别嘴硬了,快下山去卫生院处理伤口吧,你看,伤口还往外渗血呢,最好打个破伤风针,千万不要出什么大问题。张三风压低了声音说,慧能师傅,你可以陪我去吗?慧能想了想,说,好吧,我陪你去,不过你放心,他不会再砍你了,出了人命,他也好不到哪里去。

张三风边往外走,边说,我那车怎么办,下午还要送个人去县城呢。

慧能说,处理完伤口,你再去修车吧,我想也不可能砸得稀巴烂吧。

张三风说,那倒是,就是砸坏了挡风玻璃。

慧能笑出了声。

10

  为了能够让我看到白狐，慧能凌晨四点就起来做早课。一夜我都没有睡，辗转反侧，胡思乱想。约摸凌晨五点钟的时候，我突然听到了笛声，那时山林里的鸟儿尚未苏醒，天也还一片漆黑，黎明前的黑暗。笛声幽怨，从山林里传来，打破了灵蛇山的寂静。

  我穿衣起床，走出了禅房。

  慧能已经停止了早课，站在佛堂门口，往黑漆漆的山林里眺望。见我出来，他淡淡地说，你听到笛声了？我说，听到了，这不，现在还在响呢。慧能拿着手电说，那我们走吧。我说，走吧。

  他走在前面，让我紧跟着，可以借着手电光看清脚下的道路。笛声从小瀑布那个方向传来，我们寻声而去。他说，我没有骗你吧，我当时也是听到笛声，才看到白狐的，白狐一定在那里等着我们。我说，我有点相信了。笛声相当神秘，要不是慧能在，我独自一人在大山里听到这缥缈的笛声，非吓得发抖不可。

  在行走的过程中，我突然问了慧能一个问题，你还会想你老婆孩子吗？

  他反问道，你说呢？

  我说，不知道，我要知道，就不会问你了。

  慧能说，在监狱里的头些年，每晚睡觉前，拿出我们一家人的合影，看得眼睛出火，火烤得眼睛落泪。思念是一把刀子，剐着心，一刀一刀剐，心被剐没了。老婆最后一次来探监，看到她深陷的眼窝和凸起的颧骨，我不敢直视她的眼睛，她眼睛里有怨恨，有悲凉，还有一丝怜悯，我们什么话也没有说，末了，她递过来一份离婚协议，我看都没看就签了字。她从我的桎梏中解放了，而我陷入了深深的绝望，一切变得无意义。婚姻是什么，就是捆绑在一起，相互折磨，直到体无完肤。我轻生过，死过一回后，我就试图体谅和同情她和可怜的儿子。有天晚上，我梦到了她。她站在我面前，起初是流泪，泪水从她深陷的眼窝中流出。渐渐地，她的泪水变成了血水，她的双眼是两口泉眼，咕嘟咕嘟涌出血水。最后，血流干了，眼珠子也不见了，从那两个窟窿里，流出的是细细的沙子，沙子慢慢地淹没了她枯槁的身体，一阵狂风吹过，沙子漫天飞扬，她的身体消失了，又一阵狂风吹过，就什么也没有了。我后来也没有了泪水，眼中流出的也是细沙，我就不再有思念，也无情无义了。情义都是牵绊，都是痛苦的缘由，我不要了，扬弃了。我不会在乎他们活得怎么样，每个人都有生存的路径，不必担忧，也不必牵挂。

我无言以对。

笛声还在继续，黑暗中的山林里，隐藏着我深深的恐惧，我无法像慧能那样超脱，这是我的局限性，倘若我老婆胡美丽某天眼睛里流出泪，又流出血，然后流出细细的沙子……我不知道会如何的心碎，假如哪天，我的眼中也流出泪，流出血，流出沙子，一阵狂风将我物化成沙子的身体吹得无影无踪，那也是很悲凉的事情，尽管一切最终也要雨打风吹去。

或者，那只白狐是真实的存在，就像穿破黑暗的笛声穿透我的头颅。

而那个叫小蝶的姑娘也是真实的，她就在这个世界存在着，在自由飞翔，她长出了翅膀，最起码是在心灵中长出了翅膀。而我突然想，慧能见到的那只白狐，就是小蝶的化身，小蝶是白狐，白狐就是小蝶。我突然不想去看白狐了，我产生了逃离灵蛇山念头，马上回到家里去，阻止胡美丽的沙化，也阻止自己被沙化，对于我这样一个俗人而言，失去感情和爱，无异于失去生命，我不要来世，只要今生，哪怕死后下地狱，永不超生。

不过，我还是没有马上逃离。

我紧紧地跟在慧能身后，走向山林深处。快走到小瀑布边上的时候，笛声消失了，天色有了些许的亮光，长夜很长，毕竟会有曙光来临。慧能突然停住了脚步，手电光照在水潭边上，他的声音微微颤抖，洪先生，你看到了吗，白狐？我的目光投射过去，我什么也没有看到，我看到的是一块白色的石头，第一次来到这里，我也见到过这块白色的石头。

　　慧能继续说，你看，它的皮毛多么的漂亮，雪一样白，多么柔软，它在喝水呢，别惊扰它，它喝完水，会回过头，到时你可以看到它美丽的耳朵，精美的嘴巴和鼻子，最动人的是它琥珀般的眼睛，含情脉脉。洪先生，你看到了吗？

　　我的眼睛里情不自禁地流出了滚烫的泪水。

　　我喃喃地说，我看到了，慧能，那真是一只美丽的白狐。

2017年11月9日完稿于福建长汀丁屋岭

（发表于《大益文学》2018年第6辑）

李响翻开本子,抑扬顿挫地读了起来:
朱雀儿是个女人
也是朱记饭馆的老板
这个老板很小
世上任何一个老板都比她大
却没有哪个老板有她善良
她的善良将冰雪融化
将火山熄灭
朱雀儿,朱雀儿
她不是只飞翔的鸟
她是个活生生的女人
没有人比她更好
没有人比她更美
她目光中流淌着蜜
我品味到了世间的甜
……

苍蝇

第一部　蓝色蝴蝶

1

　　一只苍蝇嗡嗡飞舞，李响咬着牙，手拿苍蝇拍，眼珠子死死盯着它，恶狠狠地拍了几下，也没有将它拍死。朱雀儿白了他一眼，夺过苍蝇拍，一下就将神气活现的苍蝇拍死在桌子上。

　　苍蝇拍拍在李响头上，朱雀儿骂了声，没用的东西。

　　李响大声叫唤，臭婆娘，下手狠咧，咱又不是苍蝇。

　　朱雀儿又举起了苍蝇拍，呸，你还不如苍蝇呢。

　　李响躲过一拍，跑出门去了。张秃子和王海英坐在那里嗑瓜子，边嗑边乐。朱雀儿怒，你们也不是好东西，海英，还不去擦桌子，客人来了，看到桌上的死苍蝇，还不恶心死？王海英赶紧站起来，拿了抹布去擦桌子。张秃子继续嗑瓜子，油光发亮的脸肤浅而又得意。朱雀儿阴沉着脸，走到张秃子面前，苍蝇拍在桌子上拍了两下，死秃子，你又嘲笑我。张秃子吐出瓜子皮，笑了笑，老板娘，我哪敢嘲笑你，我巴结你都来不及，来，来，我嗑瓜子喂你吃。朱雀儿噗嗤一笑，去你的。

　　王海英酸溜溜地说，秃子师傅，你就对老板娘好。

　　张秃子摆了摆手，低声说，丫头，别让门外的听见了，他会吃醋的，你没发现他心眼比针尖还小。

　　朱雀儿提高声调，就是要他听见，吃着锅里的，还看着碗里的，满肚子花花肠子，迟早哪天，我要休了这个没良心的东西。张秃子站起身，拍了拍手，时候不早了，我得去厨房忙活了。王海英也跟他进了厨房。李响走进来，对朱雀儿说，我得去参加诗会了，有什么事情打我电话，小饭馆就交给你了。朱雀儿冷冷地说，滚吧，反正饭馆也不是你的，你爱到哪里去就滚去哪里，老娘也没指望你。

李响戴上一顶绣着英文字母 SBS 的黄色网球帽，出门去了。

朱雀儿一屁股坐在椅子上，长长地叹了一口气，目光有些茫然。不一会儿，又一只苍蝇嗡嗡地飞舞起来。她拿起苍蝇拍的手无力地放下来，嘴里嘀咕了一声什么。

2

李响挤上 21 路公共汽车，一个女人的脸靠近胸前，她身上的香水味浓郁，他贪婪地深呼吸，有点昏眩。他不敢低头，怕看到女人的脸，四肢僵硬，心里却波涛汹涌，女人的身体是团火。公共汽车开动或者停住，女人的脸会贴住他的胸膛，火就在胸膛燃烧。他高出女人一个头，看不清她的脸，脑海里却对她充满了美妙的想象，以至于忘情地闭上了眼，陶醉在香水味中。突然，李响干瘦的脸上挨了重重的一巴掌，听到女人清脆的骂声，流氓。李响睁开眼，低头，看到她那肥嘟嘟而又愤怒的脸。他觉得无辜，我怎么流氓了？女人仰着脸，眼睛冒火，你摸我的胸。李响的右手抓着吊环，左手刚好垂在她胸前，也许无意中碰到了她的奶子，那对奶子鼓鼓囊囊，呼之欲出。他笑了笑，对不起。女人转过了脸，没再搭理他，他的脸还有点痛。旁边一个男人恶狠狠地瞪他，李响不敢和他对视，很多时候，李响是个胆小鬼。

跳下公共汽车，有风吹来，顿觉无拘无束的凉爽，李响这时才发现身上皱巴巴的白衬衫已经湿透了。他走进街边小巷。沿着小巷，往里走了两百米左右，他站在一座老宅的大门口，看了看门牌，自言自语道：青云巷十八号，没错，就是这里。大门是虚掩的,他没有马上推门进入,而是弓着腰,从门缝往里面窥视。这时,有脚步声传来。李响侧过脸,看到了公共汽车上那个女人,香水味朝他扑面而来。李响看清了她的穿着打扮,红色薄纱短袖无领上衣,黑色乳罩十分抢眼,白色超短热裤将丰腴的臀部包得紧实,热裤边缘在大腿根部勒出一道沟痕。她踩着红色半高跟皮凉鞋,一挺一挺地走过来,胸前的两坨肉抖动着。

李响感觉她的皮肤很白,牛奶那样白。

她走到老宅门前,停住了脚步。

李响奇怪,她怎么也会来这里?女人也没有推门进去,而是从小皮包里掏出手机。她打电话时,背对着他,她的头发乌黑,扎着马尾辫,李响有伸出手去摸马尾辫的冲动。她打完电话后,李响也想打个电话,刚刚从裤兜里掏出手机,古旧的杉木门吱呀一声开了。一个又矮又瘦的男子探出头来,头圆圆的,光头,像个球,眼睛贼亮。

李响笑着说:丁阳光,我正要给你电话呢,你就出来了,真是我的好兄弟。

丁阳光走出门,嘿嘿一笑,等你半天了,才来。李响说,我哪敢怠慢,接到你的电话,我马上就赶过来了,我那里是郊区,有点远。丁阳光说,来了就好,来了就好。李响说,那我们进去吧。

丁阳光撇下他,走到女人面前,章燕,走,进去。

李响心里一沉,敢情他是来接这个女人的,脸上笑容消失。丁阳光瞥了他一眼,满脸堆笑,李响兄,来,给你介绍一下,这是我朋友章燕。他又将李响介绍给她,这是李响兄,诗人,饭馆老板。李响和章燕都没有提起公共汽车上的事情,相互笑了笑。

丁阳光领他们进入老宅。

进门是个四四方方的院子,各种各样的盆景和花。院子两边是厢房,走过院子中间鹅卵石铺成的过道,就进入了老宅的厅堂。厅堂里坐满了人，一个大胡子长头发的中年男子，站在前面朗诵诗歌。丁阳光引导章燕到前面坐去了，他给她留好了位子。李响有自知之明，没有跟过去，在一个角落里找到空椅子，坐了下来，旁边的人都不认识他，冷冷地投来怪异目光。坐下来后，心里踏实了些，伸长脖子，目不转睛地注视着朗诵者，认真地听着那些在他看来精彩的诗句，苍白瘦削的脸上充满了温暖的微笑。李响知道这个大胡子是A市最有名的诗人之一，叫绿风，听过绿风两次诗朗诵，他总是充满了激情，而目光是那么忧郁，像个孩子。

　　他微笑地轻轻地重复着绿风朗诵的诗句，"我是西风带的信天翁，掠过狂风巨浪的海面，不是为了追寻梦想，一生注定不倦飞翔……"

　　前面满脸雀斑的女人回过头，低声说，别说话好吗？你要是觉得自己牛逼，一会儿上去朗诵。李响像吞了只苍蝇，恶心极了，但不敢发作，只是点了点头。在座的，大都是A市有头有脸的诗人或艺术家，李响明白，在这些人面前，自己什么也不是，丁阳光能带他到这种场合，是抬举他了。坏情绪很快过去，上场朗诵诗歌的诗人都是他喜爱的，他们的诗歌深深打动了他。他一直幻想，能够像他们一样潇洒活着，写出动人的诗歌，在著名刊物上发表，出版诗集，被粉丝拥戴。

　　这场消夏诗歌朗诵会从下午到晚上，诗人们轮番登场，每个登场的诗人，都获得了如潮的掌声，李响对掌声如潮，也有贡献，他的手掌都拍肿了。诗歌朗诵会快结束时，丁阳光找到了他说，李兄，有新写的诗吗？李响说，没有，最近饭馆生意好，没空写诗。丁阳光说，你再忙也得写诗呀，看看，错过了多么好的一个机会，本来我想推荐你上去朗诵诗歌的，你没诗，只好作罢。李响也觉得十分遗憾，这样名家云集的时机真的不多，而且有刊物编辑、新闻记者，要是被他们看上，就多了出名的机会。李响后悔闲暇之际，老是在小饭馆里打苍蝇，浪费了多少宝贵时间哪。

诗歌朗诵会结束后，摆上了一碟碟凉菜和点心，还有威士忌、红葡萄酒、白葡萄酒、啤酒、可乐等酒水饮料。酒会开始后，气氛热闹起来。三三两两凑在一起，喝酒吃东西，大声或低声地谈论什么，有时某个区域爆出一阵大笑，大家的目光被吸引过去，随即另外一个区域传来争吵的声音，大家的目光又被吸引过去，时间一长，此起彼伏的吵闹声变得平常，吸引不了大家的眼光了。只有李响一个人置身事外，这里的喧闹和他无关，他只是个陌生人，静静地待在角落里，拿着一听啤酒，独自嘬饮。其他酒他都喝不习惯，他更喜欢的是烈性白酒，可是这里没有，就是有，也没有人陪他喝。他喝的是啤酒，其实喝的是孤独和寂寞。

他的目光在搜寻丁阳光，丁阳光好像消失了，还有那个牛奶一样白的胖女人。在这么多人里，只有丁阳光和他最熟悉。丁阳光也是外地人，不过，他比李响高级一些，是家建材公司的部门经理，还办了份民间诗刊。丁阳光在网上诗歌论坛上发现了李响的诗，并且选了首发在他的民间诗刊上，他们就认识了。丁阳光带他参加了多次小型诗会，这次是最大的一次。每一次，李响都受宠若惊，但在那些小型诗会里，没什么名人，他也算个人物，丁阳光会使劲夸他，那顶网球帽，就是丁阳光在一次天花乱坠的夸赞之后送给他的，仿佛给他加冕。

3

那个叫无花的女诗人显然喝多了。无花可以说是这里最漂亮的女子，披肩长发，脸蛋秀美，身材苗条，穿着性感的露肩低胸白色礼服。她也是这场诗歌朗诵会的主持。无花人长得美丽，诗歌也写得好，上天是多么眷顾她。问题是，她贪酒，每喝必多。她宛若这个诗会最明亮的星辰,除李响之外,每个人都去向她敬酒,无花来者不拒,一杯又一杯,她喝的是威士忌,碰杯即干。李响也产生过去敬酒的念头,这个念头被自卑打消了,只是观望,脑子里想入非非。

喝多酒的无花,和主持诗歌朗诵会时的无花,判若两人。

那妩媚、矜持和得体,被酒精烧得荡然无存。她喝醉后,搂抱着大胡子绿风,旁若无人地接吻,绿风也不顾忌,吻得死去活来。大家嘻嘻哈哈,怀着各种心态观赏他们的入骨表演。李响站起来,踮起脚尖,伸长脖子,好奇地看着,生怕漏掉一个小细节。他以为无花和绿风是情侣,其实不是这样,无花是醉了,绿风是趁火打劫。紧接着,无花推开绿风,哈哈大笑,笑毕,扑向旁边戴眼镜的年轻人,那年轻人赶紧躲开。无花醉眼迷离地说,来,来,尝尝我的舌头,比蜜还甜。眼镜脸红耳赤,躲到后面去了。无花逮住另外一个男子,又亲吻起来,这个男子半推半就,两张嘴还是凑到一起。

李响心想,她要是来吻我,该如何是好?

这时,有些人嘀咕着离开了,特别是那些年纪比较大的女人,她们无法接受无花的醉态。无花亲吻完一个,又换一个,场景有些凌乱。很多探索和争论实际上已经终止。无花完全成为了主角,今夜,她是女王。她每亲一个男人,众人就围着他们起哄。

李响还是没有发现丁阳光和章燕,丁阳光是极爱凑热闹之人,这样的场合少了他,真是不可思议。他想象着矮小的丁阳光要是和无花接吻,那是什么样的情形,无花比他高出一个头,怎么也够不着,除非无花弯下腰。想想好笑,李响突然笑出了声。无花出现在他面前时,李响的笑容凝固了。他不敢和她对视,目光落在她半裸露的酥胸上,发现无花左乳上有块刺青,那是栩栩如生的蓝色蝴蝶。无花写过一首《蓝色蝴蝶》的长诗,他读过,记得这样的诗句：黑夜是白昼的坟墓，蓝色蝴蝶在沉睡，微微的呼吸，扇动着阳光的梦想。

无花紧紧地抱住了他。

当她的嘴唇贴近他的嘴唇时，绿风粗暴地拉开了无花。无花大声说，不要管我，我要他尝尝我的舌头，我的舌头比蜜还甜。绿风没有理她，凌厉的目光审视着李响，你是谁？你是怎么进来的？李响十分窘迫，不知如何回答。无花又要扑上来，一个男子抱住了她。绿风又问，你到底是谁？是怎么进来的？

李响无地自容，脑海一片昏糊。

绿风突然吼叫，滚出去，这不是你来的地方。

有人说，就是，诗人聚会还有混白食的，又不是喜宴。

李响沮丧到了极点，默默地离开现场，朝门外走去。他听到绿风在后面大声说，好了，好了，大家不要因为一只苍蝇影响情绪，继续喝酒狂欢，尽兴，尽兴。李响真想回过头，痛骂一声，他没有这样做，还是默默地走出了老宅的大门。一阵热风吹过来，他感到彻骨的寒冷，这是盛夏之夜。

尽管受到了绿风的羞辱，他还是很快平复了心情，无花左乳上的蓝色蝴蝶，是今夜对他最大的安慰。

4

走到巷子口，李响看到了丁阳光，他和章燕手拉着手，正要往巷子里走。见到李响，他们的手松开了，章燕低下头，看着自己的脚尖。丁阳光好像什么事情都没有发生过，一本正经地说，李兄，你怎么出来了？我正要回去找你呢。李响苦笑道，以后不要带我到这些上等人来的地方了。丁阳光觉得不妙，发生什么事情了？李响说，没什么，没什么。丁阳光拍了拍小胸脯，李兄，有什么事情对我讲，我给你出头，没什么了不起的，别看他们人模狗样，还不是要吃饭拉屎。李响说，真的没什么？丁阳光说，那好吧，晚上也没吃什么，我们找个地方吃饭去。李响说，要是你们不嫌远，就到我饭馆去吃吧。丁阳光笑了笑，太好了，我最喜欢吃你们店里的猪头肉了，你们等我，我去停车场开车。

章燕和他保持两步的距离。

章燕说，李哥，下午对不起呀。

李响笑笑，我都忘了。

章燕说，可我心里还是过意不去。

李响说，忘了吧，不好的事情就该马上忘掉，否则会毒害自己。

章燕说，李哥明白人。

李响说，其实是个糊涂蛋。

一辆老式桑塔纳停在路边，丁阳光在车里朝李响和章燕招手，快上车，快上车。章燕坐在副驾驶位置，李响坐在左后座上。李响闻到一股腥臊的味道，这种味道十分熟悉，他和朱雀儿就经常在那简陋的出租屋制造这种怪味。他看到了章燕白生生的大腿，咽了口口水。章燕在和丁阳光说话，李响闭上了眼睛，脑海里，章燕的大腿和无花文着蓝色蝴蝶的乳房重叠在一起，然后分开，分开后又重叠在一起。

章燕说，丁阳光，你开这样的车不寒酸呀，都破成这样了，我担心座椅会突然掉在马路上，那我就死定了。

丁阳光笑着说，你想象力还挺丰富的，放心吧，这车还结实着呢，再开个两三年没有问题，别看车破旧，性能还好得很。我不是买不起新车，觉得没有必要，车只是代步的工具，要那么好干什么。

章燕白了他一眼，在他手臂上拧了一下，没见过像你这样的人,开着一辆报废车满大街乱跑。

丁阳光说,说话就说话,别掐我,没看我在开车吗?要是撞车了,你我都得死,死了就连我这破车也坐不上了。

章燕不说话了,手轻轻地抚摸自己的大腿。李响睁开眼,就看到她肥嘟嘟的手在大腿上游动。他又吞咽了口口水,脸转向车窗外面,城市的灯红酒绿突然陌生起来,想起家乡柳村,此时在满天的繁星之下沉睡,安静得让人迷醉。章燕回过头,李哥,你觉得热吗?李响的衬衫早已被汗水浸透,但他还是说,还好,还好。章燕说,我都热死了,破车的空调吹出来的都是热风。丁阳光关掉了空调,把窗门摇下来,吹吹自然风会舒服些。

一个多小时后,他们来到了小饭馆。这条城市边缘的街道两边,正在进行改造,成片的老房子已经拆掉,或准备拆迁,有些区域已经是建筑工地,很多高楼大厦将要在这里崛起。小饭馆是个平房,不会那么快拆掉,来这里吃饭的人,大都是小工头和一些民工。此时,已经是晚上十一点多了,这条白天里尘土飞扬的街道,已经十分寂静。

小饭馆的门还开着。

进入小饭馆前,章燕看了看冷冷清清行人稀少的街道,心里没谱,现在还有吃的吗?丁阳光说,李兄在这里,有什么好怀疑的。李响笑笑,再晚也有你们吃的,放心吧。

李响领着他们走进小饭馆。朱雀儿趴在桌子上睡着了,发出一长一短有节奏的鼾声,两只苍蝇在她油乎乎的头发上飞来飞去,她手上还攥着苍蝇拍。小饭馆里就朱雀儿一人,厨师张秃子和服务员王海英已经下班走了。李响推了推朱雀儿的肩膀,说,起来,起来,来客人了。朱雀儿抬起头,满脸是汗,睡眼惺忪地说,什么客人?李响说,是丁阳光兄弟来了。朱雀儿清醒过来,擦了擦头脸上的汗,丁兄弟来了,坐,坐。丁阳光说,嫂嫂别客气。她的目光落在章燕脸上，停留了半秒钟，笑了笑问，这位是？李响知道她心里想的是什么，赶紧说，章燕，是丁兄弟的朋友。丁阳光也说，对，对，章燕是我朋友。章燕脸红了，叫了声，嫂嫂。朱雀儿脸上出现了笑容，坐，坐，来的都是客。李响赔着笑脸说，雀儿，去弄几个菜，我们喝点。朱雀儿说，好，好，你们先坐，李响，给客人倒茶，还有，把空调打开，热。

李响跟着朱雀儿进了厨房，朱雀儿瞪着眼，踹了他一脚，狗日的，又带人来白吃白喝，你以为你是谁呀？李响扑过去，抱着她，最后一次，最后一次。朱雀儿推开他：滚出去，看到你就烦。

5

朱雀儿切了盘卤猪头肉，炒了份酸菜猪大肠，炸了碗花生米，外加一个紫菜蛋花汤，他们就吃喝起来。朱雀儿拿着苍蝇拍，坐在一边，看着他们吃喝。丁阳光夹起一段猪大肠，放进嘴巴，使劲地咀嚼，吞下去后说，嫂嫂，味道好极了。朱雀儿笑着说，张师傅回去睡觉了，我瞎炒的，你们对付着吃，以后早点来，张师傅做的菜才好吃。丁阳光说，嫂嫂的手艺不会比张师傅差。朱雀儿脸上开出了花朵，你嘴巴真甜。

李响夹了块猪头肉，放进章燕碗里，尝尝，很好吃的。章燕说，谢谢。丁阳光说，章燕，真的好吃。旁边的朱雀儿瞟了章燕一眼，嘴角露出一丝莫测的笑意。他们喝的是二锅头。李响说，喝二锅头得劲，什么洋酒都不好喝。丁阳光附和他，还是国产白酒好喝。章燕开始有些矜持，架不住丁阳光的劝，也喝起来。三个人喝酒，一瓶二锅头很快见了底。喝完第二瓶时，李响的眼睛红了，丁阳光说话也飘了，章燕的脸很红，却十分清醒，看来她是个酒国女英雄。李响吩咐朱雀儿，再来一瓶。朱雀儿说，别喝了，酒喝多了伤身体。李响提高了声音，让你拿就去拿，啰嗦什么？朱雀儿忍住怒火，拿来了酒。

朱雀儿追赶着一只苍蝇，不停地拍，喝酒的人仿佛觉得她不存在。

李响大声说，丁兄弟，以后那么高大上的诗会就不要叫我去了，我丢不起那个人。

丁阳光说，到底怎么了？

李响将事情的原委怒气冲冲地说了一遍。

丁阳光拍了拍光头，叹了口气说，都怪我，和章燕去办个事情离开了会儿，我要在，这种事情绝对不会发生。我和绿风说过你的，本想将你介绍给他的，你来晚了。那老宅是绿风租下来的，这些年，他做生意，赚了不少钱，早就想搞个诗院，这老宅就是用来做诗院的，以后还会有很多活动。绿风不是心胸狭窄的人，可能他喝多了，问题是他真的不认识你，李兄要谅解。下次去，我要好好将你介绍给他。来，干一杯，喝完这杯酒，这一页就翻过去了，李兄不要计较了。

他们干了杯酒。

章燕说，李哥，你不是说要学会忘记吗，忘了这事吧。

李响大声说，忘记。

这时，从外面走进来一个黑乎乎的精壮汉子，提着黑皮包，穿着短袖白衬衫。他大大咧咧地说，看店门开着，就进来了，出去办事，肚子饿了，还有吃的吗？朱雀儿停止了拍打苍蝇，笑脸相迎，哟，是宋老板呀，请坐，本来都打烊了，您来了，怎么也得给你弄点吃的。他说，走，到厨房看看，有什么东西。朱雀儿扭着屁股，带他进厨房去了。

李响说，这人叫宋建明，不是什么老板，是前面那个建筑工地的包工头，常来这里吃饭，都熟了，别管他，丁兄弟，你继续讲无

249

花的事情。

丁阳光清了清嗓子说：无花也挺可怜的，前些年，跟了个有钱人，那孙子不把她当人，总是家暴，最后离婚，一直一个人过。她很少喝酒，但是喝起来就不要命，醉了后喜欢闹……

宋建明要了盘猪头肉和两瓶啤酒，自顾自地喝起来，偶尔往他们这边瞟一眼，其实他是在看章燕，章燕也瞥了他一眼，两人的眼光相碰，都躲闪开去。宋建明说，老板娘，来，陪我喝一杯。朱雀儿笑着拿过一个杯子，倒满啤酒，说，干了。宋建明说，行啊你，没看出来你会喝酒。朱雀儿说，也就是两杯啤酒的量。宋建明说，我不相信。朱雀儿说，真的，你看，脸马上红了。宋建明低声说，脸红后更好看。朱雀儿脸真红了，去你的。宋建明又瞥了一眼章燕，喝下一杯酒。朱雀儿说，看上人家了？宋建明说，别乱说，会挨打的。

6

丁阳光喝多了，像一摊烂泥，赖在地上。李响也喝得晕晕乎乎的。章燕竟然没有喝多，帮丁阳光叫了个代驾。代驾来了，宋建明和章燕一起将丁阳光扶出去，塞进车里。宋建明和章燕说了一会儿话，相互拿出手机，加了微信，然后章燕上了车，车就开走了。这一切，朱雀儿都看在眼里。宋建明没有再进小饭馆，只是站在门口说，老板娘，我回去睡觉了，记上账。朱雀儿说：走好。

关了空调、电灯，锁好门，他们朝不远处的出租屋走去。朱雀儿走在前面，李响跟跟跄跄跟在后面。不知从哪里冒出条流浪狗，追着李响走。李响不时地朝渐行渐远的朱雀儿叫唤，等等我，别走那么快。朱雀儿根本就没有理他，只顾自己走路，越走越快。

走了一段路，李响抱着路边的一棵香樟树，汹涌地呕吐。他吐得天翻地覆，连整个胃都快吐出来了。朱雀儿没有回来，已经不见了踪影。流浪狗站在一边，看着他吐出的那摊秽物。吐完，李响干瘦的身体靠在树上，大口喘息。流浪狗试探着走到他跟前，小心翼翼地舔食，见李响没有驱赶它，就狼吞虎咽起来，不一会儿，就将李响吐出的东西吃得干干净净。

流浪狗摇摇晃晃地走了，一副醉态。

李响有些清醒，看着摇摇晃晃的流浪狗，爆出一阵声嘶力竭的大笑。

他眼前仿佛有只蓝色蝴蝶在飞舞。

第二部　粗糙的温柔

1

如果不是朱雀儿收留李响，他也是一条无家可归的流浪狗。朱雀儿是在街上将李响捡回来的。一年前的某个雨天，朱雀儿在菜市场买完菜，蹬着三轮车回小饭馆的路上，碰到了失魂落魄的李响。当时他站在那座小拱桥上，望着小河沟里发绿的臭水，苦思冥想。小桥的坡度有点陡，朱雀儿骑车上坡十分吃力，双脚用力，脸憋得通红。李响看到了朱雀儿，迟疑了会儿，就跑过去，帮着她将三轮车推上了坡。朱雀儿见他蓬头垢面的样子，问道，你从哪里来？李响说，很远的地方。朱雀儿了解到，他来 A 市已经一个多月了，没有找到事情做，流落街头，并且已经两天没吃东西了，就爽快地将他带回了小饭馆。朱雀儿吩咐张秃子给李响做碗面条。张秃子狐疑地看着朱雀儿，他是谁？朱雀儿说，让你去就去，啰嗦什么？张秃子不屑的目光从头到脚打量了遍李响，很不情愿地走进了厨房。他对搬菜进来的王海英说，朱雀儿是不是疯了，领个要饭的回来？王海英说，这和你有什么关系？张秃子无语。王海英笑了，我懂的，你喜欢朱雀儿。张秃子挥了挥手中的勺子，脸色阴沉，滚一边去。李响一连吃了三碗大排面，还没有吃饱。张秃子罢工了，不再给他下面条了，气呼呼地嗑瓜子。朱雀儿也没再强求他。无论如何，李响还是吃了三碗面，精神也好起来，离开了小饭馆。他走后，朱雀儿说，这人挺可怜的，谁没有个困难的时候，不就是几碗面吗，吃不穷我。张秃子没好气地说，饭馆是你的，你就是叫全世界要饭的都来吃，我都无所谓，饭馆关门也没关系，想要我去的人多咧。朱雀儿说，好啦，大男人小肚鸡肠，丢人。

那天夜里，小饭馆打烊后，张秃子和王海英走后，朱雀儿锁好门，正要回出租屋，发现李响蹲在不远处的一棵香樟树下，可怜兮兮地望着她。朱雀儿动了恻隐之心，走过去说，这一天你还是没有找到落脚处？李响站起来，吞吞吐吐地说，没，没有。朱雀儿叹了口气，这样也不是个事，你先到我饭馆待一夜吧。朱雀儿打开门，说，你把桌子拼起来，可以睡，厕所可以洗澡，明天一早我们要卖早点，你早点起来收拾好。李响说，你不怕我偷走你饭馆里的东西？朱雀儿笑笑，你把这里所有的东西搬走好了，反正值不了几个钱。李响感激，谢谢你，你是好人。朱雀儿说，人是好人，就是没好命。好了，不和你多说了，我很累了，该回去睡觉了。

朱雀儿走后，李响站在小饭馆里，突然哈哈大笑，笑得热泪横流。然后坐下来，呆呆地看着墙上的菜单。过了很久，他才在寂静中站起身，脱掉身上的脏衣服，去厕所里洗澡。厕所里没有淋浴，找来个塑料桶，接了水，洗将起来。擦干身上的水，光着身子走出来，从背包里翻出干净的衣服穿上。他又从背包里摸出把塑料梳子，回到厕所，对着镜子梳头，头发都打结了，好不容易才梳好，看看，有了人样。这让他有了活下去的信心，想起那个月明星疏的深夜，他躺在铁轨上想死的情景，内心羞愧。他不是海子，死了也不会有人知道他是谁,不值。这一夜,他都没有合眼。几只苍蝇飞来飞去,嗡嗡作响,躺在桌子上,头枕着背包,睁着眼睛,苍蝇也是美好的,在这个夜晚,是他最好的伙伴。他想起了父亲,那是个脾气暴躁老头,一生在田野里脸朝黄土背朝天,他像所有的农民父亲那样,希望自己的儿子出人头地。李响并没有如父亲的愿,高中毕业后,没考上大学,神神叨叨,在村里游荡,也不好好干活。很快李响就成了柳村好吃懒做的代名词,他不管村人背后的议论和指点,觉得这些俗人根本就无法理解自己。他不停地写诗,写诗是他唯一喜欢做的事情。父亲常常对他忍无可忍,三番五次将他赶出家门。每次被赶出家门,父亲都不知道他跑哪里去了,不过,几天后,他又会出现在柳村。最后一次被父亲赶出家门,是因为那一场暴雨。父亲去镇上赶集,临走前吩咐他,家门口的晒谷坪里晒着谷子,如果下雨,要收起来,李响答应了父亲。突如其来的暴雨并没有惊醒在卧房里写诗的李响,等他想起来晒谷坪里的谷子,已经晚了,那两石谷子已经被雨水冲到水沟里去了。父亲回来,气炸了肺,抄起扁担朝他劈头盖脸地抡过来,挨了几下扁担,李响夺路而逃。父亲跳着脚怒吼,你这个没用的东西,再滚回来,就打死你,老子白养了你。李响来到城里,找到了中学同学孙小雷。孙小雷在县文联工作,也是县刊的编辑,发表过李响的诗作。他很同情李响,三十多岁的人,连个老婆都没有,还坚持写诗。在孙小雷家住了几天,孙小雷老婆不高兴了,说家里又不是收容所,也不是旅馆,埋怨丈夫,要他让李响走。孙小雷叫了几个文友,找了个饭馆,请李响喝酒。酒席间,孙小雷和文友们都劝李响走出去,说他诗歌写得不错,待在这山区小地方,十分可惜,也许走出去大有作为。李响清楚孙小雷的用意,心里也觉得对不住他,是该走了,家是不能回了,不能再让父亲看扁了,于是就硬着头皮决定出去闯荡,尽管内心对外面的世界充满了恐惧和不安。大家凑了几百块钱给他，孙小雷也算仗义，还给他买了件白衬衫。离开小城时，下着雨，孙小雷和文友们来给他送行，长途汽车开动时，李响哭了。

现实比他想象的要艰难得多，在举目无亲的Ａ市，到处碰壁，成了个流浪汉，他想过回家，可是连路费也没有了。要不是朱雀儿收留他，他今夜不知何处留宿。在朱雀儿到来之前，李响开始打扫卫生，将桌子擦得干干净净，地板也拖得发亮。他从来没有如此主动干过活，他觉得不做点什么，对不起朱雀儿。李响打开门迎接朱雀儿进来时，朱雀儿呆了，觉得李响变了一个人。他的头发梳得整齐，脸也洁净，穿着干净的白衬衫，像模像样的。朱雀儿笑着说：哇，还挺精神的嘛。李响有些羞涩，低下头。朱雀儿还发现小饭馆被收拾得亮堂了不少，就对他刮目相看了。李响留在了小饭馆。朱雀儿和他说好了，他留下来没有问题，但是没有工钱，管吃管住，当然只是住在店里，帮她干点活就可以了，如果他找到了好去处，随时离开。虽然说没有工钱，朱雀儿还是会给他点钱零花，一个大男人，身上没有点钱，是多么窘迫的事情。

2

张秃子无法理解朱雀儿为什么要收留李响，在他眼里，李响什么也不是。张秃子不仅厌恶李响，还常常挤对他，希望他自己离开小饭馆。张秃子觉得这是他的地盘，突然来了个抢地盘的人，心里窝火，而且某种看不到的利益受到了威胁。他会突然在厨房里大声喊叫，李响，去帮我把芹菜洗了。李响慌慌张张地跑进去，洗好芹菜。张秃子拿起他洗好的芹菜，油光闪闪的脸充满怒气，睁大你的狗眼瞧瞧，这叫洗菜吗？菜上面都还有泥。李响嗫嚅地说，我都洗了三遍，哪里有泥？张秃子指着芹菜上微小的黑斑，睁圆眼珠子，这是什么，你瞎眼了吗？平常洗菜什么的，都是王海英的活，她也知道张秃子故意刁难李响，虽然她对李响也没什么好感，觉得他的到来打破了小饭馆里的默契，可她认为张秃子过分了。王海英息事宁人，秃子，别发火了，我再洗一遍吧。张秃子嘴里的唾沫星子喷到她脸上，你不好好在外面招呼客人，进来管什么闲事？出去。王海英说，神经病。张秃子说，老子今天就神经病了，他要不把菜洗干净，老子不干！李响心里惧怕张秃子，默默地拿起芹菜，洗去了。李响又洗了两遍，特意将那微小黑斑抠掉。张秃子还是鸡蛋里挑骨头，没完没了。朱雀儿听到厨房里的喧闹，走进来，拉下脸说，你们想干就干，不想干就都给老娘滚，老娘不稀罕你们。朱雀儿发火，张秃子才消停下来。朱雀儿是个爽快人，私下里对李响说，你不要生气，多担待点，秃子就是那样的人，脾气暴躁点，心不坏，时间长了你就知道了。李响说，我不明白他为什么要这样对我，我很尊敬他的。朱雀儿笑笑，不瞒你说，秃子喜欢我，看你来了，吃醋。李响说，你和他？朱雀儿说，别瞎想，我怎么会跟他，他有老婆的，他老婆做钟点工，很凶的，我要和秃子有什么关系，她不把我撕了。

　　李响倒也勤快，一早起来打扫卫生，早上帮张秃子在店门口卖豆浆油条和包子，然后和朱雀儿一起蹬三轮车去买菜，午餐和晚餐时间，和王海英一起洗菜端盘子收桌，总之忙个不停。他还是可以干活的，环境改变人哪，想起在家的时光，觉得对不起父亲。闲暇之际，朱雀儿在小吧台里算账，张秃子和王海英坐在那里嗑瓜子，说闲话，李响在一边傻坐。李响知道张秃子和王海英怎么聊，也不会聊到感情，因为王海英长得不好看，而且也不是那种风骚的女子。张秃子就是在这样的情况下，也放不过他。他吐出瓜子皮，指着飞舞的苍蝇说，苍蝇都要造反了，还有闲工夫坐在那里做梦。听了他的话，李响站起来，找到苍蝇拍，追逐着苍蝇，不停地拍打。他的眼睛有点散光，怎么也拍不到苍蝇，这让张秃子更有话说了，讥讽嘲笑的话语子弹般朝他飞射过来。好不容易拍死一只苍蝇，李响用力过猛，脚一滑，摔倒在地上，好长时间爬不起来。张秃子见状，笑得浑身的肥肉乱颤，还笑出串长长的鼻涕。王海英也和他一起笑。朱雀儿说，你们真是混蛋，这样也笑得出来，简直没人性。朱雀儿扶起李响，关切地问，伤着没有？李响说，没事，没事。站起身，恢复了状态，继续追打苍蝇。朱雀儿默默地注视着他，眼睛有点潮湿。

张秃子和李响注定有一战，王海英预料到了。在一次因为倒垃圾的问题上，张秃子羞辱李响之后，王海英就对张秃子说，秃子，你不要欺人太甚，我看李响是让着你，忍耐你，他心里也有火，哪天他要是不忍不让了，肯定会和你干一仗的，不叫的狗才咬人呢，你小心点，他长得那么高，你不定能打得过他。张秃子操起菜刀，挥了挥，怒目圆睁，他敢和我干仗，看我不劈了他。王海英冷笑，你要有种把他劈了，我还真佩服你，问题是你敢吗？你把他劈了，你老婆孩子怎么办？你也得枪毙。张秃子气急败坏，你别逼我。王海英拍了拍他的肩膀，秃子老哥，我不是逼你，只是告诉你，不要太霸道了，人都是父母养的，谁生下来要受你的气，对不对，将心比心，假如有个比你厉害的人，天天欺负你，你会怎么样？张秃子说，那我和他拼了。王海英说，这就对了，哪天李响也会和你拼了。张秃子哑口无言。

王海英的话还是有点作用，张秃子有点收敛，但还是没有给李响好脸色。不过，这样对李响已经是很客气的了，李响脸上也有了笑容，仿佛自己已经融进这个小群体。消停了几天，张秃子又故态复萌，对李响百般刁难。那天夜晚，准备打烊，李响和王海英在后厨洗碗。张秃子站在他们面前，冷冷地说，洗个碗还慢吞吞的，真不知怎么长大的。王海英清楚他是在说李响，和自己没有关系，她还是说，秃子，你早点回家吧，这里没有你的事情了。张秃子说，怎么没有我的事情，碗碟洗不干净，客人吃出什么问题，还不找我？王海英说，好像你有多卫生，我看到过你的鼻涕掉进炒菜锅里，你也没有把菜倒了重新炒呀；还有，你经常对客人有意见的菜，回锅重炒时，往菜里吐口水，骂骂咧咧的。张秃子脸上挂不住了，王海英，你胡说八道。说完，正要走，张秃子听了盘子掉到地上碎裂的声音，李响失手打破了个盘子。被王海英抢白得满肚子都是火的张秃子有了发泄的机会，他怒气冲冲地说，瞧瞧，瞧瞧，什么玩意嘛，那么大的人，连个盘子都拿不稳，你妈怎么生下了你这么个丛货。平常李响忍气吞声，今夜他忍不住了，直勾勾地盯着张秃子，你刚才说什么？张秃子来劲了，你聋了，老子的话你听不见，我再重复一遍，你妈怎么生下了你这个丛货。李响浑身颤抖，脸涨得通红，攥紧了拳头。张秃子挑衅，哟呵，敢和老子瞪眼了，有种了，来呀，打我呀。李响低吼了一声，朝他扑了过去。他们扭打在一起，王海英吓得尖叫起来，赶紧跑出厨房，找朱雀儿去了。

  别看张秃子壮实，力气没有李响大，很快地占了下风，被李响压倒在地上。李响一声不吭，往他头上打了两拳，张秃子挣扎着，不停地嚎叫，什么脏话臭话气话都说出来了。朱雀儿跑进来，气呼呼地喊叫，你们混蛋，把我饭馆当战场啦，都起来给老娘滚。李响站起来，低下头，像个做错事的孩子，对不起，雀儿老板。张秃子也从地上爬起来，显得吃力，喘着粗气，脑门上青筋暴突，怒火烧得眼珠子血红，他随手拿起个碗，朝李响头上砸了下去。朱雀儿冲过去，夺下张秃子手中的碗，大声喊叫，张秃子，你个王八蛋，滚！张秃子气冲冲地跑了。李响愣愣地站在那里，血像条蚯蚓般从脑门上爬下来，紧接着，又一条蚯蚓爬了下来，不一会儿，就有了好几条蚯蚓。他用手摸了摸蚯蚓，看到了手上黏稠的血，闭上眼睛，歪歪斜斜地瘫倒在地上。王海英惊恐地说，出人命了，要不要报警？朱雀儿瞪了她一眼，报你个头，快过来，帮我扶他起来。

3

　　李响是晕血，并没那么容易死去，只是头皮被碗砸破而已。朱雀儿给他做了简单的包扎，先不让血流得太快，过了一会儿，他就醒过来了。朱雀儿和王海英将他扶出门口，他坐进三轮车，朱雀儿蹬着三轮车送他去医院。在医院处理了伤口，朱雀儿又将他拉回了小饭馆。朱雀儿浑身湿透了，发梢滴着汗水。朱雀儿对王海英说，你回去睡觉吧，很晚了，明天还要早起。王海英说，李哥没事吧？朱雀儿说，放心吧，死不了。王海英期期艾艾地走了。

　　朱雀儿没有马上离开，泡了壶茶，陪李响坐着说话。李响看着她略黑，还算俏丽的脸，歉疚地说，雀儿，对不起，给你添麻烦了。朱雀儿眨了眨疲惫的眼睛，这不算什么，你挨打，我心里过意不去。李响说，是我没控制好情绪，不该先动手，平常我可以忍耐，可是我今天实在忍无可忍，我不允许别人说我妈，我妈是疼爱我的人，遗憾的是她过早离世，谁说我妈，我都会愤怒。朱雀儿摸了摸他放在桌子上的手，关切地说，委屈你了，还痛吗？李响觉得她的手冰凉，心里抽动了一下，好多了，不那么痛了，雀儿，我很担心张师傅。朱雀儿说，担心他什么？李响说，担心他不回来了，他要是不回来，小饭馆怎么办？朱雀儿用力地握住他的手，笑笑，放心吧，他不会跑的，我太了解他了，我给他的报酬不会比别的地方少，他舍不得钱。李响说，要不我走吧，我怕留下来影响饭馆的生意，闹得大家不愉快，特别是让你难做，我于心不忍。朱雀儿摸了摸他的手，你的手好滑，像女人的手。李响脸红了，却没有抽回手，任凭她继续抚摸，她的手掌渐渐温热，有点潮湿。李响第一次被女人如此抚摸，有种奇妙的幸福感，同时也忐忑不安，太晚了，你回去休息吧，我没事了。朱雀儿凝视着他，不，我陪你，不放心你一个人待在这里。

李响突然说，雀儿，我想喝点酒。朱雀儿来了精神，你能喝？李响点了点头。朱雀儿将手抽回来，你头上伤没好，喝酒会不会影响？李响说，我不管了，就想喝点酒，自从来到这个城市，我就没喝过酒。朱雀儿站起来，好，那就喝点，我陪你，喝啤酒还是白酒？李响说，我不喜欢喝啤酒。说着，她去吧台，拿了瓶小角楼和两个杯子，重新坐在了他对面。朱雀儿麻利地拧开酒瓶盖，倒满两杯酒，一杯递给他，自己端着一杯。朱雀儿脸上露出笑容，显出难得的妩媚，喝吧。李响端起酒杯，一饮而尽。朱雀儿迟疑了下，也将酒杯里的酒一口喝光。朱雀儿皱了皱眉头，咧咧嘴巴，说，好呛，好久没喝酒了，有点不习惯。李响咂巴着嘴说：好酒，好酒。朱雀儿给两个杯子满上酒，以前喜欢喝点，后来出来闯荡，就不喝了，怕误事，一个无依无靠的女人，喝多了总归不好。李响说，难为你了，不知该不该问，你为什么一个人出来。朱雀儿叹了口气，举起酒杯，喝，别提过去，说起来一把辛酸泪。李响没有再问，喝了第二杯酒。朱雀儿喝光杯中酒，龇牙咧嘴，不行，这样干喝太难受了。她站起来，走进厨房。不一会儿，她端了盘卤猪头肉和一碟花生米，走出来。李响看到卤猪头肉，眼睛放光，没等朱雀儿取来筷子，就用拇指和食指夹起一块肉，放进嘴里，有滋有味地嚼着。朱雀儿递过筷子，笑着说，好吃吗？李响说，太好吃了。朱雀儿说，那你多吃点，平常舍不得自己吃，因为小本生意，吃不起，今天就犒劳你了。李响感激，谢谢雀儿老板。朱雀儿夹了颗花生米，放进嘴里，来我这里，你也没占什么便宜，还平白无故被秃子欺负，有什么好谢的，我心里过意不去，总觉得亏欠你。李响说，别这么说，要不是你收留我，我暴死街头都有可能。朱雀儿又和他干了杯酒，伸出手，放在他的手背上，人哪能那么容易死，好死不如赖活吧。李响点了点头，凝视着脸蛋泛红的朱雀儿，突然觉得她特别美，她的手也温暖了。李响好像想起了什么，站起来，走进吧台，在底下的柜子里取出自己的背包，从背包里掏出本黑色塑料封面的笔记本，走到朱雀儿跟前，雀儿老板，我写了首诗，读给你听，怎么样？朱雀儿惊讶，你还会写诗？李响有点骄傲，当然，我在我们那个小县城里，还是个有名的诗人咧。朱雀儿说，哇，没想到你是个文化人。李响得意极了，那我读了。朱雀儿兴奋地说，读吧，我可是第一次听诗人读诗。

李响翻开本子，抑扬顿挫地读了起来：

朱雀儿是个女人

也是朱记饭馆的老板

这个老板很小

世上任何一个老板都比她大

却没有哪个老板有她善良

她的善良将冰雪融化

将火山熄灭

朱雀儿，朱雀儿

她不是只飞翔的鸟

她是个活生生的女人

没有人比她更好

没有人比她更美

她目光中流淌着蜜

我品味到了世间的甜

……

李响这首题为《朱雀儿》的诗很长，他饱含深情地读了十来分种才停下来。朱雀儿迷离地凝望着他，眸子里闪动着火苗。朱雀儿柔声说，读完了？李响说，读完了，不好意思，没有把我心中的你写得更好，我的功力还不够，等我能够写出好诗来的时候，再写，你是我心中的女神。朱雀儿说，你真好。李响重新坐在她对面，雀儿老板，我不好，是你好。朱雀儿又斟满两杯酒，喝，今夜开心，喝痛快。她的手紧紧地抓住李响的手，李响感觉有点痛，他没挣脱，让她抓着，心里有电流通过，这是奇妙的感觉。话说他活了三十来年，还真没有被哪个女人如此抓住过手，除了过世了的母亲。在他的家乡，他看得上的女子眼界都高，都很现实，不可能爱上一个家贫如洗无所事事的男人；父亲也托过媒人，带来一些各方面条件较差的女子，他却看不上，不是嫌人家没有文化，就是嫌人家长得难看，气得父亲捶胸顿足。朱雀儿的酒量并不是很好，喝着喝着就醉了。醉酒后的朱雀儿，不停地流泪，摇摇晃晃地站起来，嘴里嘟哝着李响听不懂的话。李响也站起，走到她面前，扶住她。朱雀儿瘫坐在地上，李响索性也坐在地上，她趴在他肩膀上，呜呜地哭。李响手足无措，不知道她为什么哭，对女人，他一点经验都没有，也不晓得怎么安慰她，只是搂着她，任凭她哭泣。哭泣也许会传染，李响眼睛里也流下了泪水。这个晚上，朱雀儿没有回住处，哭着哭着就睡着了，李响搂着她一起沉睡，直到早上王海英敲门，他们才醒来，分开，像什么事情都没有发生，开始一天的忙碌。

4

王海英见朱雀儿的眼睛红红的，李响的眼睛也充血，心里纳闷，不清楚夜里发生了什么。不过，王海英不是个喜欢八卦的姑娘，也没有问，该干什么还是干什么，像往常一样。李响边打扫卫生，边担心张秃子会不会来。他的担心是多余的，正如朱雀儿说的，张秃子还是来了。进了店门，张秃子瞥了一眼拖地的李响，看他头上包着纱布，脸还是挂不住，低着头进厨房去了。朱雀儿跟着进了厨房，并且将厨房门关上，脸色阴沉，低声说，张秃子，你来了，丑话我还是要说，我警告你，这样的事情不能再发生了，如果我再看到你欺负李响，哪怕是损他一句，你就给老娘滚蛋，别以为离开你地球就转不了了。张秃子的脸涨成猪肝一样，没有说话。朱雀儿又说，李响仁义，王海英要报警，是他制止了，要是报警，你现在就在牢房里了，做人别不知好歹，你要是在牢里，没有人会去救你的，说不定连你老婆也不会理你，你就会像一堆烂肉一样，臭在牢里。张秃子叹了口气，雀儿，求你别说了，说实在话，我也是为了你好，怕你被他骗了。朱雀儿冷冷地说，我不要你为我好，你够不着，我雇你是让你掌勺的，你管好自己就好了，另外，不要说我没什么好骗的，就是他骗我，我也认命，和你一点关系也没有。张秃子说，好吧，既然你把话说到这个地步，我就不白操心了。朱雀儿说，你给老娘记住了，以后再对李响不好，你就滚蛋，明白吗？张秃子心里窝火，嘴还是软了，明白。朱雀儿说，我要的就是你这个态度，走，去和他赔个礼道个歉，这事情就到此为止。张秃子点了点头。张秃子的道歉，让李响意外，也让他释怀。小饭馆翻开了新的一页，进入了表面上一团和气的大好局面。

这天夜晚，比往常打烊得要早些，小饭馆的最后一个客人走后，朱雀儿就让张秃子和王海英回去休息，夜宵也不做了。朱雀儿平静地对李响说，你也早点睡，昨夜辛苦你了。李响说，雀儿老板快回去休息吧，我没事。这时，包工头宋建平走进来，叫唤道，饿死了，快弄点吃的。朱雀儿笑着说，宋老板，实在抱歉，今天早早地收摊了。宋建平大大咧咧说：收个屁，这才几点，快去快去，随便弄点吃的，填饱肚子就行了。朱雀儿脸露难色，真的收摊了，宋老板。宋建平想了想，算了，都是熟人，我也不为难你们，有没有什么熟食，可以带走的？朱雀儿说，你跟我去厨房看看吧。朱雀儿和宋建平走进厨房，她打开冰柜，你自己看。宋建平说，卤猪头肉、咸鸡，就这两样吧。朱雀儿包装好东西，递给他。出厨房门时，宋建平摸了她的屁股一下，朱雀儿狠狠地抽了他的手说，无礼。宋建平笑笑，就走了。宋建平那猥琐一摸，被站在厨房门口的李响看在眼里。朱雀儿红着脸说，这家伙不老实，喜欢动手动脚。李响笑笑，没有说话。

朱雀儿收拾好东西，交代李响关好店门，好好休息，然后就走了出去。李响走到店门口，目送她离去，心里有种莫名其妙的感受，甚至有点疼痛。他关好店门，反锁上，背靠在门上，看着小饭馆里的一切，想起昨夜的事情，宛如梦境。他轻声唤道，雀儿，雀儿。没有人回应，只有几只苍蝇嗡嗡的声音。他想拿起苍蝇拍，却无动于衷，满脑子都是朱雀儿妩媚的笑脸。心里有个冷漠的声音，你算什么东西，癞蛤蟆想吃天鹅肉，朱雀儿只是可怜你，施舍你，你就想入非非了，醒醒吧，李响，你什么也不是，不要说朱雀儿了，就是王海英，你也没戏。他长长地叹了口气，自卑感油然而生。还是洗个澡睡觉吧，你生来就是孤独的，他拍了拍自己的脑袋，准备去洗澡。突然，传来了敲门声。他走到门边，以为是吃夜宵的客人，打烊了，不营业了，明天再来吧。传来柔软的声音，是我，开门。李响听出来了，是朱雀儿，赶紧打开了门。朱雀儿站在门口，注视着他，跟我走吧。李响讷讷地说，什么？朱雀儿平静地说，拿上你的行李，锁上门，跟我走吧。李响大脑充血，晕乎乎地说：去哪儿？朱雀儿提高了声音，你到底走不走？李响连声说，走，走。

朱雀儿将李响带回了住处。那是一居室的老公房，以前是棉纺厂的宿舍区，听说这个古董般的老小区，也列入了这片区域改造的规划，什么时候拆迁还没定下时间。房间收拾得十分温馨，桌子上放着一盆兰花，兰花正开着，兰香丝丝缕缕钻进李响鼻孔，他深深地呼吸，内心却忐忑不安。桌子上还有台电脑。他像个臭烘烘的脏人，闯入了仙女洁净芳香的闺房，站在那里不知所措，身上冒着臭汗，紧张得要窒息。朱雀儿笑盈盈地说，傻站着干什么，快放下包,去洗个澡。李响将脏兮兮的背包放在一个角落里,然后坐在橘红色布艺沙发上,嗫嚅地说,雀儿老板,你先去洗吧,我平静会儿。朱雀儿说,好吧,我先去洗,对了,以后不要叫我老板,叫我名字就可以了,老板听上去别扭。李响点了点头。朱雀儿进入卫生间,传来了水的声音,李响看着大床上印花的被面,想象着热水冲刷朱雀儿身体的情景。李响在魅惑的水声中口干舌燥,内心有团火,熊熊燃烧。

朱雀儿洗澡的速度极快,她穿着白色吊带棉睡衣走出来,两个黑色乳头若隐若现,她的乳房并不大,身材却很好,两条腿修长结实,上身和下身的比例十分协调。朱雀儿对脸红耳赤的李响说,去洗澡吧。李响进了卫生间。他把衣服脱下来,放在马桶盖上面,然后走进淋浴间,拉上塑料布帘子。窄小的淋浴间里,热烘烘的,留存着沐浴露和洗发水的香味,还有朱雀儿肉体的味道。李响贪婪地呼吸着,又兴奋又忐忑不安。冲完澡,他穿上衣服,走了出去。朱雀儿已经躺在床上了。朱雀儿说,睡吧,李响。李响没有上床,和衣躺在沙发上。朱雀儿笑了,傻瓜,上床吧,我带你回来,不是让你睡沙发的,要是这样,你还不如回饭馆去睡桌子。李响说,沙发比桌子好多了。朱雀儿说,别废话,快上床吧。李响这才小心翼翼地走过来。朱雀儿说,衣服脱了吧,哪有穿着外衣睡觉的?李响没有睡衣,脱掉衣服,只穿着裤头上了床,直直地躺在另一边,只占据一小条床位。因为是秋天,天气不冷,李响也没有盖被子。朱雀儿也没有盖被子。朱雀儿侧过脸,看着他说,你真的好瘦,胸膛上都是排骨,看上去就是营养不良。李响说,我从小就瘦,吃什么都瘦,同学们都说我是瘦肉型的猪。朱雀儿笑出了声,瘦肉型猪,有这样说自己的吗?李响双手放在胸前,不敢侧过脸和她对视,心跳很快。朱雀儿说,睡吧。李响说,好的。朱雀儿熄了灯。房间里顿时一片黑暗。李响呼吸着兰花以及朱雀儿身体散发出来的香味，产生了本能的冲动。朱雀儿的手在黑暗中摸索过来，放在了他肚子上。朱雀儿的手热乎乎的，还有点潮湿。李响的欲望被刺激起来，觉得下身胀得难受，仿佛要爆炸，不知如何是好。在往昔的岁月里，他被自己暗恋的女人激起欲望，就会用凉水冲刷身体，将燃烧的火熄灭。此刻，他也想如此，他爬起来。朱雀儿说，要上厕所吗？他说，是。朱雀儿开了灯。李响回到床上，不一会儿，下身又暴怒起来。黑暗中，朱雀儿的手触摸到了他下身，她嘴里发出轻轻的呻吟。她的手粗糙极了，抚摸他时，他感到轻微的刮擦，但他感觉到了她的温柔。朱雀儿说，傻瓜，快来。李响实在控制不了了，低吼了声，扑在了她身上。可是，他显得十分生涩，要不是朱雀儿的手引导他进入，他都不知道怎么办。一场酣畅淋漓的战斗，李响像摊烂泥般败下阵来。朱雀儿趴在他胸膛上哭了。朱雀儿哭完后告诉他，她是个离过婚的女人，还有一个儿子，也不年轻了，比他大很多。李响抚摸着她的背脊，也流泪了，我什么也不管，就是爱你。朱雀儿说，爱？李响说，是的。朱雀儿说，先别说这个字，我不强求你，你什么时候要走，就走，没有关系的。李响坚定地说，不，我要和你在一起。朱雀儿说，你是个傻瓜。

5

朱雀儿和李响同居的事情，张秃子和王海英很快就知道了，这是朱雀儿自己说的。张秃子得知此事后，脸色阴沉，走进厨房里剁排骨，用很大的力量剁排骨。每剁一下排骨，外面的人都能够听到。朱雀儿不以为然。王海英对李响说，李哥，秃子吃醋，你别在意，他是个好人。李响听到剁排骨的声音，心在颤抖，但没有那么害怕，自己的身份突然有了变化，他有点老板的感觉了，不过，他会提防张秃子的。

朱雀儿给李响买了个便宜的手机。李响很惭愧，自己活了那么多年，竟然没有用过手机，同学们初中时就有手机了，他没有，家里穷，不好意思管父亲要钱买。他也曾经想过，有钱了自己买一部，问题是他一直都没有钱，吃饭都成问题，买手机的事情想都不敢想。他也有自知之明，活在现代社会，却像个古董，是自己的问题。有了手机的第一件事情，就是找出记在本子上孙小雷的手机号码，拨通了他的电话。当然，他是躲在小饭馆外的香樟树下给孙小雷打电话的。孙小雷接到他的电话，很激动，说怎么那么久才来电话，并且问寒问暖。李响没有告诉孙小雷实情，而是说自己在A市有了落脚之地，一切都往好的方向发展。孙小雷听了他的话，高兴极了，鼓励他继续努力，而且不要放弃诗歌创作，争取早日成功。他正在和孙小雷说话，朱雀儿站在店门口喊他，快来帮着做事，大家都忙得放屁的时间都没有，你却在煲电话粥。他挂了电话，跑回店里，朱雀儿说，平常打电话，用店里的电话就可以了，手机话费很贵的，省着点，赚钱不容易。李响脸红了。朱雀儿笑了笑，好了，我不是小气，只是提醒一下你，快去做事情吧。

那天对李响来说，是个好日子。晌午时分，邮递员在小饭馆门口喊，李响在吗？有你的邮件。李响跑出去，从邮递员手里接过一个沉甸甸的牛皮纸大信封，信封上面底下一行红色印刷体字样：地火诗刊。李响颤抖的手撕开了信封，发现里面装着两本诗刊。他迫不及待地翻开诗刊，在目录中寻找自己的名字，他的目光落在了新诗人栏目上面，找到了自己的诗歌《朱雀儿》。他跑进去，对正拿着苍蝇拍打苍蝇的朱雀儿说，雀儿，我的诗歌发表了。他把诗刊递给朱雀儿，你看，在这里，整整一个页码。朱雀儿说，这不是写我的吗？李响激动地说，是，是写你的，我把它贴到诗歌网站，没有想到发表了。朱雀儿说，怪不得你老在电脑上捣鼓，原来是干这事情。李响说，雀儿，你开心吗？我要出名了，你也要出名了。朱雀儿淡淡一笑，我开心，不过，出名有什么好处。李响说，出名可以，可以……他想不出出名可以干什么，因为他没有出过名。朱雀儿将刊物还给他，继续努力，早日出名，我们好沾你的光。然后，她继续去拍苍蝇了。李响将刊物放在桌子上，夺过朱雀儿手中的苍蝇拍，我来，你歇会儿。张秃子和王海英在嗑瓜子，张秃子冷冷地看着李响。王海英拿过刊物，翻到了有李响诗歌的那页，读了起来，读完后说，真肉麻。张秃子突然哈哈大笑，站起来，进厨房去了。

《地火诗刊》不过是本民间刊物，在李响眼里却无比崇高，他还给孙小雷寄了一本，以佐证他在A市的成就。因为这首诗，他也和丁阳光成了朋友。不久，丁阳光请他去喝咖啡，和他谈论诗歌和人生。丁阳光见多识广，谈笑风生，给李响讲了很多A市诗坛以及那些成名诗人的故事，当然，丁阳光也没少给自己脸上贴金，说自己也是著名诗人。丁阳光也不时夸赞李响的诗歌，并指出不足，比如《朱雀儿》一诗，就是经过他修改后才发表的。李响喝不惯咖啡，往咖啡杯里放了好几包糖，还是觉得苦，尽管如此，李响还是对他佩服得五体投地。喝完咖啡，已经是下午五点多了。丁阳光说，李响兄，你不是说你开了个饭馆吗？李响点了点头。丁阳光说：那到你饭馆去吃饭吧，尝尝好不好吃，好吃的话，我会给你推广的，我很多粉丝都会去吃的。李响有些不安，后悔吹牛说饭馆是他开的，没办法，只好硬着头皮答应带丁阳光去吃饭。丁阳光打了几个电话，喊了三个人一起去，他每打一个电话，李响心里就被刀捅一下，他担心朱雀儿会不会招待丁阳光他们。

李响的担心是多余的，朱雀儿对丁阳光他们笑脸相迎，还替李响感谢丁阳光，给足了李响面子。李响陪他们喝酒，喝着喝着就收不住了，仿佛自己真的是饭馆老板，不停地加菜和加酒。朱雀儿虽然肉痛，也没有办法，总得给男人面子。张秃子却很来气，雀儿，这样大吃大喝可不行，今天一天白做了。朱雀儿说，用不着你操心，我的店就是李响的店，他想怎么样就怎么样。张秃子说，你看看那是些什么人。朱雀儿说，好好炒你的菜，少说几句好不好，他们都是诗人，诗人你知道吗？是有文化的人。张秃子说，什么干人湿人，白吃白喝的人都不是什么好鸟。朱雀儿拉下脸，秃子，闭嘴，你再啰嗦，我生气了。张秃子不说话了。王海英进来端菜时，张秃子说，饭馆迟早要败在李响手里。王海英笑了笑，你别咸吃萝卜淡操心了，好好炒你的菜吧。张秃子往锅里的菜啐了口唾沫，我呸！王海英说，真恶心。张秃子说，他们才恶心。王海英说，秃子，你就是当厨子的命。张秃子说，厨子有什么不好，总比混吃混喝的人好。

第三部　暴风雨

1

这个夏天，台风多，隔不久就来一次。天气预报说，新的台风带鱼，很快就可能到达A市，A市距离海岸不到五十公里，台风要是正面登陆，破坏性是可想而知的。

天还没亮，朱雀儿就起床了。她洗漱完了，诗人李响还在沉睡。朱雀儿听到他的鼾声，心里有点不舒服，皱起眉头。朱雀儿觉得他不是原来那个勤快听话、看上去老实巴交的李响了，仿佛变了个人。他变得懒惰，对她也不那么关爱和体贴了，好像他是饭馆老板，朱雀儿反而成了打工者。人心难测，朱雀儿心里灰灰的，轻声叹了口气。她有自己的想法，如果他太不像话了，就让他滚蛋，不会再有同情心。

朱雀儿没有叫醒他，还是动了恻隐之心，心想就让他多睡会儿吧，然后默默地出门去了。

　　李响其实已经醒了，是在装睡。他心里想着另外一个女人。那女人就是白白胖胖的章燕，近来一段时间，李响和她来往多了起来，心里产生了一些新的想法。李响一直认为，章燕是丁阳光的女朋友，直到两个月前的某天，丁阳光邀他去观看诗人摩多的影展，李响发现他们的关系有了变化。李响来到展馆时，丁阳光还没有到。他到里面溜达了一圈，那些观展的人都不认识，对摩多也不熟悉，看了看挂在墙上的那些摄影作品，头晕晕的，不晓得摩多拍的是什么。发了个信息给丁阳光，丁阳光说马上到，李响就到展馆外面去等他。丁阳光慢悠悠地走来，见到他就说，见鬼了，不是高峰，还堵车，让你久等了。李响笑着说，没有关系，没有关系。李响随着他走进展馆，心想章燕怎么没有跟他来？丁阳光找到了摩多，将李响介绍给他。摩多长得精瘦，留着小胡子，满面笑容，和李响握手，诚恳地说话。摩多也算是A市有头有脸的人物，李响见他如此礼貌，有点受宠若惊。摩多和他们寒暄了会儿，就去招待别的来宾了。李响说，摩多人蛮好的。丁阳光笑笑，那当然，我的朋友，没的说。丁阳光领着李响，边走边欣赏摩多的摄影作品。丁阳光在一幅摄影作品面前停下来，啧啧称赞。画面是斑斑点点的光，看不出是什么东西，李响说，我不知道好在哪里。丁阳光说，你就不懂得欣赏了，你看这幅作品的名称，《每一个破碎的心灵都闪闪发光》，这句诗配上画面，简直是绝了。李响不说话了，将就着看了。不过，丁阳光还是在他耳边说，我也不知道摩多拍的是什么，其实，这些照片都是拍坏了的，摩多别出心裁，给这些拍坏的照片配上诗句，就成为艺术摄影作品了，他这是全国首创，牛掰呀。李响说，这也可以。丁阳光说，当然，现在靠的就是创意，别看摩多这些拍坏的照片，还真有人买，每幅作品的价格不菲呢。

　　他们正轻声说话，章燕匆匆忙忙走进展厅，寻找丁阳光。丁阳光发现了她，对李响说，兄弟，我有事情先走了，你慢慢看，晚上摩多准备了饭局，你可以和他们一起去，我就不陪你了，下回再见。接着，他就偷偷摸摸地溜走了。章燕瞅见了李响，朝他走过来。李响见到章燕，莫名其妙地脸红。章燕问，丁阳光呢？李响说，他有事情先走了。章燕沉下脸，呸，有什么鬼事，分明就是躲着我。李响说，他为什么要躲你？章燕说，这里人多，不好说话，我们出去说。在展馆外面的一角，章燕忿忿地说，李响，你给我评评理，他玩够我了，就不理我了，要甩了我，丁阳光真不是东西。李响心里忐忑，不知说什么好，脸还是红红的。章燕连珠炮般不停地数落丁阳光，丁阳光被她说得体无完肤。就那样，章燕说了半个多小时，唠叨完了，气也出了，章燕拉李响去吃饭。李响说，我还要参加摩多的饭局。章燕说，和他们在一起，最没劲了，都是吹牛大王，走，我带你去吃好吃的。

　　李响跟着她走了，心里觉得对不起摩多。章燕请他吃的潮汕牛肉火锅，味道还是很不错的。章燕不停地喝酒，粉白的嫩脸起了红晕，李响想伸手去摸摸她的脸，但不敢付诸行动，甚至不敢和她的眼睛对视，她的大眼睛里有种勾人心魄的东西。他知道章燕借酒浇愁，却不知如何安慰她。最后，章燕还是喝多了。结账时，李响装模作样的要买单，被章燕制止住了，这单你不能买，今天是我请客，你要买了，以后就不理你了。李响叫了辆出租车，送章燕回家。进家门前，章燕已经是摊烂泥了，李响在她包里找出钥匙，开门将她弄进屋，看着沙发上哼哼唧唧的章燕，李响满头大汗，不知所措。李响克制着内心那些古怪的想法，离开了章燕的家，在电梯上，他抽了自己一耳光，恨自己连她白嫩的脸都没有摸一下就走了。第二天中午，他接到了章燕的电话，她说，李响，你是好人，我醉成那样，你也没有占我便宜，丁阳光当初就是借着我醉酒，睡了我，从今天起，我就当你是我的好朋友了。从那以后，李响和章燕就越走越近了，和章燕在一起，有不一样的感受，她身上有许多区别于朱雀儿的东西，这让他又刺激，又惶恐，刺激的是，章燕是片新大陆，惶恐的是，生怕朱雀儿发现了他们的猫腻，会一刀劈了他。

朱雀儿走后，他从床上跳起来，坐到桌子前，打开电脑。电脑启动时，他看了看旁边的那盆兰花，周边的叶子有的枯黄了，奄奄一息的样子。进入微信页面，找到章燕的网名轻灵雨燕，据说，这个网名是丁阳光给她起的。李响对轻灵雨燕说，在吗，燕子？等了几分钟，她没有回复。于是，李响就在朋友圈写了一句话：凌晨，早起的人，苦命地奔忙。马上有人回复：李哥早，辛苦你了。李响回复：活着就是受难。

李响满脸苦大仇深的样子。

章燕终于说话了：李哥，又那么早起来。

李响：是的，马上就要去店里，脏活累活等着我去做。

章燕：心疼你。

李响：谢谢燕子，有你心疼，我就不觉得苦和累。

章燕：我心里一直想着你。

李响：我也是，第一次见到你，就喜欢你，喜欢你身上的香水味。

章燕：你还真有品位，我用的是迈克高仕香水，用了好几年了。

李响：很贵吧。

章燕：还好啦，什么时候送我一瓶。

李响：好。

章燕：和你开玩笑的，不要你送，你赚的钱不多。

李响：我该下了，去干活了，你又一夜没睡吧，赶紧睡会儿，别忘了下午一起看电影。

271

章燕：好吧，下午见。

李响脸上露出诡谲而又得意的笑容，他没有马上下线去小饭馆帮朱雀儿干活，而是倒了杯牛奶，在冰箱里找了块面包，有滋有味地啃着，边吃边在诗歌网站浏览。看到自己写的新诗《重生》后面很多人点赞和叫好，心里涂满了蜜。就这样，他消磨着时光，太阳都老高了，才去冲了个澡，慢悠悠地出门。

走在通往小饭馆的路上，心里的小算盘拨得乱响。他得知章燕是Ａ市本地人，独生女，二十八岁，未婚，父亲是个国企老板，她自己单独在市中心有套大房子，想想要是和她好上了，结婚后，就一步迈入小康了，比和朱雀儿在一起强千万倍。

李响被自己的想法弄得心花怒放，仿佛真正的幸福触手可及。但他和章燕中间，还拦着一个朱雀儿。想到朱雀儿，李响浑身起了鸡皮疙瘩，那种触手可及的幸福感消失得无影无踪，况且，章燕要不要他，还是个大问题，无论怎么样，他都不可能马上获得他幻想中的幸福。

李响走进饭馆时，早餐已经收摊，朱雀儿也蹬着三轮车去菜市场了。张秃子坐在那里嗑瓜子，王海英在拖地板。王海英不时地停下来擦汗，空调没开，朱雀儿有规定，没有客人就餐，是不让开空调的。李响见他们不搭理自己，讨好王海英说，热吗？

王海英没好气地说，你没长眼睛？我衣服都湿透了。

李响换上白色工作服，笑嘻嘻地说，我眼睛没瞎，好吧，我开空调。

王海英说，你不怕朱雀儿回来骂你。

李响说，无所谓，骂就骂，习惯了。

王海英说，太阳从西边出来了。

张秃子哼了声，白了他一眼。

李响拿起苍蝇拍，追着嗡嗡叫的苍蝇拍打。不知从什么时候起，李响除了很忙时端端盘子，抹抹桌，其他时间就是打苍蝇，也不干什么重活了。王海英说他的脸越来越白嫩了，朱雀儿的脸却越来越黑，而且眼角的皱纹越来越深。李响心里咯噔一下，不过很快就恢复了平静。

今天运气好，李响很快地将一只苍蝇拍死在桌面上，看着苍蝇尸体，他呵呵一笑。

张秃子冷冷地说，也就只能打个苍蝇。

王海英噗嗤一声笑了。

2

午后，客人渐渐走光了。李响趁朱雀儿不注意，从吧台装钱的抽屉里取了五百块钱塞进兜里，然后走进厨房，对正在和张秃子商量事情的朱雀儿说，雀儿，下午我去参加个诗歌活动。朱雀儿说，你爱去哪儿就去哪儿，别来烦我。李响吐了吐舌头，溜出厨房，换上那件皱巴巴的白衬衫，戴上那顶绣着英文字母 SBS 的黄色网球帽，兴冲冲地出门。

挤上 21 路公共汽车，李响的手一直捂着口袋，生怕那五百块钱被小偷夹走。公共汽车上充满了各种味儿，空气浑浊不堪。李响幻想着章燕身上的香水味，以此来抵御车上的怪味。旁边一个高个貌美的姑娘和他保持着距离，不时地用怪异的目光瞟他，提防着他，仿佛他是色狼或者小偷。他心想，臭美什么，你瞧不起我，我还瞧不起你呢，嘿嘿，我还是个诗人呢，不过，心里还是有点自卑感，觉得自己和那姑娘是两个世界里的人。

到了晖阳广场站，李响挤下了公共汽车。下车后，赶紧摸了摸裤兜里的钱，发现钱还在，悬着的心放回了原处。看了看手机，才两点十分，他和章燕约好，三点钟在晖阳商厦六楼的电影院见面。

他来早了，想了想，先去晖阳广场三楼的化妆品商店转转。

这个时候，晖阳商厦的人不多，显得冷清。走进一家化妆品商店，这里的店员清一色水灵灵的漂亮姑娘。她们微笑地看着他，李响被她们的目光炙烤得冒汗，尽管商场里的冷气很足。他走到柜台前，从裤兜里掏出张皱巴巴的纸，递给大眼睛姑娘：你看看，有这种香水吗。

大眼睛姑娘看了看，迈克高仕，有的，你自己用的吗？

李响的脸发烫，不是，不是。

大眼睛姑娘笑笑，那是？

李响窘迫地说，给我女朋友买的。

大眼睛姑娘，我猜就是。

她找出了这个牌子的一款香水，打开盒子，拿出香水瓶，这款玫瑰金色的迈克高仕的女士香水，卖得很好的，你看看可以吗？

李响说，可以，多少钱？

大眼睛姑娘说，四百六十一瓶。

李响睁大眼睛，这样一瓶香水就四百六十，好贵。

大眼睛姑娘笑了，都这个价，这是名牌，瑞士产的。

李响盘算了下，如果买这瓶香水，买电影票的钱就不够了，说好请章燕看电影的，要是三百块钱一瓶，就咬咬牙买了。他说，有便宜点的吗？

大眼睛姑娘将香水瓶装回盒子，其他牌子有的，要吗？

李响摇了摇头，灰溜溜地走了。

他不敢再进化妆品商店了，直接到了六楼，在电影院外面，找了个角落坐下，等待章燕。李响十分懊恼，要是多拿两百块钱，就不会如此难堪了。这是多好的机会，给章燕送上她喜爱的香水，也许就可以捕获她的芳心，他们的关系或者能够更进一步。

章燕挺准时的，不到三点，就和他接上了头。章燕红光满面，穿着胸前绣着颗红心的黑色T恤，那条牛仔短裙紧绷，像随时都会被饱满的肥肉胀裂，黑色网状丝袜将大腿小腿上白嫩的皮肤切割成许多小块，每小块皮肤都鼓出来。她身上还是散发出浓郁的香水味，李响觉得她一定用掉了半瓶香水。章燕扑上来，踮起脚尖，拥抱了他一下。李响在和她相拥的刹那间，觉得她还是和丁阳光拥抱比较合适，这个念头很快打消，觉得将肉乎乎的章燕抱在怀里，是种奇妙的享受。

章燕选择了三点十分的那场电影。这个时间，又不是周末，看电影的人极少，加上他们俩，全场不到十个人。章燕喜欢坐最后一排，她说后面没有人，心里踏实。李响觉得她说的有道理，要是后面有人，总会有被窥视的感觉。电影开始后，李响试探地将手放在了章燕的大腿上，章燕目不转睛地盯着屏幕，没有理会他。她的大腿温热，要不是隔着层丝袜，会很柔软，不过，那丝袜十分性感，激起李响的欲望。他根本就无心看电影，手在章燕的大腿上蛇般游动，就要摸到大腿根部之际，章燕娇嗔道，讨厌，好好看电影。说着，将他的手拨开。

李响受到了小小的挫折，没有气馁，不一会儿，又将手伸过去，握住了她的手。章燕的手异常柔软，像是没有骨头，不像朱雀儿的手，那么粗糙，锉子一般。起初是轻轻地握着，见她没有拒绝，就用了点力，十指紧扣。两人的手掌都热热的，不一会儿渗出了汗，湿了。章燕挣脱开来，太热了，好好看电影吧。李响收回手，心里有点不是滋味，假模假样地看了会儿电影，心根本就不在银幕上。

又过了会儿，李响故意将头靠过去，深深地呼吸，香水味刺激得他想打喷嚏，又撩拨得他浑身难耐。章燕十分专注地看电影，不漏过一个细节和场景，对于李响的动作不是很在意，要不是影响到观影，是不会采取行动的。李响凑近前，气息呼在她脖子上，章燕

275

才不耐烦,推开他的头,痒死了,你好好看电影不行吗?再这样我不看了,走人。李响这才老实下来。直到电影结束,李响没有再采取行动。散场后,他们走出电影院。章燕搔了搔头发,笑着问,你觉得这部电影怎么样?李响根本就没看电影,无言以对。章燕说:你不喜欢?李响觉得有必要附和一下,喜欢,喜欢。章燕笑出了声,可是我不喜欢,浪费时间,早知道去喝下午茶的。李响心里一阵哀鸣。

3

朱雀儿发现抽屉里的钱少了,问王海英,你知道谁动过抽屉?王海英说,我从来不碰抽屉的,我不知道。张秃子说,除了你男人,还有谁?我们都不会碰的。朱雀儿咬牙切齿,这个混蛋,越来越不像话,偷起钱来了。

王海英惊讶,啊,不会吧,饭馆从来没有丢过钱的。

张秃子说,有什么大惊小怪的,他什么事情干不出来?

朱雀儿恼怒地说,你们别说了。

张秃子还在说,人是你自己捡回来的,也是你自己带回家的,就是一坨屎,你也要吞下去,怪不得别人,我话早说在前面了,你就是不听。

朱雀儿急了,张秃子,闭嘴,轮不到你来教训老娘!他就是把我掏空了,也比你好。

张秃子说,屁!

王海英说,秃子,你少说两句吧,雀儿老板心里难受。

朱雀儿喃喃自语,我供他吃,供他住,还给他睡,从来没有亏待过他,总觉得他不容易,没想到他会这样,要钱吭一声,我会给的呀,我又不是小气的人。

王海英安慰她，雀儿老板，李哥想必是碰到了麻烦事，来不及和你说，先取了钱去，消消气，等他回来，好好问他就是了。

就在这时，朱雀儿的手机响了。朱雀儿心里一惊，是老家来电。父母亲早就不在，她也没有兄弟姐妹，会是谁打来的。接通电话，对方沉默。她说，喂，我是朱雀儿，你是谁？

过了会儿，才传来少年的声音，妈，是我，晓剑。

朱雀儿又惊又喜，晓剑，真的是你吗？

晓剑说，真的是我。

朱雀儿眼睛湿了，儿子，我以为你忘了妈妈了，四年了，你就不给我打个电话，我打电话给你，你也不接。

晓剑哽咽，是我爸不让我打你电话，也不让我接你的电话，妈妈，我错了，我想你。

朱雀儿泪水流淌下来，别哭，儿子，妈妈不怪你，只要你好，你过得快乐，你就是一辈子不理妈妈也没有关系。

晓剑说，妈，你好吗？

朱雀儿抹了抹泪，我好，很好，你放心，听到你的声音，妈妈很开心。

晓剑哭出了声，听上去十分悲伤。朱雀儿的心提起来，突然觉得不对劲，四年不来电话，突然来电，这里面有蹊跷。朱雀儿说，儿子，是不是发生什么事情了？快告诉妈妈。

晓剑说，妈妈，我爸快死了，你救救他。

朱雀儿说，你爸怎么了？

晓剑说，一年前，他就得绝症，身体无力，全身肌肉一点点消溶，现在就剩一身骨头，躺在床上奄奄一息。钱也花完了，现在不知道怎么办，我想只有妈妈才能救爸爸。

朱雀儿说，那么多钱一年就花完了？那狐狸精呢？

晓剑说，荷花阿姨跑了，还卷走了很多钱，我爸信任她，钱都

277

给她管。

朱雀儿咬着牙说,你爸活该,我不会管他的,想想从前那样对我,我气就不打一处来,让他死掉吧,不要救他,他死了你跟我过,妈妈培养你,妈妈有这个能力。

晓剑泣不成声。

朱雀儿说,儿子,你要清楚,是他当初赶妈妈出门的,我没有拿他一分钱,现在我怎么能回去救他,况且,我也没有能力救他,妈妈辛辛苦苦赚的钱,不够他治病的。

晓剑突然吼叫,妈,我告诉你,你要不救我爸,我就永远不理你。

晓剑将电话挂掉了。

朱雀儿顿时跌落万丈深渊,呆呆地拿着手机,泪眼迷蒙。张秃子和王海英注视着她,不知道发生了什么事情,也不知道怎么安慰她。

4

章燕挖起一勺巧克力冰激凌,往嘴巴里塞,还朝李响笑,你也吃点吧,可好吃了。李响摇了摇头,吃不惯。章燕又挖了一勺冰激凌,伸到李响面前,来,尝尝,真的美味的。李响往后躲,不要,真的不要。章燕拉下脸,吃不吃?李响只好吃了口冰激凌,还没有感觉出什么味道,就滑进喉咙里了。章燕说,味道如何?李响只说了一个字,甜。章燕说,土包子。

章燕的手机响了几下。她看了看微信消息,突然说,不想吃了,我得走了。李响说,去哪儿?章燕说,有个朋友找我谈事情,你和我去不合适,你回去吧,我们再约。她站起身,拎着小包走出甜品店。李响木然地看着她离去,十分揪心,像是被抛弃的孩子。

过了一会儿,他站起身,追了出去。

章燕拦了辆的士,上车,她看到了李响,朝他挥了挥手,车就开走了。

一不做二不休,李响也上了辆的士,对司机说,跟上前面那辆红色出租车。司机没有说话,一踩油门就追了上去。司机开车技术没说的,紧紧地咬着那辆红色的士不放。司机说,你是便衣?李响目光死死地盯着前面的红色的士,没听清司机说的话,随意点了点头。司机说,我的目光不错吧,你上车就知道你是执行任务的便衣。路遇红灯,司机停下了车,眼睁睁地看着章燕乘坐的车穿过十字路口开远了。李响十分懊恼。司机老练地说,别急,一会儿就可以追上,我记住了那车的车牌号。

果然,这个司机没有吹牛,七拐八拐,很快地追上了那辆红色的士。

司机说,怎么样?

李响说,你行。

天渐渐黑了,城市的灯光迷离。章燕在一家日式料理店门口停了下来,兴冲冲地走了进去。司机对李响说,车停哪里?李响说,刚才那胖女人下车的地方。司机痛快地说,好咧。李响下车,司机还在说,便衣同志,祝你成功抓住罪犯。李响心想,什么乱七八糟的。司机得意地开车离开。李响站在日料店门口,迟疑着要不要进去。如果进去,被章燕发现,那他就完了,不要想再靠近她了。他又有强烈的好奇心,她到底和谁在一起,一个信息就可以将她叫走的人是谁?

考虑良久,他打消了进入日料店的念头。

旁边有落地玻璃窗,可以看到里面的情景。他躲在窗边,探出半个头,往日料店里窥视。他的目光准确地搜索到了章燕的背影,面对着章燕的人竟然是包工头宋建平。宋建平和章燕很亲密的样子,他还夹起一块鱼生,往章燕嘴巴里送,章燕身体往前倾,配合着宋建平。李响脑袋嗡的一声,觉得前功尽弃,心里悲凉到了极点。

他跟跟跄跄地在街上漫无目的地走着。

5

很晚了,李响才来到小饭馆,小饭馆已经关门了。他觉得很饿,无力感。在这个城市里走了那么久,他觉得自己就是一条流浪狗。还是朱雀儿对他真心,他的幻梦破灭了,很想回到朱雀儿身边,可是等待他的是什么,毕竟偷偷拿走了朱雀儿五百块钱,那是朱雀儿他们的血汗钱。李响离开了朱雀儿,那真的什么也不是了,他要向朱雀儿认错,痛改前非,好好和朱雀儿过下去。

回到朱雀儿住处,门缝里还透出灯光,她一定没睡。

李响拿出钥匙开门,门里面反锁了,怎么也开不了。

他敲了敲门。

里面没有动静。他又敲了敲门。过了好大一会儿,他正准备第三次敲门,听到了门里传来的脚步声。朱雀儿沙哑的声音,谁?李响说,雀儿,是我。朱雀儿说,你还知道回来。李响说,雀儿,我不回来能去哪里。朱雀儿说,你去哪里和我有什么关系,我们本来就是陌路人。李响说,雀儿,求求你,开门好吗,我错了。

门开了,朱雀儿穿着睡衣,脸色憔悴地站在他面前。

李响心酸,一把抱住朱雀儿,流下了泪水。

朱雀儿喃喃地说,我以为你不会回来了。

李响哽咽地说,怎么会?

朱雀儿推开他,抽了抽鼻子,蹙起眉头,你身上有香水味。

李响说,诗会里有几个女诗人,她们都喷了香水。

朱雀儿冷笑，早编好了说辞吧。

李响说，真的，不信你打电话问丁阳光。

朱雀儿说，你们是一伙的。

李响无语。

朱雀儿又说，好，就算你刚才说的是真的，我问你，你为什么要偷走五百块钱，你知道有多丢人吗？你让张秃子和王海英怎么看待我们？

李响双手抱头，蹲在地上，痛苦的样子，我爸病了，需要钱，我就拿了五百块钱汇给他，本来想回来时告诉你的，雀儿，我错了，再不会做这样的事情了，这五百块钱就算我借你的，日后一定还你。

朱雀儿叹了口气，你欠我的还得清吗？

李响说，还不清，给你做牛做马也还不清。

朱雀儿无奈地说，睡吧，不扯了，扯再多也没有用，男人都一样，口是心非。

她上了床，熄了灯。李响在黑暗中站起来，他不知道自己的脸此时有多么扭曲。他脱掉衣服，爬上了床。过了好大一会儿，朱雀儿轻声说，李响，你说心里话，你在乎我吗？李响说，在乎。朱雀儿说，我现在碰到大困难，你会想办法帮我吗？李响说，会，什么困难？

朱雀儿说，我和你说过，我有个儿子，今年十三岁了，他爸得了绝症，需要一笔救命钱，如果我不帮他，儿子就再不会理我了。我不想失去儿子，还是想帮他，我想筹十万块钱，先给他救急，以后再想办法帮助他。可是，我只有五万块钱存款，多了拿不出来。

李响说，我该怎么帮你？你很清楚，我身无分文。

朱雀儿说，你不是认识很多诗人朋友吗？比如那个丁阳光，不是说他很有钱吗？可不可以向他们借点钱，我会想办法还他们的，借条我来写，不用你负责任。你看怎么样？

李响说，我试试吧。

朱雀儿说，谢谢你，睡吧。

李响伸出手，放在她的乳房上。朱雀儿将他的手拿开，今天太累了，没有心情，以后再说吧。李响缩回手，咳嗽了一声。过了会，朱雀儿又说，你是不是真的很想要？李响说，嗯。朱雀儿说，那就来吧。李响扑上去，压在她身上，轻车熟路地进入了她。朱雀儿抽泣，喊着痛。李响来了兴致，不顾一切地疯狂。朱雀儿无法忍耐了，将他掀翻，大声说，李响，我不想要。

李响喘着粗气，没有说话。

朱雀儿说，我突然发现，你是匹狼，狼心狗肺的狼。说心里话，我已经不喜欢你了，要不是想求你借钱，我都不会让你进门的。我想你应该会安慰我，和我说些温暖的话，让我入睡，没想到你还是为了满足自己的欲望，不顾我的死活，你根本就不爱我，你爱的不过是我的身体。

李响说，你不是说过喜欢我，心疼我吗？

朱雀儿说，没错，我是喜欢过你，心疼过你，可是你变了，别忘了，我也是人，也会变的。

李响说，你不是说喜欢我写的诗吗，支持我写作的吗？

朱雀儿说，我是支持你写作，因为那是你认为正确的事情，现在我不支持了，我认为你写作是没有希望的。至于说喜不喜欢你写的诗，你想听真话吗？我实话告诉你，我根本不知道你写的是什么。

李响抓住自己的头发，企图将自己拔出深深陷入的泥沼。

朱雀儿说，睡吧，你我都冷静下来好好想想，你想帮我也可以，不想帮我也没有关系，你想走，我也不会拦你。

李响无语，脑袋嗡嗡作响。

朱雀儿的话让他有种大难临头的感觉，如果离开了朱雀儿，他还能否生存下去，还能否写那些狗屁诗歌。

6

李响找到了丁阳光。丁阳光在办公楼旁边的茶馆接待了他。丁阳光问他喝什么茶，李响说，随便吧。丁阳光要了壶普洱，两个人边喝茶边聊。丁阳光见他欲言又止，爽快地说，大上午来找我，是不是有什么要紧事情，有事就直说，只要我能够办到的，都没有问题。李响红着脸，那我说了。丁阳光说，快说吧，急死人了，别像便秘一样。李响将来意说明，然后忐忑不安地等待丁阳光的回答。

丁阳光不紧不慢地端起一杯茶，慢慢地喝着。

这下轮到李响着急了，伸长脖子等待他的回答。

丁阳光终于放下茶杯，笑眯眯地说，按理说，五万块钱对我来说，不算什么，还是可以拿出来的，可是，就在前天，我买了套新房子，交掉了首付，就囊中羞涩了。

李响失望极了。

丁阳光说，不过，你不要急，我找别的朋友想想办法，你是我的好兄弟，你的事情就是我的事情。

李响知道这是托词，口里却说，谢谢丁兄。

丁阳光突然话锋一转：听说最近你和章燕打得火热呀，作为朋友，我想劝告你一句，离她远点，她不是什么国企老板，也没有什么大房子，就是个开服装店失败的女人，而且年龄也比你大。她骗了很多人，连我也上过当，你要当心，不要赔了夫人又折兵。

李响说，我有什么好骗的？

丁阳光笑笑，你不是有个小饭馆吗？

李响说，小饭馆不是我的，是朱雀儿的。

丁阳光又笑笑，朱雀儿不是说过，她的就是你的吗？

她为什么要骗我？李响脑海一片空茫。

丁阳光的话是真是假，他无从考证，只是觉得对这个世界无所适从，突然产生了逃回柳村的念头。

回到小饭馆，已经是中午，天气有了变化，天上大朵大朵的铅云在疾走，像许多动物在奔逃。地面上也刮起了风，整个街区尘土飞扬。台风要来了。小饭馆里就餐的人很多，有的人还站在门外等。李响垂头丧气地走进小饭馆，正在给客人点菜的朱雀儿看到了他，点完菜，赶紧将他拉到一边问，怎么样？李响摇了摇头，将丁阳光的原话复述了一遍，然后说，雀儿，对不起。朱雀儿说，难为你了，再想办法吧，你也尽力了，谢谢你，昨天晚上我说的都是气话，你不要放在心里。李响突然说，雀儿，我想回家。朱雀儿愣愣地看着他，眼圈红了，难过地说，先不说这事，忙完再说吧。

朱雀儿接到了个订餐电话，是宋建平打来的，让她送两个菜过去，他经常让朱雀儿送餐。平常都是王海英或者李响去送，今天她考虑了一下，还是亲自去送，当然，她是有目的的。包装好饭菜，朱雀儿交代李响照顾一下吧台，提着饭菜出门去了。

李响帮着点菜和收银，忙碌着，心里充满了焦虑，盼望朱雀儿早点回来。过了一个多小时，饭馆的生意渐渐淡下来了，她还没有回来。从小饭馆到建筑工地的简易工棚，也就几百米远，怎么就去了那么久呢？李响担心朱雀儿会不会出什么事情，隔一会儿就出门观望。他正要过去看看发生了什么，朱雀儿回来了，头发有点乱，脸蛋红红的，脖子有乌青块。

李响关切地说，雀儿，怎么了？

朱雀儿拿起梳子，梳梳头，苦笑道，没什么，没什么。

李响追问，不对，一定发生什么事情了，告诉我。

朱雀儿说，别问了，和你没有关系，你不是要回家吗？我考虑好了，你想回去就回去吧，没有路费，我给你，也算是给你的工钱，难为你在我这里受了那么多苦。

李响眨了眨眼睛，然后直勾勾地注视着她，我改变主意了，不走了。

朱雀儿淡淡地说，随你。

7

这天，台风真的来了，小饭馆停业一天，附近的工地都停工了。窗外狂风大作，暴雨如注。一大早，李响就醒过来了，朱雀儿还在沉睡，昨夜回来，她没有洗澡，也没有脱衣服，就躺下了。李响没敢碰她，默默地躺着，他们也没有语言的交流。李响肚子饿，起床吃了块面包，喝了杯牛奶，就坐在桌子边，打开电脑，漫不经心地浏览一些网页。他正担心台风会将小饭馆掀翻，看到了滚动播出的关于台风带鱼的新闻，说是带鱼改变了方向，往福建方向去了，已于今早六点五十分在福建连江正面登陆，A市受到台风带鱼影响，普降暴雨。李响松了口气。

他想写首诗。

可是绞尽脑汁也写不出来。

电脑屏幕上一直就只有个标题：暴风雨。

晌午时分，朱雀儿醒了，问道，李响，几点了？李响回答，十点半了。朱雀儿说，误事了，我怎么睡得这么死？李响说，你要出去？朱雀儿说，是的。李响说，外面暴风雨。朱雀儿说，下刀子我也要去。

朱雀儿爬起来，进卫生间撒了泡尿，随便洗漱完，拿着伞，出去了。李响追出门，雀儿，我和你一起去。朱雀儿回过头，你在家等我，我很快回来。李响说，你要小心。朱雀儿说，放心吧。

焦虑的等待。

等待的焦虑。

李响坐立不安,在房间里走来走去。桌子上那盆兰花,将要枯死,他想起第一次见到兰花的情景,心中充满了伤感。他曾经劝朱雀儿将兰花扔了,她总是说,它会活过来的,之前也有过这样的情况,还是活过来了,还是开了花。

李响焦虑地等待了两个多小时,朱雀儿才回来。

伞不见了,也许被狂风吹走了,朱雀儿被暴风雨淋得浑身湿透了,头发凌乱不堪,脸色死灰,嘴唇寡淡,没有血色。脸上淌着水,不知是泪水还是雨水,她浑身筛糠般颤抖,牙关打战。她扑进李响怀里,呜呜地哭。

李响紧紧地搂抱着她,难过地说,雀儿,到底怎么了?告诉我。

朱雀儿无法忍耐,哭着说,他,他骗我,骗我。

李响说,谁?

朱雀儿说,宋,宋建平。

李响说,他怎么骗你?

朱雀儿在他怀里号啕大哭,边哭边给李响讲述了事情的经过。昨天中午,朱雀儿去给宋建平送餐。走在路上,朱雀儿就考虑,是不是向宋建平开口,也许他会借钱给自己,因为平时关系也不错,他很照顾小饭馆生意的。宋建平自己住个单间,朱雀儿走进他房间时,他正在玩手机。见到朱雀儿,他满脸堆笑,怎么今天你亲自来送饭?朱雀儿妩媚一笑,你都好几天没来了,想你了呗。宋建平热辣辣的目光盯着她,小嘴抹了蜜嘛。朱雀儿说,菜才炒的,趁热吃吧。宋建平走过去,将门反锁上,朱雀儿的心噗咚噗咚乱跳。宋建平凑近她,你一定有什么事情找我。朱雀儿将想好的话说出了口。她刚刚说完,宋建平就抱住了她,朱雀儿挣扎,放开我,不能这样。宋建平压低声音说，雀儿，我想你很久了，只要你答应我，钱没有问题，明天上午十点半，你尽管来取，借条都不用你写。朱雀儿不再挣扎，粗暴的宋建平在她身上发泄欲望之火，朱雀儿咬紧牙关，承受着暴风骤雨般的肆虐……

朱雀儿脱掉衣服，赤身裸体站在李响面前，她脖子上乌青块、双乳上的咬痕、大腿上的青紫……都在向李响控诉宋建平的暴行。朱雀儿哭诉，猪狗不如的宋建平，骗我，刚才我去找他，他竟然反悔了，说根本就没有答应过我要借钱给我，还羞辱我，说我自己发骚送上门的。

朱雀儿说完，躺在床上，不吼不叫了，默默地淌泪，像具尸体。

李响脸色铁青，拿起被单，盖在朱雀儿身上，她闭上了眼睛。

李响浑身瑟瑟发抖，浑身瘫软下来，坐在床边的地下，像一摊烂泥。有一万把尖刀，插在他心上，血浆飞溅，疼痛不已。他是替朱雀儿难过，也替自己难过，他无法安慰朱雀儿，也没有勇气去帮朱雀儿报仇，甚至连报警的勇气都没有。他和朱雀儿一样流着泪，仿佛他也是个受害者。

朱雀儿抽泣着。

李响也哭出了声。

朱雀儿突然停止了抽泣，李响却还在哭泣。朱雀儿沙哑着嗓子，你哭什么？李响忍住出声。朱雀儿说，李响，我问你，你哭什么？李响什么话也说不出来。朱雀儿说，我哭，是因为我受到了欺负，我委屈，我痛苦，而你，到底哭什么？李响被她问懵了，怯弱地说，我，我……

朱雀儿提高了声音，我被欺凌，回到家里，和我的男人哭诉，我的男人没有想到要去给我报仇，连一句安慰的话也没有，还和我一样哭，这个男人还是男人吗？李响，我问你，你还是男人吗？

李响无地自容。

朱雀儿说，李响，你说，你靠得住吗？我想，就是我前夫那个王八蛋，要是他在这里，见我这样被人欺负，他也不会袖手旁观。而你，就在我面前，竟然无动于衷，还像个娘们那样哭，你难道没有一丁点血性？

李响抹了抹眼睛，站起来，默默地看着朱雀儿，浑身颤抖。

朱雀儿叹了口气，算了，我不说了，说再多也没有用，烂泥糊不上墙，我就是被宋建平杀了，也激不起你的半点血性。

她闭上了眼睛，胸脯起伏。

李响张了张嘴巴，想喊叫一声，可是没有喊出来。他觉得异常的羞愧，内心有种情绪在渐渐滋长。

李响俯下身，在她额头上深深一吻，然后站直了身，他好像从来没有如此站直身板。他走进厨房，操起一把菜刀，走出门，然后轻轻地关上了门。过了好大一会，朱雀儿才睁开眼，叫唤，李响，李响——

没有人回应她。

朱雀儿爬起来，找了一遍，没有发现李响的身影，感觉到大事不好，穿上衣服，冲了出去。她在狂风暴雨中呼喊，李响，回来，回来——

街上空无一人，她跌跌撞撞地朝建筑工地的宿舍奔去。在风雨中摔倒，她爬起来，继续奔跑。当她快到建筑工地宿舍时，听到了警车和救护车尖利的警笛声。她心里哀鸣，李响完了。她想，李响是打不过五大三粗的宋建平的，况且，宋建平还有那么多工友，他们任何一个人的力气都比李响大，李响要吃大亏了。朱雀儿痛恨自己，是自己害了李响，他是多么可怜的一个人，为什么要激他去做他不能做的事情？

她走进了建筑工地宿舍，宋建平房间门外围满了工人，他们站在雨中，面无表情地注视着李响，李响浑身是血，手提着那把锋利的菜刀，站在宋建平的房间门口，神情木讷。朱雀儿呆立在那里，凝视着李响。警车和救护车开进来，从车上跳下来很多荷枪实弹的警察，他们用枪对着李响。朱雀儿浑身颤抖，想喊叫却喊不出来。李响扔掉了手中的菜刀，举起了双手。几个警察扑上去，按倒李响，将他铐起来，拖到一辆警车旁边，然后被塞进了警车。在塞进警车之前，李响朝朱雀儿惨淡一笑，那一笑令朱雀儿心碎。

让朱雀儿百思不得其解的是，李响怎么不晕血了？

2017 年 7 月 13 日完稿于上海家中

（发表于《江南》2017 年第 5 期）

向想想气得浑身发抖,他从茶几上操起一个铁质的花瓶,朝她头顶砸了下去,向婷婷闷哼了一声倒在地上。向想想面目狰狞,嘴巴里叽里咕噜地说着什么,在厨房的抽屉里,找出了一把锤子,回到了客厅。丧心病狂的他,竟然将他把玩的那颗铁钉钉进了妹妹的头颅。

软弱

1

丁小丁一直觉得自己智商很高，不是个傻瓜，可是，当他在盥洗室的地板上看到妻子向婷婷的尸体，突然就傻眼了，顿时不知所措。站在他身后的岳父向文明阴森森地看着女儿穿着红色吊带睡裙踡曲的尸体，嘴角不停地抽搐。向婷婷身上的红色吊带睡裙很短，身体裸露的部分很多，饱满的屁股呈现在他们眼前，还有那红色的小内裤。

丁小丁浑身抽搐，转过了身，是恐惧，还是不忍看到妻子的尸体？向文明叹了口气，抹了抹眼中的泪水，也转过了身。他们缓缓地朝客厅走去。向文明走到盥洗室门口，又折了回去，脱下身上的灰色西服，盖在了向婷婷身上，此时，窗外响起了雷声，天雷滚滚，暴雨如注。

丁小丁没有坐在客厅的沙发上，只是坐在小饭厅的餐桌前，双手的食指绞在一起，放在桌面上。向文明走过来，坐在他对面。他从裤兜里掏出一盒烟，从烟盒里抽出一支烟，叼在乌黑的嘴唇间，颤抖地点燃，深深地吸了一口，吐出浓浓的烟雾。

丁小丁沉闷地说，婷婷不喜欢烟味。

向文明沙哑的嗓音，她死了，闻不到烟味了，况且，她是闻着烟味长大的。

丁小丁说，所以，婷婷那么讨厌你。

向文明冷笑了一声，从前不是那样的。

丁小丁无语，目光落在岳父胡子拉碴而又黝黑的皱巴巴的老脸上，企图找到妻子死亡的答案。

丁小丁五天前离开家，走前，还给了向婷婷一个拥抱，他忘记了有没有亲吻她，以前出差，分别时，他会拥抱她，并且献上深情的一吻。这个雨夜，丁小丁回到家，发现迎接他的不是娇小美丽的妻子，而是坐在小饭厅饭桌旁的向文明。见到向文明，丁小丁心里一沉，这老东西怎么又来了？他不是很待见岳父大人，因为妻子和他的关系并不融洽，曾经一度特别紧张，见面就吵架。丁小丁没有搭理他，喊了声，婷婷，我回来了。向文明冷冷地说，别喊了，她永远听不见了。丁小丁脑袋嗡的一声，懵懵地说，你，你说什么？向文明还是冷冷地说，婷婷她死了。丁小丁讷讷地说，不可能，不可能，你胡说八道。向文明站起身，将他带到了盥洗室。

向文明边抽烟，边审视着丁小丁那张小白脸，这是一张女孩子喜欢的脸，俊美，还带着点忧郁，他在想，是不是这个混蛋杀死了女儿。

他们相互猜忌，沉默着，谁也不说话。

窗外还是雷鸣电闪，暴雨狂泻，天空像是被捅了个巨大的窟窿。丁小丁的家是两室两厅的房子，屋里每个窗户都关得好好的，也没有外人进屋的迹象，屋里所有的橱柜都还是老样子，井井有条，没有被翻动过的痕迹，财物一点也没有少。从向婷婷尸体来看，也没有打斗撕扯的迹象。可是，向婷婷真的死了，她到底是怎么死的？

这个雨夜，因为向婷婷的死，变得扑朔迷离。

2

良久，向文明打破了沉寂。他又点了支烟，吐出浓浓的烟雾，轻声说，小丁，你还记得王鲜吗？

丁小丁嘟哝道，什么海鲜王鲜，我满脑子都是浆糊。

你应该记得他的，他是个搞保健品传销的。他来找过我，为了让我买他的保健品,像个孙子似的,就差点没给我下跪了。他在我家里看到了你和婷婷的结婚照片,问我你和我什么关系。我说,你傻呀,那是我女婿。他突然笑了起来。我问他笑什么,他说那是个秘密。你知道我是个好奇心很强的人,他的话吊起了我的胃口。王鲜明白我的心思,提出了条件,只要我买他的保健品,并且为他发展下线,就将那个秘密告诉我。

丁小丁不动声色地看着岳父。

我答应了王鲜提出的条件。你知道吗?那个秘密竟然和你有关。他说你曾经想杀死我。我没有想到王鲜是你的朋友,你找过他,问他能否弄到慢性毒药。我知道了你要慢性毒药干什么,嘿嘿,没想到王鲜的秘密竟然和我也扯上了关系。

丁小丁苍白的脸微微有了血色,眼神也有些慌乱。

他记起了那个叫王鲜的人。

丁小丁是在一个饭局上认识他的,那个饭局人很杂,丁小丁有段时间跟着一个叫胡开亮的朋友混,胡开亮总是组一些人杂的饭局,三教九流凑在一起,什么鬼话都说,丁小丁觉得有趣,其实很多人吃完饭再见之后就再也不见,丁小丁还得乐在其中。那些日子,丁小丁特别烦向文明。六十多岁的向文明是个鳏夫,老婆在向婷婷十五岁那年就撒手归西,多年来,他都是一个人生活。尽管一个人生活,向文明一直没有停止过寻花问柳。那段时间,向文明又钓上五十多岁的女人,女人和他交往,需要花钱,向文明没有什么积蓄,那点退休金怎么够他挥霍,于是三天两头找女儿要钱,要不到钱就要无赖,赖在他们家里不走。丁小丁夫妇都对他厌恶到了极点。自从和向婷婷结婚后,向文明一次次到他家要钱,仿佛他们家就是银行,丁小丁实在受不了了,真的想让岳父死去,可是又不能明目张胆地杀死他,令丁小丁烦躁不安。

那天晚上饭局,王鲜坐在丁小丁旁边。几巡酒过后,饭局就乱

295

了，有的和女人打情骂俏，有的在一起窃窃私语，像是在密谋什么惊天大案。王鲜不放过任何一个机会推销他的保健品，企图趁机发展下线，他找了俩人碰壁后，回到了座位，见丁小丁自个儿在喝闷酒，就和他攀谈起来。说着说着，王鲜就问他，你家里有老人吗？丁小丁说，有啊，我父母亲是老人，我岳父也是老人。王鲜的目光顿时生动，口若悬河地说，家里有老人，是个宝呀，可是，老人最大的问题就是容易生病，生起病来，那就是拖累了，俗话说，久病床前无孝子嘛，有种东西特别好，是马来西亚的产品，用一百多种植物提炼而成，那东西叫百草液，只要老人长期服用，保证不得病，甚至还能够让老人变得年轻，有个老头，七十六岁了，服用了半年，白发都变成黑发了，还有一个老头，都八十岁了，服用三个月，竟然能够勃起，去嫖娼还被抓了，哈哈哈。丁小丁盯着他夸张得变形的嘴巴，突然说，你有慢性毒药吗？就是老人吃了慢慢死掉的那种，还要尸检检不出来的。王鲜怔住了，缓过劲后，压低了声音说，哥们，你是不是巴望你父母死掉？丁小丁变了脸色，去你妈的，你才巴望你父母死掉呢。王鲜笑呵呵地说，丁兄息怒，息怒，我说错话了，掌嘴，对了，你买点百草液，孝敬一下父母呗，不行的话，我先送点给你，你父母亲要是觉得有作用，你再买，你把你父母的联系方式告诉我，我送上门去。丁小丁说，我父母身体好，不需要，你还没有回答我的问题呢。王鲜凑在他耳边说，你告诉我，慢性毒药给谁用，我就答复你。丁小丁叹了口气，我岳父那老东西烦死我了。王鲜吐了吐舌头，轻声说，这东西难搞呀，我得去找，找到了再说吧，你还是先把你父母的联系方式告诉我吧。丁小丁说，去，先弄来慢性毒药再说。王鲜笑笑，那我们加个微信吧。

那个饭局之后，丁小丁和他有了来往，尽管没有把父母亲的地址给他，却成了个可有可无的酒友。

向文明冷笑道，我早知道这事情了，你们给我的东西，都被我扔垃圾桶里去了，我怕被毒死，我还想多活几年。你说，婷婷是不是被你用慢性毒药毒死的？你只要告诉我真相，说不定我可以放你一马，我就不报警了。

丁小丁突然吼叫，你个老不死的，血口喷人，婷婷和我一直恩恩爱爱，我怎么可能置她于死地？

向文明将烟头摁在干净的桌面上，说，你别以为我是聋子和瞎子，你们那些事情，我也知道一些的，你记得张凤柳吗？

丁小丁像泄气的皮球，耷拉下头，谁是张凤柳？

3

丁小丁不知道从哪天起，和向婷婷的感情淡漠了。不过，他还会在出差时，在寂寞的夜里，想起和向婷婷热恋时的美好时光。丁小丁虽然是个理科生，也喜欢舞文弄墨，虽然写的诗歌总是欠点火候，成不了诗人，但是他对诗人还是十分崇拜，经常会去参加一些诗歌朗诵会。

他就是在一次诗歌朗诵会上认识向婷婷的。那时候的向婷婷已经是本市小有名气的女诗人了，在丁小丁眼里高不可攀。丁小丁想象中的向婷婷，是个高傲的冷漠的女子，传闻她一直没有男朋友，因为她的眼光太高，恃才傲物，又有传闻她爱上了北京的一位大诗人，可是那位大诗人对她没有兴趣，她只是单相思。那晚的诗会后，丁小丁对她有了些许了解，发现她不是传说中的那个人。

诗会很热闹，身材娇小的向婷婷躲在一个角落里，戴着一顶白色的网球帽，帽檐压得很低，丁小丁离她有两米多远，看不清她的眼睛，只能看到她白皙的半边脸，他觉得她的鼻子长得好看，十分精致的感觉。诗会时间过半之际，向婷婷上去朗诵了她的一首新作。丁小丁记不起那首诗歌了，当时听得他心潮澎湃，不是因为诗写得好，而是她的声音太好听了，用夜莺呀天籁之音什么的形容都太俗气了，丁小丁找不出更加贴切的形容词，反正她的声音已经让他痴迷了，他觉得自己爱上了向婷婷。丁小丁发现她是那么的柔弱，羞怯得见不得人，朗诵完后，匆匆地躲回那个角落，低着头，仿佛众人的目光和热烈的掌声会将她吞噬。诗会结束后，她就一个人孤独离开，丁小丁像贼一样跟着她。丁小丁不知道她家住在哪里，也不敢上前问她，或者对她说送她回家。那是深秋的夜晚，风透着肃杀，落叶飘零，她娇小的身体在风中显得凄凉和无助。

跟了一段路，向婷婷突然停住了脚步，丁小丁也停住了脚步。向婷婷回过身，对他说，为什么跟踪我？他们之间的距离约摸十米远，丁小丁十分窘迫，不知所措。向婷婷走到他的面前，质问道，为什么跟踪我？丁小丁支支吾吾地说，喜，喜欢你。向婷婷咯咯地笑起来，喜欢我什么？丁小丁忐忑不安地说，喜欢你的声音。向婷婷笑得更欢了。丁小丁那时想逃，可就是迈不开腿。他要是逃了，就没有后来的故事了。

向婷婷说，你倒是蛮实在的，我相信你说的话，现在真实的人不多。她说出这话后，丁小丁心里的一块石头落了地，她比在诗歌朗诵会会场开朗了许多。丁小丁说，我还喜欢你的诗。向婷婷说，很多人喜欢我的诗。丁小丁说，也许我比任何人都喜欢。向婷婷说，那么自信？丁小丁说，因为爱才自信。向婷婷笑着说，我喜欢你这句话，是诗句。丁小丁说，是我心里话。向婷婷说，也许是谎言。丁小丁说，不是。向婷婷说，现在不是，未来是。丁小丁说，我想不了那么远。向婷婷说，你很现实。丁小丁说，难道你不是活在现实中？向婷婷说，写诗的人追求浪漫。丁小丁说，对不起，我浪漫不起来。向婷婷说，你能够跟踪我，其实也很浪漫了，你叫什么名字？丁小丁说，丁小丁。向婷婷又笑了，好奇怪的名字，让我联想到丁丁。丁小丁脸红了。

丁小丁和她认识半年后就确定了恋爱关系。他至今不知道向婷婷为什么会嫁给他，他是那么的平常，那么现实。在恋爱的过程中，他对向婷婷有了一些了解。向婷婷毕业于本市著名的一所师范大学，是相阳中学的语文老师，因为过于倾情于诗歌，教书并不出色。她有个哥哥，叫向想想，这个名字的由来有些古怪，据说她父亲很希望有个女儿，就给儿子取了这样一个名字。向想想没有上大学，在社会上瞎混，在一次斗殴中致人重伤，蹲了十几年大牢，出狱后远走他乡，和家里断了联系。曾经渴盼有个女儿的向文明真的有女儿后，并不珍视。向婷婷对丁小丁说，我爸只是在外人面前喜欢我，装出一副疼爱我的样子，在家里却不管我，只管自己看电视抽烟，都是我妈管我，我妈对我是真好，让他不要在我面前抽烟，他就冲我妈吼叫，他吼叫起来就像个魔鬼，我看到他就害怕，他不仅仅吼叫，有时还动手打我妈，有时连我一起打，我妈是个软弱的女人，逆来顺受忍气吞声，还让我不要抗争，说一切都是命。丁小丁记得结婚前，向婷婷问过他，结婚后会不会对她凶，对她吼叫。丁小丁说不会。向婷婷让他写保证书，如果朝她吼叫，就离婚。丁小丁答应了她。向婷婷在新婚之夜告诉丁小丁，在他之前，她谈过两次恋爱，都因为那两个男朋友朝他吼叫过吹了。丁小丁将她搂在怀里，亲吻着她说，婷婷，我保证不会朝你发脾气，我会把你当皇后供着。向婷婷笑着说，你又不是皇帝，我只要过平平安安的日子。

婚后的日子并不平安。

蜜月期过后不久，丁小丁和她发生了第一次不快，因为向文明。那天丁小丁给向婷婷在老洋房西餐厅过了一个温馨浪漫的生日，吹蜡烛时，有个漂亮的小提琴手在一旁拉了一曲《祝你生日快乐》，丁小丁朗诵了一首自己写的诗，让生日晚宴达到了高潮。没想到，就在这个温馨甜蜜的夜晚，发生了一件事情。他们回家的时候，在楼门口的花池边上，看见了向文明。向文明坐在那里抽香烟，旁边还放着一盒生日蛋糕。向婷婷喃喃地说，他怎么会来，他从来都记不起我生日的？丁小丁说，不要这样说，他还是记得你生日的。向婷婷说，他记得的是钱。无论如何，向文明还是丁小丁的岳父，他走过去，很有礼貌地说，爸，你怎么来了？向文明瓮声瓮气地说，我怎么来了，我不能来吗？我是来给我女儿过生日的，你们跑哪里去潇洒了，让我等了半天。丁小丁赔着笑脸说，爸，我们到外面吃饭了，走，上楼吧。向文明站起来，拍了拍屁股说，把蛋糕拿上。丁小丁提起蛋糕，对妻子说，婷婷，去开门。向婷婷瞥了父亲一眼，嘟哝道，我长这么大，第一次给我买蛋糕，醉翁之意不在酒呀。向文明说，良心都被狗吃了。向婷婷说，我是没有良心，你有。丁小丁说，婷婷，怎么和爸说话？上楼吧。

　　回到家里，向婷婷放下东西就进房间里去了，重重地关上了门。丁小丁知道岳父爱喝酒，拿出一瓶白酒，给他倒上了一杯。向文明坐在饭桌前的椅子上，跷起二郎腿，用命令的口吻说，小丁，给我弄两个菜。丁小丁在冰箱里找出一段红肠，切了片，端上桌，毕恭毕敬地说，你先喝，我再去炒个热菜。房间里传来向婷婷的声音，要喝回家喝去，都几点了，明天还要上班，让不让人睡觉了。向文明说，嫁了人，翅膀硬了呀，连老子都不认了，我告诉你，我喝的是我女婿的酒，和你没有关系。向婷婷说，我老公的酒就是我的酒，这不是你的家，你别再跟我耍狠，我不欠你的。丁小丁打着圆场，婷婷，就让爸喝吧，他好心好意来给你过生日，你就少说两句。向婷婷气愤地说，他什么时候给我过过生日？我妈死的那一年，我过生日，在家等到天亮，他都没有回来，只顾自己和那个寡妇鬼混，他是来要钱的，你问问他，头几年我的工资都给他喝酒玩女人了，我还有什么钱给他，难道我们的生活不过了？向文明气急败坏地站起来，将那盒蛋糕砸在地上，吼叫道，老子辛辛苦苦把你养大，花你一点钱不应该吗？你这个白眼狼。说着过去踹门，继续咆哮，你给老子滚出来。屋里传来一声尖叫，接着是撕心裂肺的哭声。丁小丁无法控制自己的情绪了，大声说，爸，你怎么能这样？你再这样，就离开我家。向文明愣了一会儿，冷冷地说，好，好，我走，我走。丁小丁送他到门口，向文明突然低声下气地说，小丁，我真的是没有办法了，求求你，给我点钱。丁小丁无奈地说，你要多少？向文明抹了一把眼泪说，有一万吗？丁小丁摇了摇头。向文明说，那五千？丁小丁还是摇了摇头。向文明说，三千。丁小丁说，我一会儿微信转给你，你快走吧，如果你真的为了你女儿好，以后就少来了，有什么事情打电话给我就行。

丁小丁回到家里，敲了敲房间门，婷婷，你爸走了，开门吧。房间里传来抽泣的声音，让我一个人静静，晚上你睡客厅的沙发吧。丁小丁说，你还是开门吧，让我陪着你，否则我不放心的。向婷婷说，我不要你陪，我和你说了，让我一个人静静，难道你没有听见吗。丁小丁心里很不舒服，又没有办法，只好在沙发上过了一夜。

第二天早晨，丁小丁做好早餐，热好牛奶，唤向婷婷起床。门开了，向婷婷披头散发，眼睛红肿。她冷冷地说，你吃吧，我没有胃口。丁小丁温存地说，还是吃点吧，看你这个样子，我怪心疼的。向婷婷没好气地说，心疼什么，心疼我还大声吼叫，你知道吗，听到你大声吼叫，脑袋就要爆炸。丁小丁觉得莫名其妙，分明是她爸吼叫，于是说，婷婷，你没有搞错吧，是你爸吼叫的，不是我。向婷婷说，你也吼了，你朝他吼了，你记住，你的保证书还在我这里，再朝我吼，就离婚。丁小丁顿时觉得索然无味，什么话也说不出来了。一连好几天，向婷婷都在说这事，丁小丁用沉默应对，尽管心里对他们之间的感情产生了某种说不清道不明的疑惑。

如果说热恋时是爱情的琼浆，那么婚姻生活，是一种磨难。爱

301

情的甜蜜渐渐的被琐碎的生活耗尽，双方的缺点也渐渐地暴露，在磨合的过程中，只会得出两种后果，一种是顺利度过磨合期，继续愉快地生活，另外一种就是，越磨合越残缺，最终同床异梦，形同陌路。对于丁小丁和向婷婷的婚姻，属于后面一种状况。

4

向婷婷毕竟是个诗人，内心里的浪漫花朵还没有枯萎。有个深夜，她将睡梦中的丁小丁摇醒。因为不和妻子大声说话成了习惯，他心里很不快，也没有大声说出来，睡眼惺忪的他轻声说，大半夜的，干什么呀？向婷婷笑着说，亲爱的，快起来，我带你去看流星雨。丁小丁说，你去看吧，我要睡觉。向婷婷娇嗔道，不睡了，陪我去看流星雨，求你啦，亲爱的，我一个人看，多没意思。丁小丁明白，如果此时不顺她的意，接下来几天，又是冷战了。他只好起来，和向婷婷来到了阳台上。天空被城市的灯火照亮，星星都很难找见，哪里能够看到流星雨。他们在阳台上待了一个多小时，连根毛都没有看到。向婷婷特别不开心，埋怨丁小丁，说要不是他赖在床上不起来，就可以看到流星雨的。丁小丁心里有气，又不好发作出来，倒在床上默不作声。向婷婷不依不饶地唠叨，一直到天亮。那一晚上，丁小丁没有觉得她的声音美好得不可方物，反而觉得就是残酷的噪声。

丁小丁越来越觉得向婷婷是个不可思议的女人。

丁小丁很长时间没有回父母家了，父母亲挂念他，要他中秋节无论再忙，也要带向婷婷回家过个团圆节，丁小丁答应了他们。丁小丁知道妻子的脾气，如果不事先和她说好，她会不去的，她喜欢宅在家里，轻易的不出门，丁小丁婚前喜欢户外活动，自从结婚后，就没有出去旅行过。每次他提出来要去旅行，向婷婷就说，出去多危险哪,你看看那么多车祸、飞机失事、山体滑坡、地震,只要碰到一次,就连命也没有了,还是在家里安全。丁小丁说,那么多大好河山,不去看看,多可惜呀。向婷婷说,电视上看不就行了,电视上很多都是航拍的,比自己去看清楚多了。很多时候,丁小丁认为她不是个现代人,他认识的很多女孩子都喜欢到处行走。

向婷婷答应了丁小丁,中秋节到公公婆婆家里过,还说要带点什么礼物。丁小丁听了她的话,心里蛮欣慰的,感到生活还是有盼头的。事情并非那么简单,到了八月十五那天,向婷婷突然说不去了,在家随便过过好了,她对什么节日都无感。

为什么?

没有为什么,我就是不想去了。

我爸我妈忙了一天,准备了很多菜,等着我们回去过节,你突然说不去了,这未免太伤老人的心了。

照你这样说,我也很伤我爸的心咯,他一个人在家,我都不回去陪他过节。

那可以把你爸接到我爸妈家一起过节呀。

我讨厌看到他,我就是不想过节,我记忆中,家里每次过节,都因为他喝醉酒,弄得鸡飞狗跳,我为什么要和他一起过节。

婷婷,你……

丁小丁,我告诉你,今天打死我也不会去的,要去你自己去。

那我去了。

你不管我了?是不是不爱我了?

这和爱没有关系。

有关系,你要是一个人去,把我扔在家里不管,就是不爱我了。

丁小丁还是去了父母家。父母亲问他婷婷怎么没来,丁小丁撒了个谎,将事情搪塞过去。那顿饭,丁小丁吃得不舒服,表面上对

303

父母亲说着好听的话，陪着笑脸，心里却七上八下的，担心向婷婷会做出什么事情来。吃完饭，他就匆匆离开了父母家，拎着父母给向婷婷备好的食物，火烧火燎地赶回了家。

向婷婷躺在床上，眼睛呆呆地望着天花板，两行眼泪从眼角淌下，打湿了枕巾。

见她可怜楚楚的模样，丁小丁有些过意不去，轻轻地擦拭她眼角的泪水，柔声细语地赔礼道歉，哄她起来吃东西。向婷婷一声不吭，眼泪还是不停地流，一副苦大仇深的样子。丁小丁没有脾气了，默默地坐在她旁边，不知如何是好。良久，丁小丁太累了，去洗了个澡，上床躺下。他刚刚躺下，向婷婷突然坐起来，没头没脑地说了一句，妈妈，你为什么不带我一起去？然后下了床，走出了卧房。丁小丁吓一跳，赶紧下床，跟了出去。向婷婷来到饭厅，看着丁小丁带回来的食物，歇斯底里地大笑，边笑边把那些东西都倒进了垃圾桶。丁小丁的心被刺痛了，那可是父母亲的一片心意呀，她怎么能这样？他想大声吼叫，可是忍住了，泪水糊住了眼睛，一片迷蒙，向婷婷在他眼中变得模糊。

日子时好时坏地过着，丁小丁和向婷婷的感情渐渐地淡漠起来，他经常半夜回来，浑身酒气，向婷婷数落她，可怜兮兮地抽泣，他仿佛视而不见，躺下就睡。对向婷婷而言，这是一种比吼叫更加残酷的冷暴力。时间一长，向婷婷的心灵受到了摧残，她觉得这样下去行不通了。

那是一个冬夜，向文明来要钱，要完无赖走了之后，丁小丁沉重地对向婷婷说，婷婷，我们还是分手吧。

向婷婷泪眼婆娑，你不爱我了。

我累了。

你还爱我吗，哪怕一点点？

你让我怎么说？

我错了，小丁，我不应该那样对你。我很害怕，害怕失去你，害怕家庭破碎，像从前一样，我怕我爸打我吼我。我真的很害怕，害怕早上醒来，我一个人孤零零地面对凄冷的房间。我承认，刚刚和你结婚时，企图改变你，让你变成像我一样的人，还让你写保证书。我真的错了，我不应该那样，小丁，你能原谅我吗？

其实，我们在一起真的不合适。

不，我不要你离开，不要。你离开我，我会死的，我已经习惯了你，哪怕你不理我，不和我说话，你可以在外面半夜回家，你可以做你想做的一切，只要你还在这个家，我就不会孤独，不会害怕。我其实十分软弱，比我妈妈还软弱，我试图强硬，可是我做不到。

向婷婷找出了丁小丁写的那张保证书，当着他的面撕得粉碎。她扑进丁小丁怀里，哽咽地说，小丁，不要放弃我，你可以朝我吼叫，使劲吼，像我爸那样吼我，好不好？不要离开我。

丁小丁紧紧地抱住了她，叹了口气说，无论怎么样，我都不会对你吼叫的。

从那以后，丁小丁再没有提离婚的事情，他们还是时好时坏地过着日子。直到有一天，那个叫张风柳的出现了。

张风柳是向婷婷学校的一个年轻老师，鬼迷心窍，竟然喜欢上了向婷婷。张风柳比她小好几岁，在她眼里，他就是一个大孩子，高高的个子，孱弱的样子，有些羞涩。有一天，大家都下班了，他还没有走，坐在办公桌前看一本薄薄的书。向婷婷忘了个东西在办公室，回去取时，问他，小张，你怎么还不回家？张风柳微微一笑说，不急，我一个人无牵无挂。向婷婷走过去，笑着说，你看什么书？张风柳将书捂住，脸红耳赤地说，没什么，没什么。向婷婷十分好奇，伸出手去拿那本书，经过一番较劲，张风柳松开了手。向婷婷拿起来一看，十分惊讶，原来这本书是她的诗集《野风吹吧》。

张风柳羞涩地说，向老师，我一直喜欢你的诗，刚上大学时就读你的诗，很喜欢，读百遍也不厌倦。向婷婷顿时心花怒放。结婚前，丁小丁还经常夸她的诗，结婚以后就渐渐不谈诗了，这一点让她心里有些失落。突然冒出一个喜欢她的诗的人，向婷婷怦然心动，也在她死水般的婚姻生活中投下了一颗石子，漾起了微澜。

丁小丁根本就不知道向婷婷和张风柳之间发生了什么，有天晚上，他拖着疲惫的步子回到家里，发现饭桌上摆满了菜，还开了一瓶红酒。丁小丁觉得很奇怪，向婷婷今天是怎么啦，一直以来，都是他回家做饭。丁小丁换上拖鞋，喊了声，婷婷……

向婷婷应答道，老公，你稍等，我马上就来。

丁小丁心头一颤，她很少叫他老公，这一声老公叫得莫名其妙。不一会儿，卧房门开了，向婷婷穿着一件红色的丝绸吊带睡裙走出来，吊带睡裙很短，只到大腿根部，走起来路来，里面的红色小内裤若隐若现。丁小丁从她的眉眼之间看出了端倪，她的笑容里隐藏着不安和屈辱。她走到丁小丁面前，眼睛潮湿，笑着说，老公，我好看吗，你看，我穿这睡裙美吗？丁小丁说，你穿什么都美。向婷婷说，老公，抱抱我，好吗？丁小丁抱住了她，在她耳垂边轻轻地说，告诉我，发生什么事情了，你的眼神瞒不了我，告诉我，婷婷。向婷婷浑身抽搐，恸哭起来。丁小丁说，告诉我，发生了什么？

5

向文明说，有酒吗？咱们喝两杯。丁小丁说，你女儿死了，你能喝得下酒。向文明说，正因为她死了，才要喝点酒。丁小丁咬着牙说，你难道内心一点都不悲恸。向文明说，悲恸不是说出来的。丁小丁站起身，去酒柜里取了一瓶白酒，只拿了一个杯子，放在向文明的面前。向文明打开了酒盖，往杯子上倒满酒，抬起头说，你真的不喝？丁小丁说，不喝。向文明喝了一口酒，咂巴了两下嘴巴说，记起张风柳了吗？

丁小丁没有回答他。

我知道你记起来了，婷婷什么都和你说了，那个混蛋强暴了婷婷，又抛弃了她，她害怕得要死，将一切都告诉你了，希望你能够原谅她，表面上，你原谅了她，其实，你心里恨得要命，恨婷婷，也恨张风柳。你去找过张风柳，企图将所有的愤怒和仇恨发泄到他身上。你一定记得那个晚上，你将他约到了郊外，准备和他决斗，你等了很久，以为他不会来了，结果，他还是来了。他根本就不怕你，你想收拾他一顿，结果被他打得头青脸肿，你不知道他是跆拳道黑带。你泄愤的计划落空了，仇恨就集中在婷婷一个人身上了，对不对，婷婷不死，你一生都会背负着沉重的屈辱，所以，你用慢性毒药致婷婷于死地，你算好了她的死期，才选择这个时候出差，对不对？

你怎么知道我去找过张风柳？

天下没有不透风的墙，我想知道的事情自然会知道。我只是问你，是不是你杀了婷婷。

我没有杀她，王鲜从来就没有给我什么慢性毒药，我承认当初我有杀你之心，但是，你要知道，杀一个人有多难，主要是内心的难度，我无法成为一个杀人犯，是我的灵魂还没有交给魔鬼，还保持了一个人的善良。如果真的决定了要去杀一个人，我想根本就不用什么慢性毒药，用一把菜刀就可以砍死你。

你就是用刀，也砍不死张风柳。

是的，没错，我的确找过他，在他面前，我是个失败者。那天晚上，我回到家里，婷婷还没有睡，她看我十分狼狈，不知发生了什么事情，她问我，我没有回答她，也不想和她说一句话。那天晚上,我的确想杀了她,她让我承受了太多本不该承受的屈辱和痛苦,我们的结合就是一个天大的错误。她熟睡后,我动了杀心,企图掐死她,好几次准备动手,可是我听到她均匀的呼吸声,感受着她肉体散发出的热度,我就打消了杀死她的念头。婷婷不是一只鸡,杀了就杀了,她是一个人,有血有肉的人,她要死了,世界就少了一个用诗歌呐喊的人,世界就少了她动听的声音。我必须让她活着,其实她很善良,很软弱,她痛苦的根源,都拜你所赐。如果有可能,我还会陪着她,不朝她吼叫一声。那一刻,我都为自己感动得落泪。不过,我还是个平凡的人,很多事情我做不到,我想好了抽个恰当的时间和她分手。

说得比唱的好听,她终归还是死了,而且凶手就是你。

向文明,你血口喷人。我很清楚你要什么,你要的是钱,你企图通过婷婷不明不白的死来讹诈我,从我这里拿走你想要的钱。不,不,应该是你杀死了婷婷,然后还想从我身上捞到什么好处。

嘿嘿,你倒打一耙。我虽然对婷婷不好,是个吸血鬼,但她毕竟是我的亲生女儿,怎么忍心杀死她。

我想起来了,我一回到家,就看到你在我家里。你是怎么进来的,如果是在婷婷死后进来的,你的房门钥匙从何而来?有一点是可以肯定的,你骗婷婷开了门,然后杀死了她,把一切痕迹都抹去,你没有及时离开,是为了等我回来讹诈我。

你分析得似乎蛮有道理,但是你忽略了一点,婷婷肯定没有告诉你,就在前几天,婷婷找到了我。她给了我一把房门钥匙,告诉我,如果发生什么事情,我随时可以进门。当时我问她,是不是你威胁她,她说没有,她还说你是世界上最心疼她的人。我不相信她的话,她是真心地爱你,就算死在你手里,她也心甘情愿。没想到,她是让我来给她收尸的。想想我真是个混蛋,我不应该那样对她,现在后悔也来不及了。

我不相信你的鬼话，婷婷不可能给你房门钥匙，你一定是用什么办法杀了她。你来找她要钱，她不给你，你恼羞成怒就对自己的亲生女儿下了毒手。

你胡说。

我没有胡说，你好好想想，多少次你来要钱，她不给你，你就恨不得杀了她，你还这样叫嚣，早知道这样，当初生下来就把她塞到马桶里淹死，你杀她之心由来已久。每次我出差，都要交代她，如果你来要钱，千万不要开门。有一次我出差，你来要钱，婷婷就是不开门，你在门口百般辱骂，后来婷婷报警，警察来了你才离开，如果婷婷让你进门，你会怎么样对她，杀了她都有可能。

但是你别忘了，婷婷是个软弱之人，我逼逼她，她还是会多少给我点钱的。

你真不是东西。

我的确不是东西，你呢，你比我更加不是东西。你说我杀了婷婷，我是怎么杀她的，她身上连一点伤痕都没有？

等等。

丁小丁站起身，朝盥洗室快步走去。

6

丁小丁来到盥洗室，蹲在向婷婷的尸体旁，她的身体早已经僵硬，曾经细腻温暖的肤肌已经发紫。丁小丁伸出颤抖的手，轻轻地抚摸了一下她的脸，又摸了摸她美丽的冰凉的鼻尖，他的手从她鼻尖一直摸到头上。她的满头浓密的秀发有些僵硬，丁小丁感觉不对劲，头发像是被清洗过，又没有完全洗干净，而且是阴干的。丁小丁想，要是向婷婷自己洗的头发，一定会洗干净，而且会用风筒吹干。丁小丁因为靠得近，隐隐约约闻到一股淡淡的血腥味，他的手指在向婷婷的颅顶摸到一点异样的东西，分开头发，丁小丁发现有颗铁钉整根钉进了向婷婷的头颅。

丁小丁浑身电击般颤抖，他站起来，走出了盥洗室。

向文明右手的食指和中指间夹着一支燃烧了半截的烟，烟头上冒着袅袅的青烟，他的左手捏着酒杯，似笑非笑地看着从盥洗室里出来的丁小丁。丁小丁脸色变得铁青。

向文明喝了口酒，沙哑着嗓音说，你发现什么了，你有什么东西可以证明是我杀了我自己的女儿？

丁小丁坐回原来的位置，故作冷静地说，什么也没有发现。

向文明哈哈一笑，我知道你发现不了什么，因为你自己就是凶手。

丁小丁在看到没入向婷婷头颅上那颗铁钉时，脑海里就一直在搜寻有关铁钉的事情。他边想，边说，我想问你一个问题，你进入我家后，当时的情形是怎么样的？

有一点我要说明，我来并不是管婷婷要钱。几天前，婷婷给我房门钥匙，我就感觉到要发生什么事情，这些天，我每天都会给婷婷打电话，只有听到她的声音，我才放心。今天上午，我打了婷婷的手机，手机没人接，又打你家的座机，还是没人接听。下午三点多的时候，我又打了电话，还是没有人接听，今天是周末，婷婷不可能去上班。但我想她是不是去参加什么活动了，不方便接听电话，于是，到了晚上七点，我又打了电话，还是没有人接，我就来到了你家。我按了门铃，没有人开门，就用婷婷给我的钥匙打开了门。进门后，我喊了几声，婷婷都没有应答，我就走了进去，结果在盥洗室发现了她的尸体，然后，我就坐在这里，等你回来。

丁小丁终于想到了一件事情。

那是丁小丁开着车，和向婷婷一起去黄花山监狱接她哥哥出狱时，向婷婷讲过的一件事情。

向婷婷一路上都在担忧，见到哥哥向想想后，他会不会搭理她。警方打电话给向文明，告诉了他向想想出狱的时间，向文明从小就厌恶他，根本就不会去接他回家。向文明将此事告知了向婷婷，向婷婷觉得哥哥挺可怜的，动了恻隐之心，就决定去接他。

我这个哥哥小时候受尽了我爸的折磨，对他恨之入骨。那时，他拿残暴的父亲一点办法也没有，就把愤怒发泄到我头上，经常打我。很奇怪的是，他手上总是把玩着一颗铁钉，有时会用铁钉威胁我。好几次，他让我去偷我爸的钱，我不干，他就将铁钉在我眼前不停晃动，恶狠狠地说，你不去给我拿钱，我就用这枚钉子扎瞎你的眼睛。我吓坏了，眼睛要是瞎了，那是多么残酷的事情，我只好去帮他偷钱。我把钱给他时，他会将铁钉放进上衣口袋里，冷冷地说，你爸喜欢你，他不会说什么的，他要是发现，你就说钱花掉了。结果，每次都是我妈站出来，承认是她拿了钱。我妈是为了保护我们，怕我们挨打，当我爸的拳头落在我妈身上时，我就吓得大声哭喊，我一哭喊，我爸就会朝我吼叫，然后打我。我哥就在一边幸灾乐祸。我哥常说，如果没有我，他会过上好日子，也许会好好读书，考上大学，人模狗样地活着，他恨我，将一切罪过都归在我身上，他也恨我妈，说要不是我妈生我，他也不至于如此。我妈死的时候，就连我那狠心的爸爸都落了泪，我哥不但没有泪流，还在笑，笑得阳光灿烂。我们去接他，他还会不会像从前那样恨我？我很怕他阴鸷的目光，我的软弱也有他的贡献。

丁小丁说，这么多年，他在监狱里，应该也被教育好了吧？

向婷婷叹了口气说，有些人一生都难改恶习的。

丁小丁和向婷婷看着向想想提着行李走出监狱的铁门。一个狱警在后面说，想想，别回头看，出去后好好做人。铁门咣当一声关上了，向想想还是回头望了一眼。他看到了妹妹和丁小丁，迟疑了一下，然后走了过来。向婷婷浑身颤抖了一下，这个细节被丁小丁捕捉到了,他轻声对妻子说,婷婷,别怕,有我在。光头的向想想长高了,也结实了不少,满脸沧桑。他走到他们面前,向婷婷轻声说,哥,我们回家。

向想想冷笑了一声,家,我哪有家?

丁小丁说,哥,你有家,爸还在家里等着你呢。

向想想瞪着牛眼,看着他,你他妈是谁,有你说话的地方吗?

向婷婷说,他是你妹夫。

向想想咬牙切齿地说,都是狗屁。

向想想扬长而去。

向婷婷朝着他的背影说,哥,跟我们走吧。

向想想没有回头,也没有再说什么。向婷婷说,他还是有恨。丁小丁搂住妻子,我们回去吧,他不愿意让我们接他,就算了,我们尊重他的想法,我们也尽心了。

7

多年前,一个不谙世事的小男孩,挨了父亲的打之后,逃出了这个城市。他来到了运河边上,看着南来北往的船只,眼睛里燃烧着火焰。他想,在船上当一名船夫,应该是很幸福的事情,可以走很多地方,最重要的是可以逃离父亲的魔掌。

他爬上了一艘停泊在运河边上的船。船上只有一个在烧饭的老船工,满脸松树皮般的皱纹,眼睛里透出慈祥。老船工发现了他,招呼他走近前。老船工问他,你是不是饿了。小男孩说,我是饿了。老船工让他坐下来,等饭好了一起吃。小男孩坐在他身边,闻着大米饭散发出的香味,口水都流出来了。老船工问他从哪里来。他说自己是孤儿,一直在外游荡,没有家,也没有可以依靠的亲人。老船工说,我从前也是孤儿,是一个船工收养了自己,一转眼，人就老了。小男孩说，你能收养我吗？老船工笑了笑，现在什么年代了，我可不能收养你，人家会以为我拐带儿童，我可以供你一顿饭，吃完你就走吧。

老船工煎了两条鱼，和小男孩一人一条，一人一碗大米饭，小男孩吃得可香了。吃完饭，老船工问他吃饱没有，他说吃得可饱了，真想当个船工。老船工说，当船工有什么好的，一辈子当苦力，你应该在学堂里读书，做有用的人。小男孩说，船工也是有用的人。老船工笑了笑说，饭吃完了，你也该下船走了，老板回来，看见你在这里，会赶你走的，我也会挨骂。小男孩无奈，只好下了船。

小男孩没有走远，躲在河边的树林里，一直到薄暮。

他看到船上点起了灯火，那是一艘货运的船只。天快黑的时候，一些人上了船。也在这个时候，小男孩偷偷地从船尾爬上了船。跳下船仓时，崴了一下，倒在甲板上，觉得大腿上一阵刺痛，是一颗突出的铁钉扎进了大腿。他忍痛爬了起来，大腿流出热乎乎的血。顾不了许多，他躲进了盖住货物的帆布里，脱掉上衣，包裹在受伤的大腿上。船开动了，一直往北方驶去。他渐渐地昏睡过去。等他醒过来，发现自己躺在医院的病床里，那个老船工守在他身边。

见他醒来，老船工欣喜地说，孩子，你终于醒来了，要不是我们老板及时送你到医院，你这条小命就没有了。原来，他的伤口感染，化脓发烧昏迷。小男孩说，谢谢你，老爷爷。老船工说，你吓死我们了，你昏迷的时候，一直喊着妈妈，我想你骗了我，你不是孤儿，对不对。小男孩在鬼门关里走了一遭，还真是想家了，于是说，对不起，老爷爷，我是骗了你。他将妈妈的联系方式告诉了老船工。老船工很快联系上了他母亲，将他接回了家。

那个小男孩就是向想想。

这件事情也是向婷婷讲给丁小丁听的。

有段时间，向婷婷总是做噩梦，梦见母亲要带她走。有一次噩梦中醒来后，她就给丁小丁讲了这件事情。母亲在噩梦中还谈及向想想，她一直以为儿子通过那件事情之后，会在学校里好好读书，考上大学，结果事与愿违，他还是走上了另外一条道路。

丁小丁沉默良久之后，对向文明说，我记得你在一次醉酒后，打电话给我说，你要是死了，让我去救你。我把你送去医院，医生说，你只是喝多了，并无生命之忧。你在酒醉的时候，和我说过一件事情。

什么事情？

你说婷婷不是你的亲生女儿。

我说过吗，我怎么会说这样的话，你疯魔了吧？婷婷怎么不是我亲生的，要不是我亲生的，我早就不管她了，我还把她养大成人？

你说过，你自己记不得了，我不觉得那是醉话，酒后吐真言。你说婷婷的妈妈对不起你，在外面偷人，才有了婷婷。本来你很喜欢婷婷的，你发现这个秘密之后，就对婷婷不好了。你还说，你把这个杂种养大，就是要吸干她的血，否则对不起头上这顶绿帽子。

丁小丁，你胡说八道。我敢对着婷婷的尸体发誓，她要不是我的亲生女儿，天打五雷轰。

发誓有什么用？雷劈不到你的。

铁钉。

你说什么？

铁钉。

什么意思？

你心里明白。

8

窗外的雨还在哗哗地下,雷声渐渐地稀少,偶尔有沉雷的响声从远处传来,这场雷暴雨是不是该到尾声了。丁小丁对雷电有种恐惧感,他记得童年时代,爸爸妈妈没有下班回家,他一个人躲在房间里,窗外雷电霹雳,好像房子都会被劈成两半,他吓得钻到床底下,一泡尿憋着,不敢出来上厕所,最后那泡尿屙在了裤裆里。童年经历过的事情,会影响一个人的一生,这一点都没错,假如向婷婷有个幸福的童年,她的命运也许会被改写,也不会这样年轻就被杀死。

那么,凶手到底是谁?

丁小丁可以肯定的是,凶手不是自己。

他对向文明说出钉子两个字时,向文明异常紧张,难道是他将钉子钉进了向婷婷的头颅。如果不是他,那么他早就发现了向婷婷头颅里的铁钉,可他为什么装出一副不知情的样子,他到底在掩盖什么?

丁小丁话锋一转,你最近和你儿子向想想有过联系吗?

想想,他,他怎么会和我有联系?

我很清楚,他恨你,可是你是他的亲生父亲,他有事情时,第一个就会想到你。

他想到的是他自己,我早就和他没有任何关系了,他是生是死,我都不会过问的。

如果我给你钱,你需要多少?

你承认自己害死了婷婷?

向文明的眼睛里燃起一股火苗。丁小丁明白了,他真的急需一笔钱,而且这笔钱对他十分重要。丁小丁突然听到什么东西掉在地上的声音,那声音是从书房里发出的,警觉地竖起耳朵,他想书房里还会不会发出什么响动。向文明也听到了书房里发出的声音,他盯着丁小丁,脸部的肌肉抽搐了一下。丁小丁提防着他,也提防着书房,仿佛那里还藏着一个人,和向文明有关系的一个人。想到这里,丁小丁顿时毛骨悚然,他感觉到了危险。

丁小丁突然说,是我杀死了婷婷,你真的能放过我?

沉默,向文明没有回答。

屋里的空气仿佛凝固了一般。

时间一分一秒地过去,他们仿佛能够听到对方的心跳。丁小丁站了起来。向文明也站了起来,他们相互提防着对方。丁小丁拿起桌面上的手机,向文明警惕地说,你要干什么?丁小丁故作冷静地说,你要多少钱,我从微信里给你转。向文明说,微信里能转几个钱?丁小丁说,你到底要多少钱?向文明说,你有多少钱?丁小丁说,你是知道的,我们都是拿工资的人,也没有多少积蓄,我的银行卡里只有三十多万元,我可以把所有的存款给你,可是现在银行取钱,超过十万就需要预约,不可能马上给你那么多钱。向文明有些心神不宁,一时不知道说什么好。

这样吧,我一个朋友喜欢把现金都放在家里,我出去一趟,去他家取三十万给你,如何?

你打电话让你朋友送来吧。

丁小丁的目光还是瞟着书房的门,担心一个拿着铁锤的人突然冲出来,而他对面还站着向文明,他一个人要对付两个人,是十分困难的,况且,他们连向婷婷都敢杀,杀他也不会眨一下眼睛的。丁小丁说,那我打电话给我朋友,看看他能不能把钱送过来。

向文明的眼珠子转了转,考虑了一会儿说,你打吧。

丁小丁拨通了110的电话,大声说,喂,是张勇吗,我是丁小丁呀,我想问一下,你手头上有三十万现金吗,如果有,给我送到家里来,我实在走不开,家里发生了重大的事情。我家的地址,对了，你没有来过我家，我家的地址是龙石路233弄12号楼1603室，你赶紧送过来吧，情况特别紧急。

丁小丁挂了电话，坐了下来。

向文明额头上冒出了汗珠，用袖管擦了擦，说，你朋友真的会将钱送来？

丁小丁说，当然，我们是过命的朋友。

向文明说，那就好，那就好，一会儿你朋友送钱来，我出去拿。

丁小丁说，没有问题。

这时，向文明朝书房的方向说，想想，你出来吧。丁小丁嚯地站起来，冲进厨房，关上了厨房门。向文明说，你躲进厨房也没有用，我告诉你，我们只想逃命，拿到钱后，我们就走，不会伤害你的。丁小丁倒吸了口凉气，自己的判断没有错，好在去检查了向婷婷的头部，否则后果不堪设想。他知道110听到自己说的话，会判断自己有危险，一定会派人过来的。

不一会儿，丁小丁就听到了警车的声音。

向想想歇斯底里地骂道，老不死的，让你给我找点钱离开这里，没想到招来了警察。他用手中的铁锤疯狂地砸在向文明的头上，向文明大声喊叫，小丁，救我，救我。不一会儿，向文明的声音喑哑下去，他倒在地下，浑身抽搐，头上血流如注。丁小丁吓坏了，只希望警察赶快上楼来，他自己变得无比软弱。向想想冲到厨房门口，用铁锤使劲砸着门，丁小丁死死地顶住门，大呼救命。此时，警察已经到了门口，正在撞门。

9

五天前，向想想回到了这个城市。他因为吸毒，借了一大笔高利贷，还不起钱，被人追赶，于是逃了回来。那天晚上，向文明正和一个肥胖老女人在屋里调情,响起了沉闷的敲门声。向文明大声说,谁呀,三更半夜敲什么门?敲门声不断,强烈地刺激着向文明的耳膜。老女人说,老东西,快去开门吧,这样下去,心脏病都要发作了。

向文明穿上一件上衣,骂骂咧咧地去开门。门一开,一个人冲了进来。向文明定睛一看,竟然是失散多年的儿子向想想。向文明惊呆了,怎么是你?向想想恶声恶气地说,老不死的,怎么不能是我?向文明心里惧怕,眼前的这个人已经不是孩提时的儿子了,不可能任由他打骂了。向文明点头哈腰,回来就好,回来就好。卧房里的老女人说,老东西,来的是谁呀?向想想说,哪只老母猪在叫。老女人发飙,你妈才是母猪,你们家的女人都是母猪。向文明大吼道,还不给老子滚蛋,也不看看是谁回来了。老女人急匆匆地穿好衣服,拿起自己的包包,抱头鼠窜,走出门,她骂了声,老色鬼,老娘再也不伺候你了,你就是跪在老娘脚下给我舔脚趾,老娘也不理睬你了,挨千刀的老东西。

向想想一屁股坐在沙发上,冷笑道,老不死的,你都是一段朽木了,还那么好色。

向文明不敢顶嘴,唯唯诺诺地说,儿子,饿了吗?我去给你做饭。

向想想说,不用烦劳你了,我吃过了。

向文明说,那你休息吧,有什么事情,明天再说。

向想想说,我还能有什么事情,回来住段时间,住得不耐烦了,我自己会走的。

向文明说,好,好,你住多久都没有问题,这是你的家。

向想想说,狗屁,我哪有家?

第二天一早,向文明就去给儿子买菜,买早餐。在菜市场,他逢人便说,我儿子回来了。菜市场的人都在背后窃窃私语,说这个老流氓还有儿子，老天真是不长眼。回家的路上，向文明心里美滋滋的，盘算着给儿子说上一个媳妇，生个孙子什么的，他的晚年也算圆满了。回到家里，见儿子还在呼呼大睡，也不敢喊他吃早餐，自个吃了点油条豆浆，等着儿子醒来。

向想想醒来已经是中午了，向文明已经做好了红烧肉。他脸不洗，牙也不刷，坐在饭桌前，狼吞虎咽，像个饿死鬼。向文明说，慢慢吃，慢慢吃，别噎着。向想想说，你还以为我是小孩子呀，噎你个头，你现在对我好有什么用，早干吗去了？你要是在我小时候对我这么好，我也不会有今天。向文明说，为父的错了，后悔也来不及了，现在你要吃我的肉，我都会割给你吃。向想想说，放屁，谁要吃你的肉，你那烂肉扔在街上，连狗都不会闻一下。

向想想吃完饭，抹了抹嘴巴，从兜里掏出一颗铁钉剔牙，边剔牙边说，老东西，你有多少钱？

你要钱做什么？

还债呀，你知道我欠人多少钱吗？

多少钱？

说出来吓死你，好几十万呢。

你要是赚了好几十万多好，讨个老婆，好好过日子。

做你的千秋大梦去吧。

你欠人这么多钱，该怎么还呀？

我这不问你吗，你给我想办法。

我有什么办法，自己吃饭都成问题，怎么给你还债？

我问你，我是不是你亲生的？

当然是，你身上流着我的血。

没错，我身上流着你的血，那我的债要不要你来还？而且，你也该还我的债了，你把我生下来，小时候对我不是打就是骂，让我变成了一个无家可归的烂人，连一条野狗都不如，这债怎么算？

要钱没有，要老命有一条，你看那里需要我这条老命的，你把我卖了，钱都归你，就算我还你的债。

嘿嘿，你还说这种话，实在不行，把这房子卖了。

你要卖房子，还不如杀了我。

向想想急了，走进厨房，拿出一把菜刀，横在父亲的脖子上，吼叫道，好，好，我就把你杀了，要死一块去。向文明心里升起一团怒火，牛脾气突然上来了，大吼道，小赤佬，有种就杀了老子，老子早就活腻了，来呀，动手呀。突然，向想想手上的菜刀咣当一声掉落地上，浑身抽搐，口吐白沫。向文明说，不杀我了，自己先不行了，你这小赤佬，什么时候患羊癫疯了，以前从来没有过的呀。他不知道，向想想是毒瘾犯了。

那两天，向想想到处张罗卖房子，每次来看房的人，都被向文明赶走。看房的人一走，这对奇葩父子就开始吵架，最后总是以向想想的失败告终，他是败于毒瘾发作。向文明见他这个鬼样，根本就不怕他了，又恢复了原来的面目。向想想也拿他没有办法。见父亲不买他的账了，向想想用了另外的办法，就是示弱。他跪在父亲脚前，痛哭流涕，不停地扇自己的耳光，耳光啪啪作响，让向文明既得意又心疼。向想想央求父亲帮他想办法还债，否则他会死无葬身之地。向文明叹了口气，都是我造的孽呀，起来吧，别跪着了，我去找你妹妹，看她能不能帮你。

向想想回来的第四天晚上，向文明来到女儿的家门口，按响了门铃。

向婷婷透过猫眼，看到了猥琐的父亲。她没好气地说，你走吧，小丁不在家，我是不会给你开门的。向文明的口气温和，婷婷，你开门吧，我保证不会和你闹的，我这次来，不是为了我自己，而是为了你哥哥。向婷婷听他这么一说，问道，你有我哥的消息？向文明说，他回来了，正落难呢，想找你帮帮忙，你开开门，我进去和你说。向婷婷想了想，你走吧，他要我帮忙，让他自己来和我说。向文明说，那我让他来找你？向婷婷说，他要觉得我还是他妹妹，就让他来吧。向文明就走了。

他回到家里，对刚刚缓过劲来的儿子说，我去找过婷婷了，他还恨着我，不肯给我开门呢，怕我吃了她，她让你自己去找她。向想想说，她真的让我去找她？向文明说，我怎么会骗你？快去吧。向想想说，我从前对她那么不好，她真的会帮我吗？向文明说，你出狱时，我让她去接你，不也去了吗？如果记你的仇，她怎么肯去接你，结果你不领她的情，自己跑了。向想想说，我当时也是犯了迷糊。向文明说，还不赶紧去，别婆婆妈妈的了。

向婷婷见到向想想，心里甜酸苦辣，五味俱全，她不敢相信，这个满脸胡子，蓬头垢面的人，就是自己的哥哥。她努力地想起哥哥曾经对自己的一丁点好处，可是，想来想去，还是那些打骂和威胁，特别是当她看到哥哥手上把玩着一颗铁钉时，心里咯噔了一下，仿佛整个人陷入了黑暗之中，那一刻，她后悔让他到家里来了。向想想在她家里转悠，嘴巴里发出啧啧的赞叹，说妹妹真有本事，有这么高档的一个家。他伸出手，摸摸这里，又摸摸那里，眼睛里充满了无穷无尽的羡慕。

向婷婷陪他转悠，问道，哥，你这些年都在干什么。

向想想说，在南方做生意。

向婷婷心想，这家伙肯定没有说实话，做生意的人，怎么会像他这样，像个流落街头的丧家之犬，人不像人鬼不像鬼的。她心里十分害怕，想给丁小丁打个电话，可是和丁小丁闹成这样，还能不能一起生活下去都成问题，想想就算了，只希望尽快的将眼前这个瘟神送走。如果当时他出狱时能够认她这个妹妹，也许很多事情都会改变，现在突然出现，一定是有什么目的。向婷婷说，哥，你来找我，到底有什么事情？

向想想没有回答她的问题，而是说，我妹夫呢？

向婷婷轻描淡写地说，他出差了。

向想想使劲地挠了挠头，头皮屑雪花般落下来。向婷婷的胃顿时翻江倒海，恶心透了，她强忍住不吐出来。向想想皮笑肉不笑地说，婷婷，我都进你家门好大一会儿了，也不让我坐坐，倒杯茶什么的。向婷婷脸色通红，你坐吧，坐吧。说着，她就去泡茶。她在厨房里找了个不用了的玻璃杯子，泡了杯茶，放在沙发前的茶几上。向想想坐在沙发里，双脚放在茶几上，向婷婷闻到一股恶臭，他那双袜子可能很长时间没洗了。向婷婷心里极度厌恶，巴望他赶紧离开，这种感觉又不能表现在脸上。

向婷婷又问道，哥，你有什么事情就直说吧，我一会还有事情要出去。

向想想冷笑道，你是不是瞧不起我，不耐烦了，要赶我走？

向婷婷说，我没那意思。

那是什么意思。

我想你是有什么急事找我，你说出来，我们好想办法呀。

这才像人话，实话告诉你吧，我做生意欠下了几十万的债务，想让你帮帮忙，借点钱给我渡过难关。

这……

是不是为难你了？

没有，没有，只是我这个家嘛，管钱的是你妹夫，我不管钱，现在要我拿也拿不出来。你看这样好不好，明天晚上你妹夫就回来了，等他回来，我和他商量一下，看能帮你多少。你先回去，我们商量好之后，再告诉你。

哈哈哈哈，搞了半天，你还是瞧不起我，我看出来了，在你们眼里，我永远是那个浪荡子，罪犯，以前你们合伙虐待我，现在同样的不把我放在眼里。

我没有这个意思,我手头上真的没钱,我要做得了主,肯定就给你了,你还是先回去吧,有消息我会找你的。

向想想从茶几上收回双脚,猛地站起,怒目圆睁,你就骗鬼去吧,别撒什么鬼把戏赶我走了,老子不是要饭的,能上门来找你,是因为我还认你这个亲妹妹,否则你用八抬大轿请我,老子也不登你这个门。既然我上门来了,这钱你给也得给,不给也得给,请神容易送神难,老子就是那个邪神。

他以为眼前这个妹妹还是从前那个软弱的妹妹,威胁一下就妥协了。

没想到向婷婷也有脾气,她提高了声音,我话都说到这个份儿上了,你别欺人太甚,我把你当我哥,你就是我哥,我要不把你当哥,你什么也不是,在我这里耍什么狠,我不是当初那个小姑娘了,你给我出去。

向想想气得浑身发抖,他从茶几上操起一个铁质的花瓶,朝她头顶砸了下去,向婷婷闷哼了一声倒在地上。向想想面目狰狞,嘴巴里叽里咕噜地说着什么,在厨房的抽屉里,找出了一把锤子,回到了客厅。丧心病狂的他,竟然将他把玩的那颗铁钉钉进了妹妹的头颅。钉完之后,他瘫坐在妹妹的尸体边,伊哩乌噜地哭起来,边哭边给他的父亲打电话。

向文明接到儿子的电话,惊呆了。缓过劲来之后,他就匆匆忙忙地赶到女儿家里。看着女儿的尸体,他挤出了几滴眼泪。向想想跪在他脚前,痛哭流涕,爸,你救救我,救救我。向文明狠狠地踢了他一脚,畜生,这是一条人命呀,你真下得了手。向想想说,我也是一条命,她都死了,你不能对活着的不管呀,否则我也得死。向文明长叹了声,都是我造的孽,我有罪呀。尽管如此,他还是决定帮助儿子,两人合力将向婷婷的头发身体洗干净,给她换上了那条红色的丝绸睡裙,将她的尸体放在了盥洗室的地上。然后将屋子打扫得干干净净,等待着丁小丁的归来,实施他们的计划。

2021年1月13日完稿于天一温泉度假村

(发表于《青年作家》2021年11期)

小跳蚤找到了肥胖男人的别墅，那是一幢三层楼的西式别墅，外墙贴的都是上好的大理石，堂皇气派，在这别墅前，我鼓足的勇气荡然无存，觉得自己特别特别渺小，不值一提，资本真的是有力量的。小跳蚤肯定是没有我这种感觉的，她和我根本就不是一类人。

小跳蚤

后来，小跳蚤不见了，就像一缕青雾在阳光下消失，无影无踪，我怀疑她从未真实地出现过，只不过是一场梦幻。我试图寻找过她，但是无能为力，生活压得我喘不过气，养家糊口成了我最重要的任务。不过，小跳蚤还经常会出现在我梦中，蓬松的爆炸头和她那张瓜子般的小脸极为不相称，小眼珠子还是透出贼溜溜的亮光，似笑非笑的脸白净中透出迷惘。梦中的她总是在和我告别，清晨寂静的街道上，她蹦蹦跳跳地离去，好像回过头，又似乎没有回头，有些义无反顾的味道。每次从梦中醒来，我心里莫名惆怅，偷偷地走到阳台上吸烟。我望着被城市灯火照亮的夜空，吞云吐雾，妻子宋楠鬼魂般飘到我身后，拍了一下我的肩膀："是不是又梦见小跳蚤了？"我吃了一惊："你怎么总是无声无息，要吓死人的。"她冷笑着说："没做亏心事，还怕鬼敲门，你为什么总是忘不了她？"我无语。

小跳蚤闯入我的生活，显得特别突兀。

那时我和宋楠还没有结婚，有一搭没一搭地谈着无所谓的恋爱，我没想过宋楠会成为我妻子，她也并非要嫁给我，我们都为了工作，狗一样奔忙，我们俩偶尔在一起，只是相互找个安慰。我在一家化妆品公司做销售，没有什么积蓄，在莘庄租了一间很便宜的房子，作为安身之所。宋楠住在哪里，我不清楚，也没有问过，她也没有告诉过我，我们约会的地方，大都在电影院或者卡拉OK厅，有时会在低档的小饭馆撮一顿，两瓶啤酒便将我灌得脸红耳赤，在宋楠眼里我就是一只煮熟的大虾。

上海最让人难熬的时光，就是梅雨季，潮湿沉闷，浑身上下总是黏乎乎的，每个毛孔都被浆糊糊住了，无法透气，窒息感，住所里散发出怪异的霉味，仿佛某个阴暗角落里，有死老鼠在腐烂。那年的梅雨季，我和宋楠才见过两次面，大多的时间里，只是偶尔在微信里发个消息，或者语音一会儿，证明相互还存活在尘世。

一个人生活，吃饭是个难题，我经常晚上下班回到狗窝般的住所，颓废地瘫在沙发上，不想动弹，直到肚子有一千只鸽子在咕咕直叫了，才想起晚饭还没有吃。我鼓足勇气从沙发上爬起来，走到冰箱前，迟疑着打开冰箱门，一股混浊的怪味钻进我的鼻孔，刺激得胃部一阵痉挛。冰箱里只剩几个西红柿，还发霉了，表皮上的斑块上长了毛。恶心，我强忍着不让自己吐出来，将那几个西红柿扔进了垃圾桶，收拾好冰箱。完全没有了食欲，继续瘫倒在沙发上，寻思着看个美剧什么的。就在这时，手机响了，我想是宋楠来的电话，拿起手机，发现不是宋楠来电，是个陌生电话。这年头，广告、诈骗电话太多，不胜烦扰，一般情况下，陌生电话我是不会接的，便摁掉了来电。

紧接着，手机铃声又急促地响起，还是那个陌生的号码，摁掉……一连八次，是的，那个陌生的手机号码连续攻击了我的手机九次。房间里进入短暂的沉寂，一只蚊子嗡嗡地在耳边飞过，我没有拍死它的想法，可是我想起了宋楠，今天一天都没有她的消息，不知道她现在在干什么。我心里突然产生了和她一起吃个晚饭的想法，于是，给她打了个电话。宋楠在电话里不耐烦地说："我还在上班呢，哪有时间陪你吃饭，你自己去吃吧，不和你说了。"我觉得无趣，心里堵得慌。宋楠在港汇广场一家品牌服装店当售货员，每天忙得不可开交，搭理我的时间少之又少，我搞不清楚我们的交往到底有没有实实在在的意义，可是这世间，许多事情是没有意义也得去做的。

我的手机铃声又响了起来。

还是那个陌生的号码。

如果我不接这个电话，这个手机的主人会不会一整夜打下去？或者这个陌生人真的有事情找我，也可能是我熟悉的人换了手机号码，想想，还是接通了这个电话。

女性气急败坏的声音："你有病呀，我打了那么多次电话，你竟然不接，你以为你是谁呀，了不起呀？你要手机干什么，不就是为了打电话接电话吗？你还是把手机砸了，或者扔到黄浦江里去好了，竟然不接我的电话，什么玩意？"

我恼火地说："你是谁呀，我认识你吗？"

"认不认识我，很重要吗？重要的是我打你电话，你竟然不接，太过分了，我最讨厌不接电话的人了，无礼，自私，装。你牛什么牛，我都不知道你脑瓜里装的是脑浆还是大粪。你不是不接电话吗，现在为什么要接呀，有种就永远不接呀，傻叉。"

"你，你……"

"哈哈哈，语无伦次了呀，早干吗去了，你一开始就接电话，我才不骂你呢。给你个机会吧，出来陪我吃饭，我就原谅你了。"

"你，你在哪里？"

"地址发手机消息给你，只等你半小时，过期不候。"

此女仿佛有种诡异的魅力，我竟然被之吸引，好奇心被勾引得波涛汹涌，我得去瞧瞧这个女子到底是个什么妖精，就算给平淡无聊的夜晚增添些波澜。平常我是个谨小慎微的人，做事情都三思而后行，总怕出差错，下决心去见这女子后，心里还是有些忐忑不安，隐隐约约感到有点冒险。

我走入衡山路红房子西餐厅，目光搜寻，最后定眼在单独一桌的那个女孩子身上，一顶红色蓬松爆炸头，异常夺目，是一团燃烧的火，身上穿着一件白色的吊带短裙，瘦小身材，两条裸露的手臂

329

像没有长好的枝条,却白得刺目。我走上前,小心翼翼地问:"你就是那个打电话让我出来的人吗?"狐狸般的瓜子脸和爆炸头极为不相称,小眼珠子滴溜溜转了转,然后盯着我,似笑非笑地说:"你就是那个挂了我九次电话的人?"我点了点头。她淡然地说:"坐吧。"我坐在她对面,扫了眼她面前空空的盘子和刀叉。她右手的食指神经质般在桌面上轻轻敲动:"你真听话,叫你出来,你真的就来了,以前我养的一条松狮也是这样听话。"

我脸上滚烫滚烫的,压低了声音,咬着牙说:"你到底是谁,要干什么?"

她的脸上露出了笑容:"认识我的人都叫我小跳蚤,我让你出来,只有一个原因,你能给我买单吗?"

这太离谱了,她打电话给我的目的是让我来买单,我们根本就不认识。我心里很不爽,但没有站起身拂袖而去,而是想看她还想要什么花样,也想更加深入探寻一下这个叫小跳蚤的女孩。

"你怎么知道我的手机号码?"

"切,我怎么知道这是你的手机号码?随便拨的,我经常会自己组合一个手机号码,然后拨着玩儿,今天你是中奖了,被我拨中了。"

"给我个理由,为什么我要给你买单?"

"实话告诉你吧,我吃完牛排后,发现自己身无分文了。我经常这样身无分文,傍晚时,我被房东赶出来了,因为我实在没有钱交房租了,我想吃块牛排的钱总归有吧,结果没有。我想碰碰运气,看哪个倒霉鬼接我电话,可以出来给我买单。没想到,你就是那个倒霉鬼,你运气真好,可以去买彩票了。"

"就这理由?"

"对呀,难道还要什么理由,编故事可不是我的强项,我只是个画画的。"

"画家？"

"称不上家，不过是画些插图和漫画。"

"好吧，我答应你，给你买一次单。"

"我想你会给我买单的，否则你不会来。对了，你吃过饭吗？"

"没有，饿得不想说话了。"

"那你来点些什么。"

我点了一份牛排和一瓶啤酒，问她："你还要来点什么？"

"那就来瓶啤酒吧，看在你给我买单的分儿上，陪陪你。"

小跳蚤的话让我哭笑不得，我从来没有碰到过这样无赖又有趣的女孩子，其实我接触过的女孩子也不多，宋楠是我的初恋，她是那种中规中矩保守的姑娘，我不敢想象，她要是见到小跳蚤这种做派，会有怎样的反应。我很久没有进入西餐厅了，西餐厅对我而言，是那么奢侈，最近一次还是半年前，跟着上司去见客户，蹭了一顿西餐。那块六成熟的牛排被一小块一小块地切开，送进嘴巴里，我的吃相有些猴急。

小跳蚤边玩着手机，边对我说："别急，慢慢吃，没人和你抢。"

我不想和她啰嗦，很快地吃完了牛排，一口气将杯子里的啤酒喝干。小跳蚤说："你是牛呀，也不怕呛死。"她说着，端起酒杯，慢吞吞地喝了一口。我叫来服务员："买单。"不一会儿，服务员递过来账单，我看到账单，有些傻眼，像身上被挖掉一块肉，疼痛不已，这顿饭钱，够我吃半个月快餐了，看了账单，我才知道，小跳蚤竟然吃了两份牛排。支付了近一千元，我站起身，头也不回地走了出去，我永远也不想见到小跳蚤了。

我朝地铁站走去，额头上冒出了汗水，不是因为天气，而是我心里窝了一团火，暗暗地骂自己是个地地道道的傻叉。我就要进入地铁站时，阴魂不散的小跳蚤追了上来，挡在我面前，她还拉着一

331

个旅行箱。我心里暗暗叫苦,她还想干什么?小跳蚤没等我开腔,就抢先说:"你跑什么跑呀,不就是让你买了个单嘛,有什么了不起呀,你以为我是要饭的吗?一千来块钱算个屁呀,看把你心痛的,好像我打劫你了一样,一个大男人,小气巴拉的,好意思?"

奇怪的是,被她一顿抢白,我心里放松了许多,尴尬地笑了笑。

"大哥,你帮人帮到底,你能收留我一个晚上吗,否则我就要流浪街头了,你想想,我花骨朵般的一个小姑娘,要是被人强暴了,你心里过意得去吗?"小跳蚤说着,流下了两行泪水,她极具表演天赋。小跳蚤的泪水泡得我的心又酸又软,我只好答应了她,让她跟我回住所,对付着过一夜。在回去的地铁上,我问她:"小跳蚤,你这样相信我,不怕我是个坏人,对你做出什么残忍的事情?"她笑了笑说:"看得出来,你不是那种人。"她笑起来,那张脸真的像狐狸。

宋楠和我结婚的那个晚上,问起了一件事情:"那几个晚上,小跳蚤和你住在一起,你们到底有没有发生过什么?"我很清楚她的问题所指,我搂抱着她香软的身体,在她耳边说:"我们真的什么也没有发生。"宋楠推开我,脸色沉下来,冷冷地说:"你发誓。"我不喜欢发誓,因为发誓根本就没有用,很多誓言基本上都是谎言。沉默了会儿,我诚恳地说:"宋楠,她都已经离开上海了,也不晓得她去了哪里,她和我断了一切联系,而且,我们都结婚了,你为何还要纠结?我和她之间,真的没有发生过你想象中的那种事情,一直以来,我都把她当成小妹妹。她住在我那里的第一个晚上,她睡在沙发上,衣服都没有脱,天亮后,我起床看到她睡着了,手中还攥着把打开的折叠水果刀,平放在腹部,刀子十分锋利,我担心她在睡梦中划伤了自己。她提防着我呢,就是我有色心，她手中的刀子也不会答应。"

　　小跳蚤沉睡的样子，让我心生怜悯，她那么瘦弱，就是一只营养不良的小猫，或者小狗。我写了张纸条，放在她身上，告诉她走时把门关好就行了，然后轻手轻脚地出门上班去了。我以为等我晚上下班回家之后，小跳蚤就会不见了，至于她去哪里，有没有地方住，有没有饭吃，我真没有想过，也没有义务去想。到了下班时间，我给宋楠打了个电话，告诉她发工资了，是不是出来吃个饭。宋楠说，过两天吧，最近上晚班，走不开。回家的地铁上，一个胸脯大得离谱的女人面对面挤着我，不屑和提防的目光一直盯着我，我躲避着她犀利的目光，觉得无所适从。下了地铁，我才长长地呼出了一口气，找了个小店，吃了碗阳春面，然后在小区门口的小超市，买了些方便面火腿肠什么的，然后回住所。

　　推开门，我惊愕。

　　小跳蚤并没有走，她穿着一条黑色的小内裤和黑色的胸罩，盘腿坐在椅子上，面对书桌上的手提电脑，在干着什么。她背对着我，肩胛骨和脊梁骨凸显，身上要刮下二两肉都十分困难。小跳蚤戴着耳机，我进屋的声音没有打扰到她，我大声说："小跳蚤，你怎么没走？"

　　"你吓死我了，回来也不打声招呼。"小跳蚤回过头，满脸的不耐烦。

　　我皱起眉头，气呼呼地说："我回自己的家，凭什么要和你打招呼。你还没有回答我呢，你怎么还不走？"

　　小跳蚤摘下耳机，小眼珠子滴溜溜转了转，脸上变幻出笑容："大哥，你听我说，本来我是要走的，可是想了想，也没有地方去了，除非我离开上海，回老家去。可是我不能回去，我要回去，我爸会打死我的，他说过，只要再看到我，就剥了我的皮，抽了我的筋。大哥，你可怜可怜我，既然让我住了一个晚上，那就再多收留我几天吧。"

"你爸为什么要打死你？"

"说来话长，简单点说吧，我爸是我们那个破县城里的一个芝麻小官，觉得自己了不起，目空一切，你说他狂点嘛，也没什么，但凡有个一官半职的人，都觉得自己高人一等。问题是他嫌弃我老妈，和别的女人勾搭上了。我老妈当年可是我们县里的县花，县汉剧团的台柱子，嫁给他，算他捡了个大便宜。老妈说当初是真爱，爱个屁呀，要是真爱，他还能去找别的女人？我知道这个事情后，就撺掇老妈和他离婚，老妈让我失望，前怕狼后怕虎，死活不离。我气得半死，偷偷地写了封信，寄到纪委，弄得他丢了官。后来，在和他吵架时，我不小心将此事说穿了，他和老妈都恨死我了，说我是白眼狼，早知如此，还不如当时生下来就将我丢到江里去冲走。所以，他们就和我断绝了关系，我大学毕业后，就再也没有回到那个破县城，那地方和我有仇。大哥，你说，你该不该再收留我几天？"

"把衣服穿起来，以后别在我这里暴露你的身体。"

"嘻嘻，你看我，胸脯就是个飞机场，全身都是骨头，料想你也不会喜欢。"

"你怎么知道我不会喜欢？别忘了，我是男人。"

"你不会喜欢我的，就把我当成你弟弟吧。"

"哇噻，你买了那么多东西，是给我吃的吧，你真是善良体贴的大哥哥，我真的饿了，赶紧弄碗泡面吃，你吃过吗，要不也给你弄碗泡面？"

"吃你的吧，别管我，懒得理你。"

也许是对弱小者的同情，我收留了她。收留小跳蚤的事情，我不敢和宋楠说，怕引起她的反感和误会。不过，还是让她发现了。

在此之前，她从来没有到过我住处，却因为那一次醉酒，她送我回了住处。我这个人最大的缺点，就是优柔寡断，宋楠早就说过，要我和我的顶头上司搞好关系，比如请她吃个饭，送个小礼物什么的，可是我想得好好的，到了实施之际就退缩了，而且嘴巴也不甜。我的顶头上司是个肥胖的中年女人，大家都叫她欢姐，我却一直叫她老板。欢姐带我去西安出过一次差，第一天晚上，和客户吃完晚饭，欢姐让我陪她去大唐芙蓉园看夜景，观景过程中，她的手不时碰我的身体，我躲避着，心里忐忑不安。回宾馆后，我们各自回到自己的房间。洗完澡，我躺在床上，看一本名为《白山》的小说，阅读是我的爱好。读了一个多小时书，有些困意了，正准备关灯睡觉，欢姐打来电话，让我到她房间去一下。来到欢姐房间门口，我按了门铃。门开了，我闻到一股淡淡的香水味，欢姐笑盈盈地说："快进来。"欢姐穿着红色的丝绸低胸睡衣，白生生的丰硕的胸脯晃得我眼睛痛，我迟疑着，想逃，欢姐一把将我拉了进去，关上了门。房间的灯光昏暗，沙发前的茶几上放着一瓶红酒，还有两个高脚玻璃杯，杯子里已经倒上了血一般的红酒。欢姐拉着我坐在沙发上，柔声说："陪我喝一杯。"说着，她拿起一杯酒，递给我。她端起酒杯，轻轻地和我手上的酒杯碰了碰，发出清脆的响声。她注视着我："干杯。"我的脸滚烫滚烫的，脑子一片昏糊，轻声说："老板，你知道我喝酒不行的。"欢姐伸出手，摸了摸我的脸："不要叫我老板，叫欢姐。"我浑身起了一身鸡皮疙瘩，放下杯子，站起身："老板，不行，我得回去准备明天给客户的材料。"我逃出了欢姐的房间，仿佛逃出了魔掌。

从那以后，欢姐对我就没有好脸色了。这不，我谈好的一笔生意，欢姐就让我转给另外一个同事了，我却敢怒不敢言。这种事情已经不是一两次了，下班后，我没有回住所，而是找了个小酒馆，喝起了闷酒。我的酒量不行，喝着喝着就喝多了。宋楠赶过来

335

时，我已经趴在桌子上了。宋楠气得拿着瓶冰冻的矿泉水从我头上浇下去，恼怒得像只母狮子："你喝那么多酒干什么，混蛋？"我醉眼惺忪地说："谢欢不是玩意，我辛辛苦苦做好的一单生意，硬是给了她相好的，强盗，打劫，几千元的提成呀，说没就没了。"宋楠扶着我走出了小酒馆，叫了辆出租车，送我回住所。在车上，宋楠抱着我，叹着气："傻瓜，喝酒能解决什么问题，伤了自己的身体，还增添烦恼。"宋楠是第一次到我住的地方，她没料到我的住所里还有个女孩子，门开后，她看到了小跳蚤，怀疑走错了门。小跳蚤说："哇噻，李哥喝了多少酒呀？"宋楠瞪着眼睛说："你是谁，怎么住在他家？"小跳蚤笑着说："我叫小跳蚤，你是谁，怎么把李哥灌成这样？"宋楠火大了，将我推进门，大声喊叫："李西虫，你这个王八蛋，我们从此绝交。"宋楠气冲冲地走了，我瘫倒在地上，口里说着胡话。小跳蚤一头雾水，自言自语："这是什么事呀？"

　　第二天早上醒来，我看到好几条宋楠发给我的消息，都是些绝情的话，电话打过去，她已经将我屏蔽了，微信也将我拉进了黑名单。我觉得特别绝望，虽然我们还没有到谈婚论嫁那一步，可也谈了小一年的恋爱了，她是我大学毕业后，在这个陌生城市里唯一相依之人。小跳蚤似乎一夜没睡，她趴在手提电脑前，画她的图。见我醒来，她说："你昨晚喝太多了，以后少喝点，喝多了很傻叉的。"我突然暴怒了："你才傻叉，你全家人都是傻叉。你给我滚，滚……"我好像从来没有发过这么大的火，我的脸一定丑陋不堪。小跳蚤也许被惊吓到了，凝视着我，轻声说："对不起，我会走的。"

　　宋楠在几个月后与我和好，和好那天晚上，我请她看了一场电影。那电影片名我忘记了，反正是一部爱情片，剧情我也忘记了，其实根本就没有认真观看。宋楠猫一样趴在我肩膀上，对着我耳朵不停地说话，从她口中呵出的热乎乎的气息，不停地灌进我的耳孔，痒痒的。我极不喜欢她这样说话，可是我无法拒绝，强迫自己接受。宋楠问了很多关于小跳蚤的问题，比如，她到底是怎么离开我住所的。那些问题无聊又幼稚，我只当宋楠是没话找话，好几个月没有和我说话了，总得找些话说。我这个人比较闷，话不多，而宋楠是个话痨，这就是所谓的互补吧。想到小跳蚤的不辞而别，我心里还是有点过意不去，尽管她拿走了我准备用来交房租的四千五百元现金。

酒醉后的那天早上，我朝小跳蚤发完火，稍微平静了下心情，穿戴整齐，就去上班了，走前也没和小跳蚤打招呼，她也没和我说什么。那一天我脑袋里塞满枯草，目光黯淡，整个人就像一只瘟鸡。同事们的目光各异，却有一个相同的目的，那就是对我的不屑与嘲笑，我看不到同情，这是令我最痛苦的事情，人与人之间怎么可以如此冷酷？欢姐在下班前，将我叫进了她的办公室。在我眼里，红光满面的欢姐就是一堆肥肉，她笑眯眯地让我坐，我感受着她的刻薄和虚情假意，继续站立着。欢姐说："小李，你是不是在生我的气？"我皮笑肉不笑地说："哪能呢，我不会有气。"欢姐笑出了声："只有死人才没有气，你生我的气是正常的，我不怪你。叫你来，只是想和你说两句，在职场，光靠苦干是不行的，还得有脑子，要学会做人，来日方长，你还有很多需要学习和改变的东西，好自为之吧。话我说到这里，你回去慢慢领悟，希望你能够真正成为一个好销售。"走出欢姐办公室，我的头还是晕乎乎的，无所适从。

下班后，我决定去商场找宋楠。

乘地铁到徐家汇站，挤出地铁车厢，身上的白衬衣湿透了，衣服粘在皮肤上，毛孔被堵上，透不了气。我大口呼吸，仿佛从深水中回到海面。沿着地铁站通向港汇广场的甬道,来到了商场圆形的大厅,人很多,往各自需要去的地方流动。宋楠供职的化妆品店在四楼,有观光电梯和扶梯可以到达,我选择了扶梯,一层层的上去,来到了四楼。港汇的五楼和六楼大都是饭店,各种美食,六楼还有个电影院,之前我和宋楠约会,大都在这些地方。今晚,我不是来找宋楠约会,而是来求和的。宋楠虽不是那种长得漂亮的女子,却也端庄,她出现在我视野中,我怦然心动,她穿着得体的职业套装,在给一个年轻女顾客介绍化妆品的模样,竟然那么迷人。我仿佛在一瞬间发现了她的美,此前从没有这样的感觉,真是失去了才觉得珍惜。我呆呆地站在那里,凝视着宋楠,心里特别难过,而又惶恐不安。我想走过去,大声对她说:"宋楠,我爱你。"可我是个优柔寡断的人,既然她那么决绝地和我分了手,就不会回头了,她说过她是个心肠很硬的人,也曾经警告过我不要惹怒她,否则覆水难收。所以,我还是默默地离开,不想再纠缠她了,纠缠无意义,尽管我心如刀割,异常不舍。我对自己说,一切都会过去的,时间会冲淡一切。

　　我重新挤上地铁,闻到一股狐臭的味道,拥挤的地铁车厢里,没有人会在意任何味道,挤地铁上下班的人都是平等的。我脑海里全是宋楠,我暂时无法忘记她,我搞不清楚她何时在我心里已经根深蒂固,一直以来不过是平淡相交,我们甚至连接吻都还没有过。我发现自己眼睛潮湿,其实还是有机会和她接吻或者更进一步的,只不过当时我们都十分矜持,以至于放弃了那些机会,这让我后悔,否则会留下更多关于她的记忆。

　　拖着沉重的步子回到住所,打开了门,屋子里空空荡荡,那个古灵精怪的小跳蚤已经不见了。她把她的东西都带走了,屋子里没有留下她的任何痕迹,连垃圾桶里她丢进去的纸巾什么的,都没有留下,屋子打扫得干干净净,垃圾也扔掉了。要命的是,小跳蚤将我放在抽屉里的四千五百元现金也带走了,那是我准备交三个月房租的钱,房东那个老太太,总是喜欢现金,不然也不会发生这种事情。小跳蚤没有留言,一张小字条都没有留下来,也删除了我的微信,打她手机也关机了。

我颓然地坐在沙发上,叹了口气,自言自语:"小跳蚤,你不必这样的,你需要钱,我可以给你,我还是有点积蓄,何苦如此。"我真没有愤怒,只是觉得忧伤,失去宋楠的忧伤和小跳蚤不辞而别的忧伤重叠在一起,就有了深深的忧伤,优柔寡断之人一般也多愁善感,我就是这样一个多愁善感的人。想起小跳蚤的模样,我还担心她今夜栖居何处,会不会碰到伤害她的人。

我的担心是多余的。

三个月后,我正在公司里写一份销售报告,突然接到了小跳蚤的来电。她的话语平静,仿佛什么也没有发生过,并且约我共进晚餐。我像个傻瓜一样激动,答应了她的邀约,那一天我喜形于色,同事们都以为我碰见鬼了,因为我从来没有在公司里如此开心,在他们眼里,我就是个窝囊的受气包。冷静下来后,我理智地想了想,凭什么要为那个拿着我的钱不辞而别的臭丫头而激动?这些日子以来,我对工作很投入,得到了欢姐的一些肯定,对我的刁难也少了许多,基本上步入了正轨,要不是小跳蚤来电,我差不多将她遗忘了,我忘不了的是宋楠,有时还会偷偷地去港汇广场瞄她几眼。小跳蚤还是打破了我内心的宁静,这一天我都想着晚上见面后会发生什么事情,她不是个让人省心的姑娘。

下班时间临近之际,我突然又不想去见小跳蚤了。内心有两个小人争吵不休,一个要去见小跳蚤,一个不想去见她,那两小人谁也没争过谁,打了个平手,我真不是男人。下班后,我走到街上,心里还是犹豫不决。小跳蚤打来了电话,她说已经到饭店了,就是上次让我去买单的红房子西餐厅。小跳蚤让我下班就立刻过去,没

339

有一点商量的余地,她的话像是命令,我也像是突然着了魔法,打消顾虑,朝红房子西餐厅赶去。

红房子西餐厅位于衡山路徐家汇公园,隐藏在一片绿荫之中,据说这栋老房子,是百代唱片公司旧址。在我眼里,这是高档的场所,要不是因为小跳蚤,我不可能主动两次进入这个地方。小跳蚤还是坐在上次坐的地方,她朝我招手,我走过去,和她面对面坐着。还是爆炸头,不过换成了绿色,如果说以前是一团火焰,那么现在的小跳蚤就是个绿毛怪物,而且,她穿的短袖T恤也是绿色的。她的小眼珠子转了转,似笑非笑地说:"李哥,见到我,是不是心里发毛呀?"

我轻描淡写地回答:"怎么会,你又不是厉鬼?"

"嘿嘿,你没见过我比厉鬼还厉害的一面,"小跳蚤冷笑道,"不过,恐怕你是见不到我那样子,我不忍心伤害你,你太厚道了,我这个人还是很有菩萨心肠的,不对弱者下手。"

我嗤之以鼻:"你还有菩萨心肠,鬼才信。"

"哈哈哈……"她大笑。

不少人朝她投来怪异的目光。

我诚惶诚恐地说:"轻点声,人家都看着呢,不文明。"

小跳蚤收起了笑声,低声说:"李哥,你是不是还记得我拿走的那四千五百块钱?"

"那算啥,我都忘了。"我淡淡一笑。

"你忘不了吧?像你这样的海漂,我见得多了,为了存点钱买房子、结婚,都不要命了。你放心,我不会要你那点钱的,当时的确是没有办法了,才拿了你的钱不辞而别。"说着,她从一个白色的小包里拿出个信封,放在我面前的桌面上,继续说,"这里有五千元,还你的,多出来的五百,就算是利息吧。"

"这……"我错愕。

小跳蚤细细的指尖在发亮的鼻子上轻轻摸了一下，笑着说："是不是不相信，你打开信封看看就知道了，肯定是真钱，不是冥币。"

"我不是那意思。"

"那是什么意思？"

"你怎么突然就有钱了？"

"运气来了呗，我被一家游戏公司看上了，让我给他们画卡通。预付了一大笔钱呢，看看，我现在又在法租界租房了，我一下就交了一年的房租，最起码这一年不会被房东赶出来了。那房子是老房子，很有品的，三层楼的小洋房，我租的最上面一层。吃完饭，你要有兴趣带你去看看。"

"贵吧？"

"当然，七千多一个月。"

"你真敢花钱。"

"舒服就行，钱算什么，花完了再赚呗，我可不当守财奴，像你似的，租个房还跑那么远，上个班挤地铁都挤成狗了，有意思吗？"

"不说这个了，点餐吧，饿了。"

"你随便点，想吃什么就吃什么，今天我请客。"

就是她请客，我也不敢点那些贵的菜，随便点了个牛排，就算了。小跳蚤加了两个海鲜类的大菜，让我心里很不好意思。小跳蚤还点了瓶白葡萄酒，还是新西兰的长相思，她说这款酒的口感特别好。我不会品酒，也不晓得酒的好坏，况且也不能多喝，怕醉，她说什么就什么了。

其实，我没有问她为什么当初要不辞而别，小跳蚤自己却说出了口。喝了杯酒后，小跳蚤刮不出几钱肉的脸上泛起了桃红，变得美丽了些，看上去有点儿妩媚。我从没如此认真地看她的脸，还是蛮秀气的。她注视着我："李哥，我漂亮吗？"

我笑了笑："还行吧。"

"我还是有自知之明的，你的评价已经蛮高了，"小跳蚤微微叹了口气说，"我爸从来就没说过我长得还可以，这个混蛋一直认为我长得像一只丑丑的小鸡仔，从小就叫我小鸡仔，我恨死他了，好像我不是他的亲女儿。不过，我也怀疑他是不是我的亲爹，有一次醉酒后，他打我，骂我是杂种。我问过妈妈，他是不是我亲爸。我妈告诉我，他是希望有个儿子，却生了我这样一个丫头，心里窝火，别看他上过大学，还混了个一官半职，满脑子还是封建思想，说我不能给他传宗接代。这都什么年代了呀，他就像是活在古代的人。要不是那时候搞计划生育，他生怕丢官，才没有让我妈继续生育，否则，我就会有一串的弟弟了。"

接着，小跳蚤说出了她不辞而别的真相。

如果不是小跳蚤父亲出事，她就不会离开我的住所，并且对我那天早上的愤怒不以为然。那天午后，小跳蚤吃完泡面，在手提电脑上修图，接着，母亲打来了电话。她都记不起母亲有多长时间没有来电了，因为赌气，她也很长时间没有关心母亲的情况了。母亲哽咽地说："女儿，你赶紧回来，你爸不行了。"小跳蚤不假思索地说："他不行了管我什么事，我们不是断绝父女关系了吗，找我干吗？"母亲抽泣："不管怎样，他也是你亲爹呀，你就回来看他一眼，好吗？"小跳蚤十分倔强："我不回去。"母亲哭出了声："你回不回来，自己决定吧，妈妈不勉强你，可是，可是……"母亲挂了电话。

小跳蚤无心修图了，关掉了手提电脑。

呆呆地坐着，小跳蚤心里隐隐作痛。不一会儿，她流下了两行泪水，为母亲流的泪水，此时的母亲，是那么的孤独和无助，于心不忍。小跳蚤突然做了个决定，回去。她现在身无分文，怎么回？

于是，她开始翻箱倒柜，最终在我衣柜里的一个小抽屉里，找到了那四千五百元现金。她买了张动车的车票，急匆匆地赶往虹桥火车站。黄昏时分，小跳蚤回到了那个南方小城，天上飘着雨丝，小跳蚤的情绪特别复杂，这是个熟悉又陌生的地方，也是时常会想念又讨厌的地方。她没有回家，而是直接去了医院。

父亲还在抢救。母亲坐在急救室外走廊上的长椅上，目光黯淡，两眼垂泪，双手放在大腿上，十指绞在一起，她老了许多，两鬓有了花白的头发。小跳蚤不相信只是她一个人孤独地在这里等待，父亲有点权势时，那些七大姑八大姨的隔三岔五来找他办事，现在却不见一个人影。见到小跳蚤，母亲松开了绞在一起的十指，站起身，轻声说："你，你回来了。"小跳蚤强忍着不让泪水淌下来，扑过去，抱住了母亲。母亲搂抱着她，在她耳边低语："女儿，回来就好，回来就好。"有了小跳蚤的陪伴，母亲的情绪显然好了些，但她还是担心急诊室里的丈夫。小跳蚤一直不明白的是，为什么母亲对父亲总是百依百顺，不离不弃，在小跳蚤眼里，父亲就是个超级渣男。

小跳蚤在无数个夜晚，诅咒过父亲，现在父亲脑出血在急诊室里抢救，她心里还是动了一丝恻隐之心，希望他醒过来，他是母亲的命，母亲宁愿舍去她，也会选择和他在一起，他要是一命归西，母亲也活不下去。母亲说，他身体一直很好，怎么突然就脑出血了呢？早上起来还好好的，上午出去了一趟，回来见他情绪激动，可能是因为什么事情和人吵架，动了怒。小跳蚤说："他的脾气一直不好，你又不是不知道？连我也打骂，而且他抽烟喝酒，身体早就折腾坏了，表面上看上去不错，其实身体内部有很大的问题，只不过以前没发作而已。"母亲拉着小跳蚤的手，不停地流泪。小跳蚤说："妈，放心吧，他死不了，坏人活千年呢。"

小跳蚤刚刚说完这话，急诊室的门开了，几个医生护士走了出来。小跳蚤搀扶着母亲站起来，迎了过去。领头的那个身材高大中年男医生对她们说："手术很成功，你们放心吧，虽然说没有生命危险了，但会留下一些后遗症，慢慢恢复吧。"母亲泣不成声："谢谢医生，谢谢医生。"小跳蚤嘀咕了一声："我说嘛，坏人活千年。"

父亲住了半个月的医院，就回家休养了，带回了一大堆的药物，每天母亲按时给他喂药。父亲脸色苍白，眼睛混浊，呆呆的，目光低垂。他半身瘫痪，手脚都不灵活了，半躺在床上，完全是个废人。父亲的语言含混不清，有时有表达的欲望，却不知道说了些什么，叽里咕噜的声音很难辨识。他每次说话，母亲都要问他："你说的是什么？我听不清。"小跳蚤幸灾乐祸地说："妈，你再怎么问他，他也说不清楚，报应呀，当初骂我那么凶，现在就是骂我，我也听不见了，哈哈哈。"母亲瞪着她："你爸都这样了，你还说出没心没肺的话，还是人吗？"小跳蚤说："我不是人，他是。"父亲突然咧开嘴巴，笑了一下。小跳蚤说："你笑个屁。"

母亲对父亲真的死心塌地，将他照顾得妥妥帖帖，吃饭喂药，端屎端尿，擦洗身体，没事就推着坐在轮椅上的父亲到外面去溜达，晒太阳。别人在后面指指点点，她也是面带微笑，充耳不闻。小跳蚤可受不了那些风言风语，有时还会大骂那些嚼舌头的人一顿。小跳蚤理解不了母亲，就像母亲也理解不了她，就像两条各自流淌的河流。母亲照顾父亲的间隙，就会打探一些小跳蚤的私生活，最重要的还是关心她的婚恋问题。小跳蚤极不耐烦，母亲提到这个问题，她就会到房间里，反锁上门，画她的图去了。她很清楚，这个家并不会久留，还是要回到上海去的，回来不到一个月，她就厌烦了，怕见到所有的熟人，他们都带着小城里俗不可耐的气息，小跳蚤没想到自己为什么会和他们格格不入。过了一段时间，父亲的病情渐渐地好转之后，小跳蚤就离开了那个生养她的地方。

离开家的方式，也是不辞而别。那天早上，母亲到菜市场买菜去了，她溜进父亲的房间，父亲还躺在床上睡觉，闭着眼睛，一点声息都没有，像一具尸体。小跳蚤站在床边，恶狠狠地说："老东西，你这一生罪恶累累，拖累了我妈一生，她当初是那么的美丽，现在却变成一个沧桑的老太太，还得给你当牛做马，你真不是人。"说完，小跳蚤转身就走，她走到门口时，听到了父亲叽里咕噜的声音。她回过头，看到父亲挣扎着想从床上爬起来，一只手颤抖着伸起来，似乎是在挽留她。小跳蚤听不清他在说什么，看着他那颤抖的手，心头突然一酸，眼窝滚烫起来。她关上了门，回到自己的房间，拿着行李箱，走出了家门，她想这一走，也许就再不回来了。小跳蚤没有告诉母亲自己要走，害怕看到母亲挽留的凄凉眼神。

说完这些，小跳蚤眼睛有点红，她端起酒杯："来，李哥，陪我喝一杯。"

喝完一杯酒，我问："你真的那么恨你父亲？"

她笑了笑："不说他了，败兴，喝酒。对了，吃完饭和我去蹦迪吗？"

我不置可否地笑了笑。

她眨了眨眼睛，轻轻叹了口气："你这个人太保守了，无趣极了，就像埋在地下两千年的老古董。不过，你还是蛮可靠的，做朋友不错。"我心里突然闪过一丝念头，有点喜欢上这个丫头了。吃完饭，我没有跟她去看她租的小洋房，也没有和她去蹦迪，而是坐地铁回住所，明天还要上班呢，工作对我来说，是最重要的事情。

那个晚上，我躺在床上，辗转反侧。

我想起了父亲，那个至今还在老家脸朝黄土背朝天的老农民，他唯一的愿望就是能抱上孙子，但是他从来不说，也不会逼迫我，我妈有时唠叨两句，他立刻制止，说男儿在外，事业为重。我很清楚，我只是谋生，并没有什么事业可言，因此常常羞愧难当，觉得对不起父母的养育之恩。

宋楠和我结婚之后,第一次带宋楠回我的西北老家时,我才知道,她曾经给我父亲寄过钱。那是在小跳蚤闯入我的生活之前的事情,有一次,父亲说母亲生病了,我就给他汇了一笔钱回去,汇钱时,宋楠也在场,她记住了父亲的名字和银行卡的号码。如果不是小跳蚤,也许我们会更早结婚,但也可能走不到一起。小跳蚤刺激了宋楠,宋楠说,如果不是小跳蚤,她还不会对我如此上心,说不定处着处着就淡了,就分道扬镳了。小跳蚤让她重新审视我,发现我身上还是有不少吸引人的优点,比如质朴和勤勉,还有诚实。在老家,我和宋楠站在塬上,望着黄土高原上的沟沟壑壑,问她:"你当时见到小跳蚤,为什么不分青红皂白地和我分手,也不容我说明?"她笑了笑说:"当时我气懵了,觉得你是个大骗子,脚踩两条船,我还能听你解释说明,分手是我唯一的选择。"我叹了口气,轻声说:"也不知她现在在何处。"宋楠酸溜溜地说:"看来你是忘不了她了。"我拉住宋楠的手说:"你能忘得了她吗?"宋楠的头依偎在我肩膀上,轻声说:"不能。"

小跳蚤的确是那种很难让人忘记的女孩,我相信和她相处过的人都会有这样的感觉,胡天德就是一个。有一次,我在浦东机场,偶遇胡天德,他竟然还记得我,过来和我打招呼。他问我小跳蚤还好吗,我说小跳蚤早已离开上海,不知所踪。胡天德说小跳蚤是他印象深刻的女孩,看到我就想起了她。其实在此之前我也只见过胡天德一面,因为小跳蚤。

那是个雷雨交加的深夜。

我接到了警察打来的电话,他让我去一趟派出所。我问他出什么事情了?警察说,你来了就知道。我是个老实人,从来不做违法的事情,警察是不是搞错了。我不能不去,只好硬着头皮前往。地铁已经停运,我只好叫了个出租车,一路上,我忐忑不安,提心吊胆,天空中的每个炸雷和每道闪电,都让我心惊肉跳。从我住所到那个派出所,出租车开了四十多分钟,花去了我一百多块钱,这是在我身上割肉,人家说上海人小气,我才不信,我才是个小气鬼,没大方的资本哪。

我走进派出所,值班警察问我:"你有什么事?"

"是你们张警官打电话让我来的。"我的双腿微微发抖,派出所这地方对我这样的草民而言,还是有威慑力的。

他说:"喔,进去吧。走廊右拐,一直走,最后一间。"

我按照他的指示,走到了那间办公室,门是开的。一个警察在和一男一女说话,男的是个中年男子,微胖,坐在椅子上,脸上有几道见血的伤痕,双手捂着裆部,满脸痛苦的模样。女的就是小跳蚤,还是那个夸张的爆炸头,不过又染回了红色,是一团愤怒的火,可她的小脸没么愤怒,低垂着,显然十分沮丧。我一下子明白了,是她犯事了,让警察把我叫来了,不是我有事,我心安了许多,但心中的那块石头还是落不了地,不晓得小跳蚤的问题大小。

小跳蚤见我到来,大声说:"哥,哥,你终于来了,妹妹我被人欺负了……"

她说着,还要朝我扑过来的样子。

张警官站起来,厉声说:"闭嘴,这不是你撒泼的地方。"

小跳蚤不言语了,低下了头,可怜兮兮的模样,真让我有几分心痛。张警官鹰隼般的目光审视了一下我:"你是她哥?"我点了点头,皮笑肉不笑地说:"不是亲的。"小跳蚤嘟哝道:"比亲的还亲。"张警官脸无表情:"我不管你们是亲的还是疏的,有人来处理问题就好。"我小心翼翼地问:"张警官,我妹发生什么事情了?"

"她是疯子,把我脸挠花了,我的下身也被她踢坏了,啊呦,啊呦,痛呀……"那中年男子脸上的表情十分丰富,尽量的往惨痛方面表演。

"胡天德,你个臭流氓,你不摸我的屁股,我能挠你踢你吗?"小跳蚤气呼呼地说。

"闭嘴,你打人还有理了?"张警官瞪着眼睛说。

小跳蚤倔强地抬起头:"他耍流氓就有理了,你为什么老偏袒他,难道你们有什么关系?"

张警官口气缓和了些:"他那样做,当然不对,你可以报警呀,为什么要动手呢?你本来占着理,这一动手,不就理亏了?"

小跳蚤不说话了,鼻涕不知怎么流出来了。我递过纸巾,小跳蚤扯过去,重重地用纸巾捂住鼻子,擤了一下鼻涕,胡乱擦了擦,脏了的纸团扔进了垃圾篓里。

接着,张警官给我介绍了大概的情况。

小跳蚤在夜店喝酒蹦迪,这是她的爱好,她对我说过,其实她是个很孤独的人,朋友也不多,人家女孩子总有几个要好的闺蜜,而她没有,那些杂志和游戏网站的编辑,也不过是工作关系而已,我是她在这个城市里为数不多的熟人,也可以说是朋友,所以她出了问题总是会找到我。有时我会不耐烦:"你不要找我了,我不是你爹。"她就咯咯地坏笑:"你比我爹还亲,李哥。"还是回到这个晚上的事情上,小跳蚤只要进入夜店,喝着酒,蹦着迪,看红男绿女群魔乱舞,她才觉得快乐,而且可以找到安慰,那么多陌生人陪她跳舞,孤独感烟消云散,她享受着夜店的美妙时光,刺激的音乐和酒,小跳蚤持续地兴奋着。这个雷雨天的夜晚,夜店里感觉不到天气的恶劣。一个男人盯上了小跳蚤,她在喝酒之际,那个男人凑上来搭讪:"小姐,你的头发太有型了。"小跳蚤对男人十分警惕:"你谁呀,我头发关你什么事?"男人笑了笑:"我叫胡天德,生意人,你信不信,我会因为你的头发喜欢上你。"小跳蚤见多了这种搭讪者,嘴巴里清脆吐出两字:"快滚。"胡天德悻悻而去。小跳蚤没想到,他会在她蹦迪时挤过来,在她屁股上用力掐了一下。小跳蚤一声尖叫,接下来,惨剧发生了。生意人胡天德没料到如此一个弱小的女孩,可以爆发出惊人的力量和愤怒,她简直就是一匹凶狠的母狼,在胡天德脸上留下道道血痕,并且,她脚上的尖头皮鞋准确地踢到他的裆部。夜店一下子乱了,夜店老板只好报了警。小跳蚤想跑的,结果没有跑脱,和胡天德一起,被带到了派出所。

听完张警官的叙述,我赔着笑脸说:"那现在怎么办?"

张警官说:"胡先生同意调解,你妹妹不同意。"

"怎么调解法?"我问。

张警官说:"胡先生有错在先,应该向你妹妹赔礼道歉,并补偿一些精神损失费。你妹妹打人在后,也造成了一定的伤害,扣掉精神损失费,应该再补偿给胡先生一点费用,这事情就算了了,否则就走法律程序了。"

"走法律程序会怎么样?"我又问。

张警官说:"那先要带胡天德去验伤,如果达到了轻伤,那就得拘留或者判刑了。"

我的心像是被一只巨大的手攥紧,疼痛极了。我连声说:"张警官,还是调解吧,调解吧,胡先生需要多少钱,我给他。"

小跳蚤极力反对:"凭什么给他钱,坐牢就坐牢,有什么了不起?"

张警官说:"看看,看看,就这态度,看来还是走法律程序吧。"

我低三下四地说:"别,别,还是调解吧。我妹妹她人小不懂事,你们就谅解她吧,多少钱,我出,我出。"

胡天德开了口:"我看这位兄弟还是很诚恳的,给五千块钱就算了,我也不多要。"

小跳蚤嘶吼:"你他妈的打劫呀?"

349

我不管那么多了，用微信支付了胡天德五千元钱，办完手续，拖着小跳蚤走出了派出所大门。天上还下着猛雨，雷劈电闪，小跳蚤站在雨中，大声喊叫："李哥，你是个大傻蛋，谁让你给那混蛋流氓钱了，他是在抢劫。"我打着伞，走过去："你才是个傻瓜，你难道真想坐牢不成，花钱消灾，这钱是我愿意出的，不要你还。"小跳蚤气急败坏："李西虫，你不是我哥，你就是帮凶，我再不理你了，你太窝囊了。"说完，她就转身在雨中奔跑起来。

我怕她出什么事情，紧紧地追了上去。

她太能跑了，累得我上气不接下气也追不上她。等我追上她，她正蹲在一棵悬铃木树下，怀里抱着一条被雨水淋得湿漉漉的小狗。小狗瑟瑟发抖，小跳蚤变得温情脉脉，她身上也被雨水湿透了，薄如蝉翼的吊带裙粘在皮肤上，脊梁骨凸出，她抚摸着小狗湿漉漉的皮毛，柔声说："乖乖，别怕了，没有人要你，我要你，再不会有人将你遗弃了。"让我心生怜悯。我用伞罩住了小跳蚤和狗，轻声说："别生气了，好吗？"

小跳蚤抱着狗子站起来，对我笑了笑："李哥，我没事了，你回去吧，明天还要上班呢，这离我家不远了，我回家了，谢谢你，又麻烦你了。"她转身走了，将我抛在寂寞的街上，一个闪电，照亮了雨中行走的小跳蚤，她的背影变得十分凄凉和无助，我的眼睛一热，泪水刹那间滚落。

后来我和宋楠讲述这段故事后，宋楠也觉得伤感，她感叹道："小跳蚤真是个可怜的女孩。"我笑了笑："她并不可怜，她是活在自己世界里的人，那么率真，我觉得我们才是可怜人，成天循规蹈矩，为一口饭吃，为供一套蜗居，过得那么艰难和憋屈。"宋楠警惕："你是不是想像她那样活着？"我叹口气："想也不成哪，我没有那样的勇气，况且，还有你呢？"宋楠瞪了我一眼："谅你也不敢，对了，后来那条小狗怎么样了？"我很奇怪，宋楠不关心小跳蚤后来怎么样了，却关心那条流浪小狗。那条狗子老了，还受了伤，不久就死了，小跳蚤在郊外的一片小树林里，找了一块林中空地，将它埋了，还建造了个小小的坟墓。这是我在她的微信朋友圈里看到的，那个雷雨夜之后，她好长时间没有搭理我，我只能在她微信朋友圈里窥到她生活的一些蛛丝马迹。我想过主动联系她，又觉得唐突，我就是这样一个优柔寡断的男人。对了，在派出所我替她付给胡天德的那五千元，第二天她就微信转账还我了，这让我好长一段时间，心存愧疚。宋楠说："李西虫，你喜欢狗子吗？要不，我们也养一条吧？"我摇了摇头："人都养不活，还养什么狗，况且，我们也没有时间照顾狗子呀，你我早出晚归工作，每天累得像鬼似的，哪有精神养狗？"宋楠不吭气了。我凝视着她洁白的脸，心想，如果她真的喜欢狗子，还是可以考虑在适当的时候养一条的，这话我没有说出口。

我和小跳蚤的故事并没有就此结束，就在我和宋楠和好后不久，又发生了一件惨不忍睹的狗血事情。有段时间，我看小跳蚤在微信朋友圈里晒她到马尔代夫游玩的照片，阳光沙滩，蓝天白云，浮潜深潜，海钓冲浪……她在海里潜水的样子十分迷人，完全是条美人鱼，身姿妙曼，如梦如幻，这出乎我的意料，也许她真的很美，只不过我以前没有发现，也许是摄影师和相机的合谋，将她美化。除了晒些美照美食，还出现了一张合影。

那是小跳蚤和一个肥胖中年男人的合影，肥胖者穿着花衬衫，花短裤，头上戴着白色太阳帽，眼睛被宽大的墨镜遮隐，伸出毛茸茸的手臂，搂着娇小的小跳蚤，他们在一起合照，极为不相称，就是大熊搂着兔子，我担心大熊将兔子吃了。翻遍小跳蚤所有的微信朋友圈，也只能找到这张她和男人的合影，直觉告诉我，她和这个男人关系不寻常，绝对不是在马尔代夫的偶遇。她发的微信朋友圈，我大都会点赞，偶尔也会留言，她从没有回复过我，仿佛我不存在。我不会因此生气，她就那脾气，见怪不怪。发现小跳蚤和那个肥胖男人合影后，一连三天晚上，我都做噩梦，梦见小跳蚤被谋杀了，残破的身体被海水冲到无人之岛的海滩上，鸥鸟叫唤着在她的尸体上空飞徊。我本不想理她和肥胖男人之事，噩梦之后，我决定提醒她几句，于是，在微信和手机上，都给她发了消息，让她注意自身的安危。小跳蚤没有回我消息，等了几天后，我就死了心，每个人都有自己的命运，至于她有什么危险，我担心也是没用的，由她去吧。我和宋楠说起这个事情，她说我咸吃萝卜淡操心，多管闲事。

奇怪的是，我发消息给她的两天后，小跳蚤的微信朋友圈设置了仅三天可见，我就再没有看到过她和胖子的那张合影了，这样也好，眼不见为净，省去我许多担忧，话是这么说，心里还是替小跳蚤捏把汗。

我担心的事情还是发生了。

那是小跳蚤去马尔代夫三个月后的事情，时令已是初冬，悬铃木开始飘落枯叶。那天下班，说好陪宋楠去买衣服，她从来不在自己供职的服装店买衣服，嫌贵，买不起。这不是她马上就要过生日了，我想给她买一套好点的衣服，表达一点心意。在赶往港汇广场的地铁上，小跳蚤打来了电话。她在哭泣，我可是第一次听到她哭泣。地铁车厢里十分吵杂，我大声说："小跳蚤，你到底怎么啦？快说话呀。"小跳蚤光哭，就是不说话。我又大声说："你说话呀，发生什么事情了，快告诉我。"挤在我前面的一个女人说："你说话别喷口水好不好，口水都喷到我脸上了。"我赔着笑脸说："对不起，对不起。"周遭的人用各种眼神看着我，我有些无地自容，好像自己做错了什么事情。我只好在最近的一站下了车，在站台上和小跳蚤说话。

小跳蚤哼哼唧唧地哭了十几分钟，才说话："我，我不想活了。"

我焦急地说："你在哪里，我马上过来。"

小跳蚤说话的声音有些沙哑："我，我在家，我把手腕割开了。"

我顿时心急如焚："我马上过来，马上过来。"

摁掉了电话，我赶紧坐上地铁，往小跳蚤家的方向赶去。下了地铁，我就不停地奔跑。她租的老洋房就在乌鲁木齐路和衡山路交界之处。我进入一扇生锈的铁门，就看到了那栋三层的老洋房。我一口气跑上了三楼，咚咚咚地敲门，二楼的那户人家门开了，一个老太婆在楼道里说："敲门轻点哗，吵死人了。"我没有理她，继续敲门。老太婆骂了声什么，就重重把门关上了。门终于开了，小跳蚤的手腕淌着血，血都染在她身上白色的泡泡裙上了，她脸色苍白，挺吓人的。我浑身大汗，气喘吁吁地说："你这是干什么呀？"她眼中的泪水奔涌而出："李哥，我真的不想活了。"我赶紧进屋，屋子里乱糟糟的，脏衣服扔得到处都是，厨房水斗里堆满了脏脏的碗碟，一只苍蝇在上面飞来飞去。我顾不得许多，找出了一条干净点的毛巾，给她的手腕包扎上，然后拖着她去医院。

刚到医院，宋楠打来了电话，她气呼呼地说："李西虫，你死到哪里去了，我早下班了，在店里等你快两个小时了，怎么还不来？"我心里一凉，知道坏事，应该接到小跳蚤的电话就和她说清楚的，要是她知道我送小跳蚤到医院，会不会产生什么误会。我支支吾吾企图撒个谎骗她，问题是我不习惯撒谎，憋得脸上发烫。宋楠气急败坏地说："你到底在干什么坏事？快说呀。"和好之初，我答应过她，任何事情都不能隐瞒她的，只好如实说了："小跳蚤自杀，割腕了，我送她来医院，现在在六院呢。"宋楠说："啊，你不早说，我赶紧过来。"

港汇广场离六院不是很远，宋楠赶过来时，小跳蚤正在急诊室里处理伤口。宋楠碰了碰我的胳臂，轻声说："她没事吧？"我轻松了许多，笑了笑："没什么大问题了。"宋楠理了理额前的头发，叹口气说："没事就好。"小跳蚤见宋楠来了，凄楚一笑："宋楠姐——"宋楠也朝她笑了笑，没说什么。给小跳蚤处理伤口的女护士说："好在割得不深，没有割到动脉，否则就麻烦了。小姑娘长得蛮漂亮的，别动不动就想不开，有什么比活着更好的？你看我，该吃吃，该玩玩，该工作就工作，什么也打不垮我，我前男友都要和我结婚了，劈腿被我发现，我不要太潇洒，果断地炒了他的鱿鱼。学学我，小姑娘，爱自己才是最重要的，其他人都靠不住。"

小跳蚤流着泪说："护士姐姐，你太了不起了，我得向你学习。"

宋楠轻声对我说："小跳蚤这样的人怎么会轻生？"

我说："不清楚。"

护士给小跳蚤处理好伤口，包扎好，说："注意点，伤口别碰到水，过两天来换药。"宋楠点了点头："谢谢护士姐姐。"

我们三人走出医院大门，寒风骤起，枯叶飘飞。虽然小跳蚤身上的泡泡裙外套着一件短大衣，她还是在风中瑟瑟发抖，脸色苍白，嘴唇乌黑，要不是她那火红的爆炸头，她就像僵尸。宋楠关切地说："小妹，不行我们去吃饭吧，估计你也饿了。"小跳蚤情绪低迷："没有胃口，也不饿，李哥，宋楠姐，你们去吃饭吧，不要管我了，我没事了，我自己打个车回去就行了，谢谢你们。"我对宋楠说，还是送小跳蚤回家吧，宋楠点了点头。好不容易，我们叫到了辆出租车，将小跳蚤送回了家。

宋楠进了小跳蚤的屋子，就去开窗，她嫌屋子里的味大。小跳蚤连忙制止："宋楠姐，千万别开窗，冷。"宋楠只好关上了窗，尴尬地笑了笑，接着，她走到厨房，洗起了碗碟。厨房很小，和卫生间挨在一起，一看就是房东为了出租改出来的厨房。小跳蚤瘫在那古典欧式老沙发上，有气无力地说："宋楠姐，你别洗了，太脏了，明天钟点工阿姨来了会洗的。"宋楠说："没事，一会儿就洗完了。"宋楠收拾完厨房，又给她扔得到处都是的脏衣服收到一起，放进了洗衣机。然后，宋楠又将斑驳的木地板拖得干干净净。我看着宋楠像一只勤劳的小蜜蜂，心里觉得对不住她，明天一定要给她买一套名牌的衣服，就是吃糠咽菜也要把买衣服的钱省下来。

我对小跳蚤说："不吃东西不行，我叫个外卖吧。"

小跳蚤说："真的没有胃口，不想吃。"

宋楠打开冰箱，发现里面还是有不少存货的，有鸡蛋，乌冬面，火腿肠等。宋楠说："小妹，我知道你没有胃口，饿着肚子总归不好，我煮点清淡的东西给你吃吧。"小跳蚤不好再拒绝了，就说："那好吧，我吃点鸡蛋面吧，你们也饿了吧？多做些，我们一起吃。"宋楠笑了笑："好吧，我去做了。"

宋楠做饭时，我陪小跳蚤说话。

小跳蚤苦笑道："李哥，你是不是觉得很奇怪，我怎么穿着泡泡裙自杀？"

"不奇怪，我没有想到穿泡泡裙有什么不好，而且和你割腕也没什么关系。"我淡淡地说。

"当然有关系，这泡泡裙是他买给我的。他现在不要我了，还嫌我长得不好看，非要我去整容，我很清楚，他让我去整容，是个借口，不要我的借口，我发过誓不会去整容的，我讨厌假的东西，虚伪的话，假的美，谎言，我都厌恶透顶。他真的不要我了，我想不开，真的想不开，就想死。我真是个傻叉，还要为他去死，而且还把割腕的照片拍给他看，以为他会来救我。他根本就不理我，也许我死了正合他意，太无情无义了。"说着，小跳蚤的泪水又流了出来，她的眼睛红红的，快哭烂了。

我没有问那男人是谁，开导她："你应该记住急诊室那个护士的话，不该这样的，要为自己活着，失恋算什么，他不要你，那是他的损失，你也认清了一个人的面目，何苦寻死觅活？"

小跳蚤擦了擦泪水："都怪我用情太深了，我以为他会珍惜我，像照顾女儿一样照顾我，将我捧为掌上明珠。开始时，他是这样的。认识他也是鬼迷心窍，那个晚上，他也一个人在夜店喝酒，边喝边抹泪，我好奇，他为什么要哭。我很少见男人哭，我爹就从来不哭，所以心狠。我想，一个会哭的男人，总归心地善良吧，于是动了恻隐之心。我走过去陪他喝酒，他告诉我他太太去世半年了，还想着她，就在此借酒浇愁。哇，我觉得自己碰到一个大情圣了，马上对他刮目相看，尽管他长得像头肥猪。一连几天晚上，我们都在一起喝酒，仿佛有说不完的话。渐渐地，我们好上了。我没想到他是个有钱人，做钢材生意的老板，这些对我来讲都不重要，重要的是，他喜欢我，呵护我，我仿佛在他身上找到了从未有过的父爱和男女之间的爱情，我承认我陷进去了。让我感动的是，他带我去马尔代夫旅游时，给我买了一条泡泡裙。有天早上，他偷偷坐船去马累了，都没有告诉我，我醒来发现他不在我身边，整个小岛去找他，找不到他，我都急得差点跳海了。马累是马尔代夫的首都，有很多商场，原来他是去马累给我买泡泡裙。他回来后，让我穿上那条美丽的泡泡裙，说我像个公主。我听到他这句话，哭了，你知道我很少哭的，那时我真没忍住幸福和激动的泪水。记得小时候，我爸我妈带我去厦门玩，在一个服装店里，我看中了一条泡泡裙，吵着要买，我爸不但不给我买，还打了我一耳光，我妈要给我买，我爸对她怒吼，让她不要惯着我。我从小就希望能够穿上美丽的泡泡裙，像个童话里的公主。大学毕业后，我想自己买一条泡泡裙，却总觉得自己买的没有意思，要是有个白马王子送给我多好。问题是我没有白马王子,大学时谈过两次短暂的恋爱,最后都无疾而终,后来我就产生了恋爱恐惧症。我真没想到会在马尔代夫穿上我梦中的泡泡裙,我的确在头个晚上做了穿泡泡裙的梦,他没睡着,从我梦话中得知了我心底的秘密,结果天一亮,他就租了条船去马累了,给了我一个天大的惊喜,穿上泡泡裙的刹那间,我就真的爱上了他。"

我也百思不得其解:"既然你们那么相爱,怎么就分手了呢?"

"是他不要我的,他突然就厌烦我了,先前没有一点迹象,头天晚上我们还去吃海鲜大餐,还把我带回他青浦的别墅里去,还让他的女仆给我做燕窝莲子羹当夜宵。第二天早上醒来,他就没有好脸色了,说是让我去整容,我这个样子带出去会丢他的脸。我说我们刚刚认识的时候,你不是说我长得与众不同,特别喜欢我这个样子吗。他阴沉着脸说那是他看走了眼,图一时的新鲜。我被激怒了,说打死也不会去整容,然后愤怒地离开了他的别墅,叫了个快车回来了。我以为他会来找我,却没有,他是如此绝情,说断就断了,没有一点缓冲,直接就宣告了我们关系的结束。"小跳蚤抽泣起来,可以看出她内心的痛楚。

我递过纸巾:"擦擦眼泪。让他过去吧,别再纠结了,你真的为他死了,他也不会同情你的,不值得呀。"

小跳蚤擦了擦泪水,苦笑着说:"他给我编织了一个美丽的梦,又亲手扼杀了我的美好向往。"

这时,宋楠做好了鸡蛋面,给小跳蚤端了一碗过来。小跳蚤喝了一小口汤,抬头笑着说:"宋楠姐,你的厨艺真好,好鲜。"宋楠轻声说:"慢慢吃,别烫着。"小跳蚤说:"放心,我不是小孩子,烫不了我,你们也吃吧。"宋楠回到厨房,给我端了碗鸡蛋面,最后才给自己盛面条。我们三人咪溜咪溜地吃着面条,都没有说话,直到吃完面条。

宋楠收拾完厨房，对我说："西虫，我看晚上我留下来陪小妹吧，你早点回去休息。"我说："这样也好，你留下来可以照顾小妹，我没什么用，你多多安慰她。"宋楠说："你就放心吧。"

小跳蚤站起来，紧张极了："别，别，你们谁都不要留下来陪我，我不喜欢安慰，真的。你们放心吧，没事了，我再不会想死了。况且，我也不是真的要去死，只是那时我太难过了，企图用这个方式挽回失去的东西。我要是真的想死，谁都不会说的，悄悄就走了，不会让任何人知道的。放心吧，我还没有活够呢，怎么会去死？你们赶紧回去吧，我已经很对不起你们了。"

我认真地说："你真的没事？"

小跳蚤握起小拳头，捶了我的胳膊一下，笑着说："真的没事，李哥。"

宋楠笑了笑："既然如此，那我们就走了，你真要有什么事情，记得给你李哥打电话。"

小跳蚤说："放心吧，宋楠姐。"

我们走在街上，冽风呼啸，冬天真的要来临了。我们快步走向地铁站，宋楠紧紧地挽住我的手，她说："李西虫，你以后会不会抛弃我？"我说："怎么会。"她又说："鬼知道，要是你哪天发达了，变成有钱人了，那就说不准了。"我说："怎么可能？"宋楠接着说："如果有那天，我才不会寻死觅活，但是，我会杀了你。"

我以为小跳蚤和那肥胖男人的事情就到此为止了，岂料还有个狗血的结尾。过了几天，那是个周末，小跳蚤找到我，说她还是想不开，要我陪她一起去找那男人要青春损失费。架不住她的央求，我就和她一起去了。宋楠在上班，原则上她是不允许我去的，却也没办法，小跳蚤也央求了她，她交代我，千万不要意气用事，出了什么事情她可不管。

小跳蚤叫了辆快车，来到了青浦名人家园别墅群。

小跳蚤找到了肥胖男人的别墅，那是一幢三层楼的西式别墅，外墙贴的都是上好的大理石，堂皇气派，在这别墅前，我鼓足的勇气荡然无存，觉得自己特别特别渺小，不值一提，资本真的是有力量的。小跳蚤肯定是没有我这种感觉的，她和我根本就不是一类人。

小跳蚤按了按门铃，过了好大一会儿，门开了条缝，传来女人的声音："你走吧，老板不在。"话音刚落，门就重重关上了。小跳蚤用力地拍着门扉，尖声叫着："吴婶，开门，开门呀，我知道他在里面。"门里没有回应。我心虚地说："我们还是走吧，算了，这一页就翻篇了。"小跳蚤瞪了我一眼："我是让你来帮我的，怎么替他说话了？李哥，你太窝囊了，算了，不要你说什么，你站在那里装装样子就好了。"

小跳蚤声嘶力竭地喊叫："王大龙，王八蛋，给我滚出来。我知道你在里面，你要不出来，我就死在这里。"

她叫了老半天，门终于开了，王大龙上身穿着件黄色羽绒服，下身穿着毛茸茸的睡裤，手中牵着一条大狼狗，站在门里面。他脸色阴沉，冷冷地说："别闹了，快滚吧。"

小跳蚤也冷笑道："我是来和你讲道理的，我跟你那么久，你总得给点补偿吧，我不是一件衣服，你不喜欢穿了就扔了。只要你答应给我一笔钱，我立马就消失，再也不会来了。"

王大龙俯下身，摸了摸大狼狗的头，大狼狗目露凶光，吐着湿漉漉的舌头，那两颗大牙令我胆寒。王大龙轻描淡写地说："你要多少钱？"

小跳蚤迟疑了一下说："一百万，就一百万，我们两清了。"

王大龙直起了身，瞪圆了眼睛："一百万，你以为老子是开银行的呀？不要说一百万，一分钱老子也不给你。"

小跳蚤气坏了:"你个王八蛋,我的处女之身都给你了,你还说这样混账话,猪狗不如。"

王大龙笑出了声:"处女?谁知道你和多少人睡过,你和我第一夜时,也没见你落红呀,你是哪门子处女,笑掉我大牙了。"

小跳蚤气急败坏地说:"王八蛋,我没有落红,那是我小时候爬树被树杈撕裂了,王八蛋,你好恶毒啊。"

王大龙哈哈大笑:"老子从来就不是什么好人,玩玩而已了,你非要认真,怪得了我吗?赶紧走吧,你是不会从我这里拿走一分钱的。"

小跳蚤想要扑过去,我抱住了她。王大龙突然松开了手中的狗绳,大狼狗朝我们扑过来。我惊叫了声不好,拉起小跳蚤狂奔起来。我以为大狼狗会追上来将我们撕成碎片,结果它没有追上来。走出一段,我偶尔回过头,看着王大龙牵着大狼狗进门去了。我说:"没事了,没事了。"

小跳蚤气喘吁吁地瞪着我,小眼珠子仿佛要飞溅出来:"李哥,你说,我是不是个自取其辱之人。"我不知怎么回答她,不停地喘气。突然,她大笑起来,笑得上气不接下气。笑声戛然而止,小跳蚤耷拉着头,默默地朝外面走去,我跟在她后面,什么话也没说,也不晓得说什么好。

我和宋楠和好,完全是小跳蚤的功劳。直到新婚之夜,宋楠才告诉我这事,在此之前,我还蒙在鼓里,认为是宋楠回心转意主动来找我的。小跳蚤从那个南方小城回来后,得知我和宋楠因她而分手,便找到了宋楠,等宋楠下班后,在港汇广场五楼的一家日料店里,将和我发生的事情一五一十地告诉给了她。宋楠不信,小跳蚤微笑着说:"你要不信,我就敢从这层楼的中庭跳下去。"说完,小跳蚤站起来,朝圆形的中庭走去,一层的大堂上,还有人来来往往。小跳蚤爬上了玻璃壁障，冷静地对追出来的宋楠说："姐姐，我说的没有半句假话，你要真的不相信，我就从这里跳下去。"宋楠知道，这个地方以前有人跳过楼，才装上了一人多高的壁障，以防止有人顺畅地从这里跳下去。这时，有不少人围了上来，围观者喋喋不休，有人劝说小跳蚤千万别跳要惜命，有人在猜测小跳蚤发生了什么事情要轻生，也有人在叫报警，还有人说小跳蚤作秀……宋楠双腿颤抖，战战兢兢地走到小跳蚤跟前，讷讷地说："小妹，我相信你，你赶紧下来。"小跳蚤说："你真的相信我说的话？"宋楠脸色苍白，心跳加快，喘着气说："我信，我信，真的相信。"小跳蚤又说："你答应我一个条件，我就下来。"宋楠快被她逼疯了，赶紧说："只要你下来，我什么条件都答应。"小跳蚤说："发誓不反悔。"宋楠说："我发誓，绝不反悔。"小跳蚤说："那好，你答应我，你要和李哥和好，而且我找你的事情必须保密。"宋楠快哭了："求你下来吧，我答应，答应你的要求。"小跳蚤这才从壁障上跳了下来，对围观者说："别看了，别看了，我才不想死呢。"围观者仿佛受了羞辱和欺骗，骂骂咧咧地散开。小跳蚤拉住宋楠的手臂，亲热地说："走吧，姐姐，继续吃东西去。"宋楠心有余悸，什么话也说不出来。

　　小跳蚤也是在我新婚之夜离开上海的，从那以后，就再也没有她的音信。

　　那年春节后，我就开始忙碌和宋楠结婚的事情，在上海没有什么亲戚朋友，一切都靠我们自己张罗，我们准备在上海办一个简单的婚礼，请一下公司的同事，然后再回老家。两年来，欢姐尽管没有怎么青睐我，却也没有给我穿小鞋，也许是她晓得我是个老实人后，觉得欺负我也没啥意思，就放过了，因此我对她心存感激，结婚的事情也告诉她了，她说一定会来参加我的婚礼。一连好几个月,都没有小跳蚤的消息,我忙得焦头烂额,着实也顾不上她。

偶尔我会和宋楠说起她来,宋楠就会酸溜溜地说:"我们都要结婚了,你还那么记挂她。"

我搂着她说:"别小心眼了,好歹我们兄妹一场,结婚的事情也得告诉她吧。"

"我已经告诉过她了,可是一直没有回音,"宋楠说,"是不是她心里有你,听到这个消息生气,故意不理我了?"

我说:"怎么可能,她就是那样的人,不爱回人的信息,可能在做什么重要的事情吧。"

宋楠叹了口气:"既然你那么看重和她的情义,你再告诉她一次吧,她来不来是她的事情。"

我打了她几次电话,她也没接,也给她发了手机消息和微博微信消息,她都置若罔闻,没有回应。我还是有些担心,她是不是出了什么大问题。那天晚上,我看到一条新闻,有个独居的女子,洗澡时不慎摔倒,头撞在利器上昏厥,失血过多而亡,死后十几天,邻居闻到散发出来的腐烂尸臭,才被发现。这新闻令我悚然心惊,小跳蚤会不会也这样?我不敢往下想,赶紧穿好衣服,赶往小跳蚤的住所。上楼时,二楼的老太太打开门,怪异地望了我一眼,快速地将门关上了,楼梯上的灯光昏暗,我闻到春天里特有的霉烂的怪味。来到小跳蚤的门前,我忐忑不安,敲了敲门。门开了,小跳蚤穿着粉色丝绒的睡衣睡裤出现在我眼前,还是那顶爆炸头,换成了紫色,梦幻之感。我惊喜地说:"你还活着呀?"

小跳蚤也十分惊讶:"怎么,你以为我死了?"

我笑着说:"没有,没有,只是担心。"

小跳蚤恢复了平静的表情:"李哥,进屋说吧。"

屋里混杂着各种味道,牛奶、尿骚味、霉味、湿衣物中的洗衣粉味……浓郁的怪味刺激着我鼻孔黏膜,我使劲地打了个喷嚏。小跳蚤食指放在唇边："嘘——"我这才发现，床上还躺着一个小娃娃，小娃娃睡着了，身上盖着有卡通图案的小被子。我又一次惊讶了："这……"小跳蚤轻声说："是我女儿。"怎么可能？我懵了。小跳蚤又说："捡来的。"我走近床前，又一次被惊到了，不敢相信自己的眼睛，这是个黑皮肤的女婴，头上的胎毛还是自然卷。

"李哥，你先坐下，我把刚洗的衣服晾到阳台上去。"小跳蚤笑着说。

我从错愕中反应过来："去，去吧。"

床上的黑人婴儿是个谜，我百思不得其解，小跳蚤怎么会捡到一个黑人女婴？书桌上，手提电脑还亮着，屏幕上有小跳蚤没有画完的图。小跳蚤晾完衣服走进屋，给我泡了杯茶，轻轻地说："李哥，对不起呀，其实你和宋楠姐要结婚的消息早就收到了，我也准备好了礼物，到时候我会去的。没有及时回复，你得原谅我呀，你也看到了，这两个月，我被这个孩子缠住了，又要带她，又赶着画稿，真的累坏了，多想像从前一样，好好睡一觉呀，睡他个三天三夜。"

我压低了声音说："这到底是怎么回事？"

小跳蚤轻描淡写地说："没什么呀，不过就是捡到了个小孩子，我想自己养着，反正我不想结婚了，以后就和这个孩子相依为命吧。"

"你没有想过以后会有很多困难等着你吗？你还年轻，自己都还是个孩子，靠你一个人能把孩子抚养大吗？"我不能不为她的未来担忧。

小跳蚤淡淡一笑："想过呀，我想好了才做这个决定的。也真是巧了，你还记得那次从派出所出来在那棵树下捡到小狗狗的事情吗？这个孩子也是在那棵树下捡到的，那天晚上我在夜店喝完酒，回家的路上，听到了小孩的哭声，跑过去一看，发现树下放着一个用小被子裹着的孩子。当时我就喊叫，是谁把孩子放在这里。那时街上仿佛就我一个人，孩子的哭声刺痛着我的心，我抱起了孩子。孩子可能是饿了，怎么哄也哄不好。我没有奶喂她，只好抱着她到二十四小时都营业的超市，买了罐婴儿奶粉，也买了个奶瓶儿。售货的阿姨问我，这是你的孩子？我说是捡来的。她狐疑地看着我，我大声说，你看我像生孩子的人吗？真的是捡来的。她笑了，于是教我怎么调奶粉，还告诉我怎么样测试奶的温度，要是太热了，会烫伤孩子的嘴巴。我就将她抱回了家里，调好奶，奶嘴对着手背，挤出点奶，有点烫，加了点凉开水，温度差不多了，才喂给孩子吃。孩子咬住奶嘴，就像狼崽子般贪婪地吮吸。"

我插了句话："你就这样留下这个孩子？没有考虑过送到福利院，或者让有能力有条件的人去收养？"

这时，孩子醒了，哇的一声哭出来。

小跳蚤说："孩子拉了。"

孩子拉的屎很臭，我都有些忍受不了，小跳蚤十分有耐心地用湿纸巾擦去孩子屁股上的稀屎，一连擦了几遍，直到擦得干干净净，然后换上新的尿不湿。换完尿不湿，小跳蚤抱起孩子，满脸慈爱的笑容，与往常的那个小跳蚤判若两人，她的小眼睛里闪烁着某种洁净的光芒。小跳蚤柔声说："李哥，你看看，她多漂亮呀。"孩子的眼睛大大的，十分明亮，她望着我，嘴唇蠕动着。我内心突然涌起潮水，莫名其妙的感动，一个女人，无论她是什么样的人，她身上的母性要是被激活了，那是多么的迷人。

接下来，小跳蚤给我讲了她和这个孩子更多的故事。

对于抚养孩子，小跳蚤是懵懂无知的，这个孩子的降临，像是一种宿命，小跳蚤尝试着接纳她，她买来了很多养育孩子的书籍，从中学习怎么带好孩子。她对于收养孩子的法规也是无知的，捡到孩子一个月后，她对孩子有了感情，觉得要带孩子去上个户口，结果被派出所拒绝了，她根本就拿不出孩子的出生证明，而且她根本就没有结过婚，问题还是个黑人婴儿。警察问她孩子是怎么来的，她说是捡来的。警察将信将疑，问她什么时候在什么地方捡来的。她如实将那夜的情景告诉了警察。警察说，为什么那天晚上没有报警。小跳蚤说："我不知道要报警，我不能不管，就抱回家了，现在我报警可以吗？"警察说，你怎么证明这个孩子不是你自己的孩子，而是捡来的？小跳蚤有点懵，她的确无法证明呀。警察又说，你说的事情我们可以去调查，也会去调当晚的监控，你也可以去做份亲子鉴定，证明你不是孩子的母亲。小跳蚤说："我要是她亲生母亲就好了，警察叔叔，你看她多可爱，眼睛那么亮，就像夜空中的星星。"警察面无表情地说，如果证实你不是孩子的亲生母亲，你也不够收养条件，我建议你到时将孩子送到福利院去，让有条件的人收养。

　　回到家里，小跳蚤凝视着这个孩子，心里难过极了。那段时间里，她不敢出门，买东西都在网上买，有人送上门。在那个不足二十平方米的房间里，小跳蚤边给游戏公司画卡通人物，边照料着孩子。她没有听警察的话，去做什么亲子鉴定，也没有把孩子送到福利院去。有时，她会做噩梦。噩梦中，孩子被人抢走了，她一直追赶，怎么也追不上，抢孩子的人越跑越远，孩子撕心裂肺的哭声却愈来愈响，充斥着整个梦境。每次噩梦惊醒后，她第一反应就是看孩子还在不在，她的手触摸到孩子幼嫩的皮肤，恐惧的心就会渐渐地修复。很奇怪的是，从派出所回家后，警察一直没有联系她。只是二楼那个老太太来过一次，那是个夜晚，孩子不停地哭，怎么哄也哄不好，老太太听到哭声，就上楼来了。老太太见是个黑人孩子，满脸狐疑，不过她还是帮小跳蚤止住了孩子的哭闹。小跳蚤问她："孩子怎么啦，为什么哭个不停？"老太太冷冷地说："她是饿了，她是孩子，不是大人，一天吃三顿饭就可以了，你看看，我给她喂点牛奶,就不哭了。"小跳蚤抓耳挠腮,傻笑道:"我错了,奶奶。"老太太说:"带个孩子没那么容易的。"

说完这些,小跳蚤开始给孩子调奶粉,让我抱着孩子。

孩子一到我手上就哭,好像我手上有刺,扎着了她。

小跳蚤调完奶粉,抱回孩子,孩子就马上不哭了,就像水龙头被关上。小跳蚤边喂孩子,边对我说:"李哥,已经很晚了,你回去吧。我现在就是这种情况,会熬过去的,只要不强制夺走孩子,我会一直抚养她,直到她长大成人。我知道,你想说,她是个黑人孩子,我真不在乎她的肤色。她是一条生命,美好的生命,我不能放弃她,也许她是上天送给我的礼物,我当珍惜,我不相信别人会比我更爱护她。李哥,提前祝福你呀,婚礼的那天,我一定会去的,你是我在上海唯一的大哥,不能少了我的祝福。"

话说到此,我也不多说什么了,站起身告辞。

回到住所,我打电话给宋楠,和她说了此事。宋楠在电话那头沉默了良久,才说出一句话:"这小丫头到底怎么想的,这不自寻烦恼吗?不,不,这孩子是不是她亲生的呢?"

我沉着冷静地说:"不可能,我相信她的话,哪怕全世界的人都不相信她,我也相信她。"

我和宋楠在莘庄买了一套两居室的新房,正式成为房奴,结婚后还要过很长时间的苦日子,一分钱还是要分成两半花,不过想到两个人在一起可以结束孤独的日子,还是有些美好向往,苦中有甜。买这房子,好在宋楠父母给了一大笔钱,否则也是泡影。我和宋楠商量好,结婚后才入住新房,在此之前,还是各自住自己的出租屋。说句与这个时代不相称的话,我和宋楠都要结婚了,都还没有上过床,每次亲密到关键时刻,宋楠就理智地停止了,我忍住没有进行下去,宋楠是个很有仪式感的姑娘,她说一定要等到结婚那天,我尊重她的意见,尽管很多时候欲火中烧,难于忍耐,到淋浴底下浇下凉水熄火。新婚的日子越来越近，新房也布置好了。那天晚上，我和宋楠去了新房，看有什么东西还要添置的。宋楠在新房里溜达了一圈，坐在沙发上说："我看齐活了，没什么东西要买的了。"我还是不放心，仔细地检查，在房间里走进走出，宋楠坐在沙发上看手机。

宋楠突然叫唤："西虫，快过来。"

我走到她跟前："怎么了？"

宋楠把手机递给我："你自己看。"

那是微博上的一个帖子，标题是：女画师乔麦与黑人留学生产下一私生子。这个帖子是几天前发的，发帖人是新注册的一个名字，帖子几天就转发上万次，回复几万条，回复大都是骂人的话，有些话不堪入目。我说："这乔麦是谁？"宋楠站起来，说："你点开图片仔细看。"我点开图片，定睛一看，呆住了，图片上的不就是小跳蚤吗？她抱着孩子，走在路上。图片拍的虽然是侧面，小跳蚤和孩子还是清晰可见。我一直不知道小跳蚤的真实名字，她从来没告诉过我，我也没有问，我这个人就是这样，不喜欢打探别人的隐私，更不会主动去探寻，这方面，欢姐对我的评价很高，说我人品还是不错的。

宋楠担心地说："小跳蚤有大麻烦了，我那天就怀疑这孩子是她自己的，现在网上都爆出来了，网络暴力够她受的了。"

我生气地说："那不是她的孩子，绝对不是，你胡说八道。"

"不是就不是，你发那么大脾气做什么，这和我有什么关系呀，一切都是她自作自受。"宋楠也来气了。"看来你心中只有她，你找她去结婚好了。"

我感觉到自己过分了，连忙说："对不起，对不起。"

宋楠也给了我台阶下："我理解你，不和你计较。我看还是去看看她吧，这个时候，她需要关心和支持，换上我，会崩溃的。"

我们匆匆赶往小跳蚤的住所。

上到二楼的时候,二楼那家人的门开了,老太太探出头,鄙夷地瞟了我一眼,冷淡地说:"楼上那个小姑娘搬走了,你们以后不要来这里找人了。"我客气地说:"老奶奶,她什么时候搬走的,搬去哪里了?"老太太没好气地说:"前天搬走的,我哪知道她搬到哪里去了,我又不是她肚子里的蛔虫。"老太太砰的一声关上了门,我的心顿时沉入一个深渊。

来到街上,我给小跳蚤拨电话。

她一直不接电话。

见我急得像只上蹿下跳的猴子,宋楠说:"西虫,你别着急呀,她应该不会有事的,想想她搬家一定是为了保护自己,知道保护自己,她就肯定没事,而且也会有办法处理好问题的,她那么古灵精怪,比你厉害多了,况且,你就是找到她,又能帮上什么忙,所有的问题还的要她自己承担和解决。"

宋楠说的话有道理,可我是担心哪,于是,我又拨了一次小跳蚤的电话。手机铃声响了十几次后,我终于听到了她的声音。我抑制不住内心的激动:"小妹,你在哪里,现在还好吗?"小跳蚤的口气十分平淡:"李哥,刚才在给孩子换尿不湿,没接到你的电话,对不起呀。我现在在安全的地方,你放心吧,过几天你和楠姐就要结婚了,忙好你们自己的事情,不要操心我,我不会有事情的。结婚那天,我会去的,答应过你的事情,不会改变。说实话,我很喜欢原来住的地方,要不是老太太去举报我,街道的人三天两头来做我的工作,让我把孩子交到福利院去的话,我还是会继续在那里住下去的。现在一切都改变了,我只想和孩子在一起,谁也别想从我身边夺走她。"我说:"你能够告诉我现在住的地方吗,我和宋楠去看望你,还有,网上关于你的传闻是怎么回事?"小跳蚤说:"别来了,我要给孩子赚奶粉钱,特别忙,画稿要是不按时交上,就麻烦大了,我只能抱着孩子去喝西北风。关于网上的事情,我从来不搭理的,由他们说,由他们骂,我不是为他们活着,他们说什么都和我没有关系。对了,那是我一个同行捣的鬼,我从来不把他放在眼里的。好了,李哥,很谢谢你们的关心,我该干活了,就不多说了,拜拜。"小跳蚤挂了电话,我有些不知所措,长长地叹了口气。

那个晚上,我梦见小跳蚤在街上被人围住,人们义愤填膺的模样,朝她扔烂菜叶,朝她吐口水,用尘世最恶毒的言语袭击她。她无辜地抱着扑闪着大眼睛的女娃娃,微笑地面对一切。我醒过来后,夜色宁静,我似乎可以听到自己的心跳。

我和宋楠的婚礼如期进行。那个晚上,婚宴十分热闹,来了很多同事,宋楠的同事也来了不少,无论平常在工作上大家如何心照不宣,如何虚情假意,如何暗中较劲,他们还是给我送上了祝福,我相信祝福是真的,欢姐出了血,破天荒地给我包了个大红包。让我欣慰的是,宋楠的爸爸妈妈也赶来参加了婚礼,他们只有宋楠这样一个女儿,能够将她放心地交给我,是我的幸运。可是我还是期待小跳蚤的到来,我设想着她会抱着孩子来参加婚礼,也许是她独自前来,这些都不重要,重要的是她能来。

婚礼进行的时候,我目光总是往入口处张望,希望小跳蚤的出现。

一直到我和新娘入席,婚宴开始,小跳蚤都没有出现,我心里有些酸涩。宋楠看出了我的心思,在我耳边轻柔地说:"西虫,小跳蚤应该不会来了,她一定是有什么事情,不要等她了,开心点,今天是我们最重要的大日子呀。"我听从了她的话,她的话是对的。就在我们一桌一桌去敬酒之际,我的手机响了,是小跳蚤来电,接通电话,小跳蚤说:"李哥,实在对不起,我没能来到婚礼现场。"我说:"你现在在哪里?"小跳蚤说:"我就在酒店门口,就不上去了,你能下来一下吗?"我说:"好,好,我马上下来。"我和宋楠交代了一下,就匆匆地下楼了。

那时天上飘起了细雨,雨丝轻柔,落在脸上,有些微痒。小跳蚤拖着一个旅行箱,孩子装在胸前的背袋上,看上去她就像只袋鼠,胸前还护着一只小袋鼠。异样的是,她竟然将那顶爆炸头理成了一个光头,她的头型并不好看,尖尖的小脑袋,不过显得脸庞大了些。小跳蚤脸色苍白,微笑地面对着我。我说:"你这是……"小跳蚤平静的语调,就像飘落的绵绵细雨:"李哥,我在上海待不下去了,他们还是找到了我,要我将孩子送福利院,我不答应,必须离开,我要去一个能够和孩子一起生活的地方,我已经买好了离开的高铁票,就在晚上。我答应过你要来的,也算是和李哥见最后一面吧。"我一时语塞,不知道说什么好。她将手中包好的礼物递给我:"李哥,这是给你和楠姐的结婚礼物,一点心意,你别见怪。"我木然地接过了小跳蚤的礼物。她继续说:"李哥,你们一定要相亲相爱呀,以后无论生男孩还是女孩,都要好好爱他(她),那是你们的骨血。走之前,还有件事情要告诉李哥。我之前怀过孕,是王大龙的,打掉了。我很后悔打掉了那个孩子,常常做噩梦,觉得自己是个罪人,那也是一条生命呀,却被我扼杀了。这也是我不想放弃现在这个孩子的原因,我不能再犯错了。这个孩子让我内心安宁,仿佛她就是我的亲生孩子,不可替代。好了,你回婚礼上去吧,我得坐地铁去高铁站了,真心祝你们幸福,希望山高水长,我们还有见面的那一天。"

小跳蚤拖着行李走了,她走在细雨之中,没有回头,每一步都那么沉重。我眼中的泪水悄无声息地流淌下来,流到嘴上,又咸又涩。这不是我要看到的小跳蚤,我不希望她这样离去,有些伤感,有些无奈,却让我感怀。眼泪模糊了我的眼睛,小跳蚤渐渐地消失,就像一片雪花,落到地上,融化得干干净净。从那以后,小跳蚤常常出现在我梦中，梦中的她没有那么沉重，也不是在那个飘雨之夜，但总是在和我告别，清晨寂静的街道上，她蹦蹦跳跳地离去，好像回过头，又似乎没有回头，有些义无反顾的味道。

2020 年 9 月 18 日完稿于博鳌华美达

（发表于 2021 年 11 期《广州文艺》，2022 年 3 期《中篇小说选刊》选载）

母亲和我说了一件事情。她的目光闪烁，声音极轻，阿明，你那个对象，什么都好，就是有一点不好，脸上有雀斑。我听了她的话，心里一沉，妈，你是不是和她说了什么。母亲笑了笑，脸上的皱纹挤在一起，我对她说过，现在科学那么发达，去掉雀斑应该没有问题，只要她去做掉，钱我可以出。

雀斑

1

我用诗意的语言形容廖榕树脸上的雀斑像美丽的星星,她气得翻白眼,说我是故意羞辱她,嫌弃她。我百口莫辩,不敢再提雀斑二字,那是她心中的禁区。其实在我眼中,她并不是很漂亮的瓜子脸上,眼睑下鼻梁两旁的那些深深浅浅的小雀斑,使得她整张脸生动无比,狐媚得荡人心魄,这是我内心真实的感受。我爱上这个比我大五岁的女人,很大程度上是因为她脸上的雀斑。

2

来苏水浓郁的味道,很容易让我联想到医院,我从小就厌恶医院,我爷爷奄奄一息躺在病床上的情景历历在目,当他被从病房里推出来,沿着长长的走廊推向停尸房之后,医院在我心中就和死亡紧密地纠结在一起。几乎每隔几天,廖榕树就要在地板上喷洒稀释过的来苏水,然后用干拖把擦干净。室内的任何细微之处,被她擦得干干净净,连马桶深处,都比我的脸干净,这是她说的话,她总是强迫我洗脸,一天好几次,我担心长此以往,我的脸皮都会被洗没了。我只要踏进她的家门,她就要往我身上喷消毒酒精,从头到脚喷一遍,然后让我去刷牙洗脸。她的洁癖是一种病,没人可以医治。

我和廖榕树相恋不久,并没有和她同居,我们的关系还没有发展到那一步,每周我们也就是见一两次面,一般情况下,我是被召唤的,没有约会的主动权。廖榕树有周期性的情感依赖症,发作后就要找我,迫不及待地要见到我。好在她的情感依赖症一般情况下都是在夜晚发作，否则我满足不了她，我不可能翘班赶过去陪她，如果我被公司炒了鱿鱼，西北风都没得喝。

有时，她也会把我叫到徐家汇公园的小红楼西餐厅，陪她喝上几杯，听她絮絮叨叨的诉说，其实我根本就不在乎她在说什么，目光粘在她的脸上，那些雀斑像是暗夜的星空，争相闪烁，我的嘴角微微咧开，露出舒心的微笑。她伸出手，细嫩的拇指和食指钳子般夹住我的脸皮，用力地旋转一下，我的微笑瞬间被无情地掐灭了。她恶狠狠地说，我在说那么辛酸的事情，你竟然笑得出来，没心没肺的狗东西。我装出一副无辜的样子，紧紧地握住她柔若无骨的手，掏心挖肺地说，亲爱的，我对你说的事情感同身受，我微笑一下，是在安慰你，如果我的脸忧愁得像老苦瓜，不是给你增添烦恼吗？她还真信了我的鬼话，坐到我身边，双手抱着我粗壮的胳臂，头靠在我肩膀上，头发蹭在我脸上，痒酥酥的。她轻轻地说，过去不堪回首，我希望未来不要再有痛苦，你答应我，要好好待我，让我快乐。我说，我答应你。嘴巴里这样说，心里却嘀咕，我真不能保证能够让她快乐，因为我本身并不那么快乐，在这个城市里摸爬滚打，常常焦头烂额，五脊六兽。

3

小红楼西餐厅是我和廖榕树相识之地。

这幢隐藏在绿树丛中的荷兰式建筑风格的洋楼，有一百多年的历史，上世纪二十年代初，就是东方百代唱片公司的所在地，直到二〇〇二年，徐家汇绿地公园二期工程开工前，这里还是中国唱片上海公司，开工后，唱片公司也就迁走了，现在成了西餐厅，说是西餐厅，到了夜晚，它就变成了酒吧，一楼大厅里，每晚都有爵士乐的演出，那个唱歌的女孩子，波浪形的长发，发夹缀满了亮晶晶的宝石，穿着宝蓝色的晚礼服，十分洋气，她的歌声充满了异国情调，就像我经常在上海的一些老街区行走时，觉得置身于欧洲的某个地方，这是我一个外来人口的真切感受。

　　我对上海不存在什么感情，却喜欢这个城市，最起码和我老家那个屁大点的小镇有着天壤之别，吸引我的地方也数不胜数。我所在公司里的女同事胡芸常说起小红楼，眉飞色舞地谈论那里的爵士乐，还有后花园的浪漫情调。我估计她是经常在小红楼里出没，曾经有段时间，我对胡芸想入非非，如果能够成为她的情郎，上门吃一顿上海丈母娘亲手包的荠菜馄饨，是多么幸福的事情。一个星期天的晚上，我酝酿好情绪，鼓足勇气走进了小红楼，企图和胡芸偶遇。我在服务生彬彬有礼的引导下，忐忑不安地来到了后花园，找了个角落坐下，割肉般点了一瓶四百多块钱的干白，心神不宁地坐在那里，目光扫视着那些窃窃私语的红男绿女，自卑的心态让我如坐针毡，桌子上的烛光摇曳，似乎在嘲笑我，你这个乡巴佬，有什么资格在这里喝酒，胡芸要是能看上你，母猪也会上树。我浑身冒汗，新买的白衬衫都湿透了，我真想逃走。我不停地用死党朱大奋的话来给自己鼓气，没有什么可以难倒我们，我们是打不死的小强。这种口号式的脑残话语，多重复几次，还是有效果的，我不安的情绪得到了缓解，开始装模作样地品尝那瓶对我而言十分昂贵的白葡萄酒，每喝一口，都像是在喝自己的血汗。

　　胡芸并没有在我望眼欲穿的期待中出现，我盲目的守株待兔显得特别傻缺，脑袋里像是注入了一公升的自来水。时间的流动在后花园酒客的来来去去中显现，就在我喝完了那瓶酒，准备买单离开之际，廖榕树出现了，一手拎着酒瓶子，一手拿着高脚玻璃杯，从里面走了出来。她站在台阶上，夜风轻抚，白色晚礼服形成了凹凸不平中的褶皱，苗条而略为丰满的体态有着熟女独特的风韵。廖榕树风姿绰约地朝我这边走过来，坐在我对面的椅子上，朝我笑了笑,帅哥,这里有人坐吗?酒气和香水或者还有洗发水混杂的气味,执拗地侵入我的鼻孔,我断定她在里面已经喝了不少酒了。对于女人,我有种本能的恐惧,我谈过两次恋爱,都被扔垃圾一样抛弃。而且,这么主动坐在我对面的女人,是什么角色,我不得而知,我想到的是那些混迹红尘中的女子。她见我的杯子空空的,便倒上了半杯红酒,笑着说,帅哥,陪姐姐喝两杯,这可是拉菲,年份酒,喝一瓶少一瓶,这么好的酒,就是没有人陪我喝,帅哥,你愿意陪我喝吗?我听过拉菲,据说很多装逼犯热衷于喝这种酒,我从来没有喝过,是否也陪她装一把呢,但我想到有些酒吧里的酒托,心生恐惧,我要是喝了,让我买单,那就惨了,我银行卡里的钱不一定够支付这瓶拉菲的酒钱。我实话实说,我喝不起,这酒太贵了。廖榕树沉下脸,怔怔地看着我,仿佛要从我这个一文不名的穷光蛋脸上挖出什么宝藏。我像个做错了事的孩子,不敢和她对视,慌乱地低下头,背脊发凉。她笑出了声,钱,我有,我有钱,别害怕,不要你买单,看你那样,没见过世面的样子。我的确没有见过世面,这些年在这个城市上大学和工作,努力地见世面。面对这个女人,我咬了咬牙,抬起了头,喝,我陪你喝。她的目光温柔起来,干杯,小弟弟。我喝了口酒,并没有觉得这酒和普通的红葡萄酒有什么两样,管他呢,有酒就喝,反正不要我买单,还有个女人陪我,也算没有白来。

小弟弟,你不是上海人吧?

不是。我不小了,都快三十岁了,你也不老,别管我叫小弟弟,况且,你叫我小弟弟,怪怪的,听起来不舒服,我有名字的,我叫李晓明。

好,好,不叫你小弟弟了,还是叫你帅哥吧,你长得真是不错,很像我高中时的一个男同学,他的鼻梁和你一样坚挺,不过高中还没有毕业,他就死掉了,我经常想,他要是不死掉,现在会怎么样。

他怎么死的？

逞英雄死的，闽江里涨洪水，漂过来一只鸭子，他和几个同学打赌，仗着自己水性好，跳进江里，要把那只鸭子捞起来，结果被洪水冲走了，尸体都没有找到。

好可惜呀，一条命就那样没了。

不可惜呀，活着没意思的，早死也好，免得遭更多的罪。我想我要在那个时候死去，后面就不会经历那么多痛苦了。

说着，她眼睛里流下了泪水，泪水就像是夏日的阵雨，噼里啪啦地落下，滴在酒杯里，打起了一朵朵的酒花。女人突如其来的哭泣，我措手不及，也没有安慰女人的经验，张口结舌地注视着她。在此之前，我真没有认真地审视过她的脸，哭泣的女人楚楚动人，惹人怜爱。也就是这个时候，借着烛光，我看清了女人脸上的雀斑，泪水流过雀斑，那些若隐若现的小星星透亮起来，有种令我迷醉的质感，它们在无声地歌唱，拨动着我平凡寂寥的心灵。我被她脸上的雀斑迷住了，雀斑让这个女人狐媚动人，顷刻间，我的心脏被闪电击中，颤栗不止。她伸出修长的手，像溺水的人求救，你，你能抱我一下吗？那时，我感觉到了自己是个男人，站起身，走到她身后，俯下身，抱住了她。她挣扎着回过身，紧紧地抱住我的腰，头埋在我怀里，我胸膛一片温热，那是女人的体温。多年来，我第一次和一个女人如此亲近，我的身体在融化，灵魂也出了窍。

小红楼里，女歌手在唱着诺拉·琼斯唱过的英文歌《想着你》：
我忘记了明天的计划
也不记得何时该启程
当我凝视镜子中的自己时
用铅笔追逐着一条条轮廓
我想起了往事

我渴望找到永恒的真爱

直到看见你眼中的光辉……

廖榕树那个晚上喝了好多酒，醉得一塌糊涂，从她语无伦次的话语中，我梳理出了一些关于她的事情。半年前，她的丈夫脑溢血死了，半年来，她每天晚上都用酒精麻醉自己，陷进痛苦的泥淖不能自拔。小红楼打烊了，我们才离开，让我惊讶的是，她醉得像一摊烂泥，还记得打开手机找出支付码买单。不过买完单后，手机就被她扔到柔软的草地上，我捡起来，塞进了她的黑色小坤包里。她醉成这样，我不得不送她回家。她家住在肇嘉浜路上的凤凰小区，离小红楼不远，也就是一公里左右，我还是叫了辆的士，开到了小区门口。我是从她小包的门禁卡上得知小区名的，至于具体的住址，一无所知。我把她弄下车，抱着她，以防她瘫倒在地上，茫然地望着这个高档小区的那些楼房，不知如何是好。一个保安朝我走过来，十分友善地对我说，你是杨太太的朋友？我和她算什么朋友，甚至连她的名字我都不知道，萍水相逢而已，可是我不能这样说，只好对保安说，是的，可是我不知道她住哪里，她喝多了，我要送她回家。保安笑了笑，她经常喝多。于是他带着我们进了小区，找到了她家的那栋楼。保安用他的门禁卡开了楼门，告诉她家是最高的那层3502房间，然后吹着口哨走了。

我虽然没有醉，头也晕晕的，不过还是清醒的。我没想到她家的房子那么大，而且是复式的，两层。房子装修得豪华，对于我这样住在狭小出租屋的人来说，简直就是皇宫了，客厅都有我住的五个房间那么大，金碧辉煌的水晶吊灯、铮亮的褚黄色真皮沙发、比我人还高茂盛的绿萝、看上去古色古香的巨大的青花瓷瓶和一些精致的小摆设，都让我瞠目结舌，完全是一个从小茅屋走出来的山里人，突然闯入了另外一个世界。我来不及让本来贫乏的大脑产生出惊人的想象力，将廖榕树抱起来，轻轻地放在了沙发上，她突然双手抱住了我的脖子，喊着一个陌生人的名字。我的脸和她的脸几乎贴在一起，除了酒气还有残余的香水的味儿，她脸上的雀斑是那么真切，我像是飘上了星空，眼前是灿烂的星河，我的眼睛都要被闪瞎了，心脏发出沉雷般的响声。她湿漉漉红润的嘴唇凑了上来，我被一团火焰炙烤得口干舌燥。随即是巨大的恐慌，我大口呼吸着，推开了她，站起来想逃。我正要开门离去，听到沉闷的声响，回头看到掉在地上的廖榕树，哼哼唧唧的，不知道说什么。我跑过去，将她抱回到沙发上。她紧紧地拉住我的手，梦呓般地说，不要离开我，不要离开我。眼角有泪，晶莹剔透的泪珠滚落，我走也不是，留也不是，呆呆地坐在她旁边。

我看了看腕表，已经凌晨四点多了，过两个小时就天亮了，我要是赶回出租屋，要一个来小时，来不及睡觉就要准备上班，想想就不走了，天亮后直接去上班，就这样，让她一直拉着我的手，我也筋疲力尽，闭上了眼睛。迷迷糊糊之中，有人在推我，我睁开眼睛，发现自己歪歪斜斜地坐在地上，头靠在廖榕树的腰部。此时，天已经大亮了。廖榕树瞪着我，嚯地下了地，跑进厨房，举着一把锋利的菜刀走出来，气势汹汹地说，你是谁，怎么跑我家来了？睡眼惺忪的我一下子清醒过来，站起来说，你忘了，昨夜在小红楼后花园，你请我喝拉菲，然后你喝多了，我送你回家。廖榕树说，有这回事？我说，你可以问保安，我送你回来，不知道你住哪里，是保安告诉我的。此时，我头痛得厉害，两边的太阳穴鼓胀得厉害，像是要爆裂。她想了想，自言自语，我怎么又喝多了，还请一个陌生男人喝拉菲，我是不是有病。我说，你没病，很正常地坐在我面前，说要请我喝酒。廖榕树的脸立马又变了，挥了挥手中的菜刀，你说，你送我回家，是不是占我便宜了。我委屈地说，大姐，我占你什么便宜了，你看我这个样子，要死不活的，今天上班估计什么也干不了。廖榕树冷笑了一声，装傻吧你，别以为我没有办法，来，把身份证给我。我说，要我的身份证干什么？廖榕树晃了晃菜刀说，别废话，快给我。我从裤兜里掏出钱包，又从钱包里取出身份证，递给她。她接过钱包说，你别跑，跑了我也可以报警抓你。说完，她走进了一间房间。我伸了伸懒腰，浑身酸痛，这时，我的手机响了，是朱大奋打来的电话。朱大奋问我怎么一个晚上没有回去，到哪里鬼混了。我不想和他啰嗦，随便应付了两句，摁掉了通话。

坐在沙发上，我心烦意乱地等待她从房间里出来。环顾了一下，发现这层楼有三个房间，厨房和饭厅。楼上那层是什么样子的，不得而知。她独自住如此之大的一个房子，简直太浪费了。过了好大一会儿，阳光都从落地玻璃窗照射进来了，廖榕树才从房间里走出来。她的脸红扑扑的，目光也变得柔和，手上拿着我的身份证，菜刀不见了。我站起来，诚惶诚恐地等待她的判决。她把身份证还给我，两手搓了搓，柔声说，对不起，我错怪你了，我看了房间里的监控，你没有做对不起我的事情，反而是我连累了你，让你一个晚上都没睡好觉。我凝视着她脸上的雀斑，心里涌起了潮水，我控制自己的情绪，说，没有关系，我得上班去了，你保重。我正要出门，她轻声叫住了我，等等，加个微信吧。

4

朱大奋得知我在和廖榕树拍拖，觉得不可思议。我是在和廖榕树交往四个月之后告诉他的，因为那个晚上我在她的豪宅里过了夜，在朱大奋的威逼利诱下，我说了实话。朱大奋正在啃个苹果，听完我的讲述后，一块咬在嘴巴里的苹果没有嚼烂就吞了下去，噎得他太阳穴青筋暴突，眼珠子鼓出来，瞳仁差点扩散了。我让他弯下腰，往他的背上猛地拍了一掌，那块苹果才像子弹般从喉咙里射出来。朱大奋缓过气来,眼泪汪汪地说,你小子太不仗义了,这么好的事情也和我保密,我和深夜冰蓝的事都在第一时间毫无保留地告诉你。我扶着朱大奋坐在简易沙发上,笑了笑说,我这不告诉你了嘛。

提起深夜冰蓝,我就觉得朱大奋是个坏人,坏得头上长疮脚下流脓,有时他就是一只鬣狗,盯住猎物不放,逮住机会就狠命一击。朱大奋游戏人生,总是在网上泡女网友,得手后就放弃,本质上,我和他不是一路人,我担心某一天警察会把他带走,然后被扔进监牢里,度过漫长的一生。在深夜冰蓝的问题上,他就差一点铸下大错。深夜冰蓝是个漂亮的南京姑娘,在网上和朱大奋热恋了一个月后,来上海找他。朱大奋对深夜冰蓝的到来,兴奋而又着急,兴奋的是深夜冰蓝终于像条鱼儿般上钩了,着急的是深夜冰蓝打了他个措手不及,没有准备好要花销的钱。他抓耳挠腮,在屋里走来走去,最终还是开口向我借钱,我手头上正好还有五千元钱,借给他了三千元,留两千元生活费。拿到钱,朱大奋小眼珠子滴溜溜转了转,得意洋洋地说,好了,问题解决了,开房和吃饭的钱都有了。我冷冷地说,不要太过分了,坏事干尽,是有报应的。他朝我做了个鬼脸,我不相信有什么报应,及时行乐,我才不管明日洪水滔天。我不知道他是用什么手段骗来深夜冰蓝的,反正那个晚上,他很晚回来,眼睛红肿,像是得了红眼病。往常和女网友幽会回来,无论多晚,都要敲我的房间门,叫醒我,喜形于色地吹他如何了得。可是,那晚回来却沮丧得像是死了老爹,回到他自己房间,使劲地关上门。后来我才知道,深夜冰蓝并非等闲之辈,有备而来,吃完饭泡完酒吧,朱大奋借机送她回宾馆房间后,按耐不住,动手动脚,深夜冰蓝看穿了他的阴谋诡计,从包里掏出防狼喷剂,直接往他眼睛里喷射,朱大奋落荒而逃。过了几天,他又开始在网上寻找新的猎物,很快就把深夜冰蓝抛诸脑后。

朱大奋恢复正常后，目光阴鸷地盯着我，哥们，你那马子长得怎么样，有照片吗，给我瞧一眼。我这才发现，竟然没有和她合过照，也没有她的照片。他牙缝里蹦出两个字，傻缺。想想自己脑袋里的确缺一根筋，我傻傻一笑，下次拍了给你看。朱大奋又说，哥们，你们在一起，上过床吗？她床上功夫怎么样，会叫床吗？我摇了摇头，决定不想和他说话了，这家伙满脑袋都是乌七八糟的玩意，那脑浆该有多脏呀。就是我和廖榕树发生了任何事情，和他也没有关系，我也不想再告诉他什么，那是我的珍藏，不能与人分享的故事。看着他怪诞夸张猎奇的模样，我心里产生了极度反感的情绪，这种情绪以前有过，但是没有如此强烈，也许和廖榕树有关，证明她在我心里的位置是重要的，不容许被玷污。我沉下脸，冷冷地对他说，回你的狗窝里去吧，我要睡觉了。朱大奋见我生气，打着哈哈走出了我的房间，我平常比较温和，要是点燃我的怒火，朱大奋是很清楚后果的，从小打架他都不是我的对手，耍嘴皮子他可以将死的说成活的，动手的话他不堪一击。

我相信爱情是可以改变一个人的，最起码某些方面可以改变，如果你真的认为有改变的必要，而且心甘情愿地改变。尽管在上海生活了几年，个人面貌有了很大的改观，一直在向一个城市人靠近，回老家探亲时，村里人都说我变了，洋气了，那只是他们见识短浅，也有恭维的成分，其实我要成为一个合格的城市居民，有漫长的道路要走。自从和廖榕树交往之后，我开始注意自己的仪表和个人卫生，她并没有要求我这么做，是她的洁癖对我的潜移默化，我得要做一个配得上她的人，就先从自己的仪表和个人卫生开始。凌乱不堪的房间变得整洁和干净，衣服勤洗勤换，每天早上上班前冲个澡，刮胡子、梳理头发，往身喷上一点紫罗兰香味的香水，香水是廖榕树送给我的，那是用过的男士香水，还有大半瓶，至于是谁用过的，我不在乎。对于我的变化，朱大奋十分诧异，根本就不相信不修边幅的我会有如此改观。他讥讽我过一段时间就会原形毕露，像狗改不了吃屎一样。我对他的讥讽不以为然，淡淡一笑，你说的狗是乡下的土狗吧，你见过城市里的宠物狗吃屎吗？它们的生活条件比你强多了。朱大奋无言以对，讪笑着摇了摇头，邪邪的眼神透出贼亮的光泽。

5

从我居住的地方到达廖榕树的住所，需要倒两次地铁，耗时一个多小时，如果晚上太晚，地铁停运了，她还召唤我的话，我就只好叫的士或者网约车了，那样十分费钱，算我预算外的开支。想过骑单车什么的，那样时间太长，廖榕树容易焦虑，而且运动后的一身臭汗惹她反感，我必须珍惜和呵护这来之不易的爱情。我对廖榕树的生活有了基本的了解，她极少在上午十点钟之前起床，这是多年养成的习惯，起床后刷牙洗澡，隔夜的气味清除干净后，就在保养那张脸上下功夫，之后，煮咖啡，煎鸡蛋，烤一块面包，面包上涂上黄油，有时还加上一小块德国火腿。吃完早餐，楼上楼下收拾房子，打扫卫生，她从来不叫钟点工，据说她前夫活着的时候，请过居家保姆，后来被她辞退了，搞卫生成了她的工作，也是消磨时间的一种方式。中午时分，她开始看美剧什么的，一边在手机上看看股票。到了下午三点，简单梳妆，出门去和闺蜜喝下午茶。喝完下午茶，她会出现在衡山路的瑜伽馆，被那个美丽的瑜伽教练虐了两个小时后，就在瑜伽馆附近吃点东西，然后回家。

交往之初，我下班后会发微信消息给她，问要不要我过去陪她，我是有私心的，一是想和她在一起，两天没有看见她脸上的雀斑，心里就特别失落和惶恐；二是避免回出租屋后再被她叫出来，浪费时间和钞票，她不经意地说过我小气，我承认，假如我是百万富翁,也许我会大方起来,我要不是算计着花钱,生活难以为继。廖榕树不喜欢我这样的询问,许久才回复了一条扎我眼睛的消息,你以后不要发这种消息,我想要你来自然会叫你。这条消息令我心底发虚,坐在地铁上脑袋蒙蒙的,觉得她离我遥远,像夜空中的星星,看得见摸不着。

只有和她在一起,才是真实的,伸手可以触摸到她细嫩的脸,可以摩挲她那柔若无骨的手,可是和她在一起的时间总是那么短暂,稍纵即逝,流星一般,怎么也抓不住。

我们相识四个月后的一个夜晚,房间闷热,为了省点电费,我连空调都没有开,窗户开着,却没有一丝风,我光着身子,躺在床上,浑身被汗水浸透,我想着廖榕树蛇一般冰凉滑腻的肌肤,心里仿佛有了一股凉意。此时的她,如梦似幻,她也许就是我梦中的一个人物,现实中根本就不存在。想到这,失落感油然而生,我和她到底是什么关系?我们处于社会的两极,按理说根本就不可能碰撞,像两颗孤独的星球,永远无法交集,内心的怯弱使我产生了深深的怀疑,想删掉她的微信,再不和她来往,或许这才是我明智的选择,思念的痛苦毒蛇般噬咬着我的心脏,让我中毒,特别是在如此燠热难忍的夜里,不能自拔。

就在我内心充满了焦虑和矛盾之际,我的手机铃声响了,手机铃声是她设置的,世界名曲《悲伤的西班牙》,她的手机铃声和我一样,我没有问过她为什么要将这支忧伤的曲子设置为手机铃声,我这个人极少提问,在哪里都一样。电话是她打来的,十分意外,都快零点了。她恐慌的声音击打着我的耳鼓,晓明,快来,快来。我的心提到嗓子眼间,发生什么事情了?她声音里有泪水的湿气,你快来,来了就知道了。挂了电话,我花了一分钟冲洗掉身上的汗水,穿上衣服,叫了辆网约车,直奔她的住处。

到了凤凰小区门口,进门时发现我没有门禁卡,值班的保安正是那天晚上领我们进小区的人。我笑着对他说，保安大哥，帮我开下门。他正坐在保安室玩手机，抬起头，冷漠地说，找谁？我笑着说，你忘了，我是廖榕树的男朋友，她有急事让我来。保安狐疑的目光审视着我，谁是廖榕树，我什么时候见过你。这明显是在刁难我，考验着我的耐心。我还是面带笑容，温和地说，我经常来的，你也见过我的，对了，廖榕树就是杨太太。保安脸色阴沉，扔过来一个本子，登记，姓名，身份证号码，手机号码，拜访住户姓名，门牌号。我来过很多次，这是首次要求我这样做，想想这也是他的工作，负责任的表现，就愉快地填完登记内容，保安就给我打开了门。我走进小区，觉得身后有一双刻薄的眼睛在盯着我，脑后一阵发凉。

进入廖榕树的家门，穿着灰色真丝吊带睡裙的她按照惯例，用消毒水从头到脚给我喷了一遍，然后让我去刷牙洗脸。她从容不迫的模样，怎么也不像发生了什么令她恐慌的事情。我说，发生什么事情了？这时，她的脸色才换成了恐惧的模样，在，在厨房，有一只蟑螂。我哑然失笑，一只蟑螂就把你吓成这样？她满脸惊惶，像一个吓坏了的小孩子，我最害怕蟑螂了，看见它，我浑身就起鸡皮疙瘩，它像是在我身上爬，求求你了，快去把它弄走。我伸出手，摸了摸她吹弹可破的脸，目光坚定地说，放心，这只可恶的蟑螂就交给我了。我心中升起了一股子男子汉的豪气，仿佛我是个行侠仗义的大英雄，将要救一个美女于水火之中，义无反顾地走进了厨房。她叫道，晓明，把厨房门关起来。我答应了一声，然后就开始寻找那只蟑螂。厨房很大，不过十分洁净，所有东西归置得井井有条，如此干净的厨房怎么会有蟑螂，这是不可思议的事情。我仔细搜索，不放过一个细微的地方，找了许久，也没有发现那只可恶的蟑螂，要是找不到蟑螂，廖榕树会怎么看待我，也许会觉得我是个无用的笨蛋。就在我有些沮丧之际，看到了那只蟑螂，它就在靠近窗户的墙上，挑衅地看着我，头上的两根长须动了动，像是在说，来呀，来抓我呀。我扑过去，蟑螂似乎看出了我的用意，扑楞楞地飞出了窗户，消失在夜色之中，我想这是一只神奇的蟑螂。我关上了窗门，廖榕树听到了关窗的声音，大声说，晓明，不要关窗，透气。我说，蟑螂飞到窗外去了，我怕它再飞进来。廖榕树不吭气了。

走出厨房，廖榕树站在我面前，像一棵芳香的花树，笑容可掬地凝视我，蟑螂真的飞走了。我点了点头，呼吸着她身体上散发出来的体香，有些迷醉。她轻柔地说，去洗个澡吧，晚上允许你留在我家里，不用回去了。我感动得热泪盈眶，那一刻，她让我去死，我都毫无怨言。温热的水浇洒在身上，薰衣草香味沐浴露的泡沫都是幸福的，我想象着接下来会发生什么，忐忑不安又充满期待。洗完澡，廖榕树给我准备了睡衣，真丝的宝蓝色的睡衣，我想这是她死去的男人留下来的，或许还有别的男人，我无所顾忌，那件睡衣穿在身上蛮舒服的，无论如何，今夜，我是这件睡衣的主人。空调制冷效果极好，我都感觉到有点冷，廖榕树拉着我的手，朝楼上走去。楼上是宽敞的卧房和豪华的家庭影院，还有种满花草的大阳台。她拉着我直接走进了卧房，卧房的墙是粉色的，香氛的味道飘散着，一种甜蜜和暧昧的味道，那张大床让我头晕目眩，我进入了一个梦幻之地，宛若仙境。迷乱的我凝视着她的脸，那些雀斑让她美艳无比，她的眼睛波光粼粼，充满了情爱之欲。我没有想到会在这个夜晚，和廖榕树如此亲近，最后融为一体。她扑到我怀里，亲吻着我的唇，我的身体一下子就着了火。廖榕树变得狂热，脱去睡衣，也慌乱地剥掉我的睡衣，引导我进入她身体最隐秘的部分，我仿佛置身于波峰浪谷之中，一浪一浪的冲向高潮，她的呻吟和娇喘鼓励着我勇往直前，她在极度的疯狂中发出了尖利的喊叫，就像一只受伤的母兽。一切沉寂下来，廖榕树瘫软地躺在我的身下，面色潮红，香汗潸潸，她闭着眼睛，微微张着嘴巴。我的身体被掏空了的感觉，却无比的舒畅，抬了一下头，看到了床头墙上挂着的大幅照片，那是廖榕树和前夫的结婚照，那是个风度翩翩的老头，微笑着目光炯炯地注视着我，我心里一阵颤栗，从她身上滚下来，睁着惊惶的眼睛，仿佛自己是个罪人。

廖榕树感觉到了什么，睁开眼，趴在我起伏的胸膛上，纤秀的指尖触碰着我的嘴唇，晓明，你不舒服？

我闭上了眼睛。

廖榕树说，你不喜欢我？我喜欢你，今夜我特别冲动，就借口蟑螂叫你过来。很久很久没有这种冲动了，可以说，这是几年来，第一次和男人做这事。我觉得你好，我也会对你想入非非，今夜我实在是控制不住了。对了，你真的看到蟑螂飞走了吗？其实，根本就没有蟑螂。

我睁开眼睛，迷茫地看着温柔如水的廖榕树，真的没有蟑螂？

真的，她轻声说。

我更加迷茫了，难道我看到的蟑螂是幻象。廖榕树话锋一转，晓明，你是不是有什么心事，说出来听听。我是个心里藏不住事情的人，心里话脱口而出，你怎么还挂着和他的合照？廖榕树愣愣地看着我，脸色突然变得阴沉，像是暴风骤雨来临之前的天空，我后悔说出了这句话。

廖榕树坐起来，咬牙切齿地说，你有什么资格说这话，我不挂和他的合影，挂谁的？如果没有他，我有现在的这一切吗？他是我的恩人，也是最爱我的人，这照片我就要一直挂着，谁也管不着。如果你觉得不舒服，见不得这幅照片，你可以马上离开，永远也不要踏入我的家门。

她的泪水扑簌簌地滚落，浑身瑟瑟发抖。

我顿时不知所措，我想离开，可是我下不了这个决心，我爱她,不管怎么样,我都不想离开她,我的心已经被这个女人俘获,尽管我并没有完全了解她。我心里隐隐作痛,坐起来,抱住了她,她也紧紧地抱住我,抽抽搭搭地说,对不起,我忘不了他,真的忘不了他,他给我的太多了,我无以回报。我轻声说,我错了,不应该提这个问题,我爱你,以后再不说了,好吗?她继续说,其实,他的确是我们之间的巨大障碍,今夜,我觉得我跨越过去了,可是,可是……

6

廖榕树在那个夜晚,毫无保留地给我讲述了她和杨光荣的故事,她说决定了和我在一起,就必须把一切告诉我,这样对我们未来的生活有好处,让我有充分的心理准备。

廖榕树有过一段不堪的过去。她从上海财经大学毕业后,有了份安稳的工作,美好的新生活在向她招手。她在乌鲁木齐路的一栋老房子里,租了一个房间。那是三层楼的老洋房,她就住在三楼的房间里。一楼有一家住户,是一对小夫妻,二楼住的是房东,是个单身男子。在法租界里租个房子居住,是廖榕树的梦想,记得来上海读书,第一次在上海老街区闲逛,就迷恋上了这些老房子,感觉特别有情调。她没想到会和房东发生一段结局惨痛的恋情,那个摩登的男人突然有一天就消失了,连招呼都没有打一个。这对刚刚步入社会的廖榕树而言,是沉重的一击,抑郁症像魔鬼一样缠住了她。因为抑郁症太严重,她辞去了工作,没有工作,也就没有了收入,现实的残酷有时是匪夷所思的,她终于连房租都交不起,在这个繁华的城市里,到头来没有一个可以帮助她的人,被房东赶出来的那个寒风凛冽的冬夜,她在外滩悲戚地流连,然后纵身跳入了波涛滚滚的黄浦江。人们发出阵阵叫声,只有一个人跃入江里,抓住了江水中扑腾沉浮的廖榕树。有人报警,过了一会救援艇驶过来,将他们俩拖上了船。

救她的人叫杨光荣,一个六十多岁的老头儿。老头身材高大,却显得清瘦,目光炯炯有神,鹰隼一般,如果他一直盯着你看,你会不寒而栗,但他的笑容让人温暖,说话的声音慈和,有种特殊的质感。那天晚上,杨光荣把她带到了一间温暖的居酒屋,喝着烫得热乎的清酒,吃着三文鱼刺身,和她随和地聊天。从鬼门关里走了一圈回来的廖榕树在这个夜晚感受到了温暖,觉得活着也蛮好的,为一个无情无义的人而死,太不值得了。很多时候,当你陷入黑暗的泥沼,一线亮光也许就可以唤醒求生的欲望,杨光荣就是廖榕树生命里的那道救命的光亮。杨光荣没有给她讲什么人生哲学,也没有讲什么活着的大道理,也没有用感人肺腑的言语安慰她,而是给她讲和这个居酒屋女老板的故事。女老板是个风情万种的女人,那双桃花眼带电,摄人心魄,隔一会儿,她就过来问寒问暖。她从前是杨光荣公司的员工,因为和公司的一个高管闹绯闻,愤然辞职,开了这家小馆子,生意很好,他就经常光顾。时间长了,杨光荣发现自己爱上了这个女人,但是一直没有向她表白,只要坐在这里,默默地喝酒,看着她忙碌的样子,心里就满足了。他说他也不知道哪天两腿一蹬就没了,但活着能够经常光顾她的居酒屋,也是很幸福的,爱一个人为什么要占有她呢。从女老板一直讲到各种美食,杨光荣的话语不紧不慢,平静如水,廖榕树有生以来,第一次碰到这样的老人,仿佛是流落凡间的仙人。

杨光荣就在那个寒夜,将她带回了家。杨光荣带着她楼上楼下参观了一番,廖榕树十分惊讶,这老头子一个人竟然住这么大的房间,太浪费了,这世界是多么不公平呀,有人一人占着楼上楼下的大房子,有人交不起房租被扫地出门。这些话,她都没有说出口,又怎么能说出口呢,谁的钱也不是大风刮来的,一切都是命运所定,况且,杨光荣是好心帮助她的人。杨光荣微笑地说,我家有四个可以睡觉的房间,我住楼上,楼下的三个房间,你随便挑一间,住多久都可以,不收房租,你看可以吗?廖榕树感觉这是天上掉下来一个大馅饼,这种好事怎么就被自己碰上了呢,小说也不能这么写呀。不管怎么样,她还是接受了杨光荣的好意,住了下来,起初她是这样想的,等自己精神好些之后,去找工作,然后搬出去,她不想长期赖在老头家里。

翌日,廖榕树醒来时,已经快中午十二点了,她闻到了一股腥香的味道,深深地呼吸了几下,肚子咕咕叫唤,实在是饿了。她洗漱完,梳好头,打开了房门,杨光荣从客厅的沙发上站起来,笑着说,起来啦,吃饭吧。他已经将午饭做好了,红烧带鱼、姜葱炒花甲、素炒鸡毛菜、紫菜鸡蛋汤摆在了饭桌上,连香喷喷的米饭也盛好了,就等廖榕树上桌吃饭了。廖榕树脸红了,特别难为情,吃饭时低着头,羞涩的样子。

杨光荣慈祥地说,不要客气,就像在自己家里一样。早上买的带鱼,很新鲜的,不知合不合你的口味,我们上海人,做菜喜欢浓油赤酱。

廖榕树说,好吃,我喜欢的。

杨光荣夹起一块厚实的带鱼,放进她的碗里,喜形于色地说,喜欢就多吃点,说实话,我烧菜水平一般,平常都是保姆钟阿姨烧饭,这两天她刚好家里有事情,回乡下去了。

廖榕树说,真的好吃,我不会烧菜,不过我会学习的,以后我来帮你做饭吧。

杨光荣说,不用你,阿姨过两天就回来了,她烧菜很好吃,你把身体养好,是最重要的。对了,我约好了精神卫生中心的张教授,下午我带你去,让他给你好好看看,他是治疗抑郁症的专家,很多重度的病人都在他的治疗下,恢复了正常的生活。

廖榕树心存感激，他不但救了她的命，还试图让她走出精神上的困境。接下来的那段时光，也许是廖榕树一生中最难以忘怀的。杨老头陪伴着廖榕树，经常开着那辆宝马车，到郊区游览，那些周边的古镇什么的，几乎都走遍了，每到一个古镇，杨老头边闲逛边介绍小镇的历史和掌故，如数家珍，午饭找当地最有特色的老字号饭馆吃特色菜，每一道菜他都可以讲出有趣的故事，廖榕树觉得他就是一个半仙，天上的事情知道一半，地上的事情全都知道，他说话总是不紧不慢面带微笑，给人一种踏实的安全感。晚上的时候，带她去小红楼吃西餐，听爵士乐，有时还会去台北城唱歌，他唱歌老是跑调，逗得廖榕树笑个不停，那是舒心的笑，像明媚的春光。那段开心的日子，加上药物的作用，廖榕树渐渐地快乐起来，她也在那段日子里，对杨老头有了些了解。杨光荣是崇明岛人，早年在军队里服役，后来转业到上海市区当了个公务员，因为生性耿直，又是军人出身，做事情不会弯弯绕绕，得罪了顶头上司，经常给他穿小鞋，杨光荣一怒之下，辞职下海。没想到铤而走险反而让他成了一个大富翁，前两年卖掉了公司，过上了悠闲的晚年生活。廖榕树问过他，为什么你现在如此平和，看不出你曾经是个暴脾气。他笑眯眯地说，年轻的时候，总以为自己是一把永远锋利的钢刀，砍向哪里都要见血，其实不是那样的，再锋利的刀，也会有脆断或者锈钝的时候，人也一样，经历了那么多，特别是经商多年，什么都磨平了，商场比战场复杂多了，一不小心，怎么死都不晓得，如果不是小心翼翼，早就一败涂地了，像我这样能够全身而退，是十分幸运的事情。

廖榕树心里一直有个疑问，像他这样的成功人士，怎么就没有家室，他年轻的时候，难道就没有对女人动过心，而且一定有很多女人对他趋之若鹜，就没有合他口味的，难不成他的性取向有问题，或者心理上有某种障碍。这个问题不久在保姆钟阿姨的口中得到了解答。

钟阿姨是个肥胖的中年妇女,永远油光发亮的一张脸,极少有笑容,成天忙忙碌碌,总有干不完的活。杨光荣说她勤快可靠,在他家干了好几年了。钟阿姨只有面对杨光荣时,脸上才会呈现一丝笑意,却从来没有对廖榕树咧过一下嘴角,她的笑容比钻石还要珍贵。笑不笑倒是无所谓,廖榕树每次和她对眼,心脏一阵抽紧,她眼睛里像有两条毒蛇飞出来。那种感觉特别不好,作为女人,廖榕树有种直觉,钟阿姨对她充满了敌意,闯入了她的地盘,像是要和她争夺什么,而她无时无刻都在防范着。那天,杨光荣不在家,因为一点小事,她们起了争执,钟阿姨说了这么一句,要不是杨太太和他女儿死了,你怎么能够住在这里。廖榕树听了这话十分吃惊,马上停止争吵,口气温和地说,钟阿姨,你说清楚点,杨太太和女儿到底怎么回事。钟阿姨没好气地说,我还以为杨先生和你讲过呢,十多年前,她们去阳澄湖吃大闸蟹,回来的途中发生了车祸。廖榕树说,那这房子里怎么没有一张她们的照片。钟阿姨白了她一眼,照片都藏起来了,放在外面,杨先生看到,难道不会难过,人死不能复活,活着的人需要继续生活,杨先生这样做是对的。

廖榕树心里对杨光荣有了深深的同情,这种同情随着时间的推移,慢慢地发酵成另外一种情感。钟阿姨无形中,成了廖榕树和杨光荣情感之路上的绊脚石。某日晚餐之后,杨光荣和廖榕树到徐家汇公园散步,边走边闲聊着什么,走了一阵,廖榕树突然捂住肚子,龇牙咧嘴,一副痛苦万分的模样。杨光荣焦虑地问,榕树,怎么啦?廖榕树说,我也不知道,晚上是钟阿姨在厨房给我盛的排骨汤,好像往里面放了什么东西。杨光荣说,钟阿姨应该不会害你的,走,上医院,去检查一下,看看什么问题,肚子痛不是小事情。廖榕树说,没事,回家休息一会就好了。杨光荣说,不行,还是要上医院。

在医院里一通检查，医生笑了笑说，可能是吃坏肚子了，没有什么大问题，开点药回去吃吧。听了医生的话，杨光荣才放心。回去的出租车上，杨光荣什么话也没说，像是在思忖着什么问题。回到家里，钟阿姨已经进房间休息了，杨光荣给廖榕树倒了杯水，让她把药吃了。然后温和地说，早点休息吧，我有点累，先上楼去了。廖榕树关切地说，杨先生，都怪我，让你劳心劳肺的，你好好休息，晚安。杨光荣头也不回，上楼去了。廖榕树目送他上楼，若有所思。第二天上午，廖榕树起床后，发现钟阿姨不见了，她住的那个小房间里，她的东西都不在了。坐在沙发上看晚报的杨光荣头也没抬，轻声说，钟阿姨走了。廖榕树吃惊的样子，啊，怎么回事。杨光荣说，她也该走了，家里的孙子没有人照顾。廖榕树哦了一声，没有再问什么。后来，廖榕树才知道，是杨光荣让她离开的，给了她一笔遣散费，算是对她的一种补偿和安慰。钟阿姨临走时，流着眼泪对他说，杨先生，你是好人，不过，我得提醒一下，对廖榕树要提防着点。杨光荣说，放心吧，我心里有数。其实，她们之间的龃龉，他都看在眼里，只是没挑破。

从那以后，廖榕树承担起了钟阿姨的任务，打扫卫生，做饭什么的，干得还特别起劲。有时，杨光荣会和她一起干。廖榕树把他按回沙发里，笑着说，杨先生，这些我都能干，我从小吃过苦，这些活不在话下。杨光荣是个有洁癖的人，久而久之，廖榕树也染上了洁癖，而且变本加厉。他们一起生活，倒也默契，有了相依为命的感觉，相互都觉得离不开对方，廖榕树也不提出去找工作的事情了，而她的抑郁症，也没有再发作，完全痊愈，她的眼睛里春光乍泄，楚楚动人。她也像一只依人的小鸟，飞进了杨老头的内心，将他沉睡多年的某种欲望唤醒。

一个春天的深夜，楼下香樟树下草丛里的野猫开始叫唤。廖榕树在半梦半醒中，感觉到有个人站在床边，深情地凝视自己。她睁开了眼睛,身体动弹不得,像是被麻醉了一般。她没有挣扎,也没有说话,期待着什么。猫叫声使她彻底清醒过来,麻醉过后的松软,她轻轻地伸出手,触碰到了他的身体,那是有温度的身体,尽管皮肤有些干枯。他的手捉住了她的手,摩挲着,她享受着他的摩挲,就像是父亲的爱抚,也像是情人的倾诉。那是漫长的摩挲,房间里充满了炽热的爱和情欲,廖榕树轻轻地呻吟,身体内部死去的那部分在苏醒,就像枯黄的草地遇到了温暖的春风,冒出了细嫩的芽,然后迅速地生长。杨光荣在黑暗中爬上了床,将她拥在怀里,她乖乖地躲在他的胸前,泪流满面,轻轻地抽泣。他轻声说,榕树,对不起,我控制不住了,我喜欢你柔软的手,它是世界上最美丽的手。廖榕树说,不要说对不起,我的生命是你的,连同我的心,还有我的手,你要是可以,我想给你生孩子。杨光荣微微叹了口气,只要能够抚摸你的手,我就已经满足了,没有其他奢望。廖榕树抱紧了他。他说,你不会嫌弃我是个无用的老人吗?廖榕树说,你都不嫌弃我,我怎么会嫌弃你,年老算什么,爱情不分年龄的,我只想守着你,感觉到你的呼吸,就足够了。杨光荣的泪水也滚出了眼眶,一滴一滴地落在她的脸上,他们相互吻去对方脸上的泪水,然后接吻,两个人融为一体。

不久,他们就走进了民政局,领了结婚证,廖榕树名正言顺地成了杨太太,他们没有举办婚礼,去马尔代夫住了一个月。去马尔代夫是廖榕树提出来的,因为她想起那个抛下她出国的摩登男人曾经答应过她,带她去马尔代夫度蜜月,她没有将这件事情告诉杨光荣。

7

我以为,和廖榕树有切肤之亲之后,她会让我搬到她家里去住，我想多了，她根本就没有这个意思，还是像往常一样，我是她的应招男人。我不敢有过多的奢望，这样已经很不错了，最起码我还可以偶尔去住上一个晚上，我想有一天，她会真正接纳我。朱大奋似乎比我还上心，逮住机会就贱兮兮地问我，拿下那个富婆没有。我用鄙夷的目光瞟了他一眼，滚一边去。他的眼珠子滴溜溜转了转，晓明呀，有机会让我也认识一下廖美女呗。我没有搭理他。这个家伙真是一只鬣狗，只要被他盯上的猎物，不会轻易放过，他竟然对廖榕树产生了某种想象。我在他心里，是个废物，什么都搞不定的废物，我一直把他当成死党，没想到他会如此不堪。

那是个周五晚上，天上飘着微雨，我和廖榕树坐在小红楼后花园里喝酒，遮阳伞像一朵巨大的蘑菇，替我们挡住了飘落的蒙蒙细雨，我们俩依偎在一起，情真意切的样子。我们喝的是新西兰的长相思，廖榕树偶尔说起杨老头，用谈论毫不相干的人那样的口吻，这让我意外，之前谈起他来，她是那么的一往情深。也许她本身就是多变的人，或许她是真的对我动了情，陷入爱情魔咒的男女都会得到改变，爱情某种意义上也是一种宗教，信仰改变着人们的思想。小红楼的后花园里，因为下雨，只有我们坐在这里喝酒聊天，显得冷清，我喜欢这种冷清，我可以肆无忌惮地亲吻她脸上动人心扉的雀斑。小红楼里面热闹非凡，爵士乐歌手的歌声和伴奏穿透力极强，成为我们缠绵的背景音乐。

桌子上放着一束白菊花，这是我们来小红楼之前在附近的花店买的，花店那个头上包裹着碎花头布的女孩子在我们买完菊花后，脸上露出甜甜的笑容，不买束玫瑰花送给你的太太？她把廖榕树当成我妻子了。廖榕树拉着我，走吧，我不要玫瑰花。女孩子吐了吐舌头，甜甜的声音，再来呀，大哥。我不清楚廖榕树买菊花的用意，她最喜欢的花是香水百合，这也是我偶尔送给她的花。

我握住廖榕树柔若无骨的手，这真是一双好手，连我的心都被软化了，我想到杨老头因为这双绝美之手而爱上她，也是很神奇的事情。廖榕树嘴巴对着我的耳朵，轻轻地咬了咬我的耳垂，吐气如兰，我喜欢你揉我的手，特别有感觉，比杨老头揉舒服多了。提到杨光荣，我心里酸溜溜的，像打翻了的醋缸，脸色微微有些变化。廖榕树内心敏感，目光可以触摸到我的内心，轻声说，傻瓜，你吃醋了，和一个死去的人吃醋，多没出息。她说的话没错，为什么要和死去的人吃醋呢？而这个人改变了廖榕树的命运，我也可能是个受益者，应该感激他才对。

这时，朱大奋的电话不合时宜的来临，他问我在哪里。我说你问这个干吗。他的笑声十分诡异，我看到你了。我警惕地左顾右盼，后花园里，除了我和廖榕树，鬼影都没有一个。朱大奋嘿嘿地笑出了声，那笑声像从肮脏的老鼠嘴巴里发出的，令人厌恶。笑声刚落，我就见他打扮得像个小丑似的，从小红楼里面走出来，他戴着一顶黑色的礼帽，脖子上扎着花布巾，上身穿着条纹短袖衬衫，下身穿着紧巴巴的有很多破洞的牛仔短裤，脚蹬一双褚黄色的尖头皮鞋，袜子是红色的。他嬉皮笑脸地走过来，坐在我们对面，目光苍蝇般粘在廖榕树的脸上，突然极为无礼地说了一句，不错，就是脸上的雀斑煞风景，不过，晓明，我还是要祝福你，找到了一棵摇钱树。我真想站起来，朝他脸上痛击一拳，廖榕树的双手紧紧地箝住我的胳臂，我明白她的意思，忍住心中的怒火。我说，你怎么在这里？他挤眉弄眼地说，我无处不在。说完故作潇洒地笑出了声，笑声中有股浓郁的口臭。接着，他又说，我和俩小妞在里面喝酒听音乐呢，见到你们，过来打个招呼而已，我马上就走，妞们在里面等着我呢。这个讨厌的家伙真的很快就离开了，气人的是，走之前没脸没皮的加了廖榕树的微信。

我以为廖榕树会生气，岂料她说，你这个朋友还蛮有趣的，可能有很多女孩子会喜欢他。我心里不是滋味，他就是个混蛋，老是欺骗女孩子。廖榕树笑了，这证明他有手段呀，哪像你，像根木头。我无语。见我不快，她在我脸上亲了一口，好啦，我和你开玩笑的啦，我也讨厌这样油腔滑调的人，看上去就是个花心萝卜，要找男朋友，还是你这样的人靠得住。她的话说得我心花怒放，禁不住摩挲她的手，她的眼神开满了桃花，你真的比杨老头摸得舒服，年轻的手毕竟不一样。我央求道，亲爱的，别再提他好不好。

廖榕树微微叹了口气，在我们的生活中，他是绕不过去的人物，你得适应他，就像接受我的一切。仔细想想，他也有些可怕的，并不是那么完美。他有很厉害的控制我的手段，让我死心塌地地忠于他一人，就是残忍地杀死一条小狗，也面带微笑，温情脉脉。

什么，他杀死过一条小狗？

嗯。我们在一起时间长了，问题就出来了，好像所有的话都在之前说完了，他那些手段也用尽了，没有新鲜的东西，难免陷入无话可说，无事可做的境地。我就提出来，养只小狗吧。他欣然同意了，于是，我们就买了一条吉娃娃养着。他这个人真是厉害角色，什么都懂，我只是把吉娃娃当成玩具，而他是真的用心在养一条狗。吉娃娃让我们重新找回了乐趣，它就像是我们的孩子，都叫它儿子，这个儿子和我们形影不离，就是他在摩挲我的手之际，吉娃娃也在一旁静静地观望，善解人意的样子。你应该理解，我和他是无性的生活，摩挲得我心火燃烧，就会特别的难熬，他也看出来了这点，有次完事之后，他抱着吉娃娃，貌似宽宏大度的样子说，榕树，我爱你，可是我知道你也有那种需要，你可以去找个男人，解决一下生理方面的事情。我说，你说什么呀，生理方面的事情真的那么重要吗？他诚恳地说，重要，我不能让你像守活寡那样生活，你陪着我，我已经很满足了，你真的可以去找个好男人，我不会有意见的。我其实很傻的，真的去找了一个男人，我和那个男人约会过三次，没有实质性的内容。每次约会回家，杨老头就会像狗一样闻我身上气味，还偷偷地闻我换下来的内裤，我发现之后，心里特别恐惧，害怕失去他，失去这种养尊处优的生活。我决定再约那个男人一次，告诉他，我无法再玩这个游戏了。那个晚上，我们聊了很多，回家比较晚。结果，回家后，我发现吉娃娃已经被割喉了，可怜的狗子躺在客厅的地上，浸在血泊之中。杨老头木然地看着目瞪口呆的我，突然跪在我跟前，抱着我的大腿，痛哭流涕，不停地忏悔。我很清楚，他内心的痛苦，我蹲下来，抱着孩子似的杨老头，嗫嚅地说，老公，我和他什么都没有发生，今天晚上去，就是要告诉他，我们不再来往了，我想清楚了，我心里只有你，他人无法在我心中占据一丁点位置。他说，你说的是真的？我点了点头，极其认真地说，真的。他号啕大哭起来，我错怪了你，我是个混蛋，怎么把儿子杀了？事后，他说再养一条狗吧。我死活不同意，我害怕哪天他一不开心又把狗子给杀了。从那以后，我特别注意，小心翼翼地维护他其实十分脆弱的心，他并没有那么大度和善良。但有一点不可否认，他是真的爱我，把房子和车子过户到了我的名下，生怕他死后会有什么麻烦。

我终于知道那束白菊花的用途。

小红楼西餐厅打烊后，我们离开。我撑着伞，在细雨中走向徐家汇公园，这是一片开放的城市绿地，此时，整个公园寂静得可怕，树林里仿佛隐藏着某种未知的东西。她引领着我，来到树林中央的一棵树下，将那束白菊花放在了一个微微隆起的被绿草覆盖的小土包上，轻声说，儿子，我来看你了，我答应过你，每年的今日，都会来看望你的，你不要让我做噩梦，在地狱里碰见杨老头，不要憎恨他，他是你爸爸。她说的话轻飘飘的，带着一股彻骨的凉意。吉娃娃被埋在这棵香樟树下，这地方多好呀，总有人来往，相信吉娃娃不会孤独。

8

那年冬日的一个黄昏,朱大奋收拾行李,准备离开上海。我站在他的房间门口,望着他。胶囊般的小房间凌乱不堪,烟味酒气还有劣质香水以及不确定的气味混杂在一起,他背对着我,站在一堆杂物中,挑拣一些有用的东西放进行李箱,有些东西放进去又拿出来扔掉,过了一会又捡起来放进去,看得出他内心充满了矛盾。我心里也特别难过,尽管他有时特别混蛋,我们毕竟在一起待了好几年,也算是难兄难弟了。我用一种无以名状的语气问他,能不走吗?他沉闷地回答,留在上海还有什么出路,我都已经社死了。我说,你到哪里还不是已经社死了,我觉得你还是留下来,再找份工作,时间会让人们遗忘一切,你只要洗心革面,一切都可以从头开始。朱大奋冷冷地说,已经晚了,我决定走了。

你准备到哪里去?

先回老家吧,我舅舅在山里还有一栋老房子,在那里住上一段时间,然后再作打算,天无绝人之路,我不会那么容易被打败,你也不用假惺惺地同情我,我只是运气不好罢了。

你不是运气不好,是自己走了邪路。我说过你多少次,你不以为然,现在出问题了,你说是运气不好,我相信人是有运气,有些事情还是得自己掌控。

别和我说这些,没有意义。

我沉默了,他的背脊有些抽搐,看不到他脸上的表情,他拿起东西的手也有些颤抖,我相信他内心波涛汹涌,暴风骤雨。

就在一个月前,微博上出现了一个帖子,揭露一个网名为青蛙王子的人,在网上玩弄小姑娘感情的事情。这个帖子很长,有大量的聊天记录、照片、电话录音、视频等实锤的证据。这个帖子发出后，一夜之间点击率就超过了千万。最要命的是不少受害者纷纷跟帖，加入了声讨队伍，将这个帖子迅速推上了热搜。很快地，有人对青蛙王子进行了人肉搜索，将他的底裤都扒得干干净净，一览无余。网络上的声讨群潮汹涌，线下也有人在他公司楼门口举着牌牌示威，要求公司开除这个人渣，甚至有人堵在他居住的小区门口，对他进行直接的人身攻击，他被打得鼻青脸肿，头脸上被人泼满了粪便。要命的是警察也找上门，将他带去调查了，尽管没有追究他刑事责任，却被公司开除，身败名裂。这个青蛙王子就是我的同乡朱大奋。

收拾完东西，他转过身，眼睛红通通的，布满了血丝，勉强挤出个比哭还难看的笑容，李晓明，你是个傻缺，守着一个宝藏还和我住在这个破地方，我要是你，早就和廖榕树住在一起了。我出问题，是因为我没有找到真爱，如果找到像廖榕树这样的女人，我怎么还会在网上寻花问柳？

我对他的话半信半疑。

他咳嗽了两声，点上一支烟，吐了口浓烟，烟雾迷离，他的脸也似真似幻。他扔给我一支烟，然后说，李晓明，有件事情，本不该和你讲的，现在要走了，以后我到底会飘到哪里，也没个定数，也许死在某条道路上也有可能，我们会不会再相见，也是个未知数，看着你这张傻缺脸，真有点伤感，所以这个事情一定要告诉你。

到底什么事情，快说吧，你的话就是多，一句话可以说清楚的事情，啰嗦一大堆。

你要保证，我说完后，你不要打我，挨打的滋味不是人受的。

说吧，混蛋。

你保证。

我保证。

我妒忌你，从小我就比你聪明，你从小就是个傻蛋，被人卖了还要帮人数钞票，很多时候，我瞧不起你，甚至鄙视你，那么长时间能够和你在一起，是因为找不到比你更傻缺的人，我需要一个被我鄙视的人，来强化我的自信心。你傍上廖榕树之后，我突然发现，你是一条会咬人不会乱吠的狗，这些年，我误判了你，第一次感觉到你比我厉害。你和廖榕树一起过夜的那些夜晚，我睡不着觉，在房里走来走去，烦躁不安，困兽般发出嚎叫，甚至用头去撞墙，那个时候，我恨死你了，凭什么你就可以找到廖榕树这样的富婆，而我却苦苦地撒网，捕捞上来的全是些小鱼小虾。我不甘心，心里萌生了阴暗恶毒的念头，我要把廖榕树从你手中抢夺过来。你应该还记得那个晚上，我突然出现在小红楼，目的就是要搞到廖榕树的联系方式，看看这个女人到底长得怎么样，如果不是脸上的雀斑，还算个美人，就是这样我是可以接受的。我根本就没有约什么女孩子在小红楼喝酒，那是借口，我用你的电话作了定位，知道你在哪里，别忘了，我学的是计算机专业。我成功地获得了廖榕树的微信，第二天，我就展开了猛烈的攻势，用尽了所有的手段，包括在各个方面诋毁你，将你描绘成世界上最大的傻缺。有天晚上，她主动约会了我，就在小红楼，她请我喝酒，我想是不是她动心了，心里沾沾自喜，仿佛她唾手可得，很快就会成为我捕获的猎物。见面后，我就不停地夸赞她，她一直微笑地望着我，一只手握住高脚玻璃酒杯，一只手放在另外那只手的胳臂上，她的手臂挡住了丰满的胸部。正当我说得眉飞色舞之际，她用甜美的声音打断了我，你真是个泡妞高手，我相信很多女孩子会被你的迷魂汤灌晕，你先别说话，听我说说，可以吗？我点了点头，你说吧，亲爱的。廖榕树还是面带微笑，声音甜美，你应该收回刚才的那三个字，我和你不熟，你的表述有错误，这些日子，你一直在骚扰我，我没有说你什么，但是你一次次地抹黑李晓明，让我心里发寒，也很恐惧，一个可以对朋友的女朋友横刀夺爱，并且给朋友泼脏水的人，是令人恐惧的，至少证明了你这个人不地道，假如我和你搞什么暧昧，那么我就白白经历了一路走来的风霜雪雨，人生苦短，远离你这样的人，是我最正确的抉择。她说完就当着我的面，打开手机，拉黑了我。然后站起来，微笑地对我说，你慢慢喝，酒钱我已经付过了。走出了两步，她回过头又说了一句，谢谢你从一些侧面，让我了解了李晓明，看来我没有看错人，最起码他诚实，而且知道怎么尊重女性，另外，谢谢你这些日子以来，每天送来的玫瑰花，不过，玫瑰花不是我的菜，它们都被我奉献给垃圾桶了，我替垃圾桶感谢你。你也许会问我，为什么要这样做，我可以直接告诉你，我是很现实的人，如果能够和廖榕树结婚，我就一步到位了，就不用殚精竭虑地奋斗了。

朱大奋说完这些，愣愣地望着我。

此时的他在我眼中幻化成丑恶的怪兽，我捏紧了拳头，胸腔里咆哮着无以名状的怒火。估计我的脸都因为愤怒变形了，在他眼中，我同样是个怪兽，准备吃人的怪兽。

他眼睛里充满了恐惧，嗫嚅地说，你，你保证过的。

这句话像盆冰凉的水从我头上浇下，我的怒火被按捺下来，长叹了一声，然后对他说，你就是个可怜虫。他没有再说话，提起行李箱，走出了门，走到门口，回头望了我一眼，想说什么却没有开口。

他像一团迷雾消失在我的眼帘。

我心里突然特别失落，特别忧伤，眼眶里热乎乎的。

我冲出了门，坐上电梯下了楼，跑出了小区，已经找不到他的踪影，我打开手机，想发个微信消息给他，祝他一路平安，发现他已经将我拉黑了，打他的手机也打不通了，我的手机号码也被他屏蔽了。

9

　　胡芸的目光是向上看的，我经常想，她是不是向往天空。不知道谁说过，总低着头的人，捡不到一分钱，却有可能撞在树上，头破血流，而目光高远的人往往能够得到更多的机会。我想这是骄傲的问题，骄傲在我的人生字典里是一个光辉灿烂的词语，那些天生就骄傲的人，是我仰慕的对象，我多么希望我有一颗骄傲之心，大胆地站在聚光灯下，面对众多的人群，神采飞扬地侃侃而谈，眼睛里焕发出迷人的光泽，给人们带去希望和勇气，还有信心。可我是个自卑感极强的懦弱者，从小就是那样，小学的三年级，第一次写作文，老师觉得我作文写得好，让我上讲台念那篇作文，我站在讲台上，瑟瑟发抖，憋得整个头脸着火般滚烫，脑袋里嗡嗡作响，紧张得尿都快撒到裤裆里，吞吞吐吐，一句话都说不完整。老师见状，让我回到了座位，他让一个表达能力特别好的女同学上讲台念我写的作文，那女同学一点都不怯场，抑扬顿挫，神色从容，还面带微笑，那骄傲的样子，仿佛是在念她自己写的作文。说实话，廖榕树给我带来了某种信心和勇气，让我觉得有些事情必须去尝试，才能够见分晓。我努力地试图让自己的头抬起来，像胡芸那样，眼睛朝上，那是另外一种感受，有只无形的大手拽着我的头发往上提，有个声音在潜意识里鼓励我飞升。

　　胡芸有一双洞察能力极强的眼睛，似乎可以看透人的灵魂，她经常私下里预测某个同事会发生什么事情，很快就应验了，有些时候，我很害怕她会将目光投射在我身上，看出什么不妙的东西。可是，她真的盯上我了，而且发现了我的变化。这段时间，公司里悄悄地流传我傍上了一个富婆的消息，我背后总是有人在窃窃私语。

我必须骄傲点，不管廖榕树是不是富婆，哪怕她是个女流浪汉，我也深爱着她，只要看到她脸上的雀斑，呼吸着她紫罗兰味的体香，我就会心花怒放，感觉自己脱胎换骨，变了个人。所以，我基本上无视那些异样的目光和私底下的议论。

胡芸有时会走到我的工位前，笑眯眯地对我说，晓明兄弟，你最近变化很大呀，看看，穿着打扮也时尚起来了，啧啧，还喷香水了，这是爱马仕的香水吧，有品位的。她的目光像刁钻的小毒蛇，强行地进入我的眼睛，然后进入我的大脑，将我的脑髓搅得一团糟，使得我的脑仁隐隐作痛。我浑身发烫，不知怎么回答他，在她面前，突然又恢复了自卑感，这让我想起那个周末，怎么会鼓起勇气到小红楼去企图与她偶遇，好在没有遇见，就是遇见，她也不会和我有什么碰撞，反而多了个笑柄。话说回来，得感谢胡芸这个小妖精，让我动了心念，却碰到了廖榕树，她是间接的媒人。

这天中午，到了饭点，胡芸走过来，飘来一阵香风，她朝我抛了个媚眼，晓明兄弟，中午就别吃盒饭了，我请你到楼下吃凑凑火锅。如果没有廖榕树，接到她抛过来的媚眼，我连骨头都会酥掉，此时却不以为然，我说，中午就这么点时间，吃什么火锅呀。她搔了搔浓密的短发，媚笑着，嗲声嗲气地说，走嘛，一个小时足够了，人家有事情求你呢。我有个毛病，像我的懦弱一样，从来不知道拒绝，只好硬着头皮跟着她下楼，去了凑凑火锅店。这是我第一次和胡芸单独吃饭，有些受宠若惊，她蛮大方的，净点贵的菜，雪花牛肉什么的。我说随便吃点就好了。她说，在我这里没有随便二字，别担心，不就是一顿火锅嘛，吃不穷我的。菜上来后，她不停地把烫好的牛肉夹到我碗里，第一次被曾经心仪的美女投喂，心里又感动又有些忐忑不安，觉得对不起廖榕树，她要是知道我和别的女人单独吃饭，会不会有什么想法。吃得差不多了，胡芸才说出请我吃饭的目的，看来我还是太幼稚了，以为她是好心请我吃饭。

晓明兄弟，有件事情，我得请你帮忙。我结婚了，明天就要和我先生去泰国普吉岛度蜜月了，下午我想早点回家收拾东西，晚上还得请一些亲戚吃饭，可是我有个营销策划书没有写完，说心里话，也没有心思写了，你手头上的活也不多，能不能帮我完成，就算我求你了，等我回来，请你吃大餐。

这……

别犹豫了，就帮我这回，好吗？我知道你可以的，你就是太老实了，工作能力没说的，我们头儿有眼无珠，总是提拔那些马屁精。

那，那好吧。

太谢谢你了，晓明，你真是我的救星呀。你在下午五点钟之前写完，交给头儿，我已经和他说好了。

你和他说好了，让我写？

是呀，我想你一定能够帮我这个忙的，我不会看错人的，你前途无量，我都在头儿面前说了你很多好话，他和我先生是好朋友，经常在一起喝酒，我想我的话他是要考虑的。这份策划书很重要，对你也是个考验，头儿以后要帮你说话，也有依据，你说对吧。还有呀，我结婚的事情先不要说出去，等我度完蜜月回来再公布，这事在公司里只有你和头儿知道，千万要保密哟。

我点了点头。吃完饭，她就匆匆忙忙地回家了，我一个人上楼，回到公司，打开邮箱，看到了她发给我的那份未完成的营销策划书。于是，我马上开始绞尽脑汁帮她续写下去。这时，头儿特地走过来，交代了几句，要我在五点钟之前，必须将策划书交到他手上。

谁知道天有不测风云，我突然接到了廖榕树的电话。

她在电话里哭着说，晓明，你赶快回来，家里出事了，快回来，你要是不回来，可能就再也见不到我了。

我面临着艰难的选择，是留在公司写策划书，还是不顾一切去救心爱的人。这两件事情都决定着我的未来，我该怎么办。最终还是廖榕树占了上风，我丢下手中的活计，毅然决然地离开了公司，心急火燎地赶往廖榕树家里。我来到凤凰小区门口时，那个保安还是阴阳怪气地要我登记什么的，还说些莫名其妙的鬼话，揶揄我是个吃软饭的人。我没有心思和他理论，冲进了小区，上了楼。廖榕树的家门洞开，两个男人在和廖榕树争吵。一个男人五十多岁的样子，另外一个男人是个年轻人，矮胖子。他们离廖榕树很近，老男人的手指不停地在廖榕树的鼻子前指指戳戳，凶神恶煞，大声地说着不堪入耳的话语，口水都喷在了廖榕树妩媚的脸上，那个矮胖子年轻人帮腔，口气也臭不可闻。廖榕树眼泪汪汪，什么话也说不出口，浑身颤栗，像只小绵羊，楚楚可怜地面对两匹恶狼。

　　我双腿发抖，打摆子一般，尽管我经常想要揍朱大奋，可是我从没有真正地和他动过手，何况他人。小时候，我看到别人杀鸡，我都会做噩梦，胆小如鼠。此时，见我心爱的人被羞辱，被恶视，而且面临着暴力，我还举棋不定，那老家伙的唾沫都喷到廖榕树的雀斑上了，那同样是对我的侮辱，我身体的力量在愤怒中积蓄。廖榕树看到了我，像是一个溺水的人，抓住了一根救命稻草，凄厉地喊了声，晓明——

　　那一声泣血般的喊叫，使我的热血冲上脑门，我的身体内部的愤怒之火熊熊燃烧，我大吼了一声，冲过去，挡在廖榕树前面，冲着那两个混蛋大吼了一声，你们给我滚出去。那老头根本就不怕我，抓住我的衣领，朝我脸上啐了一口腥臭的唾沫，轻蔑地说，你算什么东西，小白脸。那个矮胖子也附和道，你算什么东西，竟敢多管闲事，该滚的是你，否则揍扁你。我是什么东西，扪心自问，我真不是什么东西。廖榕树躲在我身后，发出母狼般尖利的声音，他是我爱的人。那老头哈哈大笑，笑声里充满了嘲讽。我听了她的这句话，顿时豪气冲天，为那一个爱字，死不足惜。我吼叫着和他们厮打起来。我没有打架的实战经验，很快就被他们打倒在地，右眼角挨到老头的一拳，肿起来，一片模糊，我听到廖榕树哭喊着，别打了，别打了，我真的没有见过你们说的传家宝。我不是孬种，不是，我对自己说，眼前一片血光，豁出去了，我从地上爬起来，冲进厨房，抓起一把锋利的菜刀，冲出来，声嘶力竭地说，我和你们拼了，杀了你们。那时的我，一定很可怕，是变异的野兽，如果他们不跑，我真的会砍死他们。

他们跑掉之后，廖榕树从后面抱住我，头伏在我的脊背上，喃喃地喊着我的名字，晓明，晓明。我的身体一阵发虚，头晕目眩，手一松，菜刀当啷一声掉在地上。这时，我感到后怕，刚才要是真劈了他们，那会怎么样，等待我的是什么样的命运。后怕过后，我觉得自己终于变成了一个骄傲的男人，可以为自己心爱的人去献身的男人，刹那间，我发现自己终于长大了，再也不是父亲忧心忡忡的那个小男孩。

廖榕树用从未有过的温柔和爱意，给我疗伤。我躺在床上，闭着眼睛，感受着她的疼爱。她用煮熟后剥去皮的鸡蛋，轻轻地摩挲眼睛上乌青的包块。一边给我疗伤，她给我说了关于那两个男人找上门来的缘由。

杨光荣死于脑溢血。如果他不死，或许后来的一切事情都不会发生。杨光荣迷恋廖榕树那双美丽的柔若无骨的手，几乎每个晚上，他都要在她双手的轻抚下才能睡去。廖榕树被他牢牢地控制，就像他饲养的一条狗子，她也习惯了这种寄生虫般的生活，将杨光荣伺候得服服帖帖。他喜欢摩挲她的双手，然后让她摩挲自己的身体，从头到脚，每寸皱巴巴的皮肤都要抚摸到，在无比舒服的享受中闭上眼睛，进入梦乡，无疑，他是廖榕树的帝王。乐极生悲，在一次抚摸完后，这个帝王就驾崩了，廖榕树陷入了巨大的痛苦和空虚之中，成天借酒浇愁。

不久，一个律师找上门来了。

廖榕树吃惊的是，杨老头在律师事务所保留了一份遗嘱，遗嘱上白纸黑字地写着他真实的意愿，除了早就过户给廖榕树居住的这处房产和那辆宝马车，其他的三处房产都指定让他的弟弟杨光彩继承，两千多万的存款，廖榕树只获得了百分之十，杨光彩继承了百分之七十五，另外的百分之十五，竟然给了保姆钟阿姨。那另外的三处房产，杨老头从来没有对廖榕树透露过，房产证和遗嘱一起放在了律所。当时，杨光荣娶她的时候，亲手把那两千万的定期存折交给她，一本正经地说，榕树，这都是你的，你就是一生不工作，也可以过着衣食无忧的生活。廖榕树感动得痛哭流涕。她怎么也没有想到，杨老头是个心机男，早就安排好了一切，在他心里，连一个保姆都比她重要。律师上门，就是要她交出那张两千万的存折，按遗嘱进行分配。廖榕树不是那种贪婪之人，尽管内心悲凉，还是遵从老头的意愿，痛快地分割了存款。不管怎么样，杨老头对她有恩，而且也在一起度过了多年的美好时光，她对他的感情要比怨恨多得多，她还是会在夜深人静之际，想起他的好，以泪洗面，直到她遇见我这个穷光蛋。

那个找上门来的老头，就是杨光荣的弟弟杨光彩，崇明岛的一个农民，矮胖子年轻人是他的儿子。父子俩气势汹汹找上门，是为了所谓的传家宝，说是有一颗夜明珠，是祖上传下来的，传男不传女，而且必须传给长子。因为杨光荣没有子嗣，夜明珠理应由杨光彩继承，一代代传下去。对廖榕树而言，夜明珠是子虚乌有的东西，她从来没有听老头子说起过。

廖榕树忧心忡忡地说，他们不会轻易罢休的，这可如何是好？

我抓住她柔软的手，努力地睁开眼睛，动情地说，只要我在，他们敢动你一根毫毛，我就拼了这条命。

你的命也是我的命，我不要你拼命，我们得想办法解决问题。

他们再来，我们报警。

报警有什么用，说不清楚呀？

也许真的有夜明珠呢？

谁知道。晓明，你不要走了，以后就住在这里，我害怕。抽个时间去把你的东西搬过来，那里的房子退了，不租了。

你不怕我贪慕你的钱财。

不怕了，我是担心过，以前盘问你的家庭状况，的确害怕受到纠缠。说心里话，我是喜欢你，也担心你家庭不好，到时麻烦事情很多，因为我吃过这个苦头。你应该看出来了，我基本上和父母亲断绝了关系，他们太不把我当人，在他们眼里，我只是个银行，没钱就管我要，威逼利诱，什么事情他们都干过。我弟弟结婚，彩礼钱要我出，买房子的首付也管我要，后来连分期付款也要我替他们交，我自己都寄人篱下，哪有钱给他们，最后弄得很僵，我也再不回老家了，他们也放出了狠话，白养了我这个女儿，老死不相往来。

我父母就我一个儿子，他们都是小学老师，在那个小镇上，退休金都花不完，你放心吧，不会发生像你说的这种状况的，我爱的是你这个人，你的财产我从来没有打过主意，假如我们能够走进婚姻的殿堂，可以先去做个财产公证，哪怕以后分开，我不会带走你的一分钱。

呸呸呸，婚都还没有结呢，就说离婚，太不吉利了。

10

早晨，天空在落雨，冬雨冰冷，寒冷中传递着某种肃杀悲情的信息。这种湿冷阴郁的天气，让我想起福建老家冬日里温煦的阳光，和蓝得如远海的天空，内心的反差也会使人伤感，怀疑自己对人生道路的选择。我心里又出现了那个问题，你为什么要留在上海？这是个无解的问题，在这个湿漉漉阴冷的早晨，我拒绝回答。地铁上挤满了上班的人，每个人都神色苍茫，眼神疲惫而焦虑，苦大仇深的样子。一个姑娘在我前面，被人挤着一点点地退缩，我也一点点地退缩，我害怕有某种身体的触碰，会引发不必要的冲突，因为有时面对一些说辞和指控，你会失去辩解的能力，你身上就算长着一万张嘴巴，也说不清楚。我实在没有地方可退，身体都顶到门上了，我在她脑后说，对不起，女士，我后面没有地方了。那个女人回头嫣然一笑，应该是我说对不起。那是个美好的女孩子，那一笑让她与众不同，也使这个冬日的早晨有了一抹温暖的亮色。

  下了地铁，我戴上了墨镜，生怕被公司的人看到我受伤的熊猫眼。在电梯上，我低着头，躲避着那些异样的目光。一进入公司的大门，前台姑娘怪怪地看着我，突然叫住了我，李晓明，你等等。我停住了脚步，有事吗？她面无表情地说，经理让我告诉你，去他办公室一趟。一个同事从我身边走过，回头看了我一眼，揶揄道，你小子玩酷呀，戴个墨镜，搞得像明星似的。我没有搭理他，头儿叫我去办公室，肯定没有好事儿，昨天晚上，我和廖榕树依偎在一起时，心里还想着那策划书的事情，不知怎么向头儿解释，凶多吉少呀。我抱着一丝侥幸的心理走进到经理室门口，轻轻地敲了敲门。请进，经理客气地说。我小心翼翼地推开门，提心吊胆地走进去，站在他的办公桌前，咧了咧嘴巴，努力地挤出笑容。他抬起头，看着我，笑了，你小子怎么戴个墨镜，是不是害了眼病？我赶紧摘掉墨镜，诚惶诚恐地说，眼睛碰了一下，难看。见他笑容满面，我心里稍稍放松了些。他站起来，对着我左看右看，关切地说，哟，撞得不轻呀，那么不小心，眼睛没有问题吧？我说，没有问题，皮外伤。经理重新坐下来，那就好，以后当心点，别毛毛躁躁的，坐吧。我不敢坐，一个犯错之人，没有资格坐着和他说话。

经理取下近视眼镜，用眼镜布擦了擦，戴上，口气温和地说，小李呀，最近是不是有什么事情忙呀？我看你对工作上的事情有些马虎，你一直是个兢兢业业工作的人，我都看在眼睛里，叫你来，有件事情要和你说。昨天下午，你提前走了，也没有和我打个招呼，请个假什么的。本来昨天下午就要和你说，公司现在订单下滑得厉害，生意越来越难做，董事会要裁掉一部分员工，你在这个名单里。不过，五险一金还是会给你交到年底，另外，公司补偿你三个月的工资。

我急眼了，头儿，我知道错了，昨天下午不应该扔下策划书不写，偷偷跑掉，我再不会这样了，再给我一次机会，头儿，原谅我这一回，好吗？我求你了。

经理笑了笑，我也不想让你走，胡芸也说过你是个老实人，业务能力也不错，我也想培养你，可是上头下来的决定，我顶不住啊。我已经帮你求过情了，一点用处都没有，小李，此处不留你，自然有留你的地方，想开点，说不定你在别的地方发迹了，我也被开掉了，你还得照顾我呢。

话说到这个份儿上了，我也不想再说什么了，默默地转过身，走出了经理办公室，他在我身后说，小李，你去人事部一趟，把手续办了，就可以去财务领钱了。我突然觉得他貌似和善的话语特别恶毒，也突然特别讨厌自己，心情低落到了极点。办完手续，收拾好东西，我离开了这个干了几年的地方。走出大楼，抬头望了望天空，天空中乌云翻滚，冷雨还在密集地降落，像一支支利箭，扎在我身上，体无完肤。我将手中抱着的纸箱，扔进了垃圾桶，那些用过的东西已经一点意义也没有了，如果能够到新的公司，应该会有新的东西，过去的就让它过去吧。虽然我特别痛苦，说不出的憋屈，但是我不后悔，至少我得到了廖榕树的心，她比什么都重要，是我心里唯一的珍爱，至少目前是这样的。

我在街上漫无目的地走着，雨水打湿了我的头发和衣服，感觉不到冷，浑身火烧火燎的，悬铃木的叶子早已经被冽风扫光，裸露的枝干湿漉漉的，透出一股子悲凉。手机在这个时候响起，仿佛提醒我面对现实，麻木的神经电击般清醒过来，廖榕树在电话那端大呼小叫，晓明，不好了，我的车子被划得一道一道的，上面还被涂了红漆，这可如何是好。我压抑着内心的烦闷和不愤，和声细语地说，别着急，等我，我马上回来。想叫辆的士，因为雨天，没有空车，只好叫了辆网约车，十几分钟后才到，坐上车后，心里才稍稍踏实了点。

进小区大门时，我又看到了那个保安，他的脸就像此时的天空，阴沉得可怕，冷冷地说，登记。这时，廖榕树怒气冲冲地走过来，对那保安说，登记个屁，拿着我们业主给你发的工资，干着祸害业主的事。那保安脸一阵红一阵白，我是按规定办事。廖榕树刷了门禁卡，让我进去，然后继续怼这个保安，张大贵，我告诉你，从今往后，他和我住一起的，也是你的衣食父母，你给我放尊重点，你心里那点花花肠子，我看得清清楚楚。说完，挽着我的手，仰着头，走进了小区，雨点打在她脸上，滋润着那些妖娆的雀斑。我没有回头，很难想象张大贵的表情是怎么样的。

我们往地下车库走去，廖榕树边走边气愤地给我讲了一件事情。

这个张大贵，满肚子坏水，别看他长得一副歪瓜裂枣的模样，总是盘算着占我的便宜，有个深夜，还站在我家门口，眼睛凑在猫眼上往里瞄什么，我没有睡，在客厅里吃苹果，听到了门外细微的响动，就蹑手蹑脚地走到门边，想从猫眼中看看外面什么情况，没想到看到了他充满邪念的眼珠子，我顿时大叫一声，他像个贼一样跑了。我向物业反映情况，他辩解说是看到有陌生人闯进了我们这栋楼,去找这个子虚乌有的人。因为没有发生什么事情,物业也没有处他,我也就算了。这家伙不是好东西,见到我眼睛色眯眯的,那副讨好的模样恶心透了,估摸见我和你好了,心里不舒服,才刁难你。更恶心的是,这家伙把我的车的车牌号和停车位告诉给了杨光彩父子,昨天也是他带他们上楼的,你说他缺德不缺德,我要证实这事,非让他滚蛋不可。

你怎么知道这些的?

是一个邻居告诉我的,让我提防着点张大贵。

我们来到了车库停车的位置。那辆宝蓝色的宝马车被锐器划得面目全非,车身和挡风玻璃上,用红漆涂抹出这几个字,还我传家宝。一看就是杨光彩父子干的,估计他们忌惮我手中的菜刀,也不敢和我玩命,就用这种下三烂的办法让廖榕树不得安宁,从而达到要回夜明珠的目的。廖榕树抹了抹眼睛,抽了抽鼻子,多好的车呀,被祸害成这样子,心痛死了。我抱住她的肩膀,拿去修修就好了,别难过了,伤心也没有用,报警吧,他们这是触犯法律了。廖榕树叹了口气,他们其实也不是坏人,老头子还活着时,经常带我回崇明的乡下,他们对我照顾得可好了,知道我爱吃长江里的刀鱼,总是想方设法去弄给我吃,我狠不下心,怎么可能报警?

那该怎么办,这样下去不是个事情。

我也想了半天,是不是真有那个夜明珠,老头子是不是把它藏在哪里了。如果藏起来,应该就在我们住的房子里,不可能放到别的地方。如果能够找到,我不会要它的,哪怕它是多么贵重的宝贝,我不是他们想象的贪婪的女人。

那我们回去找,我们一起找。

我也这样想,我对房里的一切太熟悉了,熟悉到无从寻找,你再帮我找找,看能不能找到。

我们花了一天的时间,都没有找到夜明珠的蛛丝马迹。那个晚上,我们大眼瞪小眼,异常的失望。我们都很累了,她拉着我的手,朝楼上走去,她的手柔软得让我心颤,怪不得老头子会对她如此着迷,不过,我还是迷恋她脸上的雀斑,鬼迷心窍一样的迷恋。进入卧房,廖榕树开了灯,我忽然发现房间里少了什么。我愣了一会,恍然大悟,原来挂在床头上方的那幅杨光荣和廖榕树的结婚照不见了。我心里涌过温暖的潮水,抱紧了廖榕树,想说什么却什么也说不出来。廖榕树感觉到了什么,轻声在我耳边说,我知道你对那幅照片有心理障碍,就收起来了,我想以后我们在一起生活,该遗忘的就要遗忘,否则心里总是会有疙瘩,我不想有任何东西影响我们的生活,我应该为自己活一回了。我的目光又投向挂照片的那个地方,隐隐约约感觉镜框痕迹的中间,有块微微凸起,我说,会不会藏在这上面。廖榕树说,赶紧看看。我站在床头,用拳头往那微微凸起的地方敲了敲,像是敲在铁板上,和别的墙面都不一样。

揭开表层的涂料和腻子,一个小小的保险箱展露在我们的面前。

廖榕树睁大了眼睛,嘴巴张开,久久没有合拢。

的确,那小保险箱里藏着一颗夜明珠,夜明珠装在一个雕刻精美的古色古香的檀木盒子里。那天上午,开保险箱的师傅走了之后,我双手捧着那颗鸡蛋大小的夜明珠,眼里色彩斑斓。我颤抖着说,真的要还给他们吗?廖榕树的眼睛也色彩斑斓,你说呢?我吞了口口水,这太珍贵了,价值连城哪。廖榕树盯着我,一本正经地说,你是爱我,还是爱夜明珠?我不假思索地说,爱你。廖榕树笑了,那还是还给他们吧,不是我们的东西留着会惹祸的。我点了点头,不过,心里真舍不得,但廖榕树在我心里更加珍贵,她脸上的每个雀斑,都是一颗夜明珠,甚至超过了夜明珠的价值。

11

  我被公司辞退的事情,没有隐瞒廖榕树,如实告知。她不像我那样患得患失,要死不活的样子,而是轻描淡写地说,不就是失去了一份工作嘛,没有什么大不了的,你还年轻,找份工作并不是难事。我喏喏地说,也不是那么容易。廖榕树说,找不到好工作,送快递,开网约车也可以呀,我不嫌弃,男人嘛,不要轻易气馁。我点了点头。廖榕树话锋一转,现在年底,找工作不容易,过完年再说吧,我也不能无所事事,坐吃山空了,我也得工作了,得为我们以后的生活着想,对了,你不是很长时间没回老家了吗?趁这个时机,回去看看你父母吧。我觉得她的提议很好,我的确也想回老家看看了。我突然想到了一个问题,试探性的说,我回老家,你怎么办?她浅浅一笑,你愿意带我一起回去吗?我还真没有去过福建,听说那里山清水秀的,还有很多好吃的,比如沙县小吃。我激动地说,当然,当然愿意,我怕你不愿意呢,沙县小吃算什么,还有更加好吃的东西。

  我的父亲母亲得知我要带未婚妻回去,挺开心的,收拾了两个房间,买了新的床和被褥,也准备了充足的食物。回到家乡那天,阳光灿烂,蓝天白云,虽然是冬天,却温暖如春。廖榕树说,空气真好呀。我笑着说,当然,这里从来没有过雾霾,空气和水都是清甜的,像你一样甜。她捶了我一下,看不出来,学会油腔滑调了,还以为你是个老实人呢。我说,与时俱进嘛。我们家的房子是一栋老屋,挤在一些小洋楼的中间,小镇上的老屋已经不多了,大家都喜欢建新的楼房。老屋被父母亲收拾得干干净净,小院子里种了几十盆兰花,那是父亲的杰作,他一直喜欢养兰,据说当年母亲看上他,就是因为兰花,兰花的香味勾引了她。进入小院,我们就闻到了奇异的清香,廖榕树深深地呼吸了一口,陶醉的样子。父亲和我们打了个招呼，在给杀好的鸡褪毛。母亲拉住廖榕树的手，笑眯眯地端详着这个未来的儿媳妇，不停地说，好，好，回来就好。廖榕树的脸火烧云一般，羞涩的样子，那样子十分迷人，让我心花怒放。

　　放下行李，洗了把脸，母亲就拉着廖榕树的手出门去了，我知道母亲是带廖榕树去镇街上走一圈，告诉镇上的人，她有儿媳妇了。小镇的老人都有这个习惯，我担心廖榕树受不了小镇人的评头品足。她们走后，我就搬了个小板凳，坐在父亲身边，爸，我来吧。父亲仔细地清理鸡身上的细毛，瓮声瓮气地说，你还晓得回来，我以为你忘记了还有这个家。我笑笑，怎么可能呢？我来吧。父亲说，不要你动手，你小时候，见到杀鸡就怕得要死，还哭鼻子。我说，那是老皇历了，提它做什么？父亲说，我一辈子都记得，看你把女朋友带回来，还不错，出息啦，我和你妈总担心你会打一辈子光棍。我说，其实打光棍也蛮好的，一个人吃饱全家不饿。父亲说，学会胡说八道了，我问你呀，这女子真的愿意和你结婚，不嫌弃你乡下人出身？我说，真的愿意，什么乡下人不乡下人的，多难听。父亲说，人家不嫌弃你，你要对人家好，不要欺负人家。我说，怎么会？父亲说，这次回来，打算住多长时间。我说，过完年再回上海吧。父亲说，时间够长的，一个多月呢，你有那么长时间的假？我不敢告诉他被公司辞退的事情，生怕他又要劝我回县城工作。

　　父亲在我大学毕业那年，就找到了当副县长的学生，希望他能够帮忙为我在政府机关谋一份差事，过安稳的生活。的确，小地方的生活安逸，没有什么波澜，可是我不想过这样的生活。父亲也没有逼我，只是觉得白白浪费了一个人情。后来那个副县长因为贪污腐化，坐班房去了，父亲改变了当初的想法，说我好在没有回来，否则跟着副县长学坏了。母亲一直希望我回来，父亲就会开导她，说大上海好，有向上的空间。他把上海想得太美好，我真的好几次想打道回府，过平静的生活，可每次假期回来住几天，就索然无味了。

那天晚上，母亲交代我，没有结婚不能轻易同房，还是要分开来住，我住天井右边的东厢房，廖榕树住天井左边的西厢房。廖榕树私底下对我说，晓明，真的要分开睡？我无奈地说，入乡随俗吧。她娇嗔道，人家会害怕的。我凑近她的耳朵说，晚上我悄悄地摸到你房间里来。她笑了，这还差不多。夜深了，我蹑手蹑脚地走出房间门，往对面的房间走去，屋里黑乎乎的，从天井上，可以看到满天的星光，那美丽的星空让我想到廖榕树脸上的雀斑，心里更加的按捺不住。走到厅堂中间的时候，听到我隔壁的房间传来了一声咳嗽的声音。我知道母亲没有睡，她是在提醒我，不要造次。我只好退回了房间。廖榕树发来微信消息，怎么还不过来？我真的很害怕，屋顶的瓦片在响，不知道是什么东西。我回了条消息，等会，我妈睡熟后，再过来。她催促我，快点呀，受不了啦。我也受不了了，过了半个多小时，又摸出了房间，这回，我没有听到母亲的咳嗽声，但是听到她在和父亲小声说话。我横下心，不管那么多了，溜进了廖榕树的房间，她的被窝暖暖的，还有她的体香，我像条饿狗，扑在她柔软滑腻的身上，她说，轻点，别让你妈听到了。我在手机上设置了震动的闹钟，必须在母亲起床前溜回东厢房。第二天早晨，我发现母亲的眼睛红红的，她肯定一夜没睡。过了两天，父亲对我说，你们就在一起睡吧，别偷偷摸摸像做贼一样，不要理你妈，她脑子不开化。我把他的话学给廖榕树听，她咯咯地笑了，像风中的三角梅。

那些日子，我带着廖榕树走遍了小镇风光旖旎的地方，还带她去看了江边的一棵古老的枫树，秋天的时候，枫树叶子霜打过之后，红得绚烂，整棵树像燃烧的火。遗憾的是，现在树叶都掉光了，但有另外一种苍凉的美。老枫树有个很大的树洞，我告诉廖榕树，小时候我经常躲到树洞里，和树洞说话，只有对着树洞，我才能大胆地说话，因为树洞不会嘲笑我。廖榕树要钻到树洞里去，我拦住了她，会把你衣服弄脏的。廖榕树说，乡下其实也很舒服的，等我们老了，回来盖一栋漂亮的小楼，就在这里养老怎么样？我说，当然可以，只要你喜欢。她的话触动了我心底的一块心病，我一直希望能够给父母亲建一栋新楼，让他们住得舒服些，而且也在小镇人面前有面子。

我以为廖榕树会和我一起住到过完年再回上海，不到十天，她就向我提出来，要先回去，我没有问为什么，顺了她的意。她让我不要有什么想法，好好在家陪父母过个年，她会在上海等着我。她走了，也把我的心带走了。父母亲问我，廖榕树是不是嫌家里是老房子，住不踏实。我解释半天，他们将信将疑，特别是母亲，埋怨自己没有照顾好这位未来的儿媳妇，那段时间，她很少上街，可能是怕别人说什么闲话。廖榕树走后，我去找朱大奋，没有找到他。他是孤儿，从小在舅舅家长大。他舅舅告诉我，他好几年没有回来过，山里那栋老屋，早就被大火烧掉了，纵火的人是几个调皮的孩子。有个晚上，我梦见朱大奋住在山里的老房子里，几个愤怒的女孩子找到了那地方，在夜里放火烧掉了老屋，大火熊熊燃烧，照亮了黑夜。烈火中，朱大奋变成了一条蟒蛇，挣扎着，扭曲着，最后被烧成焦炭。

母亲和我说了一件事情。她的目光闪烁，声音极轻，阿明，你那个对象，什么都好，就是有一点不好，脸上有雀斑。我听了她的话，心里一沉，妈，你是不是和她说了什么？母亲笑了笑，脸上的皱纹挤在一起，我对她说过，现在科学那么发达，去掉雀斑应该没有问题，只要她去做掉，钱我可以出。我心里发出了悲惨哀鸣，廖榕树也许就是听了母亲的话，受到了刺激，才离开小镇的。一连两天，我魂不守舍，魂魄飘回了上海。尽管我每天晚上和廖榕树视频，廖榕树没有什么不对劲的地方，可是，我更加焦虑，往往平静的海面隐藏着风暴。我无法在家里待下去了，又不晓得如何向父母亲开口。父亲看出了我的心事，当着母亲的面说，你想走就走吧，陪自己的女人过年更加重要。母亲也说，回去吧，别耽误了自己的终身大事，不要担心我们，这些年都这样过来了，也没什么，习惯了你不在身边的日子，我们陪不了你一生，你自己的路自己走。说完，她就抹眼睛。我心里难过，又一次面临抉择，最终，我还是选择了回到廖榕树身边，她也许更需要我，她还没有完全从杨光荣那里走出来，容易触景伤情，我陪伴在她身边，她才有安全感。

我没有事先和她说回去的事情，想给她一个惊喜。结果，我兴冲冲地从高铁站回到她的家，发现她不在家，好在她给我配了钥匙，否则我连门都进不了。我心里空落落的，有些难过，又有些不安和恐惧，我并没有完全建立百折不挠的自信心。拨通了她的手机，颤抖着问她，你在哪里？廖榕树说，我在小红楼，和一个朋友喝酒，他准备给我介绍一份工作，你好吗，吃晚饭没有？我说，我回来了。廖榕树惊讶地说，啊，怎么回来了，也不和我说一声？我说，我想你了，我发现，想念一个人，是多么的牵肠挂肚，生病了一样。她笑出了声，傻瓜，你在家里等着我吧，我谈完事情就回来。挂了电话，我心里还是七上八下，忐忑不安，非要马上见到她，才放心。于是，我决定去小红楼找她，下楼，出小区门，在凛冽的寒风中奔跑，很快地来到了小红楼。

那个风情万种的女爵士乐歌手，扭动着柔软的腰肢，动情地歌唱。十分巧合的是，她唱的还是诺拉·琼斯唱过的英文歌《想着你》：

我忘记了明天的计划

也不记得何时该启程

当我凝视镜子中的自己时

用铅笔追逐着一条条轮廓

我想起了往事

我渴望找到永恒的真爱

  我来到了后花园，看到了廖榕树的背影，穿着白色的羽绒服，头发明显漂染过，染成红色的头发，像燃烧的火焰。她的对面，坐着一个西装革履、十分有型的中年男人，我可以看清他的脸，微笑着侃侃而谈，还比画着手势，虽然看不到廖榕树的脸，却可以感觉到她专心致志地听讲。我有些退缩，如果我贸然出现在他们面前，会不会打扰到他们，廖榕树会如何看待我？我正犹豫不决，廖榕树站了起来，转过身叫服务员，服务员走过去时，廖榕树发现了我。我看清了廖榕树的那张脸，雀斑没有了，干干净净的，一点都不妩媚了，就像一张白色的 A4 纸，那么普通和平常。我整个人像陷入了冰窟，无法呼吸。廖榕树欣喜地朝我叫道，晓明，你真的来了，刚才我还在和向先生说，你一定会来的，因为你爱我，果然如此，快过来，我给你叫吃的。

2021 年 9 月 19 日完稿于三亚时代海岸

（发表于《滇池》文学月刊 2022 年 2 期）

卢大为一直固执地认为，小儿子卢建军的死和大儿子卢八一有关，而且卢八一是罪魁祸首。卢八一忘不了弟弟死后，卢大为狂暴地将他提起来，狠狠地摔在戈壁滩上的情景，那时，父亲在他眼中，是个怪物，残暴的怪物，曾经有一度，卢八一觉得自己会死在这个怪物的手上，纵使慈爱的母亲将他紧紧地搂在怀里，像袋鼠呵护着幼崽那样。

怪物

1

卢小亚咬了一口蛋糕,对张嫱说,妈妈,昨天晚上,我做了个梦。张嫱笑笑,梦见什么了?卢小亚说,爷爷像摘苹果一样,把我的头摘了下来,我的头在他手中变成了篮球,在地上不停地拍打,不停往篮框上投送。我大声喊叫,求他把我的头安装回脖子上,他就是不理我。张嫱往客房的方向瞟了一眼,对儿子说,那只是梦,小亚别害怕,赶紧吃,吃完了让你爸爸送你去学校。

卢小亚轻声说,我觉得爷爷是怪物。

这时,客房里传来两声干咳,门开了,卢大为穿着条纹睡衣走出来,朝盥洗室走去。盥洗室的门重重地关上,里面传出几声干咳。张嫱的脸色微微有些变化,脸上还是露出笑容,压低声音说,小亚,你爷爷不是怪物,以后你和他熟悉了,就好了,其实他很喜欢你的。

卢小亚回过头,望了望盥洗室,然后对母亲说,妈妈,他都来好几天了,我怎么和他亲近不起来?张嫱伸出手,摸了摸他的头,你看,你今年都八岁了,才真正和爷爷在一起生活,要有个适应的过程。卢小亚眨了眨眼睛,每次回老家,他都不搭理我,要不是奶奶对我好,我才不愿意回去。张嫱说,好了,好了,快吃饭吧,一会儿来不及了。

卢八一从楼上走下来,边走边穿外套,小亚,吃完了吗?时间到了,该走了。

卢小亚嘴巴里还在咀嚼,说不出话来。张嫱说,喝完这口牛奶,去上学吧。卢八一提起卢小亚的书包,站在门边,等儿子喝完最后一口牛奶。卢八一对妻子说,嫱嫱,记住呀,我爸每天早上要喝点酒的，弄点菜，别忘了。张嬿说，知道啦，都说多少遍了，耳朵都起老茧了。

卢小亚和他父亲走后，卢大为才从盥洗室里走出来，面部表情冷若冰霜，自从昨天下午进入家门后，他就如此，昨天晚上，他也没有说什么话，坐在沙发上，目不转睛地盯着电视屏幕，那是一场篮球赛，偶尔会嘟哝一声，一代不如一代了，世上再无大郅他们了。张嬿明白了，为什么儿子会做那样的噩梦。

张嬿赔着笑脸说，爸，您是再回去睡会儿，还是先吃早餐？

卢大为瞥了她一眼，没有吭气，直接回房间去了，关门声震得张嬿耳膜都要裂了。张嬿心里一凛，倒抽一口凉气，觉得平静的日子被打破了。她上了楼，整理起了儿子的房间，今天休息，不用去上班，准备好好收拾一下家，该理的理，该洗的洗，公公大老远来上海，让他住得舒适点。这是个复式的房子，厨房客厅在楼下，还有一间客房，一间盥洗室。楼上是张嬿夫妻俩住的主卧和儿子的房间，隔出了一间小小的书房，还有一个阳台。平常每周末，有钟点工会来打扫，张嬿休息时也就随便收拾一下，上班也的确太累了，需要放松身心。卢大为的到来，让张嬿感觉到了压力，这个休息日反而成了负担，还不如去上班。公公好不容易来一次，张嬿也不能太考虑自己的情绪，还得照顾好他。张嬿还没有收拾完儿子的房间，楼下传来了沙哑粗糙的声音。

不是让我吃早餐吗，吃的东西呢，难道让我喝西北风？

张嬿赶紧下楼，脚滑了一下，差点摔跤。她脸红耳赤地对一本正经坐在饭桌前的卢大为说，爸，你别急，吃的东西都准备好了，马上端上来。张嬿走进厨房，将准备好的一盘酱牛肉端出来，放在卢大为面前的桌面上，又匆匆忙忙地摆上碗筷和酒杯，从酒柜里拿出还剩半瓶的五粮液，给他斟上酒，和颜悦色地说，爸，你先喝起来，我去给您炒个热菜。

且慢。

卢大为粗糙的大手拿起酒瓶，端详了一会儿，皮笑肉不笑地说，就拿这种喝剩的酒对付我，也不晓得放了多长时间了。

张嫱心里很不是滋味，解释道，爸，这酒没有放多长时间，也就是一周前才打开了，有个朋友来家里吃饭开的酒。

卢大为脸色一沉，我难道连你们的朋友都不如。

张嫱慌忙打开酒柜，拿出一瓶没有开过的汾酒，手足无措地打开，重新给卢大为换上酒，战战兢兢地说，爸，等八一下班回家，让他给你买几瓶好酒备着，你慢慢喝。她不敢和他对视，他的眼睛有怒气，还有说不清的情绪。张嫱回到厨房，右手放在胸前，顺了顺，长长地呼出了一口气，这老头子很难伺候呀，该如何是好？

张嫱炒了盘蒜薹腊肉，盛了碗稀饭，放在桌面上，轻声说，爸，不知道你喜欢吃什么，你要是想吃什么，就和我说，我去买来做给你吃。卢大为自顾自地吃喝，没有理会她。张嫱发现他喝的是五粮液，那瓶汾酒被放在了一边。

张嫱接着上楼去收拾房间。

楼上收拾完后，卢大为也吃喝完毕，坐在沙发上，边用牙签剔牙，边看电视上的篮球比赛。电视声音开得很响，张嫱脑袋发晕，又不好让他把电视声音调轻点。张嫱洗完碗筷，将厨房和饭桌弄干净，楼下的其他地方也不想收拾了，心里产生了逃离家的冲动。她十分害怕板着脸的卢大为会突然冲自己吼叫，从小，她就怕吵。张嫱借着去买菜，逃也似的走出了家门。

来到楼下，一股小风吹拂过来，张嫱心里松了口气。

可是，卢大为要在上海住多长时间，她一无所知，丈夫也没有说确切的时间，无论如何，卢大为的到来，影响到了她的家庭生活，她很担心会发生什么事情。张嫱的手机响了，是卢八一打来的电话。

我爸怎么样，给他喝酒没有？

喝了，半瓶五粮液都喝掉了，脸都喝黑了。

脸还会喝黑？哈哈哈。

别笑，真的黑了，本来他的脸也不白。你爸很难伺候的，以后你自己照顾他吧，我恐怕照顾不好他，他真的是很怪的人。

难为你了，多担待点吧，无论怎么样，他也是我亲爹，总不可能不管他吧？

不是说不管，我怕管不好，出问题。

好了，不和你说了，手头上很多事情要做。

你早点回来，你不在家，我心里不踏实。

挂了电话，张嫱朝小区门口走去。菜市场不是很远，过两个路口就到了。这是初秋的时光，阳光还是那么刺眼，路边悬铃木的树叶还是那么茂密，在风中婆娑。

2

一周前，卢八一下班回家，对张嫱说，我得回闽西老家去一趟。正在做作业的卢小亚仰起脸，爸爸，你回老家，早上谁送我去上学。卢八一摸了摸他的头，你妈妈呀。卢小亚说，我还是喜欢爸爸送。卢八一笑了笑，爸爸会很快回来的。张嫱说，孩子黏你呢，对了，你回老家干什么呢？

卢八一说，给我订明天的机票吧，晚点告诉你。

张嫱说，你自己不能订呀，我又不是你的助理。

话虽如此，她还是打开手机，给丈夫订机票。张嫱问，回程的要订吗？卢八一想了想说，暂时别订吧。张嫱说，你是不是要在老家待很久。卢八一笑笑，我只请了一周的假。张嫱说，一周也是蛮长时间的，我看还是把小亚送我爸妈那里吧，我一个人怕忙不过来。卢八一说，你看着办吧。卢小亚嘟哝，我就知道会是这样，看来我真不是你们亲生的。张嫱瞪了儿子一眼，提高了声音，这孩子，怎么说话呢？卢小亚埋下头，没再说话。卢八一说，小亚，别惹你妈。张嫱说，你们俩都别啰嗦了，准备吃饭吧。

卢小亚入睡之后，张嫱才回到卧室，对正在收拾行李的丈夫说，到底怎么回事，急匆匆地要回老家。

还不是因为我爸？

卢八一叹了口气，亲爹呀，没有办法，我总不能撇下他不管吧。

他病了？张嫱满脸狐疑。

下午的时候，我堂叔卢一品打来电话，说不得了了，有人要杀我爸，让我赶紧回去，否则出了人命。我说，你慢慢说，究竟发生了什么事情，谁要杀我爸。堂叔说话语速极快，像是放鞭炮，说了有半个小时。我基本上知道一些情况，我爸招惹了一个女人，那女人的儿子不干了，磨快了一把砍柴刀，要杀我爸。堂叔将问题说得很严重，只有我回去才能解决问题。

卢八一不紧不慢地说。

张嫱皱起眉头，问题可能真的很严重，那么多年，也没听你爸有什么事情，我都有点担心了。不过，我想不明白的是，你爸都快七十岁的人了，怎么还会去招惹女人？

卢八一说，所以我得回去看看。

张嫱突然用怪异的目光审视丈夫，我怎么觉得你一点都不紧张呀，一副若无其事的样子，好像他不是你爹。

卢八一笑了笑，急有什么用，回去看看再说吧。

张嫱白了他一眼，你真是个没心没肺的人，以后我要是有什么事情，你肯定也不会上心的，唉，当初怎么就嫁给你这个冷血动物了呢。卢八一说，热血也不是嘴巴里说出来的，我要是冷血，还能回去吗,你不是不知道,我和我爸的关系,从我懂事起,他就离我很远,我们从来都亲近不起来,仿佛是两座独自兀立的山峰,没有交集。

第二天,卢八一走了后,张嬬心里七上八下的,担心丈夫回乡后会碰到什么无法解决的麻烦。到了晚上,卢八一还没有打电话来,张嬬急了,电话追过去,他的手机一直没有接听。张嬬心里有一万只猫爪在抓挠,得不到丈夫的消息,她无法入睡。都快午夜了,卢八一才打来电话。

你这人怎么这样,到了也不发个消息,我都急死了。

我这不是给你电话了吗,我能有什么事,不用担心的。

你说不担心就不担心了吗,什么时候你才能够学会理解别人。

好了,对不起,我错了。儿子还好吗?

你心里只有你儿子,怎么就不问问我好不好。他在我爸妈家,你就放心吧。说说你爸吧,到底怎么回事?

通过卢八一的描述,张嬬基本了解了发生在那个闽西小镇上的事情。

卢八一从上海浦东机场出发,到达连城冠豸山机场用了一个半小时,出了机场,叫了个滴滴快车,开了两个多小时,来到了柳树镇。那是个放个屁全镇都能听见的山区小镇,汀江从镇子外面蜿蜒而过。镇街两边以及外围,建满了新的楼房,也有些老房子,风烛残年般散落其间,显得格格不入。卢八一的父亲卢大为就住在一幢老房子里,土木结构的老房子,外墙陈旧斑驳,杉木大门也已经发黑,这是卢八一出生的地方。

他站在门扉紧闭的家门口,恍如隔世,突然想起童年时,母亲站在家门口呼唤他回家的情景。母亲早已归西,再也找寻不到她的身影,听不见慈爱的声音。一个身材矮小的老人从不远处跑过来,他的身体好像随时都会跌倒。他跑到卢八一面前,喘着气,眯着小眼睛说，八一呀，你回来了哇，回来就好，回来就好。卢八一说，一品叔，我爹呢？

这时，聚拢过来一些乡亲，他们窃窃私语，对卢八一评头品足。卢八一笑着和他们打招呼，窃窃私语和评头品足变成了寒暄。卢一品握起全是骨头的拳头，用力地敲门，门被敲得咚咚作响，他边敲门边喊，大为，八一回来了，开门呀。卢一品敲得手痛了，嗓子喊得发干了，门里面也没有一丁点动静。

卢八一说，我爹是不是不在家？

卢一品说，他在的，就在里面，他已经两天没有出门了，我一直看着的。接着，卢一品生气地飞起脚踹门，用力过猛，脚踢痛了，那张老脸扭曲成风干的苦瓜，怒嚎道，卢大为，你这个不知好歹的老东西，我好心帮你把八一叫回来，你竟然连门也不开，老子不管你的糗事了，你就是死在屋里，烂掉了也和我没有关系。

卢一品气呼呼地走了。

卢八一拦也没有拦住他，觉得这个堂叔的脾气暴烈了许多，从前很少见他动这么大的肝火。一个老太太对卢八一说，难为一品了，昨天要不是他舍命拦着李狗崽，你爹就被劈死了，狗崽磨刀就磨了两天，砍柴刀磨得照得见人脸，锋利得很呢。卢八一说，李狗崽为什么要砍我爹。老太太欲言又止，最后扔下一句，你回家去问你爹吧。然后，她颤巍巍地走了，边走边嘟哝，难为一品了，狗崽那刀要斫下去，大为半个头都没了。

卢八一又问在场的人，你们说说，狗崽为什么要砍我爹？

大家面面相觑，谁也不说话。

这时，杉木门吱呀一声打开来，卢大为阴沉着脸站在门里，吼叫道，都给老子散了，有什么好看的。围观者纷纷散去，三三两两走在一起，窃窃私语，有人还小声地笑。

卢八一站在门外，和父亲对视了一会儿，想说什么，又不知从

431

何说起。还是卢大为先打破了沉默,回家也不先说一声,进来吧。卢八一提着行李箱,进了老屋的门,老屋里有股怪异的味道。厅堂里的电视机开着,播放着篮球比赛。卢大为没有关上大门,卢八一要去关门,被制止住了。卢大为的脸黑黑的,低声说,关什么门,以为我真怕他,我要是再年轻几岁,他三个狗崽也不在话下,照样打得他满地乱爬。

卢八一说,你还是那样,逞强。

卢大为沉默,坐在脏兮兮的沙发上,给儿子倒了杯茶,示意他喝。卢八一坐在父亲对面的椅子上,喝了那杯茶。面对父亲,卢八一心情异常复杂。前几年,母亲过世后,他很少回乡,记得只带妻儿回来过一次,那是过年的时候,大年三十晚上,不知为什么,他就和父亲吵起来,闹得大家都不开心,没过几天,他就带妻儿回上海了,也就是那次,卢大为在孙儿卢小亚心里留下了凶神恶煞的坏印象。

卢八一也沉默,卢大为给他倒杯茶,他就喝一杯。父子俩没有语言的交流,只是通过喝茶,以及一些肢体的语言,相互表达复杂的情感。父亲苍老了许多,胳膊上的肌肉松弛了,黑乎乎的脸也瘦削了,在卢八一的印象中,父亲一直高大威猛。他比父亲矮半个头,也比较文弱,似乎父亲的基因在他身体里有了变异。卢八一觉得自己更像母亲,母亲是温柔贤淑的女人,到死前,还是很得体,让人梳好头,换上干净的新衣服,像是去赴一场宴席。母亲年轻时,是柳树镇最漂亮的女人,怎么就嫁给了卢大为这个粗糙的汉子,卢八一一直不得其解。奇怪的是,卢大为性情粗暴,动辄对儿子不是打就是骂,可只要母亲一开口,他就蔫了,从来没有对母亲发过火,更不要说动根手指头。母亲就像是动物园里的驯兽师,卢八一不晓得她用了什么办法,给父亲灌了什么迷魂汤。

门外传来了一个男人尖厉的声音,卢大为,你这个老王八,给我滚出来。

卢大为嚯地站起来,朝门外走去。

卢八一也站起来,跟在父亲后面。

他以为父亲会关上大门,岂料他一脚就跨出了门槛。卢八一也跨出了门槛,心里却有些恐惧,因为看到了那个精壮汉子手中拎着的锋芒毕露的砍柴刀。来人就是李狗崽,裸露着上身,下身穿了条灰色的短裤,脚上趿拉着一双人字拖。卢八一见他的光头冒着油,胳膊和胸脯上有些腱子肉。李狗崽深陷在眼窝里的眼珠子露着凶光,父亲来到他面前,低吼道,瞎眼贼,你不是磨好刀,要砍我吗?来,往我头上砍,我要是眨一下眼珠子,我喊你爹。卢大为比李狗崽高出一个头,低下头,也比李狗崽高。

很多人在不远处观望,不敢靠近前,生怕溅了一身血。

李狗崽紧握刀把的手微微颤抖,声音也微微颤抖,你别以为我不敢砍。

来呀,砍呀,砍呀。

卢大为的头又低了些,真的毫无惧色。一股热血涌上卢八一的脑袋,他推开父亲,面对着李狗崽,大声说,光天化日之下,竟敢持刀行凶,无法无天了,你再不滚蛋,我就报警了。

李狗崽冷笑了一声,昨天不也有人报警吗,派出所还不是把我放了,我有什么罪?你说呀,倒是你这个混账老爹,和我妈耍流氓,应该抓去坐大牢。

卢大为气得发抖,胡说八道,血口喷人。

一个老女人举着扫把,骂骂咧咧地颠过来。来到李狗崽前面,扫把毫不留情地落在他的头脸上,老女人骂道,打靶鬼,枪毙鬼,丢人现眼的狗东西。李狗崽躲避着劈头盖脸的扫把,大声喊叫,妈,你疯了,我是给你出头呀,你打我做什么。老女人愤愤地说,打的就是你,我打死你,打死你这个混账东西,打死了我给你偿

433

命。李狗崽跳着脚说，你们这些不要脸的老东西，只要我活着，就和你们没完，你们想在一起搞破鞋，门都没有。说完，李狗崽在老女人扫把的凌厉攻击下落荒而逃。

围观者哄然大笑。

老女人流着泪对卢大为说，老卢，实在对不住呀。

卢大为说，四娣，不怪你，你不要生气，气坏了身子便宜了医院。

四娣觉得脸上无光，匆匆而去。

卢大为和儿子回到屋里，茶没法喝了，两人沉闷地坐着，直到卢一品的到来。黄昏时分，卢一品来了，还带来了酒菜。菜是他在小饭馆买来的，有白切鸡，有红焖猪蹄、芹菜炒牛肉等，酒是他从家里带来的，一瓶赖茅酒，说是他在外打工的儿子过年时带回来的，一直没喝。卢一品气早消了，菜摆上桌后，三人就开始了晚餐。面对面说话，详尽又清楚，卢八一终于明白了来龙去脉。那个叫吴四娣的老女人，丈夫早就过世，一人将儿子李狗崽拉扯大，李狗崽长大后不学好，和一些赌鬼在一起瞎混，弄得人不像人，鬼不像鬼，娶过一个老婆，在一起没几个月，老婆就和他离婚了。吴四娣管不了他，他也不着家，在外面漂着，没有人知道他怎么混日子的。吴四娣和孤寡老人没有什么区别，谁也指不上，生病在家也没人过问，要不是卢大为发现，将她送去医院治疗，吴四娣兴许死在家里也没人知道。卢大为救了吴四娣一命，她十分感激，经常会给他送些自己菜地里种的菜，日子一长，这两个老人就成了无话不说的知己，柳镇也就有了关于他们的风言风语。前些日子，在外浪荡的李狗崽突然就回到了柳树镇，那些流言蜚语传入他的耳朵，气得他暴跳如雷。这个年近四十的浪荡子，对母亲还是有点畏惧，不敢对她怎么样，可是对卢大为，那就不一样了。他偷偷摸摸地跟踪卢大为，只要见卢大为和吴四娣在一起，哪怕说几句话，就对卢大为横加指责。卢大为根本就不把他放在眼里，依旧我行我素，这可激怒了李狗崽，他磨刀要砍卢大为的事情，被张扬得人尽皆知。对柳树镇的人而言，这是一场大戏呀，有得看了，比看什么电视剧过瘾多了。还有人暗中怂恿李狗崽，给他出些馊主意，比如，让他找卢大为要钱。李狗崽开出了条件，只要卢大为给他十万块钱，就允许卢大为娶了吴四娣，这在柳树镇是天大的笑话，哪里有儿子嫁母亲的。卢大为对他说，我不可能娶你妈的，况且我们也没有发展到那个地步。李狗崽说，鬼才信，全镇的人都晓得你们俩在一起偷鸡摸狗，做这种事情是要有代价的，不能便宜了你。卢大为大怒，骂他是猪狗不如的东西。李狗崽于是就磨刀霍霍，扬言要砍卢大为。

卢八一说，爸，你真的和四娣姨好上了？

哪有的事。卢大为喝过酒的脸更黑了，脖子上的血管暴突，说话的嗓门极大，李狗崽是讹诈。

卢八一说，如果你真的和四娣姨好上了，你们在一起我没有意见，十万块钱我来出，这样你们俩相互也有个照应。

卢大为吼道，混账话，你回上海去吧，这里没你的事。

卢一品说，大为，你说话太凶了，我看八一说的没错。

卢大为说，你们说的都是屁话。

话说不下去了，沉默。就在这时，有人在门口喊，不好了，李狗崽要上吊了。卢大为无动于衷，卢八一和卢一品跑了出去。人们纷纷往镇子西头的河边跑去，卢八一和卢一品也汇入了人流。河边的一棵老樟树上，李狗崽蹲在粗大的树枝上，脖子上套着绳子打成的活结，绳子的另一头绑在高处的树枝上，见卢八一和卢一品到来，他喊叫道，我不活了，卢家要不给我一个说法，我就吊死在这棵树上。他只要往下一跳，两脚就会悬空，绳子的活结就会勒紧，他的小命就归西了。卢八一说，你下来，有什么话好好说。李狗崽说，我为什么要下来，我为什么要活着，你们卢家欺人太甚，我死也不会放过你们的。

有人起哄，李狗崽，跳呀。

他哪里会真跳呀，他想卢大为的钱都想疯了，有人笑着说。

又有人说，你别刺激他，他要真吊死了，对你有什么好处，好歹是一条人命哪？

卢八一说，你下来，我答应你的条件，我回去和我爹好好商量，明天给你准确的答复。李狗崽说，此话当真？卢八一说，当真。李狗崽大声说，大家都听到卢八一说的话，明天我再去找他们。说完，他的头从绳结上缩出来，跳下来，扬长而去。大家觉得索然无味，纷纷散去。

卢八一在电话里说，我和一品叔已经说服我爸了，让他先随我到上海避避风头，过段时间再说，李狗崽这样闹下去，没完没了，说不定还真会闹出什么大事情，你订两张明天的机票吧，明天一大早，我们就离开柳树镇，不能让李狗崽堵住我们。

3

晚饭过后，卢大为独自坐在客厅的沙发上看电视，还是看他的篮球赛。卢八一带儿子上楼，卢小亚要做作业。不一会儿，卢八一下了楼，瞥了一眼父亲，他坐在沙发上，背脊挺得笔直，目光被电视屏幕死死地粘住，看上去情绪还算稳定。卢八一走进厨房，对正在洗碗的妻子说，老婆辛苦了，需要我帮忙吗？张嫱小声说，这一天我心里七上八下的，总怕你爸会出什么问题，你在家，我安心多了。卢八一凑过头，在她白瓷般的脸颊上亲了一下，其实我也提心吊胆，生怕他朝你发脾气，吓到你。张嫱说，你出去陪陪他吧，他一个人也怪可怜的。卢八一说，他不喜欢和我说话的，我坐在他旁边，会烦我影响他看电视。张嬬笑了笑，你们就从来没有好好说过话。卢八一说，好像没有，要么不说，要说也像是在吵架。张嬬说，去把桌子擦擦吧。卢八一拿着抹布，出去擦饭桌。

卢大为突然说了一声，男人要干大事，婆婆妈妈的事情留给女人去做。

卢八一愣了一下，笑着摇了摇头。

擦完饭桌，卢八一进入厨房。张嬬瞪着眼睛，小声说，你爸怎么能这样说话，他是不是还活在清朝呀，还是人民教师呢？卢八一笑笑，老婆，别和他一般见识，他只是个体育老师，四肢发达，头脑简单，况且，他也不是科班出身的体育老师，是部队转业下来的。张嬬说，他在部队受教育那么多年，难道就不晓得男女平等，对女性要尊重。卢八一说，他知道的，心里不舒服，故意找茬，不理他就是了。

这时，卢小亚在楼上大声喊叫，爸爸，爸爸——

张嬬说，快上楼看看，小亚有什么事情。

卢八一赶紧上楼，进了儿子的房间。

爸爸，还让不让人好好做作业了。卢小亚生气地说。

卢八一说，怎么回事？

卢小亚说，难道你的耳朵聋掉了，听不见电视的声音吗？太吵了，吵得我脑浆都在晃动。卢八一明白了，摸了摸儿子的头，爸爸知道了，我下去让你爷爷把电视声音开轻点。卢小亚可怜兮兮地说，快去吧，爸爸，我真的受不了了。卢八一走出了儿子的房间，迟疑了会，才下了楼。张嬬收拾好厨房，走出来，问道，小亚怎么了？

卢八一朝她使了个眼色，张嬬就上楼去了。

卢八一走到父亲旁边，和颜悦色地说，爸，你能不能把电视的声音开轻点，小亚在做作业，怕吵，平常，小亚做作业时，我们都

437

不看电视的，孩子的学习重要，不能耽误。

卢大为拿起遥控器，赌气地把声音开到最小，根本就听不见了。卢八一说，也没有必要静音呀，开轻点就行了。卢大为突然站起来，关掉电视，遥控器重重地摔在茶几上，恶狠狠地瞪了卢八一一眼，咬牙切齿地说，看个屁。说完，他就回客房去了。卢八一站在那里，不知如何是好。

这一天，卢八一和张嫱都觉得很累，儿子睡了后，他们也早早躺下休息。不一会儿，卢八一就进入了梦乡。张嫱躺下后，又精神了，在黑暗中睁着眼睛，听着丈夫的鼾声，想一些问题。儿子睡觉前，和她说了一件事情。他说吃晚饭时，卢大为老是盯着他看，那目光很吓人。张嫱本来想把这事情告诉丈夫的，没想到他那么快就睡着了，不过，丈夫的确是太累了，这几天够他折腾的。她十分担心儿子的心理健康，生怕卢大为在他心里留下阴影，张嫱很清楚，儿子对他爷爷充满了莫名的恐惧，就像一只小兔子见到了大灰狼，她不希望儿子晚上又做噩梦，所以在他睡觉前，安慰了他一番。

张嫱只要睡觉时一想问题，一时半会儿就无法入眠了，想着想着，心里就越来越不舒服，觉得要崩溃。她的眼前竟然出现了幻觉，卢大为变成了一个张着血盆大口的怪物，朝自己扑过来，她差点惊叫起来。实在是太难熬了，便开了台灯，有灯光的情况下，她心里会安宁些。台灯的灯光柔和，的确缓解了她焦虑的情绪。张嫱闭上眼睛，心里数着绵羊，希望早点睡着。张嫱很怕熬夜，只要失眠，第二天脸色就特别难看，眼袋也会变得明显，她是光亚酒店的大堂经理，仪表对她来说特别重要。

时间一分一秒地流逝，她仿佛可以听到时间流动的声音，像水流一样，张嫱甚至怀疑盥洗室里的水龙头没有关严，水流的声音才那么真实。张嫱去看了看，盥洗室里的水龙头是关紧的，可能是自己的脑子里进了水，水一直在流淌，以至于她忘了时间的流动。

好不容易有了睡意，整个身体将要沉入水底之际，儿子的惊叫将她拉出了水面。

儿子大声喊叫，爸爸，爸爸，妈妈，妈妈——

张嫱还听到有人下楼梯的声音，接着是一声轰响，像一棵大树倒下。张嫱推醒丈夫，快起来，儿子在喊。睡眼惺忪的卢八一听到儿子的喊叫，一激灵地坐起来，下了床，跟在张嫱身后，来到了儿子的房间。张嫱怕儿子做噩梦害怕，特地开了夜灯，一进房间，她就看到儿子坐在床上，惊魂未定的模样。她打开了房间里的吊灯，走过去，将儿子搂在怀里，抚摸着他的头说，小亚，是不是做噩梦了？不怕呀，爸爸妈妈都在这里。

卢八一说，小亚，你梦见什么了？

卢小亚眼睛里淌出了清亮的泪水，爸爸妈妈，我没有做噩梦，我看见了，看见了……

张嫱说，小亚，你看见了什么，说出来就好了。

卢小亚说，我看见了怪物，他摸我的脸，我醒过来，就看见他的脸离我很近，黑乎乎的脸，有股怪味。我大叫起来，他就走了。张嫱想到有人下楼梯的声音，还有那一声轰响，心里明白了什么。

张嫱对丈夫说，你到楼下去看看，我在这里陪小亚。

卢八一点了点头。

他轻手轻脚地下了楼，打开了客厅里的灯，一把小椅子像是被踢翻，倒在地上，卢八一拿起小椅子，放在一边。目光投向客房的门，房门紧闭。卢八一悄无声息地走进门边，举起手，想去敲门，举起来的手停顿了十几秒钟，他收回了手，因为听到房里传来沉重的呼噜声，那是他熟悉的呼噜声，像是台风过境时的呼啸。卢八一默默地转过身，蹑手蹑脚地上楼去了。

好不容易将儿子哄睡，夫妻俩回到了卧房。

俩人都无法入睡了。

439

张嬿说，你爸到底搞什么鬼，半夜三更跑到小亚的房间，这样下去，小亚会被吓成神经病的，你得和他好好谈谈，不能毁了孩子，小亚也是他的亲孙子呀，他难道一点都不心疼？卢八一沉默了会儿说，老婆，你还记得我和你说过的我那个弟弟吗？张嬿说，有些印象，不是很早就死了的吗？卢八一叹了口气说，小亚长得像他，很多时候，我看着小亚，就会想起他来，就更加疼爱小亚，像是对他的偿还。张嬿说，你可没有说小亚长得像他。卢八一说，现在不是说了，我觉得我爸也发现了这个问题，我爸喜欢他，他的死对我爸是个沉重打击，也许是小亚勾起了他的回忆，他把小亚当成我弟弟了。张嬿说，你别说了，我后背发冷。卢八一伸出手，搂抱住妻子，轻声说，别怕，有我在，况且，我不相信我爸对小亚会有恶意，他是个不善于表达情感的人，一直就这样，表面上冷若冰霜。张嬿抱紧丈夫，八一，我总觉得情况不妙，我看还是把小亚放在我爸妈那里吧，等你爸回老家后再接回来。卢八一说，不行的，小亚离不开我们。

4

卢大为一直固执地认为，小儿子卢建军的死和大儿子卢八一有关，而且卢八一是罪魁祸首。卢八一忘不了弟弟死后，卢大为狂暴地将他提起来，狠狠地摔在戈壁滩上的情景，那时，父亲在他眼中，是个怪物，残暴的怪物，曾经有一度，卢八一觉得自己会死在这个怪物的手上，纵使慈爱的母亲将他紧紧地搂在怀里，像袋鼠呵护着幼崽那样。从那以后，卢八一和父亲就没有了很好的交流，卢八一也不愿意见到他，就是他转业回闽西老家后，卢八一也躲避着他。有时，卢八一会梦见弟弟，他从戈壁滩的尽头奔跑过来，当要接近的时候，他就会被漫漫的黄毛风夹裹而去，黄毛风过后，戈壁滩上恢复了平静,弟弟却无影无踪。他呼喊着弟弟的名字,空旷的天地之间,没有人回应他,关于弟弟的去向。

那时卢大为还在遥远的西北当兵,他的妻子李芸带着卢八一兄弟俩在闽西老家生活,李芸是小学老师,温柔娴静,是柳树镇最漂亮最优雅的女人,据说当年很多人追求她,有个年轻人肚子里绑了雷管,威胁她,要她做他女朋友,年轻人引爆了雷管,炸烂了肚子,李芸也没有答应他的要求。至于卢大为为什么会让李芸的芳心萌动,最终成为他的妻子,这里面没有英雄救美的故事,也没有其他缠绵悱恻的传说,他们只是见了一面,就确定了关系,结婚后,就有了漫长的十几年的两地分居的生活。那些两地分居的岁月,一年他们只能团聚一次。大多时候是卢大为回乡休假,待一个月就回西北,卢八一七岁那年夏天,李芸带着两个儿子,汽车火车倒了几次,辗转三千多公里,来到了西部腾格里沙漠边上的部队驻地。莽莽苍苍的大戈壁,给李芸母子三人展开了另外一个世界,要不是亲眼见到如此的荒凉,他们根本就不敢想象。他们的到来,对卢大为而言,是欣喜而幸福的,没想到,这也是他人生的一个巨大的转折点。卢八一对戈壁滩产生了浓厚的兴趣,刚到那里的时候,他就有了一个想法,穿过茫茫的长满丛丛簇簇骆驼刺的戈壁滩,到沙漠里去看个究竟。尽管卢大为一开始就告诫他,千万不要带弟弟到戈壁滩上去玩耍,卢八一还是带着弟弟,在一个阳光强烈的午后,悄悄地溜出了营门,走向了戈壁滩。那时,李芸正在水房洗衣服,卢大为在午睡,呼噜打得山响。

卢八一像放飞的小鸟,在戈壁滩上奔跑,弟弟跟在后面,有些力不从心。他对卢八一喊叫,哥,我走不动了,回去吧。卢八一跑回到弟弟站立的地方,拉起他的手说,我们慢慢走。弟弟面露难色,我们还是回去吧,我怕。卢八一笑笑,怕什么。弟弟说,没有人,就我们俩,还有,怕爸爸骂。卢八一说,有哥哥在,你怕什么，爸爸不会骂你的，他那么喜欢你，要骂也骂我。弟弟不说什么了，硬着头皮跟着他走。卢八一发现一丛骆驼刺下面有颗在阳光下闪亮的白石子，捡起来，如获至宝地说，建军，你看，这是一颗宝石。白石子椭圆形的，还有水流般的波纹，光滑得像他们的皮肤。弟弟接过那颗石子，爱不释手。卢八一说，戈壁滩上一定还有很多这样的宝石，我们多找一点，拿去卖了，给你买好吃的。弟弟说，真的能卖钱。卢八一说，当然，这不是一般的石子，这可是宝石呀。弟弟半信半疑，不过，他还是蛮喜欢这样的石子。

  他们越走越远，部队的营盘在他们身后模糊不清。卢八一怎么也想不到在这个晴朗的下午，会突然起风。起初，风瑟瑟地吹过来，有点凉。弟弟说，哥哥，我们回去吧。这时，卢八一才发现已经走得太远了。风越来越猛，沙子打在他们脸上，有麻麻的痛感。风太大了，他们身上的衣服啪啪作响，使劲地挣脱他们的身体。不远处，黄风沙潮水般漫卷而来，以惊人的速度。黄毛风很快地将他们裹住，顿时昏天黑地，飞沙走石，狂风怒嚎。弟弟大声喊叫，哥哥，哥哥。卢八一也在呼喊弟弟，狂风将他们分开，带向不同的地方，他们的喊叫也被狂风吞没，连同他们的身体。

  风平沙息之后，卢大为带着部队官兵在荒漠上寻找，最后，找回了奄奄一息的卢八一，而五岁的卢建军却永远离开了这个世界，带着那颗白色的宝石般的石子。卢大为痛不欲生，一连几天，动辄就在戈壁滩上哭号，号叫声凄厉而又悲恸，让人听了毛骨悚然。卢八一内心充满了恐惧，从那以后，他就不敢和父亲的目光对视，而父亲认为他就是害死弟弟的罪魁祸首。悲伤的母亲李芸并没有把内心的痛楚表现在脸上，面对丈夫和活着的儿子，她除了抚慰，还能做什么。丈夫和儿子，在这个时候，都是孩子，都需要母性的安抚，如果她也沉沦在悲恸中不能自拔，那天就真的塌下来了。她一直用自己的隐忍告诉丈夫，小儿子的死，和大儿子没有关系，也和他没有关系,那是孩子的命。不管他们接不接受残酷的现实,她必须这样做,等丈夫稍微平静之后,她就带着卢八一回到了柳树镇。她在山上建了个坟墓,立完碑后,她扑倒在坟前,号啕大哭,哭得天昏地暗。卢八一站在她旁边,也号啕大哭起来。母亲和他抱在一起,相拥而哭,泪水如雨,浇透了母与子的心地。

哭完后,母亲擦干了脸上的泪水,也替儿子擦干了泪水,牵着儿子的手,朝山下走去,乌鸦在一棵歪脖子针叶松的枝桠上凄厉地叫唤。母亲不让儿子回头,她说,我们好好活下去,是对弟弟最好的哀悼。三年后,卢大为转业回了柳树镇,自从小儿子死后,他在部队也没有提升,还是个副连职干部,也许是儿子的死,让他产生了某种悲观的情绪,影响了他的仕途,或许,还有别的原因,反正,他回到了柳树镇。转业时,他强调自己有打篮球的特长,爱好体育,就被安排在柳树镇中学,当了个体育老师。

卢八一说,我爸刚从部队回来时,我特别恐惧,他的黑脸上没有笑容,目光像刀子,割着我脆弱的心。说实在话,我情愿他一生都在西北部队里,不要回来,我知道他恨我。每次母亲不在家,他喝完酒后,总是无来由地凶我,他的吼声炸雷一般,震得我头皮发麻,好几次,我的耳朵嗡嗡作响,感觉到要聋了。我从没有感觉到父爱,他在我印象中,就是个粗鲁的暴君。母亲在家时,他会收敛些,但也从来没有和我温和地说过话,我们也基本上没有交流,就像两颗永无交集的星球。我知道,他很爱母亲,在母亲面前,他就是个孩子,什么都听她的,我就不明白,为什么他会对我那么仇恨。我从小就想逃离柳树镇,最重要的就是逃离卢大为,我离开后,对他和我,都是一种有效的解脱。而逃离柳树镇最好的出路,就是考上大学,大学毕业后,留在异地工作。就是考不上大学,我也会选择出去打工,或者流浪,绝不会待在柳树镇。我并不是聪明的人,母亲常说我遗传了父亲的基因,比较笨,要是随她就好了。

不过，通过我加倍的努力，我还是考上了同济大学，现在能够成为设计师事务所的合伙人，都拜父亲所赐。某种意义上，我还得感激他。

张嫱依偎在他身上，你也很恨他，是吗？

不是恨，只是厌恶，我觉得我们水火不相容。我考上大学，走的时候，他没有送我，母亲送我到车站，给了我一件东西，那是一支金星牌老钢笔。她微笑着说，八一，这是你爸的珍藏，他当兵时第一次嘉奖时的奖品，他觉得没有什么送你的，就把这支钢笔送你。我脱口而出，这老古董，谁要呀？母亲拉下了脸说，你要就要，不要我就还给他，不能如此轻蔑这东西。我还是没有收下那支钢笔，母亲也没有说什么，只是目光顿时黯淡，叹了口气说，你们是冤家。母亲其实一直希望我们和解，她一直强调父亲对我没有恶意，只是脾气问题。有没有恶意真的不重要，重要的是他在我心灵上留下了深重的创伤。

张嫱说，这次你把他接到上海，也不容易，看出你对他还是有感情的，我倒是希望你们能够和解，这样对小亚，对我们这个家，都有好处，我不希望因为他的到来，将我们家弄得鸡飞狗跳的。

不说什么感情，我只是看他是我的父亲，不能不管。记得母亲临死前和我说过，她走了，柳树镇的家里就只剩他一个人了，还是要像她活着时一样，经常回家看看，人越老越孤独，需要关怀，没有话说，陪他坐坐也好。母亲过世后这些年，我们只回去过一次，想想也对不住母亲，没有听她的话。唉，不说了，顺其自然吧。不早了，睡觉。

5

早晨，闹钟一响，张嫱睁开眼，伸了伸腿，极不情愿地说，什么时候能够睡到自然醒呀。卢八一醒了,没睁眼,他说,你多睡会儿,我起来弄早餐吧。张嫱起床,打了个呵欠说,还是你多睡会吧,反正你不吃早餐。张嫱穿好衣服,洗漱完,下楼去了。张嫱下楼时,放轻了脚步,生怕吵醒客房里的公公。做好儿子的早餐,她就上楼,叫儿子起床。每天早上,儿子都要赖一会儿床,然后才磨磨蹭蹭地起来。卢小亚坐在饭桌前吃饭的时候,张嫱在厨房里给卢大为准备饭菜。

这个早上,没有听到卢大为的声音,也没见他出来上厕所。

张嫱忙完,坐下来吃东西,边吃边轻声说,小亚,昨晚上睡得好吗?卢小亚说,没有做噩梦。张嫱松了口气,那就好。卢小亚说,可是,可是我还是害怕。张嫱明白儿子害怕什么,没有再问什么,只是说,慢慢习惯就好了。卢小亚说,要是永远都习惯不了呢?张嫱不知如何回答儿子这个问题,只好转移话题,小亚,你同学珠珠要过生日了,你想好送他什么礼物呢?卢小亚想了想说,我也不知道送什么好,这两天头脑比较乱,都快变成白痴了。张嫱心里暗暗吃惊,儿子说出这样的话,不得不让她考虑对策了,如果影响了儿子的学习,那可是大事。

卢八一下楼,唤儿子走的时候,卢大为还是没有动静。

张嫱说,八一,你去看看,你爸不会有事吧?

卢八一说,应该不会有事,他身体好着呢。

他们走时,张嫱将饭菜和酒放在了饭桌上,还给卢大为留了张纸条,让他起床后记得吃饭,还告诉他午饭已经叫好了外卖,会送到家里来。

卢小亚上学,早上一般由卢八一送去学校,下午四点就放学,由卢小亚的外公张怀山去接。张怀山每天下午要去搓会儿麻将,时间差不多了,就骑着助动车去接卢小亚。张怀山疼爱卢小亚,如果卢小亚要他身上一块肉,他都会毫不犹豫割下来。卢小亚也喜欢和外公在一起，外公不但风趣，一肚子讲不完的笑话，还总是偷偷买零食给他，这是卢八一不允许的。这个下午，张怀山在学校门口接到卢小亚，就给他递上了一个甜筒。

张怀山说，你爷爷来了，还是先送你回家吧，你在家里做作业。

卢小亚吃着甜筒，坚定地说，外公，我还是到你家做作业吧，我不想回家。

这是为什么呀？张怀山纳闷。

卢小亚说，我不喜欢他，他像个怪物。

张怀山说，小亚，要有礼貌，不能这样说爷爷。

卢小亚说，他要像外公这样就好了，我真的害怕他，他看我一眼，我都会发抖，求你了，外公，我现在不想回家，等爸爸妈妈在家了，你再送我回去。

张怀山说，那好吧，就这样愉快地决定了。

张嫱下班后，回到家里，发现卢大为没有在看电视，也不在客厅里，以为他在房间里。她上楼准备换衣服，然后下楼做饭。张嫱上楼经过儿子房间时，看到卢大为站在里面，手里拿着镶在小镜框里的卢小亚幼儿园毕业的照片，痴呆呆地凝视。张嫱叫了声，爸，你这是……

卢大为吓了一跳，手中的镜框掉落在地，碎了。

他像个受惊的孩子，结结巴巴地说，对不起，对不起。

张嫱走进房间，说，不要紧，不要紧。

卢大为逃也似的跑下了楼。张嫱叹了口气，将地上的碎玻璃一点点捡起来，放进垃圾桶里。收拾好，张嫱才去换衣服。卢大为躲进了房间，关上了门。张嫱给丈夫打了个电话，让他赶紧回来，他不在家，她心里忐忑不安。卢八一说，我在路上呢，很快就到家了。张嫱煮上饭，洗菜切菜，忙忙叨叨的，她还在炒菜，丈夫回家了。

卢八一回到家，就说，嫱，儿子呢？

张嫱在厨房里说，还没回来呢，怎么搞的，到现在还不回家，你打个电话给我爸，问问他怎么回事。卢八一打电话给岳父。张怀山在电话里说，八一呀，小亚在吃饭呢，我忘了告诉你们，晚上他在我们这里吃饭。卢八一说，好的，好的，等他吃完饭，麻烦你送他回来，或者我去接他也可以。张怀山说，八一呀，我得和你商量一下，小亚说他不想回去，能不能让他在我们这里住一个晚上。卢八一说，小亚要回来的，你把电话给他，我和他说。张怀山说，他说不想接你的电话，这样吧，我再和他说说，看他愿意不愿意回去。卢八一心里不太舒服，好吧，你和他好好说说，一会儿我再电话你。

卢八一走进厨房，沉着脸说，张嫱，你是不是和你爸说了什么？

怎么啦？

小亚不想回家，已经在你爸家吃饭了，还说不回来住。

我也想和你谈这个问题，我回家的时候，你爸在小亚的房间，看小亚的照片，还把镜框都打碎了，当然，他不是故意打碎的。我的意见是，让小亚在我爸妈家住几天也不是坏事，这样可以缓解小亚的情绪，这两天，他心里都有阴影了。

这不是处理问题的好办法，小亚必须回来，一味地躲避，只会让小亚更加的恐惧。我想了很多，我爸他应该没有恶意，他可能是真的喜欢小亚，只不过他不会表达，他从来就不是个会表达感情的人。如果不让小亚回来，小亚心里的结没有解开，我爸又会多一个心结，我不想把事情弄得更僵。

对，他是你爸，不管以前你们有多少恩怨，他总归是你爸，可是，小亚是我儿子，我要为他负责。

小亚也是我儿子,难道我不应该为他负责,我也是为他好,我不想让他心里留下永远的阴影,只有让他面对,才能解决问题,躲避不是办法。

多年来,你面对过你爸吗,你不也一直在逃避?

这不一样。

一样。

好了,我们不要吵,不要让我爸听到。

我没有和你吵,只是商量。这样吧,我们都退让一步,晚上让小亚住我爸妈家,明天再接回来,你看怎么样?

只是今天晚上,明天一定要回家。

嗯,叫你爸爸出来吃饭吧,菜马上好了。

这顿晚饭,卢大为破天荒地没有喝酒,只是闷头吃饭。他似乎感觉到了什么,几次欲言又止,像是想说小亚怎么没有回家吃饭。张嬗的目光不敢瞅他,像是做了什么亏心事,也是闷头吃饭。卢八一说,爸,你还是喝一杯吧。卢大为没搭茬,卢八一也不知道说什么好,闷头吃饭。三个人各怀心事,这顿饭很快就结束。吃完饭,卢大为也没有看他的篮球赛,直接回房间去了,重重地关上了门,接着传来几声干咳。

6

卢小亚一进家门,目光在客厅里搜寻着什么,嘟哝了声,怪物呢?张嬗低声说,不能这样说话。卢小亚吐了吐舌头,外公也告诉我,不能叫他怪物。张嬗说,你先去做作业,做好了饭我喊你。卢小亚上楼去了,客房的门开了,卢大为探出头看了看。张嬗笑着说,爸,饿了吗?你稍等一会儿,马上就好。卢大为说了声,不饿,不饿。头就缩了回去,门轻轻地关上了。张嬗朝丈夫做了个鬼脸，卢八一说，快去做饭吧，我真有点饿了。张嬉说，你去陪小亚做作业吧，饭好了叫你们。卢八一点了点头，上楼去了。

卢八一刚刚坐在儿子身边，手机铃声响了起来。

他来到阳台上，接听电话。阳台上望出去，大城的万家灯火尽收眼底，很多时候，他站在阳台上极目远眺时，就会想起遥远柳树镇，柳树镇的人声狗吠会勾起他的某些回忆。不过，他不愿意太多地回顾，痛苦而又伤感，唯一的温情来自母亲，可母亲早不在人世。电话是从柳树镇打来的，卢一品老态龙钟的声音充满了焦虑。

卢八一带父亲离开柳树镇的那个上午，李狗崽来到了卢大为的老屋门口，发现老屋铁将军把门，卢大为和儿子不知去向。李狗崽本以为卢八一说话算话，用钱解决问题，他还特地穿了件白色的衬衣，黑色的长裤，砍柴刀也扔在家里，满怀诚意的李狗崽看到人去屋空，才知道自己被摆了一道。他问卢大为邻居，老王八去哪儿了？邻居白了他一眼说，我又不是他肚子里的蛔虫，怎么会晓得他去了哪里，回去问你妈去。李狗崽气得浑身发抖，悻悻而去。那一天，李狗崽到处寻找卢大为父子，弄得小小的柳树镇鸡飞狗跳。过了一天，李狗崽找到卢一品家门口来了，他光着上身，手握砍柴刀，要卢一品交出人来。卢一品站在门里，大声呵斥他，笑话，有本事你到上海去找他们，找我有个屁用，我一把老骨头，早就活够了，你要是想把我的命拿去，就过来砍了我吧，我要是皱一下眉，就和你一起姓李。李狗崽当然不敢对卢一品下手，只是装腔作势地暴跳如雷，让围观者看戏而已。恰巧卢一品在县城里开武馆的儿子卢飞鸿回来看望父亲，在屋里听到李狗崽的咆哮，气愤地走出来，要收拾李狗崽。卢飞鸿得过省里的散打冠军，有点声名，李狗崽心虚，赶紧跑了，一条黄狗狂吠着追着李狗崽，李狗崽跑得脚下的人字拖都丢了。李狗崽心里明白，找卢家要钱什么的几乎成了泡影，他开始打自己母亲的主意。吴四娣在夜里找到了卢一品家，卢一品看她身后没有跟着李狗崽，关上了门。吴四娣抹着眼泪说，一品老哥，我可如何是好？卢一品给她倒了杯茶，和颜悦色地说，四娣，别急，有什么话慢慢说。

我那不孝之子，逼我哪。他要我去上海找大为要钱，只要他拿到钱，就远走高飞，他是疯了，凭什么管大为要钱？我和他讲，我欠大为的情，要不是大为，我早就埋在黄土里了，不要再去找大为麻烦了，要知恩图报。他说大为替我治病是应该的，他在勾引我，我都是人老珠黄的老妇人了，谁还要勾引我？我要走，早就走了，年轻时，多少人帮我找人家，好人家那么多，我就是没有动心，不就是怕带他到别人家去，受委屈吗？一品老哥，你说我该怎么办，他会逼死我的，看看，他现在绝食，躺在床上，一天没有吃饭了，他要是死了，我更说不清楚了，只能和他一起去死。可是他还年轻，我也不能眼巴巴看他这样去死，一品老哥，我该怎么办，你帮我出出主意。

卢一品也不知说什么好，这种事情，他也没有经验。想了好大一会，卢一品说，我想问你一个问题，不过，不好开口。

你有什么话就说，我受得住，脸早就不要了。

你和大为到底有没有感情？

六十来岁的人了，听了这话，也羞涩地低下了头。卢一品有些后悔问这话，要是老伴在家就好了，由她去和吴四娣交流这个问题，比较合适，但老伴在城里给儿子带孩子。卢一品有些尴尬，干咳了两声。吴四娣细声说，我也不晓得他对我什么感觉，我是蛮感激他的，有什么事情都愿意对他讲，觉得在柳树镇，他是我最信赖的人。

卢一品说，你得打电话问问他，如果他对你有感情，我想你们在一起生活也是蛮好的，这些日子我也在考虑，如果你们在一起生活，相互也有个照应，你没有丈夫，他也没有老婆，在一起也是天经地义的事情，别人说不了什么闲话。

我不怕人家说闲话，只是我儿子那里，不好办。

这样吧，你自己给大为打个电话，问问他的心意，如果他要是同意，问题就解决了，我也会打电话给八一，他是通情达理的有文化的人，会支持你们的，最重要的，是大为的态度。至于狗崽，你不要担心，他饿不死的，说不定他现在在偷偷地吃东西呢。你们光明正大的好了，他也是没有办法的。至于钱的问题，大为应该有些积蓄，而且他有退休金，也不用你考虑。

可是我抹不开脸，不敢给他电话。

这个电话你要打的，别人替代不了你，毕竟是你们的私事。话都说到这个地步了，没有什么好害怕的，你抽个时间给大为去个电话吧。他这个人比较古怪，我也琢磨不透他，有可能也会拒绝你，你要做好心理准备。

吴四娣脸像红布。她说回家考虑考虑，然后就告辞了。

卢一品给卢八一絮絮叨叨讲的就是这些事情。电话挂了后，卢八一陷入了沉思，父亲能够和吴四娣好，他真的愿意替父亲出十万块钱给李狗崽，息事宁人。问题是，父亲的确是个古怪的人，卢八一也不晓得怎么对他讲。卢八一觉得还是先等等，吴四娣和父亲沟通好之后，再说也不迟。这时，张嫱在楼下叫他们下楼吃饭了。

桌子上摆好了碗筷，还有四菜一汤，那道红烧肉是张嫱的拿手好菜，颜色赤红，看上去十分诱人。儿子见到红烧肉，眼睛发亮，这也是他最爱吃的菜，这孩子不爱吃蔬菜，是个肉食爱好者。张嫱说，八一，你喊你爸出来吃饭。卢小亚说，好奇怪，他不看电视。张嫱说，去洗手，洗完手吃饭，话不那么多。卢小亚说，我洗过手了。卢八一来到客房门口，敲了敲门，爸，吃饭了。门开了，卢大为的脸像是松弛了些，不那么紧绷了，目光有些游离不定。他手中拿着一个长条形的朱红色小盒子。看到这个盒子，卢八一的心颤动了一下,他想起了很久远之前,他考上大学时,母亲送他上车前的情景,母亲手上也拿着这个盒子要给他,被他无情地拒绝了。卢八一不知父亲拿出这个盒子有何用意,他也没有问,转身来到饭桌前。

卢大为走到卢小亚面前,黑乎乎的脸上挤出了笑容,双手捧起那个盒子,手微微抖动,赔着小心说,小亚,爷爷送你一个礼物。卢八一呆呆地站在一旁边,心里有潮水涌过,眼睛有些酸涩,如果父亲当初和母亲一起去送他,亲手将这个盒子交给他,他或许会收下。张嫱也有些吃惊,不过,她想这是好事情,也许是调和爷孙关系的一个转机。张嫱对儿子说,小亚,爷爷给你礼物呢,收下吧。卢小亚没有说话,愣愣地看着爷爷手中那个盒子。

张嫱又笑着说,小亚,快收下呀,爷爷对你好,才给你礼物。

卢大为十分紧张的样子,卢八一没有见过父亲的这种表情,在他印象中,父亲总是凶神恶煞。

卢小亚突然伸出手,一把抓过那个盒子,用力地扔在地上,大声说,我不要,不要什么礼物。

张嫱没想到儿子会如此无礼,一把拉过儿子,在他屁股上打了几下,卢小亚,你和谁学的,一点教养都没有,快给爷爷赔礼道歉。卢八一抱过儿子,训斥妻子,你怎么能打孩子?张嫱说,你就惯着他,都把他惯成什么样了?卢小亚趴在父亲的肩膀上,呜呜地哭起来。张嫱瞟了公公一眼,担心他会暴怒起来,那样就不可收拾了,作为儿媳妇,她不希望他受到伤害,也希望在他心目中留下好印象,做人总归要有些脸面。让张嫱意外的是,卢大为弯下腰,捡起了那个裂开口的盒子,和散落在一边的老式大头金星钢笔。他高大的身躯重新站立起来,低着头,将钢笔笨拙地装进盒子,尴尬地笑了笑,这老古董了,确实是拿不出手。说完,他看了看同样感到意外的卢八一,默默地回他的房间去了,门被轻轻的关上,像是关上了一个世界。

7

有两天时间,卢大为和卢八一一家相安无事,虽然没有交流,他的表情平和,也十分克制,他们在家时,卢大为基本上躲在房间里,悄无声息。张嬬有些担心,问丈夫,你爸不会有事吧?他越是这样,我心里就越害怕。卢八一想想,是有点反常,可是他又摸不清父亲的底细。

又平安无事过了一天。

晚上卢八一一家回到家里,发现客房的门开着,卢大为不在里面。卢八一进入客房,看到桌子上放着一张皱巴巴的黑白照片,那是他和母亲以及弟弟的合影,小时候,母亲带他们去镇上唯一的照相馆照的相片。照片中的弟弟真的长得和卢小亚特别像,好像是一个人。看到这张照片,卢八一眼睛里热辣辣的,有流泪的冲动,他突然对父亲有了某种理解。

他会去哪里呢?

张嬬望着丈夫说。

卢八一打父亲的手机,手机忙音之中。打了几次后,父亲的手机竟然关机了。卢八一说,他是不是回老家去了。张嬬说,他的行李箱还在房间里呢。卢八一说,我得出去找找他。张嬬说,上海这么大,你到哪里去找,他是不是觉得闷了,出去走走,到吃饭时间就回来了?卢八一说,按理说,他也不会走丢,当年,他也是闯过世界的。张嬬说,等等吧。看来也只能如此,卢八一带儿子上楼做作业,张嬬进厨房做饭。

一直到晚上八点多,卢大为还是没有回来。

卢八一着急了,出门去找人。简直是大海捞针,卢八一找了好

453

几条街道，都没有发现父亲的踪影，如果到午夜他还没有回家，卢八一就要去报警了。卢八一继续寻找着父亲，脑海里总是浮现一些残忍的画面，比如父亲被车撞倒在地，血肉模糊……卢八一觉得自己从来没有如此担心过父亲的安危，耳边仿佛传来母亲幽冥的声音，儿子，你要照顾好你爸，他这一生也蛮苦的。就在卢八一心急如焚之际，手机铃声响了起来。张嫱的来电，说卢大为在小区保安室里闹，让卢八一赶紧回去。

卢八一打了一辆的士，往回赶。

卢大为喝多了，摇摇晃晃路过保安室的时候，发现里面的小间里传来电视的声音，像是在播放篮球比赛。卢大为站在那里，竖起耳朵听了一会儿，然后就踉踉跄跄地走了进去。值班的保安不认识他，问他有什么事情。他指了指里面的小间，声音沙哑，我，我要参加篮球比赛。说着，他就一头撞了进去。两个休息的保安见他进来，吓了一跳，他们站起来，扶住了卢大为。卢大为睁大眼睛，手指着电视屏幕，吼叫道，把那个像娘们一样的小子换下来，老子上，看他软绵绵的样子，我就来气。一个保安说，大爷，你从哪里来的呀？我看你喝多了，还是回家去吧。卢大为说，你管老子哪里来的，想当年，我是基地篮球队的主力，参加过军区运动会，我们篮球队拿过冠军的，知道吗？是冠军，不是亚军。年轻保安小声说，老干部呀，是我们小区的吗，怎么没有见过？卢大为没完没了，不停地教训那两个保安。外面值班的保安见势不妙，就挨家挨户打电话，问有没有这样一个老头，最终问到卢八一家，才有了结果。

卢八一进入保安室时，卢大为还在吵吵嚷嚷。

他连忙给保安们赔不是，然后在一个保安的配合下，架着卢大为回到了家。保安走后，卢八一瞪着眼睛，大声地问儿子，你是谁，告诉我，你是谁？卢八一说，我是你儿子卢八一呀。

儿子，我哪有什么儿子，我儿子早就死了。死了，你晓得吗？我儿子被风沙卷走了，再也不会回来了。都是我的错呀，当初，我不让他来就好了，他就不会死了。他要是还活着，该有多好呀，会陪我打篮球，陪我喝酒，没有人和我说话的时候，他会和我说话，我什么话他都愿意听。可是，他死了，我现在连说话的人都找不到了哇。

卢八一心如刀绞。

父亲声嘶力竭，浑浊的眼睛里淌下了泪水。

张嬬走下楼，卢八一挥了挥手，示意她回到楼上去。张嬬明白，在这样的场合，自己是多余的，放轻脚步，退回楼上去了。卢八一搀扶着父亲进了房间，将他放在床上。卢八一不清楚父亲喝了多少酒，但知道父亲喝的是苦酒，父亲折腾累了，酒劲也充分发挥出来，他躺在床上，哼哼唧唧的。卢八一帮父亲脱去衣服，盖好被子，过了一会儿，卢大为的呼噜声响了起来。卢八一坐在床边，听着父亲的呼噜声，陷入沉思。

卢八一想到一个问题，在自己四十多年的生命里，是不是选择性地遗忘了父亲的好，而固执地记住了父亲凶暴的那一面，并且将其无限放大了，就像他在某段艰辛旅行中，记住的都是那些陡峭的山路，而忘记了平坦道途。在过去的岁月里，他试图理解父亲，试图和父亲和解，却是那么困难，只要面对父亲，心中就会产生极度的逆反情绪，并不是要和父亲对抗，而是逃避。

卢八一在脑海中搜寻着一些深埋在记忆深处的情景，努力地让那些情景浮出水面，以佐证父亲也是爱过他的。可是，想来想去，满脑子里还是那些不堪的东西。卢八一的太阳穴隐隐作痛，那里有一小块伤疤，是父亲留给他的痛苦记忆。

父亲从部队转业，和科班出身的体育老师比，有很大的距离，给学生的印象就是一个头脑简单四肢发达的粗人，最要命的是，他的嗓门特别大。上体育课时,他在操场上的喊叫声,每一个教室里都能够听得清清楚楚。有的老师跑到校长那里反映问题,说他声音太大,严重影响了其他班级的正常上课。校长找过他,要他上体育课时小声点,毕竟不是所有班级都在上体育课。父亲每次都诚恳地答应校长,并且表达歉意,发誓要将自己的声调降下来,可是每到上体育课,他还是故伎重演,他那充满了军人气质的中气十足的喊叫声根本就无法降低分贝。说了他几次后,校长也妥协了,他十分明白,要改变一个人的习惯是多么困难的事情,从某种意义上而言,父亲并没有做错什么,从另外一方面来说,他对待工作的态度是认真卖力的。最终,全校师生都习惯了他的粗暴嗓音,他的嗓子后来变得沙哑,也许和他当体育老师有关。父亲是个吃力不讨好的人,好在他不在乎师生们在背后阴损他,编排丑陋的故事,给他起很难听的绰号,成天一副马大哈的样子。有一次,卢八一听到几个同学在校外的一棵老樟树下讲父亲的鬼话,怒火中烧,尽管他和父亲之间隔着一条汹涌的河流,但也不允许他人诋毁父亲。他和那几个同学打了起来,结果可想而知,他是失败者,被打得鼻青脸肿。卢八一不甘心失败,在他们洋洋得意扬长而去时,他从地上捡起一块石头,追赶过去,砸破了那个叫丘有亮的同学的头。回到家里,母亲见他的狼狈样,心疼得落泪,问他被谁打了。倔强的卢八一死活不愿意说。卢大为凶巴巴地说,不要管他,敢打架,就要承担后果,打死也活该。母亲眼泪汪汪地说,卢大为,你给我住口,哪有像你这样当父亲的,不分青红皂白就骂自己的儿子。母亲发火,父亲闭嘴了,在一边抽烟,目光锋利地割着卢八一的心脏。晚饭的时候,父亲阴沉着脸,母亲不停地给卢八一夹菜,让他多吃点。饭还没吃完,门外传来了喧闹的声音。母亲放下饭碗,走了出去。围了很多看热闹的人,丘有亮头上缠着纱布,哭兮兮的,一副可怜样。他父亲丘远宏说,李老师,你看看,你儿子把我儿子打成什么样子了？母亲说，有话好好说，有话好好说。母亲唤儿子来到了门外，当着众人的面，让卢八一将事情的经过说了一遍。母亲微笑地问丘有亮，八一说的是实情吗？丘有亮也没有抵赖，点了点头。母亲对丘远宏父子表示了道歉，答应赔医药费，也让卢八一向他们道歉，卢八一死活不道歉，因为丘有亮没有向他道歉。丘远宏倒也大度，挥了挥手，说，算了算了，不过以后打架不要下那么狠的手，人要打死了，就不好说话了。送走他们后，母亲拖着卢八一冰凉的手，进了屋。整个过程，父亲一声不吭，坐在家里喝酒。母亲谆谆教诲完了之后，父亲发出了怒吼，那时，他在卢八一眼中，就是个不折不扣的怪物。卢八一惊恐地站起来，往门外跑，父亲在后面追赶，卢八一摔了一跤，太阳穴磕在一块铁渣上，留下了那块伤疤。

卢八一叹了口气。

他关掉房间里的灯，走了出去，轻轻地带上了门。

上了楼，儿子还没有睡着，张嫱在儿子房间里陪着他。卢八一走进儿子房间，张嫱轻声说，你爸睡了？卢八一说，睡了。张嫱说，他跑哪里喝那么多酒。卢八一说，不知道，他没说。张嫱说，儿子害怕，说是睡不着。卢八一说，你带他到我们房间睡吧，他和你一起睡，也许就不害怕了。卢小亚听了这话，马上从床上跳起来，下了床，跑出了门，到他们的房间里去了。卢八一说，去吧，我晚上在这里将就一夜。张嫱说，老公，看你神色不对，没事吧你？卢八一说，没事，只是太累了。张嫱说，那你好好睡一觉，不要想太多。

关了灯，卢八一辗转反侧，怎么也睡不着。

他感觉有个人站在床边，很久以前，她也经常站在床边，和他温存地说话，用那颗慈母心化解他心中块垒，她一直不懈地缓和他和父亲之间的紧张，如果没有她，卢八一或许早就和父亲断绝关系了,但他心里有解不开的结,也可以说是一种可怕的情绪,浓雾般弥漫。

母亲仿佛在说,我帮你回忆吧,你还记得那次你掉下山崖吗,十一岁那年秋天,你和几个同学到山上采野果?

妈,我记起来了。

那是黑白电影的画面,没有色彩,却是那么真实在他脑海呈现,那是他曾经选择性遗忘的一部分。卢八一和几个小伙伴在山野寻找着一种叫麻藤包的野果,那是卢八一童年时最喜欢的野果。麻藤包基本上是椭圆形的,成熟后的野果外表金黄,虽然不是很好看,但表面上似乎有层油脂,摸上去手感还是蛮舒服的,卢八一总感觉是摸在蜡上。重要的是麻藤包的果肉香甜柔软,吃了容易上瘾,所以,麻藤包成熟的季节,孩子们都成群结队上山采摘。卢八一和小伙伴们发现一棵麻藤树长在山崖边上,靠山崖那边的枝条上,挂着几串金黄的诱人果实。小伙伴们目光落在果实上,喉咙里吞咽着口水,山崖陡峭,有几十米深,跌落下去不死也要半条命,他们面面相觑。卢八一说,我爬过去摘。一个同学说,还是算了吧,我们到别处去找,这里太危险了。大家也赞同他的意见,都说到别处去找麻藤包。像是有种召唤,卢八一爬了过去,大家都提心吊胆,让他小心。他的手够着一个麻藤包了,他一手抓住树枝,另外一只手伸出去,一只脚是悬空的,另一只脚踩在山崖边的石头上。一个麻藤包被摘下来,朝同学们扔过去。摘第二个麻藤包的时候,他紧紧抓着的树枝突然断裂,踩在石头上的脚一滑,他就像一只折断翅膀的大鸟,掉落下去。

同学们吓坏了,他们奔跑着回柳树镇报信,除此之外,他们毫无办法。

在孩子们的带领下,卢大为夫妇心急火燎地奔向山里。寻找到卢八一时,天已经黑了,好在细心的母亲带了手电,天上也有银饼般的月亮。卢八一跌落时被一棵长在山崖上的松树挂挡了一下，才掉落崖底，那棵松树起到了缓冲的作用，否则卢八一就没有那么幸运了。卢八一摔断了两根肋骨，腿上也有一根骨头骨折，好在头没有摔坏，只是脸被擦花了，渗出血水。母亲心疼得直落泪，同学们也面面相觑，卢大为闷声闷气地说了声，没死就好。他背起儿子，在月光下往柳树镇走去。母亲在前面打着手电，边走边回头说，大为，你走稳点，太颠了八一会痛。父亲嗯了一声，没说什么。同学们走在后面，他们七嘴八舌地安慰卢八一，卢八一没摔死，他们心里还是有些小侥幸。

卢八一的头趴在父亲的肩膀上，第一次觉得父亲的肩膀是那么的宽阔，渐渐地，他感觉到父亲在流汗，他真想伸出手，擦去父亲额前的汗水，可他不敢去触碰。父亲的喘息声越来越沉重，这种区别于咆哮的声音充满了慈爱，卢八一眼睛渐渐潮湿，直到热泪流淌出来，落在父亲身上，和他的汗水融合在一起，汗水和泪水都是咸的，那是生命中不可或缺的盐。

8

醉酒之后，卢大为仿佛衰老了许多，眼睛里也失去了刚来时的神气了。卢八一看在眼里，心里隐隐作痛。张嫱也感觉到了公公的变化，她建议丈夫周末带他出去走走。卢八一说，我也有这个想法，可是，到哪里去好呢？张嫱说，不行就去野生动物园吧，小亚一直想去，或许能让他们爷俩亲近点，一般情况下，对某种动物，都会有共同的喜好。卢八一说，那就这样决定了。去动物园的头天晚上，卢八一做好了儿子的工作，让他对卢大为要礼貌点，卢小亚想着要去动物园，也没想那么多，满口应承下来。

星期六那天早上，天气晴朗，瓦蓝的天上飘着几朵形状各异的云。吃完早餐,卢八一开着车,带着一老一小,往野生动物园进发,张嬿因为要上班,错过了这次出行。卢大为坐在副驾驶上,偶尔说一句,那时候在部队,我开过大解放,好多年没碰车了。卢八一说,你来开一段。卢大为有些紧张,不行呀,没有在大城市开过车,交通规则都不晓得。卢小亚坐在后排的儿童座椅上,拿着平板电脑,玩着游戏。卢八一说,小亚,别老玩游戏,在车上玩游戏,最费眼睛了,没事和爷爷说说话。卢小亚不吭气,继续玩游戏,况且,他和卢大为也没有什么话好说。卢八一和父亲其实也没什么话好说,一路上都是各自的心事和寂寞。

野生动物园仿佛是另外一个世界,不仅深深吸引着卢小亚,在车上还昏昏欲睡的卢大为也来了精神,他这一生中,也许是第一次见到过如此之多的动物。闽地多蛇,卢大为少说也见过十几种蛇,在野生动物园的蛇园里,他算是开了眼界,世界上竟然有这么多的蛇。他跟在儿子和孙子后面,每看到一种蛇,卢小亚总是大呼小叫,惊恐万状的样子,卢小亚越是害怕,就越想看,这是卢大为理解不了的心态。玻璃屋里,一条大蟒蛇缠绕在粗实的树枝上,头朝着观众,挑衅般吐着黑色的舌头。卢小亚说,哇噻,蟒蛇的眼睛都有我的头大。卢大为站在他身后突然说,小时候,和我爸上山打柴,坐在山路旁边的树根上歇脚,我爸点了根烟,抽完后将烟头在树根上摁灭,谁想到那树根突然动了起来,原来我们是坐在蟒蛇的身体上。卢小亚轻声对卢八一说,爸爸,你信他说的话吗?吹牛。卢八一说,我信,老家大山里真的有蟒蛇的。卢八一回头看了看父亲,他的神色轻松了许多,便说,爸,你从前怎么没给我讲过这个事情?卢大为没有回答他这个问题,往前走去。卢八一看着他有点儿佝偻的背影,若有所思。

卢小亚发现了爷爷好像特别喜欢长颈鹿,他站在栅栏外面,目不转睛地看着那两头长颈鹿在吃树上的叶子,不时地学着长颈鹿的样子，伸长他粗粗的脖子，嘴巴张开又合上，那样子古怪又滑稽。卢小亚说，他真是个怪物，我都不知道他心里在想些什么。卢八一说，别小小年纪如此毒舌，每个人都有自己快乐的方式，你爷爷此刻心里是愉悦的，可以看得出他对长颈鹿十分钟爱，估计他以前也没有亲眼见过长颈鹿。卢小亚说，爸爸，他在你小时候，带你去过动物园吗？卢八一说，没有。卢小亚摇了摇头，怪模怪样地说，唉，又一个残酷童年。卢八一笑了，你还知道谁有过残酷童年。卢小亚瞥了他一眼，我同学珠珠他爸呗，估计他比你还惨，珠珠说他爸小时候经常被后爹虐待，怎么说你也还有个亲爹。

猛兽区是野生动物园最精彩的部分，卢八一决定吃完午餐再去那里观赏。野生动物园就餐区里有三个选择，中餐、麦当劳、中式面点。卢小亚毫不犹豫地选择了麦当劳。卢八一征求父亲的意见，爸，你吃点什么？卢大为说，随便。随便其实是很让人尴尬的事情，卢八一给儿子买了炸鸡翅和薯条，自己准备吃个鸡肉汉堡，也给父亲买了个鸡肉汉堡。卢大为说，我不喝可乐，喝矿泉水就好了。卢小亚吃得很香，嘴巴边上油汪汪的，边吃边偷偷地观望着卢大为。卢大为咬了一口汉堡，皱了皱眉头，迟疑了一下，低下头，继续啃咬。卢八一见状，对父亲说，爸，你要是吃不惯就别吃了，我去给你点两个菜，或者吃碗面条什么的。卢大为头也不抬，以最快的速度，吞咽完那个汉堡。他抬起头，伸长脖子，然后喝了几口矿泉水。不一会，卢大为怔住了，像是喉咙里卡了块骨头，眼珠子突兀。卢小亚偷偷地笑了。卢八一说，爸，你没事吧？卢大为突然站起来，往垃圾桶的方向跑过去，嘴巴对着垃圾桶，剧烈呕吐。卢小亚吃吃地笑起来，等卢八一扶着卢大为回来，他才憋住了笑。卢八一说，爸，喝点水，我去买点别的东西给你吃吧。卢大为摆了摆手，不用了，胃口败了，什么也吃不下了。

他们坐着动物园的观光车进入了封闭森严的猛兽区，卢大为东张西望，目光搜寻着什么。一片人工草原上，两头母狮在追赶一只黄牛，很快地，那头冲在前面的母狮扑上去，死死咬住黄牛的喉管。黄牛扑倒在地，和母狮一起翻滚，母牛躺在草地上，四腿乱蹬，母狮还是死死咬住黄牛的喉管。黄牛最终断了气，另外那只母狮跑过去，撕咬着黄牛的尸体。车上的观众大呼小叫，卢小亚也在狂叫，卢大为没有发出一丁点声音，卢八一默默地注视着父亲。卢大为的眼睛盯着那血腥的场景，一动不动，卢八一仿佛听到他心中的吼叫，狮子般的吼叫，那是一个曾经孔武有力的男人最后的吼叫。他发现，父亲真的老了。

9

无论如何，野生动物园之行，卢小亚对卢大为有了新的认识，紧张的情绪有了缓解。卢大为在晚餐时，脸上露出过不易觉察的笑意，那是他注视孙子的时候，张嫱敏锐的目光捕捉到了这个微小的细节。张嫱以为一切都会好起来，她万万没有料到，两天之后的那个深夜，发现了一件让她无法忍受的事情。

那天晚上，一家人按时睡觉，楼下也没有了动静。张嫱躺在床上，卢八一的手伸过来，放在她肚子上，轻轻地抚摸。张嫱轻声说，你要干什么？卢八一一把搂住她，嘴巴在寻找着嘴巴。张嫱推开了他，少来，我今天太累了，过两天再说吧。卢八一说，我们好久没有了。张嫱说，胡说，前几天还有过。卢八一不死心，我感觉有一个世纪了。张嫱不耐烦了，好了，快睡吧，明天都还要上班。卢八一叹了口气，只好作罢。

张嫱很快就进入了梦乡，之后，卢八一翻了几个身后，也彻底老实了，不久就响起了鼾声。张嫱是被乌拉乌拉的警报声吵醒的，紧接着，传来剧烈的敲门声，卢小亚也大声呼叫。张嫱赶紧穿衣起床，卢八一也惊醒过来，从床上跳了起来。张嫱打开门，就闻到了呛人的味道，看到阳台上火光冲天，卢大为在烧着什么。张嫱大惊失色，大声喊道，爸，你搞什么鬼？卢大为见他们冲出房间，惊慌失措的样子，也被吓坏了，神色慌乱，什么话也说不出来。张嫱不顾一切地冲进儿子房间，抱起儿子就往楼下跑。

卢八一来到阳台上，发现父亲在金属垃圾桶里烧纸钱，他不由分说，在阳台上的水斗上接了一脸盆水，浇灭了垃圾桶里的火。

这时，几个消防人员拿着灭火器冲上了楼。

卢八一灰头土脸地对他们说，对不起，对不起，火已经灭了。

领头的那个消防队员呵斥道，怎么搞的，大半夜的点什么火，这楼要烧起来了，怎么办，你负得起责任吗？卢八一连忙赔不是，那个时候，他感觉到自己是个龟孙子，一点脸面都没有。经过一番周折，又是填表，又是签字，接受处罚，好不容易送走了出警的消防队员，愤怒的张嫱带着儿子，离开了家。

张嫱走时歇斯底里地朝他号叫，他到底要干什么，我对他还不够好吗？他来了才几天，就弄出这么多事情，还让不让人好好生活，我实在受不了了，受不了了。要不是邻居没有睡觉，发现阳台上着火了报了火警，我们都被烧焦了都不知道。

卢八一没有阻止妻儿的离去，心里像堵了一坨生铁，闷得难受，有窒息感。他拖着沉重的步子，走上了楼，来到了阳台上。卢大为像个做错了事情的孩子，低着头，站在那里，浑身瑟瑟发抖。卢八一本来想抢白父亲几句，见到他眼中的老泪扑簌簌地滴落，泪珠掉在地砖上，无声无息，叹了口气，无可奈何地说，爸，你这是干什么呀？

卢大为嗫嚅地说，他们走了？

走了。

对不住，我不是想要破坏你们的家庭。

我知道，可是，你为什么……

我晓得你忘了。

忘了什么？

今天是你妈妈的忌日，每年的这一天，我都要到你妈妈的坟前去烧纸，她死了那么多年，没有一年拉下过。没想到今年她的忌日，我会在你这里。下午的时候，我去了龙华殡仪馆，旁边有卖纸钱花圈的店，在那里买了纸钱。本来，我想找个地方烧给她的，可是人生地不熟，也不知到哪里烧好，怕别人见到嫌晦气，我这一生最怕打扰他人，那是罪过。所以，我就想到了阳台，等你们睡了后，就偷偷摸摸的，像个贼一样，来到阳台上烧纸。我没想到会惹这么大的麻烦，真的对不住。

卢八一什么话也说不出来，是的，每年母亲的忌日他都基本上忘记了，只是在清明节时，会记起逝去的母亲，也只是在心里遥祭，连一张纸都没有烧过，他甚至连母亲的坟墓在哪里都记不得了。他心如刀割，哽咽地说，爸，是我对不住，我是不孝之子。

也不怪你，你妈也不会怪你，你在外头打拼，也不容易，我理解，你妈也理解。刚才烧纸的时候，我也对你妈说了，你们一家过得幸福，让她不要牵挂，她这一生，最牵挂的人就是你。还有一件事，我也对你妈讲了，就是吴四娣的事情，我想和她在一起生活，她是个体贴的女人。你妈过世后，我基本上不和人说话，过着孤独的生活，我从来没有想过要来上海打扰你们，尽管我很想出来看看你们到底过得怎么样。自从走近吴四娣后，我有了讲话的人，这些年来，她给了我安慰，否则我也活不下去。前两天，她给我打过电话，她提出了要和我在一起相依为命，我还没有答应她，不是因为李狗崽，那点钱他真的要，我会给他。我没有答应她，主要是还没有和你妈讲，也怕你不答应，你是有脸面的人，我不想让你难做。晚上，我已经和你妈讲过了，她没有反对，现在，主要是你的意见，你说成，就成，不成，我也没有意见，还是像往常那样过日子，反正黄土已经埋到脖子上了，听天由命吧。

爸，我同意，你做什么决定，都是你的权利，我没有理由干涉，李狗崽那十万元，我来出，也算是我对你尽点孝心。说这话我心里十分惭愧，多年来，我从来没有主动关心过你的生活，一直没有和你有过很好的沟通，这是我的错，现在真的不知道说什么好，只希望你原谅我，把我当你的儿子。

好了，你同意就好，钱我不会要你的，你们一家人过好日子，我就无虑了。明天，我就回去了。我得罪了张嬅，也没有脸面见她和小亚，我走后，你去接他们回家，代我向她们道歉，我也再不会来上海了，如果你们以后想回柳树镇，我会欢迎你们，柳树镇的家门永远向你们敞开，要是觉得回来没意思，也随你们心意，我不会勉强。时候不早了，你休息吧，我也该去睡觉了。

第二天上午，卢八一将父亲送到了机场。

入安检之前，卢大为还是将那个装着金星钢笔的盒子交给了儿子，八一，收下吧，留作一个念想。那年你去上大学，我躲在车站外面的那棵桉树后面看着你呢，我没有勇气出来送你，我是恨过你，因为建军，其实恨你也是在恨我自己，现在呢，不恨了，你也不要再担心什么了，一切都过去了。

卢八一接过了那个盒子。

卢大为转身走了，没有回头。卢八一目送父亲进了安检，直到他佝偻的背影消失。

10

三个月后的一天晚上，卢八一刚进家门，就闻到了厨房里飘出来的红烧肉的香味。卢小亚已经坐在饭桌前,眼巴巴地等待红烧肉上桌了。卢八一摸了摸儿子的头,笑着说,听说你今天在学校里干坏事了。卢小亚做了个鬼脸,爸爸,我没有干坏事呀。卢八一沉下脸,不老实是吗?卢小亚放低了声音,是陆隐墨先欺负范乔乔的,我只不过帮范乔乔教训了一下他而已。卢八一冷冷地说,你把人摔倒在地上,这也太过分了。卢小亚眨巴着眼睛,陆隐墨抓住范乔乔的头发使劲扯,范乔乔都哭了,我只是过去推开了陆隐墨,没想到他摔倒在地上。

卢八一,你别说孩子了,他做得没错。张嬅端着一大碗热气腾腾的红烧肉走出来。

卢小亚眼睛发亮,伸出筷子夹了一块肉,就往嘴巴里送。

张嬅说,慢点吃,小心烫。

卢小亚咬了一小口,龇牙咧嘴地说,妈妈,你的厨艺怎么退步了,太咸了,你想齁死我呀?张嬅说,怎么会?说着她拿起筷子,夹了一小块肉,尝了尝说,不咸呀。她把筷子伸到丈夫嘴边,你尝尝。卢八一咬住那块肉,嚼了嚼,说,还真有点咸。卢小亚得意地说,妈妈,我说的没错吧。张嬅翻了翻白眼,怎么会呢,难道我的味觉出了问题,最近是忙得有点昏头,可是还算正常的呀。卢八一笑了笑,别疑神疑鬼的啦,也不是很咸了。卢小亚嘿嘿地诡笑起来,卢八一也乐了。张嬅拉下脸,好呀,你们两个坏蛋合伙欺负我,以后你们自己做饭吧,老娘不管了。

一家三口都坐下来,晚餐还是这家人的快乐时光。

卢八一提出了个问题,春节很快就到了,要不要回老家?卢大为回柳树镇后,就把吴四娣接到家里,一起住了,也去民政那里打了结婚证。两个老人结婚,没有通知卢八一,卢八一是通过堂叔卢一品的电话才获悉这个消息的。卢一品说,他们也没有请客,只是叫了几个平常有些来往的亲戚朋友在一起吃了个饭,那天晚上,卢大为喝醉了，不停地喊李芸的名字，弄得大家十分尴尬，吴四娣倒没什么，细心地照顾着卢大为。卢一品还说起了李狗崽，卢大为和他讨价还价，最终还是给了他五万块钱，他拿了钱后就不见了。没有人过问他的去向，在柳树镇，他是个可有可无的人，连他母亲吴四娣也不晓得他的去向。吴四娣常说，就算没有过这个儿子，她付出了一生的心血，却收获了一个噩梦般的儿子。

张嫱说，八一，我和小亚无所谓，在哪里过年都可以，你自己拿主意吧。

卢小亚说，我不喜欢老家，不好玩，而且，我还是有点怕爷爷，我怕梦见他，在梦中，他就是个怪物，狮子的头，蟒蛇的身体。

卢八一说，他走后，你不是再没有做过噩梦了吗？

卢小亚说，我是说怕，要是回老家，又做噩梦了呢？

卢八一说，你想得太多了，其实你爷爷是个很善良的人，他不是怪物。况且，回老家过年很好玩的，可以放鞭炮，可以放烟花，还有很多民俗活动，比如舞龙灯、抬菩萨、采茶灯什么的，那些东西在上海是看不到的。

卢小亚说，那让我想想吧。

张嫱说，你爸结婚都没告诉我们，如果春节回去，他们会不会觉得尴尬，我们会不会打扰他们的生活？

我也考虑过这些问题，正因为他们结婚的事情没有告诉我们，我才觉得有必要回去过年。我爸的品性我很了解，他是不会给任何人添麻烦的，包括我们。这让我内疚，多年来，也就是他临走前的那个晚上，我们说了那么多话，有生以来，都没有说那么多的话。也是那个晚上，我理解了他。我想，他结婚的那天，他心里是多么想得到我的祝福，也多么想得到我妈的祝福。而且，他心里也一定希望我们能够回去和他们过个团圆年，就像妈妈活着时那样，每年都回去过年，尽管我们没有语言的交流，见到人，心里就有了安慰。这些日子，我也一直在反思，是什么造成了亲人之间的隔阂，从自己内部寻找问题的症结，是的，我内心也有个怪物，一直使我执迷不悟。

张嫣叹了口气，八一，你也不要太自责，还得往前看，过去的事情都已成烟云。我答应你，回老家过年，也算是给两个老人一点安慰，对他们来说，毕竟过一年少一年了。

谢谢你，嫣。

谢什么，这不都是应该做的事情吗？还有呀，回去后，我得当面向你爸道歉，那个晚上，是我不好，不分青红皂白，就带着小亚走了，他一定伤透了心。很多时候，我们忽略了他人的感受，只是考虑自己的情绪，你说得对，我们心里都有一个怪物，那个怪物就是自私。

这时，卢八一的手机铃声响了起来。是卢一品打来的电话，卢八一对张嫣说，我到楼上阳台接电话。张嫣微笑地说，去吧。卢八一上楼后，卢小亚说，妈妈，我心里有怪物吗？张嫣认真地说，有，很大很大的一个怪物。卢小亚说，怎么样才能让怪物离开？张嫣想了想，我现在也没有想到很好的办法，也许等你长大了，就可以解决这个问题。卢小亚说，好麻烦呀。

卢一品的声音有些沉重，八一，我得和你说一些事情，本来你爹不让我告诉你的，我思来想去，觉得还是应该告诉你，不能让你蒙在鼓里，否则我对你也不好交代，你爹一辈子都是这个臭脾气，你得理解他。卢八一说，叔，你说吧，我理解我爸。

卢一品讲的事情，卢八一听了有些懵圈，打死他也想不到，父亲会那样做。

就在一个月前，柳树镇发生了一件凶杀案，这件凶杀案和李狗崽有关，不是李狗崽杀了人，而是李狗崽被人杀了，就在离柳树镇十几公里的野茅山上。李狗崽拿到卢大为给他的五万块钱后，欣喜若狂，他连夜就上了野茅上。野茅上人迹罕至，那里有个赌窝，这一带的赌鬼都聚集在这里。政府清理了多次，都没有清理干净，赌鬼们和公安玩起了躲猫猫的游戏，每天都变换地点赌博。对李狗崽而言，要找到赌窝，是轻而易举的事情，因为他就是个赌鬼，庄家也喜欢这样的烂赌鬼，输得精光后，还会拿着钱卷土重来。李狗崽一到赌窝，山林里的一个草寮里，就狠呆呆地说，我要是不赢回以前输掉的钱，就死在这里。庄家胡烂头笑呵呵地说，我也希望你能赢呀，愿赌神保佑你赢。李狗崽说，我赢回了钱，就金盆洗手，再也不赌了，下山找个老婆，好好过日子。胡烂头说，记得你这话说过好多次了，我耳朵都起老茧了，不过，我还是祝你好运。结果可想而知，那五万元钱，不到一个钟头就输得精光。赌鬼们都在嘲笑他，气急败坏的李狗崽和一个赌鬼厮打起来，那个赌鬼身上带了匕首，一刀扎进了他的心脏。那天，要不是公安得到线报，一锅端了这个赌窝，他死了都没有人会知道。

得知儿子的死讯，吴四娣哭得死去活来。卢大为陪她去县城里的停尸房认了尸，法院检查完后，尸体就火化了。卢大为和妻子带着李狗崽的骨灰盒，回到了柳树镇。按当地的习俗，短命死的人的尸体是不能进镇子里的，骨灰也一样，于是，当天，卢大为带着几个人，在山上找了个地方，埋葬了李狗崽的骨灰盒，在坟前立了块碑，以吴四娣的名义。尽管吴四娣对儿子一直以来都很绝望，儿子的死还是让她悲恸，本来就花白的头发一夜就全白了。卢大为心里也充满了悲伤，不是因为李狗崽，而是因为吴四娣，她是他生命中第二个珍贵的女人。卢大为做出了一个决定，卖掉了家里的房产，带着吴四娣离开了柳树镇，至于他们去了哪里，谁都不知道。柳树镇的人只晓得，卢大为带着吴四娣离开这个伤心地，是为了给她疗伤，他们都说卢大为是个有情有义的人。

2021年2月5日完稿于福建连城天一度假村

（发表于《福建文学》2021年6期，《小说月报·大字版》2021年8期转载）